Die drei ???®
Das schwarze Monster

und

Die drei ???®
Das leere Grab

Justus Jonas, Peter Shaw und Bob Andrews haben mit ihren spannenden Abenteuern längst Kultstatus erreicht. Ihr Markenzeichen sind die drei ???®. Sie stehen allerdings nicht für Ahnungslosigkeit, sondern für ungelöste Rätsel, mysteriöse Vorkommnisse und Geheimnisse aller Art. Denn die Detektive aus Rocky Beach übernehmen jeden Fall, auch wenn er noch so knifflig ist.

Die drei ???®
Das schwarze Monster

und

Die drei ???®
Das leere Grab

Erzählt von André Marx

Deutscher Taschenbuch Verlag

Weitere Titel mit den drei ???® bei dtv junior:
siehe ab Seite 301

Ungekürzte Ausgaben
In neuer Rechtschreibung
4. Auflage November 2006
2005 Deutscher Taschenbuch Verlag GmbH & Co. KG, München
www.dtvjunior.de

Umschlagkonzept: Balk & Brumshagen
Umschlagbilder: Hanno Rink
Gesetzt aus der Bembo 11/13,5'
Gesamtherstellung: Druckerei C. H. Beck, Nördlingen
Printed in Germany
ISBN-13: 978-3-423-70886-9
ISBN-10: 3-423-70886-7

Die drei ???®

Das schwarze Monster

Erzählt von André Marx

Inhalt

Überfall im Dunkeln

Peter Shaw war zu spät. Er hatte versprochen um halb sechs auf dem Schrottplatz zu sein. Aber zu Hause hatte unentwegt das Telefon geklingelt, seine Großeltern waren zu Besuch gekommen und Peter hatte seine familiären Pflichten erfüllen müssen. Es war nicht ganz einfach gewesen, seiner Mutter klar zu machen, dass er sich unbedingt noch mit Bob und Justus treffen musste. Sie war nicht begeistert gewesen. Er würde schließlich ohnehin schon jeden Tag auf dem Schrottplatz herumhängen, ob er denn nicht wenigstens heute eine Ausnahme machen könne.

»Es klang ungeheuer dringend«, hatte Peter geantwortet. »Vielleicht haben sie eine Überraschung für mich!«

Jetzt war es kurz nach sechs und er war nicht mehr davon überzeugt, dass es wirklich um eine Überraschung ging. Wahrscheinlich würde Justus ihn anblaffen, warum er zu spät kam. Der Erste Detektiv hasste Unpünktlichkeit.

Peter stellte sein Rad ab und ging auf die Zentrale zu, den alten Campinganhänger, den er mit seinen Freunden als Detektivbüro benutzte. Das Vorhängeschloss hing offen am Riegel, es war also jemand drinnen. Peter öffnete die knarrende Tür, doch zu seiner Überraschung war in der Zentrale alles dunkel. Keiner da. Seltsam. Normalerweise vergaß Justus nie die Tür abzuschließen, wenn er die Zentrale verließ. Oder hatte er vielleicht Tunnel II genommen, ihren geheimen Ausgang unter der versteckten Bodenklappe? Unsinn, sie benutzten den Tunnel fast nie. Vielleicht waren die beiden im Labor im hinteren Teil des Wagens! Peter zwängte sich zwischen dem Schreibtisch, dem Aktenschrank und den Stühlen hindurch zur Tür. Gerade als er sie öffnen wollte, fiel ihm Bobs dutzendfach ausgesprochene Warnung wieder ein: Niemals das Labor betreten ohne vorher anzuklopfen! Der Dritte Detektiv benutzte den kleinen Raum nämlich oft als Dunkelkammer zum Entwickeln von Fotos und es war schon einige Male vorgekommen, dass die Abzüge durch den Einfall von Tageslicht zerstört worden waren.

Peter klopfte. »Hallo? Seid ihr da drinnen?«

Niemand antwortete. Aber war da nicht ein leises Poltern gewesen?

»Hallo?«

Wieder keine Antwort. Peter wurde mulmig zumute. Die Tür war nicht abgeschlossen gewesen, trotzdem war die Zentrale verlassen. Und im Labor polterte etwas. Oder jemand. Ein Einbrecher?

»Ich komme jetzt rein!«, rief Peter, griff mit klopfendem Herzen nach dem Knauf und öffnete die Tür.

Ein schmaler Streifen Licht fiel ins Labor, ansonsten war es dunkel. Niemand schien hier zu sein. Der Zweite Detektiv tastete nach dem Lichtschalter.

Plötzlich packte jemand sein Handgelenk und riss ihm den Arm auf den Rücken! Die Tür fiel zu und der

Raum versank in Dunkelheit. Peter keuchte erschrocken, doch ehe er reagieren konnte, legte sich metallene Kälte auf seine Haut – Handschellen.

Auch sein anderer Arm wurde festgehalten, doch Peter riss sich los und schlug wahllos um sich. Er traf etwas Weiches. Jemand stöhnte auf. Verzweifelt suchte Peter den Lichtschalter, doch als seine freie Hand die Wand berührte, wurde sie erneut gepackt und mit eisernem Griff auf den Rücken gedreht. Er hatte es mit zwei Gangstern zu tun! Peter wehrte sich aus Leibeskräften, aber dann schnappten die Handschellen zu und er konnte sich nicht mehr rühren. Nun schrie er. Bob und Justus mussten irgendwo auf dem Schrottplatz sein und ihn hören!

»Schnauze!«, knurrte eine heisere Stimme. »Noch ein Ton und du wirst es bereuen!«

»Wer sind Sie? Lassen Sie mich frei!«

»Erst wenn du bekommen hast, was du verdienst«, antwortete der Mann drohend.

Der Zweite Detektiv spürte, wie ihm ein Tuch über die Augen gebunden wurde. Dann hörte er das Klicken des Lichtschalters, doch der Stoff ließ nur ein wenig Helligkeit hindurchschimmern, wirklich sehen konnte er nichts.

»Was wollen Sie von mir?«, fragte Peter. Seine Stimme zitterte.

»Das weißt du ganz genau«, behauptete der zweite Mann, der rechts von ihm stand. Auch er krächzte mehr, als dass er sprach.

»Ich weiß nicht, wovon Sie sprechen!«, rief Peter und

entschied, dass er keine Lust hatte, weiter mit seinen Peinigern zu reden. Statt dessen holte er tief Luft und brüllte aus Leibeskräften: »Hiiiiilfeeee!«

»Stopf ihm das Maul!«

Peter wurde etwas Weiches in den Mund geschoben. Ein Knebel? Nein. Seltsamerweise zerging es auf der Zunge und schmeckte – süß. Der Zweite Detektiv begann zu kauen, um den Mund freizubekommen. »Das ist –«

»Kuchen!«, rief sein Gegenüber. Plötzlich klang seine Stimme viel jünger. »Herzlichen Glückwunsch zum Geburtstag, Peter!«

»Was? Justus? Bist du das?«

»Erraten!«, rief der Erste Detektiv und stimmte ein schief klingendes Geburtstagslied an, in das Bob nicht minder schief einfiel.

Peter ließ das Ständchen über sich ergehen, bevor er rief: »Seid ihr verrückt geworden mich so zu erschrecken?«

»Du hast Geburtstag«, erwiderte Justus ungerührt. »Da muss man mit Überraschungen rechnen.«

»Überraschungen? Ich habe gedacht, mein letztes Stündchen hätte geschlagen! Das ist nicht komisch, Just!«

»Gib ihm noch etwas Geburtstagstorte, Bob.«

Wieder füllte die weiche, klebrige Masse Peters Mund. Der Kuchen schmeckte gut, das musste er zugeben. »Nun nehmt mir endlich die Handschellen und die Augenbinde ab, ihr Idioten!«

»Nein«, antwortete Bob.

»Nein? Was soll das heißen, nein?«

»Die Überraschung hat gerade erst angefangen. Wir haben noch eine ganze Menge Programm vor uns.«

»Das ist ja sehr nett von euch, aber was habe ich davon, wenn ich nichts sehe?«

»Genau das ist der Witz an der Sache«, behauptete Bob, packte Peter bei den Schultern und drehte ihn herum. »Vorwärts, Gefangener!«

Instinktiv wollte Peter die Arme heben, doch niemand machte Anstalten, ihn von den Handschellen zu befreien. Er musste darauf vertrauen, dass Bob ihn nicht vor die nächste Wand laufen ließ. Vorsichtig tastete er sich mit den Füßen durch die Zentrale, entspannte sich aber erst, als er die kurze Treppe hinter sich gelassen hatte und die warme Sonne unter freiem Himmel spürte. »Und jetzt?«

»Gibt es noch ein bisschen Kuchen. Dann fragst du wenigstens nicht so viel. Mund auf!«

Sosehr Peter es auch zu schätzen wusste, mit Torte gefüttert zu werden – es wäre ihm lieber gewesen, wenn er etwas gesehen hätte. Was hatten die beiden nur mit ihm vor? Hatte er als Geburtstagskind nicht etwas mehr Respekt verdient? Er hörte, wie sich Schritte entfernten. Dann sprang der Motor von Bobs altem Käfer an – das Geräusch war unverkennbar. Der Wagen fuhr auf sie zu und eine Tür wurde geöffnet.

»Einsteigen, der Herr! Wir fahren Sie nun zu Ihrer eigentlichen Geburtstagsüberraschung!« Peter suchte mit dem Fuß die Tür des VWs und kletterte vorsichtig hinein. Justus hielt ihm den Kopf, damit er sich nicht stieß. »Damit Sie Ihre Fahrt richtig genießen können, haben wir alles dafür getan, dass Sie sich entspannen«, fuhr Bob mit näselnder Stimme fort. »Lehnen Sie sich einfach zurück und überlassen Sie alles Weitere uns!« Plötzlich wurde Peter ein Kopfhörer übergestülpt. Per Walkman sang irgendein halb vergessener Popstar »Happy Birthday« in sein Ohr. Wunderbar. Jetzt konnte er nicht einmal mehr etwas hören. Bestimmt rissen Bob und Justus jetzt ihre dummen Witze über ihn, wie er blind und taub auf dem Beifahrersitz saß und keine Ahnung hatte, was ihn erwartete. Na gut, sollten sie doch. Er hatte sowieso keine Wahl. Aber wehe, wenn ihm ihre Überraschung nicht gefiel!

Nach etwa fünf Minuten endete die Fahrt. Peter spürte, dass der Motor ausgemacht wurde. Dann hob Justus kurz den Kopfhörer an und sagte: »Alles aussteigen!« Gleich darauf wurde das nächste Geburtstagslied gedudelt. Peter schob sich mühsam aus dem Wagen hinaus und wurde von Bob und Justus am Arm geführt. Er versuchte sich auf seine verbleibenden Sinne zu konzentrieren. Er war im Freien in der Sonne. Unter seinen Füßen war Schotter. War er etwa wieder auf dem Schrottplatz? Hatte Bob eine Runde durch Rocky Beach gedreht, um ihn zu verwirren? Er atmete einmal tief durch die Nase ein. Ein angenehm süßlicher Geruch lag in der Luft. Nein, das war nicht der Schrottplatz. Es sei denn, Tante Mathilda hatte gerade Kuchen und Kekse gebacken, Mandeln gebrannt und einen riesigen Eimer mit Eis nach draußen gestellt.

Plötzlich stieß Peter gegen eine metallene Stufe. Eine

kurze Treppe führte nach oben, dann musste er sich mühsam durch einen schmalen Durchgang schieben. Wo, zum Teufel, war er? Jemand ergriff seine Schultern und drückte ihn mit sanfter Gewalt runter. Peter plumpste in ein bequemes Polster, doch er konnte seine Beine nicht ausstrecken. Dafür drückte plötzlich etwas auf seinen Bauch, sodass er sich kaum noch rühren konnte. »He! Das ist unbequem!«, beschwerte er sich lauthals, in der Hoffnung, dass ihn jemand hörte. Denn niemand berührte ihn mehr, es war genauso gut möglich, dass er irgendwo ganz allein saß. »Bob? Just? Seid ihr noch da?«

Ein weiterer Geburtstagsgruß über den Kopfhörer war die einzige Antwort.

Plötzlich bewegte sich der Sessel, auf dem er saß. Er vibrierte und zitterte wie ein Bus auf einer schlechten Straße. Dann kippte er nach hinten, sodass Peter in die Lehne gedrückt wurde. Sofort dachte er an einen Zahnarztstuhl und ihm wurde augenblicklich unwohl. Es ratterte weiter und der Wind schien frischer zu werden. Peter lachte nervös. »He, Leute! Was passiert hier? Was habt ihr mit mir vor?«

Erst kam keine Antwort, doch dann wurden ihm plötzlich von hinten die Augenbinde und der Kopfhörer abgerissen. Das Licht war heller als er erwartet hatte, denn er blickte direkt in den Himmel. Dann senkte er den Kopf – und erkannte, wo er sich befand: in schwindelnder Höhe direkt vor einem Abgrund!

Düstere Prophezeiungen

»Überraschung!«, riefen Bob und Justus lachend hinter ihm im Achterbahnwagen, der gerade die letzten Meter den Startgipfel empor ratterte.

»Ihr Idioten!«, schrie Peter halb lachend, halb empört. »Ich kann mich nicht festhalten! Nehmt mir sofort die Handschellen ab!«

»Zu spät.«

»Du wirst schon nicht rausfallen!«

Peter drehte sich um. Eine Sekunde lang hatte er eine herrliche Aussicht über Rocky Beach und den Pazifik, der am Horizont in der Sonne glitzerte. Dann raste der Wagen in die Tiefe. Peter schrie, als das Gefährt in die erste Kurve ging und dabei fast waagerecht stand. Panisch drückte er sich in die Rückenlehne. Die Gondel stellte sich wieder gerade, hoppelte über mehrere Hügel, bei denen Peters Magen rebellierte und schoss schließlich ein zweites Mal in die Tiefe, um gleich darauf wieder einen Berg hinaufzujagen. Eine scharfe Linkskurve, eine scharfe Rechtskurve, bei der Peter das Gefühl hatte, jeden Moment hinauszufallen, doch dann ging es schon wieder in die Horizontale. Er wurde hin und her geschleudert, raste durch einen kurzen Tunnel und duckte sich unter Metallstreben, die auf ihn zu schossen. Es war ein entsetzlicher Albtraum und ein unglaublicher Spaß zugleich. Dann, nach einer halben

Ewigkeit, die dennoch viel zu kurz war, wurde der Wagen abgebremst und Peter atmete auf. Der Sicherungsbügel vor seinem Bauch hob sich und Bob und Justus halfen ihm aus dem Wagen.

»Ihr seid ja verrückt«, keuchte Peter. »Könnt ihr mich jetzt endlich von meinen Fesseln befreien?«

»Was? Jetzt schon?«, fragte Bob. »Ich dachte, wir drehen noch ein paar Runden.«

»Auf gar keinen Fall!«

»Was meinst du, Just? Erlösen wir ihn?«

Der Erste Detektiv nickte wohlwollend und zog den Schlüssel aus der Hosentasche. »Er hat ja heute Geburtstag.«

Als Peter sich endlich wieder bewegen konnte, rieb er sich die leicht schmerzenden Handgelenke und blickte teils belustigt, teils verlegen zwischen seinen Freunden hin und her. »Eine bescheuerte Geburtstagsüberraschung. Aber irgendwie auch toll. Danke.«

»Gern geschehen«, nickte Justus. »Aber das war ja noch nicht alles.«

Blitzartig zog Peter seine Hände weg. »Nicht noch mal was mit verbundenen Augen und gefesselten Händen!«

»Keine Angst. Der Rest des Programms ist ganz normal. Und umsonst!« Justus breitete in einer großen Geste, die den ganzen Platz umfasste, seine Arme aus.

Erst jetzt kam Peter dazu, sich umzusehen. Sie befanden sich auf Coffmans Wiese, einem großen, brachliegenden Grundstück am Rande von Rocky Beach, das dem Süßigkeitenfabrikanten Coffman gehörte. Das Gelände wurde schon seit Jahren für Konzerte, Flohmärkte und Stadtfeste genutzt. Oder, wie in diesem Fall, wenn der Zirkus nach Rocky Beach kam. Ganz in der Nähe stand ein kleines Zelt, vor dessen Eingang ein buntes Banner mit der Aufschrift ›Zirkus Trinket‹ hing. Dahinter waren die Wagen der Schausteller geparkt. Der typische Zirkusgeruch nach wilden Tieren und Zuckerwatte wehte zu ihnen herüber. Vor dem Zelt standen eine Los- und eine Schießbude sowie ein Süßigkeitenverkäufer.

»Seit wann ist der Zirkus denn hier? Ich habe gar nicht mitgekriegt, dass er nach Rocky Beach kommt.«

»Die Premierenvorstellung ist erst heute Abend.« Justus blickte auf die Uhr. »Um präzise zu sein: in einer Stunde. Und ich habe Freikarten für uns drei!«

»Echt?«, rief Peter. »Stark! Wo hast du die denn her?«

»Von Onkel Titus. Ob du es glaubst oder nicht, aber der Zirkusdirektor, Mr Copper, ist ein alter Kollege meines Onkels. Die beiden haben früher beide im gleichen Zirkus gearbeitet. Du weißt doch, Onkel Titus war mal Artist. Das ist aber schon ein paar Jahrzehnte her. Er war ganz begeistert, als er erfuhr, dass Coppers Zirkus Station in Rocky Beach macht. Sie sind das erste Mal hier. Die beiden haben sich ewig nicht gesehen und gleich einen ganzen Abend lang über alte Zeiten geplaudert. Und bei der Gelegenheit hat er mir einen kleinen Stapel Freikarten in die Hand gedrückt: für die Achterbahn, für die Schießbude und für die Vorstellung heute Abend. Außerdem hat er versprochen uns den Zirkus zu zeigen. Wir können den Artisten bei den Proben zusehen, dem Dompteur bei seiner Arbeit mit den Tieren und so weiter.«

»Dann hat Just ihm erzählt, dass du heute Geburtstag hast«, fiel Bob ihm ins Wort. »Und weißt du, was er gesagt hat? Du bekommst eine kostenlose –«

»Ah! Mr Jonas junior!«, rief plötzlich eine Stimme. Sie drehten sich um. Ein dicker, schnauzbärtiger Mann mit tiefschwarzen Haaren, gekleidet in einen schwarzen Frack, kam auf sie zu. Er sah fast aus wie ein Zwillingsbruder von Onkel Titus, nur dass er etwa doppelt so breit war.

»Hallo Mr Copper!«

»Schön, dass du gekommen bist! Das sind also deine Freunde? Die berühmten drei Detektive, von denen dein Onkel mir erzählt hat. Lass mich raten, du bist das Geburtstagskind! Gestatten, Alois Copper.« Er reichte Peter die Hand und zerquetschte sie fast.

»Peter Shaw. Einen tollen Zirkus haben Sie, Mr Copper.«

»Ach, ihr habt ja noch gar nichts erlebt! Wartet bis zur Vorstellung! Bis ihr die Verrenkungskünste der bezaubernden Miss Lilly gesehen habt. Oder Carter mit seinem Gorilla. Oder den Clown Pico. Oder unsere Hauptattraktion: Dunnerak, das Monster aus dem hohen Norden!«

»Monster?«, wiederholte Bob.

»Ein schreckliches Urzeitwesen, das jahrelang in den Wäldern von Alaska gelebt hat, bis ich es eigenhändig gefangen habe. Ein zoologisches Wunder, das einzige bekannte und vermutlich letzte noch lebende Exemplar seiner Art. Eine Kreatur aus längst vergangenen Zeiten!«

»Ich habe die Plakate gesehen«, fiel es Bob ein. »Dieses ... Monster existiert wirklich?«

»Aber natürlich existiert es! Ihr werdet es ja sehen! Da fällt mir ein: Habt ihr eurem Freund Peter schon von meinem Geburtstagsgeschenk erzählt?«

»Ich war gerade dabei.«

»Was ist es denn?«, fragte Peter neugierig.

Alois Copper beugte sich verschwörerisch vor. »Ein Blick in die Zukunft! Madame Yasemin, die berühmte Wahrsagerin aus dem Orient, wird dir aus der Hand lesen! Komm mit!« Er ging zu einem kleinen, schwarzen Zelt in der Nähe, auf dessen Stoffbahnen in verschnörkelter, goldener Schrift ›Madame Yasemin‹ geschrieben stand. Auf der Zeltspitze leuchtete eine Mondsichel in der untergehenden Sonne. Mr Copper deutete ein Klopfen an, dann lugte er durch einen Spalt in das Zelt. »Madame Yasemin? Ich habe einen Kunden für Sie. Den Jungen, der Geburtstag hat, Sie wissen schon. Die Rechnung geht aufs Haus.« Er trat einen Schritt zurück und öffnete mit einer theatralischen Geste den Vorhang. »Tritt ein und lass dir von Madame Yasemin weissagen, was die Zukunft dir bringen wird, welche Überraschungen das Schicksal für dich bereithält!« Er hob den Zeigefinger. »Aber sei gewarnt! Nicht jeder Blick in die Zukunft enthüllt nur Gutes!«

Peter, halb belustigt, halb gespannt, trat einen Schritt näher und warf einen Blick in das Zelt. Eine Frau in bunten Gewändern und mit wallenden, pechschwarzen

Haaren saß auf einem Stuhl und blickte ihn erwartungsvoll an. »Komm rein!«, forderte sie ihn mit einer ungewöhnlich tiefen, säuselnden Stimme auf. Justus und Bob wollten ebenfalls dabei sein, doch Madame Yasemin hob die Hand. »Das Schicksal lässt sich nicht über die Schulter blicken! Ihr müsst draußen warten!«

»Na schön, Peter, wir sehen uns in der Zwischenzeit ein wenig um. Wie wäre es, wenn du dir die nächsten Lottozahlen voraussagen lässt?« Bob zwinkerte dem Zweiten Detektiv zu, dann schlenderte er zusammen mit Justus davon.

Als Peter das Zelt betrat, fiel der Vorhang zurück und sperrte das Sonnenlicht aus. Nun erhellten lediglich ein paar kleine Kerzen das Innere. »Setz dich!«, bat Madame Yasemin und wies auf den Stuhl, der ihr gegenüber stand. Zwischen ihnen befand sich ein kleiner Tisch, auf dem Räucherstäbchen vor sich hin qualmten und einen eigentümlichen Duft verströmten. Daneben lag ein Stapel Tarotkarten und eine Glaskugel schimmerte auf einem Tuch aus schwarzem Samt.

Die Wahrsagerin musterte Peter aufmerksam, während er sich umsah. Der Blick ihrer dunkel geschminkten Augen war durchdringend und unbehaglich. »Warum ... warum sehen Sie mich so an?«

»Ich finde heraus, welche Tür ich für dich öffnen soll.«

»Tür? Was meinen Sie damit?«

»Die Tür zu deinem Schicksal. Bei manchen öffnet sie sich, wenn ich ihnen die Karten lege, bei anderen muss ich die Kristallkugel befragen. Aber ich denke ...«

Sie tippte mit langen, roten Fingernägeln gegen ihre Lippen. »Ja, ich denke, ich werde dir aus der Hand lesen.«

Zögernd reichte Peter sie ihr. »Wie Sie meinen.«

Madame Yasemin fuhr mit den Fingern die Linien in Peters Handfläche nach und betrachtete sie eingehend. Lange Zeit sagte sie nichts, nur hin und wieder nickte sie leicht, als sähe sie bestätigt, was sie sich ohnehin schon gedacht hatte. Dann runzelte sie besorgt die Stirn.

»Und?«, fragte Peter nervös. »Was sehen Sie?«

»Du bist ein vorsichtiger Mensch«, antwortete sie langsam ohne den Blick von seiner Hand zu wenden. »Das ist gut. Deine Lebenslinie ist sehr lang. Du wirst sehr alt werden. Ich nehme an, du lebst gesund. Behalte das bei und dein Körper wird sich gegen jede Krankheit zu wehren wissen.«

»Das ist beruhigend.«

»Es gibt einige Menschen, die dir sehr wichtig sind. Aber sieh dich vor! Auch wenn sie dich sehr schätzen, versuchen sie oft dich von deinem sicheren Weg abzubringen. Durch sie lebst du ein gefährliches Leben. Wenn du nicht aufpasst, könnte dir das eines Tages zum Verhängnis werden.«

Peter schluckte. »Tatsächlich?«

Ein besorgter Ausdruck legte sich auf das Gesicht der Wahrsagerin. »Da ist noch etwas.«

»Was denn?«

Sie tippte auf eine Linie, die in unruhigem Zickzack quer über seine Handfläche verlief. »Die Schicksalslinie.«

Peter schluckte beklommen. »Was ist damit?«

»Ich sehe einen dunklen Schatten in der nächsten Zukunft. Eine Gefahr, die auf dich lauert.«

»Was denn für eine Gefahr?«

»Ich kann es nicht genau sagen. Aber etwas Böses wartet auf dich. Eine finstere Präsenz.« Sie blickte ihm fest in die Augen und senkte die Stimme: »Hüte dich vor der Dunkelheit!«

»Was ... was kann ich denn dagegen tun?«, fragte Peter verunsichert. »Kann ich mich nicht irgendwie schützen?«

Yasemin nickte. »Ein Schutzzauber könnte helfen.«

»Sie können auch zaubern?«

»Ein wenig Magie fließt in jedem von uns«, behauptete sie. »Nur wissen die wenigsten, wie man sie nutzt.« Sie griff nach einem kleinen, verzierten Holzkästchen, öffnete es und zog an einer silbernen Kette einen durchsichtigen, funkelnden Stein hervor. »Das ist ein mit einem Schutzzauber besprochener Kristall. Wenn du ihn trägst, wird er dich vor allem Bösen bewahren – sofern du meine Warnungen nicht missachtest und immer auf dich Acht gibst.«

Peter wollte den Kristall in die Hand nehmen, doch die Wahrsagerin zog ihn weg. »Einen Kristall zu besprechen ist eine aufwändige Arbeit. Ich kann ihn dir nicht einfach schenken.«

»Wollen Sie ihn mir verkaufen?«

»Ich brauche eine kleine Aufwandsentschädigung. Sagen wir zehn Dollar.«

»Zehn Dollar?« Augenblicklich wurde Peter skeptisch. Er war zwar fasziniert von dem, was Madame Yasemin ihm erzählt hatte, doch jetzt klang es zu sehr nach billiger Geschäftemacherei. Andererseits ... sie hatte ihm tatsächlich Angst gemacht. Immerhin war die Warnung vor seinen Freunden nicht ganz unberechtigt. Und wenn wirklich eine dunkle Gefahr auf ihn wartete ... »Sagen wir acht Dollar.«

»In Ordnung.«

Mit dem Kristall um den Hals verließ er das Zelt der Wahrsagerin. Inzwischen hatte die Dämmerung eingesetzt. Nach und nach fanden sich immer mehr Leute auf dem Platz ein, die bis zum Beginn der Vorstellung noch mal Achterbahn fahren oder ihr Glück an der Losbude versuchen wollten. Doch von Justus und Bob fehlte jede Spur. Was hatte Justus gesagt? Sie durften sich vor der Premiere hinter den Kulissen etwas umsehen. Dann waren die beiden bestimmt irgendwo im hinteren Teil von Coffmans Wiese bei den Wagen der Schausteller.

Peter ging an einem großen, bunt gekleideten Jongleur vorbei, der am Kassenhäuschen vor staunendem Publikum schon einen Teil seiner Kunstfertigkeit präsentierte. Doch kaum hatte der Zweite Detektiv den Durchgang zum Zirkuszelt passiert, rief der Mann ihn zurück: »He, Junge! Du kannst da nicht einfach reingehen!«

»Ich suche meine Freunde Bob und Justus. Sie –«

»Ah, du bist das«, unterbrach ihn der Artist mürrisch. »Die beiden Burschen sind im Tierzelt. Copper hat gesagt, du kannst durch. Aber wehe, du fasst was an!«

»Danke!« Peter warf ihm einen unfreundlichen Blick zu und umrundete dann das Zirkuszelt. Dahinter war ein kleineres aufgebaut. Der Geruch war unverkennbar: Hier waren die Tiere untergebracht.

Er trat durch den Eingang. Drinnen war es fast stockfinster. Er sah nur schattenhafte Umrisse: Kisten und Vorhänge, ein Käfig, Stangen und die Mähnen von zwei Pferden, die ruhig in ihren Boxen standen. Von überall her drangen unheimliche Geräusche zu ihm: ein Schnauben und Grunzen, das leise Klappern der Käfigstangen und das Scharren von Hufen. Langsam und vorsichtig, um nicht versehentlich auf einen Tigerschwanz zu treten, ging Peter durch den Mittelgang. Hoffentlich kam er nicht einem erschrocken auskeilenden Pferd zu nahe. Madame Yasemins Worte fielen ihm wieder ein: ›Hüte dich vor der Dunkelheit!‹ Unwillkürlich griff er nach dem Kristall.

In diesem Moment gab es ein ohrenbetäubendes Krachen, etwas brüllte und aus der Dunkelheit griff eine haarige Klaue nach ihm!

»Bin ja mal gespannt, was diese Wahrsagerin dem armen Peter erzählt.«

»Wieso dem armen?«

Justus grinste. »Du weißt doch, wie Peter auf solche Sachen reagiert. Wenn sie ihm drohendes Unheil prophezeit, ist er für den Rest des Abends nicht mehr zu gebrauchen. Er ist, was übernatürliche Dinge angeht, ziemlich anfällig. Dabei ist Wahrsagerei doch nur Hokuspokus. Karten und Kristallkugeln sind nur dazu da, den Leuten das Geld aus der Tasche zu ziehen.«

Bob und Justus waren Mr Copppes Empfehlung gefolgt, sich das Tierzelt anzusehen. Er hatte sie herumführen wollen, doch dann war er von einem seiner Mitarbeiter weggerufen worden. Die beiden Detektive hatten das Zelt jedoch nur einmal schnell durchquert. Es war so dunkel da drinnen, dass sie froh gewesen waren, den Ausgang auf der anderen Seite zu finden. Nun liefen sie ziellos zwischen den Wagen umher und warteten darauf, dass Alois Copper zurückkehrte, um ihnen den Rest des Zirkus zu zeigen.

»Trotzdem würde ich mir auch gern mal die Karten legen lassen«, meinte Bob. »Nur so zum Spaß«, fügte er schnell hinzu, als er Justus' skeptischen Blick bemerkte. »Um es auszuprobieren. Schaden kann es ja nicht, ich meine –«

Er wurde von einem lauten Knall unterbrochen. Bob und Justus drehten die Köpfe. Mr Copper und ein anderer Mann waren aus einem der Wohnwagen getreten. Einer von beiden hatte wütend die Tür zugeworfen. Nun standen sie wild gestikulierend auf der Wiese und schrien sich gegenseitig an. Die beiden Detektive wichen unwillkürlich hinter die Ecke eines anderen Wagens zurück. Nun konnten sie sie zwar nicht mehr sehen, doch die Unterredung des Zirkusdirektors mit seinem Mitarbeiter war so lautstark, dass sie jedes Wort mitbekamen. »Ich weiß nicht, was es hier zu diskutieren gibt«, brüllte Mr Copper. »Bringen Sie das Problem in Ordnung!«

»Das geht nicht so schnell! Wir haben erst heute mit dem Aufbau angefangen. Ich habe gleich gesagt, das ist zu wenig Zeit. Es ist purer Wahnsinn, am Aufbautag die erste Vorstellung zu geben. Wir müssen die meisten der Sicherheitschecks ausfallen lassen.«

»Ich bitte Sie, Carter! Wir alle machen das schon seit Jahren, da sitzt jeder Handgriff! Ich garantiere Ihnen, dass keine der Bänke zusammenbrechen wird und auch das Zelt wird stehen bleiben! Wir brauchen keine Sicherheitschecks.«

»Aber mit der Stromversorgung haben wir immer wieder Schwierigkeiten, seitdem im letzten Sommer der Blitz eingeschlagen hat.«

»Wir können uns nun einmal keinen neuen Generator leisten! Ebenso wenig wie den Ausfall der Einnahmen eines ganzen Abends! Der Zirkus kann sich den Luxus einfach nicht mehr gönnen, einen Tag nur für den Aufbau zu verschwenden. Sonst können wir in spätestens sechs Monaten dichtmachen.« Den letzten Satz hatte der Direktor ganz leise gesprochen. Dann festigte sich seine Stimme wieder: »In einer halben Stunde beginnt die Show, so lange haben Sie Zeit, die Probleme zu beseitigen und Hannibal auf seinen Auftritt vorzubereiten!« Seine Schritte entfernten sich.

Bob und Justus warfen sich viel sagende Blicke zu. »Der Zirkus scheint Probleme zu haben«, raunte Bob.

Doch bevor Justus darauf antworten konnte, hallte ein lautes Krachen über den Platz. Jemand schrie.

»Das war Peter!«

»Es kam aus dem Tierzelt!«

Sie rannten los, schlugen die schwere Plane vor dem Eingang zur Seite und liefen hinein. »Peter! Bist du hier?«

Keine Antwort. Nur das Knurren und Scharren nervöser Tiere in der Dunkelheit.

»Meine Güte, man sieht kaum die Hand vor Augen! Peter?«

»Hier ... hier bin ich!«

»Warst du das, der geschrien hat? Was ist passiert?«

»Gar nichts.« Er kam von der anderen Seite des Zeltes auf sie zu. »Nur ein Affe. Aber ich habe mich tierisch erschrocken. Und die anderen Viecher wohl auch.«

»Ein Affe?«

»Ja. Ich bin an seinem Käfig vorbeigegangen und plötzlich sprang er gegen das Gitter und griff nach mir. Zum Glück hat er mich nicht zu fassen gekriegt. Gegen den hätte ich keine Chance gehabt. Ich glaube, es war ein Gorilla.«

»Das war bestimmt Hannibal, der Gorilla von diesem Carter. Er wollte garantiert nur spielen«, war Justus überzeugt. »Immerhin ist er ein Zirkusgorilla und wahrscheinlich ganz zahm.«

»Dich hat er ja nicht angefallen«, meinte Peter und warf beunruhigt einen Blick über die Schulter. »Unheimlich ist es hier. Warum gibt es denn kein Licht?«

»Direktor Copper hat sich gerade mit jemandem gestritten«, erzählte Bob. »Dabei ging es unter anderem um den Stromgenerator. Vielleicht ist er kaputt. Sag mal, was trägst du denn da um den Hals?«

»Was? Ach, nichts.« Peter wollte den Kristall unter seinem T-Shirt verschwinden lassen, doch Justus hielt ihn zurück.

»Zeig doch mal!«

Der Zweite Detektiv verdrehte die Augen. »Es ist ein Kristall, den Madame Yasemin mir verkauft hat.«

»Ein Kristall?« Bob verkniff sich ein Lachen. »Und was willst du damit? Beschützt er dich vor bösen Geistern?«

»So ähnlich.« Nun ließ Peter den Stein endgültig unter dem Hemd verschwinden.

»Was hat sie denn gesagt? Wirst du bald im Lotto gewinnen? Oder der großen Liebe deines Lebens begegnen?«

»Sie hat gesagt, ich soll meinen neugierigen Freunden keine Fragen mehr beantworten. Wo ist Mr Copper denn jetzt? Wollte er uns nicht den Zirkus zeigen?«

»Er hat gesagt, wir könnten uns ruhig allein umsehen«, antwortete Bob. »Dabei hat er allerdings vergessen zu erwähnen, dass es hier kein Licht gibt. Gehen wir besser wieder.«

Sie hatten den Ausgang fast erreicht, als Justus abrupt stehen blieb. »He, was ist denn das?« Er wies auf einen Käfig, der in einer Ecke stand und von innen mit schwarzem Stoff verhängt war. An einem der Gitterstäbe klebte das Plakat, das Bob schon in der Stadt aufgefallen war: Dunnerak, das Monster. Eine düstere Kreatur mit kleinen, blitzenden Augen inmitten eines zotteligen Pelzgesichtes starrte den Betrachter an – und knurrte! Erschrocken wichen sie zurück.

»Es ... es ist da drin«, flüsterte Peter. »Das Monster aus dem hohen Norden!«

»Scheint so«, raunte Justus und trat wieder einen Schritt vor. Langsam näherte sich seine Hand dem Vorhang.

»Bist du verrückt?«, zischte Peter. »Du willst da doch nicht reingucken!«

»Wieso denn nicht? Es tritt doch sowieso gleich auf!«

»Aber ... aber wenn das Vieh nun gefährlich ist!« Wie zur Bestätigung drang erneut ein tiefes Grollen aus dem Käfig. Es klang fremdartiger und bedrohlicher als alles, was Peter je zuvor gehört hatte. Ihm lief ein Schauer über den Rücken. »Kommt, lasst uns abhauen!«

»Sofort«, beruhigte Justus ihn. »Ich will nur schnell sehen, ob da wirklich ein echtes Monster drin ist.« Ungeachtet des Scharrens und Knurrens hinter dem Vorhang griff er danach. Plötzlich schoss eine Hand wie aus dem Nichts hervor und packte ihn!

Justus wirbelte herum. Ein düsterer Schatten war hinter ihnen aufgetaucht und hielt sein Handgelenk fest.

»Das würde ich an deiner Stelle nicht tun.«

»Mr Copper! Haben Sie mich erschreckt! Ich habe Sie gar nicht kommen hören.«

Der Zirkusdirektor entließ Justus aus seinem eisernen Griff. »Seid bloß vorsichtig! Mit dem Monster ist nicht zu spaßen! Wenn es schlechte Laune hat, wird es zur tobenden Bestie. Haltet euch besser von diesem Käfig fern.«

»Wir wollten nur einen Blick hineinwerfen«, sagte Justus entschuldigend.

»Schon gut, Jungs, aber es ist wirklich zu gefährlich. Ihr werdet das Monster ja gleich in der Vorstellung zu sehen bekommen. Ihr könnt schon mal ins Zelt gehen und euch die besten Plätze suchen, die ersten Zuschauer kommen nämlich bereits. Ich habe jetzt noch einiges zu tun.« Ein zorniges Schnauben drang aus dem Käfig. »Das Monster beruhigen zum Beispiel.« Obwohl der letzte Satz wie ein Witz geklungen hatte, verzog der Zirkusdirektor keine Miene.

Verunsichert verließen die drei ??? das Zelt und schlenderten über den Platz zurück zum Haupteingang. »Meint er das wirklich ernst mit seinem Monster?«, fragte Bob schließlich. »Ich meine, da ist doch kein echtes Ungeheuer drin, oder? So was gibt's doch gar nicht.«

»Und was hat dann so geknurrt, als Justus näher gekommen ist?«, wollte Peter wissen. »Tut mir Leid, Leute, aber für mich klang das ziemlich nach einem Monster.«

»Wir werden es sehen«, meinte Justus. »Ich zumindest traue mir zu, ein echtes von einem falschen Monster unterscheiden zu können. Kommt, wir befolgen Mr Coppers Rat und suchen uns gute Plätze im Zelt!«

Der Premierenabend war nicht so gut besucht, wie die drei ??? erwartet hatten. Da das Zirkuszelt nicht besonders groß war, hatten sie mit einer ausverkauften Vorstellung gerechnet. Doch viele Plätze blieben leer.

»Ist ja nicht gerade viel los«, bemerkte Bob. »Mr Copper wird nicht begeistert sein.«

»Aber wenigstens ist ein bisschen Prominenz da.« Peter wies auf ein vornehm gekleidetes Pärchen, das drei Reihen vor ihnen saß. »Das ist doch der Bürgermeister mit seiner Frau, oder?«

Bob nickte. »Die kriegen immer persönliche Einladungen, wenn irgendwas Besonderes los ist in Rocky Beach.«

»Meine Güte, die hat sich heute mal wieder mit Klunkern behängt!«, lästerte der Zweite Detektiv. »Glaubt sie, der Glanz der Brillanten an ihrem Körper überstrahlt ihre Falten?«

»Schhh!«, zischte Justus. »Sie sitzt nur fünf Meter weiter! Ich glaube, sie hat dich gehört.«

»Ach, Quatsch.«

Ein Tusch beendete das Gespräch. Die drei Detektive sahen sich um, doch es gab keine Kapelle: Die Musik kam vom Band. Dann begann die Vorstellung. Bei schräg gespielter Marschmusik kamen ein Clown und eine junge Tänzerin herein, die jonglierten und Konfetti in die Menge warfen. In ihrem Gefolge stolzierte Mr Copper in die Manege. Er trug einen Zylinder und breitete die Arme aus. »Meine Damen und Herren! Willkommen im Zirkus Trinket, einer Welt voller Spannung und Magie! Werden Sie Zeugen atemberaubender Akrobatik, faszinierender Zauberei und vollendeter Tierdressur! Ich garantiere Ihnen, Sie werden es nicht bereuen, heute Abend hierher gekommen zu sein!«

Alois Copper schritt Runde um Runde durch die Manege und versprach den Zuschauern noch mehr Wunder, doch die drei ??? schalteten auf Durchzug. Dann endlich begann die Show mit einer Jongleurnummer, die zwar gut, aber nicht atemberaubend war. Danach erschien Madame Yasemin auf der Bühne und führte ein paar gute Zaubertricks vor. Miss Lilly zeigte die Kunst des Körperverbiegens, indem sie sich den Kopf zwischen die Füße klemmte – und zwar von hinten. Dann war ein Clown dran und schließlich Carter mit seinem Gorilla Hannibal, der Scherze mit dem Publikum trieb und unter anderem der Frau des Bürgermeisters auf den Schoß kletterte. Den drei ??? gefiel die Show, doch sie wurde Coppers Versprechungen nicht gerecht – es war Zirkusstandard, den sie alle schon dutzendfach woanders gesehen hatten. Aber möglicherweise würde sich das ändern, denn der Höhepunkt des Abends stand noch bevor.

»Meine Damen und Herren!«, rief Copper, als die dressierten Pferde und Ziegen gerade aus der Manege verschwunden waren. »Ich präsentiere Ihnen etwas, das Sie garantiert noch nie gesehen haben. Ein Wesen aus der Urgeschichte, das auf geheimnisvolle Weise bis zum heutigen Tag überlebt hat. Seit Jahrhunderten erzählen sich die Ureinwohner Alaskas unheimliche Geschichten über eine Kreatur, die durch die riesigen, dunklen und einsamen Wälder des Landes streift. Jäger fanden Fußspuren des Ungeheuers ohne es jedoch je zu Gesicht zu bekommen. In besonders kalten Wintern, wenn es keine Nahrung mehr gab, trieb der Hunger es aus den Wäldern hinaus in die Dörfer, wo es das Vieh riss und eine blutige Spur des Todes hinterließ. Viele unerschrockene Abenteurer haben versucht es zu fangen – und ließen dabei ihr Leben. Die Indianer kennen eine Legende über dieses Monster. Der Sage nach mussten die Götter, nachdem sie so viele friedliebende und ungefährliche Tiere erschaffen hatten, das Gleichgewicht der Kräfte wieder herstellen. Und so erschufen sie eine Bestie, die gefährlicher und hinterhältiger war als alles, was je zuvor über die Erde gewandelt war. Sie nannten sie Dunnerak, was soviel wie Dämon bedeutet. Und seit dieser Zeit zog Dunnerak durch die Wildnis von Alaska und verbreitete Angst und Schrecken.«

»Der macht es aber spannend«, raunte Justus. Doch Bob und Peter beachteten ihn gar nicht. Die unheimliche Geschichte des Zirkusdirektors tat ihre Wirkung:

Ein wohliger Grusel hatte sie gepackt. Sie wollten nun endlich das Monster sehen! »Schon mein Großvater erzählte mir von Dunnerak«, fuhr Copper fort. »Und bereits als kleiner Junge beschloss ich, dass ich das Monster eines Tages aufspüren und fangen würde, damit es nie wieder Unheil anrichten konnte. Nachdem ich alles über die Jagd und übers Fallenstellen gelernt hatte, zog ich schließlich als erwachsener Mann in die Wälder Alaskas. Tagelang war ich unterwegs ohne auch nur eine Spur von Dunnerak zu finden. Sollte die Kreatur vielleicht doch nur ein Märchen sein? Doch dann entdeckte ich einen toten Bären. Er war grauenhaft zugerichtet, der Rest seines Fleisches hing in Fetzen, die die Aasvögel von den Knochen rissen. Kein anderes Raubtier wäre zu so einer Tat fähig gewesen. Ich wusste, ich war Dunnerak ganz nahe!«

Während Alois Copper seine Geschichte erzählte, ging er stetig im Kreis. Nach und nach hatte er seine Stimme gesenkt und ebenso unmerklich war das Licht gedämpft worden. Im Zirkuszelt war es mucksmäuschenstill.

»Eines Nachts hörte ich es dann ganz dicht neben meinem Zelt. Es brüllte und tobte und jagte mir so viel Angst ein, dass ich nicht wagte mein Zelt zu verlassen. Am nächsten Morgen sah ich, dass es meine gesamte Ausrüstung zerstört hatte. Ich konnte niemanden mehr zu Hilfe holen. Nun war ich ganz allein auf mich gestellt, ich hatte nur noch mein Betäubungsgewehr. Den ganzen Tag verfolgte ich seine Spuren durch den Wald, manchmal hörte ich, wie es in weiter Ferne durch das Unterholz brach, doch es schien mich zu wittern und vor mir zu fliehen. Dann, eines Nachts, mein Lagerfeuer war gerade ausgegangen, kam es. Es wusste, dass ich es nicht sehen konnte und stürmte sogleich auf mich zu. Ich griff nach meinem Gewehr und schoss auf gut Glück in die Dunkelheit. Ich traf. Sonst wäre ich jetzt nicht hier. Doch Dunnerak fiel nicht sofort um, wie ich es erwartet hatte, es taumelte nur, hielt sich jedoch auf den Beinen. Die Betäubungsladung, die ich ihm verpasst hatte, hätte einen Ochsen auf der Stelle gefällt, doch die Kreatur blieb bei Bewusstsein und griff mich an. Sie schlug ihre messerscharfen Klauen in meinen Arm, bevor ich ein zweites Mal abdrücken konnte. Dann ließ es von mir ab. Erst der dritte Schuss betäubte es endgültig.«

Nun krempelte er seinen Ärmel hoch und zeigte eine lange, hässliche Narbe, die quer über seinen Unterarm lief. Ein Raunen ging durchs Publikum. »Diese Narbe erinnert mich jeden Tag daran, wie gefährlich das Untier ist, das ich gefangen habe. Und das ich Ihnen nun vorführen werde. Wir haben das Licht gedämpft, weil Dunnerak ein sehr lichtscheues Wesen ist. Daher muss ich Sie dringend bitten: Machen Sie keine Fotos! Ein Blitz würde es in Raserei versetzen und dann kann ich nicht mehr für Ihre Sicherheit garantieren. Denn ich werde das Monster heute aus seinem Käfig herauslassen. Das tue ich nur sehr selten, denn es ist nach wie vor unberechenbar. Doch heute hatte Dunnerak einen ruhigen Tag. Ich denke also, ich kann es wagen, es für einen kurzen Moment aus seinem Gefängnis zu befreien. Was immer geschieht, meine Damen und Herren, bewahren Sie Ruhe und erschrecken Sie es nicht! Und geben Sie bitte keinen Applaus! Sobald der Käfig vor Ihnen steht, werde ich nicht mehr mit Ihnen sprechen können, das würde Dunnerak irritieren. Aber haben Sie keine Angst, Ihnen wird nichts passieren!«

Mit diesen Worten ging der Zirkusdirektor zum Eingang der Manege, der durch einen Vorhang verdeckt war. Inzwischen herrschte nur noch sehr mattes Dämmerlicht. Langsam zog er den Vorhang auf. Zwei seiner Helfer – der Gorillabändiger Carter und Miss Lilly – schoben auf Rollen den großen Käfig herein, vor dem die drei ??? bereits gestanden hatten. Immer noch war er von innen mit schwarzem Stoff verhängt. Carter und Lilly beeilten sich, dass sie wegkamen, als der Käfig in der Mitte der Manege stand.

Im Zelt herrschte atemlose Stille, die plötzlich von einem dunklen Knurren zerrissen wurde. Es klang düster und befremdlich, wie eine Mischung aus dem Fauchen einer Raubkatze, dem Brüllen eines Bären und dem Bellen eines Wolfes. Das Publikum keuchte erschrocken.

Mr Copper lugte durch einen Spalt im Vorhang, dann zog er ihn ganz langsam zur Seite und gewährte den Leuten einen Blick in das Innere des Käfigs.

Peter hielt den Atem an. Da drinnen hockte eine schwarze, zottige Kreatur, die verunsichert ihren Kopf hin und her drehte. Hin und wieder glommen ihre Augen auf wie die einer Katze. Anfangs war nicht viel zu erkennen, doch dann erhob sich das Geschöpf und lief langsam gebückt im Käfig auf und ab. Es war an die zwei Meter groß. Die Beine sahen aus wie die eines Menschen, doch die Arme waren sehr viel länger. Struppiges, schwarzes Fell bedeckte seinen ganzen Körper, nur die zu Klauen gekrümmten Hände, mit denen es sich manchmal wie ein Affe auf den Boden aufstützte, waren unbehaart. Auch das Gesicht hatte etwas Affenartiges. Hin und wieder fletschte es die weißen, spitzen Zähne.

Copper ließ die Kreatur eine Weile im Käfig auf und ab laufen und flüsterte unverständliche Worte. Dann zog er einen Schlüssel aus der Tasche und öffnete das riesige Vorhängeschloss. Er schob den Riegel mit einem hässlichen Schaben zurück und zog die schwere, quietschende Tür auf. Augenblicklich machte Dunnerak einen Satz und sprang in die Manege, wo es ein paar schnelle Schritte durch die Runde lief. Die Zuschauer wichen in ihren Sitzen zurück, doch Mr Copper machte ein paar beruhigende Gesten. Es schien alles in Ordnung zu sein. Er ging auf das Monster zu und berührte es am haarigen Arm, woraufhin es knurrte und einen kleinen Sprung zur Seite tat. Erst ganz langsam beruhigte sich das Wesen. Nun drehte der Direktor eine Runde mit ihm durch das Zelt. Als sie zu den drei ??? kamen, fiel Peter auf, wie winzig Mr Copper im Vergleich zu dem Untier war. Der Zweite Detektiv spürte, dass sein T-Shirt unter den Armen schweißnass war.

Plötzlich bückte Copper sich und holte aus einem kleinen Kasten, der bisher unbemerkt am Rande der Manege gestanden hatte, ein Stück rohes Fleisch hervor. Sofort brüllte Dunnerak und zerrte es ihm aus der Hand. Es schlug seine messerscharfen Zähne hinein und riss ein großes Stück heraus, das es gierig verschlang. Es wurde wieder unruhiger, tänzelte hin und her und machte kleine Sprünge in Richtung Zuschauerraum, als vermutete es dort seinen Nachtisch. Hin und wieder knurrte und brüllte es und kleine Schreie wurden im Publikum laut. Mit einem Mal schien Copper die Ruhe verlassen zu haben. Ein panischer Ausdruck lag auf seinem Gesicht. Schnell griff er erneut in den Kasten, holte ein weiteres Stück Fleisch hervor und warf es in den Käfig, bevor Dunnerak danach greifen konnte. Sofort lief die Bestie zurück, sprang in den Käfig und stürzte sich auf das Fleisch. Copper warf die Tür zu und schob den Riegel vor. Erleichtert atmeten alle auf. Der Direktor zog den Käfigvorhang zu und klatschte einmal in die Hände. Carter und Miss Lilly kamen herbeigelaufen und schoben den Käfig hinaus.

Einige Sekunden lang herrschte Stille, doch als das wütende Knurren des Ungeheuers verstummt war und das Licht wieder heller wurde, brach tobender Beifall aus. Die Leute jubelten vor Begeisterung und Erleichterung. Mr Copper genoss das Spektakel sichtlich.

»Das war toll!«, rief Bob seinen Freunden zu. »Ganz große Klasse! Mann! Ein echtes Monster!«

Peter blieb zurückhaltend.

»Was ist los mit dir, Zweiter?«, erkundigte sich Justus. »Sitzt dir der Schreck noch in den Knochen?«

»Ist es euch nicht aufgefallen?«, fragte er.

»Was denn?«

»Mr Copper hat vergessen, das Schloss vor den Riegel zu machen.«

»Ach, keine Sorge! Das war doch alles nur Show. Die wissen schon, wie sie –«

Weiter kam Justus nicht. Plötzlich knallte etwas und das Licht ging aus. Es war stockdunkel. Augenblicklich brach der Beifall ab und es herrschte angsterfüllte Stille. Der Vorhang raschelte. Dann brüllte das Monster. Nicht irgendwo draußen im Käfig, sondern hier, mitten im Zirkuszelt!

Panik!

Innerhalb von Sekunden verwandelte sich das Zelt in eine tobende Hölle. Die Menschen schrien, überall knallte und krachte es und immer wieder grunzte und schnaubte das Monster. Doch schließlich war der Lärm so groß, dass Dunneraks Knurren darin völlig unterging.

»Bewahren Sie Ruhe!«, rief Mr Copper inmitten des Chaos. »Alles ist unter Kontrolle! Nur das Licht ist ausgefallen!«

Niemand achtete auf ihn.

Die drei ??? saßen wie gelähmt auf ihrer Bank, während um sie herum Panik ausbrach.

Etwas berührte Bob am Arm. Er schrie und sprang auf, stolperte über Peters Beine und schlug hart auf den Boden.

»Bob!«, rief der Zweite Detektiv. »Bob, was ist los? Was ist –«

In diesem Moment ging das Licht wieder an. Die drei ??? sahen auf. Überall hatten die Zuschauer versucht das Zirkuszelt zu verlassen und waren gestürzt. In allen Gesichtern stand die Angst geschrieben. Von Dunnerak war keine Spur zu sehen. Die Menschen beruhigten sich langsam wieder und blickten sich verwirrt um.

Direktor Copper schritt schockiert durch die Manege und hob die Arme. »Bitte, bitte, beruhigen Sie sich! Nichts ist geschehen! Absolut nichts! Wir hatten nur einen Stromausfall, das ist alles!«

»Aber das Monster –«

»Ist in seinem Käfig und kann niemandem etwas tun! Es tut mir aufrichtig Leid, Sie erschreckt zu haben, aber ich versichere Ihnen, dass es nie eine ernsthafte Gefahr gab! Bitte, begeben Sie sich wieder auf Ihre Plätze!«

Nach und nach normalisierte sich die Situation. Hier und da war ein nervöses Lachen zu hören, doch es klang eher erleichtert als beunruhigt.

»Aber Dunnerak war hier im Zelt, als es dunkel war!«, flüsterte Peter. »Das haben wir doch alle gehört!«

Justus hob beschwörend die Hand. »Sei bloß still, Zweiter, sonst bricht gleich wieder eine Panik aus! Wir unterhalten uns später darüber, in Ordnung? Jetzt soll Mr Copper erst mal sehen, wie er das Publikum besänftigt.«

Plötzlich schrie eine Frau. »Mein Schmuck! Mein Schmuck ist verschwunden! Jemand hat mir die Kette vom Hals gerissen!«

Die drei ??? wandten die Köpfe. »Das ist die Frau des Bürgermeisters!«, zischte Bob und wies auf die Dame, die aufgesprungen war und anklagend auf Mr Copper hinuntersah.

Sofort kontrollierten die Zuschauer ihre Taschen und betasteten ihre Ringe und Armbänder. Empörtes Stimmengewirr wurde laut. Mr Copper versuchte dagegen anzukämpfen: »Bitte setzen Sie sich wieder, meine Damen! Alles wird sich aufklären, wenn Sie nur ruhig bleiben! Ich versichere Ihnen, der Stromausfall war nur eine kleine Panne!«

Doch die ersten Leute hatten sich bereits von ihren Plätzen erhoben und strebten auf den Ausgang zu.

»Da hat jemand die Dunkelheit ausgenutzt, um das Publikum zu bestehlen«, sagte Bob. »Und jetzt kann der Dieb verschwinden, ohne dass es auffällt. Seht nur, immer mehr Leute verlassen das Zelt!«

»Wir müssen etwas unternehmen«, meinte Peter.

»Was denn? Willst du dich an den Ausgang stellen und jeden filzen, der rausgeht? Unmöglich.« Bob hatte Recht. Inzwischen hatte sich gut die Hälfte der Menschen erhoben und bewegte sich auf den Ausgang zu. Mr Copper versuchte verzweifelt sie daran zu hindern, doch die Angst und die Empörung machten die Leute für jede Diskussion taub. Außerdem waren der Bürgermeister und seine Gattin inzwischen in die Manege getreten und redeten heftig gestikulierend auf den Direktor ein.

»Auweia«, murmelte Peter. »Das gibt richtig Ärger.«

Auch Justus stand auf.

»Was ist? Willst du etwa auch gehen?«

»Ja. Aber in die andere Richtung.« Er schob sich an der Bank entlang zur Treppe. Peter und Bob folgten ihm.

»Was hast du vor?«

»Ich will sehen, ob das Monster tatsächlich in seinem Käfig ist.« Sie reihten sich in die Menschenmenge ein, die die Tribünentreppe hinunter zum Ausgang strömte. Unten angekommen wandten sie sich jedoch in die andere Richtung, zum Bühnenvorhang, hinter dem der Käfig mit dem Monster verschwunden war. Die anderen Schausteller waren inzwischen herausgekommen und versuchten vergeblich die Leute am Gehen zu hindern. Mr Copper redete beschwichtigend auf den Bürgermeister und seine Frau ein. Niemand achtete auf die drei Detektive. Ungesehen konnten sie hinter den schwarzen Vorhang verschwinden.

Das dämmrige Licht einer schwach leuchtenden Glühlampe empfing sie. Der Bühnenvorraum war klein und verlassen und diente offenbar nur als verlängerter Hinterausgang. Kein Käfig war zu sehen – und zum Glück auch kein Monster, wie Peter erleichtert feststellte.

»Sie haben es wohl gleich zurück ins Tierzelt gebracht«, flüsterte Justus und winkte seinen Freunden ihm zu folgen. Draußen war es inzwischen ganz dunkel geworden. Coffmans Wiese wurde nur von den bunten Lichtern der Achterbahn erleuchtet, in deren Schein die Zuschauer den Platz verließen. Doch hier hinten, auf der Rückseite des Zirkuszeltes, war keine Menschenseele. Die drei ??? schlichen hinüber zum flachen, lang gezogenen Zelt und horchten an der Plane. Nur das vertraute Schnauben und Grunzen der Tiere war zu hören, sonst nichts.

Justus teilte die Stoffbahn, die den Eingang versperrte, eine Handbreit und spähte hindurch. Ein hoch gewachsener Mann stand im Schein einer kleinen Öllampe vor Dunneraks Käfig und machte sich daran zu schaffen. Das Licht war so schwach, dass der Erste Detektiv weder erkennen konnte, wer es war, noch was er genau tat.

»Was ist?«, fragte Peter. »Warum gehst du nicht rein?«

»Schhh!«, machte Justus.

Doch es war schon zu spät. Die Gestalt hatte sie gehört und drehte sich um. »He! Wer ist da?«

Justus seufzte und schob sich durch den Eingang ins Zelt.

»Justus Jonas und –«

»Ach, ihr schon wieder!«, antwortete der Mann gereizt, wich vom Käfig zurück und kam auf sie zu. Nun erkannte Justus ihn. Es war Pico, der Jongleur und Clown. »Was wollt ihr hier?«

»Wir ... wollten nur sehen, ob mit den Tieren alles in Ordnung ist«, log Bob.

»Das hatte ich auch vor. Sie haben sich erschrocken, als das Licht ausging und plötzlich alle Leute schrien. Aber ich habe sie beruhigen können.«

»Ist mit ... mit Dunnerak auch alles klar?«, fragte Peter zögernd.

»Alles bestens«, antwortete Pico und warf einen Blick auf den Käfig, der nach wie vor mit einem schwarzen Vorhang zugehängt war. Wie zur Bestätigung knurrte das Monster. »Aber wir sollten es jetzt nicht mehr stören. Geht nach Hause, Jungs, hier gibt es nichts weiter zu sehen.« Er schob sie aus dem Zelt hinaus und begleitete sie bis zur Achterbahn. Sie hatten keine Chance, ungesehen zurückzukehren, denn als sie zwischen allen anderen Zuschauern standen, die auf Coffmans Wiese empörte Diskussionen über den Zwischenfall führten, blieb Pico am Kassenhäuschen stehen, dem einzigen Zugang zum hinteren Teil des Platzes.

»Hochinteressant«, murmelte Justus und zupfte an seiner Unterlippe. Das tat er immer, wenn er nachdachte.

»Was denn?«

Der Erste Detektiv nickte unmerklich Richtung Kasse. »Pico lässt uns nicht aus den Augen. Als hätte er Angst, wir würden noch einmal zurückkehren und das Zelt unbeobachtet unter die Lupe nehmen.«

»Wie meinst du das?«

»Der lustige Clown Pico hat sich an Dunneraks Käfig zu schaffen gemacht, als ich durch den Vorhang spähte. Ich konnte nicht erkennen, was genau er da trieb, aber er fühlte sich offenbar bei etwas ertappt, als er uns bemerkte.«

»Du glaubst ihm also nicht, dass er nur nach Dunnerak sehen wollte?«, hakte Peter nach.

»Doch. Aber vielleicht hat er ihm bei der Gelegenheit auch gleich den gestohlenen Schmuck abgenommen.«

»Was?«, rief Peter, senkte jedoch sogleich seine Stimme, als einige Leute sich nach ihm umdrehten. »Du glaubst also auch, das Monster hätte den Schmuck gestohlen? Der Gedanke ist mir gleich gekommen! Ich habe mich bloß nicht getraut ihn auszusprechen. Ich dachte, du würdest mich für verrückt erklären.«

Der Erste Detektiv, der sich in dieser Menschenmenge unangenehm belauscht fühlte, zog seine Freunde ein Stück zur Seite und raunte: »Es könnte das Monster gewesen sein. Das ist eine von vielen Möglichkeiten. Oder einer der Zuschauer ist ein Taschendieb, der die Gunst der Stunde zu nutzen wusste.«

»Den schnappen wir natürlich nicht mehr«, bemerkte Bob. »Es könnte aber auch jemand vom Zirkus gewesen sein.«

Justus nickte. »Diese Theorie wirft wiederum die Frage auf, ob der Stromausfall tatsächlich ein Zufall war – oder aber ein vom Täter absichtlich eingefädeltes Versagen.«

Peter verdrehte die Augen. Immer wenn Justus' Denkmaschine lief, verfiel er in diese gestelzte Redeweise, bei der kaum jemand ein Wort verstand. Er zumindest nicht. »Das klingt verdammt so, als könntest du es mal wieder gar nicht abwarten, dieses Rätsel zu lösen, Just.«

Der Erste Detektiv grinste breit. »Exakt, Peter! Ein Stromausfall im Zirkuszelt, ein Diebstahl und ein Monster aus der Wildnis Alaskas. Das klingt nicht nur spannend, sondern auch ungemein nach einem neuen Fall für die drei ???«

»Und wie wollen wir vorgehen?«, fragte Bob, der nicht die geringste Idee hatte. »Du hast doch selbst gesagt, dass der Dieb schon längst über alle Berge ist. Und Spuren hat er auch nicht hinterlassen.«

Justus wollte gerade zu einer Antwort ansetzen, als der Bürgermeister und seine Frau wenige Meter an ihnen vorbei Richtung Straße gingen. Obwohl sie gedämpft miteinander sprachen, bekamen die drei Detektive einen Teil des Wortwechsels mit:

»Das kannst du unmöglich der Polizei erzählen! Sie werden dich auslachen – und meinem Ruf wäre das nicht gerade förderlich.«

»Ich weiß, George, aber trotzdem ist es die Wahrheit! Ich schwöre dir: Als es dunkel war, hat mich etwas Haariges berührt!«

Attacke am helllichten Tag

Als Justus seinem Onkel am nächsten Morgen die Geschichte erzählte, war dieser entsetzt. »Das ist ja furchtbar! Der arme Alois! Wenn die Presse davon berichtet, ist er in Rocky Beach ruiniert! Ach, was rede ich – diese Stadt ist so klein, da braucht die Zeitung gar nicht einzugreifen. Wahrscheinlich weiß inzwischen sowieso schon halb Rocky Beach, was gestern im Zirkus geschehen ist. Das hat Alois wirklich nicht verdient.«

»Der Zirkus läuft nicht besonders, oder?«

Onkel Titus schüttelte den Kopf. »Kein Zirkus läuft mehr gut. Die Leute gehen lieber ins Kino oder setzen sich vor den Computer. Das scheint aufregender zu sein als die Manege. Und der Zirkus Trinket ist klein, hat keine weltberühmten Stars, es gibt nicht einmal Trapezkünstler. Es ist sowieso ein Wunder, dass Alois so lange durchgehalten hat. Die meisten sind schon bankrott gegangen.«

»Kennst du eigentlich die anderen Leute, die in seinem Zirkus arbeiten?«

Onkel Titus schüttelte den Kopf. »Nicht persönlich. Carter, der Dresseur, ist schon seit Jahrzehnten im Geschäft und tingelt von Zirkus zu Zirkus.«

»Was ist mit Pico, dem Clown?«

»Nie gehört.«

Justus verzog enttäuscht das Gesicht und trank den

letzten Schluck Kakao. Er sah auf die Uhr. »Ich muss los.«

»So früh? Was hast du denn vor?«

»Ich treffe mich mit Peter und Bob auf Coffmans Wiese. Wir wollen sehen, ob wir über den Stromausfall gestern nicht etwas herausfinden können.«

»Ihr wollt schon wieder Detektive spielen?«, fragte Onkel Titus halb amüsiert, halb besorgt.

»Denkst du, Mr Copper wird uns in Anspruch nehmen?«

»Probiert es«, schlug Onkel Titus vor. »Aber wundert euch nicht, wenn er nicht mehr halb so gut drauf ist wie gestern. Er kann ein sehr launischer Mensch sein.«

»Ich habe überhaupt keine Zeit für euch, Jungs! Verschwindet am besten gleich wieder! Oder kommt heute Abend zur Vorstellung. Das heißt, falls die nicht ausfallen muss.« Alois Copper und Carter hockten zusammen auf der Wiese vor dem halb auseinander genommenen Stromgenerator. Beide hatten ölverschmierte Hände. Um sie herum lag überall Werkzeug verstreut. Justus hatte noch nicht mehr als »Guten Morgen« gesagt, da raunzte der Direktor sie schon an.

»Tut mir Leid, Sir, wir wollen Sie nicht stören. Wir –«

»Dann tut es auch nicht!«, brummte Mr Copper ohne sich zu ihnen umzudrehen.

Die drei ??? warfen einander ratlose Blicke zu. Schließlich bedeutete Justus seinen Freunden mit einem Kopfnicken, den Rückzug anzutreten. »Onkel Titus hatte Recht«, sagte der Erste Detektiv, als sie außer Hörweite waren. »Copper kann ziemlich launisch sein.«

»Und was nun?«, fragte Peter.

»Wir befragen einfach die anderen Zirkusleute. Vielleicht können die uns weiterhelfen.«

In diesem Moment trat Madame Yasemin aus einem der Wohnwagen und kam auf sie zu. Erst jetzt bemerkten die drei ???, dass sie direkt vor ihrem kleinen schwarzen Zelt standen. »So früh am Morgen schon Kundschaft?«, fragte sie überrascht. »Hat euer Freund euch davon überzeugt, dass ein kleiner Blick in die Zukunft nie schaden kann?«

»Wir sind eher an einem Blick in die Vergangenheit interessiert«, antwortete Justus. »Um genau zu sein: an dem, was gestern bei der Premiere geschehen ist.«

Madame Yasemin senkte den Kopf, sodass ihr schwarze Haarsträhnen ins Gesicht fielen und die goldenen Ohrringe klimperten. »Ich habe dunkle Schatten kommen sehen. Hätte ich jedoch gewusst, welche schrecklichen Dinge uns erwarten, hätte ich Mr Copper gewarnt.«

»Sie meinen, Sie wussten, dass etwas passieren würde?«, hakte Bob nach.

Sie nickte. »Jeder Ort hat eine besondere Aura, die sich positiv oder negativ auf die Menschen auswirken kann. Immer wenn wir mit dem Zirkus in eine neue Stadt ziehen, berechne ich für diesen Ort ein Horoskop. Und eines wusste ich von Anfang an: Rocky Beach wird uns kein Glück bringen. Diese Stadt ist nicht gut für uns.«

Justus runzelte die Stirn. »Sie halten den Stromausfall also für einen Schicksalsschlag, den Sie bereits in den Sternen gesehen haben?« Sie nickte.

»Und der Diebstahl des Schmucks?«

»Beides war ein Zeichen dafür, dass wir hier nicht lange bleiben sollten. Aber du scheinst nicht meiner Meinung zu sein.«

»Nun, ich hatte eher die Vermutung, dass der Stromausfall beabsichtigt war. Immerhin fiel das Licht genau zu dem Zeitpunkt aus, als eine Panik am wahrscheinlichsten war – nämlich direkt nach dem Auftritt von Dunnerak. Und obwohl es nur für einige Sekunden dunkel war, ist in der kurzen Zeit einer Dame der Schmuck gestohlen worden. Ein bisschen viel für einen Zufall, finden Sie nicht auch?«

Sie musterte Justus von oben bis unten, dann sah sie ihm tief in die Augen. »Du bist ein sehr misstrauischer und neugieriger junger Mann. Du liebst das Geheimnis. Aber nur solange du es lüften kannst. Dinge oder Ereignisse, die sich nicht logisch erklären lassen, kannst du nicht akzeptieren.« Justus wich einen Schritt zurück ohne es zu wollen. Madame Yasemins durchdringender Blick machte ihm Angst. »Aber glaub mir«, fuhr sie fort, »manchmal geschehen Dinge einfach. Es gibt dafür keinen Grund. Man nennt es Schicksal.«

Als sie sich umwandte, um zu gehen, blieb ihr Blick an Peter hängen. Sie beugte sich vor und raunte ihm für die anderen unhörbar zu: »Und du hüte dich nach wie vor vor der Dunkelheit. Du wirst die finsteren Schatten nicht vertreiben können, wenn du den Kristall unter deinem T-Shirt versteckst.« Nun machte sie endgültig kehrt. Die drei ??? sahen ihr ratlos nach. »Was war denn das?«, staunte Bob.

»Keine Ahnung.«

»Was hat sie zu dir gesagt, Peter?«

Der Zweite Detektiv, der gerade den Kristall unter dem Kragen hervornestelte, bedeckte das glitzernde Schmuckstück schnell mit der Hand. »Ach, nichts ... nichts Besonderes. Sie hat nur wiederholt, was sie gestern schon sagte. Dass ich nicht auf neugierige Fragen antworten soll.«

Bob blickte ihn skeptisch an. Doch plötzlich weiteten sich seine Augen vor Schrecken.

»Bob? Was ist denn los mit dir?«

»Hinter dir, Peter! Das Monster!«

Der Zweite Detektiv fuhr herum. Ein dunkler, pelziger Schatten raste schnaubend auf ihn zu. Peter schrie und stolperte rückwärts. Das Geschöpf starrte ihm direkt in die Augen und sprang auf allen vieren über die Wiese. Er war wie gelähmt. Nur noch wenige Meter und es würde ihn anspringen, zu Boden reißen und ihm die Reißzähne in den Hals schlagen!

Ein Pfiff gellte über den Platz und einen Meter vor Peter blieb das Ungeheuer stehen. Sie blickten einander an. Es war kein Ungeheuer. Es war –

»Hannibal! Hannibal, du kleiner Schurke, lass sofort die Leute in Ruhe!« Ein junges, blondes Mädchen kam herbeigelaufen. Es war Miss Lilly, die Akrobatin, die ihren Körper auf unglaubliche Weise verbiegen konnte. Sie rannte auf den Gorilla zu, der zwar stehen geblieben war, aber Peter nach wie vor nicht aus den Augen ließ. »Keine Angst, der tut nichts!«, versicherte sie schon von weitem. »Der will nur spielen!«

»Spielen?«, rief Peter etwas hysterisch und räusperte sich, um seine Stimme wieder unter Kontrolle zu bringen. Der Gorilla schnaubte und zeigte seine spitzen Zähne. Als wollte er ihn zerfleischen. Oder auslachen.

»Ja, er ist völlig ungefährlich!« Nun hatte sie den Riesenaffen endlich erreicht. Sie packte ihn beim Halsband, das so groß war, dass Peter es locker als Gürtel hätte verwenden können. Es sah nicht so aus, als hätte das zarte Mädchen auch nur die geringste Chance, den Gorilla, der fast genauso groß und fünfmal so breit war wie sie, zu bändigen, wenn es darauf ankam. Doch das Tier verhielt sich ruhig. »Tut mir Leid, ich wusste nicht, dass jemand auf der Wiese ist. Sonst hätte ich Hannibal sicher nicht freigelassen.«

»Also ist er doch gefährlich?«, fragte Peter.

Sie schüttelte schnell den Kopf. »Nein. Aber ich weiß, dass die meisten Leute Angst vor ihm haben. Daher lasse ich ihn nur zum Spielen aus dem Käfig, wenn niemand in der Nähe ist.«

»Wie kannst du denn so sicher sein, dass er nicht mal einen schlechten Tag hat und dir aus Versehen ein paar Knochen bricht?«, fragte Peter mit einem besorgten Blick auf Hannibal, der Miss Lillys Hand in seiner riesigen Pranke hielt und damit sein lederhäutiges Gesicht streichelte.

Sie lachte. »Ich kenne ihn schon seit einem Jahr, damals war er noch nicht mal ausgewachsen. Wir sind dicke Freunde. Nicht wahr, Hannibal?« Sie streichelte dem Gorilla über den haarigen Kopf. Er brummte zufrieden und blickte Lilly fast liebevoll an. Dann reichte sie den drei Detektiven die Hand. »Ich bin Lilly, ich gehöre zum Zirkus.«

»Justus Jonas«, sagte Justus und stellte dann seine Freunde vor. »Mein Onkel ist mit eurem Zirkusdirektor befreundet.«

Sie nickte. »Ich weiß. Nett euch kennen zu lernen.«

»Wir haben dich gestern bei der Vorstellung gesehen«, sagte Bob. »Wie lernt man denn dieses Körperverbiegen? Also, ich komme gerade mal im Stehen mit den Händen auf den Boden.«

»Tatsächlich?«, fragte Justus. »Ich schaff nicht mal das.«

»Kein Wunder«, stichelte Peter und stieß dem Ersten Detektiv den Zeigefinger in die Speckröllchen. Er fühlte sich langsam sicherer, obwohl Hannibal noch keinen Zentimeter zurückgewichen war.

»Alles Übungssache«, winkte Lilly ab. »Ihr wart also gestern bei der Vorstellung? Was ...« Sie schluckte. »Was sagt ihr denn zu der Sache? Ist der Zwischenfall schon Stadtgespräch?«

»Noch nicht, aber das kann passieren, sobald die Zeitung morgen davon berichtet«, erwiderte Bob. Er bemerkte ihr besorgtes Gesicht. »Das tut eurem Zirkus nicht besonders gut, nicht wahr?«

Sie lachte bitter. »Das kannst du laut sagen. Gestern nach der Vorstellung war die Hölle los. Mr Copper und Carter haben sich angeschrien und gegenseitig Vorwürfe gemacht, für den Stromausfall verantwortlich zu sein. Natürlich haben sie beide Recht – und Unrecht. Der Generator spinnt schon seit Wochen, aber Mr Copper hat einfach nicht das Geld, einen neuen zu kaufen. Normalerweise ist so ein Stromausfall ja auch nicht weiter schlimm, selbst während einer Vorstellung. Aber gestern war es wirklich ein ungünstiger Zeitpunkt. Und dann hatten wir auch noch einen Dieb unter den Zuschauern!«

Die drei ??? sahen einander an. Justus räusperte sich. »Hältst du es für möglich, dass –«

Peter gab ihm einen erneuten Stoß in die Rippen, diesmal jedoch ungleich fester.

»He! Was –«

»Wir werden belauscht!«, flüsterte Peter und blickte mit halb gesenktem Kopf rüber zur Achterbahn.

Bob und Justus unterdrückten den Impuls, sich umzudrehen, doch Lilly wandte sofort den Blick in die entsprechende Richtung. Ein hoch gewachsener, schlanker Mann, der sich halb hinter einem Stützbalken versteckt hatte, trat einen Schritt zurück und verschwand hinter der bunt bemalten Achterbahnkulisse.

Keine Spur weit und breit

»Wer war das?«, flüsterte Bob.

»Das war bloß Pico«, erklärte Lilly gelassen.

»Der Clown? Und wieso hat er uns belauscht?«

Sie winkte ab. »Macht euch keine Gedanken darüber. Pico ist manchmal etwas seltsam. Aber er ist ein netter Kerl, wenn man ihn erst richtig kennt.«

»Tatsächlich?« Justus blieb skeptisch. »Nun, jedenfalls haben wir den Verdacht, dass es kein Zufall war, dass das Licht ausgerechnet nach Dunneraks Auftritt ausging.«

»Was meinst du damit?«

»Wir alle haben das Monster gehört, wie es durch die Manege lief«, sagte Peter. »Es war im Zelt, als es dunkel war. Und draußen bekamen wir mit, wie die Frau des Bürgermeisters behauptete, etwas Haariges habe sie berührt. Könnte es nicht sein, dass es das ... das Monster war?«

Lilly starrte ihn aus großen Augen an, dann lachte sie, woraufhin Hannibal sich aufrichtete und umherzustreifen begann. »Das Monster? Ihr meint Dunnerak? Nein! Dieses Gebrüll, das ihr während des Stromausfalls gehört habt, waren irgendwelche Zuschauer, die es wohl witzig fanden, den anderen Angst einzujagen. Ganz bestimmt nicht Dunnerak.«

»Aber ich habe genau gesehen, dass Direktor Copper vergessen hat den Käfig abzuschließen.«

Lilly schüttelte den Kopf. »Das Monster würde trotzdem nicht aus seinem Käfig kommen. Es ist völlig harmlos, glaubt mir.«

»So harmlos kam es mir bei der Vorstellung aber nicht vor«, meinte Peter. »Wenn ich daran denke, wie es sich auf den Brocken Fleisch gestürzt hat und dann ganz unruhig wurde ...«

»Wenn es zahm gewesen wäre, hätte ja auch niemand Angst gehabt, nicht wahr?«, erwiderte Lilly und zwinkerte verschwörerisch.

»Es war also nur eine Show«, sprach Justus die Vermutung aus, die er schon die ganze Zeit über gehegt hatte. »Alles, was gestern passiert ist – bis zum Stromausfall – war nur Show, richtig?«

»Wenn ihr es niemandem weitersagt – ja. Glaubt mir, Direktor Copper und Dunnerak liefern jeden Abend die Vorstellung vom tapferen Helden und der ungezähmten Bestie ab. Sonst wäre schließlich niemand beeindruckt.«

Bob und Peter blieb der Mund offen stehen. »Und wir sind voll drauf reingefallen«, gab Bob zu. »Ich hatte wirklich Angst.«

»Das war auch Sinn der Sache.«

Justus blieb cool. »Dunnerak ist nicht echt, stimmt's?«

»Was meinst du?«

»Es ist kein Monster aus den tiefen Wäldern von Alaska. Es steckt irgendein Trick dahinter.«

»Wie kommst du denn darauf? Natürlich ist es echt. Nur eben nicht halb so gefährlich wie alle glauben.«

»Können wir es sehen?«

Sofort schüttelte Lilly den Kopf. »Ausgeschlossen. Es schläft meistens tagsüber. Und wenn man es weckt, kann es passieren, dass es tatsächlich mal schlecht gelaunt ist und die Vorstellung ruiniert. Aber sagt mal, warum interessiert ihr euch eigentlich so für die Geschichte von gestern? Seid ihr extra deswegen noch einmal hierher gekommen?«

Der Erste Detektiv nickte. »Wir haben sozusagen berufliches Interesse an dem Vorfall. Darf ich dir unsere Karte geben?« Er suchte in seiner Hosentasche, doch Bob war schneller und reichte Lilly eine ihrer Visitenkarten:

Die drei Detektive
? ? ?
Wir übernehmen jeden Fall

Erster Detektiv	Justus Jonas
Zweiter Detektiv	Peter Shaw
Recherchen und Archiv	Bob Andrews

»Meint ihr das ernst?«

»Absolut. Wir waren gestern Zeugen eines Verbrechens und wollen es aufklären.«

»Das wäre allerdings nicht schlecht«, sagte Lilly bedrückt. »Wenn ihr den Dieb fasst, könnte das den Ruf des Zirkus wieder herstellen.«

»Erzähl uns etwas von den anderen Leuten im Zirkus«, bat Bob.

»Was wollt ihr wissen? Sie sind alle sehr nett. Wir

sind eine richtige kleine Familie. Carter zum Beispiel, er stieß vor einem Jahr mit dem jungen Hannibal zu uns.« Als der Gorilla seinen Namen hörte, schlug er spontan einen Purzelbaum. Lilly lächelte. »Carter betreibt die Achterbahn, ist für die gesamte Technik im Zirkus zuständig und trainiert jeden Tag mit dem Gorilla. Er ist ein echter Kumpel. Aber er hat ewig Ärger mit dem Direktor. Die beiden streiten sich ständig. Obwohl ... ich glaube, im Grunde mögen sie sich ganz gern. Carter ist in den Zirkus vernarrt und das weiß Mr Copper.«

»Was ist mit diesem Clown Pico?«, wollte Peter wissen. »Du sagtest gerade, er sei etwas merkwürdig.«

»Na ja, er ist ein Eigenbrödler. Meistens sitzt er allein in seinem Wagen oder studiert neue Nummern ein.«

»Ist aber seltsam für einen Clown«, fand der Zweite Detektiv.

»Blödsinn. Wer sagt denn, dass Clowns immer witzig sein müssen? Pico ist in Ordnung. Er mag nur keine Fremden, wahrscheinlich tritt er deshalb immer nur mit einer Maske vor Publikum auf. Er hat uns gerade bestimmt nur deshalb belauscht, weil er wissen wollte, was ihr hier auf dem Zirkusplatz zu suchen habt. Es würde ihm wahrscheinlich gar nicht gefallen, wenn er wüsste, dass ihr herumschnüffeln wollt.«

»Wir schnüffeln nicht«, verteidigte sich Justus. »Wir ermitteln. Was ist mit Madame Yasemin? Die zieht doch auch nur eine Show ab, oder?«

Lilly lächelte. »Ich kann mir vorstellen, dass es so aussieht. Aber Yasemin ist wirklich so. Sie fummelt den ganzen Tag mit den Tarotkarten und ihrer Kristallkugel herum. Ich glaube nicht, dass sie je einen klaren, eindeutigen Satz von sich gegeben hat. Sie lebt in ihrer eigenen Welt voller Mystik und Geheimnisse. Aber ob ihr es glaubt oder nicht, es ist tatsächlich etwas dran. Yasemin hat besondere Fähigkeiten. Ich will nicht sagen, dass sie in die Zukunft sehen kann, aber ... sie hat Vorahnungen.«

»Hat sie dir erzählt, dass sie für euer Gastspiel in Rocky Beach nichts Gutes vorausgesehen hat?«, wollte Bob wissen.

Lilly nickte. »Hat sie. Aber wir können auf unserer Tour nicht einfach eine Stadt auslassen, daher hatten wir keine Wahl. Wir mussten unser Zelt hier auf Coffmans Wiese aufschlagen. Aber sagt mal, was wollt ihr mit der Fragerei über meine Kollegen eigentlich bezwecken?«

»Nun ja«, begann Justus vorsichtig. »Es ist durchaus im Bereich des Möglichen, dass jemand vom Zirkus hinter dem Diebstahl steckt.«

»Wie bitte? Du spinnst wohl! Keiner von uns würde so etwas tun!«

»Wie kannst du da so sicher sein?«

»Na, hör mal!«, antwortete sie empört. »Ich reise mit diesen Leuten seit Jahren durchs ganze Land. Niemand würde dem Zirkus absichtlich Schaden zufügen! Nein, auf gar keinen Fall! Schlagt euch das aus dem Kopf! Es war ein ganz gewöhnlicher Taschendieb, der die Dame gestern in dem ganzen Durcheinander beklaut hat. Sorgt lieber dafür, das zu beweisen anstatt Unschuldige zu verdächtigen.« Sie blickte auf den Gorilla hinunter, der sich inzwischen neben sie gesetzt hatte und gelangweilt zwischen seinen Zehen puhlte. »Ich glaube, Hannibal hat Hunger. Ich muss ihm jetzt was zu fressen geben. Ciao.« Ohne ein weiteres Wort nahm sie den Affen an die Hand und marschierte mit ihm zurück zu den Wohnwagen.

»Ich glaube, du hast sie ganz schön verärgert, Just.«

»Schnell erkannt, Peter«, brummte Justus unwillig. »Ich dachte, sie wäre ganz zugänglich und könnte uns eine Hilfe sein. Aber offenbar ist sie von der Unschuld ihrer Leute überzeugt.«

Bob kratzte sich am Kinn. »Und wenn sie Recht hat und tatsächlich einer der Zuschauer der Dieb war? Dann haben wir schlechte Karten.«

»Da gibt es nur eines. Wir gehen heute Abend noch einmal in die Vorstellung. Dann sehen wir ja, ob wieder etwas passiert. Aber diesmal werden wir den Täter nicht entwischen lassen.«

Die Abendvorstellung des Zirkus Trinket war eine einzige große Enttäuschung. Zwar war noch kein Artikel über die Vorfälle des vergangenen Abends erschienen, doch offenbar hatte sich der Diebstahl inzwischen in Rocky Beach herumgesprochen. Das Zelt war nicht einmal halb gefüllt und die Stimmung der Akteure entsprechend. Der Vorführung fehlte der Schwung, der Funke zwischen Zauberern, Artisten und Dresseuren und dem Publikum wollte nicht überspringen. Der Applaus war halbherzig, und obwohl die Show in allen

Punkten routiniert über die Bühne ging, kam keine rechte Stimmung auf.

Gespannt warteten Justus, Peter und Bob, die diesmal direkt am Ausgang saßen, um im Notfall die Leute am Verlassen des Zeltes hindern zu können, auf den Höhepunkt des Abends. Aber Alois Copper hatte nicht halb so viel Lust, die gruselige Geschichte von seiner Jagd nach dem Monster in Alaska zu erzählen wie am Vorabend. Selbst Dunnerak schien zahmer geworden zu sein. Sein Brüllen war zwar immer noch Furcht erregend, trotzdem gelang es ihm nicht, das Publikum in seinen Bann zu ziehen. Die Vorstellung endete so unspektakulär wie sie begonnen hatte und als die Schlussmusik durch die Lautsprecher plärrte und die Zuschauer das Zelt verließen, mussten sich die drei ??? eingestehen, dass es nicht die beste Idee gewesen war, ein zweites Mal die Show zu besuchen.

»Das war ja wohl ein Schuss in den Ofen«, fasste Peter den Abend treffend zusammen, als sie in der kühlen Abendluft auf Coffmans Wiese standen und beobachteten, wie die letzten Gäste in ihre Autos stiegen und nach Hause fuhren. »Absolut nichts ist passiert. Und was nun? Fahren wir auch nach Hause?«

»Ah, Jungs, da seid ihr ja!« Alois Copper trat aus dem Zirkuszelt heraus und kam mit weit ausgebreiteten Armen auf sie zu. »Ich habe euch eben während der Vorstellung gesehen. Nett von euch, dass ihr uns nach der kleinen Panne von gestern noch eine Chance gegeben habt. Tut mir Leid wegen heute Morgen, aber ich musste die Schwierigkeiten mit dem Generator in den

Griff kriegen, versteht ihr? Ein zweiter Stromausfall wäre unser Ende gewesen. Und? Wie hat euch die Aufführung gefallen?« Noch bevor jemand antworten konnte, hob er abwehrend die Hände. »Halt! Sagt es nicht! Wir waren heute schlecht, ich weiß. Alle hatten Angst, dass wieder so eine Katastrophe passiert, daher war keiner richtig locker. Aber was soll's, es gibt diese Abende, damit kann ich leben.«

»Freut mich für Sie, dass alles glatt gegangen ist«, sagte Justus. »Eigentlich hatten wir ja vorgehabt Ihnen wegen gestern zu helfen.«

Er lachte dröhnend. »Der alte Titus hat mich schon davor gewarnt, dass ihr mir früher oder später eure Detektivdienste anbieten würdet. Ich hätte nichts dagegen, wenn ihr den Dieb schnappt und der armen Bürgermeistergattin ihren Schmuck zurückbringt.«

»Wir hatten halb gehofft, dass der Täter heute ein zweites Mal zuschlagen würde«, sagte Bob.

Justus bemerkte Mr Coppers irritierten Gesichtsausdruck und fügte schnell hinzu: »Natürlich sind wir froh, dass er es nicht getan hat. Aber nun fehlt uns leider eine Spur, die wir verfolgen können.«

»Macht euch nichts draus, Jungs«, lachte Copper und klopfte dem Ersten Detektiv gönnerhaft auf die Schulter. »Jeder hat mal einen schlechten Tag. Mir ist's ganz recht, dass der Schurke sich heute fern gehalten hat.«

Justus, dem Mr Coppers aufgesetzte Herzlichkeit langsam auf die Nerven ging, wollte sich so bald wie möglich von ihm verabschieden, doch der Zirkusdirektor gab ihm keine Gelegenheit. Jetzt, da die Anspannung der Vorstellung von ihm abgefallen war, schien er bester Laune zu sein und redete ohne Punkt und Komma. Er erzählte den drei Detektiven von den alten Zeiten mit Titus Jonas, von ihren gemeinsamen Erlebnissen beim Zirkus und ließ keine der Anekdoten aus, die Justus bereits von seinem Onkel dutzendfach gehört hatte.

Eine geschlagene Stunde standen sie mitten auf Coffmans Wiese und hörten Mr Copper mit halbem Ohr zu. Auch als die Lichter am Zelt schon ausgegangen und die Zirkusleute in ihren Wohnwagen verschwunden waren, fand der Direktor noch kein Ende. Als Copper gerade Peter in die Zange genommen hatte und unentwegt auf ihn einredete, sah Justus sich gelangweilt auf dem Platz um. Er ließ seinen Blick zur Straße schweifen. Ein schlanker Mann in einem hellgrauen Trenchcoat stand unter einer Laterne und sah zu ihnen herüber. Erst dachte Justus, er würde sie beobachten, doch dann zündete er sich eine Zigarette an und ging weiter, bis er hinter dem Zirkuszelt verschwunden war.

Schließlich nutzte Bob eine kleine Atempause Coppers, um auf die Uhr zu sehen und zu rufen: »Himmel, schon so spät! Wir müssen nun wirklich nach Hause!«

Mr Copper war die Enttäuschung, sein Publikum zu verlieren, deutlich anzusehen, doch bevor er zu einem neuen Redeschwall ansetzen konnte, verabschiedeten sich die drei ??? von ihm und gingen eilig zu ihren Fahrrädern, die sie am Rand von Coffmans Wiese abgestellt hatten.

»Meine Güte!«, stöhnte Peter. »Nett ist er ja, aber

auch verdammt anstrengend. Kein Wunder, dass dein Onkel den Zirkus damals verlassen hat, Just. Bei so einem Kollegen hätte ich das auch nicht lange ausgehalten.«

Als sie ihre Räder aufschlossen, wurde plötzlich ein Wagen gestartet, der neben der Achterbahn geparkt war. Die Scheinwerfer flammten auf und ein alter, klappriger Lastwagen fuhr über die Wiese, an den drei ??? vorbei und bog in die Straße. Sie blickten ihm hinterher.

»Das war doch Pico, oder?«, fragte Bob, der den schlanken Mann am Steuer erkannt hatte.

Justus nickte. »Das war er. Seltsam. Ich dachte, abgesehen von Mr Copper schlafen schon alle. Wo will der denn so spät noch hin?«

Ein Schrei in der Nacht

»Sollen wir hinterher?«, schlug Peter aufgeregt vor und hatte sich schon auf den Sattel geschwungen, doch der Erste Detektiv winkte ab. »Vergiss es, den holen wir nicht ein. Zu ärgerlich, dass wir heute nicht mit dem Wagen hier sind. Ich hätte doch gerne gewusst, wohin er fährt.«

»Meinst du, er hat doch etwas mit dem Diebstahl zu tun, Just?«

Der Erste Detektiv zuckte die Schultern. »Möglich wäre es. Geheuer ist mir dieser Clown jedenfalls nicht.«

»Er verhält sich merkwürdig«, stimmte Bob zu. »Aber das heißt nichts. Vielleicht hat Lilly wirklich Recht und wir haben es mit einem gewöhnlichen Taschendieb zu tun. Ich würde sagen, dann sind wir am Ende unserer Ermittlungen.«

Darauf wusste niemand etwas zu erwidern. Frustriert setzten sie sich auf die Fahrräder und machten sich auf den Heimweg. Es war schon spät, die Straßen von Rocky Beach waren verlassen. Die Nachtschwärmer, die noch unterwegs waren, fuhren wahrscheinlich über die Küstenstraße nach Santa Monica oder Malibu Beach, wo entschieden mehr los war als in ihrem kleinen, verschlafenen Nest.

Sie radelten gerade durch das Villenviertel, als Justus sagte: »Wir können nicht einfach aufgeben. Wir haben noch nie aufgegeben!«

»Na schön«, antwortete Bob. »Aber was willst du tun? Wie willst du einen Dieb fangen, der keine Spur hinterlassen hat?«

»Ich weiß nicht«, gestand der Erste Detektiv, während er um eine Kurve fuhr. »Aber ich werde mir was einfallen lassen! Die drei ??? haben noch nie –«

Ein riesiger schwarzer Schatten huschte fünfzig Meter entfernt über die dunkle Straße und verschwand hinter einem Gebüsch. Justus bremste abrupt, so dass sein Fahrrad ins Schlingern geriet und er fast stürzte. »Was war das?«

»Ich ... ich weiß nicht«, stammelte Peter.

»Was ist los?«, fragte Bob aufgeregt.

»Hast du es nicht gesehen?«

»Ich habe gerade zu dir rübergeguckt, Just. Was soll ich gesehen haben?«

»Etwas ist über die Straße gelaufen.«

»Na und? War wahrscheinlich nur eine Katze.«

»Eine zwei Meter große Katze?«, rief Peter mit sich überschlagender Stimme.

»Wie bitte? Zwei Meter?«, keuchte der Dritte Detektiv. »Wollt ihr mich auf den Arm nehmen?«

»Nein«, antwortete Justus und stieg vom Fahrrad. »Los, Kollegen, das sehen wir uns aus der Nähe an!«

»Bist du verrückt, Just? Das Ding sah gefährlich aus!«

»Blödsinn. Es hatte Angst vor uns, deshalb ist es doch weggelaufen.« Er stellte das Rad an den Straßenrand und schlich auf die Stelle zu, an der der Schatten verschwunden war. Notgedrungen taten Bob und Peter es ihm gleich.

»Vielleicht war es nur ein Betrunkener, der über die Straße getorkelt ist«, flüsterte Bob.

»Es ist nicht getorkelt. Es rannte wie der Blitz auf die andere Seite.«

»Dann ist ein Betrunkener über die Straße gerannt.«

»Bob!«, sagte Peter eindringlich. »Es war kein Betrunkener! Es war überhaupt kein Mensch!«

»Was ... was soll das heißen?«

»Schhh!«, machte Justus und warf ihnen zornige Blicke zu. Er hatte die Stelle erreicht, an der der Schatten verschwunden war. Es war ein schmaler Durchgang zwischen zwei heckengesäumten Grundstücken, durch den ein Abwassergraben führte. »Hier ist es reingelaufen!«

Peter spähte in den nur etwa einen Meter breiten Heckenweg. »Da drin ist es ja stockdunkel!«, zischte er. »Du willst dem Vieh doch nicht etwa folgen?«

»Wie sonst sollen wir herausfinden, was es war?«

»Spinnst du? Ich gehe da nicht rein! Auf gar keinen Fall! Bestimmt wartet es nur darauf, dass wir ihm hinterherlaufen und dann zerfetzt es uns mit seinen riesigen Klauen!«

»Riesige Klauen?«, fragte Bob. »Ich denke, du hast nur einen Schatten gesehen. Wie kannst du dann wissen, dass es –«

»Das will ich dir sagen, Bob. Weil es aus der Ferne genauso aussah wie das Monster!«

»Welches Monster?«

»Das Monster aus dem Zirkus! Dunnerak!«

»Was? Ist das wahr, Just?«

Der Erste Detektiv zögerte. »Ich habe nicht viel gesehen. Es war groß und pelzig, aber mir kam es etwas kleiner vor als das Monster.«

»Weil es gebückt lief«, fuhr Peter dazwischen. »Es war Dunnerak!«

»Aber das ist unmöglich!«, widersprach Bob. »Wie sollte es hierher kommen? Das Vieh sitzt in seinem Käfig! Außerdem sagte Lilly, es sei ganz harmlos.«

»Wenn Direktor Copper dabei ist vielleicht. Aber es rannte gerade ganz allein durch die Nacht!«

»Ich glaube nicht, dass es das Monster war«, beharrte Bob.

»Du hast es ja gar nicht gesehen. Und selbst wenn es etwas anderes war: Es sah nicht freundlich aus. Und deshalb gehe ich nicht da rein, da könnt ihr euch auf den Kopf stellen.«

»Na schön, dann bleibst du eben hier. Wir werden nachsehen, ob es noch da ist. Komm, Bob!«

Obwohl auch Bob ein ungutes Gefühl hatte, traute er sich nicht, dem Ersten Detektiv zu widersprechen. Er nickte und gemeinsam betraten sie den dunklen Pfad. Die Hecken waren zu hoch, um einen Blick darüber hinweg werfen zu können. Doch sie sahen zu beiden Seiten vornehme Villen über den Blätterrand ragen. Ihre Dächer stanzten schwarze Löcher in den sternenübersäten Nachthimmel. Hinter keinem der Fenster brannte Licht. Der Graben zwischen den beiden Hecken war trocken und grasbewachsen, so dass sie sich fast lautlos fortbewegen konnten.

Plötzlich raschelte und knackte etwas irgendwo vor

ihnen. Augenblicklich verharrten die beiden Detektive und lauschten, doch das Geräusch wiederholte sich nicht.

»Was war das?«

»Wüsste ich auch gern. Es war auf jeden Fall noch ein ganzes Stück weit weg.«

»Sollen ... sollen wir wirklich weitergehen?«

»Warum denn nicht? Jetzt ist das Geräusch ja weg.«

»Du hast Nerven!« Vorsichtig setzten sie ihren Weg fort.

»Peter hatte Recht«, flüsterte Bob nach einer Weile. »Man sieht überhaupt nichts mehr. Dieses ... Ding könnte jeden Moment vor uns auftauchen.«

»Wenn wir es nicht sehen, sieht es uns auch nicht«, behauptete Justus und tastete sich weiter voran.

»Aber es hört uns. Oder es kann uns wittern.«

»Hör schon auf, Bob! Ein zur Hysterie neigender Detektiv reicht mir!« Justus stolperte und fiel nach vorn. Als er sich mit den Händen abstützte, fasste er in etwas Weiches. Ein kleiner Schrei entfuhr ihm.

»Just! Just, was ist?«

»Nichts«, erwiderte der Erste Detektiv mit einem nervösen Lachen. »Der Graben ist hier zu Ende. Ich bin gestolpert und habe ins Gras gegriffen. Im ersten Moment dachte ich, es wäre Fell.«

Bob stöhnte. »Jag mir nicht noch einmal so einen Schrecken ein! Geht der Weg denn weiter?«

Justus tastete sich vorwärts, doch wohin er auch griff, überall waren Hecken. »Nein. Hier ist Endstation.«

»Und wo ist das Vieh dann hin?«

»Ich habe keine ... Moment mal! Hier ist was!«

»Was denn?«

»Eine Lücke in der linken Hecke!« Er kniff die Augen zusammen, um im fahlen Licht der Sterne etwas erkennen zu können. »Sieht so aus, als wäre etwas Großes und Schweres einfach durch das Gestrüpp geprescht. Das muss das Knacken und Krachen gewesen sein, das wir gehört haben.«

»Und jetzt?«

»Kriechen wir hinterher.«

Bevor Bob Einspruch erheben konnte, quetschte Justus sich schon durch die Lücke in der Hecke. Das dornige Gestrüpp zerkratzte ihm die Handrücken, als er versuchte sein Gesicht zu schützen. Auf der anderen Seite betrat er einen sorgfältig kurz gehaltenen Rasen. Die Villa, ein altmodischer, im spanischen Stil gehaltener Bau, ragte majestätisch vor ihm auf. Justus verharrte einen Moment und blickte sich um. Niemand war zu sehen. »Die Luft ist rein!«

Bob folgte ihm ächzend. »Aua!«, presste er hervor. »Verdammtes Gestrüpp! Ich hoffe, das Ding, was immer es war, hat sich verletzt, als es hier durchgeklettert ist.«

»Das was-immer-es-war ist jedenfalls weg«, bemerkte Justus. »Komm, wir gehen mal um die Villa herum.«

Jetzt, da es keine Hecken mehr gab, fühlten sie sich plötzlich seltsam schutzlos. Die freie Rasenfläche bot nicht die geringste Deckung. Keine Schatten, in denen sie sich verstecken konnten, keine Bäume, um im Notfall hinaufzuklettern. Wenn sich hinter der nächsten Hausecke etwas verbarg, stand eines fest: Es sah sie zuerst.

»Mir ist gar nicht wohl bei der Sache, Just!«, flüsterte Bob.

»Mir auch nicht«, gestand der Erste Detektiv, der seinen beschleunigten Herzschlag so deutlich spürte, dass er befürchtete, man könnte ihn noch im Innern des Hauses hören. »Aber nun sind wir hier. Es wäre einfach irrational, jetzt wieder umzukehren.«

»Wie schön, dass du deine Ratio hast. Könntest du mir nicht ein bisschen davon abgeben?«

Während sie das Gebäude umrundeten, verfluchten sie den Besitzer, der es nicht für nötig gehalten hatte, in seinem riesigen Garten auch nur den allerkleinsten Baum zu pflanzen. Lediglich ein paar Kletterpflanzen rankten sich an hölzernen Gestellen die Hauswand empor. Wenn jemand aus dem Fenster blickte, würde er sie sofort sehen.

»Ich kann mir nicht helfen, Just, aber das Vieh scheint weg zu sein. Wir sind jetzt einmal ganz herumgelaufen. Nichts.«

Justus wagte es, ein klein wenig aufzuatmen. »Sieht ganz so aus.«

»Dann können wir ja umkehren«, sagte Bob schnell, bevor Justus eine neue Schnapsidee ausbrüten konnte. »Je eher, desto –«

Weiter kam er nicht.

Ein markerschütternder Schrei gellte durch die Nacht.

Verhaftet!

Peter trat unruhig von einem Fuß auf den anderen. Er sah auf die Uhr. Es waren erst drei Minuten vergangen, seit Bob und Justus weg waren, doch sie kamen dem Zweiten Detektiv vor wie eine Ewigkeit. Immer wieder blickte er in beide Richtungen die dunkle Straße hinunter. Was, wenn er das Monster ein zweites Mal sah, wie es über die Straße lief? Sollte er es dann verfolgen? Was, wenn es sich nicht verfolgen ließ? Wenn es stattdessen ihn verfolgte? Wenn es ihn angriff? Bei dem Gedanken lief ihm ein kalter Schauer über den Rücken. Vielleicht wäre es doch besser gewesen, die beiden zu begleiten. Wieder sah er auf die Uhr. Vier Minuten. Ihm wurde immer unwohler. Sollte er ihnen folgen? Doch dann entschied Peter, dass es ein gutes Zeichen war, wenn er nichts von seinen Freunden hörte. Wären sie in Gefahr, hätten sie längst geschrien.

Plötzlich hörte er ein Geräusch. Es klang wie ein unterdrücktes Husten, nicht sehr weit entfernt. Ein Spaziergänger? Peter lauschte, hörte aber keine Schritte. Das Husten wiederholte sich. Es kam von der nächsten Straßenecke. Peter war sicher, keine Schritte gehört zu haben, seit er hier war. Dort drüben stand jemand und zwar schon seit einiger Zeit. Womöglich beobachtete er ihn.

Der Zweite Detektiv versuchte sich nichts anmerken

zu lassen. Langsam ging er auf und ab. Erst vor dem Eingang des Heckenwegs, dann dehnte er die Strecke immer weiter aus. Mit jedem Mal näherte er sich der Straßenecke ein bisschen mehr. Noch ein paar Schritte, dann würde er einen Blick in die Seitenstraße werfen und den Unbekannten sehen können …

Ein schriller Schrei ließ ihn zusammenfahren. Er wirbelte herum. Der Schrei kam von einem der beiden Grundstücke, die an den Heckenweg grenzten! Augenblicklich war der Unbekannte in der Seitenstraße vergessen. Peter sprintete zurück. Zwar hatte das weder nach Justus noch nach Bob geklungen, sondern nach einer Frau, aber der Schrei war so panikerfüllt gewesen, dass etwas Schreckliches passiert sein musste!

Als der Zweite Detektiv den Eingang zum Heckenweg erreichte, zögerte er nur einen kurzen Moment. Dann trat er in die Dunkelheit und lief, so schnell es bei der eingeschränkten Sicht möglich war, durch den Graben. Im Haus auf der linken Seite flammte Licht hinter den Fenstern auf und der Garten erstrahlte im Schein heller Außenlaternen, die so stark waren, dass sie sogar den Gang hinter der Hecke beleuchteten. Peter konnte einen Schritt zulegen.

Ein wütendes Gebrüll hallte durch die Nacht. Peter blieb stehen und versuchte über seinen keuchenden Atem und seinen pochenden Herzschlag hinwegzuhorchen. Vor ihm raschelte und knackte etwas. Und dann tauchte plötzlich ein massiger schwarzer Schatten am Ende des Ganges auf – und rannte auf ihn zu!

Peter schrie, konnte sich jedoch nicht rühren. Er war

wie gelähmt. Mit Riesensprüngen kam das Ding näher. Dann sah es Peter und verharrte.

Zottiges, schwarzes Fell, lange Arme, eine gebeugte Haltung – und schwarze Augen, die ihn kalt anblitzten. Es war Dunnerak. Sekundenlang starrten sie einander an, dann richtete sich das Monster zu seiner vollen Größe auf, warf den Kopf in den Nacken und stieß ein ohrenbetäubendes Gebrüll aus. Mit einem Satz sprang es auf Peter zu. Der warf sich in letzter Sekunde zur Seite und Dunnerak preschte an ihm vorbei. Peter warf sich herum und machte sich auf einen zweiten Angriff gefasst, doch anstatt umzukehren lief das Monster weiter den Heckenweg entlang zur Straße. Einige Augenblicke später war es verschwunden. Peter rappelte sich auf. Er wollte so schnell wie möglich aus diesem Gang verschwinden, hinaus ins Licht, bevor das Ungeheuer es sich anders überlegte und zurückkam. Doch seine Beine zitterten so stark, dass er kaum einen Fuß vor den anderen setzen konnte. Er stolperte, fiel in die Hecke und zerriss sich dabei das T-Shirt. Halb von Sinnen befreite er sich aus dem dornigen Gestrüpp, hastete weiter und erreichte schließlich einen Durchgang, der in den beleuchteten Garten führte. Mit einem letzten panischen Blick zurück in den verlassenen Heckengang sprang er durch die Lücke. Sein Fuß verhakte sich und er stürzte auf den Rasen, wo er einen Augenblick liegen blieb, um zu Atem zu kommen.

»Peter!« Das war Bobs Stimme. »Mein Gott, Peter! Just, es hat ihn angegriffen und verletzt!«

Der Zweite Detektiv hob den Kopf und sah seine

Freunde auf sich zu laufen. Sie beugten sich herunter und Bob fragte besorgt: »Was ist passiert, Peter? Alles in Ordnung? Mein Gott, dein T-Shirt!«

»Alles okay«, versicherte Peter stöhnend. »Ich bin nicht verletzt.«

»Aber die Kratzer ...«

»Das war die blöde Hecke, nicht das Monster.«

Justus half dem Zweiten Detektiv hoch. »Du hast es also auch gesehen?«

»Gesehen ist gut. Es wäre fast in mich reingerannt. Ich habe den Schrei gehört und bin sofort losgelaufen und da kam es mir in diesem verfluchten Heckengang entgegen. Gebrüllt hat es wie verrückt und mich angestarrt, dass ich vor Angst beinahe gestorben wäre.« Die Erinnerung daran ließ ihn wieder zittern.

»Hat es dich angegriffen?«, fragte Bob atemlos.

»Ja. Das heißt ... vielleicht auch nicht. Es ist auf mich zu gelaufen. Ich habe mich gerade noch zur Seite werfen können. Justus! Bob! Es war wirklich das Monster! Es stand direkt vor mir! Es ... es ...«

»Beruhige dich, Peter!«, sagte Justus eindringlich. »Jetzt ist es ja weg.«

Peter warf einen Blick zurück auf die Hecke, doch dort blieb alles ruhig. Justus hatte Recht. Es war weg. Langsam beruhigte sich sein Pulsschlag und auch seine Beine gehorchten wieder seinem Willen. Er schluckte mühsam und fragte dann: »Sagt mal, wer hat eigentlich geschrien?«

»Jemand im Haus«, antwortete Justus. »Wir hatten gerade ergebnislos den Garten abgesucht, da schrie eine

Frau. Die Lichter gingen an, erst im Haus, dann hier draußen. Und plötzlich tauchte das Monster auf.«

»Hat es euch gesehen?«

»Ich glaube nicht. Wir waren gerade da drüben, als es plötzlich an der Hausecke auftauchte und über den Rasen zur Hecke lief. Es sah aus, als würde es vor dem Licht fliehen.«

Bob nickte. »Erinnert ihr euch, was Lilly und Direktor Copper gesagt haben? Dunnerak ist sehr lichtscheu, deshalb ist es tagsüber immer in einem verdunkelten Käfig und tritt nur bei gedämpfter Beleuchtung auf. Vielleicht war die Tatsache, dass plötzlich das Licht anging, unsere Rettung. Wer weiß, was das Monster sonst getan hätte.«

Peter verdrängte den Gedanken daran ganz schnell. Er sah sich unschlüssig um. »Was tun wir jetzt? Wir sollten nach den Hausbewohnern sehen, oder? Wer immer da geschrien hat, vielleicht war es nicht nur vor Schreck.«

Bob und Justus sahen einander an. Daran hatten sie noch gar nicht gedacht! Vielleicht brauchte jemand im Haus Hilfe! Sofort liefen sie nach vorn, stiegen die kurze Treppe zur Veranda hoch und klingelten an der Haustür. Es blieb ruhig. Sie klingelten noch einmal und als sich immer noch nichts rührte, hämmerte Justus an die Tür und rief: »Hallo! Können Sie mich hören? Brauchen Sie Hilfe?«

»Verschwinden Sie!«, jammerte eine dünne Stimme kaum hörbar und brach dann in ein Schluchzen aus.

»Hat sie gesagt, wir sollen verschwinden?«, fragte Peter flüsternd.

»Hörte sich so an.« Justus versuchte es erneut: »Wir wollen Ihnen helfen! Bitte machen Sie die Tür auf!« Nun steigerte sich das Wimmern zu einem angsterfüllten Schreien.

»Meine Güte! Da drinnen geht es nicht mit rechten Dingen zu!«, rief der Erste Detektiv. »Wir müssen irgendwie ins Haus! Peter, hast du dein Werkzeug dabei?«

Der Zweite Detektiv tastete seine Taschen nach dem Dietrichetui ab und schüttelte den Kopf. »Es ist noch in der Jeans von gestern. Vielleicht steht irgendwo ein Fenster offen.«

»Wir haben auf unserem Rundgang schon nachgesehen«, antwortete Bob. »Die Balkontür im ersten Stock ist nur angelehnt, sonst nichts.«

»Dann müssen wir eben klettern«, sagte Peter und sprang die Veranda herunter. »Wo ist der Balkon?«

»Auf der anderen Seite.«

Sie liefen einmal um das Haus herum. Direkt neben dem Balkon wuchsen grüne Ranken ein Holzgestell empor, das an die Außenwand montiert war. »Perfekt«, sagte Peter nickend. »Ich nehme an, ich bin der Einzige, der es ohne Probleme schafft, da hochzukommen.«

»Also, ich schaffe das nicht!«, sagte Justus schnell und klopfte sich auf den fülligen Bauch.

»Ich auch nicht«, fügte Bob ebenso schnell hinzu. »Ich ... äh ... ach, komm schon, Peter, wir wissen alle, dass du der Richtige dafür bist!«

Der Zweite Detektiv nickte. »Stimmt. Ich wollte es nur noch mal hören.« Er griff nach dem Holzgitter und zog sich daran empor. Das Klettern erwies sich jedoch als schwieriger als erwartet. Die Ranken gaukelten immer wieder festen Halt vor, gaben aber im letzten Moment nach. »Ich mache die ganzen Pflanzen kaputt!«, ächzte Peter. »Obwohl ... es sieht fast so aus, als hätte das schon jemand vor mir getan. Hier sind jede Menge Zweige und Blätter abgerissen. Sieht ganz frisch aus.«

»Du schaffst das schon, Peter«, sagte Bob aufmunternd. Dann sah er aus den Augenwinkeln einen Lichtschein. Ein rotblaues Leuchten schimmerte regelmäßig über die Hauswand. Dann hörte er das Schlagen von Autotüren. »Da kommt jemand«, flüsterte er.

»Nicht einfach Jemand«, widersprach Justus, der das Licht erkannt hatte. »Das ist die Polizei!«

Peter war noch nicht ganz oben angelangt, als plötzlich zu beiden Seiten des Gartens Polizisten auftauchten. Sie sahen die drei ???, zückten ihre Waffen und riefen: »Stehen bleiben!«

Justus hob beruhigend die Arme. »Keine Panik, wir werden nicht fliehen! Wir sind selbst hier, um zu helfen. Wir –«

»Runter da!«, rief einer der Männer, der Peter gerade entdeckt hatte. »Komm sofort runter!«

»Aber ich –«

»Auf der Stelle!« Der Befehl klang so drohend, dass Peter sich lieber auf den Rückweg machte. Die letzten beiden Meter sprang er und landete sicher auf dem Rasen.

»Wir sind nicht diejenigen, um die Sie sich kümmern sollten«, versuchte Justus es erneut. »Drinnen im Haus sind –«

»Hände hoch!«, bellte ein Beamter. Zu viert kamen sie auf sie zu. »Hände hoch und an die Wand stellen!«

Die drei ??? hatten keine Wahl. »Hören Sie mir zu, wir sind nur zufällig hier! Wer immer Sie gerufen hat, er –«

»Das könnt ihr alles auf dem Präsidium erzählen!«, knurrte der Polizist und drehte Justus die Arme auf den Rücken. Eine Sekunde später legte sich der kalte Stahl der Handschellen um seine Gelenke. »Ihr seid verhaftet!«

Eine schreckliche Entdeckung

»Ein Monster.« Inspektor Cotta verzog keine Miene. Sein Blick wanderte langsam von einem zum anderen. Dann beugte er sich leicht vor und tippte auf der Computertastatur herum. Schließlich drehte er den Monitor, so dass die drei ??? lesen konnten, was er geschrieben hatte: ›Die Verdächtigen behaupten im Garten des Opfers ein Monster gesehen zu haben.‹ »Was denkt ihr, wie es bei meinen Vorgesetzten ankommt, wenn ich diesen Bericht morgen abliefere?«

»Ich weiß, wie das für Sie klingen muss, Sir«, sagte Justus. »Aber Sie haben nach der Wahrheit gefragt und das ist sie: Wir haben ein Monster gesehen.«

Die drei Detektive waren ins Polizeipräsidium von Rocky Beach gebracht worden. Keinem war es gelungen, die Beamten von ihrer Unschuld zu überzeugen, man hatte sie sofort in einen Wagen verfrachtet und hierher gefahren. Es war ihr großes Glück gewesen, dass Inspektor Cotta heute Spätdienst hatte. Er war ihr Vertrauter bei der Polizei von Rocky Beach. Mit seiner Hilfe hatten sie schon einige Fälle erfolgreich abschließen können. Der Inspektor hatte sich sofort für sie eingesetzt und sie davor bewahrt, von einem Beamten verhört zu werden, der sie für drei jugendliche Einbrecher hielt. Einem Verhör mussten sie sich nun dennoch unterziehen, allerdings in der vertrauten Atmosphäre von Cottas Büro.

Der Inspektor saß ihnen am Schreibtisch gegenüber, seufzte und lehnte sich zurück. »Also schön. Die ganze Geschichte noch einmal von vorne. Vielleicht habe ich ja etwas nicht mitbekommen. Ihr wolltet also vom Zirkus nach Hause fahren und –« Es klopfte. »Herein!«

Ein junger Beamter erschien in der Tür. »Sie wollten mich sprechen, Sir?«

»Ja, Jackson, kommen Sie rein, schließen Sie die Tür und erzählen Sie mir, was genau vorgefallen ist!«

Mr Jackson warf den drei Detektiven einen unsicheren Blick zu und lieferte zögernd seinen Bericht ab: »Um elf Uhr acht erhielt die Zentrale einen Anruf von Mrs Berger. Sie sagte, etwas sei in ihrem Haus gewesen und schleiche jetzt durch den Garten. Sie klang sehr aufgeregt, also hat man gleich zwei verfügbare Streifenwagen zu der Adresse geschickt. In einem saß ich. Wir erwischten diese drei jungen Burschen dabei, wie sie gerade versuchten auf Mrs Bergers Balkon zu klettern, und nahmen sie fest.«

»In Ordnung«, nickte Cotta. »So weit kenne ich die Geschichte inzwischen. Was hat Mrs Berger gesagt?«

»Erst mal gar nichts, Sir, denn sie war völlig aufgelöst und anfangs überhaupt nicht dazu in der Lage, mit uns zu sprechen. Als sie sich schließlich etwas beruhigt hatte, hat sie uns eine sehr merkwürdige Geschichte erzählt: Sie sei wie jeden Abend früh zu Bett gegangen und habe bei offener Balkontür geschlafen. Dann wachte sie plötzlich von einem Geräusch auf. Ein ... ein riesiger schwarzer Schatten war in ihrem Schlafzimmer. Sie machte das Licht an und sah eine ... nun ja, sie nannte es eine Kreatur. Ein Wesen, das sie noch nie zuvor gesehen hatte, groß, schwarz, behaart, eine Art Monster. Ich weiß, es klingt verrückt, Sir, aber sie blieb bei dieser Geschichte.«

Inspektor Cotta sah zu den drei ??? hinüber. Sein Gesichtsausdruck war schwer zu deuten. »Nein, Jackson, ganz so verrückt klingt es nicht. Erzählen Sie weiter, was hat Mrs Berger noch gesagt?«

»Das Untier sei gerade dabei gewesen ihre Schmuckschatulle zu plündern. Als das Licht anging, ist es jedoch über den Balkon geflohen. Sie hat sofort alle Lichter im Haus und im Garten eingeschaltet und die Polizei gerufen. Dann klingelte es an der Tür und sie fürchtete, es könnte ... nun ja, es könnte die Kreatur sein. Jemand hämmerte gegen die Tür und rief nach ihr, doch sie hatte viel zu viel Angst, um sich aus ihrem Schlafzimmer herauszutrauen.«

»Das waren wir«, unterbrach Justus ihn. »Wir wollten ihr nur helfen. Es hätte ja sein können, dass sie verletzt ist.«

»Ein Monster hat sich also an ihrem Schmuck vergriffen«, fasste Cotta zusammen. »Ist denn etwas gestohlen worden?«

»Nein. Sie hat dieses Wesen ... die Kreatur ... den Einbrecher wohl rechtzeitig vertrieben.«

»Danke schön, Jackson. Sie können gehen. Und sagen Sie Mrs Berger, dass die drei Jungs nicht die Übeltäter waren.«

Der junge Beamte nickte und öffnete die Tür. Dann wandte er sich noch einmal um: »Soll ich die Sache mit der Kreatur in den Bericht aufnehmen, Sir?«

»Verschieben Sie den Bericht auf morgen und fragen Sie mich dann noch mal«, antwortete Cotta tonlos. Als Jackson gegangen war, sagte er: »Ein Monster. Wieso landen solche unglaublichen Geschichten eigentlich immer dann auf meinem Schreibtisch, wenn ihr drei darin verwickelt seid?«

»Keine Ahnung, Sir«, erwiderte Justus.

»Ich werde das Gefühl nicht los, dass ihr nicht zufällig zur richtigen Zeit am falschen. Ort wart. Also: Was wisst ihr über die Sache? Was hat es mit diesem Monster auf sich?«

»Wir wären froh, wenn wir das wüssten, Inspektor«, sagte Justus schnell, bevor Bob oder Peter antworten konnten. »Aber wir sind diesem Ding heute absolut zufällig begegnet.« Cotta kniff misstrauisch die Augen zusammen. »Tatsächlich? Es hat nicht etwa was mit dieser Zirkusgeschichte von gestern Abend zu tun? Mir kam zu Ohren, dass es da einen kleinen, unschönen Zwischenfall gab. Bemerkenswerterweise fielen auch hier die Begriffe ›Monster‹ und ›Schmuck‹. Und ihr wart heute Abend in der Zirkusvorstellung, nicht wahr? Sag mir, wenn ich mich irre, Justus Jonas, aber das klingt nicht unbedingt nach einem Zufall.«

Justus hasste es, wenn Cotta solche Fragen stellte. Was sollte er ihm erzählen? Er hatte doch selbst keine Ahnung, was vor sich ging. »Richtig, die Sache mit dem Bürgermeister und seiner Frau«, spielte er den

Ahnungslosen. »Hat sie eigentlich Anzeige erstattet gegen die Zirkusleute?«

»Nein. Ich kenne die Geschichte vom Hauptkommissar, der mit dem Bürgermeister befreundet ist. Der Schmuck, der seiner Gattin gestohlen wurde, war nicht echt, daher hat sie auf eine Anzeige verzichtet. Aber du weichst mir aus. Raus mit der Sprache, was wisst ihr darüber?«

»Gar nichts«, bekräftigte Justus. »Wir waren gestern bei der besagten Vorstellung. Ich gebe zu, wir haben versucht Ermittlungen anzustellen, bisher aber ohne Ergebnis. Und der Vorfall heute Abend war wirklich reiner Zufall.«

Cotta rieb sich müde die Augen. »Na schön. Es ist spät, Jungs. Ihr müsst nach Hause und ich muss es auch. Meine Schicht endet in zwanzig Minuten und ich habe mir fest vorgenommen heute ausnahmsweise keine Überstunden zu machen. Den Bericht und alles andere verschiebe ich auf morgen. Eventuell werde ich in den nächsten Tagen bei euch anrufen, damit ihr noch einmal alles genau zu Protokoll geben könnt. Auch wenn es mir widerstrebt, meinen Kollegen sagen zu müssen, dass sie nach einem Monstereinbrecher fahnden sollen. Also los, verschwindet! Und wagt es nicht, schon wieder in irgendein Verbrechen zu stolpern. Jedenfalls nicht vor meinem nächsten Urlaub!«

Erleichtert standen sie auf, verabschiedeten sich von Inspektor Cotta und verließen das Präsidium.

»Mann, der wollte ja gar nicht mehr locker lassen«, stöhnte Peter, als sie auf der nächtlichen Straße standen.

»Hoffentlich löchert er uns nicht noch mal. Kann ich denn etwas dafür, dass ich ein Monster gesehen habe?«

»Mist«, brummte Bob.

»Was denn?«

»Unsere Fahrräder. Die stehen noch vor dem Haus von Mrs Berger.«

Während sie durch das verlassene Rocky Beach gingen, ertappten sie sich dabei, dunkle Ecken zu meiden, an unbeleuchteten Einfahrten schneller vorüberzugehen und sich immer wieder umzusehen. Um sich und die anderen abzulenken, brachte Justus das Gespräch schließlich wieder auf ihren Fall: »Wir haben es also mit einem diebischen Monster zu tun. Es hat die Frau des Bürgermeisters beklaut und das gleiche bei Mrs Berger versucht. Beide Male jedoch ohne nennenswerten Erfolg. Äußerst rätselhaft.«

»Ich kenne diesen Unterton in deiner Stimme«, sagte Peter unheilvoll. »Du hast schon wieder einen Plan, nicht wahr?«

»Nur einen ganz kleinen. Ich denke, wir sollten noch einmal zum Zirkus fahren.«

»Und dann?«

»Nachsehen, ob Dunnerak in seinem Käfig hockt oder nicht.«

»Bist du verrückt? Was machen wir, wenn das Vieh da herumstreift? Es ist offenbar ausgebrochen. Wie kommst du darauf, dass es nun wieder friedlich in seinem Käfig sitzt?«

»Gar nicht. Ich will nur wissen, ob sich im Zirkus etwas getan hat. Ob dort noch jemand wach ist. Ob

Direktor Copper oder die anderen mitbekommen haben, was geschehen ist. Ob der Clown Pico inzwischen wieder da ist. Ich will einfach nach dem Rechten sehen.«

Bob und Peter wussten, dass es keinen Sinn hatte, Widerspruch einzulegen. Also fügten sie sich ihrem Schicksal und fuhren zu Coffmans Wiese.

Im Zirkus war alles dunkel. Nirgendwo brannte Licht, alles schien zu schlafen. Der Wagen, mit dem Pico weggefahren war, stand wieder an seinem Platz.

»Alles ruhig«, bemerkte Peter flüsternd. »Wir können also nach Hause fahren.«

»Nicht bevor wir uns im Tierzelt umgesehen haben«, widersprach Justus und machte sich daran, über die Absperrung zu klettern, die den Zirkusplatz vom Rest der Wiese trennte.

»Mann, Just, wir sollten wirklich vorsichtig sein!«

»Sind wir doch.«

Sie schlichen auf das dunkle Zelt zu und blieben lauschend vor dem Eingang stehen. Etwas war anders. Sie hörten die Geräusche der Tiere, doch es klang nicht so wie sie erwartet hatten.

»Sollten die Ziegen nicht eigentlich schlafen?«, fragte Bob unsicher. »Oder schlafen Ziegen nicht?«

»Sie schlafen nicht nur nicht, sie klingen auch irgendwie nervös, findet ihr auch?« Peter unternahm einen letzten Versuch, Justus davon abzuhalten, dort hineinzugehen. »Bestimmt ist das Monster da drin. Und zwar nicht in seinem Käfig. Los, Just, wir verschwinden besser!«

»Bis jetzt hat es uns doch nichts getan.«

»Das kann sich ändern. Was machen wir, wenn wir es erschrecken? Du weißt doch, ein Tier, das Angst hat, reagiert manchmal –«

Der Erste Detektiv ließ ihn nicht ausreden, sondern schob entschlossen die Plane zur Seite und band sie fest, damit etwas Licht ins Zelt fiel. Ein Pferd stampfte nervös auf. Hannibal grunzte. Peter hatte Recht, die Tiere waren unruhig. Dort stand Dunneraks Käfig. Hinter dem schwarzen Vorhang war es still. Kein Schnauben, kein Knurren. Entweder schlief das Monster – oder es war nicht da.

Justus ging auf den Käfig zu. Nun bekam auch er Angst. Seine Hand zitterte, als er sie nach dem Vorhang ausstreckte.

»Just!« Bobs Schrei hielt ihn zurück. Sofort wurden die Tiere noch lauter.

»Bist du verrückt geworden? Warum schreist du –«

»Hier liegt jemand! Oh, mein Gott, es ist Carter!«

Justus drehte sich um. Halb hinter einem schwarzen Kasten aus Madame Yasemins Zaubershow versteckt lag der Dresseur regungslos am Boden. Der Erste Detektiv kniete sich hin – und erschrak!

Carters Gesicht war blutverschmiert. Das Blut sickerte langsam aus einer hässlichen Platzwunde an der Stirn. Seine Kleidung war zerrissen und seine Haut zerkratzt. Wie nach einem Kampf. Einem Kampf mit einem übermächtigen Gegner.

Der leere Käfig

»Carter!«, sagte Justus eindringlich und berührte den Mann an der Schulter. »Carter, wachen Sie auf!«

Nichts.

»Ist er . . .«

»Nein, Peter, er atmet, aber er ist bewusstlos. Schnell, wir brauchen einen Krankenwagen! Lauft los und weckt Mr Copper!«

Das ließ der Zweite Detektiv sich nicht zweimal sagen. Er wollte so schnell wie möglich aus diesem Zelt raus. Sofort stolperte er ins Freie und blickte sich hektisch um. Welcher Wohnwagen gehörte Mr Copper? Kurz entschlossen trat Peter auf den nächstbesten zu und pochte heftig gegen die Tür. »Machen Sie auf! Wir brauchen einen Krankenwagen!«

Endlich ging das Licht an und wenige Sekunden später wurde die Tür geöffnet. Doch es war nicht Mr Copper, sondern Lilly, die ihm im Nachthemd gegenüberstand und ihn verschlafen und verwirrt ansah. »Peter? Was machst du denn hier? Was –«

»Carter liegt bewusstlos im Zelt«, sagte Peter schnell. »Hast du ein Telefon?«

Schlagartig war Lilly hellwach. »Carter? Was ist passiert?«

»Keine Ahnung. Aber ruf einen Notarzt an!«

Noch bevor der Krankenwagen kam, war der ganze

Zirkus aufgewacht. Madame Yasemin und Direktor Copper standen in Bademänteln um den regungslosen Carter herum, den Bob und Justus inzwischen nach draußen getragen hatten. Nur Pico trug noch Jeans und T-Shirt. Lilly beugte sich besorgt über den Bewusstlosen und tupfte ihm das Blut von der Stirn.

»Wer kann das nur getan haben?« Halb fragend, halb anklagend sah sie die drei ??? an.

»Wir wissen es nicht«, beteuerte Peter. »Wir haben ihn doch nur zufällig gefunden!«

»Was hattet ihr überhaupt mitten in der Nacht hier zu suchen?«, bellte Pico misstrauisch.

»Wir ... wir ...«, stammelte Peter, während er verzweifelt überlegte, was er von ihren nächtlichen Erlebnissen preisgeben sollte.

»Wir hatten heute eine sehr seltsame Begegnung«, kam ihm Justus zu Hilfe. »Daraufhin beschlossen wir, im Zirkus nach dem Rechten zu sehen.«

»Eine seltsame Begegnung?«, wiederholte Direktor Copper. »Was meinst du damit?«

»Wir sahen Dunnerak. Vor etwa einer Stunde auf der Straße im Villenviertel von Rocky Beach.«

Alle starrten ihn ungläubig an. »Dunnerak?«

Coppers Gesicht verfinsterte sich. Er machte eine wegwerfende Handbewegung. »Verschon uns mit deinen geschmacklosen Scherzen, Justus Jonas. Einer meiner Leute ist schwer verletzt worden! Vermutlich willst du uns gleich weismachen, Dunnerak hätte ihn niedergeschlagen.«

»Das wäre meine nächste Vermutung«, gab Justus

unumwunden zu. »Dafür habe ich jedoch keine Beweise. Ich denke, im Krankenhaus wird man feststellen können, woher die Verletzungen stammen.«

»Red keinen Unsinn!«, fuhr Lilly ihn an. »Es war nicht Dunnerak!«

»Wieso bist du so sicher?«

»Ich bin's eben.«

»Mr Copper«, sagte Justus ernst. »Wir waren gerade im Tierzelt und haben dort Carter gefunden. Die Tiere waren sehr aufgeregt, offenbar haben sie gewittert, dass etwas nicht in Ordnung war. Nur aus Dunneraks Käfig drang nicht das leiseste Geräusch.«

»Es schläft«, knurrte Copper unwillig.

»Haben Sie nachgesehen?«

»Nein. Aber es schläft immer um diese Zeit.«

»Ich denke, es ist lichtscheu. Dann müsste es doch ein nachtaktives Tier und somit jetzt hellwach sein.«

»Red keinen Unsinn!«

»Vielleicht ist es gar nicht in seinem Käfig. Wie wäre es, wenn wir nachsehen?«

»Das ist nicht nötig«, versicherte Direktor Copper eindringlich. »Und nun hör auf mit diesem Unfug! Das Monster ist absolut harmlos und hat garantiert nichts mit Carters Verletzung zu tun.«

»Es ist heute Nacht durch Rocky Beach gelaufen!«, mischte sich Peter ein. Er konnte die Ignoranz dieser Leute nicht verstehen. »Wir haben es gesehen!«

»Ich weiß nicht, warum ihr mir dieses Märchen auftischt, aber ich möchte euch bitten sofort nach Hause zu gehen!«

Justus unternahm einen letzten Versuch: »Es gibt einen Polizeibericht über das, was wir heute Abend gesehen haben. Ich vermute, dass hier morgen im Laufe des Tages ein Polizeibeamter auftauchen wird, um Ihnen ein paar Fragen zu stellen. Er wird einen Blick auf das Monster werfen wollen. Falls es sich entgegen Ihrer Überzeugung doch nicht in seinem Käfig aufhält, sollten Sie sich bis dahin überlegt haben, wie Sie das der Polizei erklären, Herr Direktor.«

Alois Copper blickte ihn mit einer Mischung aus Angst und Wut an, doch gerade als er zu einer Erwiderung ansetzte, flackerte das Blaulicht des Krankenwagens über den Platz.

»Endlich!«, keuchte Lilly und Pico lief auf den Wagen zu, um ihm den Weg zu weisen.

Die Sanitäter besahen sich Carter, fühlten seinen Puls und holten eine Trage. Die drei ??? traten ein paar Schritte zurück, um sie nicht bei ihrer Arbeit zu stören.

Während die anderen Zirkusleute beisammen standen, kam Madame Yasemin auf die drei Detektive zu. Ihr Blick wanderte von einem zum anderen. »Ich glaube euch«, sagte sie schließlich.

»Tatsächlich?«, fragte Peter hoffnungsvoll. »Dann sagen Sie das Mr Copper! Er soll im Käfig nachsehen! Sagen Sie ihm –«

Sie hob die Hand. »Ich glaube euch, dass ihr etwas gesehen habt. Aber es war nicht Dunnerak.«

»Sondern?«

»Etwas Böses geht um. Eine Kreatur der Nacht bedroht diese Stadt. Seid vorsichtig! Hütet euch vor der Dunkelheit!«

Justus schreckte hoch, als Bob und Peter die Tür zur Zentrale öffneten. Er musste eingeschlafen sein. Kein Wunder. Die letzte Nacht war anstrengend gewesen. Nachdem der Krankenwagen abgefahren war, hatte Copper sie förmlich vom Platz gejagt. Das hatte den Vorteil gehabt, dass sie es gerade noch um Mitternacht nach Hause geschafft hatten. Doch wann hatte Justus endlich Schlaf gefunden? Um drei? Er wusste es nicht. Jedenfalls hatte der Wecker pünktlich um sieben geklingelt und Justus war schlaftrunken zur Schule getorkelt. Er hasste Montage.

»He, ich dachte, du denkst nach!«, rief Peter. »Stattdessen schläfst du.«

»Sorry. Ich bin einfach todmüde.«

»Da bist du nicht der Einzige. Und? Hast du einen Plan?«

»Nicht wirklich«, gestand der Erste Detektiv. »Ich dachte, wir sprechen noch mal alles durch.«

»Was gibt es denn da durchzusprechen?«, fragte Bob und ließ sich matt in den Sessel fallen. »Unser Hauptverdächtigter Pico hat sich gestern sehr seltsam benommen, meint ihr nicht? Er hat überhaupt nichts gesagt. Und er war der Einzige, der noch seine normalen Klamotten anhatte. Ich sehe die Sache so: Als wir ihn gestern mit dem Lkw davonfahren sahen, hatte er das Monster auf der Ladefläche. Er fuhr zu Mrs Berger, ließ Dunnerak raus und –«

Peter schlug sich mit der flachen Hand gegen die Stirn. »Aber natürlich!«

»Du hast Recht, Bob. Eines hatte ich nämlich völlig vergessen: Da war noch jemand letzte Nacht.«

»Noch jemand? Was meinst du?«

»Als ich gestern an der Straße auf euch gewartet habe, hörte ich plötzlich ein Husten hinter der nächsten Ecke. Ich wollte hingehen und nachsehen, aber dann schrie Mrs Berger und ich war abgelenkt. Das war garantiert Pico, der auf das Monster gewartet hat! Es passt alles zusammen. Nachdem das Vieh mich fast überrannt hätte, ist es zu Pico gelaufen, sie sind zurück zum Zirkus gefahren und dort hat Dunnerak Carter niedergeschlagen.«

»Und warum?«

»Keine Ahnung. Vielleicht aus Wut, weil der Einbruch nicht funktioniert hat.«

»Als Beweis brauchen wir auf jeden Fall Carters Aussage«, meinte Justus. »Aber ich denke, vorher sollten wir zu Mr Copper fahren und ihm noch mal auf den Zahn fühlen. Denn auch er hat etwas zu verbergen, das ist gestern mehr als deutlich geworden. Er will um jeden Preis vermeiden, dass wir einen Blick in den Käfig werfen. Und warum? Weil sich etwas darin verbirgt, das wir nicht erwarten würden.«

»Früher oder später muss er das Geheimnis lüften«, meinte Peter.

Bob nickte. »Spätestens dann, wenn die Polizei bei ihm auftaucht. Immerhin gibt es jetzt vier Zeugen, die das Monster gesehen haben. Und noch dazu einen

Schwerverletzten. Dem müssen sie einfach nachgehen. Da fällt mir was ein.« Er griff in die Innentasche seiner Jacke und zog eine zusammengerollte Zeitung heraus. »Habt ihr das hier schon gesehen?« Er schlug eine Seite auf und warf sie auf den Schreibtisch. Auf der Lokalseite der ›Rocky Beach Today‹ prangte die Schlagzeile: ›Stromausfall bei Monstershow: Juwelendieb schlägt zu‹.

»Das ist ja der Hammer!«, sagte Peter und griff nach der Zeitung, um den Artikel zu überfliegen.

»Was steht drin?«

»Was wir erwartet hatten«, antwortete Bob. »Eine reichlich verzerrte Wahrheit, die darauf abzielt, den Zirkus in ein schlechtes Licht zu rücken. Nach diesem Artikel würde es mich wundern, wenn für die Vorstellung heute Abend mehr als zwanzig Karten verkauft werden. Wenn es überhaupt eine geben wird. Bin gespannt, ob Carter schon wieder auf den Beinen ist.«

»Schreiben sie etwas über das Monster?«

»Ja, aber nichts Genaues. Gerade so viel, dass man Angst davor hat, in den Zirkus zu gehen.«

»Mr Copper wird sich etwas einfallen lassen müssen, um den Schaden wieder zu beheben.« Justus zupfte an seiner Unterlippe. »Möglicherweise ist das unser Vorteil.«

»Was meinst du?«

»Wir haben die Sache bisher falsch angefasst. Wir sind bei Copper aufgetaucht und haben Erklärungen verlangt. Es ist ganz natürlich, dass er darauf wütend reagiert. Wir müssen ihm die Geschichte anders verkaufen, indem wir ihm unsere Hilfe anbieten. Wenn wir ihm versichern können, dass wir für ihn die Angelegenheit wieder ins Reine bringen, rückt er vielleicht endlich mit der Sprache heraus.«

»Und wenn er es nicht tut?«, fragte Peter.

»Dann ist das ein Hinweis für uns, dass seine Weste auch nicht blütenweiß ist.«

Peter seufzte. »Ich kann nur hoffen, dass heute keiner seiner launischen Tage ist.«

Alois Copper hatte keine gute Laune. Um das herauszufinden, mussten die drei ??? nicht einmal mit ihm sprechen. Denn als sie mit den Fahrrädern auf den Zirkusplatz rollten, dröhnte ihnen bereits die Bassstimme des Direktors entgegen. »Das klingt nach Ärger«, stellte Peter fest. »Wen brüllt er denn da so an?«

»Das werden wir gleich sehen.« Sie stellten die Räder ab und folgten dem Gebrüll, bis sie zwischen den Wohnwagen standen. Mr Copper hatte einen hochroten Kopf und sprach lautstark und äußerst ungehalten mit einem jungen Mann, den die drei ??? noch nie gesehen hatten. Er trug eine große Kamera um den Hals und hatte einen Notizblock in der Hand.

»Das ist der größte Unsinn, den ich je gehört habe!«, rief Copper gerade. »Ich weiß nicht, wo Sie das aufgeschnappt haben, und es ist mir auch egal. Wahr ist es jedenfalls nicht!«

»Aber ich habe mit Mrs Berger persönlich gesprochen. Und sie schwor, sie habe Ihr Zirkusmonster … wie hieß es noch mal?«

»Hören Sie, interviewen Sie meinetwegen Mrs Berger, aber lassen Sie mich mit diesem Unsinn in Frieden!«

Der Reporter blieb ganz ruhig. »Ich kann verstehen, wenn Sie keine Auskunft zu diesem Fall geben möchten – ich an Ihrer Stelle würde das in einer so fatalen Situation wahrscheinlich auch nicht tun. Aber ein einziges kleines Foto von Ihrem Ungeheuer wird doch niemandem schaden!«

»Doch. Wird es. Und nun verschwinden Sie!«

»Aber –«

»Verschwinden Sie, habe ich gesagt, oder ich werfe Sie eigenhändig den Löwen zum Fraß vor!«

»Sie haben auch Löwen? Wäre es nicht vielleicht möglich, dass –«

»Hauen Sie ab!« Copper brüllte so laut, dass der Journalist tatsächlich verstummte und einen Schritt zurückwich.

»Na schön. Aber ich werde darüber schreiben, das ist Ihnen hoffentlich klar.«

»Tun Sie, was Sie wollen«, knurrte Copper.

Der Reporter machte kehrt und ging.

»Meinst du wirklich, dass das der richtige Zeitpunkt ist, um Mr Copper unsere Hilfe anzubieten?«, flüsterte Peter.

»Das ist sogar der perfekte Zeitpunkt«, behauptete Justus und ging zielstrebig auf den Zirkusdirektor zu. »Guten Tag, Mr Copper!«

»Ihr schon wieder. Was soll an diesem Tag gut sein? Verschwindet!« Sein schwarzer Schnauzbart bebte vor Wut.

»Es tut uns Leid, Sir, dass Sie so viel Ärger haben, aber genau deshalb sind wir hier. Wir möchten Ihnen helfen.«

»Helfen?« Er lachte auf. »Ihr? Bis jetzt habt ihr mir nur den letzten Nerv geraubt.«

»Das war nicht unsere Absicht«, versicherte Justus. »Tatsächlich war unser Hauptanliegen von Anfang an, das Rätsel um den gestohlenen Schmuck zu lösen. Dass seither noch einige weitere Rätsel hinzugekommen sind, macht die Sache umso dringlicher, finden Sie nicht auch? Wie Sie wissen, haben meine Freunde und ich uns auf ungelöste Rätsel spezialisiert und möchten Ihnen unsere Dienste anbieten. Wir –«

»Just!«, rief Peter.

Der Erste Detektiv zuckte zusammen. Er war gerade so schön in Fahrt gewesen und hatte es geschafft, Mr Copper in staunendes Schweigen zu versetzen. Warum musste Peter ihn jetzt unterbrechen? »Was ist?«

»Der Reporter! Er ist gerade ins Tierzelt gegangen!«

»Was?«, donnerte Copper und stampfte mit Riesenschritten auf das Zelt zu. Die drei ??? folgten ihm. Er riss die Plane beiseite.

Der zu Tode erschrockene Reporter sprang einen Schritt zurück. Doch einen Augenblick später hatte er sich schon wieder gefangen. Anklagend wies er auf Dunneraks Käfig, dessen Vorhang zurückgezogen war. »Ich hoffe, Sie haben dafür eine gute Erklärung!«

Der Käfig war leer.

Das Geheimnis des Monsters

»Es ist also wahr! Ihr Monster ist ausgebrochen!«

Copper trat auf den Mann zu, stieß ihn grob zur Seite und zog den Vorhang zu. »Verschwinden Sie!«, brüllte er. »Sofort!«

Blitzschnell hob der Reporter seinen Fotoapparat und machte ein Bild vom tobenden Direktor. Dann drehte er sich um und suchte das Weite, bevor Mr Copper ihm die Kamera entreißen konnte. Als Copper und die drei ??? das Zelt verlassen hatten, war er schon verschwunden.

Eine Weile stand Mr Copper stocksteif und schwer atmend da und starrte auf sein Zirkuszelt. Die drei ??? waren nicht sicher, ob er sich ihrer Gegenwart überhaupt noch bewusst war. Er ließ die Schultern sinken. »Jetzt ist alles aus.«

Justus trat vorsichtig auf ihn zu. »Mr Copper?«

»Hm?«

»Mr Copper, wir würden Ihnen wirklich gern helfen.«

»Mir kann niemand mehr helfen. Der Zirkus ist ruiniert. Dieser ... dieser Schmierfink wird seinen Unsinn in die Zeitung setzen und kein einziger Besucher wird mehr kommen.«

»Nicht wenn es uns gelingt herauszufinden, was hinter der ganzen Sache steckt. Wir sind Detektive und –«

»Ja, ich weiß«, murmelte Copper. »Aber glaubt mir, da gibt es nichts aufzuklären. Die Wahrheit ist eine Lüge. Das macht das alles ja so furchtbar.«

Ratlos blickten die drei ??? einander an. »Könnten ... könnten Sie uns das erklären?«

Mr Copper schwieg eine Weile. Traurig blickte er von einem zum anderen. »Jetzt ist es sowieso egal. Ihr habt gesehen, dass der Käfig leer ist. Wenn ihr wollt, kann ich euch Dunneraks Geheimnis erzählen. Vielleicht ... vielleicht fällt euch ja etwas ein, wie man den Schaden begrenzen kann, den ich angerichtet habe.«

Justus nickte. »Nur zu. Erzählen Sie uns die Geschichte!«

Copper seufzte schwer. »Es gibt kein Monster. Und es hat auch nie eines gegeben.«

»Was?«, riefen Bob und Peter gleichzeitig. Nur Justus machte keinen besonders überraschten Eindruck.

»Die ganze Geschichte um Dunnerak ist eine einzige große Lüge.«

»Aber ... aber wir haben es doch gesehen!«, widersprach Peter. »Gestern und vorgestern im Zirkus und letzte Nacht auf der Straße!«

Der Direktor lächelte müde. »Was ihr in der Manege gesehen habt, war kein echtes Monster.«

»Sondern?«

»Es war Pico. In einer Verkleidung. Ein zusammengenähtes Bärenfell und eine mit Haaren beklebte Latexmaske.«

Bob schüttelte den Kopf. »Das war kein verkleideter

Mensch. Die Arme waren viel zu lang. Einen Mensch mit so langen Armen gibt es nicht.«

»Da hast du Recht«, stimmte Mr Copper zu. »Wir hatten Pico erst in ein normales Kostüm gesteckt. Es sah lächerlich aus. Wie ein Mensch in einem Bärenfell eben. Also mussten wir uns etwas einfallen lassen, um aus dem Menschen ein Monster zu machen. Pico selbst kam auf die Idee, die Arme zu verlängern und entwickelte eine Art mechanische Hand, deren Bewegungen er mit der eigenen Hand steuern kann. Wenn man über diese Konstruktion ein Fell spannt, sieht es aus, als sei der Arm zwanzig Zentimeter länger. Ein simpler Trick, doch er reicht aus, um dem Publikum glaubhaft zu machen, dass das, was es sieht, auf gar keinen Fall menschlich sein kann.«

»Und dieses unmenschliche Gebrüll?«, hakte Peter nach, der die Geschichte immer noch nicht ganz glauben konnte.

»Kommt durch einen in die Maske eingebauten Stimmenverzerrer. Ein einfaches Kinderspielzeug, mehr nicht.«

»Aber wir haben das Monster gestern und vorgestern knurren gehört. Nicht im Zirkus, sondern in seinem Käfig!«

Anstatt zu antworten, ging Copper zum Tierzelt und winkte die drei ??? zu sich. »Kommt mit!« Neugierig folgten sie ihm in die Dunkelheit, in der die Pferde ruhig schnaubten und Hannibal schnarchte. Mr Copper ging zu Dunneraks Käfig und zog den Vorhang zur Seite. Dann langte er durch die Gitterstäbe und wühlte im Stroh, das den Boden bedeckte. Kurz darauf erklang ein schauerliches Knurren und Grollen. Es war, als hätte er ein unsichtbares Monster im Käfig geweckt. »Ein Tonbandgerät!«, rief Justus überrascht. »Und das hatten Sie die ganze Zeit laufen?«

»Immer wenn ich befürchtete, dass sich ein Unbefugter hierher verirren könnte. Es ist ein Endlosband und spielt dem Ahnungslosen so lange Dunneraks unheimliche Laute vor, bis ich es ausschalte.« Er lachte leise. »Wir nennen das Tonband die Monsterbox.«

»Was ist mit der Narbe, die Sie dem Publikum bei jeder Vorstellung zeigen?«

Copper lachte leise. »Die habe ich von einer Zeltstange, die mal meinen Arm aufgerissen hat.«

»Und das Fleisch, das Dunnerak zerreißt?«

»Pico isst es nicht wirklich, sondern lässt es in seinem Kostüm verschwinden.«

»Also schön«, sagte Peter. »Pico ist also nach seinem Clownauftritt in das Kostüm geschlüpft und hat das Furcht erregende Monster gemimt. Aber wozu der ganze Zauber?«

»Das ist doch ganz klar, Peter«, antwortete Justus. »Dunnerak ist ein Publikumsmagnet und damit eine sichere Geldquelle. Nicht wahr, Mr Copper? Dem Zirkus ging es schlecht. Sie brauchten dringend eine Attraktion. Das Monster war der perfekte Weg, auf Kosten sparende Weise Publikum anzulocken.«

»Ganz recht, Justus. Wir standen kurz vor dem Bankrott. Dann haben wir Carter mit seiner Gorillanummer engagiert, der noch dazu die Achterbahn mitbrachte, doch auch das riss uns nicht aus den roten Zahlen. Schließlich kamen wir auf die Idee, mit einem echten Monster auf Tournee zu gehen. Und es hat funktioniert. Dunnerak ist ein Renner, alle wollen es sehen! Doch um uns nicht lächerlich zu machen, mussten wir dafür sorgen, dass man uns das Märchen vom Ungeheuer aus Alaska auch wirklich abnimmt. Daher die Sache mit dem schwarzen Käfig und der Monsterbox. Und das ist auch der Grund, warum wir bei der Vorstellung das Licht runterfahren. Die Leute sollen gerade so viel von Dunnerak sehen, dass sie Angst bekommen, mehr nicht. Auch vor euch wollte ich um jeden Preis geheim halten, dass es gar kein Monster gibt. Wenn die Wahrheit erst mal irgendwo durchgesickert ist, kann es ganz schnell gehen, dass auch der Rest der Welt davon erfährt. So. Nun kennt ihr die ganze Geschichte. Und jetzt glaubt ihr mir hoffentlich, dass Dunnerak nichts mit den Diebstählen zu tun hat. Gar nichts damit zu tun haben kann!«

»Ich kann ja akzeptieren, dass ich bei der Vorstellung auf einen Clown im Monsterkostüm hereingefallen bin«, sagte Peter. »Aber was haben wir letzte Nacht gesehen? Was war das für ein Ding, das mich fast über den Haufen gerannt hat?« Mr Copper schüttelte den Kopf. »Ich weiß es nicht. Da erlaubt sich jemand einen üblen Scherz mit uns, anders kann ich es mir nicht erklären.«

»Könnte es …«, begann Peter zaghaft, »könnte es nicht sein, dass jemand vom Zirkus dahintersteckt? Ich meine, irgendwie muss der Täter ja an das Kostüm herangekommen sein. Wir haben Pico letzte Nacht vom Zirkus wegfahren sehen und –«

»Auf gar keinen Fall! Niemand von uns würde so etwas tun. Pico ist sicher nur einen trinken gefahren, das macht er öfter, wenn er nicht schlafen kann. Für meine Leute lege ich die Hand ins Feuer! Das Kostüm muss eine Fälschung gewesen sein. Immerhin war es dunkel, als ihr das Ding gesehen habt. Es steckt jemand anderes dahinter.«

»Na schön«, nickte Justus. »Aber wer? Und ist der Juwelendieb auch derjenige, der Carter ins Krankenhaus befördert hat?«

Sie schwiegen eine Weile nachdenklich. Schließlich sagte Bob: »Das ist nicht das einzige Problem, das wir haben. Der Reporter eben hat offensichtlich die falschen Schlüsse gezogen. Er glaubt, dass es das Monster wirklich gibt und es nun ausgebrochen ist. Bestimmt werden wir die Story morgen in der Zeitung lesen und dann ist die Hölle los. Sie werden wohl nicht darum herumkommen, der Öffentlichkeit die Wahrheit über Dunnerak zu sagen, Mr Copper.«

»Das wird aber nichts an der Situation ändern«, warf Justus ein. »Wenn Sie die Wahrheit sagen, wird Ihnen das Publikum davonlaufen. Und die Skeptiker werden weiterhin glauben, dass Sie oder Ihre Leute etwas mit dem Einbruch bei Mrs Berger zu tun haben. Wenn Sie es nicht tun, glaubt alle Welt, dass ein gefährliches Ungeheuer durch Rocky Beach läuft und Sie dafür verantwortlich sind.«

Copper nickte niedergeschlagen. »Ich sagte ja schon: Jetzt ist alles aus.«

»Nicht unbedingt. Wenn es uns gelingt, den Täter zu schnappen, bevor die Geschichte an die Öffentlichkeit dringt, können wir die Katastrophe verhindern.«

»Und wie wollt ihr das machen?«

»Justus wird schon etwas einfallen«, sagte Peter zuversichtlich. »Stimmt doch, Just, oder?«

Der Erste Detektiv nickte knapp. »Als Erstes müssen wir wissen, wer für eine solche Tat infrage kommt. Schließlich ist der Täter nicht einfach ein Juwelendieb, denn dann hätte er sich die Verkleidung sparen können. Nein, es muss jemand sein, der dem Zirkus schaden will. Fällt Ihnen da jemand ein?«

Der Direktor dachte eine Weile nach, schüttelte dann jedoch den Kopf. »Nein. Wir haben zwar immer noch eine Menge Schulden, aber nur bei der Bank. Ich kenne wirklich niemanden, der uns so etwas antun könnte.«

»Vielleicht hat der Dieb es auch nicht auf Sie, sondern auf einen Ihrer Leute abgesehen.«

»Nun, wir kennen uns alle schon seit Jahren. Ich glaube, ich wüsste davon, wenn jemand in Schwierigkeiten steckt.«

»Tatsächlich? Was ist mit Carter? Jemand hat ihn letzte Nacht übel zusammengeschlagen. Und wenn es nicht das Monster war, muss es jemand anders gewesen sein. Wer kommt dafür infrage, Mr Copper?«

»Glaubt mir, ich weiß es nicht!«

Justus knetete seine Unterlippe. »Na schön. Der erste Schritt wird sein, Carter selbst zu fragen. Sobald er bei Bewusstsein ist, werden wir ins Krankenhaus fahren.

Hoffentlich kann er uns sagen, wer ihn angegriffen hat.«

»In Ordnung, Jungs. Und ... vielen Dank, dass ihr mir helfen wollt. Es tut mir Leid, dass ich so ruppig zu euch war.«

»Schon vergessen.«

Sie verabschiedeten sich vom Zirkusdirektor und kehrten zu den Fahrrädern zurück. »Sehr mysteriös«, murmelte Bob, als er das Schloss öffnete. »Ein Monster, das es nicht gibt, ein Juwelenraub im Zirkus, ein Einbruch und ein geheimnisvoller Unbekannter, der es auf Carter abgesehen hat.«

»Mir schwirrt jetzt schon der Kopf«, meinte Peter.

»Und da ist noch etwas«, meinte Justus.

»Was denn?«

»Es ist nur so ein Gefühl, aber ... Mr Copper hat sich so energisch für seine Leute eingesetzt ohne überhaupt richtig über Peters Frage nachzudenken. Ich kann es nicht beweisen, aber ich hatte den Eindruck, dass er uns etwas verschweigt!«

Mensch oder Bestie?

»Eigentlich ist die Sache doch klar«, sagte Bob, als sie auf den Gartenstühlen vor der Zentrale in der Sonne saßen und sich bei Orangensaft und dem Rest von Peters Geburtstagstorte entspannten und über den Fall diskutierten. »Auch wenn wir jetzt wissen, dass es kein echtes Monster gibt: Es muss Pico gewesen sein. Alles passt zusammen.«

»Tut es das wirklich?«, fragte Justus und zählte an den Fingern ab, was sich ereignet hatte, und ob es mit Bobs Theorie zusammenpasste. »Erst gab es den Überfall im Zirkuszelt. Da hatte Pico das Monsterkostüm bereits an. Er könnte die Stromversorgung sabotiert haben, um dann zurückzukehren und die Frau des Bürgermeisters zu bestehlen. Das würde erklären, warum sie behauptete etwas Haariges hätte sie berührt.«

»Aber warum ausgerechnet gleich nach der Monster-Nummer?«, fragte Peter. »Das lenkt doch den Verdacht viel zu schnell auf ihn, zumindest bei den Zirkusleuten, die ja wissen, wer sich unter dem Kostüm verbirgt.«

»Nach Dunneraks Auftritt war die Spannung im Zelt am größten – und damit auch die Panik, als der Strom ausfiel«, meinte Justus. »So konnte Pico einigermaßen sicher sein, dass er nicht geschnappt wird.«

»Und was die Zirkusleute angeht«, fuhr Bob fort.

»Es wäre doch möglich, dass sie alle unter einer Decke stecken und sich nun gegenseitig schützen. Dem Zirkus geht es finanziell nicht gut. Das ist doch der perfekte Nebenverdienst: Man raubt das Publikum aus.«

Justus blickte den Dritten Detektiv überrascht an. »Interessante Theorie. Aber trotzdem sehr unwahrscheinlich. Denn Copper weiß genau, dass diese Geschichte dem Zirkus eher schadet als nutzt, selbst wenn die erbeutete Kette Tausende von Dollar wert gewesen wäre. War sie aber nicht. Eigentlich sollte man davon ausgehen, dass man bei einer solchen Aktion nichts dem Zufall überlässt und sichergeht, dass sich die Beute auch wirklich zu Geld machen lässt. Nein, ich glaube, es ging dem Täter weniger darum, wertvollen Schmuck zu stehlen, als vielmehr dem Zirkus zu schaden.«

»Es könnte trotzdem Pico sein«, warf Bob ein. »Wer weiß, was in diesem Menschen vor sich geht. Ich finde ihn seltsam. Vielleicht hat er einen Grund, so etwas zu machen. Einen, den wir noch nicht kennen.«

»Und den auch Mr Copper vor uns verschweigt«, fügte Justus hinzu. »Überprüfen wir mal den Rest der Geschichte. Gestern Abend sahen wir Pico von Coffmans Wiese wegfahren. Dann begegneten wir dem Monster auf der Straße.«

»Er hätte genug Zeit gehabt, in das Kostüm zu schlüpfen«, sagte Bob. »Und da ist noch etwas: Peter ist kaum das Blumengerüst hochgekommen, während es für das Monster nicht das geringste Problem war. Wir wissen alle, was für ein guter Kletterer Peter ist. Mir fällt eigentlich nur ein Grund ein, wie der Dieb im Klettern so viel besser als Peter sein konnte. Er ist ein Artist. Pico tritt zwar als Clown und Jongleur auf, aber er ist schon seit Jahren beim Zirkus. Ich könnte mir vorstellen, dass man in dieser Zeit einiges von seinen Kollegen lernt.«

Peter hatte sich bei der Diskussion auffallend zurückgehalten. Eine steile Falte des Zweifels zeichnete sich auf seiner Stirn ab, während er immer tiefer in den Stuhl sank.

»Was ist mit dir, Zweiter?«, fragte Justus. »Willst du die ganze Kopfarbeit mal wieder uns überlassen?«

»Ich weiß nicht«, antwortete Peter zögernd. »Das klingt zwar alles ganz logisch, was ihr euch da zusammenreimt, aber ...«

»Was aber?«

»Ihr habt das Monster nicht gesehen. Jedenfalls nicht aus der Nähe. Aber ich. Es stand direkt vor mir. Und es ... es war kein Mensch.«

»Aber Peter! Copper hat doch zugegeben, dass es ein Mensch ist!«

»Mag ja sein. Aber das, was ich gesehen habe – war alles, nur kein menschliches Wesen.« Betreten sah er von einem zum anderen. Es war nicht schwierig, ihre Gedanken an ihren Gesichtern abzulesen: Sie hielten ihn für verrückt. »Ich weiß, es klingt bescheuert, aber so sieht kein Mensch aus!«

»Es war ja auch ein Kostüm«, bemerkte Bob unsicher.

»So bewegt sich auch kein Mensch!«

»Ein Artist schon.«

»So brüllt kein Mensch!«

»Doch. Er hat einen Stimmenverzerrer in der Maske, schon vergessen?«

Peter senkte den Kopf. »Ihr müsst mich für einen Idioten halten, aber ich glaube ganz einfach nicht, dass dieses Ding, das mich fast umgerannt hat, nur ein verkleideter Clown war. Es war etwas anderes.«

Justus und Bob sahen sich ratlos an. Peter neigte dazu, eher an das Übernatürliche als an die Logik zu glauben. Doch so hartnäckig hatten sie ihn selten erlebt.

»Na ja, wir haben es nur aus der Ferne gesehen«, gab Bob schließlich zu. »Ich denke schon, das es ein Mensch gewesen sein könnte – aber nicht zwangsläufig.«

»Was soll denn das?«, ereiferte sich plötzlich Justus. »Wir haben einen Verdächtigen, wir haben ein Geständnis von Mr Copper, wir haben eine Theorie, die mit jedem weiteren Indiz immer wahrscheinlicher wird. Wieso glaubt ihr, das jetzt alles über den Haufen werfen zu können?«

»Ich sage nur, was ich gesehen habe«, verteidigte sich Peter.

»Ich kann ja nichts dafür, dass ihr so weit weg wart. Vielleicht sollten wir Mrs Berger fragen, ob sie glaubt, dass das Ding in ihrem Schlafzimmer ein Mensch gewesen sein könnte. Einen anderen Zeugen gibt es ja leider nicht.«

»Doch«, fiel es Justus ein. »Da ist noch jemand, den wir bisher außer Acht gelassen haben: der geheimnisvolle Unbekannte, den du hast husten hören, Peter.«

»Picos Komplize«, stellte Bob fest. »Wenn es Pico war. Auf jeden Fall jemand, der auf den Täter gewartet hat. Vielleicht war es Carter.«

»Carter? Wie kommst du denn darauf?«

»Carter und Pico machen gemeinsame Sache. Pico wird in seinem Monsterkostüm von Mrs Berger entdeckt und muss fliehen – ohne Beute. Er läuft zum Fluchtauto, an dessen Steuer Carter sitzt, und sie fahren zurück zum Zirkus. Dort kriegen sie sich in die Haare, weil der Einbruch nicht geklappt hat, und Pico schlägt Carter nieder.«

Justus verzog das Gesicht. »Eine sehr gewagte These.«

»Mehr haben wir aber nicht.«

»Stimmt. Und deswegen sollten wir dafür sorgen, dass endlich Beweise auf den Tisch kommen.«

»Was hast du vor?«

»Wir müssen Pico beschatten. Und wir müssen endlich mit Carter reden und ihn fragen, wer ihn niedergeschlagen hat.«

»Oder was«, warf Peter ein.

Justus sah auf die Uhr. »Die Besuchszeit im Krankenhaus ist bald um, aber wenn ich mich beeile, schaffe ich es noch. Ihr fahrt zurück zum Zirkus und beobachtet ganz unauffällig unseren mysteriösen Clown.«

»Unauffällig?«, fragte Peter. »Wie sollen wir das machen? Er lebt in einem Wohnwagen, der mitten auf einer Wiese steht. Da kann man sich nicht besonders gut auf die Lauer legen.«

»Lasst euch was einfallen! Aber ohne erwischt zu werden!«

»Guten Abend. Ich möchte zu Mr Carter.« Justus lächelte die Dame im Foyer des Krankenhauses freundlich an.

Sie tippte etwas in den Computer. »Station C, Zimmer 311. Du hast aber nur noch zehn Minuten, bis die Besuchszeit endet.«

Justus nickte und machte sich auf den Weg zur Station C. Er hasste Krankenhäuser. Überall roch es nach Medikamenten, die graugesichtigen Patienten schlurften langsam durch die Korridore, das Pflegepersonal war ständig in Hektik – Justus fragte sich, wie man in einer solchen Umgebung gesund werden konnte.

Er wollte gerade die Tür zu Zimmer 311 öffnen, als eine energische Stimme hinter ihm fragte: »Wo willst du denn hin?«

Justus wandte sich um. Eine Krankenschwester mit strengem Blick stand vor ihm. »Zu Mr Carter.«

»Bist du ein Verwandter?«

»Nein, ich –«

»Dann darfst du da nicht rein«, sagte sie bestimmt.

»Aber ich –«

»Es gibt keine Ausnahmen.«

Justus seufzte. »Können Sie mir denn sagen, wie es ihm geht?«

»Er hat eine schwere Gehirnerschütterung und ist noch nicht bei Bewusstsein.«

»Was meinen Sie denn, wann er –«

»Morgen vielleicht.«

»Kann ich ihn dann besuchen?«

Sie nickte knapp. Justus wartete, ob sie weitergehen

würde, doch sie schien darauf zu warten, dass er verschwand. Er zuckte die Schultern, drehte sich um und ging Richtung Ausgang. Am Ende des Flurs drehte er sich noch einmal um. Die Schwester war verschwunden. Sollte er umkehren? Er überlegte einen Moment, entschied sich dann aber dagegen. Was sollte das bringen, wenn Carter noch immer bewusstlos war? Gerade wollte er weitergehen, als sich plötzlich die Tür zu Zimmer 311 öffnete. Ein Mann in einem hellgrauen Trenchcoat kam heraus, blickte sich einmal um und ging dann auf ihn zu. Justus war sicher, den Mann schon einmal gesehen zu haben, doch im Moment hatte er keine Ahnung, wann und wo das gewesen war. Der Erste Detektiv drehte sich schnell um und studierte scheinbar interessiert einen an der Wand hängenden Plan, auf dem die Notausgänge verzeichnet waren. Der Mann im Trenchcoat ging an ihm vorbei und eilte die Treppe hinunter. Justus folgte ihm in gebührendem Abstand. Zielstrebig verließ der Mann das Krankenhaus und ging zum Parkplatz. Wenn er nun in ein Auto stieg, hatte Justus keine Möglichkeit, ihn zu verfolgen. Fieberhaft überlegte der Erste Detektiv, wie er die Situation retten konnte. Der Unbekannte ging auf einen dunkelblauen Porsche zu und suchte offensichtlich in den Manteltaschen nach dem Schlüssel. Justus legte einen Schritt zu. Als der Mann einstieg und die Tür zuwarf, erreichte Justus das Auto. Der Erste Detektiv klopfte ans Fenster. »Entschuldigen Sie!«

Der Mann ließ die Scheibe herunter. »Ja?«

»Verzeihung, aber sind Sie ein Freund von Mr Carter?«

»Wie bitte?«

»Ich habe Sie gerade aus seinem Zimmer herauskommen sehen.«

Er runzelte die Stirn und funkelte Justus böse an. »Du musst mich verwechseln.«

»Nein, Sie waren in Zimmer 311, gerade eben, und –«

»Verschwinde Junge!« Der Fremde ließ den Wagen an, legte den Gang ein und fuhr mit quietschenden Reifen los. Einen Augenblick später war er verschwunden.

Unruhe

»Und?«, fragte Justus neugierig, als sie sich am späten Abend in der Zentrale trafen. Er wartete schon seit Stunden auf Bob und Peter und hatte die stille Hoffnung, dass sie mehr Erfolg gehabt hatten als er.

»Pleite auf der ganzen Linie«, stöhnte Peter verärgert. »Unsere so genannte Beschattung« – er spie das Wort förmlich aus – »hat überhaupt nichts gebracht. Die Vorstellung fiel wegen Carters Abwesenheit aus, aber es waren sowieso nur zehn Leute da, denen abgesagt werden musste. Die Zirkusleute hatten wohl gerade Kriegsrat gehalten, wie es nun weitergehen soll, und entsprechend gedrückt war die Stimmung. Pico saß den ganzen Abend in seinem Wohnwagen und hat sich nicht blicken lassen. Um zehn ging das Licht bei ihm aus. Wir saßen draußen auf der Wiese und haben mit Copper und Lilly gesprochen, aber auch dabei ist nichts Neues herausgekommen.«

»Doch«, widersprach Bob. »Wir haben das Monsterkostüm gesehen. Peter wollte unbedingt einen Beweis für dessen Existenz, also hat Direktor Copper es uns gezeigt. Es hing in einer dunklen Ecke im Tierzelt. Wenn wir je Gelegenheit gehabt hätten, uns dort genauer umzusehen, hätten wir es schon viel früher entdeckt.«

»Na, dann sind ja alle Zweifel beseitigt«, stellte Justus zufrieden fest. »Sonst war nichts?«

»Nein«, murrte Peter. »Außer dass wir zusammen mit Lilly einen Plan entwickelt haben, wie dem Zirkus geholfen werden kann. Sie wird morgen zusammen mit Pico und Hannibal durch Rocky Beach Werbung laufen und ein paar Kunststücke vorführen. Alle hoffen, dass Carter in ein paar Tagen entlassen wird und es dann weitergehen kann.«

»Das wird aber nur dann funktionieren, wenn morgen nicht irgendeine Horrorstory über ein ausgebrochenes Monster in der Zeitung steht«, fügte Bob hinzu. »Wir haben Mr Copper geraten, er soll die Sache mit dem leeren Käfig klarstellen, aber er will das Geheimnis um sein nicht existierendes Monster auf gar keinen Fall preisgeben. Na ja, wenn er meint.«

Justus verzog enttäuscht das Gesicht. »Ich hatte eigentlich gehofft, ihr findet etwas mehr heraus. Aber wenn das schon alles war ...«

»Na ja, da war noch dieses Auto«, fiel es Peter ein.

Justus wurde hellhörig. »Was für ein Auto?«

»Bob meint, er habe auf der anderen Seite von Coffmans Wiese jemanden gesehen, der von seinem Wagen aus den Zirkus beobachtet.«

»Das meine ich nicht nur, das war so! Er stand da mindestens eine Stunde lang. Ein blauer Sportwagen war's, aber den Mann am Steuer habe ich nicht erkennen können.«

»War es zufällig ein dunkelblauer Porsche?«

»Ja, genau. Woher weißt du das?«

Justus berichtete ihnen von seiner Begegnung mit dem Trenchcoatträger im Krankenhaus. »Erst wusste ich nicht genau, woher ich ihn kannte, aber inzwischen ist es mir eingefallen. Ich habe ihn gestern Abend gesehen, als wir mit Mr Copper auf der Wiese standen. Er blickte von der Straße aus zu uns herüber und ging dann weiter. Ich bin ganz sicher: Er hat irgendwas mit der Sache zu tun.«

»Vielleicht war er derjenige, der gestern Nacht gehustet hat«, überlegte Peter. »Picos Komplize.«

»Könnte sein. Wir werden morgen Lilly fragen, sie könnte wissen, wer er ist.«

Peter nickte und gähnte. »Morgen. Für heute bin ich erledigt. Fertig. Zu nichts mehr in der Lage.«

Das Gähnen steckte an. Fünf Minuten später verabschiedeten sich Bob und Peter und fuhren nach Hause. Justus verließ die Zentrale und ging sofort ins Bett. Er war todmüde und fiel in einen unruhigen Schlaf. Die halbe Nacht wurde er von wilden Träumen geplagt, in denen er von blutrünstigen Monstern durch eine riesige Zirkusmanege gejagt wurde. Als der Wecker ihn am nächsten Morgen unsanft aus dem Schlaf riss, ließen ihn die Traumbilder nicht los. Ihn beschlich die düstere Vorahnung, dass bald irgendwas passieren würde.

»Es ist eine Katastrophe!«, rief Bob, als er in die Zentrale stürmte und die neue Ausgabe der ›Rocky Beach Today‹ auf den Schreibtisch knallte. ›Zirkusmonster ausgebrochen!‹ vermeldete das Blatt in Riesenlettern. »Die halbe Stadt redet davon! Eltern holen ihre Kinder persönlich von der Schule ab, weil sie Angst haben, sie könnten auf dem Heimweg vom bösen Dunnerak gefressen werden! Und vor dem Supermarkt unterhielten sich gerade zwei Männer darüber, dass sie eine Bürgerinitiative gründen wollen.«

»Und was soll das bringen?«, fragte Peter.

»Keine Ahnung. Wahrscheinlich wollen sie den Zirkus verklagen oder mit Mistgabeln bewaffnet durch die Stadt ziehen, um die grausame Bestie zur Strecke zu bringen. Ich seh sie schon durch die Straßen marschieren: ›Tötet das Monster!‹ Sind wir hier im Mittelalter? Die glauben doch nicht im Ernst, dass es das Ungeheuer wirklich gibt?«

»Wir haben das anfangs schließlich auch geglaubt«, erinnerte ihn Justus. »Ich denke, dass die meisten Leser diesen Artikel als das entlarven, was er ist: eine Hetzkampagne gegen den Zirkus Trinket. Aber bestimmt gibt es einige Unverbesserliche, die alles für bare Münze nehmen, was in der Zeitung steht.«

»Ob Lilly und Pico mit ihrer Werbeaktion dagegen noch angehen können?«, fragte sich Peter.

Ein spitzer Schrei hallte über den Schrottplatz. Die drei ??? zuckten erschrocken zusammen. »Das war Tante Mathilda!«, rief Justus, sprang auf und riss die Tür nach draußen auf. Seine Tante stand wie angewurzelt hinter einem Schrottberg und blickte mit weit aufgerissenen Augen zur Einfahrt. Dort hockte ein riesiger Gorilla, sah sich neugierig um und hielt sich am Bein eines blonden Mädchens fest.

»Keine Angst, der tut nichts!«, rief Lilly.

»Hallo Lilly!« Die drei ??? stürmten aus der Zentrale und liefen auf die junge Artistin zu.

»Justus! Sei vorsichtig!«

»Keine Sorge, Tante Mathilda! Das ist doch bloß Hannibal!«

»Wer?« Tante Mathilda traute sich ein kleines Stück aus ihrem Versteck hervor.

»Hannibal! Komm her, dann stell ich ihn dir vor!«

Gemeinsam gingen sie auf den Gorilla und Lilly zu; Tante Mathilda noch sehr zögerlich, die drei Detektive jedoch inzwischen ohne eine Spur von Angst.

»Na, wie läuft es?«, fragte Peter.

»Hast du noch keine Zeitung gelesen?«

»Doch.«

»Na, dann weißt du ja, wie es läuft. Normalerweise sind die Leute ganz neugierig, kommen auf uns zu und wollen Hannibal streicheln oder ihm etwas zu essen geben. Und jetzt? Sie machen einen riesigen Bogen um uns, wenn wir durch die Straßen ziehen. Es ist ein einziger Spießrutenlauf. Die ganze Aktion hätte ich mir sparen können. Pico war so schlau und ist gleich zu Hause geblieben. Er hatte schon so eine Ahnung. Ich werde die Sache jetzt auch beenden, wollte aber vorher noch kurz bei euch vorbeischauen.«

Hannibal begann umherzutänzeln und unruhig an Lillys Bein zu zerren.

»Tut mir Leid, dass das mit der Werbung nicht so gut läuft«, sagte Bob. »Was werdet ihr jetzt tun?«

Lilly zuckte resigniert mit den Schultern. »Ich weiß nicht. Die Zelte abbrechen, sobald Carter aus dem Krankenhaus entlassen wird. Und dann versuchen wir unser

Glück in einer anderen Stadt. Wenn das auch nicht funktioniert, können wir ganz dichtmachen.«

»Wir haben inzwischen eine neue Spur«, sagte Justus. »Du könntest uns eventuell helfen. Es geht um einen Mann, den ich vor zwei Tagen vor Coffmans Wiese gesehen habe. Er war gestern bei Carter im Krankenhaus und tauchte danach wieder beim Zirkus auf. Der Typ trägt einen hellgrauen Trenchcoat und fährt einen blauen Porsche. Kennst du ihn vielleicht?«

Lilly runzelte die Stirn und schüttelte dann langsam den Kopf. »Nicht dass ich wüsste. Wer soll denn das sein?«

»Das wüssten wir auch gern. Der Dieb möglicherweise. Oder sein Komplize. Ich dachte, er sei dir schon einmal aufgefallen.«

»Nein, leider nicht.«

Enttäuscht ließ Justus die Schultern hängen. Sie hatten einfach kein Glück.

Tante Mathilda, die bisher in sicherer Entfernung gestanden und Hannibal beobachtet hatte, kam nun ein Stückchen näher. Sie wandte ihren Blick nicht von dem Gorilla. »Der scheint ja wirklich ganz lieb zu sein«, meinte sie. »Darf ... darf ich ihn mal streicheln?«

Lilly lächelte. »Natürlich. Aber Sie sollten ihn dabei nicht so anstarren. Wenn man Gorillas zu lange direkt in die Augen sieht, fühlen sie sich bedroht und herausgefordert, weswegen sie lange Zeit für äußerst aggressiv gehalten wurden. Für Menschen ist Blickkontakt ein Zeichen von Sympathie, für Gorillas das genaue Gegenteil. Sehen Sie einfach immer mal wieder woanders hin, dann –«

Gerade als Tante Mathilda die beringte Hand nach Hannibal ausstreckte, sprang dieser vor, brüllte und richtete sich bedrohlich auf. Mathilda Jonas keuchte und machte drei Schritte rückwärts, doch auch Lilly war schockiert. »Ruhig, ruhig, Hannibal! Was ist denn mit dir?« Der Gorilla schnaubte wütend, dann ließ er sich wieder auf alle viere nieder und lief ungeduldig auf und ab.

»Ganz so lieb scheint er doch nicht zu sein«, stammelte Tante Mathilda.

»Sorry, normalerweise ist er nicht so. Aber heute … Ich weiß auch nicht, er ist schon den ganzen Tag so nervös.«

»Kein Wunder«, fand Bob. »Immerhin läufst du mit ihm durch eine Stadt, in der alle die Straßenseite wechseln, wenn sie euch sehen.«

Sie winkte ab. »Ach, das kriegt der doch gar nicht mit. Außerdem bringt ihn normalerweise nichts so schnell aus der Ruhe. Nein, es ist etwas anderes. Gorillas sind sehr sensible Tiere. Ich glaube, er vermisst Carter. Und er spürt, dass etwas nicht in Ordnung ist. Ganz und gar nicht in Ordnung.«

Ausgeflogen

»Wir treffen uns gleich mit Alois«, sagte Onkel Titus beim Abendessen. »Durch den ganzen Ärger, den er mit dem Zirkus hat, sind wir noch gar nicht dazu gekommen, uns richtig zu unterhalten.«

»Wir dachten, wir laden ihn in ein nettes Weinlokal ein«, fügte Tante Mathilda hinzu. »Dann kann er mal abschalten von seinen Sorgen.«

Justus nickte und sagte durch einen Bissen Omelett hindurch: »Viel Spaß!«

Tante Mathilda blickte ihn tadelnd an. »Nimm noch ein Stück, sonst versteht man dich womöglich.«

Justus schluckte herunter. »Ich sagte: Viel Spaß!« Nachdem er den beiden beim Abwasch geholfen hatte, verließen sie gemeinsam das Haus. Tante Mathilda und Onkel Titus machten sich auf den Weg in die Stadt. Und Justus ging über den dunklen Schrottplatz zur Zentrale, um sich dort mit Peter und Bob zu treffen. Als er die Tür zum Wohnwagen öffnete, klingelte das Telefon. »Justus Jonas von den drei Detektiven.«

»Hi, hier ist Lilly. Gut, dass du mir eure Karte gegeben hast, sonst hätte ich dich gar nicht anrufen können.«

»Was gibt's denn?«

»Du wirst es nicht glauben: Der Trenchcoatmann war heute hier.«

»Was?«

»Ja. Ich kam gerade mit Hannibal von meiner Wanderung durch Rocky Beach zurück, als er mit seinem Porsche neben mir hielt und die Scheibe runterkurbelte. Es war Mr Stewart!«

»Wer ist Mr Stewart?«

»Ein Freund von Carter. Das heißt ... ich weiß nicht, ob sie wirklich befreundet sind. Aber sie kennen sich. Er war schon öfter beim Zirkus, um ihn zu besuchen. Von ihm hat Carter damals die Achterbahn gekauft. Als du ihn mir heute Nachmittag beschrieben hast, fiel mir niemand dazu ein. Aber als der blaue Porsche dann neben mir hielt, war mir klar, wen du meintest. Ich bin nur nicht drauf gekommen, weil er den Wagen neu hat. Ich glaube, er hat jedes Mal ein neues Auto.«

»Interessant«, murmelte Justus. »Was wollte er denn von dir?«

»Er hat mich gefragt, ob Carter schon wieder aufgewacht ist.«

»Und? Ist er?«

»Heute Nachmittag war er es noch nicht. Aber ich habe gerade im Krankenhaus angerufen. Inzwischen ist er wach. Es geht ihm schon –« Lilly brach ab. Im Hintergrund waren aufgeregte Rufe zu hören.

»Was ist denn das für ein Geschrei?«

»Ich weiß auch nicht«, murmelte Lilly besorgt.

»Wo bist du?«

»In meinem Wohnwagen. Ich telefoniere vom Handy aus. Da draußen ist irgendwas los. Pico rennt durch die Gegend und – mein Gott!«

»Was?«

»Es ist was passiert. Ich muss auflegen, Justus. Ich ruf später wieder an!«

Noch bevor Justus etwas erwidern konnte, war die Verbindung schon unterbrochen. Verstört sah er den Telefonhörer an. Was war da passiert? Er blickte auf die Uhr. Bob und Peter wollten in einer halben Stunde kommen. Wenn er sich beeilte, konnte er bis dahin wieder zurück sein. Justus kritzelte eilig eine Nachricht auf einen Zettel, verließ die Zentrale und schwang sich auf sein Fahrrad. Der Haupteingang war schon zu, also verließ er den Schrottplatz durch das Rote Tor, eine Geheimtür im Bretterzaun, die nur die drei ??? kannten.

Es war nicht weit bis zum Zirkus. Doch Justus fiel auf, dass die Straßen für diese Uhrzeit ungewöhnlich leer waren. Kaum ein Fußgänger war unterwegs. Ob das mit der Horrormeldung in der Zeitung zusammenhing? Als er Coffmans Wiese erreichte, war auch auf dem Zirkusgelände alles dunkel. Justus stutzte. Gestern hatte hinter den Fenstern der Wohnwagen Licht gebrannt. Er wusste, dass Direktor Copper mit seinem Onkel und seiner Tante in einem Weinlokal saß. Aber wo waren die anderen?

Zögernd betrat Justus die Wagenburg. Niemand war zu sehen, nichts war zu hören. Aber vor zehn Minuten hatte er doch noch mit Lilly gesprochen! »Hallo?«, rief er. Niemand antwortete. Justus ging zum Zirkuszelt und streckte den Kopf durch einen Spalt in der Plane. Alles war dunkel. Dann warf er einen Blick ins Tierzelt. Auch hier brannte kein Licht. Er hörte nur das leise

Schnauben der Pferde. Ein ungutes Gefühl beschlich ihn. Ein wenig nervös kehrte Justus um und klopfte an jede Wagentür. Nichts.

Es gab keinen Zweifel: Das Zirkusgelände war verlassen.

»Nanu? Keiner da?«, wunderte sich Peter, als er zusammen mit Bob die Zentrale betrat. »Drüben im Haus brennt auch kein Licht. Familie Jonas scheint ausgeflogen zu sein.«

»Hier liegt ein Zettel auf dem Schreibtisch«, sagte Bob. »›Bin im Zirkus, komme aber gleich wieder. J.‹ Aha. Was macht er denn schon wieder da?«

»Vielleicht hatte er einen seiner berühmten Geistesblitze«, vermutete Peter. »Er wird es uns schon mitteilen.« Der Zweite Detektiv öffnete den kleinen Kühlschrank, den Justus mal auf dem Schrottplatz entdeckt, repariert und in ihre Zentrale geschleppt hatte. »Oh, Mann, warum ist denn nichts mehr zu trinken da?«

»Weil sich mal wieder niemand verantwortlich gefühlt hat für Nachschub zu sorgen«, antwortete Bob.

»Ich habe aber monstermäßigen Durst!« Peter blickte durch das kleine Fenster zum Haus hinüber. »Ob wir uns an Tante Mathildas Kühlschrank vergreifen dürfen?«

Bob verzog das Gesicht. »Ich weiß nicht.«

»Macht Justus doch auch immer.«

»Justus wohnt hier ja auch.«

»Na und? Wir doch auch, so gut wie jedenfalls. Ich bin sicher, es hätte niemand was dagegen. Ich sterbe vor Durst.« Peter griff in einen Blumentopf, in dem schon seit Monaten eine arg vernachlässigte Grünpflanze – inzwischen eher braun als grün – vor sich hin vegetierte. Das war Justus' Versteck für den Hausschlüssel. »Los, komm schon, wir holen nur eine Flasche Wasser.«

»Na schön.« Sie verließen die Zentrale und gingen ins Haus der Familie Jonas. Es war tatsächlich niemand da. Das Küchenradio, das Tante Mathilda wohl vergessen hatte abzuschalten, spielte leise. In der Luft hing noch der Duft des Abendessens. »Hmm!«, machte Peter. »Ob wohl noch ein Rest übrig ist?«

»Nun hör aber auf! Du wolltest nur Wasser holen!«

»War ja bloß ein Scherz.« Peter öffnete den Kühlschrank, griff nach einer Flasche und wollte die Küche gerade verlassen, als Bob ihn zurückhielt.

»Wart mal!« Er drehte das Radio lauter. Ein bekannter Moderator von ›L. A. Flash‹ gab gerade eine Meldung durch.

»... Was heute Morgen wie eine Schlagzeile der Yellowpress gewirkt hatte – ›Zirkusmonster ausgebrochen‹ – scheint doch mehr als nur ein Werbegag der ›Rocky Beach Today‹ gewesen zu sein. Wie ich gerade erfahre, soll in dem kleinen Küstenstädtchen das Monster gesehen worden sein! Also, liebe Bewohner von Rocky Beach, bleibt brav zu Hause, wenn ihr nicht als Monsterfutter enden wollt!« Sein Tonfall machte deutlich, dass er die Geschichte für einen schlechten Witz hielt. »Weiter geht's mit der neuen Single von Tori Amos, die wieder mal –«

Bob schaltete das Radio aus und starrte Peter an. »Spinn ich jetzt?«

»Dann spinnen wir beide.«

»Das war ja wohl ein grober Scherz.«

»Ich hoffe es.«

»Bestimmt nur ein paar Bescheuerte, die es witzig fanden, beim Sender anzurufen und zu erzählen, sie hätten das Monster gesehen.«

»Genau.« Trotzdem blickte Peter beunruhigt aus dem Fenster in die Dunkelheit. Nicht zum ersten Mal in den letzten Tagen fiel ihm Madame Yasemins Warnung ein. Aber was da draußen auch immer lauern mochte – hier, auf dem von einem hohen Zaun umgebenen Schrottplatz, waren sie in Sicherheit. Plötzlich erklang draußen ein lautes Rumpeln. Peter wandte den Blick. Die Zentrale ... täuschte er sich oder wackelte der Campinganhänger leicht? Das Geräusch wiederholte sich und nun glaubte Peter, hinter der Tür des Wohnwagens, die sie offen gelassen hatten, einen Schatten zu sehen. »Ist das Justus?«

»Bestimmt. Komm, wir erzählen ihm, was wir gerade gehört haben!« Sie verließen das Haus und traten in die Dunkelheit des Schrottplatzes hinaus. Ein lautes Klirren ließ sie zusammenfahren. Ein Poltern folgte, dann splitterte Holz und etwas Schweres fiel um.

»Da ist jemand in der Zentrale!«, rief Bob und setzte sich sogleich in Bewegung.

»Bob! Bleib hier!«

»Aber –«

»Das ist mit Sicherheit nicht Justus! Es ... es könnte ... oh, mein Gott, es hat aufgehört! Es hat uns gehört!«

»Es? Wovon zum Teufel redest du, Peter? Da verwüstet ein Einbrecher unsere Zentrale! Und den Kerl schnappen wir uns jetzt!« Bob riss sich los, lief auf den Anhänger zu – und erstarrte vor Entsetzen!

Mit ohrenbetäubendem Gebrüll war Dunnerak in der Tür erschienen.

Beute

Justus stand unschlüssig auf der Wiese und blickte sich um. Dies war eine einmalige Gelegenheit, sich ungestört umzusehen – und zwar dort, wo er sonst nicht hinkam.

Er ging zu Picos Wohnwagen und griff nach dem Türknauf. Zu ärgerlich, dass Peter nicht hier war. Der hätte das einfache Schloss mit seiner Dietrichsammlung ohne Probleme innerhalb von Sekunden geknackt. Doch zu Justus' Überraschung gab der Knauf nach und die Tür öffnete sich mit einem leisen Knarren. »Der Aufbruch muss sehr plötzlich gewesen sein, wenn er nicht einmal seine Tür abgeschlossen hat«, murmelte Justus und betrat den Wohnwagen. Innen war es dunkel und eng. Er wagte es nicht, Licht zu machen, das hätte man sogar von der Straße aus gesehen. Also ließ er die Tür offen, so dass ein wenig Mondlicht hineinfiel.

Es war ein ganz normaler Wohnwagen. Ein schmales Pritschenbett, eine winzige Küche, ein winziges Bad, ein kleiner Schreibtisch. Hier und da ein paar Bücher und CDs, eine Mini-Anlage, einige Bilder an der Wand. Was hatte er erwartet? Justus warf einen Blick auf die Papiere auf dem Schreibtisch. Persönliche Briefe, Rechnungen, Kontoauszüge ... Pico hatte Schulden. Nicht gerade wenige. Entweder hatte er einen hohen Lebensstandard oder es stand noch schlechter um den Zirkus, als Justus bisher geglaubt hatte – so schlecht, dass Direktor Copper seine Leute nicht mehr bezahlen konnte.

Justus zog die Schreibtischschublade auf, sah unter dem Bett nach, blätterte Bücher durch – ohne Ergebnis. Abgesehen von einer Kiste voller bunter Bälle und Keulen zum Jonglieren entdeckte er nichts Interessantes. Picos Wohnwagen war absolut sauber. Wenn der Clown ein Geheimnis verbarg, dann jedenfalls nicht hier.

Enttäuscht verließ der Erste Detektiv den Wagen und wandte sich dem nächsten zu: Carters. Auch hier war die Tür unverschlossen. Carter hatte den Schlüssel wahrscheinlich bei sich getragen, als er niedergeschlagen wurde. Der Wagen des Dresseurs war etwas größer, aber die Inneneinrichtung sah ähnlich aus, nur dass hier alles sehr viel unordentlicher war. Das machte es zum einen interessanter, zum anderen aber auch schwieriger, etwas zu finden. Im Badezimmer wurde Justus fündig: Als er den kleinen Spiegelschrank öffnete, sah er neben Rasierzeug und Haarshampoo eine Reihe von Medikamenten: Schmerzmittel, Hustensaft, Grippetabletten – und ein halbes Dutzend Pillenröhrchen. Justus nahm eines davon heraus und las den Aufdruck: ›Novril Insodon – stimmungsaufhellendes Psychopharmakon‹. Er kannte sich mit Arzneimitteln nicht besonders gut aus, wusste aber, dass diese Art von Medikamenten bei psychischen Störungen oder Depressionen verschrieben wurden und bewirkten, dass sich der allgemeine seelische Zustand besserte. Kürzlich hatte er einen Artikel über den Missbrauch von Psychopharmaka gelesen. Es gab Mittel, die den Patienten bei zu häufiger oder zu langer Einnahme abhängig machten. ›Sucht auf Rezept‹ war die Überschrift gewesen. Allein die Menge von Novril Insodon machte Justus skeptisch. War Carter medikamentensüchtig? Und wenn ja – hatte das irgendetwas mit ihrem Fall zu tun? Mit einem mulmigen Gefühl im Bauch schloss Justus das Schränkchen. Er war gerade ohne es zu wollen ein gehöriges Stück zu weit in Carters Privatsphäre eingedrungen. Am besten verließ er den Wohnwagen so schnell wie möglich, bevor er noch mehr herausfand, was er gar nicht wissen wollte. Er war gerade auf dem Weg nach draußen, als sein Blick ein kleines Kästchen streifte, das unter einem Zipfel der Bettdecke hervorlugte. Justus hielt inne und rang mit sich selbst. Schließlich siegte seine Neugier. Ein letzter Blick würde die Sache auch nicht schlimmer machen. Er beugte sich hinunter, holte das Kästchen hervor und öffnete es. »Volltreffer!«

In dem Kästchen lag eine Kette.

Justus überlegte, ob er das Beweisstück an sich nehmen oder hier lassen sollte, als ein leises Knarren ihn aufschrecken ließ. Er drehte sich um und blickte in das finstere Gesicht eines Mannes, der gerade den Wohnwagen betreten hatte. Der Unbekannte stürzte sich auf ihn, packte Justus' Arm mit eisernem Griff und hielt ihm die Hand vor den Mund.

»Nichts da, Bürschchen! Das ist meine Beute!«

»Das Monster!«, schrie Peter und blieb wie angewurzelt stehen.

Bob machte kehrt und wollte zurück zum Haus

laufen, doch da sprang der schwarze Schatten aus dem Wohnwagen heraus, lief brüllend um sie herum und verstellte ihnen den Weg. Es war Dunnerak: Das lange dunkle Fell stand struppig zu allen Seiten ab und die scharfen Krallen rissen tiefe Furchen in den Sandboden, als das Monster sich auf sie stützte. Dann richtete es sich drohend auf und ließ knurrend seine gewaltigen Fangzähne im Mondlicht blitzen.

»Oh, mein Gott!«, keuchte Peter.

Bob packte ihn bei der Schulter. »Was stehst du hier herum! Los, in die Zentrale!«

Endlich rührten sich Peters Beine wieder. Er wirbelte herum und rannte Bob hinterher. Augenblicklich nahm das Monster mit Riesensätzen die Verfolgung auf. Peter sprang durch die Tür, blieb mit dem Fuß hängen und stürzte. Panisch drehte er sich um und sah das schwarze Ungeheuer auf sich zu rasen. Bob zerrte ihn in die Zentrale und warf in letzter Sekunde die Tür zu. Dunnerak sprang mit einer solchen Wucht dagegen, dass der Anhänger bebte. Die Tür krachte in den Angeln und beulte sich leicht. Kleine Holzsplitter flogen aus den Scharnieren. Schnell schob Bob von innen den Riegel vor. Dann war es still.

Mit weit aufgerissenen Augen und keuchendem Atem hockten sie in der dunklen Zentrale und warteten. Dann kam der zweite Angriff: Das Monster schlug auf die Tür ein, die bedrohlich zitterte. Mit einem in den Ohren schmerzenden Krachen splitterte das Holz zu einem langen Riss.

Peter schrie auf. »Es kommt rein! Bob, es kommt

rein! Es kommt rein! Die Tür hält nicht! Es kommt –«

»Halt's Maul, Peter! Oder willst du es durch dein Geschrei noch wilder machen?«

»Noch wilder?« Er rappelte sich auf, drückte sich so weit wie möglich an die gegenüberliegende Wand und starrte die Tür an. Wieder krachte es. »Da draußen ist ein Monster, Bob! Ein Monster, das es gar nicht gibt!«

Dunnerak schlug immer wieder auf den Eingang ein. Noch drei, vier Schläge und die Tür würde entweder aus den Angeln reißen oder ganz einfach zerbrechen! Peter griff nach einer Schere auf dem Schreibtisch. Eine mickrige Waffe gegen diese Bestie, aber besser als nichts. Atemlos wartete er auf die letzte, entscheidende Attacke.

Sie kam nicht.

Plötzlich war alles ruhig.

»Es ... es hat aufgehört«, flüsterte Peter. »Meinst du, es ist weg?«

Sie horchten. Erst blieb es still, doch dann hörten sie das schwere Atmen und die auf dem sandigen Boden scharrenden Füße der Kreatur, die den Wohnwagen umkreiste.

»Es ist nicht weg«, antwortete Bob ebenfalls flüsternd. »Es sucht nur einen anderen Weg herein.« Er schlich zu einem der Fenster und spähte hinaus. Dort war es! Es lief unruhig auf und ab und starrte die Zentrale an, als wäre sie seine Beute. Schnell zog Bob überall die Vorhänge zu. »Vielleicht vergisst es, dass wir hier drin sind. Immerhin ist es nur ... ein Tier.«

»Ein Tier?« Peter verließ seine Deckung an der Wand und suchte sich einen Platz möglichst in der Mitte der Zentrale. Der nächste Angriff konnte aus jeder Richtung kommen. »Es ist kein Tier! Aber es ist auch kein Mensch! Copper hat uns belogen! Von wegen ein Clown im Kostüm! Die Geschichte hat er uns aufgetischt, um die grauenhafte Wahrheit zu verschleiern: Es gibt das Monster wirklich! Und es ist ausgebrochen! Carter war nur das erste Opfer. Die Leute, von denen im Radio gesprochen wurde, hatten Recht. Seit gestern streift es durch Rocky Beach. Und jetzt ... jetzt ist es hier!«

Bob wusste nichts zu erwidern. Peter hatte Recht. Was immer da draußen war, ein Mensch war es nicht. Sein Blick fiel auf die fast zerstörte Tür. Kein Mensch hätte so etwas fertigbringen können. »Wir müssen Hilfe holen«, sagte er tonlos und griff nach dem Telefon. Er wählte die Nummer der Polizei. Dann erst fiel ihm auf, dass es gar kein Freizeichen gab. Die Leitung war tot. »Was ... was ... wieso funktioniert das Telefon nicht? Mach mal Licht, Peter!«

»Aber dann sieht es uns doch!«

»Die Vorhänge sind dicht.«

Peter tastete nach der Schreibtischlampe, fand sie jedoch nicht. »Die Lampe ist weg. Warte, ich habe ein Feuerzeug!« Er zündete es und hielt die kleine Flamme hoch. »Oh, mein Gott!«

Die Zentrale war vollkommen verwüstet. Dunnerak hatte in seinem Tobsuchtsanfall alles kurz und klein geschlagen. Der Computermonitor lag in Scherben auf dem Boden, fast alles, was auf dem Schreibtisch gestanden hatte, war zerstört. Der Aktenschrank und die Stühle waren umgestürzt. Auch die Lampe war hinüber.

»Mein Gott!«, wiederholte Peter. »Es ... es ist alles kaputt!«

»Es hat das Telefonkabel aus der Wand gerissen!«, ächzte Bob. »Wir können keine Hilfe holen!«

Wie zur boshaften Bestätigung knurrte draußen das Monster. Peter wurde kreidebleich und sprach aus, was Bob nicht gewagt hatte: »Wir sind hier drinnen gefangen! Und früher oder später wird Dunnerak reinkommen!«

Im Käfig

Justus versuchte sich zu wehren, doch der Griff des Mannes war so fest, dass er sich nicht rühren konnte. Endlich nahm der Fremde die Hand von seinem Mund. Nun konnte der Erste Detektiv den Kopf drehen und in sein Gesicht blicken. Mr Stewart!

Sein Gegner kniff die Augen zusammen. »Du bist der Junge aus dem Krankenhaus! Wer bist du?«

»Ein Freund von Carter«, stammelte Justus. »Und ... und Sie?« Er kannte die Antwort. Aber das musste er seinem Gegenüber ja nicht auf die Nase binden. Jetzt war es taktisch klug, den unterbelichteten Trottel zu spielen – eine Rolle, die Justus perfekt beherrschte. »Wer sind Sie?«

»Das geht dich gar nichts an! Was suchst du hier in Carters Wohnwagen?«

»Ich ... ich habe nur ein Buch gesucht, das ich Carter geliehen habe!«, beteuerte Justus so unglaubwürdig, dass auch der Dümmste die Lüge erkennen musste.

»Red keinen Quatsch! Du wolltest dir die Kette holen!«

»Nein, wirklich nicht, die habe ich nur zufällig –«

»Her damit!« Stewart ließ ihn los und entriss ihm das Schmuckstück. »Du bist wohl sein Komplize, was? Ich wusste, dass er mich hintergeht, der Hund! Mir hat er erzählt, er hätte nichts erbeutet! Ist hier irgendwo noch mehr versteckt?«

Justus schüttelte den Kopf.

Stewart starrte ihn grimmig an. »Bist du sicher?«

»Ja!«

»Na schön.« Zufrieden grinsend ließ er die Kette durch die Finger gleiten. »Das wird als Anzahlung genügen.« Er hielt sie hoch, so dass das Gold und die Steine im Mondlicht schimmerten. Justus überlegte, ob er die Gelegenheit nutzen und fliehen sollte, doch seine Chancen standen schlecht: Stewart machte einen sportlichen Eindruck und würde ihn wahrscheinlich innerhalb weniger Meter einholen. Außerdem musste Justus die Möglichkeit wahrnehmen, endlich herauszufinden, was hier gespielt wurde.

Plötzlich stutzte Stewart und hielt den Schmuck nahe an die Augen. Seine Miene verfinsterte sich. »Sie ist nicht echt.«

»Was?«

»Sie ist nicht echt!«

Stewart tippte auf einen winzigen Prägestempel am Verschluss. »Made in Taiwan.« Wütend wandte er sich Justus zu. »Wo ist die echte Kette?«

»Die echte? Ich weiß nicht, was Sie meinen!«

Sofort packte er wieder zu, drehte Justus die Arme auf den Rücken und zog sie hoch, bis der Erste Detektiv vor Schmerz aufstöhnte. »Keine Spielchen, Junge! Ich will die Beute! Und zwar sofort!«

Und mit einem Mal hatte Justus einen Geistesblitz. »In Ordnung!«, japste er. »Ich ... ich zeige sie Ihnen!«

»Ich schaffe es nicht!«, flüsterte Bob verzweifelt. »Ich brauche Werkzeug! Und das ist draußen in der Werkstatt!« Inzwischen hatte Peter eine Kerze gefunden. In ihrem flackernden Schein hockte Bob auf dem Boden und versuchte das Telefon anzuschließen. Doch ohne Schraubenzieher war es hoffnungslos. Dunnerak hatte sich in den letzten Minuten ruhig verhalten, doch sie glaubten beide nicht, dass das Monster verschwunden war. Es lauerte irgendwo da draußen und wartete darauf, dass sie rauskamen.

»Aber wir müssen Hilfe holen!«, drängte Peter. »Nicht nur wegen uns. Jeden Moment könnte Justus zurückkommen. Oder sein Onkel und seine Tante. Wenn die nichts ahnend den Schrottplatz betreten, macht Dunnerak Hackfleisch aus ihnen! Wir ... wir müssen das Vieh irgendwie ablenken und dann verschwinden!«

Bob erhob sich mühsam und blickte sich ratlos in der Zentrale um. »Wie denn?«

»Ich habe keine –« Ein Klirren ließ Peter herumfahren. Eines der kleinen Fenster war zerbrochen. Eine krallenbewehrte, pelzige Hand griff am Vorhang vorbei und versuchte irgendetwas zu fassen zu kriegen. Dunnerak brüllte markerschütternd. Entsetzt wichen Peter und Bob zurück.

»Es kommt rein!«, schrie Peter. Wo war die Schere? Wo war – Bob griff nach der Kerze, sprang zum Fenster und versengte Dunnerak das Fell. Die Bestie schrie auf und zog die Klaue sofort zurück. Tobend vor Wut und Schmerz warf sich das Monster gegen den

Wohnwagen, der wie bei einem Erdbeben zitterte und wackelte.

»Wir müssen hier raus! Wir müssen hier raus! Lass dir was einfallen, Bob!«

Der Dritte Detektiv überlegte fieberhaft. Sie brauchten einen Ausgang, einen zweiten Ausgang! »Ich hab's!«, sagte er plötzlich.

»Was?«

»Ich weiß, wie wir hier rauskommen.«

»Und wie?«

»Es ist nicht ganz ungefährlich.«

»Nun sag schon!«

Bob zeigte auf den Fußboden. »Tunnel II.«

Das Tierzelt war stockdunkel. Da weder Justus noch Stewart eine Taschenlampe hatten, musste das fahle Mondlicht, das durch den Eingang fiel, ausreichen. Das war Justus' einziger Vorteil.

»Hier hat er also die Beute versteckt«, murmelte Stewart. »Gar nicht dumm. Hier hätte ich als Allerletztes gesucht.« Er lächelte boshaft. »Aber dafür habe ich ja dich.«

»Lassen ... lassen Sie mich denn gehen, wenn ich Ihnen den Schmuck gebe?«

»Aber sicher, Junge. Ich will nur, was mir zusteht, dann verschwinde ich. Also, wo ist das Versteck?«

»Dort drüben.« Justus zeigte auf den Käfig mit dem schwarzen Vorhang.

»Der Monsterkäfig? Sehr schlau von Carter. Er wusste genau, dass alle Zirkusleute darauf Acht geben, dass niemand dem Käfig zu nahe kommt.«

»Der Schmuck ist in einem schwarzen Kasten. Ich hole ihn.«

»Aber keine Tricks!«, warnte Stewart.

Justus öffnete die quietschende Tür und kletterte in den mit Stroh ausgelegten Käfig. Auf allen vieren herumrutschend durchwühlte er es. Schließlich ertasteten seine Finger den kleinen, schwarzen Kasten. Er klemmte ihn unter den Arm und kroch wieder heraus.

»Her damit!«, forderte Stewart und wollte ihm den Behälter aus der Hand reißen. Doch Justus sprang zur Seite.

»Moment! Man kann das Ding nicht so leicht öffnen! Ein ganz kompliziertes Schloss, aber Carter hat mir gezeigt, wie es geht.«

»Dann mach es auf!«

»Bin ja schon dabei!« Umständlich fummelte Justus an dem Kasten herum und biss sich konzentriert auf die Unterlippe. Dabei wanderte er im Kreis. Als er Stewart schließlich da hatte, wo er ihn haben wollte – zwischen ihm und der offenen Käfigtür – sagte er: »Ich hab's!« Er drehte den Lautstärkeregler des Tonbandgerätes ganz hoch und drückte die Playtaste.

Ein ohrenbetäubendes Monstergebrüll dröhnte aus dem Lautsprecher. Stewart entfuhr ein kleiner Schrei. Er taumelte einen halben Schritt zurück und stolperte über die Schwelle des Käfigs. Justus holte aus und verpasste ihm einen gezielten Tritt, so dass Stewart rücklings in den Käfig fiel. Blitzschnell warf der Erste Detektiv die Tür zu, drehte den Schlüssel herum und zog ihn aus dem Schloss.

Stewart starrte ihn überrascht an. »Was … was soll das?«

»Wonach sieht es denn aus?«, fragte Justus hämisch und legte augenblicklich den weinerlichen Tonfall des Idioten ab. »Lass mich sofort raus!«

Der Erste Detektiv schüttelte bedauernd den Kopf. »Hat Ihnen eigentlich schon mal jemand gesagt, dass Sie ungeheuer dämlich sind, Mr Stewart?« Er stellte das Tonband aus und legte es auf den Boden. »Nun hätten wir den Spieß also umgedreht.«

»Lass mich raus!«, brüllte Stewart ohne Justus im Mindesten zu beeindrucken. Er ließ ihn noch eine Weile toben. Irgendwann sah Stewart ein, dass er keine Chance hatte und beruhigte sich.

»Wie wäre es, wenn Sie mir ein paar Fragen beantworten?«, schlug Justus vor.

»Das könnte dir so passen!«

»Sie werden sie sowieso beantworten müssen, wenn die Polizei hier auftaucht.«

»Die Polizei? Die kann mir gar nichts anhaben!«, höhnte Stewart. »Ich habe kein Verbrechen begangen!«

»Sie haben Carter zusammengeschlagen«, vermutete der Erste Detektiv. »Weil er Ihnen seit einem Jahr Geld schuldete und ohne die Beute zurückkam, richtig?«

»Woher weißt du das alles?«, fragte Stewart mit Totengräberstimme.

»Das ist jetzt nicht wichtig. Ich möchte lediglich meine Theorie überprüfen. Carter hat die Achterbahn von Ihnen erworben ohne sie zu bezahlen. Da der Zirkus miserabel lief, bekam er nie genug Lohn von Direktor Copper und blieb Ihnen das Geld schuldig – ein Jahr lang.«

»Vierzehn Monate«, korrigierte ihn Stewart und grinste gequält. »Und die tragische Geschichte vom armen Zirkus habe ich mir schon Dutzende Male anhören müssen. Ich bin es langsam leid! Ich will mein Geld!«

»Also haben Sie Carter überredet, die Grenzen der Legalität zu überschreiten und wertvollen Schmuck zu stehlen. Aber Carter hatte Angst, erwischt zu werden. Also zog er sich das Monsterkostüm seines Kollegen Pico an und fuhr mit Ihnen zu Mrs Berger. Für ihn als Artist war es kein Problem, zu ihrem Balkon hochzuklettern. Sie erwischte ihn prompt, doch das war egal, denn alles was sie sah, war Dunnerak, die Bestie aus den Wäldern von Alaska. Und das hat ihr selbstverständlich niemand geglaubt. Carter musste fliehen, bevor er ihren Schmuck stehlen konnte. Er ist zum Fluchtwagen gelaufen, in dem Sie auf ihn gewartet haben. Dann sind Sie gemeinsam zurück zum Zirkus gefahren. Aber Sie glaubten ihm nicht, dass er nichts erbeutet hatte und schlugen ihn nieder.«

Stewart sah ihn verwirrt an. »Was redest du da für einen Unsinn, Junge? Hat er dir das etwa erzählt?«

Justus schüttelte den Kopf. »Nein. Das war nur das, was mir die Logik diktiert hat.«

»Ich habe vorletzte Nacht hier auf ihn gewartet, um den Schmuck in Empfang zu nehmen. Als er mit leeren Händen zurückkam, musste ich ihm einen Denkzettel verpassen, damit er weiß, dass ich mich nicht weiter verarschen lasse. Ich gebe zu, der Schlag auf den Kopf ist etwas heftig ausgefallen. Aber in Zukunft wird er sich hüten mich noch einmal warten zu lassen. Aber der Rest deiner Geschichte ist purer Schwachsinn! Carter ein Artist? Dass ich nicht lache! Er mag ja gut mit Tieren umgehen können, aber ich glaube, er kann nicht einmal auf einen Baum klettern!«

Justus runzelte die Stirn. »Aber wie ist er dann ins Haus gekommen?«

Stewart lachte rau. »Gar nicht! Er hat den Einbruch nicht begangen! Das hat er dem Monster überlassen!«

»Dem Monster?«

»Selbstverständlich. Hast du nichts davon in der Zeitung gelesen? Jetzt ist das Vieh auch noch ausgebrochen!«

»Aber das ist doch völliger Schwachsinn! Es gibt kein Monster.«

»Doch. Und Carter hat es so dressiert, dass es für ihn den Schmuck stiehlt. Zur Belohnung gab es kleine Muntermacher.« Er lachte hämisch. »Er hat das Vieh so sehr damit voll gepumpt, dass es inzwischen wahrscheinlich danach süchtig ist. Aber gar keine schlechte Idee, denn so konnte Carter sicher sein, dass es auch pariert, um seine nächste Dosis zu kriegen.«

»Das Novril Insodon!«, rief Justus.

»Weiß nicht, wie das Zeug heißt.«

Justus dämmerte es. Erst ganz langsam und zögerlich. Novril Insodon. Ein Psychopharmakon, das einen abhängig machte. Ein Monster, das Schmuck stiehlt. Und dann ging Justus eine ganze Lichterkette auf!

»Wie hat er das Monster abgerichtet?«

»Was meinst du?«

»Wie hat er es geschafft, dass es ausgerechnet Schmuck klaut und nichts anderes?«

»Na, ganz einfach. Er hat ihm beigebracht, dass es alles mitnehmen soll, was klein ist und glänzt und glitzert. Das hat er mir jedenfalls erzählt.«

Die Kette der Bürgermeistergattin. Peters Kristallanhänger. Tante Mathildas Ringe.

Ein Motorengeräusch näherte sich. Justus blickte nach draußen. Gerade fuhr ein Lieferwagen auf Coffmans Wiese. Ohne Stewart weiter zu beachten, rannte der Erste Detektiv nach draußen und stellte sich dem Lkw in den Weg. Die Scheinwerfer erfassten ihn und der Wagen bremste ab. Pico, Lilly und Madame Yasemin sprangen heraus.

»Justus!«, rief Lilly. »Himmel, dich hatte ich ja ganz vergessen! Ist er hier?«

»Wer soll hier sein? Mr Stewart?« Er grinste breit. »Zufällig ja.«

»Nein, nicht Mr Stewart. Hannibal!«

»Wieso? Ist er denn nicht in seinem Käfig?«

»Das ist ja die Katastrophe!«, erklärte Lilly aufgebracht. »Er ist ausgebrochen! Wir sind gerade durch ganz Rocky Beach gefahren, um ihn zu finden, aber er ist verschwunden! Wir dachten, er wäre vielleicht von allein zurückgekommen. Er war den ganzen Tag so unruhig! Hoffentlich tut er niemandem etwas, dann ist alles aus!«

»Düstere Schatten«, murmelte Madame Yasemin. »Ich habe düstere Schatten gesehen.«

»Hannibal ist ausgebrochen«, sagte Justus tonlos und knetete seine Unterlippe. Plötzlich erhellte sich sein Gesicht. »Aber natürlich! Er will seine Belohnung kassieren, die er seit zwei Tagen nicht bekommen hat. Aber das kann er natürlich nicht, wenn er in seinem Käfig sitzt.«

»Was faselst du da für einen Unsinn, Junge?«, blaffte Pico ihn an.

»Das ist kein Unsinn!«, beharrte Justus. »Hannibal ist scharf auf alles, was glitzert und wertvoll aussieht. Ich glaube, ich weiß, wo er ist!«

Affentheater

Bob legte die Bodenluke frei, die zum Tunnel führte, und klappte sie auf. »Oh, nein!«, stöhnte er. »Tunnel II ist immer noch voll mit unseren alten Aktenordnern! Ich dachte, ihr hättet die inzwischen entsorgt!«

»Ich dachte, du hättest.«

Bob verdrehte die Augen. »Komm, pack mit an! Uns bleibt nicht viel Zeit, sonst macht Dunnerak unsere Zentrale zu Kleinholz, bevor wir unseren Plan in die Tat umsetzen können.«

In Windeseile schaufelten sie den riesigen Berg Ordner, der den Tunnel verstopfte, nach oben und warfen die Akten achtlos in die nächste Ecke. Dann holte Bob tief Luft. »Alles klar?«

Peter nickte. »Mach schon, sonst traue ich mich gleich nicht mehr.«

»In Ordnung. Denk dran, es muss schnell gehen!«

»Das brauchst du mir nicht zu sagen!«

»Gut. Warte auf mein Zeichen!« Bob sprang in die Öffnung, ging in die Hocke und kroch durch den mit Decken ausgelegten Tunnel aus Wellblech. An seinem Ende befand sich ein Gitter, hinter dem die Freiluftwerkstatt lag. Bob griff danach, drehte den Kopf und rief durch den Gang zurück: »Jetzt!«

Peter zog den Riegel von der Tür und stieß sie auf. »He, Monster!«, brüllte er so laut er konnte. »Hierher!«

Dunnerak schnaufte. Peter zählte bis drei, dann sprang er in den Tunnel. Keine Sekunde zu früh, denn schon erschien die Bestie in der Tür, knurrte wütend und war mit einem Satz in der Zentrale. Peter kroch so schnell er konnte durch den Tunnel. Dunnerak tobte hinter ihm, doch Bob behielt Recht: Das Monster war zu groß, um ihm hierher zu folgen. Erleichtert erreichte er das Ende des Tunnels und kletterte hinaus ins Freie.

Währenddessen war Bob um den Wohnwagen herumgelaufen. Er warf einen Blick in die Zentrale. Dunnerak hockte in der Tunnelöffnung und versuchte verzweifelt, seinen massigen Körper durch den engen Gang zu pressen. Bob zögerte keine Sekunde und warf die Tür zur Zentrale zu, noch bevor das Monster ihn bemerkte. Einen Augenblick später hatte er die Tür mit dem Vorhängeschloss verriegelt. »Geschafft!«, rief er erleichtert, als Peter auf ihn zu stolperte. »Es sitzt in der Falle!«

»Und jetzt nichts wie rüber zum Haus! Von dort aus können wir die Polizei rufen!«

Sie hatten gerade den halben Weg zurückgelegt, als ein berstender Lärm sie herumfahren ließ. Das Monster hatte die Tür aus den Angeln geschlagen!

»Oh, nein!«

Es sprang heraus und raste auf sie zu. Bob und Peter sprinteten los. Dunneraks Gebrüll kam immer näher. Sie hatten fast die Haustür erreicht, als Peter ein jäher Schrecken durchfuhr. Es fühlte sich an, als hätte man ihm den Boden unter den Füßen weggerissen.

»Der Hausschlüssel!«, rief er. »Er liegt noch in der Zentrale!« Sie hatten keine Wahl mehr. Sie hechteten die Verandatreppe hinauf, hämmerten verzweifelt gegen die verschlossene Tür und drehten sich schließlich um, um dem Tod in die schwarzen Augen zu sehen.

Ein Schuss fiel. Dunnerak schrie auf, lief noch zwei, drei Schritte weiter und taumelte schließlich. Das Monster rollte mit den Augen, stöhnte und brach zusammen. Reglos blieb es auf dem staubigen Schrottplatz liegen.

Bob und Peter drängten sich keuchend an die Hauswand und starrten die Bestie an. Erst als jemand ihre Namen rief, löste sich ihre Starre. Vier Menschen kamen durch die Dunkelheit auf sie zu gelaufen. Einer von ihnen trug ein Gewehr. Einen anderen erkannten sie schon von weitem an der fülligen Statur.

»Justus! Das ... das Monster ...«

»Ist kein Monster«, sagte Justus beruhigend und näherte sich dem reglosen Körper.

Lilly kam herbeigelaufen und beugte sich über die Bestie. »Geht es ihm gut?«

»Besser als die letzten beiden Tage«, antwortete Justus. »Er schläft selig. Gut, dass Sie ein Betäubungsgewehr dabei hatten, Pico.«

»Kein Monster?«, fragte Peter mit zitternder Stimme.

Der Erste Detektiv schüttelte den Kopf und zog Dunnerak den Umhang vom Körper und die Maske vom Kopf. »Bloß Hannibal.«

Zwei Tage später war der Schrottplatz erfüllt von Hämmern und Klopfen. Die drei ??? und Lilly reparierten die Zentrale – oder das, was von ihr übrig geblieben war. Während Justus sich um das Innenleben kümmerte, bauten Bob und Peter eine neue Tür ein. Lilly kittete gerade das Fensterglas in den Rahmen. Immer wieder bestaunten sie die Spuren der Verwüstung, die der Gorilla hinterlassen hatte.

»Mir läuft es immer noch kalt den Rücken herunter, wenn ich diese Kratzer und Beulen in der Wand sehe«, gestand Peter. »Wenn ich mir vorstelle, dass das auch mein Körper hätte sein können ... brrr!«

»Es tut mir so unendlich Leid!«, versicherte Lilly zum wiederholten Mal. »Ich hätte nie gedacht, dass Hannibal so aggressiv werden kann!«

»Du kannst doch nichts dafür«, meinte Justus. »Der Einzige, der sich verantworten muss, ist Carter. Den Gorilla so abzurichten, dass er alles klaut, was glänzt und glitzert, ist schon ziemlich heftig. Aber ihn dann auch noch zur Belohnung mit glücklich machenden Pillen zu füttern, ist Tierquälerei der übelsten Sorte.«

»Ich bin immer noch nicht ganz sicher, ob ich die Geschichte komplett verstanden habe«, meinte Peter. »Mal sehen, ob ich das auf die Reihe kriege: Carter schuldete Mr Stewart Geld für die Achterbahn. Und zwar deshalb, weil Direktor Copper euch allen viel zu wenig bezahlt hat.«

Lilly nickte. »Es reichte gerade mal für etwas zu essen und die Kostüme. Aber wir haben das alle in Kauf genommen, schließlich wussten wir, wie schlecht es um den Zirkus steht. Wir dachten eben, dass auch wieder bessere Zeiten kommen. Es konnte ja keiner ahnen, dass Carter die Achterbahn noch gar nicht bezahlt hatte. Er hat nie ein Wort darüber verloren.«

»Na schön. Um an Geld zu kommen, hat er Hannibal darauf abgerichtet, Juwelen zu klauen. Natürlich weiß ein Gorilla nicht, was echte und was falsche Edelsteine sind, also ist er auf alles abgefahren, was glitzert. Denn dafür bekam er von Carter eine tolle Belohnung – nach der er nach und nach süchtig wurde.«

Justus nickte. »Carter hat Hannibal so trainiert, dass er immer erst auf Beutezug geht, wenn es dunkel ist. Und dass er vorher das Dunnerak-Kostüm anlegt, um die Opfer zu täuschen.«

»Aber dann fiel bei der Premiere der Strom aus, weil der Generator kaputt war«, fuhr Bob fort. »Hannibal, der vor dem großen Showfinale hinter dem Vorhang wartete, dachte, das wäre sein Startzeichen. Er raste einmal durchs Publikum, um der Frau des Bürgermeisters, auf deren Schoß er kurz zuvor noch gesessen und ihren Schmuck bestaunt hatte, die Kette zu klauen.«

»Dummerweise war sie wertlos. Also musste der Gorilla gleich in der nächsten Nacht noch einmal ran. Carter wartete, bis wir weg waren, verfrachtete Hannibal in den Transporter und fuhr mit ihm zu Mrs Berger, wo er einbrechen sollte. Es war lediglich ein blöder Zufall, dass wir ihm dabei in die Quere kamen. Jedenfalls war Carter derjenige, den ich habe husten hören.«

Bob nickte. »Genau. Hannibal konnte entkommen und sie fuhren zurück zum Zirkus, wo Stewart bereits auf die Beute wartete. Er wollte jedoch nicht glauben, dass es keine Beute gab. Es kam zu einer Schlägerei und Carter landete im Krankenhaus.«

»Und daraufhin wurde Hannibal immer nervöser, weil ihm seine Droge fehlte«, sagte Lilly. »Schließlich drehte er völlig durch, brach aus seinem Käfig aus und machte sich auf den Weg, um ein wunderbar glänzendes Schmuckstück zu stehlen, damit er endlich seine Belohnung bekam.«

»Also kam er hierher, zum Schrottplatz. Und Schuld daran war einzig und allein das hier.« Peter griff in den Ausschnitt seines T-Shirts und zog den Kristall hervor, den Madame Yasemin ihm an seinem Geburtstag verkauft hatte. Der geschliffene Stein funkelte in der Sonne. Der Zweite Detektiv konnte sich ein Lachen nicht verkneifen. »Es ist wirklich eine Ironie des Schicksals, dass ausgerechnet eure Wahrsagerin schuld ist an diesem ganzen Desaster. Schließlich war sie doch diejenige, die die ganze Zeit von drohendem Unheil gefaselt hat und mir einen Schutzzauber verkaufte, ohne jedoch zu wissen, dass sie mit dem Kristall das Unheil selbst herbeiführen würde. Aber wenn ich darüber nachdenke, hätte ich auch viel früher darauf kommen können. Hannibal hatte es von Anfang an auf mich abgesehen. Ich hatte den Kristall gerade gekauft und trug ihn noch über dem T-Shirt, da ging ich durchs Tierzelt, wo der Gorilla in seinem Käfig saß. Es war dunkel, er sah etwas Glitzerndes, wollte es haben und sprang mich an. Und am nächsten Tag rannte er schnurstracks auf mich zu, als ihr gerade auf dem Zirkusgelände unterwegs wart.«

»Und dann war da noch Tante Mathilda«, meinte Bob, »die ihn streicheln wollte – mit einer Hand voller glitzernder Ringe.«

»Tja, Hannibal ist ja nicht blöd«, sagte Lilly. »Er hatte sich gemerkt, dass Peter etwas besitzt, was er selbst gerne haben wollte. Und als wir vorgestern auf unserer misslungenen Werbetour hier vorbeikamen und er sowohl Peter als auch die Ringe von Justus' Tante sah, wusste er, dass es an diesem Ort noch mehr zu holen gibt. Kein Wunder, dass er dann sofort zum Schrottplatz marschiert ist, nachdem er ausgebrochen war.«

»Was für ein Affentheater«, sagte Peter kopfschüttelnd. »Und wir dachten die ganze Zeit, Pico würde hinter der Sache stecken. Dabei hat er nach dem Stromausfall im Tierzelt nur nach dem Rechten sehen wollen. Und am nächsten Abend ist er tatsächlich in die Kneipe gefahren, wie Mr Copper gesagt hatte.«

»Was passiert denn jetzt mit Hannibal«, fragte Bob. »Meinst du, ihr könnt dem armen Kerl seine schlechten Angewohnheiten wieder austreiben?«

»Das wird ab jetzt meine Aufgabe sein«, sagte Lilly. »Ich werde ihn erst mal auf Drogenentzug setzen und ihm dann klar machen, dass er sich in Zukunft nicht mehr um glitzernde Sachen kümmern muss.«

»Und was wird mit dem Zirkus?«, fragte Justus.

Lilly seufzte. »Keine Ahnung. Es kann sein, dass Direktor Copper Carter rausschmeißen wird. Dabei hat er das alles ja nur getan, um dem Zirkus mit der Achterbahn wieder Auftrieb zu geben. Hannibal mit Drogen voll zu pumpen war trotzdem eine Schweinerei. Vielleicht landet er wegen der Sache sogar im Gefängnis. Die Achterbahn wird verkauft, um Stewart endlich zu bezahlen. Er ist zwar ein übler Zeitgenosse, aber trotzdem hat er ein Recht auf sein Geld – nachdem er sich vor Gericht wegen schwerer Körperverletzung verantwortet hat. Und dann muss Mr Copper noch eure zertrümmerte Einrichtung bezahlen. Wer weiß, wenn er Pech hat, verlangen die geschädigten Einwohner von Rocky Beach sogar ein Schmerzensgeld oder sowas. Es sieht ganz so aus, als wäre der Vorhang für den Zirkus Trinket zum letzten Mal gefallen!«

»Ach was! So weit wird es nicht kommen. Wir werden euch ganz einfach helfen, dass ihr mit einer völlig neuen Show starten könnt!«, versprach Bob. »Notfalls springen wir ein. Als drei Clowns oder so.«

»Justus macht sich bestimmt gut als Clown«, grinste Peter. »So rein figurmäßig. Und schließlich habt ihr ja noch Dunnerak! Das Geheimnis des Monsters kennt nach wie vor niemand. Ihr könnt also weiterhin mit dem Ungeheuer aus Alaska auftreten.«

»Wie wäre es mit einer Kombination aus beidem? Das schreckliche Monster jagt Justus, den Clown?«

»Bevor ihr weiter meine Zukunft verplant, habe ich eine Frage«, meldete sich der Erste Detektiv aus dem Innern des Wohnwagens. »Wohin mit diesen blöden Akten?« Anklagend wies er auf den Stapel mit Ordnern, die er sorgfältig aufgestapelt hatte.

Bob und Peter betraten die Zentrale und warfen ratlos einen Blick auf den Papierberg. Schließlich zuckte Bob mit den Schultern, öffnete kurzerhand die Bodenklappe und stieß den ganzen Aktenturm mit dem Fuß hinein. »Ich finde, da machen sie sich ganz gut.«

Die drei ???®

Das leere Grab

Erzählt von André Marx

Inhalt

Eine Zentrale voller Erinnerungen

»Justus! Post für dich!« Tante Mathildas durchdringende Stimme schallte über den Schrottplatz und riss Justus aus seiner Arbeit: Er hockte auf dem Fußboden der Zentrale inmitten eines Berges von Aktenordnern und hatte gerade über deren widersprüchliche Bezeichnung nachgedacht. Wie konnte man diese Dinger Aktenordner nennen? Von Ordnung war hier keine Rede: Die Aktenstapel hatten sich über den ganzen Boden verteilt. Ratlos fuhr er sich durch das dunkle Haar und stemmte sich in die Höhe. Die Post war verlockender als das Chaos, das er in der Zentrale angerichtet hatte.

Er verließ den Campinganhänger, der seinen Freunden und ihm als Büro für ihr Detektivunternehmen diente, überquerte den Schrottplatz und griff nach der Post, die seine Tante auf die Treppe der Veranda des Jonas'schen Wohnhauses gelegt hatte: die Telefonrechnung und eine Postkarte. Während er die Karte las, schlenderte er zurück zur Zentrale. In diesem Moment radelten Bob Andrews und Peter Shaw auf den Platz. Peters Sportlichkeit und Bobs Umweltbewusstsein veranlassten sie immer häufiger dazu, ihre Autos zu Hause zu lassen.

»Hi, Justus!«, rief Peter. »Post für uns? Vielleicht ein neuer Fall?«

»Wäre dir das denn recht?«, erwiderte der Erste Detektiv.

»Kelly raubt dir doch jede freie Minute.«

»Ach! Wäre ich dann hier?«

Bob hielt sich zurück. Er kannte die ewigen Frotzeleien der beiden nur zu gut und mischte sich selten ein.

»Es ist kein neuer Fall«, fuhr Justus fort, während seine Freunde ihre Räder abstellten, »sondern eine Karte von Allie.«

»Allie? Doch nicht etwa Allie Jamison?« Bob zog die Augenbrauen hoch.

»Doch, genau diese Allie.«

»Die gibt es noch?«, sagte Peter verblüfft. »Wir haben seit Ewigkeiten nichts von ihr gehört.«

»Das macht gar nichts, wenn du mich fragst.« Bob dachte mit gemischten Gefühlen an das Mädchen, mit dem sie zweimal in der Vergangenheit zusammengearbeitet und spannende Fälle gelöst hatten. Obwohl sie nett war, war ihnen Allie durch ihre ungestüme und besserwisserische Art manchmal ziemlich auf die Nerven gegangen. »Was schreibt sie denn?«

»Nur ein paar Grüße an uns drei. Sie geht jetzt in San Francisco aufs College.«

Peter öffnete die Tür zur Zentrale und stoppte abrupt. Entgeistert starrte er auf das Chaos zu seinen Füßen. »Was ist das denn!«

»Das ist der Grund, warum ihr heute Nachmittag hierher kommen solltet. Ich habe euch extra nicht gesagt, dass es ums Aufräumen geht. Sonst hättet ihr euch bestimmt eine überzeugende Ausrede einfallen lassen.« Justus grinste breit.

»Aufräumen?« Peter schob sich an dem Aktenberg vorbei in den Campinganhänger. »Vorgestern sah es hier aber noch nicht so aus. Hast du den ganzen Krempel extra reingeschleppt, damit wir ihn aufräumen?«

Justus schüttelte den Kopf. »Weißt du, was das für ein Krempel ist? Unsere Akten, die wir irgendwann mal in einem Ausbruch destruktiver Energien in unseren Tunnel II geworfen haben.«

Peter und Bob starrten ihn an, dann fing Bob an zu lachen. »Richtig! Das hatte ich schon ganz verdrängt. Wir wussten nicht, wohin mit dem Kram, da haben wir ihn mangels Platz einfach in den Geheimgang geschmissen.« Er wurde wieder ernst: »Aber was hast du jetzt damit vor? Wir haben immer noch nicht mehr Stauraum.« Er sah sich um: Die Zentrale war mit dem großen Schreibtisch samt Computer, der kleinen Spüle, dem Faxgerät, dem Kopierer, dem Aktenschrank und dem Labor im hinteren Teil des Wagens voll. Die drei ??? waren jedes Mal froh, wenn es ihnen gelang, noch drei Stühle unterzubringen.

»Richtig. Deshalb werden wir alles in den Computer eingeben. Wozu haben wir ihn denn? Die Informationen, die sich auf Tonnen von Papier verteilt haben, passen locker auf die Festplatte oder drei bis vier Disketten. Und schon sind wir unser Platzproblem ein für allemal los. Wir könnten sogar unseren Tunnel wieder benutzen. Aber bevor wir mit dem Tippen anfangen, sollten wir den ganzen Wust sortieren. Dann geht es nachher schneller.«

Peter seufzte. »Muss das jetzt wirklich sein? Es ist heute so ein schöner Tag. Ich habe wenig Lust ihn in der stickigen Zentrale zu verbringen.«

»Mach doch die Tür auf«, schlug Justus trocken vor. »Im Ernst: Gestern war ein schöner Tag und morgen wird auch ein schöner Tag sein. Wir drücken uns schon seit Monaten um die Arbeit herum. Immer wenn wir anfangen wollten, kam etwas dazwischen. Diesmal nicht. Diesmal kriegen wir es hin. Das habe ich mir fest vorgenommen. Auf geht's!«

Er hockte sich auf den Boden, angelte nach dem erstbesten Ordner und blätterte ihn durch. Währenddessen erklärte er den beiden sein System. Widerwillig setzten Bob und Peter sich dazu und durchforsteten die Papierberge, um sie nach Rechnungen, Quittungen, Fallberichten, Adressen und Informationsmaterial zu ordnen.

Peter wühlte in einem Schuhkarton herum und zog einen Zettel heraus. »Seht euch das an! Eine uralte handschriftliche Notiz von Bob zu unserem allerersten Fall. Sollen wir die auch behalten?«

»Klar!«, rief Bob. »Dieser Zettel hat bestimmt mal Sammlerwert und wird im ersten Drei-???-Museum ausgestellt. Den müssen wir aufheben. Haben wir auch eine Ablage für sentimentale Erinnerungen, Just?«

»Die sollten wir vielleicht einrichten. Ich habe hier nämlich auch etwas Interessantes: Eine unserer ersten Visitenkarten!« Er reichte sie herum. Auf den kleinen Karten, die sie damals noch mit einer alten Druckerpresse aus ihrer Freiluftwerkstatt hergestellt hatten, stand:

Die drei Detektive	
? ? ?	
Wir übernehmen jeden Fall	
Erster Detektiv	Justus Jonas
Zweiter Detektiv	Peter Shaw
Recherchen und Archiv	Bob Andrews

»Die ist ja schon ziemlich ramponiert«, stellte Bob fest. »Damals waren wir unglaublich stolz.«

»Ist noch mehr in der Kiste, Peter?«, wollte Bob wissen und nahm sie ihm aus der Hand. Nach einigem Suchen zog er eine silberne Kette heraus. An ihr baumelte ein Anhänger.

»Die silberne Spinne!«, rief Peter. »Meine muss auch noch irgendwo herumfliegen.« Die drei ??? hatten die silbernen Anhänger in Form einer Spinne einmal von einem Klienten als Andenken bekommen, sie jedoch nie getragen. »Eigentlich zu schade, sie in irgendeiner Ecke verstauben zu lassen.«

»Du kannst sie ja Kelly schenken«, schlug Justus vor.

»Ausgerechnet eine Spinne! Die wird sich bedanken.« Peter dachte an die vielen Situationen, in denen er als heldenhafter Retter in der Not Spinnen aus Kellys

Zimmer befördern musste, weil sie sich vor lauter Angst nicht einmal in ihre Nähe traute. Dass ihm selbst nie besonders wohl dabei war, hatte er bisher erfolgreich verbergen können.

»Sind noch andere Schätze in dem Karton?«, fragte Justus.

Bob wühlte weiter und zog einen Schlüsselbund hervor. »Was ist das denn?«

Justus nahm ihn ihm aus der Hand und betrachtete sich die Schlüssel genauer. Plötzlich hellte sich sein Gesicht auf. »Mensch! Das sind die Schlüssel von Anne, die uns bei dem Fall um das Bombenattentat im Zoo geholfen hat. Wisst ihr noch, wir vergaßen damals sie ihr zurückzugeben. Und als ihr das auffiel, konnten wir die Schlüssel nicht mehr finden. Wie sind die denn in diesen Karton gekommen?«

Peter zuckte die Schultern. »Inzwischen wird sie wohl Zweitschlüssel haben.« Er nahm Bob die Kiste aus der Hand und stöberte weiter. Er fand noch einige Erinnerungsstücke, die die drei ??? auf immer weitere alte Fälle brachten. Manchmal konnten sie sich an die Einzelheiten nicht mehr genau erinnern und so schlug Bob in den Akten nach, in denen er alle ihre Fälle fein säuberlich dokumentiert hatte. Nach zwei Stunden herrschte in der Zentrale ein größeres Chaos als zuvor und nicht ein einziges Blatt war sortiert worden.

»Meine Güte! Es ist gleich fünf!«, rief Peter erschrocken, als er auf seine Uhr sah. »Ich hatte meiner Mutter doch versprochen heute mit ihr die neuen Tapeten fürs Wohnzimmer auszusuchen. Tut mir Leid, Leute, aber ich muss weg!« Er erhob sich. »Und ich habe eine Verabredung mit Elizabeth«, sagte Bob. »Ich schließe mich dir an.«

»He! Wir wollten aufräumen! Ihr könnt doch nicht so einfach abhauen«, protestierte Justus empört.

»Aufräumen?« Bob lachte. »Ist ja nicht viel draus geworden, was?«

»Wir haben uns an alten Erinnerungen festgebissen«, sagte Justus. »Das kommt vor. Aber wenn wir uns jetzt zusammenreißen, können wir heute noch viel schaffen.«

»Nein, heute nicht mehr«, widersprach Peter. »Morgen, okay? Morgen fangen wir gleich nach der Schule an. Ciao!« Er verließ die Zentrale. Bob folgte ihm.

Der Erste Detektiv seufzte. »Es ist immer dasselbe. Ständig bleibt die Arbeit an mir hängen.« Er richtete seine Aufmerksamkeit wieder auf das vor ihm aufgetürmte Chaos aus Papieren, Ordnern und Kisten. Sein Blick fiel auf einen kleinen Karton mit Fotos. Nur für einen Augenblick rang er mit seinem Gewissen. Dann gab er nach, ließ die Unordnung Unordnung sein und widmete sich den Bildern:

Peter am Strand mit seinem Surfbrett, Justus daneben. Er fand, dass er neben dem sportlichen Zweiten Detektiv eine ziemlich unglückliche Figur abgab. Seine Diäten hatten zwar etwas gebracht, trotzdem hatte er nach wie vor einige Pfunde zu viel. Schnell legte er das Foto beiseite. Das nächste zeigte Bob in Los Angeles vor einem Plakat für die Verleihung des Filmpreises ›Der Goldene Rabe‹. Justus, Bob und Albert Hitfield, mit dem sie einmal zusammengearbeitet hatten. Peter und sein Großvater irgendwo in Missouri: Das war auf ihrem Trip zur Ostküste gewesen.

Justus bewegte sich rückwärts durch die Zeit. Irgendwann wurden die Fotos von Peter und Bob weniger, dafür waren öfter Tante Mathilda, Onkel Titus und er selbst zu sehen: als Zehnjähriger, als Achtjähriger auf einer Schaukel, bei der Einschulung ... Es waren eine Menge Fotos und Justus bemerkte gar nicht, wie die Zeit verging. Draußen wurde es langsam dunkel, doch erst als sein Rücken zu schmerzen begann, stand er auf und setzte sich an den Schreibtisch.

Unter dem Licht der Lampe sah er sich die restlichen Fotos an: Bilder von ihm und seinen Eltern. Julius und Catherine Jonas waren bei einem Flugzeugabsturz ums Leben gekommen, als Justus noch ein kleiner Junge war. Danach war er zu seinem Onkel und seiner Tante gezogen. An seine Eltern konnte er sich kaum noch erinnern, nur einige wenige Szenen aus seiner frühsten Kindheit waren ihm in Erinnerung geblieben.

Justus betrachtete die Bilder mit gemischten Gefühlen. Wenn er anderen Menschen erzählte, dass seine Eltern vor vielen Jahren gestorben waren, reagierten sie oft mit einer merkwürdigen Betroffenheit, die er selbst gar nicht richtig nachvollziehen konnte. Tante Mathilda und Onkel Titus waren seine Eltern. Von Julius und Catherine Jonas gab es nur noch ein paar blasse Bilder in seinem Kopf und einige Fotos. Trotzdem beschlich ihn ein bedrückendes Gefühl, wenn er an sie dachte. Er fragte sich manchmal, wie es wäre, wenn seine Eltern damals nicht gestorben wären. Vermutlich hätte sein Leben dann ganz anders ausgesehen. Besser oder schlechter? Aber hatte es Sinn, diese Frage zu stellen?

Das schrille Klingeln des Telefons riss ihn aus seinen Gedanken. Er zuckte zusammen und brauchte einen Moment, um sich in der Wirklichkeit zurechtzufinden. Dann nahm er den Hörer ab. »Justus Jonas?«

»Justus? Hier spricht Albert Hitfield.«

»Mr Hitfield! Schön, mal wieder von Ihnen zu hören. Ich habe gerade an Sie gedacht.«

»Tatsächlich? Wie komme ich zu der Ehre?«

»Ich habe mir ein paar alte Fotos angesehen und auf einem waren Sie«, erklärte Justus. Mr Hitfield war früher Privatdetektiv in New York gewesen, bevor er sein erstes Buch geschrieben hatte und innerhalb kürzester Zeit ein berühmter Krimiautor geworden war. Die drei ??? hatten in der Vergangenheit ein paar Mal mit ihm zu tun gehabt. »Wie geht es Ihnen?«

»So weit recht gut. Ich war ein paar Wochen in Südamerika, um für ein neues Buch zu recherchieren. Heute bin ich zurückgekommen. Ich habe eine Frage an dich, Justus.«

»Geht es um den neuen Roman?«

»Nein, um etwas ganz anderes: Wie heißen deine Eltern, Justus?«

Der Erste Detektiv war verblüfft. »Sie meinen Tante Mathilda und Onkel Titus?«

»Nein, ich meine deine richtigen Eltern.«

»Merkwürdig, dass Sie danach fragen. Ich habe mir gerade auch Fotos von ihnen angesehen. Sie heißen Julius und Catherine. Sie hießen. Sie sind vor vielen Jahren gestorben.« Einen Moment lang herrschte Schweigen am anderen Ende. Dann sagte Albert Hitfield: »Vielleicht nicht.«

Whisky für Justus

»Danke, dass Sie so kurzfristig Zeit hatten, Morton.« Justus stieg in den Rolls Royce.

»Eine Dienstfahrt für die drei Detektive ist mir immer eine willkommene Abwechslung«, antwortete der Chauffeur, der den drei ??? seit Beginn ihrer detektivischen Karriere zur Verfügung stand. In der letzten Zeit hatten sie seine Dienste nur noch selten in Anspruch genommen, da sie inzwischen selbst den Führerschein hatten. Doch Justus besaß keinen Wagen und er hatte weder Bob noch Peter bitten wollen ihn nach Malibu zu fahren. »Aber diesmal benötigt wohl nur ein einziges ? meine Dienste. Oder soll ich Peter und Bob noch abholen?«

»Nein, Morton, ich bin heute Ihr einziger Fahrgast.«

»Wohin soll es denn gehen?«

»Nach Malibu. Zum Cypress Canyon Drive.«

»Geht es um einen neuen Fall?«

Justus schüttelte den Kopf. »Es ist eine private Sache.«

Morton stellte keine weiteren Fragen. Dafür schätzte Justus ihn sehr. Die Berufsehre des Chauffeurs verlangte Diskretion, an die er sich in den meisten Fällen auch hielt. Wenn Justus schwieg, würde Morton nicht versuchen ihn auszuhorchen. Und im Moment hatte der

Erste Detektiv keine Lust zu reden. Tausend Dinge schwirrten ihm durch den Kopf, seit Albert Hitfield ihn angerufen hatte. Der Schriftsteller hatte ihm vorgeschlagen vorbeizukommen, statt die Angelegenheit am Telefon zu besprechen. Was konnte ihn auf die Idee gebracht haben, dass Justus' Eltern möglicherweise nicht tot waren?

Nach Malibu war es nicht weit, doch Justus kam die Fahrt endlos vor. Er merkte, dass seine Hände schweißnass waren. Zornig rief er sich in Gedanken zur Ordnung. Was immer Mr Hitfield ihm zu sagen hatte: Alles würde eine logische Erklärung finden. Er musste sich keine Sorgen machen.

Die Straße wurde schlechter. Der Asphalt wich einem mit Schlaglöchern übersäten Schotterweg. Justus warf einen Seitenblick auf Morton, der das Lenkrad krampfhaft festhielt, als fürchtete er, es könne davonfliegen. Der Chauffeur bemerkte die Neugier des Ersten Detektivs. »Ich gebe zu, dass ich den Wagen ungern in eine solche Gegend fahre. Die Straße ist eine Katastrophe. Gut, dass es nicht geregnet hat.«

»Sonst wäre der Rolls bald ziemlich ruiniert«, gab Justus zu. »Aber glücklicherweise ist der Wagen in erstklassigem Zustand. Die Schlaglöcher werden ihm nichts anhaben.«

»Nett von dir, mich beruhigen zu wollen. Trotzdem wäre es mir lieber, wenn wir bald ankämen.«

»Da sind wir!« Justus wies nach vorn. Zwischen einigen hohen Bäumen schimmerte das Licht eines großen alten Hauses hindurch.

»Ich hätte nicht gedacht, dass so weit draußen noch jemand wohnt«, gestand Morton.

»Das ging mir auch durch den Kopf, als ich das erste Mal hier war.«

Der Chauffeur fuhr den Wagen durch die Einfahrt und hielt neben Mr Hitfields Auto. »Ich warte hier.«

»Es könnte aber länger dauern«, warnte Justus.

»Das macht nichts. Ich bin es gewohnt zu warten. Außerdem habe ich mir ein Buch mitgenommen.«

Justus stieg aus, ging auf die Tür zu und klingelte. Albert Hitfield öffnete. Er war ein kleiner, grauhaariger Mann mit dichten Augenbrauen und einer schmalen Nase. In der Hand hielt er einen Stock. Seit einem Unfall vor vielen Jahren humpelte er. »Hallo, Mr Hitfield.«

»Guten Abend, Justus. Du hast dich aber sehr beeilt.«

»Wundert Sie das? Nach dem, was Sie am Telefon angedeutet haben, blieb mir ja nichts anderes übrig.« Sie gingen ins Wohnzimmer, in dessen Kamin ein Feuer prasselte. Justus nahm auf einer wuchtigen altmodischen Ledercouch Platz.

»Möchtest du etwas trinken?«

»Nein, danke, Mr Hitfield. Worum geht es? Verzeihen Sie, dass ich so direkt sein muss, aber mir ist im Moment nicht nach Smalltalk zumute.«

»Das kann ich verstehen. Gut, ich werde gleich loslegen: Wie ich dir am Telefon schon sagte, war ich in den letzten Wochen in Südamerika und habe in Venezuela Nachforschungen für einen neuen Krimi angestellt. Ich lebte in einem kleinen Urwalddorf in einer Pension und lernte dort ein nettes amerikanisches Ehepaar namens Jonas kennen.«

Justus zuckte unwillkürlich zusammen.

»Sie waren ebenfalls Touristen. Beim Abendessen kam ich mit ihnen ins Gespräch. Als ich ihnen sagte, dass ich aus Kalifornien komme, waren sie überrascht und erzählten, dass sie früher auch hier gewohnt hätten. Da wurde ich stutzig. Ich hatte natürlich schon an dich gedacht, als sie mir ihren Nachnamen nannten. Der Name Jonas ist nicht gerade häufig. Doch als sie sagten, sie kämen aus Kalifornien, hakte ich nach und sie sprachen von einer kleinen Stadt in der Nähe von Los Angeles, in der sie früher gelebt hatten. Ab da gab es für mich keinen Zweifel: Sie mussten Verwandte von dir sein und ich fragte sie, ob sie einen Justus Jonas kennen. Ihre Reaktion war sehr merkwürdig: Sie murmelten etwas davon, dass sie keine Verwandten hätten. Kurze Zeit später standen sie einfach auf und gingen. Seitdem mieden sie mich. Ich habe sie noch ein paar Mal beobachtet. Sie waren ziemlich nervös. Als ich abreiste, schienen sie erleichtert zu sein. Während der letzten Tage habe ich noch versucht mehr über sie herauszufinden, bin jedoch nicht weit gekommen. Ich habe nicht einmal ihren jetzigen Wohnort in Erfahrung bringen können. Meine Zeit als Privatdetektiv liegt schon etwas zurück, ich bin wohl aus der Übung gekommen.« Er lächelte ein wenig. »Doch wenigstens sind mir ihre Vornamen bekannt: Sie heißen Julius und Catherine Jonas.«

Justus' Magen zog sich zusammen. Plötzlich hatte er das Gefühl schwerelos im Raum zu schweben. Verzweifelt versuchte er Kontakt zu seiner Zunge aufzunehmen, um etwas zu sagen: »Könnte ... könnte ich vielleicht doch etwas zu trinken haben?«

»Selbstverständlich. Cola?«

»Einen Whisky.« Justus hatte noch nie Whisky getrunken und wusste auch nicht, wie er schmeckte. Er hatte nicht einmal eine Ahnung, warum er das gesagt hatte.

Mr Hitfield starrte ihn verblüfft an. »Ich glaube nicht, dass das eine gute Idee ist«, sagte er.

»Ich glaube schon«, antwortete Justus mechanisch.

Albert Hitfield stand auf und ging zur Hausbar in einer Ecke des Raumes. Wenig später kam er mit einem Glas hellbrauner Flüssigkeit zurück. Justus trank einen Schluck – und bekam keine Luft mehr. Der Whisky brannte in seinem Hals wie Feuer und Justus hustete. Für einen Moment raubte es ihm den Atem. Tränen schossen ihm in die Augen, doch dann breitete sich eine wohlige Wärme in seinem Bauch aus.

»Geht's wieder?« Mr Hitfield sah ihn besorgt an.

Justus schüttelte sich. »Ja. Ja, ich glaube schon. Widerliches Zeug. Aber jetzt spüre ich meinen Körper wenigstens wieder. Mr Hitfield, das alles muss ein verrückter Zufall sein. Meine Eltern sind seit über zehn Jahren tot.«

»Wie sind sie gestorben?«

»Bei einem Flugzeugabsturz.«

»Wo war das?«

Justus schluckte. »Über dem Meer. Vor … vor der Nordküste Südamerikas.«

»Über dem Meer«, wiederholte Albert Hitfield. »Ist das Wrack je geborgen worden?«

Justus räusperte sich. Sein Mund war trocken wie eine Wüste.

»Nur zum Teil.«

»Und die Insassen?«

Der Erste Detektiv zögerte. »Sie haben nur wenige Ertrunkene gefunden. Meine Eltern galten als vermisst. Bis sie schließlich … für tot erklärt wurden.« Plötzlich wurde er wütend. »Und das mit gutem Grund. Sie sind tot!«

»Justus, ich sage doch gar nicht, dass sie es nicht sind. Ich dachte nur, dass ich dir meine Entdeckungen mitteilen sollte.«

»Entschuldigung, Mr Hitfield. Sie haben ja Recht. Das alles ist nur so … überraschend für mich.«

Sie schwiegen eine Weile. Dann griff Hitfield nach einer Papiertüte, die auf dem Tisch lag. »Ich habe hier noch etwas: Fotos, die ich von Mrs Jonas gemacht habe. Eigentlich hatte ich noch viel mehr Bilder, auf denen auch ihr Mann zu sehen war, doch der Film ist mir auf meiner Reise leider ins Wasser gefallen. Vielleicht hilft dir das weiter.« Er reichte ihm die Bilder.

Justus' Hand zitterte, als er sie entgegennahm. Auf den Bildern war eine Frau Anfang vierzig zu sehen. Sie hatte schulterlanges, gewelltes schwarzes Haar und eine spitze Nase. Justus betrachtete alle Fotos genau. Dann sagte er: »Ich kann mich an meine Eltern kaum noch erinnern. Ich kenne nur die Bilder, die mein Onkel hat. Und die sind schon über zehn Jahre alt. Meine Mutter ...« Er stockte und betrachtete erneut die Aufnahmen. »Es ... besteht eine gewisse Ähnlichkeit. Sie könnte meine Mutter sein.«

Das leere Grab

»Es ist sieben Uhr. Hier ist Sam Jones mit den Morgennachrichten. Los Angeles: Die Brandkatastrophe am ...« Justus schaltete den Radiowecker aus. Schon sieben? Er war erst vor wenigen Stunden eingeschlafen, nachdem er sich unruhig die halbe Nacht hin und her gewälzt hatte. Am liebsten wäre er einfach liegen geblieben. Doch früher oder später würde Tante Mathilda ihn wecken. Um neugierigen Fragen auszuweichen stand Justus freiwillig auf. Er ging ins Bad und duschte.

»Guten Morgen!«, flötete Tante Mathilda, als Justus die Küche betrat.

»Morgen.«

»Schlecht geschlafen?«

»Hm.« Justus hatte keine Lust zu antworten. Er mochte seine Tante wirklich gern, doch ihre morgendliche Munterkeit war manchmal etwas anstrengend. Sie merkte das meist und fragte nicht weiter. Justus unterbot sein Frühstücksminimum und verließ bereits nach einem halben Brötchen das Haus. Er holte sein Fahrrad und machte sich auf den Weg zur Schule.

Nach einigen Hundert Metern folgte er einem plötzlichen Impuls und bog nach links in Richtung Santa Monica ab. Mitschüler kamen ihm auf dem Fahrrad entgegen, doch das störte ihn nicht. Unbeirrt fuhr er weiter Richtung Küste, bis er das schmiedeeiserne Tor zum Friedhof von Rocky Beach erreichte. Er stellte das Rad ab und betrat das Friedhofsgelände. Um diese Tageszeit war kein Mensch hier. Die Luft war kühl und Tau glänzte auf den großen Rasenflächen. Doch die noch knapp über dem Horizont stehende Sonne versprach einen weiteren warmen Tag.

Justus schlenderte über die kiesbestreuten Wege und ließ seinen Blick über die vielen Grabsteine wandern. Er war selten hier. Nur einmal im Jahr am Todestag seiner Eltern kam er zusammen mit Onkel Titus und Tante Mathilda hierher. Er hatte auch nie verstanden, warum Menschen ihre verstorbenen Verwandten oder Freunde auf dem Friedhof besuchten. Wenn er an seine Eltern denken wollte, musste er nicht extra auf den Friedhof gehen.

Heute war es anders.

Er erreichte den Grabstein, auf dem die Namen seiner Eltern standen. Davor waren einige Blumen gepflanzt. Tante Mathilda pflegte sie regelmäßig. Justus betrachtete sie: rote Blumen. Grauer Stein. Zwei Namen. Das war alles. Warum war er hier?

Das Grab war leer. Man hatte die Körper der meisten Flugpassagiere nach dem Absturz nicht gefunden. Trotzdem hatte es eine symbolische Beerdigung gegeben. Unter Justus' Füßen befand sich nichts als Erde. Dies war ein Grab ohne Tote und vielleicht sogar ein Grab, das es gar nicht geben durfte.

Hinter ihm näherten sich Schritte auf dem Kiesweg. Justus beachtete sie nicht weiter, doch dann sprach ihn jemand an. »Justus? Was tust du denn hier?«

Er drehte sich um. »Lys! Dasselbe könnte ich dich fragen.«

»Ich war gerade auf dem Weg zum College und sah dich von der Straße aus hier auf dem Friedhofsgelände.« Das blonde Mädchen wies zum Gitter, das den Friedhof von der Straße trennte. Es war nicht weit entfernt und ihr Wagen war auf der anderen Seite zu sehen. »Da habe ich angehalten. Musst du nicht zur Schule?«

»Musst du nicht ins College?«, gab Justus ein wenig zu scharf zurück.

»Nein«, antwortete Lys etwas verwirrt. »Jedenfalls nicht, wenn du mir etwas erzählen möchtest.«

»Es gibt nichts zu erzählen.«

Lys blickte ihn vorwurfsvoll an. »Du meinst also, es ist ganz normal, die Schule zu schwänzen und sich auf dem Friedhof herumzutreiben.«

»Nein«, gab Justus zu. »Entschuldige. Hast du Zeit?«

Lys zuckte die Schultern. »Wenn es wichtig ist, ja. Ich kann die erste Vorlesung ausfallen lassen.«

»Gut. Dann komm mit. Wir setzen uns auf die Bank. Und dann erzähle ich dir, was mir gestern passiert ist.« Justus berichtete ihr von Mr Hitfields Anruf am Vortag und seinem Besuch in Malibu.

Lys traute ihren Ohren nicht. »Aber wie ist denn das möglich?«

»Das wüsste ich selbst gern.«

»Deine Eltern sind vor elf Jahren gestorben. Wenn sie überlebt hätten, wären sie doch nicht einfach so verschwunden!«

Justus spielte nervös mit dem Saum seines T-Shirts.

»Da hast du sicher Recht. Aber glaubst du an einen Zufall? Der Name Jonas ist selten. In Kombination mit den Vornamen Catherine und Julius noch seltener. Und dass eine Catherine und ein Julius miteinander verheiratet sind, kommt in ganz Amerika vielleicht ein Dutzend Mal vor. Die beiden kommen aus der Nähe von Los Angeles. Und du darfst ihre merkwürdige Reaktion auf Hitfields Frage nach Verwandten nicht vergessen.«

Lys nickte ungeduldig. »Na schön. Aber wie erklärst du dir das?«

»Ich weiß es nicht.«

»Könnte es nicht doch ein unglücklicher Zufall sein?«

Justus sah sie Hilfe suchend an. »Glaub mir, Lys, niemandem wäre das lieber als mir.«

»Was meinst du damit?«

»Wenn es kein Zufall ist und die beiden sind wirklich meine Eltern, stehe ich vor hundert Fragen, die ich mir nicht beantworten kann: Warum sind sie nach dem Absturz spurlos verschwunden? Wollten sie mich und den Rest ihrer Familie loswerden? Vielleicht haben sie den Unfall nur vorgetäuscht, um sich abzusetzen.«

»Das sind doch nur Spekulationen«, warf Lys ein.

»Sicher. Was meinst du, womit ich die letzte Nacht verbracht habe? Ich versuchte mir die ganze Sache irgendwie logisch zu erklären. Wenn sie nicht absichtlich geflohen sind, dann waren sie vielleicht vor jemandem auf der Flucht. Oder sie wurden irgendwo gegen ihren Willen festgehalten. Ich habe mir schon den Kopf zerbrochen und bin zu keiner Lösung gekommen.«

»Du musst versuchen logisch an die Sache heranzugehen«, sagte Lys.

»Was meinst du, was ich tue?«, fuhr Justus sie an. Gleich darauf besann er sich: »Entschuldige. Ich bin im Moment ziemlich durcheinander.«

Lys seufzte und legte ihre Hand auf seine. »Das nimmt dich ganz schön mit, was?«

Justus senkte den Kopf. »Ich gebe es zwar ungern zu, aber es stimmt. Das Schlimmste an der Sache ist, dass ich mit Logik diesmal nicht weiterkomme. Ich drehe mich im Kreis. Mein logisches Denken ist völlig ausgeschaltet.«

»Und das ist deine schwächste Stelle.« Lys nickte. »Es ist schlimm, wenn plötzlich alle Werte und Vorstellungen infrage gestellt werden.«

»Genau das ist der Punkt. Gestern war noch alles in Ordnung und heute ist alles anders. Durch die simple Frage, ob meine Eltern vielleicht noch leben könnten, hat sich mein ganzes Leben verändert. Dinge, die vorher selbstverständlich waren, sind es jetzt nicht mehr. Ich frage mich ständig, wie mein Leben verlaufen wäre, wenn meine Eltern nicht gestorben wären. Ich wäre nicht bei Tante Mathilda und Onkel Titus aufgewachsen. Wer weiß, wie sehr mich das verändert hätte. Das Leben bei den beiden hat mich so sehr geprägt, dass ich gar nicht weiß, wer oder was ich ohne sie wäre. Das ist eine ziemlich bittere Erkenntnis: Ich bin mir meiner selbst nicht mehr sicher, weil ich nicht weiß, wie viel in meinem Leben wirklich von mir kam und wie viel von außen beeinflusst wurde. Was für ein Mensch wäre ich heute, wenn meine Eltern noch leben würden? Mir macht diese Frage Angst. Denn sie zeigt mir, wie sehr alles vom Zufall beeinflusst wird. Weil ein Techniker bei der Fluggesellschaft einen schlechten Tag hatte, unterlief ihm ein Fehler. Deswegen gab es eine Katastrophe auf dem Flug nach Südamerika. Das Flugzeug stürzte ab. Viele Menschen kamen ums Leben. Und plötzlich stand der fünfjährige Justus Jonas alleine da und wurde von seinem Onkel und seiner Tante aufgenommen. Wegen des Fehlers eines einzigen Menschen bei der Fluggesellschaft nahm mein Leben einen völlig anderen Weg.«

»Das ist Schicksal«, sagte Lys.

»Oder Zufall.«

»Ist das ein Unterschied?«

»Natürlich. Mit einem Zufall könnte ich mich abfinden. Aber wenn jetzt, elf Jahre später, Namen und Fotos auftauchen, die vermuten lassen, dass meine Eltern noch leben, kann es kein Zufall mehr sein. Venezuela ist weit weg. Trotzdem erfahre ich über Umwege von der Existenz eines Ehepaares mit dem Namen Jonas. Das sieht verdammt nach Schicksal aus, auch wenn ich es lieber leugnen würde. Und das macht mir Angst.«

»Warum Angst?«

»Weil ich mir so ausgeliefert vorkomme. Ich habe die Dinge nicht mehr unter Kontrolle. Mein Leben lang habe ich an der Logik festgehalten, doch die wird plötzlich infrage gestellt. Das Schicksal kommt vollkommen unerwartet auf mich zu und ich habe keine Chance auszuweichen. Wenn das alles vorherbestimmt ist, welche Überraschungen hält die Zukunft noch für mich bereit?«

»Ich glaube nicht, dass alles vorherbestimmt ist. Immerhin kannst du jetzt frei entscheiden, was du tun wirst«, meinte Lys.

»Frei entscheiden?« Justus lachte bitter auf. »Du machst Witze. Ich kann nicht frei entscheiden. Mir bleibt nur eine Wahl.«

»Und die wäre?«

»Ich muss nach Venezuela.«

»Wann?«

»So bald wie möglich.«

»Warum?«

Justus sah sie ernst an. »Die beiden sind nur Touristen. In ein paar Tagen sind sie vielleicht schon abgereist. Mr Hitfield hat ihren Wohnort in den Vereinigten Staaten nicht herausbekommen können. Wenn ich also mehr erfahren will, muss ich so schnell wie möglich los, um die beiden nicht zu verpassen.«

Lys seufzte. »Justus, du solltest dir das noch einmal ganz genau überlegen. Jetzt eine Entscheidung zu treffen wäre ...«

»Genau richtig«, fiel Justus ihr ins Wort. »Ich weiß, was du mir sagen willst, Lys. Der ganze Vorfall liegt noch nicht einmal vierundzwanzig Stunden zurück und ich sollte mir alles gründlich durch den Kopf gehen lassen. Aber du ahnst nicht, wie die letzte Nacht für mich gewesen ist. Ich habe gegrübelt und gegrübelt und gegrübelt und keine Antworten gefunden. Diesem Problem ist mit Logik nicht beizukommen. Ich muss handeln, wenn ich die Lösungen finden will. Und je länger ich damit warte, desto kribbeliger werde ich.«

»Das kann ich ja verstehen. Aber musst du deswegen gleich nach Venezuela? Reicht es nicht, wenn du versuchst brieflich oder telefonisch mit ihnen Kontakt aufzunehmen? Oder erst mal mehr über sie herauszufinden? Du bist Detektiv! Es dürfte doch kein Problem für dich sein, von hier aus genug über die beiden in Erfahrung zu bringen.«

Justus schüttelte den Kopf. »Darum geht es nicht. Ich habe das Gefühl, dass ich keinen Tag mehr zögern darf, um die Wahrheit herauszufinden. Und das gelingt mir sicherlich schneller, wenn ich sie auf dem direkten Weg suche.«

»Keinen Tag mehr zögern?« Lys sah ihn erschrocken an. »Wann willst du denn los?«

»So bald wie möglich. Am liebsten jetzt gleich.« Justus lachte.

»Aber das wird wohl nicht gehen. Ich denke an morgen oder übermorgen.«

»Morgen oder übermorgen? Aber du hast noch Schule!«

»Pech. Darauf kann ich jetzt keine Rücksicht nehmen.«

»Wenn du einfach so verschwindest, bekommst du Riesenärger!«

»In ein paar Tagen beginnen die Ferien«, erinnerte Justus. »Ich werde beim Direktor eine Urlaubswoche beantragen. In besonderen Fällen macht die Schule eine Ausnahme und entlässt einen früher in die Ferien. Ich denke, dies ist ein besonderer Fall. Sogar ein spezialgelagerter Sonderfall, wie Peter sagen würde.«

»Wissen deine Freunde schon davon? Und Onkel Titus, Tante Mathilda?«

Justus schüttelte den Kopf. »Ich habe bisher mit niemandem gesprochen. Außer mit dir.« Er lächelte. »Es tat ganz gut, den ganzen Kram loszuwerden. Danke.«

Lys lächelte nicht. »Ich mache mir Sorgen, Justus.«

»Warum? Meinst du nicht, dass ich auch in Venezuela ganz gut auf mich aufpassen kann?«

»Das schon. Aber ich habe dich noch nie so unruhig erlebt. Normalerweise lässt du erst deine Denkmaschine rotieren, bevor du etwas tust. Du bist kein Freund von schnellen Entschlüssen. Das passt nicht zu dir.«

»Da magst du Recht haben. Aber im Moment passt auch der Rest nicht mehr zusammen. Ich werde nach Venezuela fliegen und zwar so bald wie möglich. Und ich werde herausfinden, ob meine Eltern noch leben.«

Einsame Entscheidung

»Was?«

»Morgen?«

»Bist du wahnsinnig?«

»Bob, Peter«, sagte Justus ganz langsam, »beruhigt euch.« Die drei saßen in der Zentrale um den Haufen Aktenordner herum, der noch immer nicht sortiert und weggeräumt worden war – Justus auf dem Schreibtischstuhl, die beiden anderen auf dem Boden. Peter und Bob hatten sich gewundert, warum Justus nicht in der Schule erschienen war, und waren wie verabredet am Nachmittag auf dem Schrottplatz aufgetaucht, wo der Erste Detektiv sie erwartet hatte. Justus berichtete den beiden ausführlich, was geschehen war. Auch seine beiden Freunde konnten die Geschichte kaum glauben. Doch richtig schockiert waren sie erst, als Justus ihnen von seinen Plänen erzählte.

»Aber du kannst doch morgen nicht einfach nach Südamerika fliegen! Woher willst du denn so viel Geld nehmen?«, fragte Peter aufgebracht.

»Vom Konto.«

»Aber das Geld . . .«, begann Bob.

»Ist eigentlich für mein Studium gedacht, ich weiß«, fiel Justus ihm ins Wort. »Aber man muss Prioritäten setzen.«

»Wie teuer ist denn der Flug?«

»Ein paar Hundert Dollar.«

»Ein paar Hundert Dollar? Wie viel sind ein paar?«, wollte Peter wissen.

»Wenn ich euch das erzähle, regt ihr euch nur noch mehr auf. Ihr seid ja schlimmer als Tante Mathilda.«

»Was sagt die denn dazu?«, fragte Peter.

Justus zuckte die Schultern. »Die weiß noch gar nichts. Onkel Titus auch nicht.«

»Ach! Und wie willst du ihnen das beibringen?«

»Gar nicht. Sie würden mich nämlich niemals weglassen.«

»Du willst es ihnen nicht sagen? Bist du völlig übergeschnappt?« Peter starrte ihn entgeistert an.

»Mein Vater war ... ist ... war Onkel Titus' Bruder. Wenn ich ihm nun die ganze Geschichte erzähle, würde auch er nicht mehr ruhig schlafen. Von Tante Mathilda ganz zu schweigen. Das möchte ich den beiden ersparen. Es reicht, wenn einer in der Familie sich den Kopf zerbricht.«

Bob lachte auf. »Und du glaubst, dass sie ruhiger schlafen, wenn du einfach verschwindest? Das kann unmöglich dein Ernst sein.«

»Natürlich nicht. Aber könnt ihr euch vorstellen, was passiert, wenn ich es ihnen sage? Ich würde endlose Diskussionen mit den beiden provozieren. Und die Diskussionen, die ich mit mir selbst führe, reichen völlig. Sie würden mich nicht gehen lassen, das steht fest.«

»Zu Recht, wenn du mich fragst. So überstürzt nach Südamerika zu fliegen ist eine absolute Schnapsidee!«, ereiferte sich Peter.

Justus verzog das Gesicht. »Überstürzt? Wenn ich noch ein paar Tage warte, ist das Ehepaar Jonas vielleicht schon aus Venezuela verschwunden und ich finde sie nie wieder! Das Risiko kann ich nicht eingehen.«

»Glaubst du denn wirklich, dass sie deine Eltern sind?«, fragte Bob.

»Ich weiß es nicht!«, antwortete Justus scharf. »Deshalb muss ich ja hinfliegen! Ich dachte eigentlich, ihr würdet mich unterstützen. Versetzt euch doch einmal in meine Lage! Könnt ihr meinen Standpunkt gar nicht verstehen?«

»Doch, natürlich!«, versuchte Peter ihn zu beruhigen. »Diese ganze Geschichte ist das Verrückteste, was ich je gehört habe. Aber das heißt noch lange nicht, dass du Hals über Kopf deine Zelte hier abbrechen und auswandern sollst.«

»Wer spricht denn vom Auswandern! Ich werde ein paar Tage weg sein, das ist alles.«

»Und was ist mit der Schule?«, fragte Bob. »Die Ferien beginnen erst Ende dieser Woche.«

»Ich war heute Mittag nach dem Friedhofsbesuch beim Direktor und habe ihn um Beurlaubung für diese eine Woche gebeten«, erklärte der Erste Detektiv. »Dafür brauche ich allerdings die Unterschrift von Onkel Titus.«

»Dann musst du es ihm also doch sagen«, stellte Bob fest.

»Ich kann die Unterschrift auch fälschen.«

»Jetzt spinnst du völlig!«, rief Peter. »Wenn du das machst, gibt es den größten Stress deines Lebens!«

Justus schlug mit der Faust auf den Tisch. Der Computerbildschirm erzitterte und mit ihm Bob und Peter. »Langsam reicht es mir! Ich muss nach Venezuela, begreift ihr das denn nicht? Gestern Abend hat das Schicksal entschieden, mein Leben völlig umzukrempeln. Soll ich etwa ruhig bleiben und so tun, als wäre nichts geschehen? Ich hatte mit eurer Hilfe gerechnet, aber euch fällt nichts Besseres ein, als mich zu behindern. Tut mir Leid, aber dafür ist es zu spät. Ich habe mich bereits entschieden und ihr werdet nichts daran ändern!«

»Unsere Hilfe?«, wiederholte Peter. »Was meinst du damit? Sollen wir etwa mitkommen?«

»Nein. Die Sache hat mit euch nichts zu tun. Ich dachte nur, dass ihr Tante Mathilda und Onkel Titus alles erklären könntet, wenn ich weg bin.«

»Wir?«, fragte Peter. »Du widersprichst dir, Justus. Einerseits sagst du, wir hätten mit der Sache nichts zu tun, andererseits sollen wir die unangenehmen Dinge deines Vorhabens für dich regeln. Warum sollten wir deine fixe Idee bei Tante Mathilda und Onkel Titus durchsetzen?«

Justus wurde wieder ruhig. »Vielleicht weil ihr meine Freunde seid.«

»Bei aller Freundschaft, Just: Ich glaube, du bist es deiner Tante Mathilda schuldig, ihr selbst zu sagen, worum es geht«, fand Bob.

Justus schwieg. Nach einer Weile sagte er: »Ihr habt Recht. Damit erspare ich mir vermutlich eine Menge Ärger.«

»Ganz genau«, stimmte Peter ihm zu.

Bob wechselte das Thema: »Was willst du eigentlich in Venezuela tun?«

»Mr Hitfield hat mir beschrieben, wo die Pension ist, in der er das Ehepaar Jonas getroffen hat. Sie liegt in einem kleinen Ort im südlichen Regenwald. Ich werde hinfahren und mit ihnen reden.«

»Und ... wenn sie wirklich deine Eltern sind?«, fragte Peter. »Dann werden wir sehr viel zu reden haben.«

Justus trat unruhig von einem Fuß auf den anderen. Es war die erste große Pause. Die Sekretärin des Schuldirektors beobachtete ihn misstrauisch. Sie glaubte wohl, er habe etwas ausgefressen. Ihre Blicke machten ihn nervös. Unruhig beschäftigten sich seine Hände mit dem Formular, das er ausgefüllt hatte. Sie rollten es zu einer immer dünner werdenden Röhre.

Die Tür öffnete sich. Der Direktor winkte ihn in das Büro.

»Guten Morgen, Mr Amos«, sagte Justus, nahm das Blatt schnell in die Linke und reichte dem Mann die Hand. »Hallo, Justus. Setz dich. Hast du den Antrag schon ausgefüllt?«

Justus nickte und nahm Platz. »Mein Onkel hat ihn unterschrieben. Bitte!« Er legte das Formular auf den Schreibtisch des Direktors. Es hatte ziemlich gelitten. Schnell strich er es glatt und wartete, bis Mr Amos es gelesen hatte.

»Eine Familienangelegenheit«, murmelte der Direktor. »So so. Ging es nicht etwas präziser?«

Justus schüttelte den Kopf. »Es ist etwas ... sehr Persönliches.« Mr Amos seufzte. »Nun gut. Normalerweise bin ich nicht so großzügig, wenn es um Beurlaubungen geht. Aber da du einer der Besten auf der Schule bist, wird es dir kaum schaden, die letzte Unterrichtswoche vor den Ferien zu verpassen. Und wenn dein Onkel einverstanden ist«, er warf einen Blick auf die Unterschrift, »wird wohl alles seine Richtigkeit haben.«

»Das versichere ich Ihnen«, sagte Justus und versuchte zu lächeln.

»Du hast für den Beginn der Beurlaubung das heutige Datum eingetragen«, stellte Mr Amos fest. »War das beabsichtigt?«

»Ja. Ich würde gerne schon jetzt nach Hause fahren.«

»Schön. Ich hoffe, dass sich die Angelegenheit geklärt hat, wenn der Unterricht in ein paar Wochen wieder beginnt.«

»Das hoffe ich auch«, versicherte Justus, stand auf und verabschiedete sich. »Schöne Ferien, Mr Amos.«

»Gleichfalls, Justus.«

Als er das Büro verließ, atmete er erleichtert auf. Seine Hand zitterte. Lag das an der langsam von ihm abfallenden Anspannung oder daran, dass er den ganzen Vormittag Onkel Titus' Unterschrift geübt hatte?

Er sah auf die Uhr. Er konnte sich keine Ruhepause leisten, denn es gab noch viel zu erledigen.

Bob hatte die Haustür noch nicht geschlossen, da rief seine Mutter schon nach ihm. »Bob! Bist du das?«

»Ja, Mama. Was gibt es denn?«

Seine Mutter kam in den Flur. »Mrs Jonas hat eben angerufen. Du sollst dich sofort bei ihr melden. Sie klang sehr aufgeregt. Am besten fährst du gleich hin. Ist irgendwas passiert?«

Bob starrte sie an. »Ich ... ich weiß nicht«, stotterte er. »Ich hoffe nicht. Hat sie noch etwas gesagt?«

»Nein. Nur dass es dringend sei und dass sie auch noch bei den Shaws anrufen wolle.«

»Gut. Dann fahre ich gleich los.« Bob warf seine Schultasche in den Flur und wandte sich zur Tür.

»He! Was ist mit dem Mittagessen?«

»Fällt heute für mich aus. Sorry Mama!« Er lief hinaus zum Fahrrad, schwang sich auf den Sattel und fuhr Richtung Schrottplatz. Völlig außer Atem kam er dort an. Peters Rad war schon da. Bob überlegte, ob er erst in die Zentrale gehen sollte, doch ein ungutes Gefühl beschlich ihn und er beschloss gleich zum Wohnhaus zu gehen.

Tante Mathilda öffnete ihm die Tür. »Bob! Gut, dass du da bist. Weißt du irgendwas? Hat Justus dir etwas gesagt?«

»Hallo, Mrs Jonas. Etwas gesagt? Was denn? Was ist denn passiert?«

Peter kam aus dem Wohnzimmer in den Flur, gefolgt von Lys.

»Hi Bob! Halt dich fest! Justus ist weg!«

»Was? Weg? Was soll das ...«

»Hier!« Der Zweite Detektiv hielt ihm einen Zettel entgegen. Darauf stand in Justus' etwas krakeliger Handschrift:

Liebe Tante Mathilda, lieber Onkel Titus. Wundert euch nicht, wenn ich heute nicht nach Hause komme. Ich musste leider kurzfristig verreisen. Ich weiß, ich hätte euch Bescheid sagen sollen, und ich weiß auch, dass ich mich euch gegenüber unfair verhalte. Aber jede Erklärung hätte die ganze Sache unnötig verkompliziert und Zeit gekostet, die ich nicht habe. Bob und Peter wissen, worum es geht. Sie können euch die Einzelheiten verraten. Ich melde mich, sobald ich angekommen bin (vermutlich heute Abend). Seid mir bitte nicht böse.
Justus

Tante Mathilda ist außer sich

Die zwei ?? und Lys verbrachten den ganzen Nachmittag bei den Jonas'. Sie riefen beim Flughafen Los Angeles an und brachten in Erfahrung, dass vor wenigen Minuten eine Maschine nach Venezuela gestartet war. Damit war die Hoffnung geplatzt, Justus noch abfangen zu können. Tante Mathilda und Onkel Titus waren völlig aufgelöst. Peter und Bob erzählten ihnen ausführlich, was sie über Mr Hitfields Geschichte und Justus' Pläne wussten. Die beiden trauten ihren Ohren nicht. Während Onkel Titus immer stiller wurde, regte sich Tante Mathilda immer mehr auf. Nach dem ersten Schock rannte sie wie ein eingesperrtes Tier im Wohnzimmer auf und ab und versuchte verzweifelt ihre Energien loszuwerden. »Das darf nicht wahr sein«, murmelte sie immer wieder. »Das darf nicht wahr sein.«

»Mein Bruder und seine Frau sind seit elf Jahren tot«, sagte Onkel Titus zum wiederholten Male. »Wenn der Junge doch nur mit mir geredet hätte, hätte ich ihm das unmissverständlich klar machen können.«

»Wie können Sie so sicher sein, dass sie tot sind?«, fragte Peter vorsichtig.

»Das Flugzeug ist abgestürzt! Hundert Kilometer vor der Küste! Niemand hätte an Land schwimmen können. Und selbst wenn das meinem Bruder und meiner Schwägerin gelungen wäre, hätten sie sich kaum klammheimlich aus dem Staub gemacht.«

»Justus hat vermutet, dass sie vielleicht irgendwo festgehalten wurden«, sagte Lys.

»Dann hätten sie sich später gemeldet«, stellte Bob fest. »Oder sie wären jetzt nicht in Venezuela.«

Lys nickte. »Er hat noch eine andere Möglichkeit in Betracht gezogen. Justus meinte, dass ...«, sie warf einen unsicheren Blick zu Mr Jonas, »dass seine Eltern aus irgendeinem Grund absichtlich verschwunden sind.«

Mathilda Jonas fuhr auf. »Das kommt von eurer ewigen Detektivspielerei! Dieses ständige Misstrauen! Vermutlich glaubt Justus, dass seinen Eltern die Familienpflichten zu viel wurden und sie einfach ausgewandert sind. Das ist doch absurd! Könnt ihr euch nicht einmal mit etwas Normalem beschäftigen? Wenn ihr nicht ständig auf Verbrecherjagd wärt, wäre mein Junge vielleicht noch hier.« Sie fuhr sich nervös durch die Haare und setzte ihre Wanderung durch den Raum fort.

»Mathilda«, beruhigte Titus Jonas sie. »Die Jungen können doch nichts dafür.« Er wandte sich an seine Gäste: »Justus hat seine Eltern kaum gekannt. Deshalb geht seine Fantasie mit ihm durch. Aber ich kenne meinen Bruder. Er hätte seine Familie nie im Stich gelassen. Er ist tot, ganz einfach.«

»Am meisten regt mich auf«, rief Tante Mathilda, »dass der Junge nichts gesagt hat! Er hätte doch mit uns reden können!«

»Machen Sie sich keine Vorwürfe, Mrs Jonas«, wandte Lys ein. »Es lag bestimmt nicht an mangelndem Vertrauen zu Ihnen. Justus wollte Ihnen einfach Ärger ersparen.«

»Ich glaube, du hast mich missverstanden, Lys. Ich mache nicht mir Vorwürfe, sondern ihm! Nicht weil er die Schule schwänzt und einfach so abhaut. Das ärgert mich zwar auch, aber Justus ist sehr selbstständig: Er weiß, was er tut. Ich bin sicher, dass er gründlich über alles nachgedacht hat und sich über die Konsequenzen im Klaren ist. Nein, Vorwürfe mache ich ihm deshalb, weil er euch die Aufgabe unterjubelt, uns alles zu erzählen. Das enttäuscht mich am meisten. Ich hätte nicht gedacht, dass er so feige ist.«

Lys warf einen kurzen Blick zu Peter und Bob. Die sahen sich ebenfalls ratlos an. Mit so einem Ausbruch hatten sie nicht gerechnet.

Das Telefon klingelte und rettete sie vor einer Antwort. Tante Mathilda rannte in den Flur. Die anderen lauschten gespannt.

»Ja? Justus? Justus! Gott sei Dank! Wo bist du? Und warum – Ja – Ja – Und wann kommst du zurück? – Wie willst du denn da hinkommen? – Hast du genug Geld? – Ja – Ja, sie sind alle hier. – Mach ich. – Pass auf dich auf! – Justus?« Sie kam zurück ins Wohnzimmer. »Das war Justus. Er ist jetzt in Caracas und es geht ihm gut.« Tante Mathilda atmete auf. Bob und Peter wurde klar, dass ihre Wut von vorhin nur ihre Sorgen überspielen sollte. Jetzt bröckelte die Fassade.

»Was hat er noch gesagt?«, fragte Lys aufgeregt.

»Dass er heute Abend noch weiterfliegt nach ... Wie hieß der Ort? Kanama oder so.«

»Canaima?« Bob blätterte bereits in einem Atlas.

»Ja, richtig. Dort will er übernachten und morgen weiter Richtung Süden reisen. Er sagte, dass er vermutlich nicht mehr anrufen wird. Das Telefonieren von Venezuela aus sei eine Katastrophe und er habe über eine halbe Stunde gebraucht, bis die Leitung endlich stand. Ansonsten geht es ihm gut und er lässt euch alle grüßen.«

»Wenigstens etwas«, bemerkte Peter. »Hoffentlich kommt er ohne uns überhaupt zurecht.«

Es regnete. Die dichte Wolkendecke versperrte den Blick auf das unten liegende Land. Das eintönige Grau wirkte einschläfernd auf Justus. Kein Wunder, es war ein anstrengender Tag gewesen. Es kam ihm vor, als läge der Besuch bei seinem Direktor mindestens drei Tage zurück. Danach hatte er in der Zentrale sein Reisegepäck abgeholt, das er bereits am Abend zuvor dort deponiert hatte, und hatte Albert Hitfield angerufen, um sich die genaue Adresse und eine Wegbeschreibung für sein Ziel geben zu lassen. Mit Morton war er nach einem Abstecher zur Bank, wo er sein Geld abgeholt hatte, zum Flughafen nach Los Angeles gefahren. Das war die einzige Schwachstelle in Justus' Plan gewesen: Er hatte keine Reservierung gehabt. Doch zum Glück war jemand kurzfristig abgesprungen und er hatte dessen Platz bekommen. Am Flughafen versorgte Justus sich noch schnell mit einem Reiseführer, bevor um 13.30 Uhr sein Flugzeug Richtung Südosten startete. Er flog der Sonne entgegen, überquerte einige Zeitzonen und so war es kurz nach Mitternacht als er Klein-Venedig erreichte. Das bedeutete Venezuela übersetzt. Die ersten spanischen Einwanderer hatten das Land so genannt, weil die Ureinwohner ihre Hütten auf Holzpfählen im Wasser gebaut hatten.

Von der Hauptstadt Caracas aus rief Justus zu Hause an. Die folgenden Stunden trieb er sich auf dem Flughafengelände herum, denn am nächsten Vormittag sollte ein Flug nach Canaima gehen. Es ärgerte ihn, dass er sich Caracas nicht ansehen konnte, wenn er schon da war. Doch seine Müdigkeit war zu groß und so zog er es vor, sich auszuruhen, bevor er noch weiter nach Süden flog. Der Flug war erstaunlich billig. Für die immerhin sechshundert Kilometer bis Canaima hatte er umgerechnet nur dreiundvierzig Dollar bezahlt. Das beruhigte Justus, der sich anfangs Sorgen um seine Reisekasse gemacht hatte.

Nun saß er in einer kleinen Passagiermaschine und flog durch ein dichtes Wolkenfeld. Er hatte seit dreißig Stunden nicht mehr geschlafen. Alles, was er jetzt noch wollte, war ein Bett. Doch dann geschah etwas, was ihn plötzlich hellwach werden ließ. Die Wolkendecke riss auf und unter ihm breitete sich eine atemberaubende Landschaft aus: dunkelgrün bewachsene Berge, so weit das Auge reichte. Endlose Hügelketten zogen sich wie die Wellen eines erstarrten Meeres bis zum Horizont. Tiefe Schluchten verbargen schmale Flussläufe in ihren Schatten. Alles war mit saftigem Grün bewachsen, von dem der gerade erst gefallene Regen als Dampf wieder aufstieg. Die Sonne und die Wolkenfelder warfen einen gescheckten Lichtteppich auf die Landschaft, der langsam über die Berge glitt. Plötzlich schob sich ein Plateau in Justus' Blickfeld, das nur wenige Meter unter ihm zu liegen schien. Er zuckte erschrocken zurück. Wie konnte das Flugzeug so plötzlich an Höhe verloren haben? Dann begriff er, dass sie über einen Tafelberg flogen. Einige Augenblicke später stürzte die Landschaft in ihre ursprüngliche Tiefe zurück.

Justus genoss den Anblick. Das war also der tropische Regenwald. Fotos oder Bilder aus dem Fernsehen waren mit der Realität nicht zu vergleichen. Nach einer Weile ging die Maschine in den Landeanflug über, in der Ferne entdeckte Justus eine Ansammlung von Häusern. Über Lautsprecher kam eine Durchsage. Justus' Spanischkenntnisse waren nicht überragend, doch sie reichten aus, um zu verstehen, dass die Passagiere nach rechts sehen sollten. Am Horizont erhob sich ein weiterer Tafelberg und durch einen glücklichen Zufall war die Sicht in diese Richtung gerade so klar, dass Justus einen Blick auf den Salto Angel erhaschen konnte: den höchsten Wasserfall der Erde. Ein schmales, glitzerndes Band stürzte dort fast tausend Meter in die Tiefe. Die Sonne malte einen Regenbogen in das sprühende Wasser. Doch schon nach wenigen Momenten war das Flugzeug so tief gesunken, dass die umliegenden Hügel den Blick auf den Wasserfall versperrten. Justus blickte wieder nach unten auf Canaima. Ein breiter roter Streifen führte aus der Stadt heraus. Justus hielt ihn für eine Straße, doch er endete ganz plötzlich im undurchdringlichen Grün des Urwalds. Als das Flugzeug eine Schleife drehte und der Streifen schließlich direkt vor ihnen lag, wurde Justus klar, dass das die Landebahn war. Es gab keine Asphaltierung und keine Beleuchtung. In Kalifornien hätte es so etwas nie gegeben, doch hier schien es zu funktionieren. Justus zuckte die Schultern. Warum auch nicht?

Die Landung war etwas holprig, doch Justus hatte sie sich schlimmer vorgestellt. Nachdem er sein Gepäck entgegengenommen hatte, verließ er den winzigen Flugplatz und betrat Canaima. An einer holprigen Schotterstraße standen viele Geländewagen mit dazugehörigem Fahrer. Justus machte einem der Fahrer in gebrochenem Spanisch klar, dass er keine Dschungeltouren buchen und auch nicht in das schöne Hotel mit dem Swimmingpool einziehen wollte, sondern lediglich eine billige Übernachtungsmöglichkeit suchte. Eine halbe Stunde später warf er seine Reisetasche in die Ecke eines sehr kleinen und spartanisch eingerichteten, aber sauberen Pensionszimmers und ging unter die Dusche. Obwohl sein Magen knurrte, verzichtete er auf ein Essen im Restaurant. Er machte sich über den Rest seines Proviants her, legte sich ins Bett und fiel fast augenblicklich in tiefen Schlaf.

»Was Justus jetzt wohl macht?« Peter sah sich ratlos in der verlassen und trostlos wirkenden Zentrale um.

»Vermutlich schläft er«, antwortete Bob. Sie hatten sich nach der Schule aus alter Gewohnheit auf dem Schrottplatz getroffen. Doch ohne Justus kam ihnen dieser Ort merkwürdig vor. »Und was machen wir?«

Peter seufzte und fuhr sich durch die rotbraunen Haare. »Wir könnten dieses Chaos aufräumen. Als kleine Überraschung für Justus, wenn er zurückkommt. Aber ohne sein organisatorisches Talent bringen wir vermutlich nur noch mehr Unordnung hinein.«

»Alles faule Ausreden.«

»Stimmt«, gab Peter zu. »Eigentlich habe ich keine Lust aufzuräumen. Aber nicht weil ich faul bin, sondern weil es mich wurmt, dass wir uns mit Aktenordnern herumschlagen sollen, während unser Erster irgendwo in Venezuela unterwegs ist und schon jetzt in großen Schwierigkeiten steckt.«

»An was für Schwierigkeiten denkst du?«

»Was weiß ich! Er könnte sich im Urwald verirren oder von Schlangen gefressen werden oder so. Ohne uns ist er doch völlig aufgeschmissen!«

Bob lachte. »Meinst du nicht, dass Justus ganz gut auf sich allein aufpassen kann?«

»Nein, das meine ich nicht. Wie oft haben wir ihm schon aus der Klemme helfen müssen? Ich habe irgendwann aufgehört zu zählen.«

»Und was willst du tun? Ihm nachfliegen?«

»Am liebsten würde ich das. Aber das lassen weder mein Geldbeutel noch meine Schulnoten zu. Mir wird der Direktor sicherlich keine Beurlaubung bewilligen.«

Bob überlegte. »Wenn Justus nicht völlig von der Rolle gewesen wäre, hätte er anders gehandelt. Er handelt sonst nie überstürzt. Lieber überdenkt er die Dinge hundertmal, bevor er sie in die Tat umsetzt. Nur diesmal hat seine Logik ausgesetzt.« Peter nickte. »Ich kann gut verstehen, dass seine Logik in diesem Fall aussetzte. Wäre mir nicht anders ergangen.«

»Welche Logik hätte bei dir denn aussetzen sollen?«, fragte Bob grinsend.

Peter überging die Spitze. »Worauf willst du hinaus?«

»Ich überlege nur, was Justus normalerweise in einem solchen Fall getan hätte. Er wäre sicherlich nicht sofort nach Südamerika geflogen. Und was hätte er sonst getan?«

»Er hätte von hier aus Nachforschungen angestellt.«

»Genau. Wenn wir ihm helfen wollen, sollten wir das auch tun.«

»Aber wie wollen wir denn herausfinden, ob Justus' Eltern noch leben?«

Bob zuckte die Schultern. »Keine Ahnung. Aber ich schlage vor, wir besuchen Albert Hitfield.«

Peter runzelte die Stirn. »Was soll das bringen?«

»Weiß ich noch nicht. Aber irgendwo müssen wir ja anfangen.«

»Justus' Argumentation ist meistens einleuchtender«, fand der Zweite Detektiv.

»Nörgel nicht herum, komm mit. Oder willst du lieber aufräumen?«

Peter warf einen Blick auf den Papierberg. Dann drängelte er sich an Bob vorbei nach draußen.

»Ich kann mir aber keinen Führer leisten«, rief Justus aufgebracht. »¡No guía!«

Der Venezolaner sprach so schnell, dass der Erste Detektiv kein einziges Wort verstand. Er konnte Schulspanisch. Aber dieser Dialekt hatte nichts mehr mit dem zu tun, was er in der Schule gelernt hatte. Unaufhörlich redete der kleine, dunkelhäutige Mann auf ihn ein.

»¡No tan rápido, por favor!« Es half nichts. Der Mann sprach kein bisschen langsamer. Justus schüttelte entschieden den Kopf. »¡No, no, no, no!« Er wies auf den Jeep, der neben ihnen stand. »Das ist ein Mietwagen. Coche de alquiler. Ich habe einen Führerschein. Äh ...« Justus überlegte verzweifelt, was Führerschein auf Spanisch hieß. Der Einfachheit halber zog er ihn schließlich aus seiner Brieftasche und wedelte damit vor der Nase des Wagenverleihers herum. Doch den schien das gar nicht zu kratzen. Soviel Justus bisher verstanden hatte, ging es darum, dass der Mann ihm keinen Wagen ohne Führer leihen wollte. Angeblich weil die Straßen zu schlecht seien. Der Erste Detektiv hielt das für ausgemachten Blödsinn. Schlechte Straßen oder nicht, er war in der Lage ein Auto zu fahren. Dafür brauchte er keinen Führer. Die Karte, die er sich im Ort besorgt hatte, würde genügen.

»¡No guía!«, wiederholte er müde. »¿Cuánto es?«

Plötzlich wurde der Mann aufmerksam. Aha, dachte Justus. Wenn ich über Geld rede, sieht die Sache gleich anders aus. Der Mann lief in seine kleine Hütte und kam kurze Zeit später mit einem Formular heraus, das er Justus unter die Nase hielt. ›Seguro‹ stand darauf. Justus zückte sein Wörterbuch und schlug nach. »Versicherung, aha«, murmelte er. »Ich soll also eine Extra-Versicherung für den Wagen abschließen.« Er warf einen Blick auf den unteren Teil des Blattes, wo der Preis stand. »Annehmbar«, sagte er. »In Ordnung. De acuerdo.«

Wieder verschwand der Autovermieter. Kurz vor seiner Hütte drehte er sich um und winkte Justus zu sich. Der Erste Detektiv folgte ihm. In dem kleinen Büro füllte er einige Papiere aus, die glücklicherweise in Spanisch und Englisch ausgefertigt waren. Doch kaum hatte der Mann einen Blick darauf geworfen, schüttelte er den Kopf. »¡No, no, no! ¿Diecisiete? Solamente a partir de veintiuno!«

»¿Veintiuno? Sie meinen, ich muss erst einundzwanzig sein, um einen Wagen mieten zu können?« Justus schlug sich gegen die Stirn. Er hatte die Nase voll. Wütend nahm er den Kugelschreiber, strich seine Altersangabe durch und setzte sie um fünf Jahre herauf.

Aufgebracht schüttelte der Mann den Kopf. »¡No, no, no!«

»Gibt es Probleme?«

Justus drehte sich um. Hinter ihm stand ein junger Mann mit langen Haaren und Brille und blickte die beiden ruhig an. Er war groß und schlacksig und trug ein schlabberiges, fleckiges T-Shirt.

»Kannst du Spanisch?«, fragte Justus. Er nickte. »Kannst du diesem Mann begreiflich machen, dass ich unbedingt einen Mietwagen brauche, auch wenn ich nicht einundzwanzig bin?« Der Junge zuckte die Schultern. »Das wird nicht viel bringen«, sagte er. »Er wird nämlich nicht darauf eingehen. Wozu brauchst du denn den Wagen?«

»Ich muss nach Suerte. Dahin kommt man leider nur mit einem Auto.«

Sein Gegenüber grinste. »Deswegen bin ich auch hier. Ich will ebenfalls nach Suerte.«

»Hast du einen Führerschein und bist über einundzwanzig?«

»Genau einundzwanzig. Aber das reicht.«

Justus schöpfte Hoffnung. »Wann willst du dorthin?«

»Heute.«

»Kannst du mich mitnehmen?«

Wieder grinste er. »Wenn wir uns die Kosten für den Wagen teilen.«

»Kein Problem.«

»¿Problema?«, mischte sich der Verleiher wieder ein. Nun sprach der fremde Junge mit ihm. Fünf Minuten später hielt er Justus triumphierend den Wagenschlüssel vor die Nase. »No problema.«

»Wir fahren gemeinsam nach Suerte und wissen noch gar nichts voneinander. Nicht einmal unsere Namen. Ich bin Jason. Oder auch J.J. Das zweite J steht für

Jackson. Ist das nicht ein bescheuerter Name? Jason Jackson! Wie können Eltern ihr Kind nur so nennen!«

Justus lachte. »Es kann kein Zufall sein, dass wir uns getroffen haben. Ich bin nämlich auch ein J. J.: Justus Jonas.«

»Das ist wirklich kein Zufall! Du brauchtest unbedingt jemanden, der einen Wagen leihen kann, und ich suchte nach einem Menschen, der die Kosten mit mir teilt. Ich bin nämlich knapp bei Kasse.«

»Geht mir genauso.«

Sie hatten Canaima bereits verlassen. Ihr Ziel war der Ort im Süden, den Albert Hitfield besucht hatte. Er wurde auch Diamantenstadt genannt, da es in der Nähe viele Diamantenminen gab. Laut Karte lag der Ort etwa hundert Kilometer südlich von Canaima. Sie rechneten damit, ihn am Nachmittag zu erreichen. Im Moment befanden sie sich auf einer äußerst holprigen Piste, die mitten durch den Urwald führte. Links und rechts ragten riesige Bäume in die Höhe. Man konnte nur ein paar Meter weit in den Dschungel sehen, danach wurde er von Dunkelheit verschluckt. Außer ihrem befand sich kein einziger Wagen auf dem Weg und es sah auch nicht so aus, als würde er häufig befahren werden. Justus saß am Steuer.

»Was treibt dich nach Suerte?«, wollte J. J. wissen.

Justus zuckte betont gleichgültig die Schultern. »Urlaub.«

»So ganz alleine?«

»Du doch auch«, wich er aus. »Oder machst du keinen Urlaub?«

»Doch. Ich habe leider niemanden gefunden, der mitkommen wollte. Ich bin schon seit über einem Monat unterwegs.«

»Wo warst du denn überall?«

»Ich bin einmal quer durch Südamerika gereist. Das ist wirklich ein toller Kontinent. Nur leider geht mir langsam das Geld aus. Du kamst wie gerufen.«

»Und was willst du in –«, Justus fuhr in ein tiefes Schlagloch und stieß sich den Kopf am Wagendach. »Aua! Was willst du in Suerte?«

J.J. grinste. »Mich umsehen. Sonst kenne ich ja schon alles.«

Nach einigen Kilometern wurde die Straße so eng, dass man sie nicht mehr als solche bezeichnen konnte. Immer wieder holperten sie durch tiefe Schlaglöcher, in denen noch das Wasser des letzten tropischen Regengusses stand. Die Luft war unangenehm heiß und feucht. Und die sich seitlich auftürmende Wand aus Bäumen rückte langsam immer näher. Sie fuhren etwa eine halbe Stunde, als die Sonne hinter einer dichten Wolkendecke verschwand. Bald darauf fielen die ersten Tropfen und innerhalb weniger Augenblicke goss es in Strömen. Der Scheibenwischer konnte die herabprasselnden Fluten kaum bewältigen. Die Straße wurde zu einem verschwommenen Band. Justus hoffte, dass die Sicht ausreichen würde, wenigstens gab es hier keinen Verkehr. Einen Moment später fuhr er in ein so tiefes Schlagloch, dass der Wagenboden über den Schlammweg schleifte, die Reisetaschen vom Rücksitz fielen und Justus sich erneut den Kopf anstieß. »Verflucht!«, brüllte der Erste Detektiv den Regen an, doch der wollte trotzdem nicht aufhören. Frustriert brachte Justus den Wagen zum Stehen.

»Wir warten besser ab, bis der Regen aufhört, was?«

»In Ordnung. Ein tropischer Regen ist zwar heftig, dauert aber meistens nicht sehr lange.«

»Sind die Straßen hier überall so?«

»In abgelegenen Gegenden schon«, antwortete J. J. »Ich habe mich daran gewöhnt.«

Nachdem Justus den Motor abgestellt hatte, hörten sie nur noch die prasselnden Tropfen. »Ganz schön unheimlich«, fand er. »Nur das Auto trennt uns von strömendem Regen, giftigen Schlangen und anderen Gefahren, von denen wir gar keine Ahnung haben.«

»Skorpione zum Beispiel. Vor zwei Wochen hat mich einer gestochen. Das war ziemlich unangenehm.«

»Mach mir ruhig Mut.« Justus langte nach hinten und wühlte unruhig in seiner Tasche. Er holte ein belegtes Brot hervor, das er in Canaima gekauft hatte. Langsam kauend starrte er in die herabstürzenden Wassermassen hinaus.

Nach einer halben Stunde ließ der Regen nach und sie beschlossen weiterzufahren. Doch das Wasser hatte die Straße aufgeweicht und sie in eine Schlammpiste verwandelt. Flache Pfützen waren von tiefen Löchern nicht mehr zu unterscheiden und mehr als einmal hatte Justus Angst, die Achse könnte gebrochen sein, wenn der Wagen wieder in ein tiefes Schlagloch krachte. »Jetzt weiß ich, warum ich eine Extra-Versicherung abschließen musste«, murmelte er. Dampf stieg aus dem Urwald auf und wehte über die Straße, die Sicht war nach wie vor schlecht. Justus kroch inzwischen mit fünfzehn Meilen über den schlammigen Pfad. »Wir werden Tage brauchen. Willst du nicht mal fahren?«

J. J. schüttelte den Kopf. »Du machst das eigentlich ganz gut. Zumindest für einen unerfahrenen Dschungelreisenden.«

Plötzlich stand ein Baum mitten im Weg. Er war nicht umgestürzt, sondern wuchs direkt vor ihnen aus dem Boden. Justus trat auf die Bremse. »Was ... soll das? Wo ist die Straße?«

»Weg«, stellte J. J. trocken fest.

»Das kann nicht sein.« Justus stieg aus – und versank bis über die Knöchel im Schlamm. »Verdammter Mist! Wo ist der Weg? Was hat dieser Baum hier zu suchen?« Bei näherem Hinsehen stellte er fest, dass die Straße tatsächlich hier endete. Ohne Übergang wurde sie vom Urwald abgelöst. Justus schnappte sich die Karte. »Ich muss eine Abzweigung verpasst haben.« Er kletterte wieder in den Wagen und wollte wenden, doch die Räder des Jeeps hatten sich bereits tief in die nasse Erde gegraben und drehten durch. »Bitte nicht!« Ihm brach der Schweiß aus.

»Immer mit der Ruhe. Wir haben es doch nicht eilig, oder?«

»Ich will trotzdem hier weg!« Ganz vorsichtig trat Justus aufs Gas. Die Reifen durften sich nicht zu schnell drehen, um zu greifen. Langsam schoben sie sich aus dem Schlamm heraus, bis sie mit einem Ruck frei waren. So vorsichtig und schnell wie möglich drehte er und fuhr zurück.

»Laut Karte kann die Abzweigung höchstens einen Kilometer entfernt sein«, stellte J. J. fest.

Justus fuhr drei Kilometer, aber alles, was sie entdeckten, war eine schmale Schneise, die mitten durch das Unterholz führte. Sie war gerade breit genug für einen Wagen, doch kaum geeignet, sie tatsächlich zu befahren. Sie suchten die Strecke erneut ab, aber es gab keinen Zweifel: Dies musste die auf der Karte eingezeichnete Straße sein. »Das ist keine Straße!«, fluchte Justus. »Das ist nicht einmal ein Weg! Ein besserer Trampelpfad ist das – mit viel gutem Willen!«

»Ich fürchte, uns bleibt keine Wahl.«

Justus blickte seinen Beifahrer an. Er war froh nicht alleine zu sein. Jason strahlte die Ruhe aus, die ihm fehlte. »Hast Recht.« Entschlossen lenkte er den Geländewagen geradewegs in den Regenwald hinein. Ein Gestrüpp aus Lianen und Ästen kratzte über das Autodach. Wurzeln und Pfützen stellten den Rädern gemeine Fallen. Ein Schlagloch folgte auf das andere, sie wurden ständig durchgerüttelt, schlimmer als beim heftigsten Erdbeben, das Justus je erlebt hatte – und er hatte in Kalifornien schon viele erlebt.

»Das ist keine Straße«, wiederholte er leise, während er sich angestrengt auf die vor ihm liegende Wildnis konzentrierte. »Das ist keine Straße.« Ein umgestürzter Baum hing bedrohlich dicht über dem Auto, doch es reichte noch, um darunter durch zu fahren. Dahinter tauchte plötzlich ein flacher Flusslauf auf. Der Bach, vermutlich ein Seitenarm des Río Caroní, kreuzte ihren Weg. Justus trat auf die Bremse. »Das ist keine Straße«, brüllte er, »das ist ein Abenteuerspielplatz! Bin ich hier in einer Zigarettenwerbung, oder was?«

J.J. lächelte. »Ich kann mich nur wiederholen: Ruhe bewahren. Wir haben keine Wahl, wenn wir nach Suerte wollen.«

Justus grinste gequält. »Na schön.« Während er Gas gab, betete er zu sämtlichen Urwaldgöttern, das Wasser möge wirklich so flach sein, wie es aussah. Die Räder verschwanden sofort in der braunen Brühe und Wasser sickerte durch den Türspalt ins Innere des Wagens. Doch nach wenigen Metern hatten sie es geschafft: Das Auto rollte das andere Ufer empor. »Den Göttern sei Dank!«

Einige Hundert Meter weiter hatten sie weniger Glück: Der Jeep holperte über eine hohe Wurzel und die Vorderräder stürzten in ein tiefes, schlammiges Erdloch. Sie steckten fest. Justus gab langsam Gas, doch hier nutzte ihm der Allradantrieb nichts: Die Vorderräder rührten sich nicht und die Hinterräder gruben sich langsam immer tiefer in den Morast. »Und was jetzt?«

J.J. hob beruhigend die Hand. »Ich sehe mir das mal an.« Er stieg aus und kletterte vorsichtig um das Auto herum. Doch schon nach wenigen Augenblicken kam er zurück.

»Wie sieht's aus?«

»Hoffnungslos. Wir müssten den Wagen anheben, um ihn zu befreien, und das schaffen wir nie zu zweit. Versuch es noch mal mit dem Antrieb.«

Diesmal gab Justus Vollgas, erreicht jedoch außer einem schrillen Aufheulen des Motors gar nichts. Sie stiegen beide aus und begannen die Vorderräder mit den Händen freizuschaufeln. Aber je mehr Erde sie wegschafften, desto tiefer rutschte der Jeep. Justus war am ganzen Körper schlammverschmiert und der Schweiß drang ihm aus allen Poren. Erschöpft lehnte er sich an die heiße Motorhaube. Dann schlug er wütend auf sie ein. »Das ist keine Straße!«, schrie er und irgendwo flogen ein paar Vögel erschrocken auf.

Plötzlich bemerkte er, wie laut es um ihn herum war. Der Urwald war voller Leben: Vögel und andere Lebewesen gaben unheimliche Laute von sich. Er sah sich um. Überall schien es zu rascheln und zu huschen. Ganz in seiner Nähe wand sich eine kleine grüne Schlange um einen Ast und starrte zu ihm herunter. »Nur keine Panik«, sagte J. J., der Justus' ängstlichen Blick bemerkt hatte. »Die ist nicht giftig.«

»Könnten wir uns trotzdem wieder in den Wagen setzen?« Ohne eine Antwort abzuwarten kletterte Justus zurück hinter das Lenkrad. Jason folgte ihm. »Was machen wir jetzt?«, fragte der Erste Detektiv niedergeschlagen. »Wir sind mitten im tropischen Regenwald gestrandet, verschollen in der Wildnis. Wir sind schon über zwanzig Meilen von Canaima entfernt. Zu Fuß würden wir einen ganzen Tag brauchen, um zurückzukehren. Und es wird in wenigen Stunden dunkel. Wir können es unmöglich riskieren, in der Nacht zu wandern. Schon gar nicht, wenn wir von einer ganzen Schar giftiger Schlangen, Spinnen und Skorpione umgeben sind. Ganz abgesehen davon, dass ich mir Lustigeres vorstellen kann, als nachts durch den Urwald zu laufen. Ist hier in der Nähe vielleicht eine Siedlung?«

J. J. warf einen Blick auf die Karte und schüttelte den Kopf. Seine Gelassenheit war verschwunden.

»Und was macht ein erfahrener Südamerika-Reisender wie du in solchen Situationen?«

Jason grinste schief. »Verzweifeln?«

Begegnung im Dschungel

»Wir haben den ganzen Nachmittag bei Mr Hitfield verbracht«, resümierte Peter, »aber genutzt hat es nichts. Was schlägst du jetzt vor?«

Bob zuckte die Achseln. »Keine Ahnung. Ich hatte eigentlich gehofft, dass er uns weitere Informationen geben könnte. Aber das war wohl ein Fehlschlag. Na ja, immerhin haben wir jetzt Abzüge der Fotos von Mrs Jonas.«

»Ob wir die Onkel Titus zeigen sollten?«, fragte Peter. »Er kann sich an sie sicher besser erinnern als Justus.«

Bob runzelte die Stirn. »Ich weiß nicht. Gestern war Onkel Titus ziemlich mit den Nerven runter. Ich bin nicht sicher, ob es ihm gut tut, die Bilder zu sehen.«

»Das stimmt, aber haben wir eine Wahl? Ich weiß jedenfalls nicht, wo wir sonst weitermachen könnten.«

Bob legte den Kopf schief und nickte schließlich. »Na schön. Aber wir sollten behutsam vorgehen.«

Sie fanden Titus Jonas auf dem Schrottplatz. Er sortierte gerade einen Haufen Schrauben, der sich im Laufe der Zeit angesammelt hatte.

»Mr Jonas?«

»Oh, ihr seid hier? Wart ihr in eurem Campinganhänger? Habt ihr was von Justus gehört?« Onkel Titus war seine Nervosität deutlich anzumerken.

»Nein«, antwortete Bob. »Aber wir waren bei Mr Hitfield. Leider konnte er uns nicht viel sagen. Er hat uns den Ort genannt, den Justus vermutlich aufsuchen wird: ein Dorf mitten im venezolanischen Urwald.«

Onkel Titus sah überrascht auf. »Ihr wollt ihm doch nicht etwa nachreisen!«

Peter schüttelte den Kopf. »Aber wir wollen ihn so gut wie möglich von hier aus unterstützen. Vielleicht können wir durch Nachforschungen herausfinden, ob seine Eltern noch leben.«

»Und wie wollt ihr das machen?«

»Mr Hitfield hat uns Fotos gegeben, die er in Venezuela von Mrs Jonas gemacht hat. Vielleicht können Sie uns sagen, ob Sie die Frau auf den Bildern wiedererkennen.« Er reichte ihm die Bilder.

Onkel Titus sah die Fotos lange an. Dann schüttelte er langsam den Kopf. »Ich weiß nicht.«

»Sie meinen, sie sieht ihr ähnlich, aber Sie sind nicht sicher?«, fragte Bob.

»Nein. Ich meine, ich weiß nicht, ob das Catherine Jonas sein könnte oder nicht.«

»Versuchen Sie sich die Frau, an die Sie sich erinnern, elf Jahre älter vorzustellen«, schlug Peter vor.

»Das kann ich nicht. Ich erinnere mich kaum an sie.«

Peter runzelte die Stirn. »Aber ... aber sie war doch die Frau Ihres Bruders.«

»Richtig.«

»Können Sie sich denn auch nicht an Ihren Bruder erinnern?«

Onkel Titus nickte. »Doch. Sehr gut sogar.«

»Wie kommt es dann, dass Sie das Gesicht seiner Frau nicht mehr im Kopf haben?«

Seine Antwort war unerwartet und scharf: »Nur weil Catherine zufällig die Frau meines Bruders war, muss ich mich noch lange nicht an sie erinnern können!«

Peter und Bob waren sprachlos. Hilfe suchend sahen sie sich an. So plötzlich wie der Ausbruch gekommen war, beruhigte sich Titus Jonas wieder und seine Stimme wurde so leise wie gewohnt: »Entschuldigt. Ihr könnt ja nichts davon wissen.«

»Wovon?«, fragte Peter vorsichtig.

Onkel Titus seufzte. »Catherine und ich haben uns nie besonders gut verstanden. Nein, das ist zu vorsichtig ausgedrückt. Wir konnten uns nicht ausstehen. Auf Familienfesten kam es immer zu Streitereien. Irgendwann eskalierte die Situation und wir hatten überhaupt keinen Kontakt mehr. Mathilda und ich sahen nur noch Julius und Justus, wenn sie uns besuchten. Catherine hielt sich fern. Daher ist es schon mehr als elf Jahre her, dass ich sie das letzte Mal gesehen habe. Und ich muss gestehen, dass ich mich nie an ihr Gesicht erinnern wollte. Tut mir Leid, Jungs, aber ich kann euch nicht weiterhelfen.«

»Tja«, sagte Peter betreten, »dann gehen wir mal wieder.« Sie wandten sich um und gingen zurück zur Zentrale. Als sie die Tür hinter sich geschlossen hatten, seufzte der Zweite Detektiv. »Puh! Das hatte ich nicht erwartet.«

Bob schüttelte den Kopf. »Ich auch nicht. Meine Güte, hast du gewusst, dass Onkel Titus so sauer werden kann?«

»Hast du gewusst, dass er in der Lage ist, einen anderen Menschen nicht zu mögen? Ich hatte immer gedacht, in Justs Familie gäbe es solche Geschichten nicht.«

Bob zuckte die Schultern. »Die gibt es wohl in jeder. Warum sollte es bei unserem Ersten anders sein?«

»Aber gerade bei Onkel Titus!«

»Wir sollten nicht darüber urteilen«, meinte Bob. »Und vielleicht sollten wir uns ganz aus der Sache heraushalten. Ich möchte mich ungern in eine Familiengeschichte einmischen, die mich nichts angeht.«

Peter schüttelte den Kopf. »Mir ist es zwar auch unangenehm, aber Justus braucht unsere Hilfe. Wir machen weiter! Ob Justus gewusst hat, dass sein Onkel seine Mutter nicht ausstehen konnte?«

»Weiß nicht. Möglich wäre es. Vielleicht war das der Grund, warum er verschwunden ist ohne Onkel Titus und Tante Mathilda etwas zu sagen.«

»Und was machen wir jetzt? Weder Albert Hitfield noch Onkel Titus haben uns weiterhelfen können.«

Bob seufzte. »Keine Ahnung. Justus wüsste jetzt, was zu tun wäre.«

Das ständige Singen und Summen des Urwalds schien lauter geworden zu sein. Der Regen hatte fast aufgehört, doch noch immer tropfte Wasser aus den Bäumen auf das Dach des Wagens. Justus starrte in das undurchdringliche Grün. Langsam knetete er seine Unterlippe. Er dachte angestrengt nach.

»Dies ist tatsächlich eine Straße, auch wenn ich es nicht glauben wollte«, sagte er. »Dieser Weg führt nicht zufällig durch die Wildnis. Er ist künstlich angelegt worden, wie man an den Baumstümpfen sehen kann, die hier überall herumstehen. Niemand würde eine Straße mitten durch den Dschungel bauen ohne sie zu benutzen. Also muss früher oder später jemand vorbeikommen.«

J. J. nickte kauend. Er machte sich über Justus' Vorräte her. »Da hast du sicher Recht. Aber wann ist früher oder später?«

Justus zuckte die Schultern. »Was weiß ich. In ein paar Tagen spätestens.«

»Kein Problem. Wir haben ja genug zu essen.«

»Ich habe genug zu essen«, korrigierte Justus und warf einen skeptischen Blick in die sich leerende Vorratstasche. »Jedenfalls hatte ich das mal.«

»Ich habe dich gefragt, ob ich mir was nehmen darf«, verteidigte sich Jason.

»Darfst du ja auch. Ich muss sowieso abnehmen.« Er strich über seinen immer noch etwas zu fülligen Bauch. »Außerdem bin ich froh hier nicht alleine festzusitzen. Dafür opfere ich gerne ein paar Schokoriegel.«

Plötzlich mischte sich Motorengeräusch in die Klänge des Regenwaldes. Justus hob die Hand und lauschte angestrengt. War das ein Auto? Oder ein Flugzeug? Ein paar Augenblicke später gab es keinen Zweifel: Ein Wagen näherte sich! Justus riss die Tür auf und rannte ein Stück zurück, um den Fahrer zu warnen. Er wollte nicht, dass ein weiteres Unglück geschah, weil der Fahrer den Jeep zu spät sah. J. J. folgte ihm. Langsam und laut rumpelnd kam ein Geländewagen auf sie zu.

Justus winkte. Das Auto blieb einige Meter vor ihnen stehen. Ein rundlicher Mann mit Glatze stieg aus und kam auf Justus zu.

»He tenido a pana«, rief der Erste Detektiv. »¿Puede empujar el carro, por favor?«

»Seid ihr Amerikaner?«, antwortete der Mann zu seinem größten Erstaunen in klarstem Englisch.

Justus nickte erleichtert. »Ja. Wir sind mit unserem Leihwagen stecken geblieben. Seit Stunden warten wir schon auf Hilfe.«

»Da habt ihr aber Glück gehabt, dass ich heute hier vorbeifahre. Dieser Weg wird nämlich fast nie benutzt.«

»Das sieht man«, sagte J. J. gelassen.

Der Mann war nun ganz herangekommen. Er trug eine khakifarbene, zerknitterte Hose und ein weites T-Shirt, das zwei große dunkle Schweißflecke unter den Achseln zierten. An seiner hellen Haut sah man sofort, dass er kein Südamerikaner war. »Wie ist denn das passiert?«, fragte er.

Justus zuckte die Schultern. »Ich weiß nicht. Ich bin in dieses Loch geraten und steckte fest.«

»Wohin wollt ihr denn?«

»Nach Suerte.«

»Hat man euch nicht gesagt, wie gefährlich es ist, ohne Führer durch den Urwald zu fahren?«

J. J. nickte. »Doch. Aber wir konnten uns keinen Führer leisten.«

Der Glatzkopf grinste. »Wie gesagt: Glück gehabt. Ich denke, wir bekommen den Wagen frei. Und danach können wir zusammen fahren. Ich will nämlich auch nach Suerte.«

»Wirklich? Das wäre toll!« Justus fiel ein Stein vom Herzen.

Gemeinsam sahen sie sich den Jeep an. »Der steckt ganz schön tief«, stellte der Mann fest. »Das wird schwierig werden.«

»Sie könnten versuchen ihn herauszuziehen«, schlug Justus vor.

»Dazu muss ich vor den Jeep fahren. Nur, die Straße ist kaum breit genug, um an ihm vorbeizukommen.« Der Mann tippte nachdenklich mit dem Zeigefinger an seine Lippen. Schließlich zuckte er die Schultern. »Versuchen müssen wir es.« Er ging zurück zu seinem Wagen und lenkte ihn vorsichtig am gestrandeten Fahrzeug vorbei. Auf der anderen Seite stand ein dicker Baum und es waren nur wenige Zentimeter Platz zwischen Auto und Baumstamm. Dann blieb der Wagen abrupt stehen. »Verflixt!«, rief der Fahrer. »Mein Außenspiegel ist im Weg.«

»Und jetzt?«

»Jetzt schraube ich ihn ab.« Er holte einen Werkzeugkasten unter dem Sitz hervor und setzte seinen Plan in die Tat um. Die wenigen gewonnenen Zentimeter reichten aus, um den Engpass zu überwinden. Während er den Spiegel wieder befestigte, knotete J.J. ein Abschleppseil an die Anhängerkupplung des Jeeps und verband es mit dem anderen Auto. Der Mann fuhr langsam an, das Seil spannte sich und der Jeep ächzte und knarrte. Es sah so aus, als würde es nicht klappen, doch dann wurde er mit einem Ruck aus dem Erdloch gezogen und stand ein paar Meter weiter auf sicherem Boden.

»Geschafft!«, rief Justus. »Vielen Dank!«

»Und nun fahrt ihr einfach hinter mir her. Ich kenne diese Strecke auswendig.«

»Leben Sie in Suerte?«, wollte J.J. wissen.

Der Mann schüttelte den Kopf. »Aber ein paar Freunde von mir, die ich oft besuche.« Plötzlich lachte er. »Jetzt habe ich euch aus dem Schlammloch gezogen und mich noch gar nicht vorgestellt. Ich heiße Jonas. Julius Jonas.«

Er streckte Justus die Hand entgegen. Der Erste Detektiv starrte sie an und brachte kein Wort heraus. Zögernd ergriff er sie. Die Hand war aus Fleisch und Blut. Er hatte keinen Geist vor sich. »Ich bin ... Peter Shaw«, stotterte Justus.

J. J. warf ihm einen verblüfften Blick zu. Doch bevor er die verräterische Frage stellen konnte, hielt ihm Mr Jonas die Hand hin. »Jason Jackson«, sagte J. J. mechanisch. »Wir haben die gleichen Initialen. So ein Zufall.« Unsicher sah er wieder zu Justus hinüber, der fast unmerklich den Kopf schüttelte.

»Woher kommt ihr?«

»Ich komme aus Iowa«, erklärte J. J.

»Kalifornien«, sagte Justus abwesend, während er sein Gegenüber weiterhin anstarrte.

»Tatsächlich? Ich habe dort auch mal gelebt! Merkwürdig ... wir haben erst vor einer Woche in Suerte jemanden kennen gelernt, der aus Kalifornien kam. Dabei verirren sich nur selten Touristen aus den Vereinigten Staaten in die Diamantenstadt.«

»Wir?«, hakte J. J. nach.

»Ja. Meine Frau und ich. Sie ist auch in Suerte.« Er wandte sich wieder an Justus: »Woher kommst du genau?«

Justus' Kehle wurde trocken. Er musste sich räuspern,

bevor er antworten konnte: »Rock … Rockwell. Das liegt in der Nähe von San Francisco.«

Der Mann, der sich Julius Jonas nannte, zuckte die Achseln. »Nie gehört. Ich komme aus der Nähe von Los Angeles. Aber jetzt wohnen wir in Chicago.«

Justus nickte nur. Er hatte auch noch nie etwas von einem Ort namens Rockwell gehört.

»Wenn wir noch vor Einbruch der Dunkelheit das Dorf erreichen wollen, müssen wir uns jetzt aber beeilen.« Mr Jonas wandte sich um und stieg in seinen Geländewagen.

Justus setzte sich hinter das Lenkrad und versuchte den Motor zu starten. Seine Beine zitterten so stark, dass er die Kupplung zu schnell kommen ließ und das Auto abwürgte.

»Soll ich fahren?«, bot J. J. an.

Justus nickte dankbar. Sie tauschten die Plätze und J. J. folgte dem anderen Wagen durch den Urwald.

»Danke, dass du vorhin so super reagiert hast.«

»Weil ich deinen richtigen Namen nicht verraten habe?«

Justus nickte.

»Warum hast du das gemacht?«, fragte J. J.

»Was?«

»Warum hast du ihm einen falschen Namen genannt? Kennst du den Mann? Er heißt auch Jonas. Ist das Zufall? Oder ist Peter dein richtiger Name und Justus Jonas war eine Lüge?«

»Nein. Ich heiße wirklich Justus. Und was deine erste Frage angeht: Ich weiß es nicht.«

»Du weißt nicht, warum du diesen netten Mann belogen hast? Was meinst du damit?«

Justus überlegte. Er wusste es tatsächlich nicht. Er hatte gehofft in der Diamantenstadt in Ruhe nach dem Ehepaar Jonas suchen und sich auf die Begegnung vorbereiten zu können. Plötzlich stand dieser Fremde vor ihm, der behauptete Julius Jonas zu sein, und Justus war im ersten Moment nichts Besseres eingefallen, als seine Identität zu verleugnen. Er kam sich unglaublich dumm vor. Hals über Kopf war er nach Venezuela geflogen, um Antworten zu finden und seine innere Unruhe zu verscheuchen. Nun war er dem Mann begegnet, den er suchte, und die Unruhe war nur noch größer geworden. Was sollte er tun, wenn dies tatsächlich sein Vater war? Wollte er das alles überhaupt? Alles würde sich verändern. Wäre er doch zu Hause geblieben.

»J. J., bitte frag nicht.«

»Bist du auf der Flucht oder so was?«

»Frag nicht!«, antwortete Justus eine Spur zu laut.

J. J. schwieg beleidigt und sie setzten ihre Fahrt fort ohne ein weiteres Wort zu sagen.

Sie erreichten das Dorf, als es schon dämmerte. Suerte war noch kleiner als Canaima und es gab nur eine Pension. Auch sonst hatte die Siedlung nicht viel zu bieten. Für Touristen war sie – anders als Canaima – ziemlich uninteressant. Fast alle, die hier lebten, hatten etwas mit Gold oder Diamanten zu tun. In der Nähe gab es viele Minen, wer nicht dort seinen Lebensunterhalt verdiente, verarbeitete die Rohstoffe.

Justus und J. J. nahmen ein Doppelzimmer, um Geld

zu sparen. Als Justus endlich die Tür hinter sich schließen konnte, war er erleichtert. Er hätte Mr Jonas nicht länger ertragen können.

Nachdem beide ausgiebig geduscht hatten, fragte J. J.: »Hast du Lust dir ein bisschen das Dorf anzusehen?«

Justus winkte ab. »Nein, danke. Ich bin ziemlich müde. Ich werde wahrscheinlich ins Bett gehen.«

»Wie du willst. Ich ziehe noch etwas um die Häuser.«

Justus war froh, endlich allein zu sein. Er musste ungestört nachdenken können. Seine wahre Identität zu verschweigen war eine Kurzschlussreaktion gewesen. Aber vielleicht entpuppte sich das noch als geschickter Schachzug. Justus wollte erst sicher sein, ob sie seine Eltern waren oder nicht. Wenn ja, dann konnte er ihnen immer noch offen gegenübertreten. Wenn nicht, würde er einfach wieder abreisen ohne die beiden belästigt zu haben. Doch vorher musste er die Wahrheit herausfinden.

Am nächsten Morgen gingen Justus und J. J. gemeinsam in den Gastraum zum Frühstück. Justus hatte sich auf Brötchen und Käse und Marmelade gefreut. Stattdessen fand er auf einem Teller schwarze Bohnen, Rührei und eine gebratene Banane. »Ist das hier normal?«

J. J. nickte. »Das ist das venezolanische Standardfrühstück.«

Justus zuckte die Schultern. Vorsichtig probierte er ein Stück Banane. Zwei weitere Gäste betraten den Raum.

»Sieh mal, da ist Mr Jonas. Und das ist vermutlich seine Frau.«

Justus zuckte zusammen und senkte den Kopf. Vorsichtig warf er unter seinem dunklen Haarschopf einen Blick zu den beiden hinüber. Sie kamen direkt auf sie zu. Nun konnte Justus sich nicht mehr verstecken. Er blickte auf und lächelte.

»Guten Morgen, Mr Jonas«, sagte J. J. heiter.

»Morgen, Jungs.« Er wandte sich an seine Frau. »Darf ich vorstellen, Jason und Peter. Und dies ist meine Frau Catherine.«

Justus verschluckte sich an einem Stück Banane und begann laut zu husten. Alle zuckten vor Schreck zusammen. Tränen schossen ihm in die Augen und J. J. klopfte ihm auf den Rücken. Als Justus sich wieder beruhigt hatte, fuhr Mr Jonas fort: »Was habt ihr denn heute vor? Ihr müsst euch unbedingt die Wasserfälle ansehen. Nicht wahr, Catherine?«

Seine Frau nickte und zupfte am Saum seines T-Shirts.

Julius Jonas lächelte verlegen. »Tja, wir werden dann auch mal frühstücken gehen. Schönen Tag noch, Jungs.«

»Komische Frau«, bemerkte J. J. »Sie hat kein einziges Wort gesagt. Du allerdings auch nicht. Manchmal benimmst du dich wirklich merkwürdig. Ich weiß schon, ich soll keine Fragen stellen. Trotzdem würde es mich brennend interessieren, warum die beiden nicht wissen sollen, wer du bist. Und was du in Suerte willst. Du machst doch keinen Urlaub, oder?«

»Wie kommst du darauf, dass ich keinen mache?«

»Du benimmst dich nicht so, als seist du auf Erholung aus. Stehst ständig unter Hochspannung.«

Justus seufzte. »Du hast Recht. Ich mache keinen Urlaub.«

»Sondern?«

»Vielleicht erzähle ich es dir später – wenn ich es selbst genau weiß.«

J. J. hob zweifelnd die Augenbrauen und schüttelte den Kopf.

Während des Frühstücks warf Justus immer wieder verstohlene Blicke zum Ehepaar Jonas hinüber. Plötzlich erhob sich Mrs Jonas und verließ den Raum. »Komme gleich wieder«, murmelte Justus schnell, stand auf und folgte der dunkelhaarigen Frau den Flur entlang zur Treppe und von dort in den ersten Stock. Bei Zimmer Nummer 108 holte sie einen Schlüssel aus ihrer Handtasche, schloss auf und verschwand in dem Raum. Justus ging wieder hinunter. Als er zum Tisch zurückkehrte, sah J. J. ihn missbilligend an. »Was sollte das nun wieder?«

»Ich habe nur schnell etwas aus unserem Zimmer geholt.«

J. J. nickte, sah jedoch zweifelnd auf Justus' leere Hände.

Sie aßen schweigend weiter. Nachdem Mrs Jonas zurückgekehrt war, stand Mr Jonas auf und beide verließen den Gastraum Richtung Straße.

»J. J., kannst du mir einen Gefallen tun?«, fragte Justus, wartete die Antwort jedoch nicht ab. »Verfolg die beiden. Wenn sie in weniger als einer Viertelstunde wieder hier auftauchen, dann verwickle sie in ein Gespräch. Sie dürfen auf keinen Fall nach oben in ihr Zimmer!«

J. J. starrte ihn an. »Bist du jetzt völlig übergeschnappt?«

»Bitte! Vertrau mir!«

»Dir vertrauen? Wie käme ich dazu? Wir kennen uns noch nicht einmal vierundzwanzig Stunden.«

»J. J., bitte! Ich brauche deine Hilfe.«

»Was hast du denn vor?«, wollte J. J. wissen.

»Später! Schnell, sonst sind sie weg!«

Jason fuhr durch sein langes Haar. »Das riecht alles so nach Krimi«, sagte er. »Bist du einer von den Guten oder von den Bösen?«

»Von den Guten!«, sagte Justus eindringlich. »Ganz sicher. Und jetzt geh ihnen bitte nach, sonst verlierst du sie noch!«

J. J. rollte mit den Augen. »Also schön. Aber danach erklärst du mir alles!«

»Versprochen!«

Der schlanke Junge stand auf und ging hinaus auf die Straße. Einen Augenblick später war er um eine Ecke verschwunden. Auch Justus stand auf. Schnell lief er die Treppe hinauf und den Flur entlang. Vor der Tür zu Zimmer 108 blieb er stehen. Probeweise drückte er die Klinke herunter, doch die Tür war verschlossen. Justus zückte seinen Schlüsselbund. Dort hingen zwei Dietriche, die er Peter einmal abgeschwatzt hatte. Eigentlich war der Zweite Detektiv der Schlösserexperte, doch Justus' Argument, dass auch Bob oder er einmal in eine Situation kommen könnten, in der sie eine Tür öffnen mussten, hatte Peter überzeugt: Er hatte einen Teil seiner Dietrichsammlung Bob und Justus überlassen.

Justus versuchte die Tür zu öffnen. Er war jedoch kein Experte. Peter hätte das Schloss vermutlich innerhalb von Sekunden geknackt. Der Erste Detektiv brauchte zwei Minuten, bis der Riegel mit einem leisen Klick endlich nachgab und die Tür sich öffnen ließ. Er schlich in das Zimmer. Es war fast genauso eingerichtet wie ihr eigenes. Schnell sah er sich um. Unter dem Bett standen zwei leere Koffer. Justus öffnete den Schrank: Die Kleidung war ordentlich hingehängt worden. Offenbar planten die Jonas' einen längeren Aufenthalt in Suerte. Auf dem Tisch lag eine Brieftasche. Er öffnete sie. Zwei Touristenkarten waren darin, eine Art Visum, das man ohne Schwierigkeiten am Flughafen bekam. Justus hatte auch eines. Auf diesen Karten standen die Namen der Inhaber: Catherine Jonas und Julius Jonas, wohnhaft in Chicago. Justus wollte die Geburtsdaten kontrollieren, doch die waren auf den Karten nicht angegeben.

Er blätterte die Brieftasche durch. Ein paar Kreditkarten und einige Fotos kamen zum Vorschein. Er betrachtete sie: Es waren zwei Bilder von Catherine und Julius Jonas, eines von einer Frau, die er nicht kannte, und ein altes, verblichenes Kinderfoto: Ein kleiner, dicker Junge mit hellbraunen Locken grinste in die Kamera. Er mochte vielleicht vier Jahre alt sein.

Justus starrte das Foto an. Früher waren seine Haare heller gewesen, wie das bei Kindern meistens der Fall war. Tante Mathilda hatte ihm oft erzählt, dass er damals auch Locken gehabt hatte. Das Bild war etwas überbelichtet und unscharf. Trotzdem: Eine gewisse Ähnlichkeit war zu erkennen.

Wie gebannt sah er sich das Foto an und vergaß völlig, wo er war. Plötzlich klopfte es an der Tür.

Der Lauscher im Schrank

»Das war es dann also«, sagte Peter zu Bob, als er die Zentrale betrat. »Wieder ein Schuljahr vorbei. Wieder ein Zeugnis mehr, das ich besser vor meinen Eltern verstecke.«

»So schlimm?«

»Na ja, geht so. Mit meiner Sportnote habe ich einiges rausreißen können.«

»Wie immer.« Bob wippte unruhig mit dem Schreibtischstuhl herum. »Was fangen wir nun mit den Ferien an?«

»Ich weiß, was du denkst. Du würdest am liebsten sofort nach Venezuela fliegen und unserem verehrten Ersten Detektiv beistehen, stimmt's?«

»Du hast es erraten. Und wie steht es mit dir?«

»Ich würde ja gerne. Aber meine Finanzen lassen das einfach nicht zu.«

Bob grinste. »Du musstest dir ja unbedingt schon wieder ein neues Fahrrad kaufen.«

»Ich konnte doch nicht ahnen, was auf uns zukommt«, verteidigte sich Peter.

»Wenn wir nicht nach Venezuela fliegen können, müssen wir hier unser Möglichstes tun, um Justus zu helfen. Ich habe meinen Vater beauftragt im Archiv seiner Zeitung alles über den Flugzeugabsturz von damals herauszufinden und es uns rüberzufaxen.«

»Was erhoffst du dir davon?«

»Keine Ahnung. Aber irgendwas müssen wir schließlich tun. Justus würde genauso vorgehen: Erst mal alle Informationen zusammentragen, die man bekommen kann, und dann sehen, was man damit anfängt.«

Das Telefon klingelte. Peter wollte nach dem Hörer greifen, doch Bob hielt ihn zurück. »Das ist vielleicht für das Faxgerät.« Er hatte Recht: Nach dem dritten Klingeln schaltete sich das Gerät ein und spuckte wenige Sekunden später einen kleinen Stapel Papier aus. Es waren Kopien von Zeitungsartikeln, die Bobs Vater herausgesucht hatte. Sie teilten den Stapel auf und begannen zu lesen.

»Ich weiß immer noch nicht, was wir hier finden sollen«, meinte Peter, nachdem er zwei Artikel gelesen hatte. »Das war ein Flugzeugabsturz wie jeder andere auch.«

Bob sah empört von seinem Blatt auf. »Wie redest du denn!«

»Ist doch wahr. Flugzeugunglücke sind zwar tragisch, aber letztlich nichts Besonderes. Das passiert doch ständig! Mindestens einmal pro Woche hört man in den Nachrichten, dass mal wieder ein Flieger irgendwo auf der Welt runtergekracht ist. Dann reden die Nachrichtensprecher von technischen Defekten, menschlichem Versagen oder einer noch ungeklärten Ursache, von Flugschreibern, die gefunden werden müssen, und von der Zahl der Toten und Verletzten. Etwas anderes steht in diesen Artikeln auch nicht. In diesem Fall war es ein technischer Defekt: Ein Treibstofftank hatte ein Leck, es gab eine Explosion und das Flugzeug stürzte ins Meer. Niemand überlebte.«

Bob ließ seufzend das Papier sinken. »Du hast Recht. Ich weiß auch nicht, was ich mir davon erhofft habe. Vielleicht einen Hinweis, dass es doch Überlebende gegeben hat. Aber in diesem Punkt sind alle Berichte eindeutig.«

»Das heißt, dass Justs Eltern damals definitiv ums Leben gekommen sind«, schlussfolgerte Peter.

»Es sei denn ...«, begann Bob, dann erhellte sich sein Gesicht plötzlich, »es sei denn, Justus hatte mit einer seiner Vermutungen Recht und sie haben den Unfall nur vorgetäuscht. Mit anderen Worten: Sie waren gar nicht an Bord der Maschine!«

»Wo hätten sie sonst sein sollen?« Peter war skeptisch.

»Das müssen wir herausfinden. Aber dann ergäbe auch der Rest einen Sinn: Das Ehepaar Jonas gibt vor wegzufliegen. Die Maschine stürzt ab, jedoch ohne die beiden an Bord. Trotzdem melden sie sich nie wieder. Was folgt daraus? Sie wollten sich absetzen!«

»Absetzen? Warum?«

»Na ja ... weil sie irgendwelchen Dreck am Stecken hatten«, antwortete Bob zögernd.

»Dreck am Stecken?«, rief Peter. »Justs Eltern?«

»Es ist ja nur eine Theorie.«

Peter ignorierte den Einwand. »Du meinst doch nicht, dass die Eltern des größten Detektivs seit Sherlock Holmes Schwerverbrecher waren?«

»Möglich ist alles.«

Peter verschränkte die Arme vor der Brust. »Das ist doch absurd.«

»Wenn wir davon ausgehen, dass Catherine und Julius Jonas aus Venezuela Justs Eltern sind, ist das die einzig logische Erklärung, die mir einfällt. Und die sollten wir überprüfen. Erinnerst du dich an Onkel Titus' merkwürdige Reaktion, als wir ihm das Foto gezeigt haben? Vielleicht steckte mehr dahinter, als er zugeben wollte. Vielleicht hütet die Familie Jonas ein dunkles Geheimnis. Wir könnten herausfinden, ob Justs Eltern irgendwann einmal in ein Verbrechen verstrickt waren.«

»Und wie?«

»Indem wir noch jemand anderen befragen.«

»Du meinst doch nicht etwa Tante Mathilda.« Der Zweite Detektiv runzelte die Stirn. »Wenn Onkel Titus schon so allergisch auf Catherine Jonas reagiert, möchte ich nicht wissen, was Tante Mathilda uns zu sagen hat.«

»Wen sollen wir denn sonst fragen? Ich kenne niemanden aus Justs Familie. Jedenfalls nicht von der Jonas-Seite.«

Peter seufzte. »Wenn wir wirklich Tante Mathilda befragen wollen, müssen wir sehr behutsam vorgehen.«

»Werden wir«, versprach Bob und verließ den Wohnwagen.

Tante Mathilda saß im Büro des Gebrauchtwarencenters und erledigte die Buchführung. »Hallo, ihr beiden«, sagte sie erfreut. »Wollt ihr mich von der Arbeit abhalten? Das ist sehr nett von euch. Ich kann mich ohnehin nicht konzentrieren. Ständig geht mir Justus durch den Kopf.«

»Deshalb wollen wir auch mit Ihnen reden«, begann Bob. »Wir versuchen ihm von hier aus zu helfen, so gut wir können.« Er erklärte ihr, wie wichtig es für sie war, mehr über die Eltern ihres Ersten zu erfahren. »Wir haben schon mit Ihrem Mann gesprochen. Doch der reagierte ... sehr gereizt, als der Name Catherine Jonas fiel.«

Tante Mathilda klappte die Mappe zu, in der sie gearbeitet hatte. »Er hat mir von eurem Gespräch erzählt. Ich glaube, im Nachhinein tut es ihm Leid, dass er so gereizt war. Aber zwischen ihm und Catherine sind Dinge abgelaufen, die ihn auch nach so vielen Jahren noch auf die Palme bringen.«

Tante Mathilda wirkte sehr ruhig. Peter war erleichtert und wagte die nächste Frage: »Können Sie uns sagen, was genau vorgefallen ist?«

»Meint ihr, dass das für eure Ermittlungen wichtig sein könnte?«

Peter zuckte die Schultern.

»Also schön, ich werde es euch erzählen. Es ging damals um Geld. Catherine hat sich bei Titus immer wieder etwas geliehen und zwar im Namen von Julius. Sie behauptete, er stecke in tiefen Schwierigkeiten, würde sich jedoch nicht trauen selbst zu seinem Bruder zu gehen. Titus hat ihr das Geld gegeben – sehr viel. Es stellte sich jedoch heraus, dass es nie für Julius bestimmt war, sondern für Catherines Bruder, der großen Ärger am Hals hatte. Ich habe nie erfahren, worum es bei dieser Sache wirklich ging. Titus hat das Geld jedenfalls nie wieder gesehen und machte Catherine dafür verantwortlich. Immerhin hatte sie sein Vertrauen missbraucht. Monatelang haben sie sich gestritten, bis der Kontakt schließlich abbrach. Auch Julius' Versuche, seinen Bruder zu beruhigen, scheiterten. Das war eine sehr hässliche Geschichte damals.«

Bob kratzte sich am Kinn. »Vielleicht bringt uns das tatsächlich einen Schritt weiter.«

»Ja? Wie denn?«

»Das muss ich erst noch nachprüfen. Wenn wir etwas erfahren, sagen wir Ihnen sofort Bescheid. Vielen Dank für Ihre Hilfe.«

Peter und Bob verließen das Büro. »Was meinst du damit, dass es uns einen Schritt weiterbringt? Was hast du vor?«

»Wir fahren zu Cotta. Vielleicht steckte ja mehr hinter dieser Geldgeschichte, als Tante Mathilda weiß. Wenn wir noch etwas über die Familie Jonas herausfinden wollen, muss Cotta uns helfen.«

Justus stopfte die Fotos zurück in die Brieftasche und warf sie auf den Tisch. Er rannte zum Bett und wollte sich gerade darunter verstecken. Da sah er, dass die Schranktür noch immer offen stand. Er lief zurück. Ein Schlüssel klimperte. Justus schob die Kleidung beiseite, stellte sich in den Schrank und schloss ihn von innen. Eine Sekunde später hörte er, wie die Zimmertür geöffnet wurde. Eine Frauenstimme murmelte etwas auf Spanisch. Nach einigen Augenblicken ertönte ein lautes Summen. Es klang wie ein Staubsauger.

Die Putzfrau, dachte Justus. Sie hat sich bestimmt

gewundert, warum das Zimmer nicht abgeschlossen war. Hoffentlich ist sie nicht neugierig und sieht in die Schränke.

Er geriet ins Schwitzen. Zwischen all den Klamotten war es sehr heiß im Schrank. Außerdem stank es nach Mottenpulver. Die Putzfrau saugte und saugte. So groß war das Zimmer doch gar nicht! Als das Summen endlich aufhörte, waren das fröhliche Pfeifen der Frau und das Aufschütteln der Betten zu hören. Wann war sie denn endlich fertig? Ein Schweißtropfen rann ihm langsam den Rücken hinab. Es kitzelte, doch der Schrank war so eng, dass er sich nicht kratzen konnte.

Es dauerte eine Viertelstunde, bis die Putzfrau den Raum verließ. Das Pfeifen brach ab, die Tür öffnete sich, schloss sich wieder und es wurde still. Nach einem kurzen Moment hörte Justus, wie die Tür abgeschlossen wurde. Der Erste Detektiv verdrehte die Augen. Er wartete einige Sekunden, bevor er den Schrank öffnete und ins Freie stolperte. Er atmete tief durch, dann ordnete er die Kleidung im Schrank und schloss ihn. »Und jetzt muss ich irgendwie hier raus.«

Er holte erneut seine Dietriche hervor. »Die Viertelstunde ist längst um. Wenn die beiden jetzt zurückkommen, wird J.J. sie nicht aufhalten.« Mit zittrigen Fingern machte er sich am Schloss zu schaffen. »Nun komm schon!«

Plötzlich hörte er Schritte auf dem Flur. Er hielt inne. Die Schritte kamen näher ... näher ... näher ... und blieben direkt vor der Tür stehen!

»Hast du den Schlüssel?«

Das war die Stimme von Mr Jonas! Justus rannte zurück zum Schrank, riss ihn auf und nahm seinen alten Platz ein. Die Tür schloss er keinen Moment zu früh. Schon betraten die Jonas' den Raum. Justus lauschte.

»Setz dich doch, Arturo«, sagte Mr Jonas.

»Möchtest du etwas trinken?«, bot seine Frau an.

»Ich glaube nicht, dass das ist nötig«, erwiderte eine Männerstimme mit starkem spanischen Akzent.

»Warum so zurückhaltend, alter Junge?«, fragte Mr Jonas. »Hast du Angst, wir wollen dich vergiften?«

»Ich finde, es ist besser, wenn wir zuerst abschließen das negocio ... äh ... Geschäft. Danach ich trinke eine Glas gerne. Aber über Geld man spricht besser mit klares Kopf.«

»Gut. Dann kommen wir gleich zur Sache. Mein Mann und ich haben uns überlegt, dass das Geld, das für uns übrig bleibt, zu wenig ist. Schließlich riskieren wir jedes Mal vom Zoll erwischt zu werden, wenn wir das Land verlassen.«

»Und ich riskiere jedes Mal, dass ihr nicht mehr kommt wieder mit Geld und meine Ware ist futsch! Futschikato!«

»Aber, Arturo. Das würden wir niemals tun, wir sind doch Freunde! Und außerdem Geschäftspartner. Natürlich könnten wir mit der Ware verschwinden. Aber damit würden wir uns ja unsere Geldquelle abschneiden. Doch meine Frau hat Recht: Es ist auf die Dauer zu riskant. Immerhin kommen wir viermal im Jahr nach Suerte. Unsere Dauerbesuche fallen den Behörden irgendwann auf. Damit sich das Risiko lohnt, muss in Zukunft etwas mehr für uns herausspringen.«

»Dann ich mache euch ein Vorschlag: Ihr kommt nur noch zweimal im Jahr und nehmt mit die doppelte Menge. Das ist nicht so auffällig.«

»Zu gefährlich«, sagte Mrs Jonas. »Das sind zu viele Steine. Die kann man nicht gut genug verstecken.«

»Ihr könntet nehmen Koffer mit doppeltem Boden.«

»Wir wollen mehr Geld, Arturo!« Mr Jonas' Stimme hatte einen harten Klang bekommen.

»¿Cuánto?«

»Zwanzig Prozent mehr.«

»Zwanzig Prozent?« Der Venezolaner war entsetzt. »Ich könnte euch geben fünf Prozent, nicht mehr.«

»Zwanzig.«

»Julius, ich habe Frau und Kinder! Viele hijos! Ich muss auch leben!«

»Komm uns nicht auf die südamerikanische Großfamilien-Tour«, sagte Mrs Jonas. »Wir wissen alle sehr genau, dass du an dem Geschäft mehr verdienst als der größte Teil deiner Landsleute.«

»Gut, ich euch gebe zehn Prozent.«

»Fünfzehn, oder du kannst dir andere Kuriere suchen.«

Eine Zeit lang herrschte Schweigen. Justus' Herz pochte so laut, dass er befürchtete, man könnte es durch die Schranktür hören. Dann sagte Arturo: »Na schön. Aber erst bei nächste Lieferung!«

»Einverstanden.«

»Dann jetzt ihr gebt das Geld.«
»Wo hast du es versteckt, Catherine?«
»Im Schrank. Wartet, ich hole es.«

»Ihr habt Glück, mich heute anzutreffen«, sagte Inspektor Cotta. »Heute ist der letzte Schultag und eine Menge Leute sind unterwegs in die Ferien. Die Autobahnen werden heute Nachmittag hoffnungslos verstopft sein. Auffahrunfälle sind vorprogrammiert. Der Chef hat angeordnet, dass sich alle zur Verfügung stehenden Leute bereithalten, um das zu befürchtende Verkehrschaos zu bewältigen. Inklusive mir! Ich bin Inspektor! Die Zeit als Verkehrspolizist habe ich längst hinter mir!«

Die zwei saßen in Cottas Büro. Über dem Schreibtisch des dunkelhaarigen Polizisten hing ein Poster von Humphrey Bogart, offenbar Cottas großes Vorbild. Inspektor Cotta war ihr Freund bei der Polizei von Rocky Beach. Mit seiner Hilfe hatten sie schon so manchen spannenden Fall zu Ende gebracht – und andersherum. Auch die hiesige Polizei wäre ohne die Hilfe der drei ??? oft ratlos gewesen.

»Sind Sie sich etwa zu schade für diese durchaus wichtige Aufgabe?«, feixte Peter.

»Sei nicht so frech, sonst habt ihr gleich verspielt. Ihr braucht doch sicherlich mal wieder meine Hilfe, oder?« Er stützte grinsend das Kinn auf die Hand.

»Richtig. Wollen Sie die ganze Vorgeschichte hören oder soll ich gleich zur Sache kommen?«, fragte Bob.

»Gib mir die Kurzfassung.«

Bob berichtete dem Inspektor, was geschehen war.

Cotta staunte nicht schlecht, als er die Geschichte über Justus und seine Eltern erfuhr. »Dann sind eure neuesten Ermittlungen also eher privater Natur. Aber wie kann ich euch dabei helfen?«

»Ganz einfach«, begann Peter. »Uns kam der Gedanke, dass diese ganze Geschichte nur dann einen Sinn ergibt, wenn Justus' Eltern etwas zu verbergen hatten. Wenn sie in irgendeine krumme Sache verwickelt waren.«

Cotta hob die Augenbrauen. »In eine krumme Sache verwickelt? Ausgerechnet die Eltern des Ersten Detektivs Justus Jonas?«

»Mir kam es auch unwahrscheinlich vor«, gab Peter zu. »Aber wenn man darüber nachdenkt, ist das die einzig logische Erklärung. Vielleicht steckt ja ein gewisses kriminelles Potenzial im Erbgut der Familie Jonas. Nur bei Justus äußert es sich nicht dadurch, dass er Verbrechen begeht, sondern dass er sie aufklärt.«

»Na schön. Ich weiß aber immer noch nicht, was ihr von mir wollt.«

»Wir müssten einen Blick in Ihre Einwohnermeldedatei werfen, oder wie das heißt«, erklärte Bob. »Vielleicht finden wir dort einen Hinweis auf die Vergangenheit der Jonas.«

Nun senkten sich Cottas Augenbrauen. »Ihr wisst genau, dass ich das nicht tun darf. Stichwort: Datenschutz.«

»Wissen wir. Aber wenn wir Sie daran erinnern dürfen, haben Sie dieses Verbot schon öfter für uns ignoriert«, erwiderte Peter.

»Aber dabei ging es immer um einen konkreten Fall. Somit war es sozusagen Polizeiarbeit und in diesem Zusammenhang erlaubt.«

»Vielleicht wird diese Sache auch noch zur Polizeiarbeit«, überlegte Bob. »Wer weiß, was wir entdecken.«

»Bis jetzt sind es nichts weiter als grobe Vermutungen, die absolut nichts mit der Aufklärung eines Verbrechens zu tun haben. Da kann ich nichts machen.«

»Aber wir haben einen Hinweis«, erklärte Peter. »Justus' Tante sprach von irgendeiner obskuren Geldgeschichte, die sich vor vielen Jahren abgespielt hat. Wo Geld im Spiel ist, ist ein Verbrechen manchmal nicht weit.«

»Ein sehr wackliger Hinweis«, murmelte Cotta.

»Aber es geht um Justus!«, rief Peter. »Wir müssen ihm helfen, das sind wir ihm schuldig! Und ich finde, Sie auch. Schließlich hat er schon viel für Sie getan.«

»Glaubt ihr denn wirklich, dass ihr ihm auf diese Weise helfen könnt? Selbst wenn ihr etwas herausfindet, könnt ihr ihn in Venezuela nicht erreichen.«

»Vielleicht meldet er sich noch einmal bei uns«, meinte Bob. »Versuchen müssen wir es auf jeden Fall.«

Cotta lehnte sich seufzend zurück. »Na schön. Ich werde einen Riesenärger kriegen, wenn das herauskommt. Dann kann ich wirklich wieder als Verkehrspolizist arbeiten. Aber ich bin nun einmal ein gutmütiger Mensch und tue euch deshalb den Gefallen.«

»Vielen Dank! Es wird bestimmt nicht herauskommen. Und wenn Sie doch gefeuert werden, dann bekommen Sie bestimmt einen Job bei Onkel Titus auf dem Schrottplatz.« Peter grinste breit.

Cotta lachte. »Na, vielen Dank. Darauf verzichte ich lieber.« Er wandte sich dem Computer zu und gab einige Befehle ein. Dann drehte er den Bildschirm so, dass Peter und Bob auch etwas sehen konnten. Zwei Farbfotos erschienen, daneben standen eine Menge Daten.

»Da haben wir sie: Julius und Catherine Jonas. Beide geboren in Los Angeles, ein Sohn: Justus Jupiter Jonas.«

»Justus *Jupiter?*«, rief Peter. Dann begann er lauthals zu lachen.

»Justus Jupiter! Ich wusste ja immer, dass die Familie Jonas einen seltsamen Sinn für Namensgebung hat, aber Jupiter übertrifft alles!«

»Das hat er uns nie erzählt!«, sagte Bob. »Na ja, ich würde es auch verschweigen, wenn ich so einen zweiten Vornamen hätte.«

Cotta blieb ernst. »Wir haben ein Problem mit Catherine und Julius.«

»Nämlich?«, fragten Peter und Bob gleichzeitig.

Der Inspektor zeigte auf den Bildschirm. »Hier stehen zwar zwei Geburtsdaten, aber kein Todestag. Laut Eintrag sind die beiden immer noch am Leben.«

Gefährliches Wissen

Justus erwischte einen Pullover und bedeckte damit seinen Kopf. Einen Moment später ging die Schranktür auf. Er stürzte hinaus, rempelte Mrs Jonas an, die überrascht aufschrie, und riss die Tür auf. Einige Augenblicke blieb es ruhig, dann rannte Mr Jonas hinter ihm her. Justus zog den Pullover noch fester über den Kopf. »Halt! Stehen bleiben!«, rief Mr Jonas.

Justus kümmerte sich nicht darum. Er erreichte die Treppe, stolperte hinunter und war wenige Augenblicke später auf der Straße. Dort lief er zum Rand der Diamantenstadt, wo der Urwald begann. Mr Jonas war noch immer hinter ihm her. Zum Glück war auch er nicht gerade schlank und so gewann Justus trotz seiner Unsportlichkeit langsam Vorsprung. Er lief in den Regenwald hinein, brach durch das Unterholz und sprang über Farne und kleine Büsche. Schon nach dreißig Metern hatte der Irrgarten aus Bäumen ihn verschluckt und als Justus zurückblickte, sah er kein einziges Haus mehr. Auch Mr Jonas war verschwunden. Justus lief sicherheitshalber noch weiter. Unterwegs blieb der Pullover an einem Ast hängen, doch er kümmerte sich nicht darum. Schließlich blieb er keuchend stehen. Die Luft war so heiß und feucht, dass er schon wieder durchgeschwitzt war. Seine Haut kribbelte unangenehm. Er schlug einen lästigen Moskito beiseite, lehnte sich erschöpft an einen Baum und lauschte: In das Vogelgezwitscher und Gekreisch mischte sich ein nicht allzu fernes Plätschern.

Was sollte er jetzt tun? Hatten die Jonas' ihn erkannt? Wenn ja, was würden sie unternehmen? Dann konzentrierte er sich darauf, was er erfahren hatte. Viel war es nicht. Er wusste noch immer nicht, ob Catherine und Julius Jonas seine Eltern waren. Dafür hatte er ein Gespräch belauscht, das ihn nicht gerade ermutigte. Das Kinderfoto kam ihm in den Sinn. Hatte er sich tatsächlich selbst in die Augen geblickt?

Etwas kitzelte seine Hand, mit der er sich an den Baum gelehnt hatte. Justus wollte es wegwischen. Dabei berührte er etwas Großes, Haariges. Entsetzt starrte er auf eine untertassengroße braune Spinne, die gerade auf seinen Handrücken klettern wollte. Er riss seine Hand weg und schleuderte die Spinne dabei in einen Busch. Schnell wich er einige Schritte zurück und prallte gegen ein Hindernis. Er wirbelte herum. Ein Baum! Justus' Herz raste. Am liebsten wäre er sofort zurück ins Dorf gerannt, doch er befürchtete Mr Jonas dort direkt in die Arme zu laufen. Also musste er wohl oder übel noch eine Weile in diesem spinnenverseuchten Dschungel bleiben.

Justus verscheuchte seine Gedanken und blickte auf. Als Erstes brauchte er eine halbwegs sichere Stelle zum Ausruhen. Da legte sich plötzlich von hinten eine Hand auf seine Schulter.

»Da muss ein Irrtum vorliegen«, sagte Peter, während er auf die farbigen Bilder auf dem Monitor starrte. »Catherine und Julius Jonas sind tot. Und wenn sie es nicht sind, sind sie zumindest für tot erklärt worden und müssten daher auch so im Computer gespeichert sein.«

»Du siehst es ja«, erwiderte Inspektor Cotta. »Sie leben – laut Computer. Und zwar in Chicago.«

»Peter hat Recht«, sagte Bob. »Das muss ein Fehler sein! Es gab ja sogar eine Beerdigung. Vielleicht wurde vergessen in den Computer einzugeben, dass beide vor elf Jahren ums Leben kamen. Kann so etwas vorkommen?«

Cotta schüttelte den Kopf. »Das kann ich mir nicht vorstellen.«

»Dann muss es doch eine Verwechslung sein«, überlegte Peter.

»Unsinn«, widersprach Bob. »Die Daten stimmen doch hundertprozentig mit denen von Justs Eltern überein. Das kann kein Zufall sein. Und sieh dir das Foto von Mrs Jonas an: Das ist die Frau, die auch Albert Hitfield fotografiert hat. Sie ist auf diesem Bild einige Jahre jünger, aber man erkennt sie zweifelsfrei wieder.«

»Von wann ist das Foto in der Datei?«, fragte Peter.

Cotta rief eine weitere Seite aus dem Programm auf. »Es ist dreizehn Jahre alt.«

»Dann hat sie sich aber nicht sehr verändert. Sie sieht auf diesen Bildern höchstens acht Jahre jünger aus als auf Mr Hitfields Fotos«, stellte Bob fest.

Peter zuckte die Schultern. »Dann hat sie sich eben jung gehalten. Ich finde viel bemerkenswerter, dass das

Foto kurz vor ihrem Tod aufgenommen wurde. Das beweist doch, dass sie tot sein muss. Sonst wäre es bestimmt in den letzten elf Jahren aktualisiert worden.«

»Das stimmt, Peter«, sagte Cotta. »Eigentlich muss alle zehn Jahre ein neues Foto in die Personendatei eingegeben werden. Das ist wirklich seltsam.«

»Irgendetwas ist ganz furchtbar faul an der Sache«, murmelte Bob. »Ich komme bloß nicht dahinter, was es ist. Ich schreibe mir mal die hier angegebene Adresse der Jonas' auf.«

»Willst du etwa hinfahren?«, fragte Peter.

»Nein. Aber wir können wenigstens mal anrufen.«

»Aber sie sind doch in Venezuela.«

»Vielleicht sind sie ja schon wieder zurück. Versuchen müssen wir es auf jeden Fall.«

Cotta runzelte die Stirn. »Meint ihr wirklich Justus so helfen zu können? Wie ich euer Superhirn kenne, ist er wahrscheinlich schon so weit, dass er eure Unterstützung nicht mehr braucht.« Peter grinste gequält. »Justus ist zwar ein Superhirn, aber ohne uns trotzdem manchmal ganz schön aufgeschmissen. Wer weiß, vielleicht steckt er schon in den größten Schwierigkeiten.«

Justus versuchte sich loszureißen, doch die Hand hielt ihn zurück. »He! Ich bin keine Spinne! Und ganz nebenbei: Die auf deiner Hand war bloß eine Vogelspinne und die sind nicht halb so gefährlich, wie die meisten Leute glauben.«

Er drehte sich um. »J. J.! Was tust du denn hier?«

»Ich habe die Jonas' verfolgt und mir danach den

Wasserfall da drüben angesehen. Soll ich ihn dir zeigen?«

Justus war viel zu überrascht, um zu antworten. Er nickte nur. »Gut. Dann kannst du mir gleich einiges erklären.«

»Das bin ich dir wohl schuldig«, gab der Erste Detektiv zu.

»Sehe ich auch so. Komm!« Sie schlugen sich durch das Unterholz in die Richtung, aus der das Wasserrauschen kam. Unvermittelt wich der Urwald zurück und gab eine kleine Lichtung frei, durch die ein schmaler Wasserlauf floss. Ein großer Felsen stand mitten zwischen den Bäumen. Er wirkte hier fast fehl am Platz, doch dann erinnerte sich Justus daran, dass dieses Land sehr bergig war. Die Berge waren durch den dichten Regenwald nur selten zu sehen. Das Wasser schoss aus etwa fünf Metern Höhe herab und setzte unten seinen Weg plätschernd fort. Auf einem kleinen Stein in der Nähe lagen ein Zeichenblock und verschiedenfarbige Kreiden.

»Gehört dir das?«, fragte Justus.

J.J. nickte. »Ich habe versucht den Wasserfall zu zeichnen.«

»Darf ich mal sehen?«

J.J. reichte Justus den Block. Sehr detailliert waren der Felsen und das Wasser zu sehen. Die dahinter liegenden Bäume waren eine braune und grüne Farbfläche. »Das ist gut! Woher kannst du so was?«

»Ich studiere Kunst in Iowa. Habe ich dir das gar nicht erzählt? Das ist einer der Gründe, warum ich nach

Südamerika gekommen bin. Hier findet man tolle Motive.«

»Sehr beeindruckend«, fand Justus. »Ich kann nicht einmal Strichmännchen zeichnen.«

J. J. grinste. »Du bist eher ein Kopfmensch, was?«

Justus sah überrascht auf. »Bin ich so leicht zu durchschauen?«

»Nur zum Teil. Eine ganze Menge habe ich noch gar nicht durchschaut. Was sollte das alles vorhin? Warum sollte ich Mr und Mrs Jonas verfolgen und notfalls aufhalten? Warum benimmst du dich ihnen gegenüber so merkwürdig? Warum gibst du dich als Peter Shaw aus? Und warum rennst du hier mitten durch den Dschungel, als seist du vor jemandem auf der Flucht?«

»Du hast mich gesehen?«

»Und gehört.«

Justus seufzte und setzte sich auf einen Felsen. »Willst du wirklich die ganze Geschichte hören?«

J. J. lächelte. »Du musst mir nicht alles erzählen. Wenn es mich nichts angeht – in Ordnung. Aber da ich schon unschuldige Menschen verfolgen soll, habe ich doch ein gewisses Recht darauf. Findest du nicht?«

»Schon. Dann kann ich dir gleich alles erzählen.« Er seufzte wieder und erklärte J. J. alles von Anfang an. Der staunte, als er den wahren Grund für Justus' Aufenthalt in Venezuela erfuhr. »Ich hätte nie damit gerechnet, dass die ganze Geschichte eine solche Wendung nimmt. Ich bin nur in das Pensionszimmer eingedrungen, um Beweise für die Identität der beiden zu finden. Sicher, ich hätte sie auch direkt fragen können, aber ich hatte Angst vor ihrer Reaktion. Und dann stand ich plötzlich in diesem Schrank ohne so recht zu wissen, wie mir geschah, und hörte, wie die Jonas' mit einem gewissen Arturo über irgendein krummes Geschäft diskutierten.«

»Hast du eine Ahnung, worum genau es ging?«, fragte J. J.

»Sie sprachen über Steine«, antwortete Justus. »Damit können eigentlich nur Diamanten gemeint sein. Ich vermute, dass die beiden regelmäßig nach Suerte kommen, um hier von einem Minenbesitzer die Ausbeute der letzten Monate zu erhalten, die sie dann illegal in die Vereinigten Staaten bringen.«

»Wieso ist das illegal?«

»Die Preise für Diamanten sind in Venezuela sehr niedrig. Wenn man sie in den USA verkauft, macht man riesige Gewinne. Daher ist es nicht erlaubt, Diamanten aus dem Land zu bringen. Catherine und Julius Jonas scheinen Schmuggler zu sein, die von dem Geld leben, das ihnen der Minenbesitzer von dem Gewinn überlässt. Natürlich ist das risikoreich, denn wenn die beiden beim Zoll mit der Ware erwischt werden, wandern sie in den Knast.« Justus schüttelte den Kopf. »Es ist verrückt. Normalerweise würde ich der Polizei einen Tipp geben, damit sie die beiden auf frischer Tat ertappen, wenn sie das nächste Mal das Land verlassen wollen. Aber was ist, wenn sie wirklich meine Eltern sind?«

»Würde das etwas ändern?«, fragte J. J.

»Ich bin sehr unsicher geworden. Das war ich vorher nie.«

»Was willst du jetzt tun?«

»Keine Ahnung. Ich muss erst mal herausfinden, wer die beiden wirklich sind. Vorher kann ich keine weiteren Entscheidungen treffen. Das Dumme ist nur, dass ich jetzt nicht einfach auf sie zugehen kann. Ich weiß nicht, ob sie mich erkannt haben.«

»Du hattest dir doch etwas über den Kopf gezogen, oder?«

»Schon. Aber ich weiß nicht, ob das reicht. Sie wissen auf jeden Fall, dass ihnen jemand auf der Spur ist. Ich habe mir selbst ein Bein gestellt, als ich sie belauscht habe.« Plötzlich lachte er. »Das ist wirklich eine Ironie des Schicksals: Ausgerechnet meine Eltern – wenn sie es sind – sind Kriminelle. Dabei habe ich mich immer dafür eingesetzt, Kriminalität zu bekämpfen.«

»Was meinst du damit?«

Justus erzählte ihm von ihrem Detektivunternehmen und von einigen Fällen, die sie schon gelöst hatten. »Jetzt weiß ich nicht mehr, auf welcher Seite ich stehe. Und das nur, weil ich persönlich darin verwickelt bin. Würdest du deine Eltern anzeigen, wenn du wüsstest, dass sie Diamanten schmuggeln?«

J.J. lachte. »Was für eine Frage. Ich glaube, niemand kann das beantworten. Aber in deinem Fall sind es nicht deine Eltern, die schmuggeln. Selbst wenn sie es im biologischen Sinne sind – und das ist noch nicht bewiesen –, sind sie es nie wirklich gewesen. Für dich sind sie vor elf Jahren gestorben. Das klingt vielleicht unlogisch. Aber ich glaube, dass sich daran nichts ändern würde, selbst wenn sich herausstellte, dass sie noch leben.«

Justus betrachtete versonnen den Wasserfall. »Ich weiß, was du meinst. Inzwischen wünsche ich mir, dass meine Eltern tatsächlich tot sind. Das ist auch völlig unlogisch. Aber ich habe keine Ahnung, was ich tun soll, wenn sie es nicht sind.«

Sie saßen noch eine Stunde am Wasserfall. J. J. vollendete seine Zeichnung, während Justus über das redete, was ihn in den letzten Tagen beschäftigt hatte. »Normalerweise bespreche ich solche Dinge mit meinen Freunden Bob und Peter. Oder mit meiner Freundin Lys. Da die nicht hier sind, musstest du herhalten.«

J. J. grinste. »War mir ein Vergnügen.«

»Ich hab Hunger! Sollen wir zurückgehen und etwas essen?«

»In Ordnung. Und wenn wir auf die Jonas' treffen?«

Justus erhob sich. »Gute Frage. Ich hoffe, dass wir ihnen in Suerte nicht begegnen. Und in der Pension musst du Schmiere stehen, während ich mich in unser Zimmer schleiche. Vielleicht ist mir bis dahin eingefallen, was ich als Nächstes tun werde.«

J. J. packte seine Zeichensachen zusammen. »Ist dir klar, dass es gefährlich werden könnte, wenn die beiden dich erkannt haben? Schließlich bist du Zeuge ihrer Unterredung mit diesem Arturo geworden. Wer weiß, was sie mit dir vorhaben.«

»Ich will versuchen mehr über die beiden herauszufinden. Wenn ich das bis morgen Abend nicht geschafft habe – gehe ich zur Polizei. In Canaima wird es hoffentlich eine geben.«

Sie schlenderten durch den Regenwald zurück.

Diesmal achtete Justus peinlich genau darauf, wohin er trat und was er anfasste. Zum Glück ließ sich keine weitere Vogelspinne blicken. In Suerte suchten sie sich ein kleines Lokal.

»Ich kann bald kein Huhn mehr sehen«, stöhnte J. J. bei einem Blick auf seinen Teller. »Das gibt es hier überall.«

»Mir schmeckt's«, sagte Justus schmatzend. Er hatte schließlich kein richtiges Frühstück gehabt.

»Hallo, Jungs!«, rief plötzlich eine Stimme hinter ihnen. Justus drehte sich um. Catherine Jonas kam auf sie zu.

Bob bringt Farbe ins Spiel

Justus versuchte sich unsichtbar zu machen. Er senkte den Kopf und tat so, als hätte er Mrs Jonas nicht gesehen. Im gleichen Augenblick wurde ihm bewusst, wie albern dieses Verhalten war. Also hob er den Kopf wieder und sah Catherine Jonas direkt an. Wenn er sich schon nicht verstecken konnte, durfte er wenigstens keine Schwäche zeigen.

Doch ihre Reaktion war ganz anders als erwartet: »Gut, dass ich euch sehe. Euer Zimmer ist doch ganz in der Nähe von unserem, nicht wahr? Stellt euch vor, heute Morgen ist bei uns eingebrochen worden!«

J. J. reagierte blitzschnell und gekonnt: »Tatsächlich? Wie ist denn das passiert? Ist etwas gestohlen worden?«

Seine schnelle Auffassungsgabe verhalf nun auch Justus dazu, seinen Schock zu verbergen und ein überrascht-interessiertes Gesicht zu machen.

»Der Einbrecher hat irgendwie die Tür aufbekommen. Wir haben schon mit dem Zimmermädchen gesprochen. Sie schwor, die Tür sei offen gewesen, als sie kam. Als wir zurückkehrten, öffnete ich den Schrank und jemand stürzte heraus. Er hatte einen Pullover über dem Gesicht, daher haben wir ihn nicht erkannt. Er lief zur Tür und war schon verschwunden. Mein Mann hat ihn noch verfolgt, doch er ist nicht der Schnellste. Der Einbrecher floh in den Regenwald. Dort verlor mein

Mann seine Spur. Es ging alles so schnell, dass wir gar nicht wussten, wie uns geschah.«

»Und was hat er gestohlen?«, fragte Justus scheinheilig.

»Nichts, soweit wir feststellen konnten. Er hat lediglich die Brieftasche meines Mannes durchwühlt. Aber es war kein Geld drin. Als er das Zimmer nach anderen Wertgegenständen durchsuchen wollte, haben wir ihn wohl überrascht.«

»Und Sie haben ihn wirklich nicht erkannt?« Sein Gesicht wurde heiß. Er hoffte, dass sie es nicht bemerkte.

Sie schüttelte den Kopf. »Ich habe nur gesehen, dass er dunkle Haare hatte. Ich glaube, es war ein Venezolaner.« Sie lachte. »Aber das ist wohl nicht weiter verwunderlich, wenn man sich in Venezuela befindet, nicht wahr? Jedenfalls möchte ich euch warnen. Es ist besser, ihr seht gleich mal in eurem Zimmer nach. Vielleicht ist er dort auch gewesen. Ich habe den Pensionsbesitzer bereits darauf angesprochen. Er will in Zukunft besser darauf achten, dass kein Unbefugter das Haus betritt.«

»Vielen Dank für die Warnung, Mrs Jonas«, sagte Justus. »Man ist heutzutage wirklich nirgends mehr sicher.« Dafür erntete er unter dem Tisch einen Fußtritt von J.J.

»Ich hoffe, ihr habt trotz allem noch einen schönen Urlaub. Mein Mann und ich fahren übermorgen leider schon wieder ab.«

»Übermorgen schon?«, fragte Justus erstaunt.

»Ja. Wir haben beide Verpflichtungen.«

Das glaube ich gerne, dachte Justus im Stillen.

»Deshalb muss ich auch gleich weiter. Wir haben noch einiges zu erledigen.« Mrs Jonas verabschiedete sich und verließ das Lokal.

»Wow«, flüsterte J. J., »im ersten Moment dachte ich, jetzt sei alles aus.«

»Ich auch«, gestand Justus. »Mir ist noch ganz heiß. Aber perfekter hätte es nicht laufen können. Erstens haben sie mich nicht erkannt und zweitens glauben sie, dass ein Einheimischer in ihrem Schrank steckte. Das hat einen weiteren Vorteil: Die wenigsten Venezolaner können Englisch. Also gehen sie davon aus, dass der Einbrecher kein Wort von dem verstanden hat, was in dem Zimmer gesprochen wurde. Sie fühlen sich nach wie vor sicher.«

»Perfekt«, stimmte J. J. ihm zu.

»Jedenfalls fast.« Justus wurde nachdenklich. »Denn eines war merkwürdig. Ist dir aufgefallen, wie offen und freundlich sie plötzlich war? Das letzte Mal hat sie kein einziges Wort herausgebracht.«

J. J. zuckte die Schultern. »Und was bedeutet das?«

»Weiß ich noch nicht. Übermorgen reisen die beiden ab. Ich habe noch zwei Tage Zeit, mir einen Reim darauf zu machen und einen Plan zu entwickeln.«

Am nächsten Morgen saßen Bob und Peter in der Zentrale und grübelten. Sie hatten in Chicago angerufen, doch ein Anrufbeantworter hatte ihnen mitgeteilt, dass das Ehepaar Jonas zurzeit auf Reisen sei. Auf diesem Weg hatten sie also nichts erreicht.

Das Telefon klingelte. Bob nahm ab. »Ja?«

»Hi, hier ist Lys. Ich hatte gehofft, dass ihr in der Zentrale seid. Habt ihr etwas Neues von Justus gehört?«

»Nein. Er hat sich nicht wieder gemeldet.«

Ein Seufzen in der Leitung war die Antwort. »Ich dachte, es gäbe Neuigkeiten. Ich mache mir wirklich Sorgen.«

Bob malte abwesend Kreise auf die Schreibtischunterlage. »Wir uns auch. Peter und ich hätten doch mitfahren sollen. Aber die Schule hat uns einen Strich durch die Rechnung gemacht. Und chronischer Geldmangel.«

»Bei mir gibt es auch Schwierigkeiten«, sagte Lys. »Meine Mutter ist krank. Ihr wisst ja, meine Eltern wohnen an der Ostküste. Ich soll hinfliegen. Das möchte ich natürlich auch. Aber gleichzeitig will ich hierbleiben. Sonst passiert womöglich noch etwas mit Justus und ich kann nicht helfen.«

»Mach dir mal keine Sorgen«, antwortete Bob. »Wir sind ja auch noch da. Wenn du willst, rufen wir dich sofort an, sobald wir etwas Neues erfahren.«

»Das wäre nett. Ich melde mich noch einmal bei euch, bevor ich losfliege. Dann gebe ich dir die Nummer meiner Eltern.«

»In Ordnung. Tschüs.«

Bob drehte sich auf dem Schreibtischstuhl und betrachtete das Chaos auf dem Fußboden des Campinganhängers. »Wenn uns schon kein Geistesblitz kommt, könnten wir eigentlich auch aufräumen.«

»Eigentlich«, murmelte Peter und stieß gelangweilt

mit dem Fuß gegen einen Karton, der auf einem Stapel Ordner stand. Der Karton geriet ins Rutschen, fiel um und eine Flut von Fotos ergoss sich über den Boden.

»Toll«, kommentierte Bob das Missgeschick. »Jetzt sollten wir tatsächlich aufräumen.«

Peter beugte sich hinunter und hob ein paar Fotos auf. »Sieh mal, das sind Bilder von Justs Eltern. Findest du, dass sie den Abbildungen im Computer ähnlich sehen?«

»Zeig mal! Hm ... Zwischen den Aufnahmen scheinen einige Jahre zu liegen. Bei ihr besteht eine gewisse Ähnlichkeit. Bei ihm ist das schwer zu sagen: Auf diesem Bild trägt er einen Bart und hat noch Haare auf dem Kopf. Auf den Computerfotos sind Bart und Haare weg. Das verändert einen Menschen ziemlich.«

»Moment mal«, sagte Peter. »Zwischen den Aufnahmen liegen ein paar Jahre? Ist das logisch? Die Computerbilder sind doch schon dreizehn Jahre alt, hat Cotta gesagt. Dann müssten diese Fotos noch viel älter sein!«

»Ich weiß nicht. Immerhin sind diese hier schwarzweiß. Aber ...« Bob brach ab und starrte auf die Bilder.

»Was aber? He, Bob! Was aber?«

Bob antwortete nicht. Mit zusammengekniffenen Augen starrte er die Fotos an, doch er schien durch sie hindurchzublicken.

»Mach's nicht so spannend! Willst du Justus nachahmen? Dann musst du noch an deiner Unterlippe herumfummeln.«

Bob sah auf. »Ich habe doch vor kurzem erst einen Artikel in einer von Justs Computerzeitschriften gelesen. Warte mal, die muss hier irgendwo noch rumfliegen.« Er wühlte in einem Stapel Papier, der auf dem Schreibtisch lag. »Nein, hier ist sie nicht. Dann liegt sie bestimmt unter diesem Chaos.« Er machte sich daran, die Ordner in eine andere Ecke zu verfrachten.

»Was soll denn das?«, fragte Peter genervt. »Was haben Zeitschriften mit den Fotos zu tun? He, antwortest du mir vielleicht mal?«

»Ja, wenn ich die Computerzeitschriften gefunden habe. Los, hilf mir suchen! Vielleicht sind sie im Aktenschrank.«

Peter stöhnte, öffnete den Schrank und durchwühlte die dort lagernden Papierberge. Dabei rutschte ein Stapel heraus und fiel auf den Boden. »Heute ist nicht mein Tag. Aber was soll's, die Unordnung ist ohnehin kaum zu überbieten. Suchst du die hier?« Er hielt Bob ein paar Zeitschriften hin.

»Ja, genau!« Bob sah sie durch und blätterte schließlich in einer Ausgabe herum. Er fand den gesuchten Artikel, überflog ihn und rief dann: »Hier! In diesem Bericht geht es um die technischen Weiterentwicklungen von Computern in den letzten zwanzig Jahren. Hier steht es: Farbscanner gibt es noch nicht so furchtbar lange. Früher war es nur möglich, Bilder in schwarzweiß einzuscannen.«

»Hä?« Peter verstand kein Wort. Er interessierte sich nicht besonders für Computer. »Farbscanner? Wovon redest du?«

»Ein Scanner ist ein Gerät, mit dem man Schriftstücke oder Bilder sozusagen in den Computer hineinkopieren kann. Du legst ein Bild auf den Scanner und dann hast du es auf dem Bildschirm. So kommen auch die Bilder in der Personendatei zustande, die wir heute in Cottas Büro gesehen haben.«

»Ja. Und?«

»Die Fotos von Mr und Mrs Jonas waren in Farbe«, erklärte Bob und sah den Zweiten Detektiv erwartungsvoll an. Doch der begriff noch immer nicht, worum es ging. »Farbscanner gibt es aber noch nicht so lange wie die Bildeintragung alt ist. Deshalb muss der Computereintrag ...«

»Eine Fälschung sein!«, rief Peter begeistert. »Du hast Recht! Wenn die Computerbilder tatsächlich schon dreizehn Jahre alt wären, müssten sie schwarzweiß sein.«

»Waren sie aber nicht. Du hast es erfasst.«

»Und was folgt daraus?«

»Dass wir Cotta noch einmal einen Besuch abstatten.«

»Was macht dein Plan?«, fragte J.J., als sie am Frühstückstisch saßen. Den gestrigen Tag hatten sie damit verbracht, das Dorf und die Gegend zu erkunden. Justus hatte dringend etwas Abwechslung gebraucht, um seinen Kopf frei zu bekommen. Er hatte viel Neues erfahren und wollte erst eine Nacht darüber schlafen, bevor er eine Entscheidung traf.

»Ich habe keinen«, gestand der Erste Detektiv. »Das ist äußerst beunruhigend. Ich habe sonst immer einen Plan.«

»Woran liegt es?«

»Vermutlich daran, dass dieser Fall nicht logisch ist.«

J. J. schob sich einen Löffel schwarze Bohnen in den Mund und fragte kauend: »Was meinst du damit? Dass die Jonas' Diamantenschmuggler sind, liegt doch auf der Hand. Das hast du gestern zumindest behauptet. Ich bin ja nicht so erfahren im Kombinieren.«

»Der Fall ist deshalb nicht logisch, weil ich mich unlogisch verhalte«, erklärte Justus. »So viel habe ich wenigstens begriffen. Weil ich immer noch nicht weiß, ob die beiden meine Eltern sind oder nicht, verhalte ich mich nicht so, wie ich es sonst tun würde.«

»Dann ändere doch etwas daran«, schlug J. J. vor. »Verschaff dir endlich Klarheit. Geh zu den Jonas' und sprich sie direkt darauf an. Anders wirst du es ohnehin nicht herausfinden. Oder willst du noch mal in ihr Zimmer einbrechen? Dort findest du sowieso keinen Beweis.«

»Und wenn sie mir nicht die Wahrheit sagen?«, fragte Justus zweifelnd. »Wenn sie meine Eltern sind, werden sie einen Grund gehabt haben, mich damals im Stich zu lassen. Warum sollten sie das offen zugeben?«

J. J. legte den Löffel zur Seite, seufzte und beugte sich vor. »Justus Jonas«, sagte er langsam. »Du wirst in einem Jahr noch hier herumsitzen und dich nicht entscheiden können, was zu tun ist, wenn du weiterhin im Kreis denkst. Du solltest jetzt handeln. Morgen reisen die beiden ab, dann ist es zu spät. Und bis dahin musst du noch entscheiden, ob du die Polizei verständigst oder nicht.«

Justus sah ihn lange an. »Ich war immer der Kopf der drei ???. Trotzdem war ich auf die Hilfe von Peter und Bob angewiesen. Die habe ich jetzt nicht. Ich muss alles selbst in die Hand nehmen.«

J. J. nickte ihm aufmunternd zu.

»Gut. Dann tue ich es.« Er stand auf.

»Jetzt?«

»Jetzt!«

»Soll ich mitkommen?«

Justus schüttelte den Kopf. »Das muss ich allein erledigen.«

»Dann viel Glück!«

»Danke.« Justus ging aus dem Gastraum ins Treppenhaus, stieg die Stufen hinauf in den ersten Stock und blieb vor Zimmer 108 stehen. Dort atmete er einmal tief durch und klopfte entschlossen an.

Ein paar Sekunden später öffnete Mr Jonas die Tür. Er sah Justus überrascht an. »Du?«

»Guten Morgen, Mr Jonas. Darf ich einen Augenblick hereinkommen? Ich muss mit Ihnen und Ihrer Frau reden.«

Mr Jonas zögerte einen Moment, dann trat er zur Seite und ließ Justus eintreten.

Der Erste Detektiv warf einen Blick in den Raum. Geöffnete Koffer lagen auf den Betten und Mrs Jonas war gerade dabei, die letzten Kleidungsstücke hineinzulegen. Sie sah ihn an.

»Sie packen schon? Aber Sie wollten doch erst morgen …«

»Falsch gedacht, Junge!«, rief Mr Jonas. Blitzschnell

warf er die Tür zu und schloss sie von innen ab. Dann zog er den Schlüssel heraus und verstaute ihn in seiner Tasche.

»Was . ..«

»Du hast wohl geglaubt, wir hätten dich gestern nicht erkannt, als du aus dem Schrank kamst, was?« Mr Jonas grinste hämisch. »Aber so gut war deine Verkleidung nicht.«

»Aber Sie haben doch . . .«, begann Justus verwirrt.

Catherine Jonas fiel ihm ins Wort: »Wir haben dir weisgemacht, wir hätten dich nicht erkannt.«

»Und Sie wollten mich glauben lassen, dass Sie erst morgen abreisen«, stellte Justus grimmig fest. »Damit Sie heute unbehelligt verschwinden können.«

»Gar nicht so dumm«, erwiderte Mr Jonas. »Aber wir lassen uns von einem kleinen Schnüffler wie dir nicht die Tour vermasseln, Peter Shaw.«

»Sie schmuggeln Diamanten, richtig?«, fragte Justus. Nun konnte er mit offenen Karten spielen, er hatte nichts mehr zu verlieren.

»Ganz genau. Und du wirst uns nicht daran hindern.«

»Was haben Sie jetzt vor?«

Mrs Jonas lächelte. »Wir werden dich bestimmt nicht laufen lassen, falls du das meinst. Jedenfalls nicht, ehe wir verschwunden sind.«

Justus atmete tief durch. »Schön. Wenn wir schon dabei sind, unsere Masken fallen zu lassen, habe ich Ihnen auch noch eine Überraschung zu bieten: Ich heiße nicht Peter Shaw. Mein richtiger Name ist Justus Jonas.«

Der Moment der Wahrheit

»Ihr schon wieder. Ich sage euch gleich: Noch einmal werde ich die Grenzen des Gesetzes für euch nicht überschreiten.« Cotta beugte sich angriffslustig vor, als Bob und Peter sein Büro betraten.

»Guten Tag. Sind Sie gestern noch zu einem Unfalleinsatz gerufen worden?«, fragte Peter fröhlich. Er wollte die Stimmung etwas heben, bevor sie Cotta ihr neues Anliegen mitteilten.

»Erstaunlicherweise nicht. Da habe ich noch mal Glück gehabt. Aber du kannst dir den Smalltalk sparen, Peter. Ich habe nämlich zu arbeiten. Kommt gleich zur Sache!«

Das Lächeln des Zweiten Detektivs verschwand. Er setzte sich. »Wir haben etwas herausgefunden«, begann Bob. »Die Fotos in der Personendatei müssen Fälschungen sein.«

Cotta hob eine Augenbraue. »Ach. Eine solch kühne Behauptung hätte ich eigentlich nur Justus zugetraut. Wie kommst du darauf?«

Bob erklärte es ihm. »Das Bild kann niemals dreizehn Jahre alt sein. Daher muss jemand das Programm manipuliert haben.«

»Das ist ein Polizeicomputer«, widersprach Cotta. »Den kann man nicht einfach so manipulieren. Aber ich sehe ein, dass an der Sache etwas faul ist. Und wie ich euch kenne, habt ihr schon eine Theorie – wenn nicht gar die Lösung des Rätsels?«

»Eine Theorie«, gestand Bob. »Wir glauben, dass andere die Identitäten von Catherine und Julius Jonas angenommen haben, um unterzutauchen.«

»Wie sollen sie das gemacht haben?«

»Weiß ich nicht. Aber wenn ich Recht habe, dann müsste es in den Polizeiakten zwei gesuchte Verbrecher geben, die genauso aussehen, aber unter anderem Namen bekannt sind. Ließe sich das nicht herausfinden?«

Cotta lachte. »Du kannst gerne die gesamte Verbrecherkartei durchsehen. Im nächsten Jahr sprechen wir uns noch einmal.« Peter war überrascht. »Gibt es wirklich so viele gesuchte Kriminelle?«

»Wir leben in einer schlechten Welt. Du hättest schon mit den Verbrecherfotos aus Kalifornien ein paar Tage zu tun. Das hat natürlich auch einen Vorteil: Detektive und Polizisten sterben garantiert niemals aus.«

»Ist diese Verbrecherkartei auch im Computer gespeichert?«, fragte Bob. Cotta nickte. »Wäre es dann nicht möglich, die Suche zu verkürzen?«

»Wie soll das funktionieren?«

»Man könnte ein Suchprogramm starten, das sämtliche Computereintragungen nach den Fotos von Julius und Catherine Jonas durchkämmt.«

Inspektor Cotta lächelte anerkennend. »Gar keine schlechte Idee. Der Computer wird sie allerdings nur finden, wenn es haargenau die gleichen Fotos sind. Er kann schließlich nicht abstrakt denken und jemanden heraussuchen, der dem Bild ähnlich ist. Und eure Theorie muss stimmen.«

»Das kann ich nicht garantieren. Aber es ist einen Versuch wert«, fand Bob.

»Schön. Ihr müsst mich allerdings unterstützen. Computer sind nicht gerade meine Leidenschaft. Ich weiß nicht, ob ich meinem Schreibtischgenossen klar machen kann, was ich von ihm will.«

Peter hob abwehrend die Hände. »Mit mir dürfen Sie nicht rechnen. Ich stehe mit diesen Dingern auf Kriegsfuß.«

»Wenn Justus doch hier wäre«, murmelte Bob. »Er würde innerhalb von fünf Sekunden alles so programmieren, wie wir es haben wollen.«

Sie machten sich an die Arbeit. Der Polizeicomputer stellte sich als sehr störrisch heraus. Immer wieder machte er ihnen mit einem schrillen Piepen klar, dass er diesen oder jenen Befehl auf gar keinen Fall akzeptieren würde.

»Das kann doch nicht so schwierig sein«, maulte Peter. »Unserem Computer in der Zentrale kann man auch einen Suchbefehl eingeben. Man sagt ihm, er soll die Adressenliste anzeigen und er zeigt sie an. Wo ist das Problem?«

»Du kannst es gerne selbst versuchen«, zischte Bob.

Peter erwiderte nichts mehr. Bob wurde selten wütend. Doch wenn er es war, hielt man sich besser zurück.

»Also, noch einmal: Der Suchmodus ist ausnahmslos auf die Fotos beschränkt. Wie machen wir das dieser Kiste bloß klar?« Bob hackte auf der Tastatur herum, drückte die ›Enter‹-Taste und wartete auf das nächste schrille Piepen, doch diesmal blieb es aus. Stattdessen blinkte ein Schriftzug auf ›Searching …‹.

»Ha!«, rief Inspektor Cotta. »Er hat es geschluckt! Jetzt müssen wir warten.«

»Wie lange wird das dauern?«, fragte Peter.

»Er muss immerhin einige Tausend Eintragungen durchgehen«, erwiderte Cotta. »Dafür wird er schon etwas Zeit brauchen, denke ich.«

Gebannt starrten sie auf den Bildschirm. Nach fünf Minuten piepte es erneut. »Oh, nein. Er hat es wieder nicht begriffen, richtig?«, stöhnte Peter.

»Falsch«, sagte Bob. »Er hat es gefunden!«

Auf dem Monitor erschienen die Bilder von Catherine und Julius Jonas. Doch diesmal standen andere Namen daneben: »Wendy und Richard Fletcher aus Poughkeepsie, New York«, las Cotta vor.

»Wow!« Peter war begeistert. »Er ist Banker und sie EDV-Spezialistin. Das erklärt einiges. Mit ihren Kenntnissen konnten sie bestimmt in das Polizeicomputersystem eindringen und ihre Fotos auf die Dateien von Catherine und Julius Jonas übertragen. Danach löschten sie die Eintragungen über das tödliche Unglück, ließen sich Papiere fälschen und fertig war die zweite Identität.«

»Gut kombiniert«, lobte Bob. »Und sieh mal, was hier steht: Wendy und Richard Fletcher werden wegen eines Überfalls auf die Elfbank in New York gesucht. Sie haben Geiseln genommen und eine halbe Million Dollar erbeutet!«

»Und eine der Geiseln schwer verletzt«, ergänzte Cotta. »Körperverletzung kommt also auch noch hinzu. Zwei ganz schwere Jungs ... äh, Mädchen. Äh ... beides. Die beiden werden seit acht Jahren gesucht! Ihre neue Identität hat die Nachforschungen allerdings sehr erschwert, deshalb wurde die Fahndung vor sechs Jahren aufgegeben.«

»Eines verstehe ich nicht«, sagte Peter. »Gefälschte Papiere hätten doch gereicht. Warum mussten sie auch noch den Polizeicomputer manipulieren?«

»Überleg doch mal«, antwortete Bob, »ein einziger blöder Zufall hätte alles auffliegen lassen können. Eine Verkehrskontrolle zum Beispiel, bei der einer von beiden den Führerschein vergessen hätte. Sofort wären ihre Namen in den Computer eingegeben worden und man hätte festgestellt, dass sie eigentlich schon längst tot sind.«

Der Zweite Detektiv nickte. »Aber ohne die Computermanipulation wären wir ihnen nie auf die Schliche gekommen. Sie haben sich also selbst ein Bein gestellt. Wenigstens neue Fotos hätten sie nehmen können, dann hätten wir sie nicht gefunden.«

»Vermutlich haben sie die Fotos aus ihrer alten Kartei einfach auf die Jonas'sche übertragen«, erklärte Cotta. »Das ist einfacher, als ein neues Foto einzuscannen und in den Computer einzuschleusen. Aber wie dem auch sei, nun haben wir die aktuelle Adresse der beiden. Ich werde der Polizei in Chicago Bescheid geben. Sie wird sich um den Fall kümmern.«

»Dort sind sie leider nicht«, meinte Peter, »wir haben heute Morgen in Chicago angerufen. Sie sind bestimmt noch in Südamerika. Justus kommt in große Schwierigkeiten, wenn er die beiden gefunden hat und sie merken, dass ihre Tarnung aufgeflogen ist. Wer weiß, wozu sie in der Lage sind! Schwere Körperverletzung steht auf der Anklageliste, sagten Sie? Justus steht diesen beiden Betrügern ganz allein gegenüber! Vielleicht schwebt er in diesem Moment schon in größter Gefahr!«

Justus' Eröffnung hallte wie ein Donnerschlag im Raum nach. Der Erste Detektiv beobachtete das Ehepaar Jonas genau. Sie starrten ihn fassungslos an.

Catherine Jonas hatte sich am schnellsten wieder im Griff: »Das ist nicht dein Ernst.«

Justus war auf diese Reaktion vorbereitet. Er griff in seine Tasche und holte seinen Ausweis hervor. Wortlos hielt er ihn den beiden entgegen.

Mr Jonas entriss ihn seiner Hand und sah ihn sich genau an. »Es ist sein Ernst«, stellte er fest. »Das erklärt einiges.« Er schüttelte den Kopf. »Mein Gott, das erklärt alles! Du bist nicht auf einer Urlaubsreise. Du ... du warst hinter uns her, nicht wahr? Aber nicht wegen der Diamanten. Von denen hattest du überhaupt keine Ahnung.«

Justus nickte. »Ich bin hier, um herauszufinden, ob Sie meine Eltern sind.« Jetzt war es gesagt. Er spürte, wie er zitterte, während er auf die Antwort wartete.

»Dieser Hitfield aus Kalifornien hat dich geschickt, richtig?«, fragte Mrs Jonas. »Das musste ja früher oder später passieren.«

»Er hat mich nicht geschickt. Er hat mir nur erzählt, dass er Sie hier kennen gelernt hat. Daraufhin bin ich hergekommen.«

»Und du bist tatsächlich der Sohn von Catherine und Julius Jonas?« Mrs Jonas lachte schallend auf. »Du bist von Kalifornien nach Venezuela geflogen, weil du deine Eltern finden wolltest? Das ist zu verrückt!«

Justus war verwirrt. »Was ist daran verrückt?«

»Dass wir jahrelang Angst hatten, entdeckt zu werden«, erklärte sie. »Und nun ist uns tatsächlich jemand auf die Spur gekommen. Aber nicht die verdammte Polizei oder der Zoll, sondern ein Junge, der glaubt, wir seien seine Eltern.«

»Sind Sie es?« Justus rieb nervös seine Hände an den Jeans.

»Nein. Die echten Julius und Catherine Jonas sind seit elf Jahren tot.«

Diesem Moment hatte Justus tagelang entgegengefiebert. Doch nun kam die Wahrheit ans Licht und er hatte nicht einmal Zeit, sie auf sich wirken zu lassen. Der magische Augenblick verstrich und Justus fühlte sich genauso verwirrt wie vorher. »Aber wie ... wie kommen Sie an die Namen meiner Eltern?«

»Das wüsstest du wohl gerne«, antwortete Mr Jonas lächelnd. Seine Frau widersprach ihm: »Ich finde, er hat ein Recht es zu erfahren.«

»Bist du verrückt? Wir können ihm doch nicht alles erzählen!«

»Macht das jetzt noch einen Unterschied?«, fragte sie. »Er weiß ohnehin schon zu viel.« Sie wandte sich an Justus. »Wir wurden von der Polizei gesucht. Deshalb haben wir unsere Identität geändert.«

»Aber wie? Und warum die Namen meiner Eltern?«

Sie zuckte die Schultern. »Zufall. Ich bin Computerexpertin. Vor vielen Jahren habe ich an einem neuen Sicherheitssystem für die Datenverarbeitung der Polizei gearbeitet. Ich baute eine Hintertür ein, um gegebenenfalls Zugang zu dem System zu haben. Und einige Jahre später brauchte ich diese Hintertür tatsächlich. Wir wurden verfolgt, also musste ich uns eine neue Identität beschaffen. Ich suchte nach zwei verheirateten Menschen, die vor nicht allzu langer Zeit gestorben waren und uns zumindest ein bisschen ähnlich sahen. Beim Durchforsten der Dateien stieß ich auf Catherine und Julius Jonas. Ich änderte ihre gespeicherten Fotos und ließ sie im Computer weiterleben. Schließlich hatte ich keine Ahnung, dass eines Tages mal ein Verwandter von ihnen auftauchen würde. Oder sogar ihr Sohn. Hast du wirklich geglaubt, wir seien deine Eltern?«

Justus zuckte die Schultern. »Eigentlich nicht. Und irgendwie doch. Ich weiß es nicht. Ich glaube, ich bin froh, dass Sie es nicht sind. Wie sind Ihre richtigen Namen? Ich möchte Sie ungern weiter Mr und Mrs Jonas nennen.«

Sie deutete eine leichte Verbeugung an. »Wendy Fletcher«, sagte sie und wies dann auf ihren Partner: »Mein Mann Richard.«

»Und das Foto in Ihrer Brieftasche: Wer ist der Junge auf dem Bild?«

»Hast du gedacht, das seist du?« Wieder lachte sie. »Es ist mein Neffe.«

»Du kannst ihm nicht alles erzählen, Wendy!«, zischte

Richard. »Warum nicht? Wir müssen ihn sowieso beseitigen.«

Justus zuckte zusammen. »Was wollen Sie mit mir machen?«

»Wir denken uns etwas Nettes aus.«

Justus geriet in Panik. Er konnte sich nicht vorstellen, dass sie ihm wirklich etwas antun würden. Doch er wollte es nicht darauf ankommen lassen. Hektisch sah er sich nach einer Fluchtmöglichkeit um.

»Die Tür ist abgeschlossen, schon vergessen?«, fragte Richard Fletcher grinsend, als er Justus' Blick bemerkte.

»Richtig. Und Sie haben den Schlüssel.« Justus stürzte vor und rammte Mr Fletcher seine Schulter in den Bauch. Der stieß ein überraschtes Keuchen aus und taumelte ein paar Schritte zurück, bis die Bettkante ihn stoppte und beide zum Stolpern brachte. Sie fielen auf das Bett, Justus versuchte in Fletchers Hosentasche zu fassen, um an den Schlüssel zu kommen. Fletcher packte sein Handgelenk und hielt es mit eisernem Griff fest. Justus biss mit aller Kraft in die Hand seines Gegners.

Fletcher schrie auf und riss die Hand hoch. Schnell griff Justus in die Tasche und zerrte den Schlüssel hervor. Er sprang auf, rannte zur Tür und versuchte mit zitternden Fingern aufzuschließen.

»So nicht!«, rief Wendy Fletcher.

Eine Sekunde später krachte etwas auf Justus' Kopf herunter. Er spürte einen stechenden Schmerz und plötzlich war alles dunkel.

Familienausflug

»Ich habe es immer gewusst«, schluchzte Tante Mathilda. »Eines Tages wird meinem Jungen bei seiner Detektivspielerei etwas zustoßen.«

»Warum hat er nicht mit uns gesprochen?«, machte Onkel Titus sich Vorwürfe. »Wir hätten ihn davon abbringen können, nach Südamerika zu fliegen.«

Bob und Peter saßen unruhig im Jonas'schen Wohnzimmer. Sie hatten den beiden die neuen Nachrichten überbracht und wussten nun nicht, wie sie reagieren sollten.

»Wenn wir ihm doch nur helfen könnten!«, rief Tante Mathilda.

»Das können wir«, sagte Peter, froh, endlich zum eigentlichen Grund ihres Besuches kommen zu können. »Wir müssen nach Venezuela. Am besten sofort!«

Bob nickte eifrig. »Wir haben schon mit unseren Eltern gesprochen. Sie sind nicht gerade begeistert von unserem Plan. Wir sind zwar schon öfter alleine weggefahren, doch nie unter solchen Umständen. Sie haben natürlich Angst, dass uns etwas passiert, wenn wir direkt in die Hände dieser gewalttätigen Verbrecher laufen.«

»Aber ihr sagtet doch, dass ihr gar kein Geld hättet«, warf Tante Mathilda ein.

»Das stimmt nur zum Teil«, erklärte Bob. »Ich habe einiges von dem Geld, das ich bei Sax Sendler verdient habe, gespart, um mit Elizabeth in Urlaub zu fahren. Das muss ich halt verschieben.«

»Und ich kann mein neues Fahrrad wieder verkaufen«, sagte Peter. »So dringend brauchte ich es gar nicht.«

»Aber ... aber das geht doch nicht!«, sagte Tante Mathilda.

»Mrs Jonas«, unterbrach Bob sie eindringlich. »Wir haben keine Zeit zu verlieren. Heute Abend geht ein Flug nach Caracas. Wir haben schon alles geregelt. Der Flug ist gebucht, die Taschen sind gepackt, das Geld ist da, uns fehlt nur noch eines und deshalb sind wir hier.«

»Und zwar?«, fragte Onkel Titus.

»Sie müssen ein gutes Wort für uns bei unseren Eltern einlegen«, erklärte Bob. »Vielleicht können Sie sie davon überzeugen, dass wir dringend nach Venezuela müssen, um Justus zu helfen.«

»Aber können wir denn nicht die Polizei in diesem Dorf verständigen?«, überlegte Tante Mathilda.

Peter lachte. »In ganz Suerte gibt es vermutlich kein einziges Telefon, geschweige denn eine Polizeistation. Außerdem glaube ich nicht, dass mein Spanisch ausreicht, um einem Venezolaner die ganze Geschichte begreiflich zu machen. Nein, wir müssen nach Südamerika, und zwar noch heute. Bitte, reden Sie mit unseren Eltern!«

Tante Mathilda runzelte die Stirn. Sie sah ihren Mann an.

»Titus, kommst du bitte mal mit?«

»Was ist?«

»Komm schon!« Sie verließen den Raum.

»Was ist denn nun?«, fragte Peter. »Rufen sie jetzt bei uns zu Hause an?«

Bob sah auf die Uhr. »Was immer sie tun, sie sollten sich beeilen. In ein paar Stunden geht das Flugzeug. Bis dahin muss ich noch hundert Dinge erledigen. Zum Beispiel Lys anrufen. Sie muss schließlich Bescheid wissen. Und Elizabeth. Mann, die wird ganz schön sauer sein.«

»Nicht nur die.« Peter dachte an seine Freundin Kelly. Sie neigte ohnehin zur Hysterie. Wenn er ihr sagte, dass er noch heute nach Südamerika flog, würde sie ausrasten. Sie würde ihm zum wiederholten Male vorwerfen, dass seine Freunde ihm wichtiger seien als sie. Aber was sollte er denn tun, wenn Justus vielleicht in Lebensgefahr schwebte? Die Ferien seelenruhig mit ihr verbringen? Peter sah auf die Uhr. Es war schon eine Viertelstunde vergangen. »Wo bleiben die denn?«

»Meine Mutter ist schwer zu überreden«, sagte Bob. »Das kann etwas dauern.«

Peter ging unruhig im Zimmer auf und ab.

Bob lachte. »Jetzt benimmst du dich wie Tante Mathilda vor drei Tagen. Die hat auch fast den Fußboden durchgelaufen.«

»Das zerrt nun mal an meinen Nerven«, verteidigte sich Peter. »Ich muss mich einfach bewegen.«

»Am liebsten würdest du jetzt ein paar Kilometer joggen, um deinen Kopf durchzupusten, was?«, lästerte Bob.

»Nein. Am liebsten würde ich zum Flughafen fahren und losfliegen.«

Eine weitere Viertelstunde verging, bevor Tante Mathilda und Onkel Titus zurückkamen. Beide grinsten breit, als sie Bobs und Peters erwartungsvolle Gesichter sahen. »Wir haben bei euren Eltern angerufen«, sagte Tante Mathilda.

»Und? Was haben sie gesagt?«, fragte Peter aufgeregt.

»Ihr dürft fliegen.«

Peter streckte die Faust in die Luft. »Juhu! Vielen Dank! Wie haben Sie das nur gemacht?«

Tante Mathilda lächelte selbstbewusst. »Wenn sich eine Mathilda Jonas etwas in den Kopf setzt, bekommt sie es auch. Schließlich will ich Justus wohlbehalten zurückhaben. Und wer könnte besser dafür sorgen als zwei erfahrene Detektive wie ihr!«

»Dann fahren wir am besten gleich los«, schlug Bob vor. »Wir müssen noch einiges erledigen.«

»Halt, nicht so schnell!«, fuhr Onkel Titus dazwischen. »Die Sache hat nämlich noch einen Haken.«

Bob verharrte. »Nämlich?«

»Wir kommen mit.«

»Was?«, rief Peter und biss sich auf die Lippen. Es hatte nicht so schockiert klingen sollen. »Aber ...«

»Kein aber«, entgegnete Tante Mathilda. »Das war die einzige Möglichkeit, eure Eltern davon zu überzeugen, dass euch nichts Schlimmes passieren kann. Wir sind sozusagen eure Anstandsdamen.« Sie lachte. »Keine Angst, wir werden euch schon nicht auf die Nerven gehen. Aber schließlich geht es um Justus.« Sie wurde wieder ernst. »Er ist mehr als unser Neffe. Er ist ... er ist unser Sohn. Und wenn er seine richtigen Eltern schon nicht gefunden hat, wird er uns brauchen.« Plötzlich schimmerten Tränen in ihren Augen.

Bob legte ihr die Hand auf die Schulter. »Sie dürfen gerne mitkommen«, sagte er und lächelte. »Wir haben nichts dagegen.« Onkel Titus räusperte sich. »Der Flieger geht in vier Stunden. Bis dahin müssen wir gepackt, einen Flug reserviert und die Blumen gegossen haben. Mathilda, spar dir die Tränen, bis wir Justus gefunden haben.« Er lächelte sie liebevoll an. »Auf geht's!«

»Wir laufen noch schnell in die Zentrale. Dort liegt eine Kopie mit der genauen Adresse und der Wegbeschreibung«, sagte Peter. Sie verließen das Haus, überquerten den Schrottplatz und betraten den Campinganhänger. »Hier herrscht ja immer noch das Chaos«, stöhnte Peter. »Hatte ich ganz vergessen. Wo ist denn nur die Kopie?« Er wühlte in den Papierbergen herum.

»Hab sie schon gefunden«, sagte Bob und wedelte mit einem Stück Papier. Dann runzelte er die Stirn. »Wenn Justus wiederkommt und es sieht hier immer noch so aus, wird er ziemlich sauer sein.«

»Willst du etwa jetzt noch aufräumen? Wir haben nur noch ein paar Stunden Zeit!«, ereiferte sich Peter.

Bob schüttelte den Kopf. »Ich weiß was Besseres.« Er schob mit dem Fuß die Aktenstapel zur Seite, bis die Bodenklappe zu Tunnel II freilag. Dann öffnete er sie und warf die Ordner stapelweise in das dunkle Loch. »Dort waren sie meiner Meinung nach am besten aufgehoben.«

Justus' Kopf schmerzte. Das spürte er schon, bevor er richtig wach war. Der Schmerz war so stark, dass er noch nicht tot sein konnte. Er versuchte die Augen zu öffnen. Aus irgendeinem Grund gelang ihm das nicht. Erst nach einigen Momenten begriff er, dass seine Augen schon längst offen waren, um ihn herum jedoch tiefste Finsternis herrschte. Er lag auf kaltem Steinboden. Justus versuchte sich zu bewegen, doch man hatte ihm die Hände auf dem Rücken gefesselt. Mühsam gelang es ihm, sich vorwärts zu schieben. Schon nach kurzer Zeit stieß er mit dem Kopf gegen eine Wand. Unter größter Anstrengung richtete er seinen Oberkörper auf und lehnte sich dagegen. Dann verschnaufte er und lauschte. Nichts war zu hören. Er versuchte seine Gedanken zu ordnen. Er hatte einen Schlag auf den Kopf bekommen und war ohnmächtig geworden. Wie lange mochte das her sein? Wo war er überhaupt?

Als das Pochen in seinem Kopf etwas nachgelassen hatte, stemmte er seine Füße in den Boden und versuchte sich an der Wand hochzuschieben. Es gelang erst beim dritten Versuch. Als er endlich stand, dröhnte sein Kopf mehr als vorher. Er blieb einige Augenblicke ruhig stehen, bis er sich besser fühlte, dann ging er Schritt für Schritt an der Wand entlang, die Füße tasteten vorsichtig nach Hindernissen. Bald hatte er herausgefunden, dass es sich in einem etwa fünf mal fünf Meter großen, völlig kahlen Raum befand. Es gab eine niedrige, hölzerne Tür, die jedoch verschlossen war. Justus vermutete, dass es ein Kellerraum war. Langsam ging er einmal quer durch den Raum, als sein Fuß plötzlich gegen etwas stieß, das auf dem Boden lag. Erschrocken zuckte er zurück. Zaghaft betastete er es erneut. Es war weich und lang.

»Hier liegt noch jemand!«, flüsterte Justus entsetzt und ging in die Knie. Er versuchte den Körper zu berühren, doch das war mit auf den Rücken gebundenen Händen kaum möglich. »Hallo!«, rief er. »Wachen Sie auf! Hallo!« Er horchte. Doch außer dem Pochen seines eigenen Herzens vernahm er nichts. Nicht einmal ein leises Atmen neben ihm. Justus wich zurück. Lag neben ihm ein Toter? War dies der Keller, in den sie die Leute brachten, die ihnen im Weg waren, um sie sterben zu lassen? »Reiß dich zusammen, Justus Jonas«, murmelte er. Vorsichtig setzte er sich auf den Boden, drehte sich etwas und befühlte den Körper mit den Händen. Erst erwischte er nur Kleidung, doch dann berührte er einen nackten Arm. Er war warm. Justus atmete auf. Wer immer dort lag, er war am Leben. Justus wanderte noch einmal durch den Raum auf der Suche nach einem Lichtschalter, doch er fand nichts. Probeweise trat er an die Tür und rief um Hilfe. Nichts rührte sich. Er hatte auch nicht damit gerechnet. Richard und Wendy hatten ihn sicher an einem Ort eingesperrt, wo niemand ihn hören konnte. Die absolute Dunkelheit machte ihn nervös. Immer wieder ging er an der Wand entlang, um das Gefühl für den Raum nicht zu verlieren.

Nachdem er schon unzählige Runden gedreht hatte, hörte er ein leises Stöhnen aus der Mitte des Raumes. »Hallo?«, fragte Justus. Das Stöhnen wiederholte sich. »Hallo? Sind Sie wach?«

»Justus?«

»J. J.! Du bist das! Ich hatte es mir fast gedacht.«

»Wo ... wo sind wir? Kannst du Licht machen?«

»Nein, kann ich leider nicht. Aber ich kann dir helfen dich aufzurichten.« Mit vereinten Kräften gelang es ihm, J. J. an die Wand zu lehnen. »Was ist passiert? Wie kommst du hierher?«

J. J. stöhnte erneut. »Wenn du mir sagst, wo hier ist, kann ich dir die Frage vielleicht beantworten.«

»Ich weiß es selbst nicht«, gestand Justus.

»Ich denke, du bist Detektiv. Kombinier gefälligst etwas.«

»Na schön. Ich kombiniere, dass Wendy und Richard in dir einen Mitwisser vermuteten. Sie haben dich gesucht, gefunden, dir eins über den Kopf gezogen und dann bist du hier aufgewacht.«

»Wer sind Wendy und Richard?«, fragte J. J. verwirrt.

»Du kannst sie auch Catherine und Julius nennen. Aber das wäre mir nicht so lieb. Hab ich richtig vermutet?«

»Nicht ganz. Nachdem du nach zwei Stunden nicht wieder da warst, ging ich zu Zimmer 108 und klopfte an, um zu fragen, ob alles in Ordnung sei. Mr Jonas ... Richard empfing mich recht freundlich, dann sah ich dich reglos auf dem Bett liegen. Einen Augenblick später explodierte mein Kopf. Und jetzt bin ich hier in irgendeinem dunklen Loch. Ich glaube, du bist mir mal wieder eine Erklärung schuldig.«

»In Ordnung. Doch während ich erzähle, können wir versuchen unsere Fesseln zu lösen. Wir setzen uns

Rücken an Rücken.« Sie rutschten in eine Position, die es ihnen ermöglichte, an die Fesseln des anderen zu kommen. Die Knoten des Seils saßen fest, und während sie daran herumfummelten, berichtete Justus, was ihm passiert war. Schließlich löste sich seine Fessel. Kurze Zeit später hatte er auch J. J. befreit. Erleichtert rieben sie sich die schmerzenden Handgelenke.

»Und was machen wir jetzt? Wir müssen hier irgendwie rauskommen.«

»Die Tür hat kein Schloss, sondern einen Riegel von außen, soweit ich das vorhin erfühlen konnte. Wir müssten sie aufbrechen. Und das schaffen wir nicht.«

»Warum nicht?«, fragte J. J.

Justus stand auf und tastete sich bis zur Tür vor. Er klopfte dagegen. »Sie hört sich ziemlich dick an. Und das Holz ist keineswegs morsch. Wir würden höchstens blaue Flecken bekommen, wenn wir uns wie im Fernsehkrimi dagegenwerfen würden. Es muss einen anderen Weg geben. Hast du irgendwas bei dir?«

Justus hörte, wie J. J. seine Taschen abklopfte. »Nur meinen Hotelschlüssel, meine Brille und mein Feuerzeug.«

»Feuerzeug? Warum sagst du das nicht gleich?«, rief Justus.

»Willst du etwa die Tür abbrennen?«

»Nein. Aber dann können wir uns wenigstens umsehen.«

Wenig später blitzte es einmal gelb auf und eine kleine Flamme erhellte den Keller. »Schön, dich wieder zu sehen«, sagte J. J. grinsend. Sie inspizierten den Raum.

Er war so kahl, wie Justus ihn sich vorgestellt hatte. Allerdings war er weitaus höher als ein normaler Kellerraum: Die Decke lag etwa drei Meter über ihnen. Eine hölzerne Luke war dort eingelassen. »He!«, rief Justus überrascht. »Vielleicht können wir da oben raus. Unsere Gefängniswärter haben bestimmt nicht daran gedacht, dass wir Licht machen und uns umsehen können. Möglicherweise ist die Luke nicht verschlossen.«

Die Flamme erlosch. »Das Feuerzeug wird zu heiß«, sagte J. J. »Und wir sparen besser mit dem Licht.«

»In Ordnung. Soll ich dich auf die Schultern nehmen? Du kannst versuchen die Luke zu öffnen.«

»Willst du nicht besser auf meine Schultern klettern?«, fragte J. J. »Ich bin der Ältere.«

»Was hat das mit dem Alter zu tun? Ich bin mit Sicherheit der Schwerere. Also los, keine Diskussionen! Wer weiß, wie viel Zeit uns noch bleibt.«

J. J. gab sich geschlagen und setzte sich auf die Schultern des Ersten Detektivs. Dieser stemmte ihn ächzend in die Höhe. »Kannst du sie erreichen?«

»Ich sehe zwar nichts, aber ... Ja, hier ist die Luke. Sie ist verschlossen. Vielleicht kann ich sie hochdrücken.« Als J. J. seine Hände gegen das Holz presste, ging Justus in die Knie. Schnell sprang J. J. ab.

»Das funktioniert nicht. Dich kann ich tragen, aber wenn du dich zusätzlich gegen die Luke stemmst, breche ich zusammen.«

»Probieren wir es andersrum«, schlug J. J. vor.

Justus kletterte auf seinen Rücken, doch auch dieser Versuch schlug fehl. »Mach noch mal das Feuerzeug an«, bat der Erste Detektiv. »Da oben ist ein Metallring. Einer von uns könnte sich dranhängen. Vielleicht geht die Luke nach innen auf.«

»Gute Idee. Wie war das doch gleich? Du bist der Schwerere. Dann hängst du dich am besten an die Decke.« Sie versuchten es. Justus bekam den Ring zu fassen und J. J. duckte sich unter ihm weg. Nun hing der Erste Detektiv mit einer Hand unter der Luke. Das Holz ächzte, aber mehr geschah nicht. Justus ließ sich fallen.

»Das Gewicht reicht noch nicht. Wir müssen uns beide dranhängen. Wo sind die Seile, mit denen sie uns gefesselt haben?« J. J. ließ erneut das Feuerzeug aufflammen. »Ich ahne, worauf du hinauswillst. Wir ziehen die Seile durch den Ring und hängen uns beide dran.«

»Exakt. Versuchen wir es!«

Als sie alles vorbereitet hatten, nahm jeder ein Seilende fest in die Hände und auf Kommando brachten sie ihr volles Gewicht zum Tragen. Es gab ein gewaltiges Krachen, das durch den Kellerraum hallte, und die Luke schwang nach unten auf. Ein Metallriegel war auf der anderen Seite der Falltür aus der Verankerung gerissen. Fahles Licht fiel in den Raum.

»Das war verdammt laut«, stellte Justus fest. »Wenn uns jemand gehört hat, bleibt uns nicht viel Zeit. Los, wir machen eine Räuberleiter!«

J. J. verschränkte seine Hände und Justus stellte seinen Fuß hinein. Mit Schwung wurde er nach oben katapultiert. Er bekam den Rand der Öffnung zu fassen und zog sich nach oben. Dann reichte er J. J. die Hand und half ihm nachzukommen. Sie befanden sich in einem spärlich eingerichteten Wohnhaus. Hinter einem der Fenster war eine Straße zu sehen. Draußen war es dunkel. Neben dem Fenster befand sich eine Tür. »Los, nichts wie raus hier!«, zischte Justus und ging auf die Tür zu. In diesem Moment ging das Licht im Raum an.

»Ihr bleibt, wo ihr seid!«

Justus lief los und wollte die Tür aufreißen, doch sie war verschlossen. Er drehte sich um – und blickte in den Lauf einer Pistole.

Urwaldjagd

Der Revolver lag in der Hand eines kleinen Südamerikaners, den Justus an der Stimme als Arturo identifizierte. Er zielte abwechselnd auf J. J. und Justus.

»Das ihr habt so gedacht, was? Wie habt ihr aufgekriegt die trampa in Boden?«

»War ganz einfach«, antwortete Justus kühl. »Würden Sie uns jetzt bitte gehen lassen? Sie haben mit der ganzen Sache doch gar nichts zu tun.«

»Aber wir«, sagte eine Stimme aus dem Nebenraum. Die Tür öffnete sich und Wendy und Richard Fletcher kamen herein. »Das wäre euch fast gelungen«, sagte Mrs Fletcher. »Wir haben allerdings andere Pläne mit euch.«

»Wenn Sie uns umbringen wollen, hätten Sie das gestern schon tun können«, stellte Justus fest. »Was wollen Sie also von uns?«

Sie trat näher heran. »In ein paar Stunden geht ein Flug von Canaima nach Caracas. Wir werden bei Sonnenaufgang aufbrechen, um rechtzeitig in Canaima zu sein. Und ihr werdet mitkommen.«

»Mitkommen?«, fragte J. J. erstaunt. »Warum?«

»Damit ihr uns nicht im Weg seid«, erwiderte Mr Fletcher. »Wir werden euch unterwegs aussetzen. Ihr werdet den ganzen Tag brauchen, um nach Canaima oder zurück nach Suerte zu gelangen. Bis dahin sind wir längst in den Vereinigten Staaten. Damit sind wir euch los ohne euch umbringen zu müssen.«

»Das wird Ihnen nichts nützen«, sagte Justus. »Ihre Schmugglergeschäfte können Sie in Zukunft vergessen. Sie werden nie wieder nach Venezuela einreisen können und Ihr sauberer Freund Arturo wird seine Mine schließen können, wenn auffliegt, dass er die Diamanten illegal ins Ausland gebracht hat.«

»Niemand kann beweisen«, mischte Arturo sich ein.

Mrs Fletcher lächelte. »Da hat er Recht. Suerte liegt so tief in der Provinz, dass kein Mensch sich die Mühe machen wird, einen kleinen Minenbesitzer zu überwachen. Hier in Venezuela ticken die Uhren etwas anders. Und was uns angeht: Wenn wir das nächste Mal hier sind, werden wir längst eine neue Identität haben. Und diesmal achten wir darauf, dass es keine Verwandten gibt, die uns in die Quere kommen können.«

Justus schwieg. Er hatte keinen Trumpf mehr, den er ausspielen konnte. Wenn es den beiden gelang, Canaima zu erreichen, hatten sie gewonnen. Und Justus wusste nicht, wie er das verhindern sollte.

Arturo bewachte den Ersten Detektiv und J.J. bis zum Morgengrauen, fesselte sie, gab den Fletchers ein kleines Paket mit der neuen Ware und verabschiedete sich. Das Ehepaar verfrachtete die beiden auf den Rücksitz des Geländewagens, stieg ein und fuhr los. Justus hatte gehofft jemanden auf sie aufmerksam machen zu können. Doch die Diamantenstadt schlief noch und er traute sich nicht um Hilfe zu rufen, denn Mrs

Fletcher zielte noch immer mit einer Pistole auf ihn. Als sie Suerte verließen, war die letzte Chance vertan.

Die Fahrt durch den Urwald verlief schweigend. Der Erste Detektiv zerbrach sich den Kopf darüber, wie er das Schmugglerpaar aufhalten konnte – ergebnislos. Hin und wieder warf er einen Blick zu J. J., doch der machte ein ebenso ratloses Gesicht. Diesmal konnten sie sich nicht einmal von den Fesseln befreien. Finster starrte er aus dem Fenster und sah die Bäume auf der holprigen Fahrt vorbeischaukeln.

Plötzlich kam ihnen ein Wagen entgegen. Mr Fletcher fuhr ganz rechts, damit beide Autos aneinander vorbeifahren konnten. »Wir sind doch nicht ganz alleine unterwegs.«

»Wir sind doch nicht ganz alleine unterwegs«, sagte Onkel Titus und wies auf das ihnen entgegenkommende Fahrzeug. »Zum Glück ist die Straße hier breit genug.«

»Straße nennst du das?«, fragte Tante Mathilda, die neben ihm saß. »Ich hoffe, wir sind bald da. Ich kann dieses Geschaukel nicht mehr ertragen. Hoffentlich finden wir Justus in dem Dorf. Wie heißt es doch gleich?«

»Suerte«, sagte Bob vom Rücksitz aus. Er gähnte. Seit gestern Abend waren sie unterwegs und hatten keinen Augenblick geschlafen. Er konnte die wunderschöne Landschaft um ihn herum gar nicht genießen, weil er viel zu müde war. Und der kleine Teil von ihm, der noch wach war, machte sich Sorgen um den Ersten Detektiv.

Onkel Titus lenkte den Wagen an dem anderen Fahrzeug vorbei. »Hoffentlich ist er in dieser Pension«, fuhr Bob fort. »Sonst weiß ich nicht, wo wir . . .«

»He!«, rief Peter plötzlich. »Ist das nicht . . . Das war Justus!«

»Was? Wo?« Bob war wieder hellwach.

»In dem Auto! Justus saß auf der Rückbank! Ich bin ganz sicher!«

»Titus, dreh um!«, rief Tante Mathilda. »Schnell!«

Onkel Titus stoppte den Wagen und versuchte zu wenden. Doch der Weg war schon wieder so schmal geworden, dass er nicht weit kam: Bäume und Büsche hinderten ihn daran, das Fahrzeug vollständig zu drehen. »So geht es nicht. Ich muss rückwärts fahren!« Er lenkte den Wagen wieder gerade und legte den Rückwärtsgang ein. »Bob, Peter, ihr seid meine Augen!«

Sie spähten durch die Heckscheibe auf den hinter ihnen liegenden Weg. Der andere Wagen war bereits fast hinter den Bäumen verschwunden. »Etwas weiter rechts«, rief Peter. »Vorsicht, Schlag-«, er wurde heftig durchgeschüttelt, »-loch!« Onkel Titus erreichte die breite Stelle und es gelang ihm, den Wagen zu drehen. Er gab Gas.

»Los, der Wagen ist schon verschwunden!«, rief Tante Mathilda. »Was wollte der Junge denn in dem Auto?«

Der Jeep kam wieder in Sicht. Onkel Titus drückte auf die Hupe. Doch statt langsamer zu werden, beschleunigte das andere Auto.

»Sie fliehen vor uns«, stellte Bob fest. »Justus ist also nicht freiwillig dort.«

»Schneller, Mr Jonas, sonst verlieren wir ihn«, spornte Peter ihn an.

»Wenn ich noch schneller fahre, bricht der Wagen auseinander. Außerdem: Wir können ihn gar nicht verlieren. Es gibt hier weit und breit keine Abzweigung. Diese Straße führt nach Canaima und nirgendwo anders hin.« Er raste über einen dicken Ast, der auf dem Weg lag. Der Wagen machte einen Satz in die Luft und die Insassen wurden erneut unsanft durchgeschüttelt.

»Sei doch vorsichtiger!«, rief Tante Mathilda und rieb sich den schmerzenden Kopf.

»Was denn nun? Soll ich schneller sein oder vorsichtiger?«, fragte Onkel Titus gereizt.

»Da!«, rief Bob und wies nach vorne. »Der Wagen hält an! Zwei Leute steigen aus!«

»Und jetzt fährt er weiter«, ergänzte Peter.

Onkel Titus drosselte seine Geschwindigkeit, als sie die Stelle erreichten. »Das ist Justus!«, rief er und trat auf die Bremse. Alle sprangen aus dem Wagen.

»Justus!« Tante Mathilda lief auf ihn zu und umarmte ihn stürmisch. »Ist dir auch nichts passiert? Oh, Justus!«

»Tante Mathilda! Onkel Titus, Peter, Bob, was macht ihr denn hier?«

Nun kamen auch die anderen heran und begrüßten ihn stürmisch.

»Befreit uns von den Fesseln!«, ächzte Justus, der sich gegen die Umarmungen nicht wehren konnte. Peter holte sein Taschenmesser hervor und durchtrennte das Seil.

»Ich hätte nicht gedacht, dass wir dich so schnell finden.«

»Warst du wenigstens in Gefahr? Sonst hätte sich die ganze Eile nämlich gar nicht gelohnt.«

»Wir haben alles über das falsche Ehepaar Jonas herausgefunden.«

»Was hast du eigentlich in dem Wagen gemacht?«

Der Erste Detektiv hob abwehrend die Hände. »Ich erkläre euch alles später – und ihr mir hoffentlich auch –, aber erst müssen wir hinter dem Auto her!«

»Hinterher?«, fragte Tante Mathilda. »Aber wieso?«

»Frag nicht, sondern steig ein! Wir haben keine Zeit zu verlieren.«

Der große schlanke Junge, der sich im Hintergrund gehalten hatte, trat nun einen Schritt vor und fragte zaghaft: »Ist noch Platz im Wagen? Ich möchte ungern zu Fuß weiterlaufen.«

»Das ist J. J.«, sagte Justus knapp. »Er ist zum Glück so dünn, dass er noch eine Ecke finden dürfte. Aber nun los!«

Alle stiegen wieder in den Wagen. Justus quetschte sich nach vorne zu Tante Mathilda, die ihn gar nicht mehr loslassen wollte, während Peter, Bob und J. J. auf dem Rücksitz Platz nahmen. Onkel Titus gab Gas und sie nahmen die Verfolgung wieder auf. Auf dem Weg berichteten sie sich gegenseitig, was sie erlebt hatten.

»Ihr seid im absolut richtigen Moment gekommen«, sagte Justus erleichtert. »Ich traute meinen Augen nicht, als ich euch in dem Auto sah. Ich dachte schon, ihr hättet mich nicht entdeckt. Aber als ihr dann hinter uns hergefahren seid, entschlossen sich die Fletchers uns kurzerhand rauszuwerfen. Das war die einzige Möglichkeit, euch abzuschütteln. Eine Minute haben sie dadurch gewonnen.«

»Die holen wir locker auf«, erwiderte Onkel Titus abenteuerlustig und fuhr noch etwas schneller. Die Anspannung der letzten Tage war mit einem Mal von ihm abgefallen. Es galt nun, den anderen Wagen einzuholen.

Das Auto war nicht mehr zu sehen. Doch es musste noch immer vor ihnen sein. Nach einer Viertelstunde aufregender Fahrt durch Bäche, tiefe Mulden und über umgestürzte Baumstämme hinweg erreichten sie endlich die ausgebaute Straße nach Canaima. Der letzte Regen hatte sie aufgeweicht, doch hier war das Fahren eine wahre Wohltat im Vergleich zu dem Urwaldpfad.

Sie waren nur noch wenige Meilen von der Stadt entfernt, als Justus sagte: »Sie können uns gar nicht entkommen. Selbst wenn sie Canaima jetzt schon erreicht hätten: Das Flugzeug geht erst in einer Stunde. Bis dahin sind wir längst da.«

»Vielleicht nehmen sie nicht das Flugzeug«, mutmaßte Bob.

»Anders kommt man aus Canaima aber nicht heraus«, mischte J. J. sich ein. »Außer in diese Richtung.«

»Da vorne sind sie!«, rief Peter plötzlich.

Onkel Titus schüttelte den Kopf. »Nein, dieser Wagen kommt uns entgegen, das können sie nicht sein.«

Justus kniff die Augen zusammen. »Doch, das sind sie! Sie ... sie fahren direkt auf uns zu! Und sie werden schneller!«

»Die beiden scheinen gemerkt zu haben, dass sie uns nicht entkommen können«, stellte Bob fest. »Sie wollen uns rammen!« Die Straße war so schmal, dass zwei Autos nur knapp aneinander vorbeifahren konnten. Der entgegenkommende Geländewagen fuhr jedoch mitten auf der Straße. Er kam immer näher – und wurde schneller.

»Titus, bleib stehen!«, rief Tante Mathilda. »Bremsen!«

Als der Wagen nur noch zwanzig Meter entfernt war, trat Onkel Titus auf die Bremse. Die Räder blockierten und der Jeep rutschte auf der schlammigen Straße weiter. Onkel Titus riss das Steuer herum. Der Wagen stellte sich quer, schlitterte seitlich weg und prallte auf der Fahrerseite mit einem gewaltigen Knall gegen einen Baum. Glas splitterte und die Motorhaube sprang auf. Dann war es still. Nur ein leises Zischen war zu hören, das Wenden des anderen Fahrzeugs, das sich langsam entfernte, und leises Stöhnen.

Justus öffnete die Augen. Er sah sich um. Glas lag überall auf seinem Schoß. Ein Splitter hatte sich in seinen Unterarm gebohrt. Langsam ging er in Gedanken seinen ganzen Körper durch. Abgesehen von seinem blutenden Arm schien alles noch ganz zu sein. Justus versuchte die Beifahrertür zu öffnen. Sie war verbogen und ging erst auf, nachdem er sich mit der Schulter dagegengeworfen hatte. Vorsichtig kletterte der Erste Detektiv aus dem Auto. Dann kümmerte er sich um die anderen. »Alles in Ordnung? Tante Mathilda?«

Sie nickte benommen und schob sich behutsam aus

dem Wagen heraus. Peter, Bob und J. J. waren zwar erschrocken, kletterten aber ebenfalls unverletzt ins Freie. Nur Onkel Titus blieb im Auto sitzen. Er biss die Zähne zusammen und starrte auf seinen linken Arm.

»Onkel Titus? Was ist mit dir?«

»Der Arm«, stöhnte er. »Er war im Weg, als diese Wagenseite sich um den Baum wickeln wollte.«

»Komm, wir helfen dir raus!« Mit vereinten Kräften gelang es ihnen, Onkel Titus zu befreien.

Sein Gesicht war schmerzverzerrt. »Ich glaube, er ist gebrochen.«

»Tut es weh, wenn ich ihn berühre?«, fragte Justus und tippte vorsichtig an den Unterarm.

Onkel Titus schrie auf. »Ja, verdammt! Lass das gefälligst!«

»Was machen wir denn jetzt?«, fragte Tante Mathilda verzweifelt. »Hier kommt doch nie im Leben ein Wagen vorbei.«

»Wir müssen zu Fuß nach Canaima«, sagte Peter. »Dort können wir einen Arzt holen.« Er sah auf die Uhr. »In einer knappen Stunde hebt das Flugzeug ab. Vielleicht schaffen wir es sogar noch, die Fletchers aufzuhalten.«

»Niemals.« Justus schüttelte den Kopf. »Auf dieser Straße kommt man nicht schnell voran.«

»Du vielleicht nicht, aber ich«, entgegnete Peter. »Ich laufe gleich los. Bleibt ihr ruhig hier, ihr seid mir sowieso zu langsam.«

»Ich komme mit«, sagte J. J. »Einer kümmert sich um den Arzt, der andere um die Polizei.«

Peter sah ihn zweifelnd an. »Schaffst du die ganze Strecke?«

J. J. grinste. »Ich bin sportlicher als ich aussehe. Worauf wartest du noch? Wir haben keine Zeit zu verlieren!«

Die schlammige Straße schien sich an ihren Füßen festzusaugen. Jeder Schritt war doppelt so anstrengend wie auf einer normalen Straße. Auch das ungewohnte Klima machte dem Zweiten Detektiv zu schaffen. Innerhalb weniger Minuten schien sein Körper sämtliche Flüssigkeit ausgeschwitzt zu haben. J. J. hingegen machte die Anstrengung wenig aus. Ruhig und gleichmäßig behielt er sein Tempo bei.

»Wie machst du das?«, keuchte Peter, nachdem sie eine halbe Stunde unterwegs waren.

»Ich laufe zu Hause jedes Wochenende zwanzig Meilen«, erklärte er. »Das hält fit.«

Peter verdrehte die Augen. Er war es nicht gewohnt, dass jemand schneller oder ausdauernder war als er. J. J. war beides. Eine weitere halbe Stunde später brannten Peters Lungen. Seine Beine waren schwer wie Blei. Sein ganzer Körper war inzwischen lehmverschmiert. Lästige Mücken benutzten ihn immer wieder als Landebahn. Er blieb stehen und stützte seine Hände auf die Oberschenkel. »Halt!«, krächzte er. »Ich ... kann nicht mehr!«

Auch J. J. war die Erschöpfung anzumerken, doch er wirkte längst nicht so ausgelaugt wie Peter. »Schaffst du es nicht?«

»Wir schaffen es nicht!«, korrigierte Peter. »Das Flugzeug ist vor zehn Minuten gestartet.«

»Hast du es gesehen oder gehört?«, fragte J.J. »Wir sind inzwischen so nahe an Canaima. Wir hätten es hören müssen. Vielleicht hat es Verspätung.«

»Meinst du?«

»Komm, es ist nur noch ein kleines Stück. Das schaffen wir!« Er lief weiter und Peter rappelte sich noch einmal auf, obwohl er am liebsten in den Schlamm gefallen und dort die nächsten Stunden liegen geblieben wäre.

Immer wieder suchten sie den Himmel nach dem Flugzeug ab, das jeden Moment Canaima verlassen musste. Als sie den Stadtrand erreichten, legten sie einen Endspurt ein. Hier war die Straße weniger morastig und sie kamen besser voran. Die Leute starrten ihnen hinterher, doch das war ihnen egal. Sie mussten das Flugzeug stoppen!

Als sie den kleinen Flugplatz erreichten, stand die Maschine nach Caracas noch auf dem Rollfeld.

»Halt!«, rief Peter und rannte auf einen Mann in Uniform zu, der offenbar zur Fluggesellschaft gehörte. »Nicht starten! Äh ... ¡No despegar!«

Der Mann starrte ihn an, als käme er aus der Urzeit. Peter sah an sich herunter. Er war von oben bis unten schlammverschmiert, mit nassen, am Kopf klebenden Haaren und hochrotem Gesicht. J.J. machte ebenfalls einen wenig Vertrauen erweckenden Eindruck. »¡No despegar!«, wiederholte Peter. Zu mehr war er nicht in der Lage.

J.J. rettete die Situation: In fließendem Spanisch erklärte er dem Mann etwas, das Peter nicht verstand.

Der Uniformierte hörte geduldig zu, dann wurde er sehr aufgeregt, stellte Fragen und verschwand plötzlich im angrenzenden Gebäude.

»Was ... was hast du ihm gesagt?«, keuchte Peter.

»Alles. Er wird das Flugzeug aufhalten.«

Der Zweite ließ sich stöhnend auf den Boden fallen. »Ich werde ... mehr trainieren müssen.«

»Was, laufen?«

»Nein. Spanisch.«

Zufall oder Schicksal?

Titus Jonas kam vergnügt grinsend aus der kleinen Arztpraxis in Canaima heraus. Ein leuchtend weißer Gips zierte seinen linken Unterarm. »Gebrochen«, sagte er. »Zweimal. Das wird einige Wochen dauern.«

Tante Mathilda umarmte ihn. »Gut, dass nichts Schlimmeres passiert ist.«

»Und nun erzählt!«, verlangte Onkel Titus.

»Die Polizei hat auf J. J.s Drängen das Ehepaar Jonas/Fletcher aus dem Flugzeug geholt und gefilzt«, berichtete Peter. »Und die Diamanten gefunden! Zwar wollten sie nicht das Land verlassen, sondern lediglich nach Caracas fliegen, doch es besteht der Verdacht auf Schmuggel. Das reicht aus, um den Fall weiter zu untersuchen.«

»Und dabei wird herauskommen, dass die beiden noch mehr Dreck am Stecken haben«, fuhr Bob fort. »Bankraub, Geiselnahme und Urkundenfälschung. Das dürfte sie für längere Zeit hinter Gitter bringen.«

»Damit haben die drei ??? einen weiteren Fall gelöst«, sagte Justus. »Nicht zuletzt dank J. J.s Hilfe.« Er wandte sich an den großen Jungen. »Hiermit ernenne ich dich zum Venezuela-Ehren-Fragezeichen.« Er klopfte ihm anerkennend auf die Schulter.

Tante Mathilda umarmte alle vier gleichzeitig. »Ich bin froh, dass alles gut ausgegangen ist!«, rief sie erleichtert. »Meine Güte, war das aufregend! Gut, dass ich das nicht öfter mitmachen muss!« Sie wandte sich an Justus: »Und was ist mit dir? Bist du enttäuscht, dass die Fletchers Betrüger waren und nicht deine Eltern?«

Justus seufzte. Dann schüttelte er den Kopf. »Eigentlich bin ich ganz froh. Wer weiß, was sich alles geändert hätte, wenn sie es wirklich gewesen wären. Außerdem habe ich ja euch.« Er nahm die beiden noch einmal in den Arm, bevor er sich an Peter wandte: »Warum ist das Flugzeug nicht pünktlich gestartet?«

Der Zweite Detektiv sah ihn unsicher an. »Das Flugzeug ... hatte ein Leck im Treibstofftank. Das fiel dem Piloten erst kurz vor dem Start auf.«

Justus senkte betroffen den Kopf. »Die Maschine wäre vermutlich abgestürzt, wenn der Fehler nicht bemerkt worden wäre«, murmelte er. »Dann wären Catherine und Julius Jonas ein zweites Mal bei einem Absturz ums Leben gekommen.« Er schwieg. Dann sagte er: »In diesem Fall gab es entschieden zu viele Parallelen zu meinem eigenen Leben. Ist das nun Zufall oder Schicksal?«

Am Abend saßen sie alle in einem kleinen Lokal in Canaima und aßen Hühnchen. Sie hatten sich in ein kleines Hotel eingemietet und den Tag damit verbracht, ihren geschundenen Körpern etwas Ruhe zu gönnen.

»Wir haben uns etwas überlegt«, begann Tante Mathilda. »Wir müssen noch ein paar Tage hierblieben, um Justs Sachen und seinen Wagen aus der Diamantenstadt zu holen. Und um die Angelegenheit mit dem kaputten Leihwagen zu klären. Der Flug hat uns eine Stange Geld gekostet. Es wäre eigentlich Verschwendung, wenn wir das nicht ausnutzen und noch eine Weile bleiben würden. Titus und ich haben schon seit Ewigkeiten keinen richtigen Urlaub mehr gemacht. Außerdem haben wir unser Gebrauchtwarencenter nun schon vorübergehend geschlossen. Und ihr drei habt Ferien. Was haltet ihr davon?«

»Fantastisch!«, rief Peter. »Ich begreife erst allmählich, dass ich wirklich in Venezuela bin. Die letzten beiden Tage waren so aufregend, dass ich das noch gar nicht genießen konnte.«

»Geht mir genauso«, sagte Bob. »Ich hätte überhaupt nichts dagegen, noch hier zu bleiben. Von mir aus die ganzen Ferien.«

»Wir wollen mal sehen, wie lange das Geld reicht«, schlug Onkel Titus vor. »Was ist mit dir, J. J.?«

»Ich muss bald wieder zurück nach Iowa«, sagte er. »Aber ich habe bestimmt noch ein paar Tage Zeit, um euch einen Haufen Reisetipps zu geben.«

»Super!«, rief Justus und hob sein Glas. »Lasst uns anstoßen! Auf das glückliche Ende dieses Abenteuers und den Beginn eines neuen!«

Tante Mathilda hob abwehrend die Hände. »Bitte nicht! Ein weiteres Abenteuer machen meine Nerven nicht mit.«

»Tante Mathilda«, sagte Justus vorwurfsvoll. »Wir sind in Südamerika! Du ahnst ja nicht, was uns hier noch alles passieren kann!«

Klirrend stießen die Gläser aneinander.

Lynne Murray

Mit anderen Mitteln

Aus dem Amerikanischen von Wiebke Krabbe

Ariadne Krimi 1066
Argument

Ariadne Krimis werden herausgegeben von Frigga Haug

Titel der amerikanischen Originalausgabe: Death Flower

Redaktion: Else Laudan
Lektorat: Else Laudan und Karin Henjes

Deutsche Erstausgabe

Rentzelstraße 1, 20146 Hamburg
Telefon 040 / 45 36 80 — Telefax 040 / 44 51 89
Titelgraphik: Johannes Nawrath
Signet: Martin Grundmann
Texterfassung durch die Übersetzerin
Fotosatz: Steinhardt, Berlin
Druck: Clausen & Bosse, Leck
Gedruckt auf säure- und chlorfreiem Papier
ISBN 3-88619-566-X

*Dieses Buch ist für meinen verstorbenen Mann,
Charles Powell, dessen Geduld, Verständnis und Witz mich
während des Schreibens stärkten, auch wenn er selbst die
Veröffentlichung nicht mehr erleben konnte.*

So viele Menschen haben mir bei diesem Buch geholfen, daß es sich anfühlt, als gehörte es ihnen mindestens ebensosehr wie mir. Ich bedanke mich bei Jaqueline Girdner, Judy Koretsky, Ann Reasoner und Merrill Sanders, deren Kritik mir auch da weitergeholfen hat, wo ich nicht ihrer Meinung war. Ich danke Kathy Foster, deren Erinnerungen an die Arbeit in einem Vitamin-Unternehmen mir eine große Hilfe waren. Dank auch an meinen Vater Channing Murray und meinen Bruder Michael Murray, die mir eine Menge über südkalifornische Autos und Kultur sagen konnten. An Jacqueline Stone und Kelley Ross, die mir die Täler und Autobahnen, die Straßen und Friedhöfe in Los Angeles gezeigt haben. Und Gracias an Hugh und Ana-Marie Smith für einen langen Ausflug nach Baja.

Kapitel 1

Ingrid Hunter begegnete dem neuen Ehemann ihrer Schwester erst am Tag seines Todes. Als sie ihn kennenlernte, wirkte Adam nicht im mindesten wie jemand, der sich zu sterben anschickt. Genaugenommen sah er für Ingrids Geschmack sogar ein bißchen zu gesund aus, während ihre Schwester Tracy ausgesprochen blaß war und merkwürdig erschöpft schien. Ingrid war es gewohnt, sich um ihre Schwester Sorgen zu machen. Aber diesmal erreichte ihre Besorgnis die Alarmstufe, denn unmittelbar bevor Tracys Ehemann zusammenbrach und ins Krankenhaus mußte, war sie plötzlich weggefahren, und niemand wußte, wohin. Ingrid hatte den Mann erst eine Stunde zuvor kennengelernt, und sie war nicht geneigt, Verwandtschaftsgeist zu demonstrieren, indem sie mit den anderen ins Krankenhaus fuhr, sondern begab sich zurück ins Haus ihrer Schwester und wartete. Tracy würde sicher jeden Moment kommen. Das Telefon klingelte. Ingrid nahm eilig ab und hörte erst nichts, dann gedämpftes Schlucken.

»Tracy?«

»Ja, ich bin's.« Die Erleichterung, ihre Stimme zu hören, fiel in sich zusammen, als sie das Schluchzen in der Leitung vernahm. Schließlich sagte Tracy zittrig: »Ingrid, ich war in der Firma, und dann bin ich hierher ins Krankenhaus gefahren… sie haben mir gerade gesagt, daß Adam — er ist tot.«

»Ach, Tracy«, sagte Ingrid hilflos.

»Er ist tot, und sie geben mir die Schuld — die haben irgendwas von Polizei gesagt. Ich muß verschwinden.«

»Warte mal…«

»Ingrid, hilf mir bitte. Ich will nicht, daß noch jemand stirbt. Bitte, fahr zu diesen Leuten nach Bolinas. Finde heraus, ob jemand von hier mit ihnen Kontakt aufgenommen hat. Und dann komm zurück und sag mir Bescheid. Wir treffen uns in meinem Zuhause.«

»Aber Tracy —« Ihre Schwester hatte aufgelegt. Ingrid hielt den Hörer gegen ihre Wange, bis er ein protestierendes Besetztzeichen von sich gab. 'Wir treffen uns in meinem Zuhause.' Welches Zuhause? Sie war doch bei Tracy. Ingrid wählte die Nummer ihrer Mutter in Ventura. Niemand da. Auch in der Wohnung ihres Vaters in Redondo Beach nahm niemand ab. Zögernd wählte Ingrid die Nummer von Adams Familienunternehmen, dem *Truesdale-Institut für Langes Leben*. Als die Telefonistin ihren Namen hörte, sagte sie: »Sie gehören ja zur Familie, ich stelle Sie zu Esther durch. Sie ist die einzige, die da ist.« Ingrid hatte Esther noch nicht persönlich kennengelernt.

Esthers Stimme war ruhig, gepreßt vor Feindseligkeit. »So. Sie sind also Tracys Schwester, die Fotografin aus San Francisco. Wir haben bereits mehr als genug von Ihnen gehört. Hören Sie, Ingrid, mein Bruder ist tot. Fragen Sie mich nicht, wo Ihre Schwester steckt. Das wüßte die Polizei auch gern, und wir ebenfalls.«

»Ich komme morgen bei Ihnen vorbei, Esther«, wollte Ingrid gerade sagen. Aber sie sprach schon wieder in die tote Leitung. Das wurde langsam zu einem entmutigenden Trend. Sie würde also nach Bolinas fahren, einem Küstenort dreißig Meilen nördlich von San Francisco. Sie war nicht sicher, ob das irgendwem nützte, aber sie mußte es versuchen. Ingrid bemühte sich, die Ereignisse des Tages zu ordnen, während sie auf das Taxi wartete, das sie zum Los Angeles Airport bringen sollte.

Kapitel 2

Der Morgen schien ein ganzes Leben zurückzuliegen, nicht nur ein paar Stunden.

»Dein Lebensstil bringt dich noch um«, hatte Tracy gesagt, sich Ingrids Kaffeetasse geschnappt und sie in die Spüle geleert, ehe Ingrid protestieren konnte. Ohne ein Wort hatte Ingrid die noch warme Tasse genommen und den Herd eingeschaltet, um das Wasser wieder heiß zu machen.

Schon um neun Uhr morgens brütete die Sonne und ließ das Thermometer auf Fiebertemperatur klettern. August in Los Angeles. Aus dem Radio kam ödes Wortgestrüpp. Ingrid war der drängenden Einladung ihrer Schwester gefolgt, ein paar Tage in deren neuem Haus in Beverly Hills zu verbringen. Sie hatte sich nur ungern der südkalifornischen Hitzewelle ausgesetzt. Aber jetzt, in der klimatisierten Kühle der Küche, brauchte sie paradoxerweise etwas Warmes, um den Tag anzugehen — und bekam noch nicht mal eine Tasse Kaffee. Nein, sie würde nicht wütend werden. Noch einmal goß sich Ingrid einen Becher Pulverkaffee auf, den sie in der Gewißheit aus San Francisco mitgebracht hatte, daß Tracys Schränke derlei nicht beherbergten.

Tracy kann sich wirklich alles herausnehmen, dachte Ingrid, dabei sieht sie so vollendet aus, wie feines Porzellan. Aus Angst, sie könnte zerbrechen, wollen sie immer alle beschützen. Gesundheitlich war sie gar nicht mal anfällig — zumindest nicht mehr. Als leidenschaftliche Ballettschülerin hatte Tracy sich in jungen Jahren beinahe zu Tode gehungert. Die Zeiten waren vorbei.

Die beiden Schwestern hatten ein unerschütterliches Bündnis geschlossen, als der elterliche Alkoholismus die Familie in einen erbitterten Stellungskrieg trieb. Tracy war sieben Jahre jünger. Ingrid hatte sich seit Tracys Geburt um sie gekümmert und ihr Deckung gegeben, wenn ihre Eltern die Kontrolle verloren.

Nun allerdings sah sie mit Unruhe, wie dünn und nervös Tracy geworden war. Dahin war das robuste, sonnenwarme Glühen aus der ersten Phase ihrer Romanze mit Adam. Wenn Tracy gesund war, erregte sie mit ihrer ungewöhnlichen, fast leuchtenden Schönheit überall Aufmerksamkeit. Doch sie hatte nicht die entsprechenden Ellenbogen, um aus ihrem Aussehen einen Beruf zu machen: Jedesmal, wenn sie einen Job als Model nicht bekam, nahm sie das persönlich und zweifelte an sich. Ingrid hoffte, diese Ehe würde Tracy einen ehrenhaften Rückzug aus dem ewigen Schönheitswettbewerb ermöglichen, aus dem sie offenbar weder siegreich hervorgehen noch aussteigen konnte.

Dem Haus nach zu urteilen, waren durch die Ehe zumindest Tracys Geldsorgen beseitigt. Adam Truesdale hatte seine Braut mit einem eindrucksvollen Wohnsitz ausgestattet, der sich im Benedict Canyon Drive bei Mullholland an einen Hügel schmiegte. Tracy konnte sich nun an Kaminen mit Marmorrelief erfreuen und an einer Badewanne auf der rückwärtigen Veranda mit Blick auf die trockene Vegetation des Hügels. Über der Küchenzeile hing ein Sortiment von Kupfertöpfen. Vielleicht hatte der Innenarchitekt sie ausgesucht. Tracy kochte nicht oft.

Bei Ingrids Ankunft am Abend zuvor war Adam nicht zu Hause gewesen. Überstunden, hatte Tracy gesagt. Am Morgen murmelte sie, Adam sei schon gegangen, bevor Ingrid aufgestanden war. Angesichts der gequälten Miene ihrer Schwester fragte sich Ingrid, ob er überhaupt nach Hause gekommen war.

Tracys unnatürlich vergnügtes Geplauder wirkte, als versuchte sie das Schicksal günstig zu stimmen. Ingrid zwang sich zu warten: wachsam, gespannt und ängstlich, wie eine Biologin, die eine bedrohte Art beobachtet. Wenn Tracy schließlich Mut gefaßt hatte, würde sie schon sagen, was los war.

»Du bist selbst schuld, daß du Adam noch nicht kennengelernt hast«, machte Tracy einen kläglichen Anlauf, zu sticheln.

»Er hatte schließlich angeboten, die ganze Familie zur Hochzeit nach Acapulco einfliegen zu lassen.«

»Tracy, ich habe dir doch erklärt, daß ich Hauptzeugin in einem Mordprozeß war«, sagte Ingrid. »Die *Gadfly* hat mir einen Anwalt besorgt, und der meinte, es würde den Staatsanwalt ausgesprochen nervös machen, wenn ich versuchte, den Staat zu verlassen. Meine Vorladung hatte ich schon. Das Gericht hätte eine Verfügung erlassen, daß ich nicht weg darf, und es wäre auf meinen Chef zurückgefallen, das konnte ich ihm nicht antun.«

»Ich verstehe schon«, seufzte Tracy. »Immerhin sind Mom und Dad gekommen, obwohl sie nach wie vor nicht miteinander reden.« Die beiden Frauen wechselten einen schnellen Blick und zuckten mit den Schultern. »Wie auch immer«, sagte Tracy etwas energischer, als wollte sie jetzt zur Sache kommen. »Als du letztes Jahr diese Mörderin aufgespürt hast — das brachte mich darauf, daß du mir vielleicht helfen kannst ...«

Ingrid nickte ermunternd. »Ben von der *Gadfly* gibt mir jederzeit frei. Unbezahlt natürlich. Ich würde gern helfen, wenn du mir sagst, was ich tun kann.«

Aber Tracy sah schon wieder auf Ingrids Kaffeebecher. Ingrid umklammerte ihn eisern.

»Es würde dir besser gehen, wenn du zum Frühstück einen Truesdale Vitamintrunk zu dir nehmen würdest«, sagte Tracy hoffnungsvoll und sprang auf, um von einem hohen Regal eine Plastikflasche zu holen. Sie erklomm die Trittleiter mit einer unbewußten Anmut, Ergebnis von zwei Jahrzehnten Drill im Ballettunterricht.

Ingrid besah sich die Flasche. Sie zeigte das Bild eines lächelnden älteren Mannes. »Nein danke. Wer ist der alte Knabe auf dem Etikett?«

Tracys Augen leuchteten auf. »Das ist mein Schwiegervater, Doc Truesdale. Er ist über siebzig, aber so vital, daß er bei Lloyds als nicht-wiederbeschaffbarer Gesamtkörper in

*Millionen*höhe versichert ist. Er sieht wirklich genauso aus. Er ist ein Vorbild für uns alle.«

Ingrid nippte schweigend an ihrem Kaffee und genoß den ungesunden Energieschub. Jetzt, wo Tracy endlich mitteilsam wurde, würde sie sie nicht unterbrechen.

»Ich esse und trinke nur Truesdale Vitamintrunk, destilliertes Wasser und frisches Obst und Gemüse. Und ich habe mehr Energie als die meisten Menschen.«

Ingrid rührte in ihrem Kaffee und nickte. Sie dachte an die Zeiten von Tracys Magersucht und fragte vorsichtig: »Hast du vor, wieder als Model zu arbeiten?«

Tracy schüttelte den Kopf, griff nach Ingrids Hand und drückte sie. »Keine Angst, ich bin vernünftig«, sagte sie. »Das muß ich doch.« Aber ihre Augen waren traurig.

Ingrid erwiderte den Druck von Tracys schmaler Hand. »Was ist los, Tracy? Ich merke doch, daß etwas nicht stimmt.«

Tracy stand auf und wandte sich ab, als wollte sie ihre Gedanken verbergen. Sie fuhr sich durch die schwarzen Locken — sogar ihr Haar erschien Ingrid glanzloser als früher. Beide Frauen waren groß, hatten schwarze Haare und blaue Augen. Aber Tracy hatte eine schwer zu beschreibende, elektrisierende Ausstrahlung, bemerkenswert selbst für Los Angeles und seine abgebrühten Schönheitsstandards. Ihre Augen waren von dunklerem Blau als Ingrids und leicht schräggestellt. Ihr Mund hatte einen schönen Schwung, der an den Mundwinkeln leicht anstieg, auch wenn sie nicht lächelte. Jetzt lächelte sie nicht.

»Es geht um das *Truesdale-Institut für Langes Leben*. Sie haben Ärger.« Sie schwebte über dem Küchentresen wie ein Schmetterling, der die Tragfähigkeit einer bestimmten Blüte abwägt. Eine weitere Folge ihrer zahllosen Ballettstunden war, daß sie ständig das nervöse Bedürfnis hatte, ihre Muskeln zu strecken.

»Adams Firma?«

»Na ja, es ist irgendwie auch meine. Ich habe einen ganzen Lagerraum voller Präparate, die ich an Freunde verkaufe. Die

Sachen sind wirklich gut.« Tracy gab ihre Flugversuche auf, setzte sich hin und fing an, mit der Flasche zu spielen. Sie betrachtete das Etikett mit Doc Truesdales herzhaft grienendem Konterfei.

»Ich dachte, Truesdales Vitaminpillen und -wässerchen gehen weg wie warme Semmeln, wenn du den Ausdruck entschuldigst.«

Tracy nickte. »TILL steht finanziell ziemlich sicher da. Adam arbeitet hart, damit es auch so bleibt. Das tun wir alle, aber um Adam mache ich mir Sorgen. Er arbeitet zuviel, manchmal die ganze Nacht durch. Ich will nicht, daß sie ihm alles kaputtmachen. Ich habe Angst —« Sie senkte den Kopf und starrte die hellen Keramikkacheln auf dem Tresen zwischen ihnen an. »Weißt du noch, die zwei Hektar Land, die Mom und Dad im Manzanita Canyon hatten? Wo wir oft Ferien gemacht haben?«

»Ja«, sagte Ingrid nachdenklich. Sie hatte jahrelang nicht an das Sommerhäuschen gedacht.

»Weißt du, warum sie mir das Land geschenkt haben? Sie fühlten sich so schuldig wegen des Trinkens und der Scheidung. Sie wollten sicher sein, daß ich versorgt bin. Ich war nie so lebenstüchtig wie du.«

Ingrid zog eine Grimasse. »Du hast in jeder freien Minute Ballettstunden genommen und das Essen aufgegeben, um dein Leben in den Griff zu kriegen. Ich bin weggerannt und hab' den falschen Mann geheiratet. Welche von uns war lebenstüchtiger?«

»Na, jetzt stehen wir ja beide gut da«, sagte Tracy begütigend.

Ingrid hob zweifelnd die Augenbrauen und schwieg.

»Du bist frei und aus allem raus — und ich habe Adam«, sagte Tracy. »Aber weißt du, ich habe neulich ein Testament gemacht. Alles, was mir gehört, geht an dich. Ich habe in letzter Zeit ziemlich viel über Testamente nachgedacht. Blöd, was?«

»Das muß ich auch sagen.« Ingrid streckte ihre Hand aus und tätschelte Tracys Arm. »Dankeschön, Tracy, aber das Ganze scheint mir doch ein bißchen verfrüht. Erstens bist du sieben Jahre jünger als ich, und zweitens ernährst du dich vorbildlich — schließlich trinkst du nie Kaffee.« Die Richtung, die das Gespräch nahm, gefiel Ingrid nicht.

Tracy schüttelte den Kopf. »Ich glaube, Doc hat mich dazu gebracht, über Testamente und Erbschaften nachzudenken. Er stellt sich unheimlich an mit dem Thema — er hat sogar testamentarisch verfügt, daß die Aktienmehrheit der Firma nur an einen männlichen Erben gehen darf. Er fragt Adam und mich pausenlos, wann wir ihm denn einen Stammhalter liefern.«

»Du bist doch nicht schwanger, oder?«

Tracy errötete und schüttelte den Kopf. »Oh nein! Aber Adam sagt, er will uns im Manzanita Canyon ein Liebesnest bauen. Wir haben letztes Wochenende die Pläne entworfen. Ich hoffe nur, das löst sich nicht alles in Luft auf.« Sie sah Ingrid direkt an. »Du wirst Adam mögen.«

Ingrid nickte. Ihre Mutter und ihr Vater hatten unabhängig voneinander dasselbe verheerend nichtssagende Urteil über Adam Truesdale gefällt: »Er scheint nett zu sein.« Ingrid wollte sich ihr Urteil lieber erst bilden, wenn sie den Mann kennengelernt hatte.

»Du machst dir Sorgen um mich, oder? Weißt du, ich glaube, selbst Doc Truesdale hat mich gleich unter seine Fittiche genommen, als ich anfing, mit seinem Sohn auszugehen.« Tracy sah den grinsenden weißhaarigen Mann auf der Vitamintrunk-Flasche liebevoll an. »Diese Firma hat wirklich mehr von einer großen Familie als von einem Geschäft. Doc paßt auf alle auf.«

»Wieder so eine Vaterfigur.« Ingrid schämte sich sofort, den Gedanken laut ausgesprochen zu haben.

Aber Tracy lachte. »Eher eine Großvaterfigur. Er ist vierzig Jahre älter als ich. Du wirst uns doch helfen, Ingrid, ja?«

»Ich *kann nicht* helfen, solange du mir nicht sagst, was ich tun soll.«

Tracy holte tief Luft. »Also, es würde ja schon reichen, wenn du einfach ein paar Unterlagen nach Bolinas bringen könntest. Das ist nicht sehr weit von da, wo du wohnst, oder?«

»Etwa eine Autostunde. Kein Problem.«

»Wenn du das tun könntest — und ein paar Fragen stellen. Wir brauchen jemanden, dem wir vertrauen können, und für Truesdale heißt das: jemanden aus der Familie. Die Firma hat ein Problem, aber wir wagen nicht zur Polizei zu gehen. Wenn die Sache bekannt würde, könnte das der Firma sehr schaden. Doc Truesdale hat so einen wunderbaren Ruf, es würde ihn *umbringen*, wenn die Leute plötzlich an seinen Produkten zweifelten. Adam wird dich natürlich für Zeit und Kosten entschädigen.«

»Das hört sich ziemlich ernst an, Tracy. Ich bin keine professionelle Detektivin.«

»Sprich einfach mit Adam, er wird dir alles erklären. Ich weiß, daß du uns helfen kannst.«

Ingrid war neugierig. Die Aufgabe reizte sie. Als Tracy darauf bestanden hatte, das Flugticket für sie zu bezahlen, war Ingrid dankbarer gewesen, als sie hätte zugeben mögen. Ihr Job als Empfangssekretärin und Bildreporterin bei der *Bay Area Gadfly* brachte ihr gerade genug ein, um die Miete für das winzige Apartment bei ihrer Freundin Carmen zu bezahlen, und zusätzlich hatte sie von Mr. Ito, ihrem verständnisvollen Aikido-Lehrer, eine ehemalige Waschküche gemietet, die sie als Dunkelkammer benutzte. Der nächste Schritt in ihrer Karriere als freie Fotografin würde wohl sein, daß sie sich wieder per Zeitarbeit als Schreibkraft verdingen mußte, um ihr schmales Gehalt bei der *Gadfly* aufzustocken. Ingrid schüttelte den Kopf und schob das Thema beiseite. Der Gedanke an Geld irrititerte nur, wenn man an der Grenze zum Existenzminimum lebte.

»Paß auf, Tracy, ich tue, was ich kann, und ich verspreche, daß ich mit niemandem darüber rede. In Ordnung?«

»Gut!« sagte Tracy mit so nachdrücklicher Erleichterung, daß Ingrid plötzlich wieder Bedenken bekam. In was mochte Tracy diesmal hineingeraten sein?

Tracy war mit einem Mal geradezu übermütig heiter. »Komm doch gleich heute mit zu Adam und sprich mit ihm, und danach gehen wir zusammen einkaufen.« Im gleichen Atemzug schüttete sie eine Handvoll Kreditkarten aus ihrer Brieftasche auf den Tresen. Sie grinste schelmisch und fächerte ein Pokerblatt Plastikreichtum vor ihrem Gesicht auf.

»Bleib so!« Ingrid zog schnell ihre Kamera aus der Umhängetasche, stellte sie ein und schoß ein paar Bilder von Tracy, die wie eine scheue Geisha ihren Mund hinter dem Kartenfächer verbarg. Es war typisch für ihre quirlige Schwester, daß sie bei dem Gedanken, Geld auszugeben, aufblühte. Neben Tanzen war das schon immer Tracys liebster Fluchtweg gewesen, Hobby und Meditation zugleich. Die Lösung aller Probleme bestand darin, etwas zu kaufen, selbst wenn es nur ein Augenbrauenstift für fünfzig Cent war. Waren die Vitaminpillen und -tränke womöglich auch so ein Schutzschild gegen Kummer?

Ingrid lächelte versonnen. Etliche Jahre ungestümer ehelicher Geldnot hatten sie selbst gezwungen, ihre jugendliche Kauflust abzulegen. Und die letzten Jahre, nun in geschiedener Geldnot, hatten auch nicht gerade Konsumorgien begünstigt.

»Komm, sieh dir das an.« Tracy nahm sie am Arm und führte sie durch eine Nische ins Wohnzimmer, das fast das gesamte Erdgeschoß des Hauses einnahm. Die eine Wand bestand aus einer einzigen Glasscheibe mit Blick auf den Rasen vor dem Haus, die kreisförmig angelegte Auffahrt und ein Stück des dahinterliegenden Canyons. »Siehst du den Mann in dem Wagen am Ende der Auffahrt?«

»Der Kerl in dem schwarzen TransAm? Klar. Gestern abend habe ich gesehen, wie er kurz nach uns vorfuhr und parkte.

Ganz süß, wenn du auf Gigolo-Typen stehst. Was ist, wohnt er in dem Auto?«

Tracy lachte nicht. »Das ist mein Leibwächter«, sagte sie. »Adam wollte eigentlich einen Privatdetektiv hier im Haus haben, aber das habe ich schlicht abgelehnt. Dabei ist der Leibwächter im Grunde ein netter Kerl. Ex-Polizist und so. Aber es wäre mir einfach zuviel, ständig einen Fremden im Haus zu haben. Egal, was für ... na ja, Probleme es gibt.«

»Was für Probleme? Es muß doch etwas Ernsteres sein, wenn Adam einen Leibwächter für dich anheuert.«

Tracy starrte aus dem Fenster.

»Tracy! Was für Probleme?«

»Morddrohungen«, flüsterte Tracy.

»Morddrohungen! Tracy, warum hast du mir das nicht gleich gesagt?« Ingrid legte den Arm um ihre Schwester. »Du solltest dich an die Polizei wenden. Das ist nichts für Amateure.«

»Nein. Darum geht es doch genau, verstehst du das nicht? In Wirklichkeit haben sie es nicht auf mich abgesehen. Sie wollen das ganze Truesdale-Unternehmen in Verruf bringen. Weißt du —« Tracy machte sich los und holte tief Luft. »Es ist noch nicht bekannt geworden, aber irgendwer hat an den Vitaminen herumgepfuscht.«

»Du meinst, etwas hineingetan? Was?«

»Gift. Tödliches Gift.«

Kapitel 3

Ingrid bekam keine weiteren Einzelheiten aus ihrer Schwester heraus. Nachdem Tracy die Morddrohungen aus dem Sack gelassen hatte, schwieg sie sich hartnäckig aus. Sie bestand aber darauf, daß Ingrid Adam kennenlernte. Also nahmen sie Tracys Jeep, auf dessen Rückbank sich kartonweise Truesdale-Produkte stapelten, und fuhren zum *Truesdale-Institut für Langes*

Leben. Der Leibwächter in seinem schwarzen TransAm folgte in höflichem Abstand.

Ingrid hatte Tracy nicht mehr so verbissen und zugeknöpft erlebt seit damals, als sie aufgehört hatte zu essen. Damals war Tracy bei jedem Besuch von Ingrid um eine Kleidergröße geschrumpft, bis sie zu einer skelettartigen Karikatur ihrer selbst geworden war und ins Krankenhaus eingeliefert werden mußte. Jetzt stand sie mitten in der Augusthitze auf dem Santa Monica Boulevard vor dem Truesdale-Gebäude und rührte sich nicht von der Stelle.

Der dunkelhaarige Mann in dem TransAm hatte ein paar Autolängen von ihnen entfernt geparkt und las Zeitung.

»Hast Du schon mal mit ihm gesprochen, Tracy?«

»Mit wem?« Tracy sah auf, als würde ihr erst jetzt bewußt, daß Ingrid existierte.

»Mr. TransAm.«

»Sicher. Adam hat uns bekanntgemacht. Wir haben uns ein paarmal unterhalten. Aber es ist so peinlich. Ich bin es nicht gewohnt, daß mir jemand folgt.« Sie lachte nervös.

»Ach komm, Tracy, als du auf der High School warst, haben deine Verehrer vor dem Haus übernachtet.«

»Das war was anderes.« Tracy lachte wieder, diesmal etwas entspannter.

»Komm mit.« Ingrid ging voraus, auf den schwarzen Wagen zu. Der Mann ließ die Zeitung sinken, als sie herankamen. »Stell ihn mir vor«, flüsterte sie Tracy zu.

Tracy hielt sich ein Stück hinter ihr und starrte auf den Boden. »Ingrid, das ist Raymond Espinosa. Mr. Espinosa, das ist meine Schwester Ingrid Hunter.« Mit diesen Worten wandte sie sich verlegen ab.

Espinosa nickte, faltete gemächlich seine Zeitung zusammen und legte sie auf den leeren Beifahrersitz. Er öffnete die Fahrertür und hievte sich ein wenig mühsam aus dem Wagen. Ingrid bemerkte den ausgeprägten Bizeps unter seinem leichten Sportsakko. Espinosa griff nach unten hinter den

Fahrersitz und förderte einen dicken hölzernen Stock zutage. Als er sich aufrichtete, bemerkte Ingrid, daß er etwas größer war als sie und ihre Schwester, muskulös, aber schlank wie ein Langstreckenläufer. Er hatte hohe indianische Wangenknochen und akkurat geschnittene Haare. Der Schnurrbart war sorgfältig gepflegt. Die klugen Augen unter den dicken schwarzen Brauen funkelten verblüffend wachsam. Dem hier würde so schnell nichts entgehen.

»Na sowas, gerade wollte ich aussteigen und mich ein bißchen strecken«, sagte er mit leisem Spott in der Stimme. Bezog der sich auf die Mühe, die er beim Aussteigen hatte, oder auf die Art, wie Ingrid ihn anstarrte? Er hielt ihre Hand einen Sekundenbruchteil länger fest als nötig, und die Wärme seiner Finger löste bei Ingrid einen angenehmen kleinen Schauer aus. Als er losließ, hatte sie für einen kurzen Moment den irrationalen Wunsch, ihre Hand wieder in seine zu schieben. Sie sah sich nach ihrer Schwester um, die noch immer das Straßenpflaster anstarrte. Daß Tracy jeden Blickkontakt mied, irritierte Ingrid. Espinosa war eindeutig nicht schüchtern. Hatte er Tracy angemacht oder irgendwie bedroht? »Wollen Sie ins TILL?« fragte er.

»Ja.« Tracys Stimme klang leise und kläglich.

»Gut. Vielleicht kann ich Gloria eine Tasse Kräutertee abschwatzen.« Mit einem Nicken in Ingrids Richtung erklärte er: »Gloria ist die Frau am Empfang.«

Espinosa klemmte seinen Stock unter den Arm, schlug die Wagentür zu und schloß ab. Als er auf das Truesdale-Gebäude zuging, bemerkte Ingrid, daß er stark hinkte und den Stock links als Krücke benutzte.

Hier an der Grenze zum westlichen Los Angeles wimmelte der Santa Monica Boulevard von Bürohäusern, Geschäften und Restaurants. Der kleine Hügel auf der Nordseite kam Ingrid lächerlich zahm vor. Schon vermißte sie die Achterbahnlandschaft von San Francisco.

Das viergeschossige Truesdale-Gebäude protzte mit einer

silbrigen Spiegelglasfassade, wie sie sonst riesige Bürowolkenkratzer haben. Das Erdgeschoß bestand aus einer verglasten Eingangshalle mit abgeteiltem Gymnastik-Aquarium, in dem sich ein Dutzend geschmeidiger Frauen in neonbunten Trikots zu unhörbarer Musik dehnten und bogen, angeleitet von einer grinsenden blonden Dominatrix, deren Knochen zusätzliche Gelenke haben mußten.

Als sie auf die Drehtür zugingen, zog Tracy einen grünen und einen gelben Anstecker hervor. Ingrid durfte sich einen aussuchen. Bei beiden lautete die Aufschrift: *Ich habe den Jungbrunnen gefunden! Fragen Sie mich.*

»Steck dir einen an, Ingrid. Alle tragen diese Dinger. Glaub mir, wenn du keinen trägst, werden sie stundenlang versuchen, dir einen zu verkaufen.«

Ingrid steckte sich den gelben Button an und warf einen Blick zurück zu Espinosa. Er reagierte sofort, schmunzelte und schlug seinen Jackenkragen zur Seite. Auf seinem weißen Hemd prangte wie eine Erkennungsmarke ein roter Anstecker. Als Ingrid gerade amüsiert auflachen wollte, sah sie den Lederriemen in seiner Achselhöhle, offenbar ein Schulterholster.

Sie betraten die Halle und gingen eine lange Rampe entlang auf eine Spiegelwand zu, die den Aerobic-Kurs verdoppelte. Die Rampe wand sich um einen Springbrunnen in der Mitte der Eingangshalle.

Tracy blieb stehen, damit Ingrid die Plastik im Brunnen bestaunen konnte. Ingrid konnte nicht widerstehen und machte ein paar Aufnahmen. Eine steinerne Hollywood-Pionierfamilie ragte im Mittelpunkt des Brunnens auf. Ihre handgewebten Steinkleider und der Planwagen befanden sich im Sprühregen einer Fontäne. »Pionierfamilie im Strudel der Gezeiten«, raunte Ingrid Tracy zu.

Tracy lächelte, an Ingrids bissigen Humor gewöhnt. »Die Statue hat ein dankbarer Großhändler aus Kansas gestiftet, und der Brunnen ist ein Geschenk von einem japanischen

Lizenznehmer. Doc hat beides zusammengebaut und es 'Jungbrunnen' genannt.«

»Ach.« Ingrid trat ein Stück zurück, so daß Tracy mit ins Bild kam. Die Spiegelwand doppelte das Szenario. Ingrid suchte sich einen Ausschnitt, in dem sie mit ihrer Nikon nicht gespiegelt wurden.

Tracy brachte sie zum Empfangstresen, wo eine vierschrötige Frau sie mit offener Begeisterung begrüßte. Ihr Anstecker saß etwas schief, dekorative silberne Strähnchen durchzogen ihr hennarotes Haar wie ein subtiler Hinweis auf ihr Alter, das wohl jenseits von Sechzig liegen mußte.

»Würden Sie glauben, daß ich siebzig Jahre alt bin?« sagte sie zur Begrüßung. »Die Leute wollen das immer wissen, darum sage ich es lieber gleich. Das machen die Vitamine, Schätzchen! Nehme sie jeden Tag.«

»Ich glaube Ihnen kein Wort, Schätzchen. Sie werden mir wohl Ihren Ausweis zeigen müssen, Kleines«, sagte Espinosa. Er stellte Ingrid vor, die, wie es von ihr erwartet wurde, ihren Unglauben über das Alter der Frau ausdrückte. Gloria sah mindestens so fit aus wie die Aerobic-Truppe im Schaufenster. Ingrid linste in den Spiegel hinter Gloria und studierte das Bild — zwei käsige, dunkelhaarige Frauen vor dem Hintergrund nußbrauner strotzender Gesundheit. Sie selbst, bleich wie eine Nebelbank und mit grau gesprenkelten Haaren, fühlte sich in der auf Teint und Ton abgestimmten besseren Gesellschaft von Los Angeles immer etwas fehl am Platz. Tracys Gesicht unter der aufwendigen Frisur aber war mehr als blaß.

Sie ließen Espinosa auf den verspiegelten Tresen gelehnt und mit Gloria ins Gespräch vertieft zurück, und arbeiteten sich durch ein Aufgebot sonnenverwöhnter Sekretärinnen und Handelsvertreter in lässig-eleganten Pastelltönen hindurch. Alle grüßten Tracy mit Namen.

Das Büro des kaufmännischen Leiters lag am Ende eines langen Flures, rechts und links gesäumt von eingetopften Palmen.

Adams Sekretärin erinnerte Ingrid stark an ein Bild der Mumie von Pharao Ramses II, das sie einmal gesehen hatte. Sie hatte die gleiche Hakennase und die gleichen eingefallenen Wangen. Ihr Haar war lackschwarz gefärbt und hätte wie eine Perücke ausgesehen, wäre es nicht so kurz gewesen, daß man praktisch die Wurzeln zählen konnte.

»Hallo, Joleen. Das ist meine Schwester Ingrid«, sagte Tracy reserviert.

Joleen nickte herablassend. »Er erwartet Sie.«

Ingrid blieb kaum Zeit, aus dem Weg zu gehen, als Adam Truesdale seine Frau in eine ausgiebige, wiegende Umarmung schloß. Ingrid stand einen Schritt abseits und studierte ihren Schwager. Wenn sie nicht gewußt hätte, daß er gut zehn Jahre älter war als Tracy, hätte sie den Abstand erheblich geringer eingeschätzt. Adams Haar war rotblond und üppig. An den Schläfen blitzten ein paar eisgraue Fäden, die wie poliert aussahen. Seine sommersprossige Haut war tief gebräunt. Die Vitalität schien ihm aus jeder Pore zu strömen, während Tracy neben ihm noch zerbrechlicher und kränker aussah.

Adam zog Ingrid in eine brüderliche Bärenumarmung, die ihr viel zu warm war. Sie wich zurück, aber Adam nahm sie an den Schultern und hielt sie auf Armeslänge von sich. »Na, das wird aber Zeit, daß wir uns kennenlernen, Schwester!«

Dann ließ er sie schwungvoll los. In seinem leichten Sportsakko und dem hellen Hemd mit offenem Kragen sah er aus wie der geborene Verkäufer. Er war der Inbegriff des reichen kalifornischen Playboys. Durch sein Rasierwasser hindurch nahm Ingrid einen Hauch von Schweißgeruch wahr. War ihm entgangen, daß er schwitzte, oder fand er, daß ihm das eine Note männlicher Verwegenheit verlieh? Womöglich war es in den schicken Männerboutiquen von Beverly Hills der letzte Schrei, dem Aftershave neben Moschus und Pheromonen einen Schuß *Eau de Schweiß harter Arbeit* beizumischen.

Adam stand bei der Tür, redete leise mit Tracy und entließ sie dann mit einem leichten Klaps auf die Kehrseite. »Sieh mal zu, ob du meinen Dad findest, Baby. Ich weiß, daß er Ingrid gern kennenlernen möchte.«

Tracy sah sich im Weggehen mit einem seltsam gehetzten Blick nach Ingrid um, bevor die Tür sich hinter ihr schloß.

Kapitel 4

Ingrid sah sich in Adams Büro um. Auf einem hektarweiten blauen Teppich stand ein Dutzend schlichter, auserlesener Kolonialstilmöbel. Man hätte sie für geliebte Familienerbstücke halten können, wären sie nicht von separaten Spots angestrahlt worden, leicht voneinander abgerückt, präsentiert als Museumsstücke.

Ingrid sah ihm ins Gesicht. Er hielt ihrem Blick unbehaglich lange stand. »Komm, setz dich zu mir, dann können wir reden«, sagte er und dirigierte sie zu einem kleinen, von dekorativen Pflanzen umrahmten Patchwork-Sofa am Fenster. Das einzige moderne Stück im Raum.

Ingrid betrachtete die handgenähte Polsterung, ehe sie sich niederließ. »Stammt das aus dem Blockhaus, in dem du geboren bist?«

»Nein, es ist eine Kopie von dem, auf dem ich gezeugt wurde — im Blockhaus meiner Großeltern.« Sein Scherz und sein Gehabe, als hätte er alle Zeit der Welt, irritierten Ingrid, doch sie zwang sich zur Neutralität. Ihr war der Mann zu glatt, aber in Sachen Männer hatte sie noch nie den Geschmack ihrer Schwester geteilt. Tracy schien einfach außerstande, zu begreifen, daß Männer nicht unbedingt immer die Wahrheit sagten.

Adam klopfte auf das Kissen neben sich. »Setz dich, Schwester.«

Ingrid zuckte die Achseln und setzte sich mit gespielter Heiterkeit. »Schön, Bruder. Und, was kann ich für dich tun?«

»Tracy hat dir von unseren Problemen erzählt?« Ingrid nickte, und seine Miene wurde beeindruckend ernst. »Im Labor haben sie bei einer Routinekontrolle eine kontaminierte Charge entdeckt. Natürlich haben wir die Kontrollen seitdem drastisch verschärft.«

Ingrid deutete ein Nicken an. »Das leuchtet mir ein, aber mir ist nicht klar, wobei ich euch helfen kann. Warum wendet ihr euch nicht an eine namhafte Detektei? Was ist mit dem Detektiv, den du schon angeheuert hast, Ray Espinosa? Tracy sagt, er ist ein Ex-Bulle.«

»Er ist ein einsamer Wolf. Aber er ist gut. Ehrlich gesagt glaube ich nicht, daß es jemand auf Tracy persönlich abgesehen hat. Aber wenn es um sie geht, will ich kein Risiko eingehen. Alles, was ich will, ist, die Sache friedlich zu regeln. Weißt du, ich glaube, ich weiß, wer da gepanscht hat.«

»Wer?«

Adam sah sich instinktiv um, als ob in den Winkeln seines privaten Büros jemand lauschen könnte. »Ehemalige Compagnons meines Vaters«, sagte er und sah sie abwartend an. Ingrid zuckte die Achseln. Adam sprach weiter. »Vor zwanzig Jahren hatte Dad eine kleine Firma für Gesundheitsprodukte und war auf der Suche nach etwas Neuem. Da kam er auf die Kräuter und beschloß, sich alles Wissen über Heilkräuter anzueignen. Zu der Zeit wurden pflanzliche Heilmittel gerade wiederentdeckt, nachdem die etablierten Mediziner die Naturheilkundler um die Jahrhundertwende fast bis zur Ausrottung verteufelt hatten.«

Ingrid richtete sich erschrocken auf, als seine Stimme vor Zorn scharf wurde. Adam bemerkte ihre Reaktion und holte tief Luft.

»Na, ich will jetzt nicht meine Predigt über Naturheilkunde ablassen. Jedenfalls war die Gruppe, die sich mein Dad ausgesucht hat, ein Völkchen, das wir heute wohl grüne Spinner nennen würden. Frag mich nicht, warum Dad sich gerade für diese Leute entschieden hat. Es müssen wohl ein paar hübsche

Frauen dabeigewesen sein — soweit ich mich erinnere, war das tatsächlich so. Sie lebten alle in einem alten Herrenhaus in Bolinas, nördlich von San Francisco. Da hocken sie heute übrigens noch immer.« Er lachte. »Es nennt sich *Institut für Kräuterweisheit*. Schon mal davon gehört?«

Ingrid schüttelte den Kopf.

Adam fuhr fort. »1969 ist Dad mit der ganzen Familie da raufgezogen. Er wollte die pflanzlichen Heilverfahren studieren — Infusionen, Abkochungen, Inhalationen und Tinkturen. Er hat sich mächtig reingekniet. Allzu anspruchsvoll sind die Methoden übrigens nicht. Unsere ganze Familie beherrscht das meiste davon. Sogar meine kleine Schwester Esther, dabei war sie damals ungefähr sechs Jahre alt. Es war wie ein Ferienlager, mit vielen Ausflügen in die Natur. Ich war zu der Zeit auf dem Internat. Ich glaube, damals habe ich meinen Bruder Zach noch einmal neu kennengelernt. Der war in dem Sommer 10, und ich war 19.

Wir haben immer so getan, als ob wir mittelalterliche Alchimisten wären.« Er lächelte bei der Erinnerung. »Aber manchmal waren wir auch Yoruba-Indianer und haben Giftpfeile gemacht. Glücklicherweise wachsen so hoch im Norden keine Kurare-Pflanzen.« Er schüttelte den Kopf, als ihm bewußt wurde, daß er abgeschweift war. »Jedenfalls, ich bin in dem Jahr zur Army gegangen. Und als ich meine Pflichtzeit in Vietnam herumhatte, war Dad nicht mehr an dem Institut. Er hatte alles gelernt, was sie ihm beibringen konnten. Und er nahm ein paar traurige Erinnerungen an die Krankheit meiner Mutter mit.«

Adam setzte sich gerade hin. Seine Stimme wurde flacher. »Dad ist dann nach Hollywood gezogen. Seine neue Produktreihe fing an, sich zu verkaufen. Da tauchten die Leute vom Kräuterinstitut auf und verlangten ihren Anteil.«

»Haben sie ihn bekommen?«

»Wir haben uns mit ihnen geeinigt. Aber vor kurzem haben sie die Verhandlungen wieder aufgenommen — auf ziemlich merkwürdige Art. Ahnst du jetzt, an welcher Stelle der Geschichte du ins Spiel kommst?«

»Es hört sich an, als wenn ich mit den Leuten in Bolinas reden soll. Wie habt ihr euch damals geeinigt, und was gefällt ihnen daran jetzt nicht mehr?«

»So einfach ist es leider nicht. Sie erledigen laufend kleine Arbeiten für uns, und wir haben ihnen als Abgeltung einen kleinen Gesellschaftsanteil gegeben. Wenn du die Ansicht meines Vaters über Gesellschaftsanteile kennst, dann weißt du, was das für ein Zugeständnis ist.«

»Wie groß ist der Anteil?« Ingrid holte ein kleines Notizbuch und einen Kugelschreiber heraus.

Adam sah sie scharf an. »Neun Prozent.«

»Wer hält den Rest?«

»Es ist ein Familienunternehmen.«

»Hat dein Vater die Mehrheit?«

»Mein Vater *ist* die Firma, und umgekehrt. Natürlich ist er derjenige, der die Kontrolle über alles hat.« Es klang, als ob Adam dazu nichts weiter sagen wollte.

»Tracy sagte, daß die Anteile nur an männliche Erben weitergegeben werden können, ist das richtig? Und wie drückt sich die Verteilung des Stammkapitals in Prozenten aus?«

Adams Lächeln verlor an Wärme. »Dad hat diesen Tick, daß seine Söhne das Familienunternehmen weiterführen müssen. Er selbst hat einundfünfzig Prozent, die mein Bruder Zach und ich und unsere Söhne einmal erben sollen. Ich habe zehn Prozent, Zach ebenfalls.«

»Wer hält den Rest?«

»Meine Schwester Esther hat zehn Prozent.«

»Macht neunzig. Wo bleiben die anderen zehn Prozent?«

Adam machte eine Pause. »Die zweite Frau meines Vaters — sie ist oder war mal ein Filmsternchen. Vielleicht hast du von ihr gehört — Claudia Cayenne.«

Ingrid nickte und schrieb den Namen auf. »Sie hat die restlichen zehn?«

»Ja.« Adam stand auf, ging zu einem antiken Schränkchen und machte sich angestrengt daran, eine der Türen zu öffnen. Das Fach dahinter war leer, was ihn zu überraschen schien. Vielleicht hatte er den Schrank noch nie zuvor geöffnet.

Ingrid sah auf ihre Notizen und sprach in Richtung seines Rückens. »So weit, so gut. Und diese laufenden Arbeiten, die das Institut für euch macht, was hat es damit auf sich?«

»Darüber, ähm, kann ich nicht sprechen.« Adam wandte sich von dem Schrank ab und kam wieder zum Sofa. Diesmal setzte er sich so weit von Ingrid weg, wie es das schmale Sofa erlaubte, eng an die Armlehne gedrückt. Er räusperte sich. »Tut mir leid. Sie untersuchen einige Anwendungsfragen. Das ist Sache von Forschung und Entwicklung — Firmengeheimnis. Ich bin sicher, das hat nichts mit den Drohungen des Instituts zu tun.«

»Aber wenn ihr ein gemeinsames Forschungsprojekt habt, müßt ihr doch mit ihnen verkehren. Ihr müßt doch irgendwie an die Ergebnisse kommen.«

»Auf diesem Gebiet beschäftigen wir Experten. Es wäre zu peinlich, wenn wir unsere technischen Mitarbeiter in eine zwanzig Jahre alte firmenpolitische Auseinandersetzung hineinziehen würden. Es ist schlecht für die Firmenmoral, wenn in der Forschungsabteilung der Eindruck entsteht, der Vorstand habe kindische Allüren. Deshalb wollte ich Hilfe von jemandem aus der Familie.« Adams mißbilligende Miene zeigte, daß er schon bereute, darum gebeten zu haben.

»Ich versuche nur zu verstehen, wieso du glaubst, daß diese Leute euer Produkt sabotieren. Wollten sie mehr Geld?«

Adam räusperte sich wieder. »Nicht direkt. Aber sie haben bei der Einigung damals keine Verzichtserklärung unterzeichnet. Diese informelle Regelung war für beide Seiten günstig. Mir ist nicht klar, warum sie sich jetzt beklagen. Aber in letzter Zeit haben wir diese lästigen Briefe bekommen, in denen unsere Firma der Unmoral beschuldigt wird und unsinnige personelle Veränderungen gefordert werden. Wenn sie bloß einen Nachweis wollten, daß unsere Produkte kein Walratöl enthalten oder ohne Tierversuche hergestellt werden — ja, kein Problem! Das wäre auch für die Vermarktung nicht schlecht. Aber wir können uns doch nicht wegen ihrer Launen ins Privatleben unserer Angestellten einmischen oder Mitarbeiter feuern!«

»Das wollen sie also?«

Adam nickte verdrießlich. »Das verlangen sie in ihren vernünftigeren Briefen. Es ist ein bißchen schwer zu erklären. Der Poststempel aus Bolinas ist der Hauptanhaltspunkt dafür, daß die Briefe aus dem Institut kommen. Unsere Poststelle hat Anweisung, mir alle Schmähbriefe hochzuschicken, und die mit Bolinas-Poststempel sind in letzter Zeit ziemlich beunruhigend.«

»Hat irgendwer aus der Firma sie auf den Pfusch mit den Vitaminpillen angesprochen?«

»Sie sind nicht so verrückt, das zuzugeben.« Adam griente böse, was seine ansprechenden Züge in eine miese Schlägerfresse verwandelte. Anscheinend merkte er, wieviel sein Gesicht verriet, denn er setzte rasch eine tiefernste Miene auf. »Aber es wäre mir lieb, wenn du versuchen könntest, sie zur Vernunft zu bringen.«

»Nur, weil sie einen Groll auf euch haben, müssen sie doch nicht gleich eure Vitamine vergiftet haben. Wenn es Umwelt-Aktivisten sind, wäre dann nicht eher zu vermuten, daß sie zum Boykott gegen euch aufrufen oder sowas?«

»Nach außen hin benehmen sie sich wie immer. Aber irgend jemand dort ist wütend auf uns. Und dieser Jemand muß kürzlich in Los Angeles gewesen sein. Sie waren zur Metabio-Messe hier in der Stadt, unmittelbar bevor die kontaminierte Charge entdeckt wurde. Sie haben eine lose Verbindung zu einer Klinik unten in Mexiko, wo Krebspatienten mit Molke und Gemüsesaft behandelt werden — genau weiß ich das auch nicht. Jedenfalls hat sich jemand von ihnen bei uns zu einer Firmenbesichtigung angemeldet. Ich war nicht da, aber mir wurde erzählt, daß diese Frau mitten in der Besichtigungstour die Maske fallen ließ und wilde Anschuldigungen ausstieß. Wir vermuten, daß ein Komplize das Gift in das Produkt getan hat, als sie diesen Zirkus veranstaltete. Am selben Tag wurde hier in Los Angeles ein Brief eingeworfen.«

Ingrid zuckte mit den Schultern. Das überzeugte sie nicht. »Hat jemand mit der Frau gesprochen, die den Aufstand veranstaltet hat?«

»Nein«, sagte Adam. Er klopfte mit den Fingern auf die Armlehne, als wolle er schnell weiterkommen. Ingrid spürte, daß er gern aufgestanden und umhergegangen wäre, es jedoch für verbindlicher hielt, während des Gesprächs neben ihr sitzen zu bleiben. »Es ergab sich keine Gelegenheit, mit ihr zu reden«, sagte er. »Die Angestellten sagen, sie hat sich derartig schlimm aufgeführt, daß sie sie nur noch loswerden wollten. Ihr Begleiter ging mit ihr zusammen weg. Zu dem Zeitpunkt konnten wir nicht ahnen, daß jemand unsere Produkte auch nur angerührt hatte.«

Ingrid nickte. »Okay. Deutet sonst noch etwas darauf hin, daß die Leute vom Kräuterinstitut hinter den vergifteten Vitaminen stecken?«

Adam nickte und stand auf, als sei er sich ihrer ungeteilten Aufmerksamkeit jetzt sicher. »Für mich ist der springende Punkt das verwendete Gift. Wir haben es analysieren lassen. Es ist Aconitin, gewonnen aus dem Blauen Eisenhut, aus dem wir damals im Institut Extrakte herstellten.«

»Ihr habt Gift produziert?«

»Na ja, nur mein Bruder und ich interessierten uns für die giftige Substanz darin, glaube ich — war wohl so ein Spiel für uns, du weißt ja, wie Kinder sind.«

»Ein ziemlich gefährliches Spiel.«

»Also, ich war groß genug, um aufzupassen, daß wir keins der Gifte zu uns nahmen, mit denen wir hantierten. Die meisten Medikamente sind eigentlich Gift, weißt du, nur eben in stark verdünnter Form. Jedenfalls, für meinen Begriff hat das

Institut für Kräuterweisheit seine Visitenkarte dadurch hinterlassen, daß Aconitin in dem Vitamintrunk war. Ich halte es für einen Wink mit dem Zaunpfahl, mit dem sie uns zeigen wollen, daß sie unseren Ruf ruinieren können, wenn wir nicht kooperieren. Und damit haben sie recht. Denk bloß an den Tylenol-Skandal. Die Vitaminindustrie ist ziemlich pingelig, auch was Beimischungen betrifft. So etwas kann unserer Firma nachhaltigen Schaden zufügen, kann uns sogar ruinieren.«

»Was ist mit den Morddrohungen?«

»Hat Tracy etwas von Morddrohungen gesagt? Nun ja, jemand hat eindeutig einen Haß auf die Firma, aber die Briefe sind eher allgemein. Oder sie zielen auf meinen Vater und den Führungsstab. Ich könnte auch Zielscheibe werden, deshalb will ich sichergehen, daß sie nicht versuchen, über Tracy an mich heranzukommen.«

Bei dem Gedanken runzelte Ingrid die Stirn. Am liebsten hätte sie Tracy sofort an einen sicheren Ort verfrachtet, aber sie konnte ja diesen Mann, der immerhin der Ehemann ihrer Schwester war, nicht einfach sitzenlassen. Sie nickte langsam und wartete.

Adam sprach weiter. »Hier, ich zeige dir ein paar Briefe. Alle in Bolinas abgestempelt.« Er setzte sich wieder neben sie und nahm von einem antiken Melkschemel, der jetzt als Beistelltischchen diente, einen dünnen roten Hefter. Er schlug ihn auf und überflog den Inhalt. Der Aktendeckel trug die Aufschrift 'Drohbriefe'. Adam blätterte die Papiere so schnell durch, daß Ingrid nichts erkennen konnte. Einer der Briefe löste sich und fiel auf den Boden, mit der beschriebenen Seite nach oben.

Ingrid hob ihn auf. Sie hatte kaum die in Großbuchstaben gekritzelten Worte BARBIEPÜPPCHEN-FRAUEN UND IHRE HEIMLICHEN KENPUPPEN-LIEBHABER entziffert, als Adam ihr den Brief aus der Hand nahm und in den Ordner zurückgleiten ließ. »Wir bekommen viele solche Briefe«, sagte er. Schließlich sortierte er einige Briefe aus, an deren Rückseite Umschläge geheftet waren, und drehte sie so, daß Ingrid die Bolinas-Poststempel sah. Nur widerstrebend ließ er sich einen der Briefe aus der Hand nehmen.

Er war 'an den sogenannten Doktor Truesdale' adressiert und begann mit einer vagen Drohung, die besagte, daß die wahren Beschützer der Mutter Erde die ihnen zustehende Macht wieder an sich reißen würden. Weiter hieß es: »Wenn die Öffentlichkeit erfährt, welche Korruption Sie im Namen der Gesundheit treiben, dann werden Sie endlich ernten, was Sie gesät haben. Sie werden genauso behandelt werden, wie Sie andere behandelt haben. Schlucken Sie nur weiter Ihr Putzmittel. Eines Tages werden Sie daran ersticken.« Das war alles.

»Was soll denn das mit dem Putzmittel-Trinken? Also, *das* klingt mir nach Gift.«

Zu Ingrids Überraschung kicherte Adam amüsiert. »Nein, nein. Das ist harmlos. Hat nichts mit der Sabotage zu tun.« Er sah auf seine Armbanduhr. »Es bezieht sich auf eine spektakuläre Vermarktungsstrategie meines Vaters. In ein paar Minuten bekommst du eine Vorführung zu sehen. Daran kommst du sowieso nicht vorbei. Womöglich hat er schon angefangen, während wir hier reden. Komm, laß uns gehen.«

Ingrid drehte den Brief, den sie in der Hand gehalten hatte, um und gab ihn Adam zurück. Er schob ihn wieder in den Hefter, zog dann einen Diplomatenkoffer hinter dem Sofa hervor und schloß die rote Mappe darin ein. »Solange diese Irren aus Bolinas nicht aus dem Verkehr sind, kann man nicht vorsichtig genug sein.«

Ingrid runzelte die Stirn. Er redete wie in einem Spionage-Thriller. Vielleicht fehlte ihm einfach der Austausch mit anderen Menschen? »Sag mal, wenn du schon nicht die Polizei oder eure Anwälte einschalten willst, warum redest du nicht selbst mit ihnen? Klar, du müßtest deinen Stolz überwinden, aber es könnte sich immerhin lohnen.«

Adam schüttelte ungeduldig den Kopf. »Ich traue mir nicht zu, höflich zu bleiben. Shandra Morgenstern, die Leiterin des Institutes — also, wenn sie mich anriefe, dann würde ich wohl mit ihr reden. Aber ich werde sie nicht anrufen. Kommt nicht in Frage. Früher waren wir alle so was wie eine große Familie. Und dies hier ist eine Familienfehde. Vielleicht kannst du helfen, die Sache zu flicken. Gib mir Bescheid, was da los ist. Ich mache mir einfach Sorgen, daß da vielleicht ein paar schräge Vögel ans Ruder gekommen sind. Wenn dir etwas Ungewöhnliches auffällt«, sagte er und zuckte mit den Schultern, »vielleicht irgendein Anzeichen für einen Kult oder eine Sekte oder sonst etwas, das dir komisch vorkommt, laß es mich wissen. Du gehörst nicht zur Firma, mit dir haben sie keinen Streit. Also werden sie dir vielleicht zuhören, mit dir reden oder auch versuchen, dich in die Sache reinzuziehen.« Er schob die Hand in die Tasche. »Eins noch. Könntest du das hier Shandra persönlich geben?« Er zog einen kleinen blauen Umschlag hervor, der leise knisterte, als er ihn Ingrid reichte. »Sie wird das verstehen.«

»Da ist hoffentlich nichts Illegales drin«, sagte Ingrid mit einem halbherzigen Lachen. »Es wäre mir gar nicht lieb, wenn auf dem Flughafen plötzlich sämtliche Rauschgifthunde an diesem Umschlag herumschnüffeln.«

»Natürlich nicht. Nur eine Art Nachricht.«

»Worüber habt ihr euch gestritten?« wollte Ingrid wissen.

Adam seufzte. »Laß uns das nicht wieder aufwärmen. Der Streit ist lange vorbei, aber der Groll ist geblieben. Das ist, wie wenn man über Vietnam redet. Sinnlos, alte Wunden aufzureißen. Paß auf. Wir geben ihnen eine sechsstellige Abfindung, wenn sie diese Verzichtserklärung unterschreiben. Das hätten wir damals gleich tun sollen, aber da waren wir jung und dumm.« Er übergab ihr eine maschinengeschriebene Verzichtserklärung und einen festen Umschlag dafür. Dann kritzelte er *400 000* auf den Umschlag und seine Initialen darunter.

Ingrid las die Verzichtserklärung durch, die sich auf alle noch bestehenden Ansprüche erstreckte. Sie öffnete das große Reißverschlußfach an der Außenseite ihrer Kameratasche und verstaute die Papiere darin.

»Wie du siehst, ist das nur ein Entwurf. Wenn sie einverstanden sind, sollen sie sich mit unserem hiesigen Anwalt in Verbindung setzen. Hier sind Telefonnummer und Adresse, und hier ist ein Scheck dich, für Zeit und Aufwand. Ich hoffe, er ist hoch genug. Wenn du sonst irgendwelche Ausgaben hast, laß uns das wissen, die erstatten wir natürlich zusätzlich.«

Ingrid nickte und starrte auf den Zweitausend-Dollar-Scheck. Das war mehr als ein Monatsverdienst bei der *Gadfly*. Sie packte ihn in ihre Brieftasche. »Schön, Adam. Ich werd' mein Bestes tun. Eine Erfolgsgarantie kann ich natürlich nicht geben.«

Adam klopfte ihr auf die Schulter. »Das verstehe ich, Ingrid. Mich interessiert, was für einen Eindruck das Institut auf dich macht. Laß mich wissen, wen du dort gesehen hast und was so vor sich geht. Am liebsten wäre mir, wir könnten die ganze Sache regeln, ohne meinen Vater hineinzuziehen.«

Als sie den palmengesäumten Flur zum Fahrstuhl entlanggingen, wurden sie auf halber Strecke von einem großen, geschäftigen jungen Mann mit dem gleichen rotblonden Schopf wie Adam aufgehalten. Er trug eine schwarzrandige Brille mit sehr dicken Gläsern. Obwohl er jünger war, lichtete sich sein Haar über den Schläfen viel stärker als bei Adam. Mit seiner hageren Statur sah er aus wie eine verkniffene Karikatur von dem urig-gut wirkenden Adam. Der Mann umklammerte einen Computerausdruck und wandte sich mit beinahe verzweifelter Dringlichkeit an Adam. Vor dem Sprechen warf er einen schnellen Blick über die Schulter.

Einige Schritte entfernt folgte ihm ein muskelbepackter blonder Mann im T-Shirt, der bei Ingrids Anblick sofort seine Muskeln spielen ließ, offenbar ein automatischer Impuls, wie das Schwanzfedern-Rad bei einem balzenden Pfau.

»Ingrid, ich möchte dich mit meinem jüngeren Bruder Zachary bekannt machen«, sagte Adam und stellte sie anschließend ebenfalls vor. Zach und Adam ignorierten den Muskelmann. Ingrid beobachtete ihn aus dem Augenwinkel. Völlig versunken betrachtete er in der langen Fensterscheibe sein Spiegelbild.

»Zach ist für unsere Buchhaltung zuständig.«

Ingrid nickte. Sie hatte den Eindruck, daß Zach sich nur mit Mühe beherrschen konnte, seinen Bruder nicht an der Hemdbrust zu packen. »Was habt ihr für ein Problem, Jungs?« fragte Adam. Zach sah sich nach seinem kräftigen Gefolgsmann um. »Wir können uns nachher unter vier Augen in meinem Büro unterhalten«, fügte Adam hinzu. »Falls es etwas Vertrauliches ist.«

»Hör zu, Adam. Ich weiß, Dad will, daß jeder von uns einen Tag in der Woche in der Fabrik arbeitet. Aber wir gehen diesen Monat mit dem neuen Computersystem ans Netz. Wir kriegen die ganzen Konvertierungen nicht fertig, wenn dieser Gorilla ständig um mich herumschleicht, um mich und meine Leute zum Kistenpacken zu entführen.« Er hieb mit seinem Computerausdruck in die Luft und wich einige Schritte vor dem blonden Mann zurück, als fürchte er eine Vergeltungsmaßnahme. »Ich mußte Ruthanne zu ihrem Arzt bringen, und dieser Affe ist mir in seinem Wagen die ganze Zeit hinterhergefahren. Und dann ist er mir von der Garage aus nachgelaufen. Als ich den Wagen abgestellt hatte, ist er mir sogar aufs Klo gefolgt. Er ist mir den ganzen Tag auf den Fersen.«

»Derek?« Mit dem Auftreten eines Kindergärtners, der einen Streit schlichten muß, wandte sich Adam an den Außerirdischen vom Muskelplaneten.

Derek wandte sich gemächlich vom Fenster ab. Er hatte sichtlich nicht darauf geachtet, was Zach von sich gab. »Doc hat seine Anweisungen erteilt«, sagte Derek. »Jeder, der seine Nase einen Monat nicht in der Fabrik gezeigt hat, soll daran erinnert werden. Den muß ich dann eben mitbringen, wenn ich komme. Jeden Tag. Das ist wichtig. Besonders jetzt.«

Adam räusperte sich warnend. »Wir wollen hier nicht über die Fabrik reden, Derek. Ich stimme dir zu.« Er nickte Derek zu und klopfte seinem Bruder auf den Rücken. »Du hast jetzt eine wichtige Aufgabe, Zach. Wir werden dafür sorgen, daß du genügend Zeit bekommst, sie ordentlich zu Ende zu bringen.«

Zach starrte Adam an, als wüßte er nicht, ob er lächeln oder die Flucht ergreifen sollte. »Derek, alter Kumpel, Zach und die Leute aus seiner Abteilung kommen die nächsten Wochen nicht in die Fabrik. Sag Dad einfach, daß ich das genehmigt habe, ja?«

Derek zuckte die Schultern. »Wenn du es sagst, Adam.« Er drehte sich um und schlenderte davon. Zach seufzte erleichtert auf. Erst jetzt hatte er die Ruhe, Ingrid anzuschauen.

»Der Kerl ist noch gemeiner, als er aussieht«, sagte er zögernd zu ihr, plötzlich beschämt, daß er Adam hatte um Hilfe bitten müssen. »Es sind schon Leute im Krankenhaus gelandet, nur weil sie ihm die Hand geschüttelt haben. Eines Tages wird ihm mal jemand Schierling in seinen Karottensaft tun.« Er sah von Ingrid zu Adam, drehte sich dann ohne ein weiteres Wort um und eilte davon.

Adam wischte sich über die Stirn und lächelte Ingrid schwach an. »Mit dem Schierling, das war nur ein Scherz. So was sagt er, wenn er Dampf ablassen muß. So wie wir damals als Kinder herumphantasiert haben. Aber er würde niemals wirklich so was tun — nie im Leben.«

»Bist du da ganz sicher?«

»Absolut. Mein Bruder mag etwas verschroben sein, aber er arbeitet gewissenhaft — fast zu hart. Er macht die Buchhaltung der Firma, seit er in der Highschool war. Kein Wunder, daß er damit ein bißchen eigen ist. Hoffentlich spannt er bald mal ein wenig aus und macht mit seiner Frau Ruthanne ein paar Tage Urlaub.«

»Er hat gesagt, er mußte Ruthanne zum Arzt fahren. Ist sie krank?«

»Nein, nur schwanger. Kurz vor dem Werfen. Sie hat früher in der Putzkolonne gearbeitet. Die Frau ist gesund wie ein Pferd.«

Adam öffnete eine Tür. »Also, hier ist das Labor. Gehen wir rein.«

Kapitel 5

Die glänzend weißen Wände und Arbeitstische im Labor sahen mehr nach Hollywood als nach Forschung und Wissenschaft aus. Fenster waren nicht vorhanden, aber ein Oberlicht ließ die beeindruckende Ansammlung von Gerätschaften an den Wänden und auf den Tischen blinken. Ein junger Mann und eine junge Frau, beide hübsch und dunkelhaarig, beide in weißen Laborkitteln, standen an einer Seite und wirkten wie Schauspieler in einer Krankenhaus-Kitschserie.

Auf einem Podest am Ende des Raumes stand Doc Truesdale — es konnte niemand anders sein —, stämmig und braungebrannt mit Haaren so makellos weiß wie sein Kittel. Seine Wangen hingen etwas tiefer, aber sonst glich er dem Bild auf dem Flaschenetikett. Er sprach soeben zu etwa sechzig Vertretertypen in Schlips und Anzug oder Kostüm.

»Verkäufer der höchsten Ebene«, flüsterte Adam Ingrid zu. »Doc bringt sie gerade in Stimmung, damit sie in die Lande ziehen und der mittleren Vertriebsebene das Evangelium predigen können. Warte hier, ich bin gleich wieder da.« Er drückte ihre Schulter und ging zu dem dunkelhaarigen Paar in den weißen Kitteln hinüber.

Ingrid sah sich um und stellte fest, daß sich unter den Zuhörenden beachtlich viele Japaner und Japanerinnen befanden. Ernsthafte, nüchterne Paare mittleren Alters in konservativer

Geschäftskleidung mit geöffneten schwarzen Notizbüchern und Stiften schreibbereit in der Hand. Sie starrten den Sprecher an, als wollten sie jede seiner Gesten auswendig lernen. Nachdem sie das Bild auf dem Flaschenetikett schon so lange kannten, mußte es faszinierend sein, das Original in Aktion zu erleben.

Und Doc Truesdale war sehenswert. Er strahlte eine so bodenständige, gutmütige Volkstümlichkeit aus, daß Ingrid beinahe erwartete, er würde im nächsten Moment ein Säckchen Getreide aus der Tasche ziehen und die Körner von einer Hand in die andere rieseln lassen, während er sprach. Was er hier feilbot, war Philosophie für den Hausgebrauch, jahrmarktstaugliche Vorführkunst und Verkaufsstrategie mit der Effizienz einer Dampfwalze, alles in einem Aufwasch.

»Also, wir stellen alle unsere Produkte mit unseren eigenen Händen in unserer eigenen Fabrik her, die ganz in der Nähe liegt. Unsere Rohstoffe sind von der besten Qualität. Nur die reinsten, absolut natürlichen organischen Zutaten kommen in unsere Flaschen und Gläser. Wir lassen nicht die allerkleinste Spur unerwünschter Beimischungen zu.«

Beispielsweise tödliches Gift, dachte Ingrid.

»Ich würde mein Bild nicht auf den Etiketten abdrucken lassen, wenn die Produkte nicht gut für Sie wären.« Doc strahlte seine Gemeinde an, sie strahlte zurück. »Ich muß gerade an eine Frau denken, die mich damals, als unsere Firma noch jung war, einmal fragte: 'Doc, *brauchen* wir denn all diese Vitaminsäfte und Tabletten wirklich? Bekommen wir nicht genug davon durch die Nahrung, die wir zu uns nehmen?'

Und ich antwortete ihr: 'Meine Liebe, die Ärzte mit ihrem allmächtigen Unwissen über die einfachsten Tatsachen der Nahrung werden Ihnen sagen, daß Sie alle lebenswichtigen Vitamine zu sich nehmen, wenn Sie sich ausgewogen ernähren. Nun, das mag vor langer Zeit einmal richtig gewesen sein...«

Ingrids Aufmerksamkeit erlahmte, und sie betrachtete die Zuhörenden. Einige sahen neugierig die Frauen an, die hinter Doc Truesdale standen. Eine davon war Tracy. Es war Ingrid zuerst nicht aufgefallen, mit welcher Berechnung er Tracy und die beiden anderen ausgesprochen attraktiven Frauen auf der anderen Seite des Podiums aufgestellt hatte. Sie sahen aus wie ein lebendes Blumengesteck. Die Frauen lauschten, als wären sie von Docs Stimme gefesselt.

Links von Tracy stand der Inbegriff der blonden Strandschönheit. Ingrid erkannte, daß es die Aerobic-Trainerin war, die sie beim Hereinkommen gesehen hatte. In ihrem weizenblonden Haar glitzerten noch einzelne Wassertropfen. Sie mußte schnell geduscht und ihr Trikot gegen die schneeweiße Kleidung getauscht haben. Ihre Brüste zeichneten sich durch das T-Shirt ab, auf dem in Brusthöhe TILL aufgedruckt war. Eine weiße Baumwollhose bedeckte ihre Beine bis zu den Knöcheln, ohne das mindeste zu verbergen. Ihre tiefe, gleichmäßige Bräune verriet stundenlange hingebungsvolle Sonnenanbetung. Ihre blauen Augen ruhten auf Doc mit einem Blick tiefer Ergebenheit, wie ihn Spaniels und manche Politiker-Gattinnen pflegten.

Im Gegensatz dazu sah die Rothaarige rechts von Tracy schmal und kühl wie ein Sektquirl aus in ihrem klassisch geschnittenen Leinenkleid, das einige Hundert Dollar gekostet haben mußte. Die Haare rotgold wie helles Kupfer, die Haut hell und sommersprossig. Das mußte Esther Truesdale sein, die Schwester von Adam und Zach. Sie ließ ihre grünen Augen einen Moment zur Seite schweifen, und Ingrid meinte, etwas wie unterdrückte Wut darin zu entdecken. Dann wandte sie sich wieder Doc Truesdale zu und nahm erneut die Haltung der pflichtbewußten Tochter ein.

»Wir *brauchen diese Vitamine*«, fuhr Doc fort und klopfte auf das Rednerpult, um seinen Worten mehr Nachdruck zu verleihen. »Besonders, wenn wir krank sind oder unter Streß stehen — und wer tut das heutzutage nicht? Wir sind alle

Leistungssportler, auch wenn wir nur Schreibtisch-Jockeys sind. Wir brauchen *Brennstoff*. Um noch ein bißchen besser zu sein. Wir brauchen *Hilfe*. Wie die jungen Leute immer sagten, wir brauchen *a little help from our friends* — ein bißchen Hilfe von unseren Freunden, den Vitaminen. Und wissen Sie, was aus der Frau geworden ist, die mir nicht glauben wollte, dieser guten Frau, die den Nutzen der Vitaminprodukte anzweifelte? Sie ist jetzt eine unserer gesündesten — und *wohlhabendsten* Großhändlerinnen.«

Als Doc Geld erwähnte, applaudierten einige Zuhörer.

Doc stellte eine Reihe von Fläschchen auf und strich liebevoll über jedes einzelne, während er sie beschrieb.

Die Zuhörer starrten ihn in hypnotisiertem Schweigen an. Ingrid beobachtete, daß das Paar in den Laborkitteln die dunklen Köpfe zusammengesteckt hatte und leise miteinander tuschelte. Sie schenkten der Vorführung einen wohlwollend-gelangweilten Blick. Adam ging hinüber, um sich mit dem Mann im weißen Kittel zu unterhalten, die Frau wandte sich ab, als sei sie weggestoßen worden. Ingrid sah zu Tracy hoch und bemerkte, daß sie Adam aufmerksam beobachtete, während er mit dem Mann im weißen Kittel sprach. Zwischen Tracys Augenbrauen zeigte sich eine verwirrte Falte, als ob sie gern eine Frage gestellt hätte.

»... das Aschenputtel in unserem Sortiment«, sagte Doc, als er einen blau eingefärbten Plastikbecher in der Luft drehte und die Flüssigkeit darin wie ein milchig-blauer Edelstein funkelte. »TSS — Truesdale SuperSauber. Der packt jeden Schmutz im Haushalt. Und kann der Umwelt keinen Schaden zufügen. Sobald er seine Aufgabe erfüllt hat und der frischen Luft und dem Sonnenlicht ausgesetzt ist, wird er vollständig abgebaut. Dieses Produkt könnte unseren gefährdeten Planeten retten. Aber, werden Sie fragen, wäscht es auch meine Kleidung blütensauber? Na, dann sehen wir uns doch einmal unseren kleinen Stapel verschmutzter Wäsche an.« Er trat an das andere Ende des langen Tisches, wo ein weißes, mit

Marmelade und Schokoladensoße verschmiertes T-Shirt bereitlag.

Ingrid spähte zu dem Mann im weißen Kittel hinüber. Er fing ihren Blick auf und fixierte sie einen Moment lang. Dann sagte er zu ihrer Überraschung etwas zu Adam und der braunhaarigen Laborantin mit dem Klemmbrett und kam um die Gruppe der Zuhörenden herum auf Ingrid zu. Doc schob sich gerade die Ärmel hoch und begann, das T-Shirt in einer Schüssel mit Wasser auf einem kleinen Waschbrett zu bearbeiten. Die Zuschauer amüsierten sich über den Anblick und lachten.

»Hallo. Ich bin Ken Crowley«, sagte der Mann im weißen Kittel. Er schüttelte ihre Hand und stellte sich so dicht neben sie, daß sie sich leise unterhalten konnten, ohne die Vorführung zu stören. »Sie müssen Tracys Schwester aus San Francisco sein.«

»Gut geraten«, sagte Ingrid. Aus der Nähe fand sie ihn lange nicht so hübsch wie von weitem. Die ausgeprägten, gleichmäßigen Gesichtszüge und die dicken, dunkelbraunen Haare ließen ihn anziehend wirken, aber als er sie jetzt freundlich anlächelte, fragte sie sich irritiert, wo diese seltsame Kälte in seinen Augen herrührte. Waren sie bernsteinfarben oder dunkelbraun? Grün?

Ken deutete unauffällig auf das Podium und den Kreis der Lauschenden. »Ganz der Patriarch, nicht wahr?«

»So könnte man es ausdrücken.« Er schien es für selbstverständlich zu halten, daß jede fremde Frau mit ihm flirten wollte, eine Einstellung, die Ingrid grundsätzlich wütend machte.

Trotzdem konnte sie nicht umhin, ihn wenigstens so lange anzusehen, bis sie sicher war, welche Farbe seine Augen nun wirklich hatten. Und bis sie darauf kam, woran diese Augen sie erinnerten ... sie schaute kurz beiseite, verlegen und ein wenig verwirrt. »Würden Sie hier arbeiten, wenn Sie der Ansicht wären, daß die Produkte jemandem schaden könnten?« fragte sie dann und sah ihn streng an.

»Nein«, sagte Ken etwas zu schnell. Das war offensichtlich eine Frage, die er sich selbst nicht stellte. »Natürlich nicht. Zumindest sorgen die Truesdale-Produkte dafür, daß die Leute sich sicher fühlen. Wie Ihre Schwester.« Er nahm keine Notiz von ihrer finsteren Miene. »Eine ausgesprochen hübsche Frau, vom Wesen und vom Aussehen her. Ich wünschte nur, sie wäre etwas selbstsicherer.«

Ingrid zuckte die Achseln und wandte sich betont zum Podium. Das ging ihn nicht das geringste an, selbst wenn sie derselben Meinung war, und es war anmaßend von ihm, sich einzubilden, daß sein Kommentar erwünscht sei.

»Und, wie geht es San Francisco?« Obwohl Doc Truesdale noch sprach, wandte sich Ken einfach ab, als hätte der Chef der Firma zu existieren aufgehört. »Ich war da an der Uniklinik.« Ingrid antwortete noch immer nicht. »Also, eigentlich war ich an der Uniklinik, in Fort Miley und im städtischen Krankenhaus. Wir mußten rotieren. Aber es hört sich besser an, wenn man Uniklinik sagt, finden Sie nicht auch?«

»Sie sind Arzt?«

Er verbeugte sich und nickte. »Ein *richtiger* Doktor, wie meine Mutter sagen würde. Völlig überbezahlt dafür, daß ich Docs Rezepte überprüfe und mir neue ausdenke. Der weißhaarige Herr da oben, der ist mehr so was wie ein Doktor von Gottes Gnaden, nicht etwa Mediziner oder auch nur irgendwas aus dem weiteren Umfeld der Biochemie.«

»Woher bekommt er denn seine Formeln, wenn er kein Chemiker ist?«

»Die meisten von Truesdales Produkten unterscheiden sich kaum von denen, die auch Dutzende anderer Firmen anbieten. Er hat ein gutes organisches Reinigungsmittel, aber das ist eher eine Marktlücke als ein wissenschaftlicher Durchbruch. Und was die Kräuter angeht, da mischt er einfach ein paar unter die Vitamine. Nicht so viel, daß sie Schaden anrichten könnten. Ob sie allerdings nützen ...« Er zuckte die Achseln. »Truesdale ist ein Verkaufsgenie. Sehen Sie sich doch die japanische Abordnung an. Ihn wollen sie sehen — den großen weißen Vater. Wenn diese Firma je verkauft werden sollte, müßten sie Doc gleich mitverkaufen — er gehört zum Geschäft wie das M zu MacDonald's. Ehrlich gesagt, halte ich den Alten für einen Schamanen. Hypnotisiert die Massen und mobilisiert ihre Selbstheilungskräfte. Das tun richtige Ärzte auch immerzu. Darum beklagen wir uns heutzutage ja so über den Mangel an Glauben an unsere Fähigkeiten. Wie soll ich jemanden hypnotisieren, der immerzu schwierige Fragen stellt?«

»Warum arbeiten Sie für ihn, wenn Sie nicht an das glauben, was er macht?«

»Sie hören nicht aufmerksam zu, Ms. Hunter. Ich habe nichts gegen den alten Knaben. Ich glaube, daß er ein echtes Bedürfnis abdeckt. Und ganz nebenbei gibt er noch einen Fortgeschrittenenkurs in Marketing. Wer weiß? Vielleicht heirate ich sogar die Tochter vom Boß.«

Ingrid wandte sich wieder von Ken ab. Sie sah, daß Ray Espinosa an der Tür herumstand und Tracy mit einem Ausdruck äußerster Konzentration ansah. Ingrid sah sich im Raum um, und ihre Augen begegneten denen der kleinen dunkelhaarigen Frau im Laborkittel. Sie sahen sich einen Moment lang an, dann wandte sich die Laborantin mit gerunzelter Stirn ab, klappte ein Notizbuch auf und begann zu schreiben. Die Frau hatte Ken eifersüchtig beobachtet.

»Kein allzu anspruchsvoller Job hier«, sagte Ken, als wollte er Ingrids Blick wieder auf sich ziehen.

»Ach, ich weiß nicht. Sie scheinen doch ganz gut beschäftigt zu sein.« Ingrid hätte Kens Aufmerksamkeit schmeichelhaft gefunden, aber sie war sicher, daß das Flirten bei ihm ganz automatisch ablief, einfach eine Masche, um zu kriegen, was er gerade wollte. Ganz gleich, wem er dabei wehtat: Diesmal traf es die Dunkelhaarige in dem Kittel. Sie sah aus, als würde sie am liebsten ihr Notizbuch quer durchs Labor schleudern.

Ingrid beschloß, Ken als Ausgleich für seine Aufdringlichkeit mit Informationen bezahlen zu lassen. »Sie kennen doch hier alle. Wer ist denn die Blonde in dem gar nicht so jungfräulichen Weiß?«

»Das ist Barbie, die Verlobte des Alten.«

»Sie sieht ungefähr so alt aus wie der Rotschopf, die übrigens die Tochter vom Boß sein muß, die Sie heiraten wollen.«

»Sie schalten schnell. Das ist tatsächlich Esther. Barbie ist ein oder zwei Jahre jünger, würde ich sagen.«

»Und Esther ist nicht gerade wild auf diese Stiefmutter.«

Kens Grinsen entblößte eine Reihe gesunder Zähne. »Wissen Sie, Esther hat gerade mit Glanz und Gloria die Abschlußprüfung in Wirtschaftswissenschaften an der Stanford University abgelegt. Barbie dagegen wird nachgesagt, daß sie sich ihren Platz da oben auf dem Podium und in Docs Herz dadurch erworben hat, daß sie die Körpersprache flüssig beherrscht. Für *ihre* mündliche Prüfung bekam sie als Diplom einen Verlobungsring mit Brillanten.«

»Und warum läßt Esther sich derart vorführen, wenn sie eine Wirtschaftskanone ist?«

»Sagen wir es mal so: Die kleine Esther ist noch nicht wütend genug, um aus dem Familienanwesen in Bel Air auszuziehen.«

Das Wasser des Jungbrunnens schien hier in recht durchschaubare Richtungen zu fließen, dachte Ingrid. Augenblick mal, Barbie, Barbiepüppchen-Frauen ... bevor es ihr klar wurde, hatte sie den Gedanken schon ausgesprochen. »Sie haben doch keine Probleme mit Witzen über Barbie- und Ken-Puppen, oder?«

Ken sah sie mit geschärfter Aufmerksamkeit an. »Nein. Nein, habe ich nicht.«

Oben auf der Bühne war das T-Shirt inzwischen sauber. Doc war an der langen Reihe der Produkte vorbei zum Ende des Tisches gegangen, zu einem Tablett mit einer Karaffe Wasser, einem leeren Glas und einem Teelöffel. »Sie haben gesehen, wie gut unser Reiniger wirkt. Nun will ich Ihnen zeigen, wie absolut harmlos er ist.«

In diesem Moment tauchte Adam auf und stellte sich zwischen Ken und Ingrid.

Doc goß Wasser in das Glas und gab einen Teelöffel voll aus der Flasche dazu, die er eben benutzt hatte, um Schokolade und Marmelade aus dem T-Shirt zu waschen.

Ingrid beobachtete Doc und bemerkte kaum, daß sich eine weitere Person genähert und neben Adam gestellt hatte.

»Ich weiß, daß es harmlos ist«, flüsterte eine Stimme in der Nähe. »Aber ich wünschte, wir könnten ihm ausreden, das Zeug jede Woche löffelweise zu schlucken. Es ist einfach nicht dazu *gedacht*, daß man es trinkt.« Ingrid sah sich nach dem Sprecher um und erkannte Zach Truesdale. Ken nickte.

»Nicht so gut. Finde ich auch«, murmelte Adam zustimmend und reagierte prompt. »Warte mal, Dad«, rief er laut. »Laß mich hochkommen. Ich sehe dich das seit Jahren trinken. Jetzt will ich auch mal probieren.«

Ingrid sah, daß Tracy oben auf dem Podium ebenfalls nach vorne getreten war und etwas gesagt hatte, um Doc zu unterbrechen. Aber ihre Stimme war von der ihres Mannes übertönt worden, Doc ignorierte sie und strahlte seinen Sohn an.

»Meine Damen und Herren, dies ist mein ältester Sohn Adam. Er hat mir bei dieser Vorführung zugeschaut, seit er ein kleiner Knirps war. Ich glaube, jetzt ist er mal dran. Sie werden ihn später noch einmal sehen, wenn wir zum Geschäftlichen kommen. Er ist unser kaufmännischer Leiter, und ich bin verflixt stolz auf ihn. Sicher, mein Sohn, du sollst vorführen, daß jeder dieses Reinigungsmittel unbesorgt trinken kann.«

Er reichte Adam das halbvolle Glas, woraufhin der den Zuschauern zuprostete und es in einem Zug leertrank. Ein leises, erschrockenes Aufatmen war aus der Menge zu vernehmen. Adam zog die Augenbrauen hoch und schüttelte kurz den Kopf. Dann wischte er sich jungenhaft den Mund mit dem

Handrücken ab, grinste seinen Vater an und reckte die Hand mit dem Glas vor.

»He, gar nicht übel. Kriege ich noch einen?«

Großes Gelächter.

»Tut mir leid, Sohn. Mehr als einen Teelöffel voll gibt es nicht. Es ist ja nicht zum Trinken *gedacht*, Herrschaften. Aber Sie haben es eben gesehen: Wenn der Junior, wie Kinder das nun einmal machen, einen Schluck davon nimmt, brauchen Sie sich keine Sorgen zu machen, daß er Bauchschmerzen oder etwas Schlimmeres bekommt. Aus Sicherheitsgründen muß ich Ihnen allerdings dringend raten, dieses Experiment mit *keinem anderen* Reiniger zu wagen, der auf dem Markt ist.«

Wieder lachten alle, nur Barbie und Esther machten bemerkenswerterweise eine Ausnahme. Sie sahen Tracy scharf an. Vielleicht, weil sie aus der Reihe getanzt war und versucht hatte, Doc im wichtigsten Moment seiner Darstellung zu unterbrechen. Ob auch Tracy den Reiniger hatte trinken wollen? Es hatte sehr danach ausgesehen.

Tracy kümmerte sich nicht um die Blicke von Barbie und Esther. Sie stieg vom Podium und kam zu Ingrid. Ken legte den Arm um Zach, und die beiden Männer entfernten sich mit einem freundlichen Winken. Die Laborantin stieg auf das Podium, wo Adam ein paar Schritte neben seinem Vater stand. Sie begann die Requisiten aufzuräumen, trug sie vom Podest und aus dem Raum.

»Ich habe gesehen, daß du mit Ken gesprochen hast«, sagte Tracy.

»Oh ja. Wer ist seine Freundin? Die in dem weißen Kittel — die gerade rausgegangen ist?«

»Sie heißt Paula Canova«, sagte Tracy. »Sie und Ken sind eine Einheit, jedenfalls soweit sein flatterhaftes Wesen das erlaubt.«

»Arme Paula.«

»Das sagen alle, sogar Paula. Komm mal mit, ich muß dich was fragen.« Tracy ging voraus, auf den nächsten Ausgang zu.

Ingrid folgte ihr, bis sie kurz vor dem roten Schild AUSGANG gleich neben dem Podium standen.

»Ich dachte, wir könnten heute mit Doc und Adam zu Mittag essen«, sagte Tracy. Sie sah Ingrid nicht an, sondern schien mit den Augen nach etwas oder jemanden in der Menge zu suchen. »Aber ich glaube, die Zeit reicht nicht. Tust du mir einen Gefallen, Ing? Ohne mich zu fragen, warum?«

Ingrid nickte langsam. »Na gut, obwohl ich jetzt schon weiß, daß es mir nicht gefallen wird.«

»Ich muß weg. Ich kann das jetzt nicht erklären. Aber könntest du dich in die Tür stellen und Ray Espinosa aufhalten, falls er mir folgt? Und dann fahr nach Bolinas und tu, worum Adam dich gebeten hat. Wenn du da bist, frag bitte für mich nach der Klinik in Ensenada, Mexico. Es ist für einen kranken Freund von mir. Es geht um Leben oder Tod. Und finde heraus, ob jemand in Bolinas Kontakt mit irgendwem hier hat.«

»Na schön. Ich werd's versuchen. Paß auf dich auf.«

»Bis dann.« Damit war Tracy durch die Tür nach draußen verschwunden.

Ingrid sah zu Ray Espinosa hinüber und stellte fest, daß er sich durch die Menge einen Weg zu ihr bahnte. Sein Stock hinderte ihn am Vorankommen. Sie hörte die Schritte ihrer Schwester im Treppenhaus und überlegte, ob sie ihn aufhalten sollte, indem sie gegen seinen Stock lief, oder ob sie ihn besser in ein Gespräch verwickelte.

Vom Podium hörte sie plötzlich Flaschenklirren und Möbelscharren, gefolgt von einem dumpfen Schlag, als sei jemand gefallen, und dann ein entsetztes »Ooooh« aus der Menge.

Oben auf dem Podium war Adam zu Boden gestürzt, hatte den Tisch mitgerissen und die Wasserkaraffe zersplittert. Er hielt sich die Kehle und wand sich am Boden.

»Ist hier ein Arzt im Haus?« schrie jemand.

Esther kreischte: »Ken! Wo ist Ken?«

Aber Ken Crowley, Doktor der Medizin, hatte das Gebäude verlassen.

Kapitel 6

Ray Espinosa arbeitete sich durch die Menge, so schnell er das mit seinem Stock bewerkstelligen konnte, und stieg die Stufen zum Podest hinauf. »Kennt sich hier jemand mit Erster Hilfe aus?« Es trat kein Freiwilliger vor. Einige wichen zurück.

»Meine Güte — Tracy!« rief Ingrid, schlüpfte durch die Ausgangstür und rannte die Treppen hinunter und auf die Straße. Tracys Jeep stand nicht mehr auf dem Santa Monica Boulevard.

Sekunden später hörte Ingrid die Sirenen eines Ambulanzwagens. Die Besatzung rannte an ihr vorbei in das Gebäude. Ein Polizeiwagen hielt an, und einige Schaulustige blieben stehen. Ingrid und die anderen Umstehenden wichen zurück, als die Polizisten auf dem Gehweg einen Durchgang freimachten. Adam wurde auf einer Trage durch die Eingangshalle gebracht, umringt von Rettungssanitätern und gefolgt von Doc, seiner Verlobten Barbie und seiner Tochter Esther. Ingrid stand in der Hitze und schwitzte. Sie überlegte, was als Nächstes zu tun war. Zach Truesdale und Ken Crowley waren noch immer nirgends zu sehen. Der Krankenwagen fuhr los, in seinem Kielwasser ein Cadillac voller Verwandter, gesteuert vom muskulösen Derek. In der Stille, die auf den allgemeinen Aufbruch folgte, hörte Ingrid Schritte, dann das Klopfen eines Stocks auf dem Gehweg. Sie wandte sich um und stand Ray Espinosa gegenüber. Eine Zeitlang schwiegen sie beide.

»Meinen Sie, er kommt durch?«

Espinosa zuckte die Achseln. »Keine Ahnung. Er sah ziemlich übel aus. Hat nicht mal angefangen zu atmen, als die Sanitäter ihm Sauerstoff gaben.« Er machte eine Pause. »Ihre Schwester ist mir entwischt.«

»Mir auch.«

»Kann ich Sie irgendwohin mitnehmen?«

»Ja, danke. Ich glaube, ich sollte zu Tracy fahren.«

»Ich bin froh, wenn ich helfen kann.« Er ging mit ihr zu dem TransAm.

»Im Moment kann ich wohl Hilfe brauchen.« Als er ihr die Wagentür öffnete, mußte Ingrid mit einem Mal laut loslachen, es war fast ein hysterischer Kicheranfall.

»Finden Sie mein Auto so komisch?«

»Nein. Es ist ein toller Wagen. Ich mußte nur plötzlich an zwei Mädchen denken, die ich gestern auf dem Flughafen miteinander reden hörte. Ich habe nur einen Satz aufgeschnappt: 'Schön, er ist ziemlich klein, und er ist häßlich, aber dafür hat er einen roten TransAm.' Soll keine Beleidigung sein, Sie sind ja groß und kein schlechter Anblick, und mit dem TransAm haben Sie hier sicher gute Karten.«

»Da können Sie drauf wetten. 'Schön, er ist nur ein mexikanischer Hungerleider mit einem kaputten Bein und einem miesen Job, aber dafür hat er einen schwarzen TransAm.'« Sein Ton war bissig, aber er lächelte, als er die Tür hinter ihr zuschlug.

Ein Lachanfall über einen Witz, der das berühmte verletzliche Ego von Latino-Männern ankratzen mußte — keine guten Karten. Ingrid wollte kein böses Blut zwischen sich und Espinosa aufkommen lassen. Ohne einen Verbündeten konnte die Lage ziemlich aussichtslos werden. »Was meinem Sie mit miesem Job? Privatdetektiv werden ist doch der Traum jedes amerikanischen Jungen.«

Espinosa tat ihren Einwand mit einer Geste ab, schien ihr Friedensangebot jedoch anzunehmen. »Wollen Sie im Haus Ihrer Schwester bleiben?«

Ingrid nickte. Sie war erleichtert, daß er die kurvige Steigung am Benedict Hill souverän und ohne die Aufschneiderei nahm, die im allgemeinen so typisch für TransAm-Fahrer war.

»Wenn ich ehrlich bin«, sagte sie, »weiß ich nicht mal, wie ich reinkommen soll. Ich habe keinen Schlüssel.«

»Da kann ich Ihnen vielleicht behilflich sein.«

Er knackte das Schloß sicher und schnell mit einem Satz Dietriche, die er aus der Innentasche seines Sakkos zog. Dann trat er einen Schritt vor und gab ihr eine Visitenkarte. Darauf stand seine Telefonnummer und lediglich ein einziges Wort: *Ermittlungen.*

»Danke für alles.«

»No Problemo. Bleiben Sie ein Weilchen?«

»Bis ich von Tracy höre. Falls ich für den Tag nach San Francisco hochfahre, komme ich morgen wieder her.«

»Wir sehen uns dann. Rufen Sie an, wenn ich etwas für Sie tun kann.«

* * *

Ein paar Stunden später kam Tracys Anruf, und Ingrid nahm den nächsten City-Flug nach San Francisco. Während sie in der kleinen Gruppe der Pendler bei den Metalldetektoren wartete, zog sie ihr Ticket und eine Truesdale-Broschüre hervor. Als sie von einem Foto, das die glückliche Familie Truesdale zeigte, hochschaute, sah sie eine Person daraus leibhaftig vor sich, nämlich Esther, die kurz vor ihr in der Warteschlange für denselben Flugsteig stand. Das rotgoldene Haar und das Leinenkleid waren unverwechselbar, ebenso ihr stämmiger Begleiter, Derek. So kurz nach Adams Tod schien das Ingrid ein merkwürdiger Zeitpunkt für eine Reise zu sein. Andererseits hatte das Ereignis Tracy ja auch nicht davon abgehalten, die Stadt zu verlassen.

Ingrid scherte aus der Schlange aus und zückte ihre Kamera, um ihre Entdeckung aus sicherer Entfernung zu dokumentieren. Sie hatte sich über Esthers Frostigkeit am Telefon genug geärgert, um mit dem Gedanken zu spielen, Esther das Foto unter die Nase zu halten, falls diese etwa eine fiese Bemerkung über Tracys Verschwinden machen sollte. Trotzdem wollte Ingrid nicht, daß Derek sie entdeckte und sich über ihre Nikon hermachte. Sie schoß paar Bilder von Esther und Derek neben dem Metalldetektor, in ein Gespräch mit einem Flugbegleiter vertieft. Eine ältere Frau, die in einem zusammenklappbaren Rollstuhl kauerte, kam mit auf das Bild. Ein ernst blickender, vollständig kahlköpfiger Mann hatte eine

Hand auf die Führungsstrebe des Rollstuhls gelegt, mit der anderen hielt er die kleine Hand der Alten. Die Frau schien den Betrieb auf dem Flughafen kaum zu bemerken, doch als sie sich dem Metalldetektor näherten, umklammerte sie die Finger ihres Begleiters, als stünde ihr Leben auf dem Spiel. Die Frau wirkte verängstigt, viel zu angespannt.

Ingrid schwenkte die Kamera. Die alte Frau und ihr Begleiter. Irgendwas stimmte da nicht. Mit dem Zoom vergrößerte sie die Hände der beiden. Zu ihrer Verblüffung schob der Mann den Rollstuhl mit dem Körper, während er mit der freien Hand die Führungsstrebe löste. Das Gestell war offenbar auch ohne sie stabil. Eben noch war die Strebe als Teil des Rollstuhles durch den Metalldetektor geschoben worden, jetzt verschwand sie im Ärmel des Begleiters.

Im selben Moment sah es so aus, als ob der Begleiter die Hand der alten Dame drückte — sehr fest, und sie schrie, kreischte geradezu: »Die Karten! Wo sind meine Karten?« Dabei zappelte sie und entwand sich der Hand, an die sie sich gerade noch geklammert hatte. Ihr Begleiter ließ sie los und zupfte mit der gleichen Bewegung seinen Ärmel zurecht. Ingrid mußte an Zauberkünstler denken, Irreführung durch Geräusch und Bewegung. Alle Fluggäste in Hörweite starrten die alte Dame im Rollstuhl an. Ingrid aber hatte durch den Zoom gesehen, wie die Strebe in den Ärmel des Mannes glitt.

Esther und Derek liefen zu der alten Frau hinüber, Esther nahm sie in den Arm und sagte: »Rina, es ist alles in Ordnung. Rina, ich bin es, Esther. Ist ja alles gut.«

Der kahlköpfige Mann stand daneben, während sie die alte Frau beruhigten, und sie sah nur ihn an, ihr Blick geradezu jämmerlich vertrauensvoll. In der Haltung des Mannes lag ein müder Gleichmut, der Ingrid an etwas erinnerte — so hatte sie einmal einen ehemaligen Zuchthäusler herumstehen sehen.

Esther sagte etwas zu dem kahlen Mann, als er sich über den Rollstuhl beugte. Sein Kopf fuhr ruckartig zurück. Selbst aus der Entfernung konnte Ingrid sehen, daß er einen scharfen

Raubvogelblick hatte. Die alte Frau beruhigte sich endlich und ließ sich vor allen anderen Fluggästen zum Flugzeug bringen. Ingrid kehrte unentdeckt in die Warteschlange zurück.

Esther und Derek mußten in den Sitzreihen der ersten Klasse verschwunden sein, ebenso die alte Frau und ihr Begleiter. Von ihrem Sitzplatz aus konnte Ingrid sie nicht mehr sehen. Als das Flugzeug in der Luft war, hatte sie den Zwischenfall bereits abgetan. Irgend etwas Seltsames ging da vor sich, aber es ließ sich kein Zusammenhang zu Adams Tod oder Tracys mißlicher Lage herstellen. Es gab keine Möglichkeit, herauszufinden, was sie vorhatten, oder warum sie ausgerechnet jetzt nach San Francisco flogen. Aus Esthers Barschheit am Telefon zu schließen, würde sie keine Antwort bekommen, selbst wenn sie fragte.

Ingrid war sich nicht sicher, ob sie Adams Erklärung für die Sabotage der Truesdale-Produkte für bare Münze nehmen sollte. Ihr war auch unklar, was es Tracy nutzen sollte, Ingrids Ansichten über die Leute vom Kräuterinstitut zu kennen. Klar war nur: Tracy brauchte ihre Hilfe, und Adam lag genug an einer Wiederaufnahme der Beziehungen zum Institut, um Ingrid finanziell für ihren Zeitaufwand zu entschädigen, also würde sie sich eben als potentielle Friedensstifterin betrachten.

Sie verbrachte den einstündigen Flug nach San Francisco damit, einen Stapel Truesdale-Broschüren durchzulesen. Tracy hatte sie aus ihrem bestaunenswerten Miniaturlager — einem umfunktionierten überzähligen Schlafzimmer ihres Hauses — hervorgezaubert. Der Raum war vom Boden bis zur Decke vollgestopft mit Truesdale-Produkten, kartonweise, mit Broschüren, und sogar mit Video-Bändern, die die Produkte anpriesen. Allem Anschein nach war die Firma von Anfang an ein Familienunternehmen gewesen.

Hinter dem sonnigen Einband eines alten Heftchens fand sie ein peinlich gestelltes Foto von Doc Truesdale und seiner ersten Frau Maureen. Ihre Sommersprossen waren sogar auf dem Schwarzweiß-Foto zu sehen, obwohl sie das dicke Make-up trug, das damals modern war. Die kleine Familie stand neben einem Combi, der zum Bersten vollgepackt war mit Kartons von Truesdale-Aufklebern. Doc hielt die kleine Esther in die Höhe, als wäre sie ein neues Produkt, auf das er besonders stolz war. Ein Zach im Vorschulalter klammerte sich an den Rock seiner Mutter und spähte mißtrauisch in die Kamera — mochte ja sein, daß sie gefährlich war. Adam trug eine Kadettenuniform und grüßte schneidig in die Kamera, sein Kopf war leicht zu seinem Vater gedreht.

In einem Abschnitt über die Geschichte der Familie hieß es, Maureen sei einer unheilbaren Krankheit zum Opfer gefallen. (Sie wurde nicht beim Namen genannt, aber welche Werbeschrift befaßt sich schon gern eingehend mit Krankheiten?) Doc begab sich daraufhin auf die Suche nach Heilmitteln, über die die konventionelle Medizin nicht verfügte. Er erforschte naturbelassene Nahrungsmittel, Vitaminzusätze und Heilkräuter. Vielen seiner eigenen Unpäßlichkeiten konnte er mit diesen Mitteln zwar beikommen, aber für die unglückliche Maureen war es offenbar zu spät gewesen. Sie verschwand aus den Broschüren, vermutlich aufgrund ihres Ablebens. Das Institut für Kräuterweisheit in Bolinas wurde mit keinem Wort erwähnt.

Docs zweite Frau war Claudia Cayenne, das Filmsternchen, von dem Adam gesprochen hatte. Ingrid erinnerte sich vage an sie. Es mußte etwa zwanzig Jahre her sein. Als Claudias Filmkarriere damals ins Stocken geriet, wirkte sie in einer Klamauk-Serie im Fernsehen mit, die sich vier Jahre lang hielt. Die Broschüre nutzte den Bekanntheitsgrad, den sie durch die Serie erlangt hatte, und verkündete: ‘Miss Cayenne — unretuschiertes Foto — ist ein lebender Beweis für den Jungbrunnen, der in den Produkten des *Truesdale-Institut für Langes Leben* zu finden ist.’ Ingrid fragte sich, was die inzwischen etwa fünfzigjährige Schauspielerin wohl davon hielt, daß ein zwanzig Jahre altes Foto von ihr mit der Bemerkung ‘unretuschiert’ verwendet wurde. Was aus Miss Cayenne, die einige Jahre Mrs. Truesdale geheißen hatte, geworden war, wurde geflissentlich übergangen. Ingrid holte ihr kleines Notizbuch hervor und machte sich eine Liste von Fragen, die sie Tracy stellen wollte. Die Frage, wie sie ihre Schwester eigentlich erreichen sollte, schob sie beiseite. Tracy würde entweder anrufen oder zu Hause sein, wenn Ingrid wieder nach Los Angeles kam. Oder — ein Gedanke, der sich ihr penetrant aufdrängte — Tracy würde im Gefängnis warten, falls die Polizei sie wirklich des Mordes an Adam verdächtigte. Ingrids Grübeleien wurden von einem gnädigen Gongton unterbrochen, dem die Aufforderung, die Gurte anzulegen, folgte. Als sie aus dem Flugzeug stieg, war von Esther und Derek nichts zu sehen. Vielleicht waren sie mit der alten Dame im Rollstuhl vorangegangen.

Ingrid lief zu dem Langzeit-Parkplatz, um ihren alten blauen Mustang abzuholen. Sie fuhr in die Stadt, nahm die Ausfahrt Fell Street, über die Stanyard zur Fulton und von da auf die 47th Avenue. Als sie auf die Outer Richmond zusteuerte, tauchte ihr Mustang durch ein paar verstreute Schwaden von Augustnebel, die eine wohlvertraute Erleichterung auslösten: Wann immer Ingrid aus Los Angeles kam, gab ihr das frischere Wetter von San Francisco ein seltsam sauberes, hoffnungsvolles Gefühl.

Sie parkte den Wagen am Ende der Anza Road und ging zum Haus hinüber. Ihr Freund und Berufskollege Spyder Durkheim hatte Carmen davon überzeugt, ihn bei sich einziehen zu lassen. Kurz vorher hatte Ingrid den Raum gemietet, der ursprünglich die Garage gewesen war. Eigentlich durfte Carmen nicht untervermieten, aber solange sie Ingrid als angeheiratete Verwandte deklarierte, gab es keine Schwierigkeiten. Ingrid betrachtete sich als Carmens und Spyders 'uneheliche Schwägerin'. In letzter Zeit hatte sie ihnen eine Menge Zeit für ihr Liebesleben lassen müssen. Aber jetzt wartete Spyder auf sie. Er saß auf der vierten Stufe der steilen Treppe vor der Haustür.

Spyder war groß und wuschelköpfig. Seine langen, dünnen Gliedmaßen schienen vor Anspannung zu zucken, als er ihr beim Einparken zusah.

»Spyder, wie lange sitzt du denn schon hier?« begrüßte Ingrid ihn.

Spyder lächelte kurz. »Nicht lange. Ich habe das Motorengeräusch des Mustang auf der Straße erkannt.«

Sie bemerkte, daß Spyder sie unglücklich anstarrte.

»Du bist in letzter Zeit nicht oft hiergewesen, Ingrid.«

»Es ging mir nicht so gut. Kommt ihr beiden gut klar, Carmen und du?«

»Oh, uns geht's gut. Es ist der Kater.«

»Mugwort?« Der schwarze Kater war seit dem Selbstmord von Carmens Ehemann deren engster Gefährte gewesen. »Er ist doch nicht eifersüchtig auf dich, oder?« Ingrid konnte sich nicht vorstellen, daß Mugwort sich weigern würde, Carmen mit jemandem zu teilen. Statt dessen würde er einfach eine doppelte Portion Zuwendung von dem Eindringling verlangen. »Mugwort ist so ein freundlicher Kater — sogar zu Fremden.«

»Das ist es nicht. Er ist plötzlich sehr krank geworden.« Spyder sah selbst ein bißchen krank aus. Ingrid wußte, daß er eine beinahe abergläubische Angst davor hatte, über ein Unglück zu reden, so als könnte er damit das Böse erst recht heraufbeschwören. »Carmen ist ziemlich außer sich. Der Tierarzt kann anscheinend auch nichts tun. Er sagt, es ist unheilbar.«

»Was fehlt ihm denn?«

Spyder runzelte die Stirn. »Hier. Ich habe es mir aufgeschrieben.« Er kramte einen Zettel hervor und gab ihn ihr. Dann ging er an ihr vorbei zur Straße. Nicht die Treppe hinauf? Was war aus seiner Häuslichkeit geworden?

Ingrid sah auf den Zettel und las 'Katzenleukämie und Bauchfellentzündung'. Das hörte sich nicht gut an. Armer Mugwort — der liebenswürdige, wenn auch etwas zerzauste Komödiant von Sutro Heights mit seinem langen schwarzen Fell und dem geistvollen Blick.

Ingrid seufzte und stieg die Treppe hinauf. Adam tot, Tracy in Schwierigkeiten und jetzt das hier. Oben fand sie Mugwort neben der Heizung liegend vor, Carmen saß bei ihm.

Mugwort war in eine große braune Einkaufstüte aus Papier gekrochen. Seine trägen grünen Augen begrüßten Ingrid höflich, doch aus seinem Blick sprach unendliche Erschöpfung. Selbst das sonst so glänzende schwarze Fell um seine spitze Schnauze herum sah matt aus. Ingrid hätte ihn gern auf den Arm genommen und gestreichelt, aber er sah zu schwach aus. Statt dessen strich sie ihm ganz sanft über den Kopf. Sein Schnurren fühlte sie mehr, als daß sie es hörte.

Carmen wachte mit Beschützerinnenmiene. Sie zwirbelte ihr langes, hennarotes Haar zwischen den Fingern, ohne es zu merken. »Er hat nicht mehr die Kraft, sich zu putzen. Also lasse ich ihn schlafen. Ab und zu, wenn er wach genug ist, um sich dafür zu interessieren, leckt er ein paar Vitamine oder frisch gekochte Leber von meinen Fingern.«

»Ich schätze, solange er Appetit hat, gibt es noch Hoffnung.«

Carmen sah nur widerstrebend von Mugwort auf. »Ich bin so ratlos«, sagte sie. Tränen liefen ihr über das Gesicht.

»Ach, Carmen.« Ingrid nahm ihre Freundin in den Arm und strich ihr über den Rücken. Der Gedanke, daß Carmen über ihren kranken Kater bekümmerter war als Esther über den Tod ihres Bruders, ließ sich nicht abschütteln.

»Der Tierarzt hat mir Cortison für ihn gegeben und gesagt, ich soll ihn von anderen Katzen fernhalten. Er meint, wenn mein Kater stirbt, soll ich das Haus desinfizieren, bevor ich ein anderes Tier besorge. Als ob Mugwort eine Zimmerpflanze mit Blattläusen wäre.« Sie klang bitter, und Ingrid wurde wieder bewußt, daß Mugwort den Löwenanteil von Carmens ausgeprägtem Fürsorgebedürfnis bekam. Wäre dies ein normaler Abend gewesen, dann hätte Carmen sich und Spyder und vielleicht auch Ingrid Abendessen gemacht, während der Kater ihr um die Beine strich und verschlungene Schrittmuster auf dem Boden webte, bis auch er seine Portion bekam.

»Carmen, ich weiß nicht, ob es irgend etwas bringt, aber wenn der Tierarzt sowieso nichts machen kann — ich fahre morgen zum Institut für Kräuterweisheit, ich könnte sie fragen ...«

Carmens Tränen ließen etwas nach und sie sagte leise: »Oh ja, bitte frag wegen Mugwort. Vielleicht gibt es irgendwas, das ich tun kann.«

»Natürlich, Carmen. Ich fahre morgen früh — wenn sich etwas ergibt, rufe ich bei der *Gadfly* an, und Spyder sagt dir Bescheid. Ich weiß allerdings nicht, wie vertrauenswürdig diese Leute sind. Und selbst wenn, kann ich nicht beurteilen, wieviel ihr Rat taugt. Ich will mit Mugwort keine Experimente machen.«

»Ich muß versuchen, ihm zu helfen, soweit ich kann«, sagte Carmen schlicht. Ingrid ließ Carmen bei dem schlafenden Kater zurück, ging aus dem Zimmer und machte die Tür leise hinter sich zu.

Auf Ingrids Anrufbeantworter war keine Nachricht. Sie starrte das Telefon an, das auf einem Bücherregal vor der Verbindungstür zu ihrer Garagenwohnung stand. Sie wählte Tracys Nummer. Jedesmal, wenn sie an ihre Schwester dachte, spürte sie die Sorge, bohrend wie Seitenstiche. Aber sie beschloß, nicht bei ihren Eltern anzurufen, bevor sie wieder in Los Angeles war. Sie hätten sich gemeldet, wenn sie etwas gehört hätten. Es war ihr zur zweiten Natur geworden, zu versuchen, sie nicht zu beunruhigen, besonders nicht um diese Abendstunde. Ihr Vater war jetzt wahrscheinlich bei einem Treffen der Anonymen Alkoholiker, und ihre Mutter dürfte um diese Zeit so betrunken sein, daß sie auch ohne einen neuen krisenträchtigen Anlaß weinen würde. Ingrid fand nicht, daß sie sich das jetzt antun mußte.

Sie ging ins Bett, aber sie konnte nicht schlafen. Schließlich stand sie auf und buchte für den frühen Nachmittag einen Flug nach Los Angeles, obwohl bei den stündlichen Flügen eine Reservierung kaum nötig war. Die Angelegenheit in Bolinas dürfte eigentlich nicht allzu lange dauern. Auf dem Weg zum Flughafen konnte sie dann noch einmal versuchen, Tracy zu erreichen. Ingrid stellte ihre unausgepackte Reisetasche neben die Fototasche. Sie fand keine Ruhe, also legte sie sich hin und las. Zuerst versuchte sie, Barbara Tuchmans Buch über das vierzehnte Jahrhundert weiterzulesen, aber die Wörter tanzten auf der Seite hin und her. Sie legte das Buch beiseite und griff zu dem Bändchen *Briefe an Theo*, von Vincent van Gogh, das auf ihrem Nachttisch lag. Vincent war kurz vor dem Verhungern gewesen, nahe am körperlichen und geistigen Zusammenbruch, und doch hatte ihn die triumphale Kraft seiner Farben nie losgelassen.

Als ihr das Buch aus der Hand rutschte, machte Ingrid das Licht aus. Sie träumte von Sonnenblumen. Als sie genauer hinsah, entdeckte sie, daß es lauter gelbe *Ich habe den Jungbrunnen gefunden*-Anstecker waren. Mitten in der Nacht wachte sie auf und meinte, das Telefon klingeln zu hören. Aber als sie zum Gerät stolperte und den Hörer hochnahm, hörte sie nur das Freizeichen. Vielleicht hatte sie das Klingeln auch nur geträumt.

Kapitel 7

Noch vor der Dämmerung erwachte Ingrid ruckartig, mit schlechtem Gewissen und dem unbestimmten Gefühl, etwas Wichtiges verschlafen zu haben. Noch immer kein Anruf von Tracy, und bei ihr zu Hause meldete sich auch niemand. Um halb acht rief Ingrid im Truesdale-Institut an. Die Zentrale war nicht besetzt. Wieder erwog sie, ihre Eltern anzurufen, entschied sich aber dagegen, solange sie nichts Genaues wußte. Kurz vor acht machte sie sich auf den Weg zu der Verabredung mit Shandra Morgenstern in Bolinas.

Sie war seit Jahren nicht mehr die Küstenstrecke nach Stinson Beach und Bolinas gefahren. Die Straße war noch dieselbe, aber ihr alter Mustang war nicht besser geworden. Der betagte Wagen nahm die unübersichtlichen Kurven und die korkenzieherförmig gewundenen einspurigen Passagen mit matten vorschriftsmäßigen vierzig Stundenkilometern, was ihr bald die Gefolgschaft von einer Schlange von Autos eintrug. Wo immer es möglich war, fuhr Ingrid ganz am Fahrbahnrand, um die Autos vorbeizulassen. Als sie nach rechts in die Küstenstraße einbog, seufzte sie erleichtert auf. Hier war die Fahrbahn breiter, und wer wollte, konnte sie überholen, ohne einen Zusammenstoß mit einem entgegenkommenden Fahrzeug zu riskieren.

Nach einigen Minuten entdeckte sie das Schild, das zwischen den Bäumen kaum zu sehen war: 'Institut für Kräuterweisheit'. Sie bog in eine enge, kurvige Zufahrt ein, gerade breit genug für den Mustang. Sie fuhr langsam mit offenem Fenster und lauschte dem Knirschen ihrer Reifen auf dem Kies. Nur ein paar hundert Meter abseits der Hauptstraße, und sie fühlte sich wie in der Einöde. Hinter der letzten Kurve kam eine kleine Rasenfläche und ein baufälliges, aber gemütlich aussehendes Haus. Es erinnerte an die verwinkelten viktorianischen Pfefferkuchenhäuser in und um San Francisco, die sich einige sehr reiche Leute um die Jahrhundertwende für ihre unglaublich großen Familien und Scharen von Dienstboten hatten bauen lassen.

Ingrid konnte nicht widerstehen, ein Foto zu machen. Sie parkte den Wagen neben einem Baumstamm am Rande des umliegenden Waldes. In ihrer immer knipsbereiten Nikon lag noch der Film, mit dem sie auch Tracy aufgenommen hatte. Das Licht würde wohl reichen, um das alte Haus zu fotografieren. Ingrid ging näher heran, sah durch ihre Kamera, probierte einige Ausschnitte und suchte sich den besten Winkel für die Hexenhäuschen-Giebel vor dem wolkenverhangenen Himmel. Sie schoß ein paar Bilder und setzte dann das 200mm

Teleobjektiv ein, um die verschnörkelte Stuckleiste an der Vorderfront ins Visier zu nehmen.

Als sie gerade auf den Auslöser drückte, flog die Tür auf, und eine Gestalt kam die Eingangsstufen heruntergestolpert. Ingrid löste gleich nochmal aus. Als sie den Focus einstellte, sah sie eine weißhaarige Frau in dunklem Schifferpullover und langem Wollrock, deren Füße in einem Paar ungleicher Turnschuhe steckten und sich mit verblüffender Geschwindigkeit fortbewegten. Nur ein gelegentliches Stolpern auf dem feuchten Gras verriet ihr Alter — und ihre Angst. Immer wieder sah sie sich um.

Prompt kam ein Mann, der fast doppelt so groß wirkte wie sie, aus der Tür geschossen und setzte ihr nach. Für seine Größe war er ausgesprochen stämmig, aber er bewegte sich mit einer erstaunlichen Anmut. Seine Haut hatte die Farbe einer alten Walnuß, sein Haar war zu einem kurzen Afro-Schnitt zurechtgestutzt, und seine weiße Jacke sah nach Uniform aus. Mühelos holte er die alte Frau ein und hob sie hoch, als wäre sie eine Stoffpuppe. Ingrid nahm an, daß die weiße Jacke von irgendwelchen dienstlichen Befugnissen künden sollte, aber sie durchschaute das alles nicht. Vorsichtig verstaute sie ihre Kamera wieder in der Schultertasche, während sie über den Rasen lief. Als sie näherkam, hörte sie die alte Frau schluchzen.

»Meine Karten, meine Karten! Sie hat mir meine Karten weggenommen!«

»Wir sind Vegetarier hier, Missy. Sie sollten Ihre Zähne etwas vorsichtiger einsetzen.«

»He, was ist denn los?« rief Ingrid. »Alles in Ordnung?«

Der dunkle Riese drehte sich zu ihr um, ohne die alte Frau loszulassen. Sein Gesicht war völlig ausdruckslos, seine Stimme ein tiefer Baß. »Schon gut. Wir sind nur ein bißchen flatterhaft heute morgen, nicht wahr, Miz Rina? Wer sind Sie?«

Er hielt die alte Frau, die sich inzwischen beruhigt hatte, mit einem Arm fest. Ingrid hatte den Verdacht, daß ihm der andere lässig genügen würde, um sie außer Gefecht zu setzen, ganz gleich, wieviele Aikido-Stunden sie nahm.

»Ich habe einen Termin mit der Leiterin des Instituts, Shandra Morgenstern.«

»Kommen Sie mit.« Er trug die alte Dame leichthändig durch die Tür und bedeutete Ingrid, ihm durch die Diele zu folgen.

Ingrid versuchte es noch einmal. »Geht es ihr nicht gut?« Die alte Frau hatte kein Wort gesagt. Sie schien Ingrid gar nicht bemerkt zu haben. Als der riesige Mann sich umdrehte, um Ingrid zu antworten, wand sich die alte Dame ziellos in seinem Arm und bewegte den Kopf suchend umher, wie ein Hund, der eine Witterung aufnimmt.

»Es ist nicht ihr bester Tag«, sagte der Mann schließlich. Er starrte Ingrid kurz an. »Nichts Schlimmes, Lady, sie wollte bloß weglaufen. Sehen Sie sie an, und fragen Sie sie ruhig etwas.« Er stellte die alte Frau auf den Boden und drehte sie an den Schultern zu Ingrid hin. »Die Dame will wissen, ob es Ihnen gut geht, Miz Rina.«

Ingrid streckte der Frau zur Beruhigung die Hand entgegen. »Hallo. Ich bin Ingrid Hunter. Wie geht es Ihnen, Miss Rina?«

Die alte Frau schloß Ingrids Hand in ihre kleine, von Leberflecken übersäte Faust. Ihre Blicke trafen sich. Ihr Gesicht mußte einmal hübsch gewesen sein, aber jetzt schien es zerfurcht und zernagt von dem Irrsinn, der aus den unglaublich klaren grünen Augen blitzte. Ein ängstlicher Schreck durchfuhr Ingrid, als hätte sie eine elektrische Leitung angefaßt. Etwas im Gesicht der Frau ließ sie nicht los. Zwischen den Runzeln waren Sommersprossen. Sie kam ihr bekannt vor.

Mit der überraschenden Kraft ihres Griffes brachte die alte Frau Ingrid fast aus dem Gleichgewicht. »Keine Angst«, keuchte sie. »Bald ist Ostern. Wenn du das ganze Jahr brav warst, wird dir der Osterhase ein Ohr abbeißen.« Sie gab ein hohes, unheimliches Lachen von sich, dann begann sie zu brabbeln. »Wenn du in Bewegung bleibst, kommt der Teufel nicht in deine Nähe. Ich bin immer gelaufen. Aber sie haben mir meine Karten weggenommen.« Unvermittelt stieß sie ein gequältes Heulen aus.

Ingrid trat unwillkürlich einen Schritt zurück. »Ich laufe selbst auch ein paarmal in der Woche. Sie sehen sehr fit aus, Madam. Werden Sie von allen gut behandelt?«

»Bewegung. In Bewegung bleiben. Den Teufel vertreiben.« Sie lächelte.

Ingrid sah Blut auf ihren Zähnen. Dann bemerkte sie die weiche, daunenartige Feder, die an der Unterlippe der Frau hing. Sie wandte sich ab, als der Schwarze die alte Dame wieder hochhob und ihre sich festklammernden Finger von Ingrids Handgelenk löste. Er nickte Ingrid zu, vergewisserte sich, daß sie nichts Weiteres mehr sagen wollte, und führte die alte Frau durch die Diele.

Als sie vorangingen, öffnete sich in der Mitte der Diele eine Tür, und zwei Männer kamen heraus. Einer war kahlköpfig und blaß, sein Gesicht teigig. Zwischen seinen Augenbrauen hatte sich eine scharfe Falte eingegraben. Der andere hatte ein solches Dickicht aus schwarzem Haar auf dem Kopf, daß es aussah, als würde er sich in einem Gebüsch verstecken. Ingrid fragte sich, ob die beiden Angestellte waren.

Der Kahle ging direkt auf Rina zu und nahm sie an der Hand, wie ein kleines Kind. Er zog etwas aus der Tasche, das wie eine Ansichtskarte aussah. Die alte Frau griff rasch danach und verstaute es in einer Tasche ihres weiten Rockes. Sie sah vertrauensvoll zu dem Kahlen auf, und der große Mann ließ ihren Arm los und gab einen erleichterten Seufzer von sich.

Als Rina und der Kahle durch die Tür gingen, die der Schwarzschopfige aufhielt, fiel Ingrid die Körperhaltung des Kahlen auf. Erst jetzt erkannte sie, daß Rina die alte Frau vom Flughafen war, und der Kahle war der Begleiter, der den Rollstuhl geschoben hatte. Also hatte Tracy recht. Jemand von den Truesdales stand mit dem Kräuterinstitut in Verbindung.

Esther und Derek zumindest waren hier gewesen. Sie hatten Rina hergebracht.

»Danke, daß du sie zurückgeholt hast, Monty«, sagte eine Frauenstimme hinter Ingrid.

Ingrid drehte sich um und sah, daß der Schwarze mit einer großen, stämmigen Frau sprach. Sie hatte einen blonden breiten Zopf um den Kopf geschlungen und trug einen Pullover und einen langen Rock, der wie handgewebt aussah. »Brian und Dr. Burnside werden sie in ihr Zimmer bringen. Du kannst wieder in den Tagesraum gehen.«

Monty nickte. »Diese Frau hier will zu dir, Shandra. Sie ist mit uns reingekommen.«

»In Ordnung. Danke. Wenn du etwas brauchst, wir sind in meinem Büro.«

Ingrid folgte der Frau die Treppe hinauf, die gleich neben der Eingangstür lag. »Wir versuchen, unsere Gäste nicht allzusehr zu reglementieren. Aber ich fürchte, Rina ist irgendwie entwischt.«

»Was —« Ingrid bemerkte, daß ihr Hals trocken war und daß es sie Mühe kostete, nicht auf die Tür am Ende der Diele zu starren. Sie schluckte und versuchte es noch einmal. »Was hat sie denn?«

»Schizophrenie«, sagte die Frau und sah Ingrid freundlich an. »Sie hat vor einigen Jahren bei uns studiert. Damals hatte sie ihren ersten Anfall, und irgendwie war es ganz natürlich, daß sie bei uns blieb. Sie ist so eine Art Mitglied unserer großen Familie geworden. Wir hätten nie gewagt, uns um die Zulassung als Anstalt zu bewerben, wenn wir durch die Pflege von Rina nicht so viel gelernt hätten. Sie ist hier jahrelang friedlich gewesen. Aber«, sie schüttelte den Kopf, »nicht alle Angehörigen waren sich über die Behandlung einig. Sie haben versucht, sie nach Hause zu holen. Natürlich ging es ihr ohne ihre Medikamente wieder schlechter, also haben sie sie zu uns zurückgebracht. Sie ist gern hier, aber wir müssen sie im Auge behalten. Wenn sie frei herumstreift, kann sie Schaden anrichten. Ich fürchte, diesmal hat sie den Kanarienvogel eines anderen Gastes umgebracht.«

Ingrid drehte sich der Magen um, aber sie schluckte und brachte es fertig, zu fragen: »Was hat das alles mit Kräutern zu tun? Ich dachte, dies wäre ein Lehrinstitut.«

Die Frau lächelte. »Wir reden und reden, und dabei haben wir uns noch gar nicht miteinander bekanntgemacht. Ich bin Shandra Morgenstern. Sie müssen mein Neun-Uhr-Termin sein, Ingrid Hunter.« Sie öffnete eine Tür am Ende des Treppenhauses. »Sie haben einen mysteriösen Auftrag von der Firma Truesdale. Kommen Sie in mein Büro, da können wir uns unterhalten.«

Sie ging voran in einen kleinen Raum an der Stirnseite des Treppenhauses. Shandra Morgensterns Büro war wohl einmal ein Schlafzimmer gewesen. Es war schlicht möbliert. Auf einem altmodischen, rotgemusterten türkischen Teppich stand ein Rolladenschreibtisch, und die Bücherregale, die auf drei Wände verteilt waren, beherbergten Bücher aller Größen, einige davon mit antiken Ledereinbänden, andere mit bunten Blumen auf dem Rücken. Die Wände waren mit farbigen botanischen Drucken geschmückt, einige gerahmt, manche auch einfach mit Reißzwecken angepinnt. In einer Ecke hing ein seltsames hölzernes Behältnis mit kleinen Fächern, wie ein Querschnitt durch eine Bienenwabe, in jeder Kammer eine kleine verkorkte Flasche. Ingrid setzte sich in den hochlehnigen Schaukelstuhl vor dem Schreibtisch, den Shandra ihr angeboten hatte. Hinter dem Schreibtisch stand ein weiterer Schaukelstuhl, an dessen Rücken und Sitz Kissen festgebunden waren. Shandra ließ sich darin nieder und schaukelte.

Ingrid schmunzelte und schaukelte unwillkürlich ebenfalls. »Schön«, sagte sie.

»Ja, nicht wahr? Ich mag Schaukelstühle, deshalb habe ich auch einen für den Besuch. Wir haben aber auch Sitzkissen auf den Fenstersimsen, und wenn Sie möchten, können Sie sich auf den Boden setzen. Das ist auch in Ordnung.«

Sie schaukelten einen Augenblick schweigend. Dann fragte Ingrid: »Was Ihre Patienten angeht...«

»Gäste. Einige der fortschrittlichen Ärzte, mit denen wir zusammenarbeiten, beschäftigen sich mit den Wirkungsweisen von Ernährung und Heilkräutern bei der Therapie verschiedener psychischer Probleme.«

»Ich dachte, Sie geben Kurse. Sind die Patienten da nicht, äh, im Weg?«

»Oh, nein. Ein Großteil unserer Studenten gehört zum Personal und hilft bei den Langzeit-Gästen mit — natürlich unter ärztlicher Überwachung. Das Mengenverhältnis von Personal zu Gästen halten wir immer ungefähr stabil, so daß 24 Stunden am Tag erfahrene Mitarbeiter verfügbar sind. Einige der Studenten wohnen fest hier. Den meisten Leuten gefällt das, sogar Rina.«

»Ist sie die einzige, die«, Ingrid räusperte sich, »gewalttätig wird?«

»Normalerweise sind sie leicht zu zügeln.« Shandra zuckte die Achseln. »Aber sie brauchen eben etwas mehr Aufmerksamkeit als wir Gesunden.«

»Rina hat wegzulaufen versucht. Wieso?«

»Überreizung, nehme ich an. Sie hat jahrelang in völlig gleichmäßigen Bahnen gelebt. Ihre Familie kam dann einfach nicht mit ihr zurecht. Sie haben sie früher so gut wie nie besucht. Nur Karten geschickt. Rina hat eine ganze Sammlung davon. Das ist im Grunde das einzige, womit wir sie disziplinieren können: daß wir ihr die Karten einen Tag lang wegnehmen.

Aber vor kurzem mußte sie für eine medizinische Behandlung nach Ensenada, und vor ein paar Wochen beschloß eine Verwandte, sie zu einem Besuch nach Hause zu holen. Wenn keine professionelle 24-Stunden-Betreuung gewährleistet ist, ist so etwas eine unglaubliche Belastung. Rina bekam ihre Medikamente nicht jeden Tag und geriet aus der Bahn. Wir mußten Brian hinschicken, damit er sie zu uns nach Hause zurückholt. Sie haben Brian ja gesehen, den Mann um die Fünfzig mit dem Kahlkopf. Er ist neu bei uns, aber sie hat ihn besonders gern. Ich nehme an, es wird noch ein paar Wochen dauern, bis sie sich gefangen hat und nicht mehr durchdreht.«

Ingrid nickte. Seltsamerweise fühlte sie sich wohl bei dieser Frau, die sie so ernsthaft ansah und schaukelte, und die gelassen wartete, bis Ingrid ihr den Grund ihres Besuches erläutern würde.

»Also«, fing Ingrid an. »Die Papiere, die ich mitgebracht habe, kommen von Adam Truesdale. Sie haben von seinem Tod gehört?«

Shandra hörte auf zu schaukeln. »Ja.« Ihre Augen schimmerten verdächtig, vielleicht von unterdrückten Tränen.

»Ich habe gestern, weniger als eine Stunde vor seinem Tod, mit ihm gesprochen, und er hat mir diesen Umschlag für Sie mitgegeben. Er will, daß Ihr Institut für alle Ansprüche entschädigt wird, die Sie noch an das *Truesdale-Institut für Langes Leben* haben könnten.«

Shandra schwieg verwirrt. »Sie meinen, eine Abfindung zusätzlich zu den Anteilen, die wir besitzen?«

»Ja. Es hat mit den Rezepturen zu tun, an deren Entwicklung Sie beteiligt waren. *Truesdale* bietet Ihnen eine Abfindung an, wenn Sie diese Erklärung unterschreiben.«

Shandra nahm das Papier, zog eine Brille aus einer Tasche ihres Pullovers, setzte sie auf und las das Schriftstück ohne Eile. Dann legte sie es hin und nahm die Brille wieder ab. »Natürlich wird es jetzt, wo Adam nicht mehr da ist, einen neuen kaufmännischen Leiter geben. Dann gilt dieses Angebot vielleicht nicht mehr. Was haben Sie mit all dem zu tun?«

Meine Schwester ist in Schwierigkeiten, und ich muß herausfinden, was dahintersteckt, hätte Ingrid fast gesagt. Stattdessen erklärte sie: »Ehrlich gesagt, ich weiß nicht gerade viel darüber. Meine Schwester Tracy hat dieses Jahr Adam Truesdale geheiratet. Ich habe mich bereit erklärt, als Botin herzukommen.« Zu ihrer Verlegenheit fiel Ingrid ein, daß sie vergessen hatte, Shandra den knisternden Briefumschlag zu geben. Sie verfluchte ihre Achtlosigkeit und überreichte Shandra das Couvert. »Adam hat mich noch gebeten, Ihnen das hier persönlich zu geben.«

Zitterte Shandras Hand nicht ein bißchen, als sie den Umschlag ungeöffnet neben das juristische Dokument auf ihrem Schreibtisch legte? Ingrid war sich nicht ganz sicher.

»Meine Schwester interessiert sich sehr für Ihr Institut, und für das in Mexiko.«

»Die Ensenada-Klinik gehört uns nicht. Aber eine Schwester und ein Arzt, die früher hier bei uns waren, arbeiten jetzt da. Wir überweisen ihnen Patienten, die ernsthaft krank und an einer alternativen Therapie interessiert sind«, sagte Shandra. »Wenn Ihre Schwester eine Überweisung braucht, lassen Sie es mich wissen. Ich kann sie gern weitervermitteln.«

Ingrid nickte. Tracy wollte wissen, ob jemand von Truesdale mit dem Kräuterinstitut in Verbindung stand. Adam hingegen hatte sie gebeten zu prüfen, ob hier vielleicht radikale Randgruppen am Ruder waren. »Wie haben Sie eigentlich angefangen?« fragte Ingrid. »Adam erzählte, Doc hätte hier studiert.«

Shandra lächelte. »Wir haben vor über zwanzig Jahren angefangen, als Flüchtlinge aus der Hippie-Szene, die meisten von uns idealistische College-Kinder. Wir warfen unser Geld zusammen und mieteten dieses Haus, das wir dann später gekauft haben. Wir waren strenge Vegetarier, keine Drogen, kein Alkohol, Koffein oder sonstwelche Chemikalien — das alles gilt übrigens immer noch. Wir befaßten uns mit Heilkräuterrezepturen und bauten im Garten unsere eigenen Lebensmittel und Kräuter an. Harvey Truesdale war in jenen Jahren immer auf der Suche nach irgendwas. Er war dreißig Jahre älter als wir anderen, aber wir alle haben zusammen viel gelernt.«

»Und er hat Frau und Kinder mitgebracht.«

Shandra warf Ingrid einen seltsamen, scharfen Blick zu und schwieg einen Moment. »Ja. Die ganze Familie war hier.

Esther war erst fünf oder sechs. Adam blieb nur ein paar Monate, bevor er zur Armee ging. Ich nehme an, er hielt seinen Vater für einen Hippie und beschloß darum, ein schnurgerader Patriot zu werden. Kommt mir heute wie eine typisch jugendliche Antihaltung vor. Aber damals waren wir jung und haben Tag und Nacht über diese Sachen diskutiert. Ich weiß noch, wie wütend er war. Er stürmte davon und trat seinen Dienst an. Seitdem hat er nicht mehr mit mir gesprochen. Sie haben diese Zeiten ja auch erlebt. Vielleicht erinnern Sie sich, wie kompromißlos wir damals alle waren.«

»Oh ja, nur zu gut.«

Shandra lächelte und nickte. »Nicht, daß ich mich nicht freue, Sie kennenzulernen, Ingrid. Aber warum hat Adam nicht einen anderen Angestellten der Firma zu mir hierher geschickt? Von *denen* hat doch niemand Streit mit mir gehabt. Andere Mitglieder der Familie haben sich auch bei mir gemeldet.«

Ingrid schüttelte den Kopf. »Es gibt eine Menge Dinge, die ich auch nicht verstehe. Zum Beispiel, warum er nicht seine Schwester Esther zu Ihnen geschickt hat. Sie war im gleichen Flugzeug wie ich — also muß sie gestern in der Gegend gewesen sein.«

Shandra hatte wieder zu schaukeln begonnen. Sie sah Ingrid in die Augen. »Ja, das war sie. Wir haben uns gestern gesehen.«

»Rina ist Esthers Mutter, Maureen Truesdale, oder?« fragte Ingrid.

Shandra schaukelte einen Moment lang schweigend weiter und schüttelte dann den Kopf. »Tut mir leid, über unsere Gäste kann ich nicht reden«, sagte sie schließlich.

Ingrid zuckte die Schultern, überzeugt, daß sie richtig lag, aber unsicher, ob das eine Rolle spielte. »Könnte jemand aus dem Institut die Firma Truesdale bedroht haben, oder hatte vielleicht jemand Zugang zu ihren Produkten?«

»Natürlich nicht. Wir haben keinen Streit mit der *Firma* Truesdale. Wir verwenden sogar ihre Produkte. Sie machen einen guten Vitamintrunk. Einige unserer Gäste mögen keine Tabletten.«

»Als Sie letzte Woche in Südkalifornien waren, haben da Sie oder einer Ihrer Angestellten oder Studenten die Truesdale-Fabrik besichtigt?«

»Das Werk in Gardena? Nein. Nicht, daß ich wüßte. – Warum?«

»Irgend jemand von hier war in der Fabrik. Kurz danach wurde bemerkt, daß jemand einen Sabotageakt verübt hat, und das zeitliche Zusammentreffen ist verdächtig. Sie erheben keine Anschuldigungen. Aber sie wollen auch keine weiteren Schwierigkeiten, deshalb schien es ihnen sinnvoll, die alten Ansprüche abzugelten.«

Shandra schüttelte entsetzt den Kopf. »Sabotage! Was um Himmels Willen meinen Sie?«

»Giftige Substanz in den Produkten.«

»Gift.« Shandras Augen weiteten sich. »Also, wir können nicht versprechen, daß es keine weiteren Probleme geben wird –«

»Ach?«

»Lassen Sie mich ausreden. Wir können das nicht versprechen, weil wir mit diesem Vorfall nichts zu tun hatten. Ein paar Leute aus unserer Gruppe hatten auf der Metabio-Messe letzte Woche einen Stand. Vielleicht haben sie die Truesdale-Fabrik besichtigt. Ich habe nichts davon gehört, aber das kann ich herausfinden. Aber ich kann mir nicht vorstellen, daß jemand von hier an den Gesundheitsprodukten einer Firma herummanipulieren würde.«

»Nicht einmal Miss Rina?«

Shandra schüttelte den Kopf, doch während Ingrid in ihre großen braunen Augen sah, zweifelte sie zum ersten Mal an Shandras Aufrichtigkeit. »Sie war an dem Wochenende bei ihren Verwandten, darum bezweifle ich das.«

»Adam erzählte, Sie hätten von Truesdale gefordert, daß er sich mehr für Umweltbelange engagiert?«

Shandra setzte das Lächeln einer Politikerin auf, die typisch zufriedene *Ich bin froh, daß Sie mir diese Frage stellen*-Miene. »Ich finde, Ökologie ist zu einem lebensnotwendigen Thema geworden, was unseren Planeten und seine Gesundheit betrifft. Meinen Sie nicht?«

»Ja, aber die Mittel dürfen doch nicht zum Selbstzweck werden.«

»Da bin ich ganz Ihrer Meinung.«

Ingrid versuchte es noch einmal. »Haben Sie nicht verlangt, daß bestimmte Angestellte entlassen werden?«

Shandra hob fragend die Augenbrauen. »Nein. Vielleicht sollten sie einige von ihnen wirklich besser entlassen, aber wir haben das niemals gefordert.«

Einen Moment lang herrschte Schweigen. Ingrid wollte mit dieser Frau nicht streiten. Sie kam sich vor, als versuchte sie, Nebel festzuhalten. Schließlich fragte sie zögernd: »Glauben Sie an Vitaminprodukte?«

Shandra lachte kurz. »Interessante Art, die Frage zu formulieren. Ich selbst nehme nicht oft welche. Wir bauen unsere eigenen Lebensmittel an, und der Qualitätsstandard ist sehr hoch. Ganz sicher glaube ich nicht mit religiösem Eifer daran. Manche Menschen schlucken sie wie heilige Sakramente und hoffen, daß sie dann all ihre *anderen* ungesunden Gewohnheiten nicht aufgeben müssen.« Sie kicherte über die Torheit dieser Annahme. Als Ingrid nicht mitlachte, holte Shandra tief Luft und fuhr fort: »Sagen wir, ich bin zu der Ansicht gekommen, daß Vitamine und Heilkräuter sanfte und nützliche Hilfsmittel sind. Wenn jemand Mangelerscheinungen hat, krank oder geschwächt ist, würde ich Vitamine, Kräuter und positives Denken empfehlen.« Sie breitete die Hände aus.

Ingrid fühlte den Zettel in ihrer Tasche. »Entschuldigen Sie, Ms. Morgenstern —«

»Bitte, Ingrid, nennen Sie mich Shandra.«

»Shandra, ich weiß, daß Ihnen diese Frage noch merkwürdiger vorkommen muß als die letzte —«

»Das sind meine Lieblingsfragen. Schießen Sie los.«

»Es geht um den Kater meiner besten Freundin. Er ist ernstlich krank. Irgendwie habe ich das Gefühl, daß ich Ihnen vertrauen kann. Wir haben den kleinen Kerl alle unheimlich gern. Er heißt Mugwort.« Ingrid kramte den Zettel von Spyder heraus und gab ihn Shandra.

Shandra begann die Prozedur mit der Brille von vorn und las langsam den Zettel . Dann nahm sie die Brille wieder ab. »Katzenleukämie. Hört sich schlimm an. Bauchfellentzündung auch. Warten Sie mal, ich will eben nachschlagen.« Sie stand auf und setzte die Brille wieder auf. Ingrid vermutete allmählich, daß sie sie zigmal am Tag auf- und absetzte. »Ich habe ein paar Sachen über ganzheitliche Tierheilkunde, irgendwo da drüben.« Sie ging zu einem der Regale, ließ einen Finger über die Buchrücken gleiten und zog erst ein Buch heraus, dann ein weiteres und schließlich ein drittes. Sie kam mit den Büchern zurück an den Schreibtisch begann, sie durchzublättern. Ingrid war auch aufgestanden. Es tat gut, sich ein bißchen zu strecken. Sie betrachtete eine große Tafel, die ungefähr einen Meter der Wandfläche einnahm. Darauf waren in kleinen, farbigen Zeichnungen zahlreiche Kräuter abgebildet. Von den meisten davon hatte Ingrid noch nie in ihrem Leben gehört.

»Mugwort ist ein Kraut, wußten Sie das?« sagte Shandra und sah kurz auf. »Umgangs-Englisch für Beifuß. Da ist ein Bild auf der Tafel. Sie hat rotbraune Blüten. Na, die Karte ist ja alphabetisch geordnet.«

'Beifuß *(Artemisia vulgaris)*', las Ingrid. 'Volkstümlicher Name: Pfefferkraut' stand unter der Abbildung, die einen kleinen Strauch mit gezahnten Blättern und rötlichen, sehr kleinen Blüten zeigte. Nach einer Beschreibung der Pflanze und ihrer bevorzugten Standorte hieß es weiter: 'appetitanregend und verdauungsfördernd'. Das paßte allerdings wirklich zum Wesen des plüschigen Katers.

Eine andere Pflanze fiel Ingrid auf: 'Blauer Eisenhut *(Aconitum napellus)*. Volkstümlicher Name: Eisenhut, Sturmhut.'

Sie warf einen kurzen Blick zur Seite und stellte fest, daß Shandra in ihre Bücher vertieft war. 'Eisenhut wird heute oft als Zierpflanze eingesetzt. Früher wurde er als Beruhigungs- und Schmerzmittel benutzt. *Achtung – Wurzelknollen und Blätter durch Aconitin sehr giftig, schon kleine Mengen können zum Tod führen. Keinesfalls ohne ärztliche Anweisung einnehmen.*' Das war also das Gift, das in den Produkten von *Truesdale* nachgewiesen worden war. Auf der Abbildung sah die Pflanze hübsch aus, viele helmförmige blaue Blüten, die traubenartig an einem geraden Stiel saßen.

Ingrid sah zu Shandra hinüber, die gerade Papierstreifen an verschiedenen Stellen in die Bücher legte. »Sieht aus, als könnte eine Tinktur aus Goldregen helfen«, murmelte sie mehr zu sich selbst.

Schließlich sah Shandra auf und klappte die Bücher zu. »Vertreiben Sie sich doch noch ein bißchen die Zeit, ich gehe Ihnen das eben fotokopieren«, sagte sie.

Ingrid vertrieb sich die Zeit, indem sie die Kräutertafel mit Blitzlicht fotografierte und die Kurzbeschreibung der Kräuter in ihrem Notizbuch vermerkte – für den Fall, daß das Foto nicht scharf genug wurde.

Dann kam ihr noch ein anderer Gedanke. Sie ging zu dem wabenförmigen Gebilde mit den kleinen Flaschen in den Fächern. Glücklicherweise waren auch sie alphabetisch sortiert. Sie fuhr mit dem Finger an den Kalligrafie-Schildchen mit den Namen der Pflanzen entlang. Eisenhut oder Aconitum kamen nicht vor. Aber da war ein leeres Fach, das einzige leere Fach in dem ganzen Sortiment – zwischen *Acacia senegal* und *Acorus calamus*. Ingrid trat schuldbewußt zur Seite, als Shandra in den Raum geeilt kam.

»So, das hätten wir.« Shandra legte die Bücher und einen Stoß Fotokopien auf den Tisch. »Diese Bücher sind wirklich gut. Ich habe die Titelseiten mitkopiert, falls sich Ihre Freundin eins davon anschaffen will. Und hier ist auch eine Liste von Homöopathen und ganzheitlich orientierten Tierärzten, an die sie sich wenden kann. Im Grunde geht es immer darum, das Immunsystem zu stärken und das chemische Gleichgewicht des Tieres wiederherzustellen. Manchmal ist es nützlich, einen Tierarzt zu kennen, der einen Blick dafür hat, wo etwas quer liegt und der weiß, womit das wieder geradezubiegen ist. Rufen Sie mich doch bitte an, oder Ihre Freundin, wenn Sie noch Fragen haben. Ich möchte auf keinen Fall, daß einem Tier mit dem wunderbaren Namen Mugwort eine Chance vorenthalten wird.«

Ingrid dankte ihr. Als sie sich zum Gehen wandte, fiel ihr Blick nochmals auf die Tafel mit den Heilpflanzen. »Sind viele von diesen Pflanzen giftig?«

»Alles kann schaden, wenn es in zu großer Menge eingenommen wird, vor allen Dingen, wenn eine Person geschwächt ist. Nehmen Sie Arsen —«

»Nein, danke.« Ingrid schauderte bei dem Gedanken.

Shandra lachte. »Nein, *so* habe ich das nicht gemeint. Sehen Sie, Arsen ist ein gutes Beispiel für etwas, das wir heutzutage nur als Gift benutzen, normalerweise gegen Ratten. Aber vor hundertfünfzig Jahren wurde es einfach über den Ladentisch verkauft, in einem Likör. Die Menschen waren überzeugt, daß es ein Aphrodisiakum ist. Ich glaube zwar nicht, daß es echte Aphrodisiaka gibt, wissen Sie, aber worauf ich hinaus will, ist, daß die Leute von dem Likör nicht gestorben sind. Etwas, das in großer Menge giftig ist, kann — in kleinen Dosen eingenommen — eine Art Schocktherapie für den Körper sein, der dann ein bißchen besser als vorher funktioniert. Wir benutzen hier zum Beispiel gelegentlich einen Extrakt aus Goldregen, als belebendes Mittel. Zuviel davon könnte schädlich oder sogar tödlich sein. Falls Ihre Freundin die Tinktur also selbst herstellen muß, soll sie die Dosierung extra gründlich kontrollieren, auf das Gewicht des Tieres abstimmen und seine Reaktionen genauestens beobachten. Wirklich, Ihre Freundin soll mich unbedingt anrufen, wenn sie eine Frage dazu hat.«

Shandra weigerte sich, eine Bezahlung anzunehmen, außer einem Dollar für Fotokopien. Ingrid wollte gerade gehen, als sie die Abtretungserklärung neben dem zugeklebten Umschlag auf dem Schreibtisch liegen sah.

Ingrid zeigte darauf. »Was soll ich denn nun den Truesdales sagen?«

Shandra nahm den kleinen Umschlag widerstrebend an einer Ecke hoch. Sie sah Ingrid an, als überlegte sie, ob deren Gegenwart zu akzeptieren sei, dann holte sie eine kleine Schere aus der Schublade und schnitt den Umschlag vorsichtig an einer Seite auf. Sie klopfte damit auf die Schreibtischkante. Einige verblaßte Blütenblätter fielen heraus. Shandra sah überrascht aus.

Ingrid trat näher heran, um besser sehen zu können. Shandra zog das zusammengefaltete Blatt Papier aus dem Umschlag, und die restlichen zerkrümelten Blütenblätter fielen heraus. Shandra setzte sich und schob die Blütenblätter zusammen, bis sie wieder wie eine gepreßte Blume aussahen.

»Wissen Sie, was das ist?« fragte Ingrid.

»Ja«, sagte sie leise mit einem traurigen Lächeln. »Das ist eine Blume, die ich Adam Truesdale gegeben habe, bevor er seinen Militärdienst antrat. Er muß sie gepreßt und aufbewahrt haben. Ich hätte nie gedacht, daß er das tut. Ich hatte sie hinten im Garten von einem kleinen Strauch am Bach gepflückt, wo schattenspendende Bäume stehen. Er muß sie all die Jahre aufbewahrt haben.« Sie schob das Blatt Papier und die Blütenblätter wieder in den Umschlag und steckte ihn ohne ein weiteres Wort in die Tasche. Was immer das für sie bedeuten mochte, es war etwas sehr Persönliches. Dann nahm sie die Abtretungserklärung in die Hand, riß sie in der Mitte durch und gab Ingrid die Hälften.

»Sagen Sie den Truesdales, daß wir keinen Groll gegen sie hegen, unsere Unabhängigkeit aber behalten möchten. Wir mußten teuer dafür zahlen, und es hat uns noch mehr gekostet, sie aufrechtzuerhalten. Wenn Doc oder Zach oder Esther sonst noch etwas von mir wollen, sollen sie selber herkommen.«

»Entschuldigen Sie, Shandra. Diese blaue Blume muß sehr hübsch gewesen sein. Wie heißt sie?«

Shandra schien etwas abgelenkt. »Oh, es ist eine dekorative Zierpflanze. Sie wurde früher in der Medizin benutzt, aber sie ist zu heikel in der Anwendung. Man nennt sie Eisenhut.«

Kapitel 8

Ingrid fuhr über die Golden Gate Bridge zurück, die Lombard Street entlang bis Columbus und ums Bankenviertel herum. Sie bog in die Brannan Street ein und fand eine Parklücke nicht allzu weit von den in zweiter und dritter Spur abgestellten Lieferfahrzeugen, die stets um die Laderampen des Blocks herumschwirrten. Gleich neben der Lakritz-Fabrik war die *Bay Area Gadfly* untergebracht war.

Als sie die Tür zu den Büros im Erdgeschoß öffnete, hörte sie Ben oben reden. Zweifellos am Telefonieren. Der kleine Empfangsbereich, der mit dem kriegsschiffgrauen Schreibtisch schon ziemlich ausgefüllt war, mußte auch noch die langen Beine ihres Wohngenossen Spyder Durkheim beherbergen. Spyder lehnte im Stuhl, den Telefonhörer ans Ohr gepreßt, die Füße auf dem Tisch, vor ihm ein Berg Mitteilungen, auf dem Schoß ein Packen Vordrucke für Kleinanzeigen.

Er lauschte in den Hörer und schrieb gerade eine der Kleinanzeigen mit, die so großzügig zum Unterhalt des Blattes beitrugen. Manchmal, wenn die vielversprechenden Anrufer wortgewaltig daherschwafelten, dauerte es mehrere Minuten, eine dieser Anzeigen aufzunehmen — für 40 Cent pro Wort. Ingrid wollte an Spyder vorbeigehen, aber er signalisierte ihr wild gestikulierend, sie solle warten. Der Gesprächspartner am anderen Ende der Leitung machte offensichtlich gerade eine Pause.

»Sekunde, Ingrid.« Dann in den Hörer: »Also, damit wir das klarkriegen, Sir«, sagte Spyder und klopfte mit seinem Stift auf den Schreibtisch. »Ihre Überschrift heißt '33 1/3 JAHRE ALT — 66 2/3 VERFÜGBAR', und der Text lautet 'Weißer Geschäftsmann, verheiratet, aber nicht ausgelastet, sucht diskrete, heißblütige Plattenspielerin, Rasse und Familienstand unwichtig, für seine freien Kapazitäten. Laß uns tolle Musik machen, wenn Du keine Angst vor langen Stücken hast.' Das ist Ihr Text, ja? Also, ich sag' Ihnen eins, Mann, ich find's ziemlich rattig, wie Sie aus der Rille tanzen, und wo ich gerade Ihre Adresse und Telefonnummer hier habe, könnte ich doch mal Ihre *Frau* anrufen — hallo, hallo?«

Spyder legte auf, schwang mit einer verblüffend graziösen Bewegung seine Beine über den Schreibtisch und verstellte Ingrid den Weg zur Treppe. Ingrid lächelte. Seit er mit Carmen zusammenlebte, war Spyder temperamentvoller geworden, und noch idealistischer als vorher — was ihm das Leben nicht gerade leichter machte.

»Ingrid, danke, daß du mit Carmen gesprochen hast. Sie ist überzeugt, daß dieses Kräuterzeug helfen wird. Und jetzt mußt du mir helfen. Diese schrägen Vögel am Telefon bringen mich um den Verstand.«

Ingrid gab ihm den Stapel Fotokopien. »Hier, das ist meine Ausbeute. Warum hast du keine Praktikantin ans Telefon gesetzt?«

»Sie wollten alle nicht.«

»Na, dann sag ihnen, daß sie den Kaffee nicht mehr umsonst bekommen, wenn sie nicht artig sind.« Sie tat mitleidig und klopfte ihm auf die Schulter. »Ich werde dir eine Ablösung schicken, dann kannst du diese Kräuterkunde bei Carmen abliefern. Wenn ich mit Ben geredet habe, muß ich gleich zum Flughafen.«

Ingrid stieg die enge Treppe hinauf. Sie beschwatzte Bonnie

Collins, eine Praktikantin, die oben über der Schreibmaschine saß, Spyder abzulösen, damit der sich in der Dunkelkammer um die Bilder zu Bonnies Story kümmern könne. Sie erwähnte nicht, daß die fraglichen Fotos schon in einem Umschlag bereitlagen und nur auf Bens Absegnung zur Veröffentlichung warteten. Die angehenden Reporterinnen waren in Fragen der Herstellung nicht sehr firm, und Ingrid fand das manchmal ganz nützlich.

Bens dröhnende Stimme quoll mit dicken Wolken Zigarrenrauch aus seinem Büro. Als Ingrid sich in den unordentlichen Raum hineinschlängelte, entließ er den Gesprächspartner am anderen Ende des Telefons und knallte den Hörer auf. »Hunter! Bin ich froh, daß du wieder da bist.« Er winkte sie zurück in den Flur.

Ingrid ging rückwärts, er folgte ihr, ein Stückchen kleiner als sie, aber ganz drahtiges Energiebündel mit seiner weinroten Baseballmütze und den Basketballstiefeln. »Collins!« brüllte er und schwenkte ein Bündel Papier. Die Praktikantin war gerade auf dem Weg zur Treppe. »Nicht schlecht. Aber auf den ersten zwei Seiten vier inhaltliche Fehler. Hier. Sieh dir die rot angestrichenen Stellen an. Nimm's mit runter, du kannst das zwischen den Anrufen in Ordnung bringen, aber sei nett zu diesen lüsternen Spinnern, die mit ihren Anzeigen unsere Miete bezahlen.« Ben kannte Ingrids Vorbehalte gegen die Kontaktanzeigen. »Komm mit.« Mit dieser Aufforderung stieg er die Eisentreppe hinauf, die zum 'Adlerhorst' führte, dem obersten Stockwerk, in dem er wohnte. Ingrid war verblüfft. Sie hatte diese Etage des alten Lagerhauses noch nie gesehen. Es war nicht Bens Art, die Angestellten in seine Wohnung einzuladen.

Sein Büro war ein solches Chaos von Bücherstapeln und Papierbergen! Ob seine Wohnung wohl ähnlich aussah? Fast fünfzig seiner siebzig Lebensjahre war er schon im Zeitungsgeschäft — mit einer Auszeit in den fünfziger Jahren, als er auf der schwarzen Liste stand. Da er eine ganze Etage zum

Vollstopfen hatte, besaß er womöglich noch jede Zeitung, in der je sein Name aufgetaucht war.

Die Tür am Ende der Treppe war eine große Metallplatte auf Rollen. Rote Schablonenbuchstaben verkündeten 'Brandschutztür'.

»Brandschutztür«, sagte Ben und rollte sie mit entsetzlichem Scheppern zur Seite. Sie betraten eine andere Welt. Ingrid blieb stehen, verblüfft über den riesigen, ordentlichen Raum.

»Schuhe«, sagte Ben und zeigte auf ein Regal, so ähnlich wie das, das Ingrid und die anderen in der Aikido-Schule benutzten. Sie streifte die Schuhe ab, stellte sie ins Regal und sah sich verwundert um.

Anders als Bens Büro hatte dieser Raum eine hohe Decke mit Stützbalken. Strohteppiche bedeckten den ansonsten fast leeren Betonfußboden. Mehrere alte Wandschirme gaben dem Loft den Anstrich eines Künstlerateliers aus dem späten 19. Jahrhundert.

Die wenigen Möbel waren in Gruppen angeordnet. An einer Wand standen zwei behagliche alte Sofas, und ein paar Sessel waren um einen Holzofen arrangiert, der dem in Bens Büro ähnlich sah. Der rot-weiß gestreifte Bademantel, der an einer Tür hing, ließ ahnen, wohin diese führte. Daneben schirmten mehrere spanische Paravents einen Bereich ab, der gerade groß genug für ein Doppelbett war. Hinter einer hölzernen Stellwand ragte die Ecke eines Kühlschrankes hervor, und ein großer Spülstein, über dem einige Pfannen an einer Leiste hingen. Ein Stück weiter stand ein schlichter Holztisch mit vier Stühlen, der Eßplatz.

Das einzige Zugeständnis an Unordentlichkeit war ein Turm aus schweren Kristallaschenbechern neben der Tür, einige weitere standen auf alle möglichen waagerechten Flächen verteilt herum. »Ben, wie ...«

Ben kaute selbstgefällig auf seiner Zigarre. »Schon mal was vom Abrüstungskonzept der atomwaffenfreien Zone gehört, Süße?«

Ingrid nickte. Sie verarbeitete immer noch die verblüffende Ordnung.

»Tja, dies ist die chaosfreie Zone. Sie hat sich noch nicht bis zu meinem Büro ausgebreitet, aber es ist ein Anfang. Setz dich.« Er ging zum Tisch und ließ sich nieder. Ingrid folgte seinem Besispiel. »Ich möchte dich bis zum Ende des Sommers auf halbes Gehalt setzen, okay? Wenn die Praktikantinnen wieder zur Uni müssen, werde ich dich brauchen. Aber bis dahin muß ich Geld sparen.«

Ingrid war nur froh, daß Adam ihr den Scheck gegeben hatte. Das halbe Gehalt war nicht einmal für sie genug zum Leben. »Ach komm, Ben, deine Auflage ist in die Höhe geschossen, als du die Story gedruckt hast, die ich dir über den Flint-Mordfall geliefert habe.«

»Ja, ja. Aber wir haben ein paar Anzeigenkunden verloren. Mir egal. Ich weiß ja selbst am besten, daß sie unter Druck gesetzt wurden.« Ben hatte in den fünfziger Jahren verschiedene Bürojobs gemacht, bis er genug Geld gespart hatte, um im politischen Tauwetter der Sechziger die *Gadfly* ins Leben zu rufen. »Aber deine Anwaltsrechnungen zahle ich weiter, schon um dich bei Laune zu halten, Kleines. Das war das Herzstück unserer Abmachung, daß ich dich sicher durch die Stromschnellen des Daseins als Hauptbelastungszeugin bringe.«

Ingrid nickte. »Glaub bitte nicht, daß ich deine Hilfe nicht zu schätzen weiß, Ben. Du hast mir einen guten Anwalt besorgt, aber er ist ja auch dein Neffe.«

»Stimmt. Und ich streite auch nicht ab, daß er mir Rabatt gibt. Aber schließlich muß er auch seine Angestellten bezahlen.«

Ingrid wußte genau, wann eine Runde an Ben verloren war. »Eigentlich wollte ich sowieso um unbezahlten Urlaub bitten. Ich muß meiner Schwester in LA helfen. Ihr Mann ist gestern gestorben.«

»Oh, tut mir leid, das zu hören«, sagte Ben und beugte sich plötzlich besorgt vor. »Wirst du denn zurechtkommen? Ich könnte mir Geld leihen und dir dann was borgen, wenn das hilft.«

Ingrid lächelte über den Einfall. »Nein, ist schon in Ordnung. Die Truesdales haben mir Geld gegeben, damit ich hier oben etwas für sie erledige.«

»Truesdale? Deine Schwester war mit dem Vitaminfirmenmanager verheiratet, der gestern ermordet wurde?« Ben lehnte sich zurück und schnippte die Asche von seiner Zigarre.

Ingrid wurde bewußt, wie sehr sie Ben vermissen würde. Wenn sie für Ben arbeitete, verbrachte sie die Hälfte der Zeit damit, Kaffee mit ihm zu trinken und sich Anekdoten aus der Zeitungsbranche erzählen zu lassen.

»Was solltest du denn für sie erledigen?«

Ingrid erzählte von ihrem Auftritt als Botin, ohne jedoch die vergifteten Produkte zu erwähnen.

Ben nickte. »Vielleicht wollen sie als Kleinaktionäre mehr Mitsprache.« Er warf ihr einen schlauen Blick zu. »Wenn sie zum Beispiel einen Sympathisanten im Vorstand hätten, könnten sie allerlei Veränderungen in der Firmenpolitik durchsetzen.«

Ingrid bemerkte, daß er drauflos riet — wenn auch sehr nahe an der Wahrheit.

»Mal sehen, was könnte es noch sein. Truesdale hat den Ruf, Vorreiter in der Entwicklung biologisch abbaubarer Produkte zu sein. Obwohl sie nicht mehr so sehr an der Umweltdiskussion beteiligt sind. Vielleicht wollen die Leute vom Kräuterinstitut, daß die Truesdales ihrem Ruf entsprechend leben. Vielleicht wollen Sie ein Familienmitglied auf ihre Seite ziehen, das dann bei Entscheidungen ihren Standpunkt vertritt.« Er hob eine Augenbraue. »Wird es schon wärmer?«

Ingrid zuckte nur die Achseln und sagte: »Kein Kommentar.«

»Laß es mich wissen, wenn du Hilfe brauchst.«

»Mach' ich, und danke. Ben, versprich mir, daß du noch nichts über die Truesdales oder das Kräuterinstitut abdruckst, ja? Ich mache mir Sorgen um meine Schwester. Ich will es ihr nicht noch schwerer machen.«

»Keine Bange, Kind. Für eine Story, wie wir sie brauchen, müssen wir schon ein bißchen tiefer graben. Aber du machst das schon.« Er stand auf, klopfte ihr auf die Schulter und brachte sie zur Tür. »Paß auf deine Schwester auf. Und wenn du kannst, versorge mich mit ein bißchen Klatsch und Tratsch. Das ist nun mal die Wurzel aller Nachrichten: Klatsch und Tratsch. Ich hab' dich gerne hier, Ingrid. Wenn du mir noch eine Story wie die Flint-Morde bringst, kann ich es mir leisten, dich fest einzustellen.«

Kapitel 9

Um vier Uhr nachmittags hatte es in Los Angeles immer noch vierzig Grad. Am oberen Rand des Benedict Canyon war es etwas kühler als unten im Kessel, aber Ingrid war es trotzdem zu heiß. In der Einfahrt vor Tracys Haus standen keine Autos. Alle Türen waren verschlossen, die Jalousien heruntergelassen. Ingrid drückte auf die Klingel und lauschte ihrem Echo im Haus. Niemand öffnete. Sie ging seitlich ums Haus herum und rief Tracys Namen. Kein Lebenszeichen. Selbst die Hintertür zum Garten auf der Bergseite des Hauses war von innen abgeschlossen.

Ingrid drehte sich abrupt um, als sie Schritte auf dem Kies knirschen hörte. Ray Espinosa bog um die Hausecke. Die beiden standen sich einen Moment lang gegenüber.

»Wieder ausgesperrt?«

»Ich bin gestern nachmittag nach San Francisco geflogen und gerade zurückgekommen. Ich hatte erwartet, daß meine Schwester hier ist.«

»Wie sind Sie hergekommen? Ich habe kein Auto gesehen.«

»Ich habe den Bus genommen. Eigentlich zwei Busse.«

Espinosa schüttelte den Kopf. »Wußte gar nicht, daß hier oben Busse fahren.«

»Na ja, nicht ganz bis hier oben. Ich bin vom Sunset gelaufen.«

Ray pfiff bewundernd. »Ganz schöner Marsch.«

»Sollten Sie sich je fragen, warum die Autobahnen so überfüllt sind: das liegt an dem miesen öffentlichen Verkehrsnetz hier in Los Angeles. Schön, das hiesige Frei-Fahrt-Fieber mag auch eine Rolle spielen«, räumte sie ein. »Ich war auch autobesessen, bis ich nach San Francisco zog. Jetzt hole ich mir lieber einen Busfahrplan, falls es so was gibt. Natürlich hat die Fahrt mit den beiden Bussen länger gedauert als der Flug von San Francisco hierher.«

Espinosa prustete. »Hört sich ja toll an. Und nur wenige Stunden Wartezeit beim Umsteigen, stimmt's? Ich komme aus dem Osten von LA, Lady, ich kenne mich mit Bussen aus.«

»He, immer sachte. Ich bin hier nur Touristin, ja?« Ingrid stellte fest, daß ihr leicht schwindelig war. Wenn sie Tracy nicht bald fand, würde sie anfangen zu weinen. Ihre Nerven lagen bloß.

Espinosa lächelte, als spürte er, wie verbissen sie um ihre Fassung kämpfte. »Wie ist es, soll ich Sie zum Truesdale-Institut mitnehmen? Dahin wollen Sie doch, oder?«

»Danke, das ist sehr nobel von Ihnen.«

»Nein, eigentlich nicht. Ich will mit Zach Truesdale reden. Ich habe schon einmal versucht, mein Honorar bei ihm einzutreiben. Er hat sich geweigert zu zahlen. Meinte, ich sei unsensibel. Meinte, ich soll abzischen und das Feld räumen, sie würden mir nichts schulden.«

Ingrid zuckte die Achseln. »Na ja, sein Bruder ist gerade gestorben. Vielleicht ist Zach ein bißchen daneben.« Genau wie ich, hätte sie beinahe hinzugefügt.

»Jaah. Sein Bruder ist gerade gestorben, und sie geben Ihrer Schwester die Schuld. Die Polizei scheint das auch anzunehmen.«

Ingrid stützte sich mit einer Hand an die kühle Ziegelmauer. Sie atmete tief durch. Ihr würde nicht übel werden. Nein, jetzt nicht. »Das hat Tracy mir gestern am Telefon gesagt.«

»Sie haben mit ihr *gesprochen*?«

»Sie rief an, kurz nachdem Sie mich gestern hergebracht haben. Aber seit gestern abend konnte ich sie nirgends erreichen.«

»Und was denken Sie?«

Ein kurzer, zorniger Adrenalinstoß schoß durch Ingrids Adern. »Sie meinen, ob ich glaube, daß meine Schwester ihren Mann umgebracht hat? Zum Teufel, nein!« Sie starrte Ray an.

»Ganz ruhig. Ich würde sagen, jeder Mensch könnte töten, wenn er oder sie zur falschen Zeit in die falsche Ecke gedrängt wird. Aber ich glaube nicht, daß Tracy es getan hat. Ist Ihnen jetzt etwas weniger übel?«

Ingrid lächelte schwach. »Ja. Schon besser.«

»Wissen Sie, ich habe mich bei Truesdale umgetan. Wenn wir zusammen hingehen, können wir vielleicht etwas herausfinden. Ich nerve sie wegen meiner Bezahlung, und Ihre Gegenwart könnte sie sauer machen, weil sie Ihre Schwester für eine Mörderin halten. Irgend etwas ist da faul, aber ich weiß noch nicht genug. Wollen wir's versuchen? Geht's Ihnen einigermaßen?« Er streckte ihr die Hand entgegen.

»Schön.« Ingrid packte seine Hand. Sie fühlte sich gut an. Sie vertraute ihm nicht vorbehaltlos, aber sie konnte einen Mitstreiter gebrauchen, der ebenfalls davon ausging, daß Tracy unschuldig war. Außerdem brauchte sie eine Mitfahrgelegenheit. Die Busfahrten und der lange Fußmarsch vom Sunset hatten sie mehr erschöpft, als sie zugeben mochte. Trotzdem hatte sie nagende Zweifel. »Was nützt es, die Truesdales wütend zu machen?« fragte Ingrid. »Wenn sie überzeugt sind, daß Tracy schuld an Adams Tod ist, dann reden sie vielleicht gar nicht mit mir.«

»Schon, aber alles, was sie sagen, kann uns Anhaltspunkte liefern. Ich glaube, der Mord an Adam hat mehr mit seiner

Familie als mit seiner Frau zu tun. Sie werden uns dort nicht gleich die Lösung des Rätsels servieren, aber einen Versuch ist es doch wert.« Sie gingen den Betonweg entlang zur Einfahrt, wo Ray den TransAm abgestellt hatte.

»Was ist denn eigentlich genau passiert?« fragte Ingrid, als sie sich anschnallte. »Mit Adam, meine ich.«

Espinosa sah sie an.

»Wissen Sie das nicht?«

»Ich hörte, wie er fiel und sah, daß er sich an den Hals griff. Als Tracy dann anrief, sagte sie, er sei tot. Esther Truesdale erzählte mir, daß Tracy von der Polizei gesucht wird. Dann hat sie einfach aufgelegt.«

»Diese Esther, die ist eiskalt.« Er ließ den Wagen an und bog aus der Einfahrt in den Benedict Canyon Drive ein. »Jedenfalls scheint irgendein Gift in dem Reinigungsmittel gewesen zu sein. Ich vermute, er hat gleich, nachdem er es geschluckt hat, Anzeichen von Atemnot gespürt. Aber dann mußte er unbedingt den Macho markieren. Niemandem fiel etwas auf, bis er zusammenbrach. Paula — die Krankenpflegerin — und ich haben Erste Hilfe geleistet, nachdem jemand auf die Idee gekommen war, sie zu holen. Aber als er endlich ein bißchen Sauerstoff in die Lungen bekam, war es zu spät.«

Ingrid nickte und rang nach Worten. »Verstehe.« Sie war dankbar, daß er die scharfen Kurven souverän und ohne riskante Faxen nahm. Sie konnte sich zumindest soweit entspannen, daß sie die ruhige Straßenlage des Wagens registrierte.

»Was für ein Gift es auch war, die Dosis reichte jedenfalls. Die Sanitäter in der Notaufnahme haben wirklich alle Register gezogen, aber sie mußten aufgeben.«

»Sie sind doch Polizist gewesen — könnten Sie nicht herausfinden, welches Gift in dem Mittel war?«

Espinosa warf ihr einen Seitenblick zu. »So was dauert eine Weile, es sei denn, sie wissen genau, wonach sie suchen müssen. Wenn es irgendein seltenes pflanzliches Gift ist, brauchen sie unter Umständen Hilfe von der staatlichen Giftzentrale.

Einer von der Mordkommission hat mir verraten, daß sie Arsen in seinem Organismus gefunden haben. Sie haben eine kleine Dose davon in seinem Büro entdeckt. Er scheint es in seinen Vitamintrunk gemixt zu haben. Das hat ihn aber nicht umgebracht.«

»Warum nicht?«

»Weil es auch zu Hause in seinen täglichen Vitamintrunk gemischt war. Es steckte in seinem Körper, als ob er es über längere Zeit eingenommen hätte. Er muß sich mit kleinen Mengen langsam selbst immunisiert haben. Um daran zu sterben, hätte er gleich eine ganze Wagenladung voll schlucken müssen.«

Ingrid hielt inne und überlegt einen Moment. Der Vitamintrunk zu Hause. Tracy hatte ihr vorgestern etwas davon zum Frühstück angeboten. Ihr Gehirn weigerte sich, dem Gedanken nachzugehen und sie schob ihn erst einmal beiseite. Damit würde sie sich später befassen. »Haben Sie vorgeschlagen, ihn auf Aconitin zu untersuchen?«

»Nein. Was ist das? Noch nie gehört.« Er sah sie mißtrauisch an.

»Das ist das Gift, das bei der Stichprobe in den Vitaminprodukten gefunden wurde.«

»Wann war denn das?«

»Sie meinen, Adam hat Ihnen nichts von dem Gift erzählt, das bei Truesdale entdeckt wurde? War das nicht der Grund, warum Sie meine Schwester überwachen — um sie vor irgendeinem verrückten Drohbriefeschreiber zu beschützen?«

Espinosa blickte sie an und zuckte mit den Schultern. »Truesdale hat nie irgendwelches Gift erwähnt. Ich hätte sie sowieso nicht davor schützen können, Putzmittel zu trinken. Das hätte sie bei der Vorführung ja beinahe getan. Adam war nur schneller. Für mich ergibt es keinen Sinn, daß sie ihn angeblich hat vergiften wollen und sich dann freiwillig meldet, das Zeug in der Öffentlichkeit zu trinken. Aber eins sage ich Ihnen, Ingrid. Den Vorschlag mit dem Aconitin, den werden

Sie selbst machen müssen. Die Leute vom Morddezernat in Santa Monica wollen sich sowieso mit Ihnen unterhalten.«

Schweigend fuhren sie weiter, bis sie auf die palmengesäumte Strecke in Beverly Hills kamen. Hier waren die Straßenschilder nicht mehr blau, sondern weiß und die Schreibweise der Ortsnamen spanisch.

Ray schnaubte. »Extra für die Bediensteten«, sagte er grimmig und bog auf den Santa Monica Boulevard ein. Im Truesdale-Institut herrschte eine spürbar gedrückte Stimmung, vielleicht auch, weil die Fontäne des Jungbrunnens weit zurückgedreht war und nur noch um die Knöchel der Statuen plätscherte. Die Aerobic-Truppe im Schaufenster war auch nicht in Aktion. Ohne Tracy wurden sie weit weniger herzlich empfangen. Ingrid hatte ihren Jungbrunnen-Anstecker vergessen. Am Empfang saß eine junge Frau mit hellbraunem Haar, die nervös wirkte. Sie bat die beiden zu warten. Während die beiden vor ihr standen, verbog sie ihre unnatürlich langen Fingernägel auf der Schreibtischplatte, was ihr das Aussehen einer ängstlichen Katze gab. Ingrid wartete darauf, daß einer der Nägel unter der Belastung abbrach, aber sie hielten.

»Ein Jammer, daß Gloria nicht am Empfang ist«, murmelte Espinosa. »Dann wäre ich schon drin.«

»Was haben *Sie* denn vor? Wir wollen hier schließlich mit jemandem reden und nicht einbrechen.«

»Das sagen Sie.«

Zach Truesdale kam den Korridor entlang in die Eingangshalle. Sein Gesicht war noch verzerrter und angespannter, als Ingrid es in Erinnerung hatte. Ansonsten trat er ebenso gestreßt auf wie beim letzten Mal, doch darin lag so etwas wie verhaltener Zorn. Dadurch wirkte er aggressiver und nicht so fluchbereit wie bei ihrer ersten Begegnung. Er runzelte die Stirn, als er Espinosa sah.

»Sie schon wieder.« Ingrid ignorierte er. »Sie werden kein Geld bekommen, solange ich nicht diese Honorarvereinbarung überprüft habe, die Sie mir gestern gezeigt haben. Mein Bruder ist noch nicht einmal im Grab. Warum können Sie nicht eine Rechnung schicken wie andere Leute auch?« Er trat sichtlich ungeduldig von einem Fuß auf den anderen.

»Was ist mit den Morddrohungen? Vielleicht können Sie einen Detektiv gebrauchen«, sagte Ingrid.

Zach starrte sie an. Mit einem Seitenblick zur Sekretärin sagte er: »Kommen Sie, wir unterhalten uns in meinem Büro.« Er drehte sich auf dem Absatz um. Ingrid folgte ihm, und Ray bildete den Schluß. Rays Stock schleifte ein wenig über den dicken Teppich.

Zachs Büro war von einem Netz unzähliger Computer umgeben. Davor saßen Leute, die auf Tastaturen einhackten und auf dahingleitende Zahlenkolonnen starrten, zu vertieft, um hochzusehen, als Zach seine Begleiter vorbeiführte. Zachs Büro war ein verglaster Würfel, durch dessen Wände er jederzeit auf die Bildschirme blicken konnte. Jetzt ließ er die dünnen Jalousien herunter und machte die Tür sorgfältig hinter Ray zu.

Zach schien der Typ zu sein, der sich nur hinter hohen Papierstapeln sicher fühlte. Berge von Computerausdrucken lagen überall umher. Die einzige Sitzgelegenheit im Raum war ein steifer Eichenstuhl hinter Zachs Schreibtisch. Zach setzte sich hinein und blickte streitsüchtig zu Ingrid und Ray herauf. Hier in seinem Revier wirkte er ein wenig entspannter.

»Was ist das für ein Unsinn von wegen Morddrohungen?«

Ingrid sah zu Ray. Sie hatte erwartet, daß Ray über seinen Job als Beschützer von Tracy sprechen würde. Aber Ray starrte Zach nur mit unverhohlenem Abscheu an. Ingrid setzte sich unaufgefordert auf den Schreibtisch und betrachtete Zachs zurückweichenden Haaransatz, der aus dieser Höhe und Nähe viel besser zu sehen war. »Adam hat mir einen roten Aktenhefter voller Drohbriefe gezeigt.«

Zach wischte das mit einer kurzen Handbewegung beiseite. »Schmähbriefe. Jede Firma, die heute Gegenstand öffentlicher

Aufmerksamkeit ist, zieht irre Bleistiftquäler auf sich. Sie alle sind harmlos, sonst hätten wir nämlich die Polizei eingeschaltet.«

»Hat die Polizei Ihre Drohbriefakte eingesehen?« fragte Ray.

»Akten sind nicht meine Sache. Und die Polizei hat alles in Adams Büro untersucht.« Er zog eine Grimasse, die wie die Karikatur eines Lächelns aussah, stützte die Ellenbogen auf den Tisch und verschränkte die Finger.

»Adam sagte, es hat Sabotage gegeben«, sagte Ingrid. Sie war von seiner Selbstgefälligkeit angewidert und rückte ein Stückchen ab. »Aconitin in der Vitaminproduktion. Er machte sich Sorgen um Tracys Sicherheit. Wenn es keine ernstzunehmende Bedrohung gab, warum hat Adam dann Ray zu Tracys Schutz engagiert?«

Seltsamerweise schaute Ray bei dieser Frage weg, als sei sie ihm peinlich. Aber Zach es nicht. Er sprang auf, als ob sein Stuhl plötzlich unter Strom stünde. »Ich weiß nicht, warum mein Bruder diesen Mann engagiert hat — wenn er es überhaupt getan hat. Jedenfalls brauchen wir seine Dienste jetzt nicht mehr. Wir werden das Honorar zahlen, nur um ihn loszuwerden.« Zach riß eine Schublade auf und knallte ein kleines Scheckheft auf den Tisch. Er schlug es auf, lehnte sich auf den Tisch und brachte sein Gesicht nahe an Ingrids. »Nun zufrieden?« Dann schaute er zornig zu Ray. »Ich stelle Ihnen einen Scheck aus, hier und jetzt. Wie war der Betrag?«

Ingrid war von der Schreibtischkante geglitten und stellte sich ein Stück abseits, erschreckt von Zachs haßerfülltem Ton.

Rays Augen verengten sich angesichts dieser plötzlichen Kapitulation. Dann zuckte er die Achseln und kramte eine Kopie seiner Rechnung aus der Brieftasche.

Zach stellte einen Scheck über den Betrag aus, unterschrieb und überreichte ihn Ray mit einem herablassenden Grinsen. »Recht so?«

»In Ordnung.« Espinosa klang verblüfft.

»Okay.« Zach zog die Jalousien hoch und klopfte an die Glasscheibe. Die eine Reihe der Leute an den Computern drehte den Kopf. Zach winkte einer freundlich aussehenden Frau mittleren Alters, die mit einem Seufzer von ihrem Bildschirm aufstand und hereinkam. »Darlene, würden Sie bitte Mr. Espinosa hinausbegleiten. Danke. Ingrid, Sie bleiben bitte noch. Ich habe noch ein paar Fragen. Adios, Mr. Esponisa.«

Ray zögerte. »Ingrid, soll ich Sie nach Hause fahren?«

»Wir werden sie nach Hause bringen. Schließlich gehört sie zur Familie — Sie kommen ja sicher selbst aus einer großen Familie, Sie verstehen das sicher.«

»Ist das für dich okay, Ingrid?« fragte Ray.

»Ja, danke«, antwortete Ingrid. »Ich schätze mal, ich will mindestens genauso gern mit Zach reden wie er mit mir.« Sie lächelte gefährlich.

Ray drehte sich um und folgte Darlene. »Bis demnächst, Ingrid.«

»Danke fürs Mitnehmen, Ray.« Zu ihrer Überraschung tat es ihr leid, ihn gehen zu sehen.

Zach schloß die Tür und fuhrwerkte an den Jalousien herum, bis ihm ihre Einstellung zusagte. Er setzte sich nicht wieder hin, sondern blieb vor Ingrid stehen — knapp einsachtzig, stellte sie fest. Da sie keine hohen Absätze trug, standen sie Auge in Auge. »Wissen Sie, Ingrid, wir versuchen dafür zu sorgen, daß Familienangelegenheiten unter uns bleiben. Sie hätten Espinosa nichts von der Sabotage in der Fabrik sagen sollen.«

»Und Sie *hätten* der Polizei davon erzählen sollen. Es könnte dasselbe Gift sein, das Adam umgebracht hat. Das sollte Ihnen wohl nicht egal sein, möchte ich meinen. Sie haben mit Ihrem Vater am Kräuterinstitut gelernt, also wissen Sie, wie gefährlich Aconitin ist.«

Zach schien sich zum ersten Mal darüber Gedanken zu machen. Er schwieg eine Weile, bevor er weitersprach. »Ich weiß nicht, ob die Polizei darüber informiert ist«, sagte er schließlich. »Aber Sie brauchen ihnen nichts davon zu sagen, wenn ich es tue. Ich glaube, Sie haben recht. Die Polizei sollte Bescheid wissen. Ich... ich werde die Information gewiß weitergeben. Aber inzwischen – warum können Sie sich nicht ruhig verhalten? Unsere Gebietsvertreter vertrauen uns. Keins der Produkte, an denen herumgepanscht wurde, ist bei den Sicherheitskontrollen durchgekommen. Und seitdem haben wir die Kontrollen drastisch verschärft.«

»Was ist mit den Drohbriefen?«

Zach ging zur Tür und öffnete sie, ein Zeichen, daß die Familienbesprechung beendet war. »Meinen Sie nicht, daß es Zeit ist, wieder nach San Francisco zu fahren?«

»Ich werde zur Beerdigung Ihres Bruders bleiben. Wann ist sie?«

»Übermorgen, am Sonnabend. Aber ich verstehe nicht, was das soll. Sie haben meinen Bruder doch nur einmal gesehen. Was geht Sie das an?«

»Meine Schwester geht mich etwas an. Sie scheinen zu vergessen, daß sie Ihren Bruder immerhin genug geliebt hat, um ihn zu heiraten.«

Zach starrte sie an, als ob sie eine fremde Sprache spräche. »Es könnte bei der Beerdigung unangenehm für Sie werden. *Ich* gebe Ihrer Schwester nicht die Schuld an Adams Tod.« Zach zuckte die Achseln und fuhr sich mit der Hand über die Stirn. »Aber es ist logisch, sie zu verdächtigen. Es wird zwangsläufig zu Feindseligkeiten kommen.«

»Pech.« Ingrid fielen einige bissige Bemerkungen ein, aber sie schluckte sie hinunter. Sie wollte Zach nicht sinnlos verärgern. »Ich bleibe.«

»Aber Sie können hier gar nichts tun. Es sei denn, Sie wissen, wo wir Tracy finden können. Wir wissen nicht einmal genau, ob sie Adam am Tag seines Todes im Krankenhaus besucht hat. Sie hat hier angerufen, und die Empfangssekretärin hat ihr gesagt, in welchem Krankenhaus er ist. Dann hat sie im Krankenhaus angerufen, aber niemand hat sie da gesehen.

Entweder hat es sie nicht interessiert, oder sie wußte bereits, daß er tot war. Aber wie hätte sie das wissen können?«

»Weil sie ihn umgebracht hat«, sagte eine verbitterte Stimme hinter Ingrid. Ingrid fuhr herum und sah Esther Truesdale, die neben einer verblüfften Schreibkraft in der Tür stand und Ingrid anstarrte. »Wir haben sie im Krankenhaus nicht gesehen, weil die Polizei dort war. Tracy fürchtete verhaftet zu werden.«

Zach verzog das Gesicht, setzte eine einfühlsame Miene auf und schob sich an Ingrid vorbei, um seine Schwester in den Arm zu nehmen. »Sie ist überreizt«, sagte er über Esthers Schulter hinweg. »Wenn Sie Tracy finden, sagen Sie ihr, sie soll sich bei mir melden. Wir werden ihr beistehen.«

Esther drehte sich um und sagte mit heiserer Stimme zu Ingrid: »Finden Sie Ihre feine Schwester nur, und *wie* wir ihr dann beistehen werden. Wir werden bei ihr stehen und sie nicht aus den Augen lassen, bis sie hinter Gittern ist.« Zach zog seine Schwester behutsam in das Büro. Als er den Arm ausstreckte, um die Tür zu schließen, hörte Ingrid sie jammern: »Weißt du, was sie in seinem TILL-Trunk zu Hause gefunden haben, Zach?« Die Tür fiel ins Schloß, und es war nichts mehr zu hören. Die Jalousien waren noch immer heruntergelassen. So konnte Ingrid nicht einmal sehen, ob er ihr seinen geheiligten einzigen Stuhl angeboten hatte.

Ingrid machte sich auf die Suche nach Adams Büro. Als sie es gefunden hatte, bat sie Joleen, die rote Akte noch einmal sehen zu dürfen, die Adam ihr gezeigt hatte. Aber die mumienhafte Sekretärin erklärte schnippisch, die Polizei habe alle Akten mitgenommen. Sie könne sich im übrigen weder an eine rote Akte erinnern noch an eine, die Drohbriefe enthielt. Sie habe lediglich mit Adams geschäftlicher Korrespondenz zu tun.

Ingrid versuchte sie aus der Reserve zu locken, indem sie von Kollegin zu Kollegin sprach, schließlich kannte sie den Job nur zu gut. »Dann muß er aber wirklich ein großartiger

Boß gewesen sein. Meistens muß man doch über das Geschäftliche hinaus den Chefs allerlei persönliche Dienste erweisen, unbequeme Gänge, Sonderwünsche.«

»Ja, stimmt. Nein, so war er nicht — er hat sogar seine Kundenakten selbst geführt. Damit geben sich die meisten leitenden Angestellten nicht ab.« Sie wischte eine Träne weg und starrte einige Sekunden lang auf ihren Schreibtisch. Dann holte sie tief Luft und sah Ingrid wieder ins Gesicht. »Na ja. Ich habe immer noch Arbeit von ihm, die liegengeblieben ist. Ich habe leider nicht viel Zeit. Was war es noch, was Sie wollten?«

»Könnten Sie mir sagen, woher ich einen Schlüssel zu Adams und Tracys Haus bekomme? Ich soll mich darum kümmern, aber ich komme gar nicht hinein.«

»Natürlich. Ich habe einen Reserveschlüssel für den Fall, daß er seinen mal zu Hause vergaß. Das ist mehr als einmal passiert.« Sie gab Ingrid den Schlüssel, der an einer Kette mit einem sauber beschrifteten runden Pappschild hing. »Zu seiner Wohnung hier in der Stadt habe ich natürlich keinen Schlüssel. Die, die er als Junggeselle bewohnt hat.« Joleen fiel plötzlich etwas ein. »Wissen Sie, ich frage mich, ob Tracy vielleicht dort ist. Sie könnte als Erinnerung an die erste Zeit mit Adam einen Schlüssel behalten haben. Und wenn sie sich was antun wollte —« Joleen brach verwirrt und verlegen ab. Dann räusperte sie sich und fing noch einmal an. »Wissen Sie, Adam hat die Wohnung behalten, weil sie hier gleich in der Nähe ist. Wenn er bis spät in die Nacht gearbeitet hatte, konnte er einfach rübergehen und sich ein paar Stunden hinlegen, ohne noch fahren zu müssen. Diese Canyon-Straßen sind kein Zuckerschlecken, wenn einer übermüdet ist.«

Ingrid war neugierig genug, um Joleens Taktlosigkeit großzügig zu überhören. »Sie sagten, er hat öfters seinen Schlüssel vergessen. Was hat er denn gemacht, wenn er den zu seinem Apartment in Santa Monica nicht dabei hatte?«

»Ach, dann hat ihn der Verwalter reingelassen. Das ist ein ziemlich zwielichtiger Typ, zu jeder Tages- und Nachtzeit auf. Einer von diesen Fotografen, wissen Sie.« Sie hob vielsagend die Augenbrauen.

Ingrid nickte. Mit Fotografen kannte sie sich aus. Sie sah nach, ob der Reißverschluß an ihrer Kameratasche ordentlich zugezogen war. War er. »Könnte ich die Adresse haben?«

Kapitel 10

Als Ingrid endlich den Fußmarsch von der Bushaltestelle hoch zu Tracys Haus bewältigt hatte, war es dunkel. Die von Zach versprochene Fahrt nach Hause hatte nicht stattgefunden, und so hatte sich Ingrid für Bus und Laufen entschieden, um über alles nachzudenken. Morgen würde sie mit der Polizei in Santa Monica reden. Sicherstellen, daß sie nach Aconitin suchten. Und Tracy hatte Ingrid ja zu Hause treffen wollen, vielleicht kam sie.

Ingrid schloß die Tür auf, zu müde, um mehr zu tun, als Zähne zu putzen und in das Bett im Gästezimmer zu kriechen. Kaum hatte sie sich hingelegt, wurde sie unruhig. Mühsam stand sie wieder auf und durchsuchte das Haus. In jedem Zimmer schaltete sie das Licht ein. Die sandfarbenen Wände mit den Navajo-Teppichen, die Möbel, Vorhänge und Teppiche in sanften Wüstentönen, die sie am Anfang so bewundert hatte, schienen sie jetzt zu verspotten. Wo war Tracy? Was meinte Tracy, wenn sie ‘in meinem Zuhause’ sagte? Vielleicht doch bei ihrer Mutter in Ventura? Ingrid wählte die Nummer und sprach kurz mit ihrer Mutter, die die Nachricht über Adams Tod gerade im Fernsehen gehört hatte. Sie war bestürzt und nur leicht angetrunken, was zu dieser späten Stunde ungewöhnlich war. In letzter Zeit hatte sie sich auf einige Flaschen Wein pro Woche zurückgeschraubt, und ein paar Glas Bier dazwischen.

»Nein. Nein, ich habe seit letzter Woche nichts von Tracy gehört«, sagte sie.

Aus reiner Gerechtigkeit wählte Ingrid auch die Nummer ihres Vaters in Long Beach. Niemand nahm ab. Aber Ingrid war ziemlich sicher, daß Tracy nicht bei ihrem Vater auftauchen würde. Von der Scheidung der Eltern bis zu ihrer eigenen Heirat vor einigen Monaten hatte Tracy bei ihrer Mutter gelebt. Sie hätte die Wohnung ihres Vaters nie 'Zuhause' genannt.

Ingrid fand Joleens Vermutung, Tracy wolle sich umbringen, völlig abwegig. Trotzdem ließ der Gedanke sie nicht los, während sie erfolglos das Haus durchsuchte.

Schließlich stand sie in Adams und Tracys Schlafzimmer, an das sich ein Badezimmer und zwei identisch geschnittene Ankleidezimmer anschlossen. Tracys Kulturbeutel, ihre Haarbürste, die Zahnbürste und die Schminksachen lagen noch genauso verstreut herum wie vor zwei Tagen, als sie sich unterhielten, während Tracy sich frisierte. Tracy konnte nicht ohne ihre Zahnbürste weggegangen sein!

Ingrid nahm Tracys Velours-Bademantel von einem Haken an der Tür und trug ihn ins Schlafzimmer. Sie warf einen Blick auf die riesigen Matratzen, drehte sich um und flüchtete sich in das Gästebett. Dort umklammerte sie Tracys blauen Bademantel und weinte, bis sie einschlief.

* * *

Die meisten Fahrgäste in dem Bus, mit dem Ingrid zum Ocean Front Boulevard fuhr, waren Latinas auf dem Weg zur Arbeit. Sie trugen große Einkaufstaschen aus Stoff oder Plastik und unterhielten sich auf Spanisch quer über die Sitzbänke hinweg.

Als der Ocean Front Boulevard in Sicht kam, stieg Ingrid aus und ging durch die Morgenluft. Sie nahm sich ein paar Minuten Zeit, überquerte die breite Straße, blieb an einer Steinmauer stehen und sah auf die leuchtend blauen Wellen hinunter. Das Wasser glitzerte so sehr im Sonnenlicht, daß es aussah, als sprudelte es wie eine exotische, türkisfarbene

Limonade. Es war noch nicht unangenehm heiß, und der leichte Meereswind strich über ihr Gesicht. Sie verstand, was die Leute in den kleinen Vorort Santa Monica an der Küste zog, selbst jetzt, da es für die meisten Menschen viel zu teuer geworden war, hier zu leben. Abgesehen von den Obdachlosen. Ingrid begegnete einigen Männern, die vom Strand heraufkamen, in alten Mänteln und mit schmuddeligen Armeedecken, zweifellos war der Strand ihr Nachtlager. Sie seufzte. Immerhin wärmer als oben in San Francisco.

Sie schaute beim Polizeirevier von Santa Monica herein und sprach mit dem Ermittlungsbeamten Dave Edwards, einem nachdenklichen, nervösen Mittvierziger. Sein lockiges, graubraunes Haar wurde bereits dünner, die Hände mit den starken Handgelenken hätten auch einem Ringer oder Pianisten gehören können, zitterten aber leicht. Ingrid bemerkte, daß er sich und seine Hände zur Ruhe brachte, indem er Dinge festhielt — die Armlehnen seines Stuhls, den Ordner, in dem sich die Ermittlungsergebnisse zu Adams Tod befinden mußten. Als Ingrid zugab, nicht zu wissen, wo Tracy sich aufhielt, schien er das Interesse an ihr zu verlieren. Aber er nahm die Information zur Kenntnis, daß Adam Aconitin erwähnt hatte, und forderte sie auf, sich zu melden, falls sie von Tracy hörte. Sicher.

Adams Apartment war nur ein paar Schritte vom Polizeirevier entfernt. Es war ein älteres Gebäude mit großem Stuck, sicher ein teurer Spaß, denn der Ocean Front Boulevard war auch nicht weit. Zu beiden Seiten standen Apartmenthäuser, und wenige Häuserblocks entfernt gab es ein paar schickere Restaurants. Der Bau selbst sah aus wie ein Stück elfenbeinfarbener Seife, das sich etwas zur Seite geneigt hatte, um einem Pulk struppiger Büsche Platz zu machen, zwischen denen die Bewohner ihre Autos parken konnten.

Neben der Klingel für Apartment 1 im Erdgeschoß klebte ein Kärtchen mit der Aufschrift *Verwalter*. Das Kärtchen war illustriert — mit dem Foto eines Mannes, der durch den Sucher einer wirklich astreinen Nikon 2 starrte. ‘Cary Bloom fotografiert Sie’ stand darunter.

Ingrid drückte auf die Klingel und machte sich bereit zum Fachsimpeln.

Cary Bloom sah aus wie auf dem Bild. Lang und dünn, mit dunklen Haaren und Augen, die so schwarz wie Oliven und so blank wie Kameralinsen waren. Die Pupillen waren leicht geweitet vom Gras, dessen Rauch Ingrid deutlich roch. Sicher besaß er auch eine Dose Raumspray, womit er den Geruch kaschieren konnte, wenn er Besuch erwartete.

»Hallo. Ich bin Ingrid Hunter. Der Mieter in Apartment fünf, Adam Truesdale, war mein Schwager.«

Cary starrte sie eine Weile an, dann nickte er. »Ja. Ich habe in der *Times* was über Adams Tod gelesen. Wissen Sie, einen Moment dachte ich, Sie wären seine Frau. Aber jetzt sehe ich es.« Er streckte die Hand aus und strich Ingrid fast mit dem Daumen über die Lippen. »Der Mund ist anders. Älter natürlich. Und stärker. Hier ein bißchen runtergezogen. Mal sehen, und die Nase? Mehr zum Kinn gerichtet.« Er sprach mit der absoluten Gewißheit eines Mannes, der die Gesichtszüge von Tausenden ins rechte Licht gesetzt hatte.

Ingrid lachte. »Haben Sie Tracy fotografiert?«

»Oh ja. So hat sie Adam doch kennengelernt. Ich habe eine Set-Card für sie gemacht, als sie anfing, als Model zu arbeiten. Wir haben über Gesundheit und Vitamine geredet, und da stellte sich heraus, daß der kaufmännische Leiter von ihrer Lieblings-Vitaminfirma ausgerechnet hier im Haus wohnt. Sie war ganz heiß darauf, ihn kennenzulernen. Sie war wirklich ein süßes Mädchen.«

Ingrid gefiel es nicht, daß er von Tracy in der Vergangenheit sprach.

»Kommen Sie rein, kommen Sie rein.« Er trat zurück, um sie in die Wohnung zu lassen.

Das Zimmer war in Sonnenlicht getaucht. Die Türen zu den beiden hinteren Räumen waren geschlossen. Einer war bestimmt das Atelier. Er deutete auf einen kleinen Tisch und zwei Stühle, durch einen niedrigen Tresen von Kühlschrank und Herd getrennt. Eßzimmer und Büro in einem, schloß Ingrid aus dem Aktenschrank mit vier Schubladen in Reichweite des Stuhls, in den sich Cary soeben fallen ließ. Vom Aktenschrank bis zum Fenster hing ein gerahmtes Foto neben dem anderen. Alles Aufnahmen von Strandflora und -fauna, dekoriert mit nackten Frauen.

»Schöne Wohnung.«

»Oh ja.« Blooms spontane Antwort enthüllte einen Besitzerstolz, der tiefer ging, als Ingrid vermutet hatte. »Der Verwalterjob verschafft mir ein Apartment mit zwei Schlafzimmern. Adam hatte nur eins.«

»Ich kann mir vorstellen, daß dieser Nebenjob für einen Fotografen toll ist«, sagte Ingrid und drehte sich von der Wand voller Sand und Fleisch weg. »Ich bin auch Fotografin, oben in San Francisco.«

»Ach? Da war ich auch schon mal.« Er hatte eindeutig keinerlei Interesse an anderen Menschen. »Ist mir zu kalt.« Bloom ging ans Fenster.

Ingrid spürte, daß seine Aufmerksamkeit schwand. »Wie ist Tracy auf Sie gekommen?«

Er drehte sich um, sein Interesse war wiederbelebt. »Sie hat Aufnahmen gesehen, die ich von einem anderen Model gemacht habe.« Er zeigte mit dramatischer Geste auf das postergroße Farbfoto einer Blonden, die sich im blassen Morgenlicht gegen eine Sanddüne lehnte und einen Strang Blasentang durch ihr Schamhaar zog.

»Schönes Licht.« Ingrid fiel kein besserer Kommentar ein.

»Habe ich morgens um vier am Privatstrand eines Freundes oben in Malibu gemacht. Die arme Sophy hat sich beinahe den Hintern abgefroren, aber ich finde, es ist ganz gut geworden.«

»Beeindruckend.« Ingrid schwieg einen Moment, als wollte sie die geballte Ladung ihrer Komplimente erstmal wirken lassen. »Übrigens, meinen Sie, daß ich mal in die Wohnung meines Schwagers könnte? Meine Schwester hat mich gebeten, ein paar Sachen zu holen. Es kann nur niemand seine Schlüssel finden.«

»Wahrscheinlich hat er zu viele davon verteilt.« Bloom lachte heiser. Unvermittelt kam er in Bewegung und ging zur Tür. »Ich werde Ihnen seine Wohnung zeigen. Aber in einer halben Stunde habe ich einen Termin.« Er ging voran, über den Parkplatz, und einen Fußweg entlang bis zum Ende des Flügels, wo Adams Apartment lag. Im Vorbeigehen warf Ingrid einen Blick auf einen klassischen weißen Thunderbird, der vor dem Gebäude stand. Ihre Schwäche für kalifornische Straßenkreuzer, die sie sich an der Universität abgewöhnt hatte, meldete sich erneut.

»Sie haben in den letzten Tagen niemanden in der Nähe von Adams Apartment gesehen, oder? Vielleicht jemanden hineingelassen?«

»Nur die Polizei«, sagte Bloom knapp, plötzlich ganz geschäftsmäßig. »Die waren gestern abend da. Aber sie haben die Wohnung nicht versiegelt oder so. Ich werde Sie einfach hineinlassen, und Sie lassen sich selbst raus. Achten Sie darauf, diesen Knopf hier zu drehen, wenn Sie gehen. Dann ist automatisch abgeschlossen.« Ohne ein weiteres Wort schloß er die Tür hinter ihr.

Adams Apartment war kleiner als das von Bloom und so aufgeräumt wie ein Foto in einer Wohnzeitschrift. Trotz all der Ordnung war es mit kostspieligen Spielzeugen vollgestopft. Eine Designer-Stereoanlage, dekorativ halb verborgen hinter schwarzen Lacktüren. Ein Teleskop mit riesigen Linsen und unzähligen Justierschrauben stand auf einem dreibeinigen Stativ gegenüber dem Fenster, als sei es dafür gedacht, Adlerhorste in den Bergen von Santa Monica zu beobachten. Angesichts des niedrigen Standortes und der vielen Gebäude ringum war Ingrid jedoch unklar, was Adam damit wirklich beobachtet hatte. Eine ganze Wand war gefüllt mit CDs und Videokassetten. Keine Bücher.

Tupfen und Schnörkel in klaren, leuchtenden Farben schauten aus spiegelblanken Rahmen von den Wänden herab. Auf dem einen Ende des Couchtisches lag ein Stapel Architekturzeitschriften, auf dem anderen lagen mehrere Ausgaben einer wissenschaftlichen Fachzeitschrift. Die Versandtaschen aus durchsichtigem Plastik waren noch nicht geöffnet, was die intellektuelle Ausstrahlung der Zeitschriften etwas beeinträchtige. Ingrid hoffte, daß Adam nichts zwischen den CDs und Videos versteckt hatte. Es würde Stunden dauern, sie alle durchzusehen, und sie würde damit gar nicht erst anfangen. Vielleicht hatten die Polizisten schon nachgesehen — sie liebten solche Verstecke. Sie suchte nach — ja, wonach suchte sie eigentlich?

Tatsächlich hatte Ingrid keine Ahnung, wonach sie suchte. Sie öffnete die Schubladen des hochglanzpolierten Schreibtischs und fand Kontoauszüge, sorgfältig gebündelte und beschriftete Packen mit Rechnungen und Steuerbescheiden. Einige Bilanzen von Truesdale erschienen ihr wichtig, sie steckte sie in ihre Umhängetasche. Aktenordner mit Prospekten von Vitamin- und Gesundheitsprodukten der Konkurrenz, einige mit markierten Absätzen und Randbemerkungen wie ‘das können wir besser!’, ‘Dr. Ken fragen’ und so weiter. Geschäftliche Unterlagen eines jungen Managers in seinem ausgelagerten Privatbüro.

Ingrids Herz schlug schneller, als sie eine Schublade öffnete, die mit Hängeheftern aus roter Pappe angefüllt war. So ähnlich hatte auch der Hefter mit den Drohbriefen ausgesehen, den Adam ihr gezeigt hatte. Aber als sie alle Ordner nacheinander herauszog, stellte sie fest, daß sie leer waren. Aus einigen waren die Papiere mit Gewalt herausgerissen worden, und die Pappe war an den Stellen beschädigt, wo die Klammern saßen. Jemand war vor ihr hier gewesen. Oder die Polizei? Von einem Ordner mit Drohbriefen keine Spur. Schade. Jetzt, wo Ingrid wußte, was sie wußte, hätte sie sich gern hingesetzt und diese Briefe gelesen.

Als Ingrid sich dem Schlafzimmer zuwandte, fiel ihr Joleens Bemerkung wieder ein. Angst, ihre Schwester doch tot aufzufinden, packte sie. Die Wohnung war so ruhig, hier gab es bestimmt kein lebendiges Wesen. Und wenn Tracy im Schlafzimmer wäre, hätte sie Ingrid bestimmt gehört. Sie sagte sich energisch, daß die Polizei hier schon nach Tracy gesucht hatte.

»Wir treffen uns in meinem Zuhause«, hatte Tracy gesagt. Dies Apartment konnte niemand im Ernst als Zuhause betrachten, oder doch? Nun, falls Tracy hier war, wollte Ingrid das wissen.

Ingrid öffnete die Schlafzimmertür und tastete nach dem Lichtschalter. Es war ein runder Dimmer. Sie mußte ihn mehrmals herumdrehen, bis das dunkle Rosa der seidenen Bettdecke und ein passend bezogener Stuhl in einer Ecke sichtbar wurden. Erst im vollen Licht konnte sie das dunkle Mahagoni des Kleiderschranks und der Kommode ausmachen. Dieses Schlafzimmer hätte vom *Playboy* entworfen sein können. An der Wand hing die signierte Skizze eines sinnlichen Frauenakts, gezeichnet von einem Künstler, der all das Fingerspitzengefühl besaß, das Cary Bloom fehlte.

Die vergangenen Tage waren anstrengend gewesen. Der Raum hatte eine Ausstrahlung, die an den Tastsinn appellierte, so wie eine frisch aufgeblühte Rose einlädt, berührt zu werden. Eine glatte Bettdecke und weiche Holzflächen zum Streicheln, ein warmes, goldenes Licht, um darin zu baden. Ingrid setzte sich auf das Fußende des Bettes und strich mit den Fingerspitzen über die Seide. Sie seufzte und starrte geistesabwesend auf die Schiebetüren des Kleiderschrankes.

Etwas in dem Schrank stieß gegen die Tür und drückte sie nach außen. Ingrid sprang auf, ihr Herz raste. Dann atmete sie tief ein und zwang sich, auf die Tür zuzugehen. Eine schmale Hand schlängelte sich durch den Spalt zwischen den Schiebetüren. Eine der Türen öffnete sich langsam und gab den Blick frei auf Barbie, die zukünftige Mrs. 'Doc' Truesdale.

Ingrid stieß einen zittrigen Seufzer aus und wich zurück, als Barbie aus dem Schrank trat. Diesmal war das weiße TILL-T-Shirt ein ganzes Stück kürzer und zeigte einige Zentimeter Bauch, ihre kurzen weißen Hosen entblößten die goldbraunen Oberschenkel fast bis zum Hüftgelenk. Es schien sie nicht besonders aus der Fassung zu bringen, daß sie im Kleiderschrank entdeckt worden war.

»Wie kommen *Sie* denn hier herein?« fragte Ingrid verblüfft.

»Oh, Doc hat mir Adams Schlüssel gegeben.« Es war das erste Mal, daß Ingrid sie reden hörte. Sie sprach mit einem verträumten Lispeln, ungefähr die stimmliche Entsprechung zu einem lachsfarbenen Mieder. »Ich sollte ihm ein paar Akten holen.«

»Aber warum haben Sie sich dann im Schrank versteckt?«

»Also, das konnte ja sonstwer sein, der da in die Wohnung kam. Vielleicht sogar die Person, die Adam vergiftet hat.«

»Möglich.« Ingrid sah Barbie fest an. »Was führt Sie her?«

Barbie schien Ingrids forschenden Blick nicht zu bemerken. Sie sank auf das Fußende des Bettes, auf dem Ingrid gesessen hatte, und sah sich behaglich um. »Das ist so ein schönes Zimmer, nicht? Ich wünschte, ich könnte Doc überreden, die Wohnung zu behalten. Sie ist ja auch so nahe am Strand.« Sie gab einen hoffnungslosen Seufzer von sich. »Aber das würde nicht klappen. Dieser Ort wird Doc immer an Adam erinnern. Ich könnte nie von ihm verlangen, daß er das Apartment weiterhin mietet.«

So sehr Ingrid Adam auch vom ersten Augenblick an mißtraut hatte, sie war nicht sicher, ob sie wirklich das Schlimmste vermuten sollte, als sie Barbie nun in seinem Schlafzimmer sah. »Sind Sie sicher, daß Sie den Schlüssel nicht von Adam haben?«

»Oh nein!« Barbie riß ihre blauen Augen weit auf, nicht vor Schreck, sondern vor Entsetzen über den Gedanken. »Warum hätte er das tun sollen? Glauben Sie mir, mit Doc mitzuhalten ist ein Vollzeitjob. Und außerdem habe ich ja auch noch meine Kunst.«

Es dauerte einen Augenblick, bis Ingrid verstand, daß Barbie mit 'Kunst' Aerobic meinte. »Wie lange kennen Sie die Truesdales schon?«

»Über ein Jahr. Ich gehe ungefähr mit Doc, seit Tracy und Adam zusammengekommen sind. Das war so romantisch.« Barbie hatte sich auf dem Bett zusammengerollt und plauderte, als sei sie auf einer Schlafzimmerparty, und Ingrid kam sich komisch vor, als sie dastand und auf sie hinunterschaute. Sie setzte sich auf den Stuhl neben dem Bett und ließ Barbie reden.

»Ich hatte viele Konkurrentinnen bei Doc. Aber ich habe ihm klargemacht, daß ich nicht nur so eine Art Teilzeitgeliebte sein wollte. Und *da* hat er mich dann gefragt, ob ich ihn heiraten will. Er wollte mich nicht verlieren.«

»Warum wollen Sie Doc überhaupt heiraten? Hätte nicht jemand in Ihrem Alter besser zu Ihnen gepaßt?«

Barbie streckte sich ausgiebig. »Die in meinem Alter sind alle langweilig.« Sie kicherte. »Doc meinte, das soll ich den Leuten sagen, die mich das fragen. Und er hat recht. Niemand könnte interessanter sein als Doc. Wissen Sie, ich mußte ihm versprechen, daß wir uns trotzdem auch mit anderen Leuten treffen können. Ich habe gesagt, er kann tun, was er will. Ich weiß nämlich genau, daß ich ihn nach der Heirat schon auf Trab halten werde.« Ihre blauen Augen wurden rund und ernst wie die eines Kindes, das sein Lieblingsmärchen erzählt. »Doc braucht eine Frau, die ihm auch andere Frauen erlaubt. Viele Frauen wollen an ihn herankommen. Er hat so eine Art ganz starker Energie. Darum habe ich ihm gesagt, was er mit anderen hat, ist seine Sache. Einen alten Tiger kannst du nicht in den Käfig sperren.« Sie lächelte strahlend.

Ingrid erwiderte das Lächeln reserviert. »Dann macht es Ihnen also nichts aus?«

Barbie zuckte die Achseln. »Manche Leute sagen, Ihre Schwester war auch mal seine Geliebte.« Barbie sah angestrengt auf ihre kurzen, farblos lackierten Fingernägel. Reinigte einen mit dem anderen.

»Wie haben Sie Doc kennengelernt?«

Barbie lachte, es klang wie kleine Glöckchen. »Ich lernte zuerst Adam kennen. Aber das war geschäftlich.«

Ingrid rang um eine Miene, die nicht mehr als höfliches Interesse verriet.

»Also, Adam wollte ein ganzes Fitneß-Center für die Vertriebsleute und ihre Familien aufbauen. Das lockte viele, dadurch konnten sie die Truesdale-Verkaufstruppe verstärken. Ich war stellvertretende Geschäftsführerin eines Fitneß-Clubs in Sherman Oaks.«

»Und wie sind die Truesdales auf Ihr Fitneß-Center gekommen?« fragte Ingrid unbeteiligt.

»Oh, Dr. Ken hat mir eine Empfehlung geschrieben. Er war unser Sportmediziner. Aber ich kannte das ganze Unternehmen«, fuhr Barbie fort. »Die meisten Mädchen da sind noch viel besser ausgebildet als ich.« Sie reckte sich wie eine Bodybuilderin, und Ingrid erkannte ausgeprägte Delta- und Trapezmuskeln. »Wir hatten einige Titelverteidigerinnen im Bodybuilding, aber Adam hat mich ausgesucht, weil ich femininer aussehe.« Sie lächelte geziert. »Ich habe ein bißchen was beim Film gemacht, und mein Agent hat immer gesagt, ich sehe aus wie das Mädchen, das sich jeder als Nachbarin wünscht.«

Ingrid lockerte ihr zum Lächelkrampf erstarrendes Gesicht und gab ein verständnisvolles »Ah?« von sich.

Barbie lächelte noch strahlender, als Ingrid für möglich gehalten hätte. »Und dann, als ich schon bei Truesdale war, hat Doc mich mal nackt gesehen, als ich mein Trikot fürs Training anziehen wollte — tja, der Rest ist Geschichte.«

Ingrid seufzte ein bißchen erschöpft. Ihr war jetzt klar, warum Doc hier und da etwas Urlaub von Barbie brauchte. Ihre Selbstgefälligkeit erfüllte den Raum wie ein betäubendes

Parfum. »Hat Adam Ihnen die Regie über das ganze Sportprogramm übertragen, oder hat Ihnen noch jemand geholfen?« Ingrid fragte blind drauflos.

Barbie löste sich langsam aus der Betrachtung ihrer Erfolge und sah hoch, als würde sie aus einem Nebel auftauchen. Einen Moment lang dachte Ingrid, sie müßte die Frage wiederholen. Aber nein — die himmelblauen Kinderaugen verwandelten sich plötzlich in kalte blaue Steine. »Jeder. Alle. Alle Welt mußte sich in alles einmischen. Natürlich habe ich es sehr genossen, eng mit Doc zusammenzuarbeiten. Aber, meine Güte! Die Frauen! Zachs kleine Ruthanne wollte einen speziellen Kurs für Schwangerschaftsgymnastik, LaMaze-Kurse und Fitneß für *Säuglinge*. Ihre Schwester hat bei uns eine Ballettklasse geleitet, aber sie war in Ordnung, sie hat ihr Fach verstanden. Einige von den Frauen der Vertriebsleute sind zu ihr gegangen.« Sie verdrehte die Augen zur Decke. Offensichtlich hatte sie mit anderen Frauen wenig im Sinn — sie hatten keine richtige Macht, warum sollte sie sich also mit ihnen abgeben? »Kennen Sie Derek?«

Ingrid nickte. »Also, er ist ein ernsthafter Bodybuilder.«

»Kannten Sie ihn schon, bevor Sie zu Truesdale kamen?«

Barbie wedelte unbestimmt mit der Hand. »Ich habe ihn hier und da mal gesehen. Jedenfalls haben wir jetzt sowieso die ganze Ausrüstung im Center. Viele von den Männern fahren darauf ab. Hey, ich gucke ihnen selbst ganz gerne zu. Die Vertriebsleute sind alle unheimlich gesundheitsbewußt. Es war schon eine tolle Idee von Adam, diese Mitgliedschaft im Fitneß-Center anzubieten. Er ist wirklich ein Werbegenie.«

»War.«

»Ach ja. War.«

»Hat Adam je erwähnt, daß er oder seine Familie Morddrohungen erhalten hat?«

Barbie schüttelte ernsthaft den Kopf. »Das wird Ihnen nicht gefallen, Ingrid. Aber Ihre Schwester war die einzige, von der ich weiß, daß sie ihn umbringen wollte.«

»Warum? Weil sie eifersüchtig auf Sie war?«

»Na ja, sie hat mich gehaßt. Viele Frauen sind verbittert darüber, wie nah ich Doc stehe. Und sie sah in der letzten Zeit schrecklich aus, wie ein Totenkopf. Das muß Ihnen doch aufgefallen sein.«

Ingrid sagte nichts. Aber es war ihr aufgefallen.

Barbie nickte weise. »Von Eifersucht verzehrt. Adam hat mir von ihrer Magersucht erzählt.«

Ingrid fing an, Adam zu hassen.

»Ich kenne viele Mädchen mit dem Problem«, sprach Barbie weiter. »Tänzerinnen oder Schauspielerinnen. Ich glaube, sie hat sich so lange selbst ausgehungert, bis sie einfach durchgedreht ist.«

»Aber Barbie, ich war doch bei der Vorführung. Es sah aus, als ob Tracy selbst das Reinigungsmittel trinken wollte. Und wenn Adam nicht plötzlich aufgesprungen wäre, hätte Doc es getrunken, oder? Sie waren dabei. Sie haben es gesehen. Woher wissen wir, daß das Gift nicht für Doc bestimmt war?«

»Es deutet doch trotzdem alles auf Tracy hin, so oder so, etwa nicht? Sie war verrückt, und sie hat versucht, einen der Männer umzubringen, denen sie die Schuld an ihren Problemen gab.« Barbie schüttelte traurig den Kopf.

Ingrid biß die Zähne zusammen. »Wollen Sie wirklich behaupten, Tracy und Doc Truesdale hätten ein Verhältnis gehabt?«

»Ich habe sie nie in flagranti erwischt, wenn Sie das meinen.« Barbie gähnte und entblößte dabei eine Reihe gleichmäßiger, perlweißer Zähne. Dann stand sie auf und streckte sich. »Na, ich muß jetzt gehen.« Sie warf sich eine große Sporttasche über die Schulter. Ingrid konnte nicht erkennen, was in der Tasche war.

»Haben Sie gefunden, was Sie in den Akten gesucht haben?« war die letzte Frage, die Ingrid einfiel.

Barbie drehte sich um, ihre Geduld war am Ende. Ingrid wurde bewußt, daß Barbie es wahrscheinlich nicht gewohnt war, anderen Frauen zuzuhören. »Ich hatte keine Schwierigkeiten, zu finden, worum Doc micht gebeten hat«, sagte sie mit einem selbstgefälligen Lächeln und ging auf die Tür zu.

»Warten Sie, Barbie. Wo findet morgen die Beerdigung statt? Ich will da hin.«

Barbie blieb stehen und sah Ingrid über die Schulter an. »Es wird Ihnen vielleicht nicht gefallen.«

»Meinen Sie, man wird mich rausschmeißen?«

»Könnte sein.« Denr Gedanken schien Barbie gar nicht so übel zu finden. »Also schön. Auf dem Dooley-Friedhof um zehn. Steht im Telefonbuch.«

Ingrid sah ihr schweigend nach. Halbherzig wandte sie sich dann der Durchsuchung von Bad und Schlafzimmer zu. Aber sie mußte daran denken, was Barbie gesagt hatte. Sollte Tracy tatsächlich mit Vater und Sohn ein Verhältnis gehabt haben? Barbie schien ihr keine zuverlässige Zeugin. Seicht und harmlos, war Ingrids erstes Urteil gewesen — bei harmlos war sie sich inzwischen nicht mehr so sicher. Irgendwie konnte sich Ingrid nicht mehr auf die Durchsuchung der Wohnung konzentrieren.

Es schien keine Kleidungsstücke oder Toilettengegenstände zu geben, die einer Frau gehörten.

Das Badezimmer war ein Altar des Gottes Narziß. Regale voller Hautcremes, Bräunungsmittel, kostspielige Haarpflegemittel für Männer, ein Zahnpflegeset wie ein Raumschiff mit Borsten. Im Spiegelschrank fand sie nur ein Mittel gegen Sodbrennen und Alka Seltzer. Außerdem — selbstverständlich — ein Sortiment Truesdale-Produkte.

Als Ingrid das Apartment schließlich ohne Ausbeute verließ, bemerkte sie, daß der weiße Thunderbird verschwunden war. Barbies Wagen? Dann entdeckte sie eine bekannte Gestalt, die an einem schwarzen TransAm lehnte und Zeitung las.

* * *

»Sie sind gestern dann doch nicht nach Hause gebracht worden, oder?« fragte Ray Espinosa. »Oder wollten Sie es nicht?«

»Tja, ich hab's nicht direkt ausgeschlagen, aber sie waren so damit beschäftigt, meiner Schwester den Mord an ihrem werten Herrn Bruder anzuhängen, daß meine Heimfahrt irgendwie in Vergessenheit geriet.«

»Ja, also — als sich meine Wut auf Zach Truesdale gelegt hatte, bin ich zurückgefahren, um Sie abzuholen. Aber da waren Sie schon weg. Sie müssen einen Schlüssel zum Haus Ihrer Schwester bekommen haben. Von da bin ich Ihnen nämlich seit heute morgen gefolgt. Schon eine Spur von Tracy?«

»Nein.«

Ihre Blicke trafen sich, und Ingrid merkte, daß sie froh war, ihn zu sehen. »Wollen wir einen Kaffee trinken gehen und dabei reden?«

Kapitel 12

Die Mittagshitze kroch ihrem höchsten Punkt entgegen, als Ingrid widerstrebend aus dem klimatisierten TransAm ausstieg und mit Ray vom Parkplatz zu einem Café ging. Sie mußte sich immer wieder sagen, daß es reine Gewohnheitssache war, durch diese stehende Hitze zu laufen. Mit etwas Glück würde sie Tracy finden, bevor sich das Thermostat ihres Körpers umgestellt hatte. Sie hoffte inständig auf eine kleine Brise vom Meer, ein paar Wölkchen. Das Café hatte eine Fensterfront aus Rauchglas, wodurch die die Hitze draußen grünlich-braun aussah. Die Klimaanlage ließ Ingrids Schweiß erkalten und verursachte ihr leichten Schwindel wie bei einem Schock. Sie wußte, daß es nur die Reaktion auf den Temperaturwechsel war, aber sie fühlte auch eine verdächtig prickelnde Erleichterung, Ray wieder bei sich zu haben. Es kam ihr vor, als hätte sie ihn seit Tagen nicht gesehen.

»Möchten Sie irgendwas, außer Kaffee?« fragte er und wies sie mit höflicher Geste zu einer Sitznische.

»Nein. Nur schwarzen Kaffee. Zucker nehme ich mir selbst.«

Er ging den Kaffee holen, bevor die Kellnerin kam.

Sein überraschend zuvorkommendes Benehmen erinnerte sie an etwas, das ihre Freundin Carmen einmal gesagt hatte: »Meine Mutter hat mir geraten, mich nie mit Latinos einzulassen. Natürlich«, hatte Carmen ergänzt und die Achseln gezuckt, »bin ich prompt an Archie O'Rourke geraten, Ire und Frauenprügler. Aber Mama hat sich jedesmal fürchterlich aufgeregt, wenn eine von uns mit einem Typen ausgehen wollte, der unserem Vater ähnelte. Also hab' ich's nie getan.«

Nun, Ingrid trank ja nur Kaffee mit Ray, weiter war nichts zwischen ihnen. Tracy hatte auch nichts mit ihm gehabt, oder vielleicht doch? Auf jeden Fall war er die einzige Person in Tracys Leben, die wie Ingrid davon ausging, daß sie ihren Mann nicht umgebracht hatte. Sie beschloß, sich keine Vorurteile über Rays Machismus zu erlauben. Vielleicht erstickte der Smog von Los Angeles ja im Laufe der Generationen den berüchtigten Latino-Machismus. Wem machte sie hier eigentlich was vor? Los Angeles war eine Hochburg des Machismus — und nicht bloß der Latino-Variante!

Ingrid seufzte entnervt auf. Die Welt hatte sich in den siebzehn Jahren, seit sie in Los Angeles gelebt hatte, so verändert. Sie war nicht mehr sicher, wie sie mit der Stadt umgehen sollte. Vielleicht brauchte sie einen Fremdenführer. Oder einen Übersetzer. Oder einen Leibwächter.

Ray setzte sich auf den Stuhl gegenüber, und sie merkte, wie sich ihre verspannten Muskeln etwas lockerten. Seine Haare waren tiefschwarz und mit Silberfäden durchzogen wie ihre eigenen. Seine Gesichtszüge waren scharf, mit buschigen Brauen und schweren Lidern. Verdammt, was hatte er gerade gesagt? Sie hatte vor sich hingeträumt, und er schien auf die Kellnerin zu warten.

»Entschuldigung, ich habe eben nicht zugehört. Ich glaube, ich war etwas abwesend.«

»Nicht so wichtig.« Er zuckte die Achseln und blieb still.

»Wie haben Sie mich gefunden?«

»Ich habe mich an Sie gehängt, als Sie heute morgen aus dem Haus kamen.«

»Ich habe Sie nicht gesehen.«

»Manchmal ist es mir lieb, wenn ich nicht gesehen werde. Außerdem ist ein Bus ein leichtes Verfolgungsobjekt. Ich konnte ein paar Autos hinter ihm bleiben.«

»Und Sie wollten mir lieber ungesehen folgen, statt mich direkt zu fragen, wohin ich will, oder mich vielleicht mitzunehmen?«

»Hätte doch sein können, daß Sie wissen, wo Tracy steckt, und es nur nicht zugeben.«

Sie saßen einen Augenblick schweigend da und tranken ihren Kaffee.

»Ingrid, ich glaube, es ist nur fair, wenn ich Ihnen sage, daß Adams Auftrag lautete, Ihre Schwester zu beschatten. Er dachte, sie betrügt ihn.«

»Aber er hat mir diesen Ordner mit den Morddrohungen gezeigt!«

»Das sagen Sie. Mir gegenüber hat er mit keinem Wort Drohungen erwähnt. Es war eine offene Überwachung. Truesdale wollte, daß sie es merkte, und das tat sie auch sehr bald. Danach war sie sehr nett, sie wollte mich nur nicht im Haus haben. Sie sagte, es würde sie nervös machen und so aussehen, als ob Adam sie kontrollieren wollte.«

»Aber das wollte er doch! Und hat er ihr nicht erzählt, Sie seien ein Leibwächter?«

»Ja. Aber das war ziemlich offensichtlich. Ein einzelner Mann kann nicht Tag und Nacht jemanden bewachen. Wenn er sie hätte schützen wollen, hätte er mehrere Männer beauftragen müssen. Das war auch ihr gleich klar. Ich verstand nicht so ganz, wozu das alles gut sein sollte, aber er meinte, ich sollte einfach an ihr dranbleiben und sie merken lassen, daß ihr jemand folgt.«

Es fiel Ingrid schwer, die nächste Frage zu stellen. »Ray, haben Sie einen Hinweis darauf gefunden, daß Tracy Adam wirklich betrog?«

»Möglicherweise.«

»Warum nicht ja oder nein?«

Er stellte seine Kaffeetasse ab und dachte nach. Dann zuckte er die Achseln. »Es läuft einfach auf 'vielleicht' hinaus. Ich bin auf keinen Beweis gestoßen, aber manchmal wollte sie sich nicht folgen lassen, und ich habe sie ein paarmal verloren. Ich wartete draußen und behielt die Vorderseite des Hauses und ihren Wagen im Auge. Sie kennen doch LA, die Leute lassen ihre Autos nicht einfach stehen und gehen zu Fuß. Aber Tracy tat genau das. Ich habe bald gemerkt, daß sie hintenrum rausging. Aber es ist leicht, einen Verfolger abzuschütteln, wenn er allein ist. Man braucht nur im Laden aus dem Blickfeld zu verschwinden und dann den Hinterausgang nehmen.«

»Ich werd's mir merken. Wie oft ist das passiert?«

»Vier- oder fünfmal in dem Monat, den ich sie beobachtet habe. Nie zweimal am gleichen Wochentag oder zur gleichen Zeit. Nie am gleichen Ort. Ein Kosmetiksalon. Ein Laden für Ballkleider. Einmal in der Einkaufspassage von Santa Monica. Ich habe jemanden von der Verwaltung gefragt und erfahren, daß es besondere Toiletten für Stammkunden gibt. Gleich neben einem Ausgang. Vielleicht hat jemand sie abgeholt, aber das habe ich nie gesehen.«

»Was haben Sie dann getan?«

»Ich habe gewartet, bis sie zu ihrem Auto zurückkam — das passierte nach fünf oder sechs Stunden, meistens kam sie aus der anderen Richtung. Sie nickte mir zu, stieg in den Wagen, und wir machten uns wieder auf den Weg. Sie grinste nicht schelmisch oder so. Eigentlich sah sie sogar sehr ernst aus. Was immer sie tat, es hat ihr wohl nicht viel Spaß gemacht.«

»Haben Sie Adam um Verstärkung gebeten, damit auch Hinterausgänge überwacht werden könnten?«

»Natürlich habe ich das. Er sagte nein. Ich sollte tun, was ich allein schaffen konnte. Da wurde mir klar, daß ihm egal war, was ich herausfand. Es ging ihm nur darum, seine Frau merken zu lassen, daß sie beschattet wurde. Das Komische ist, Tracy stolperte einmal über *Adam*, wie er mit der Blonden — wie heißt sie gleich, Barbie — aus dem Apartment kam, in dem Sie eben waren. Da klebte ich gerade an ihren Fersen.«

»Wirklich? Barbie sagte mir, sie hätte keinen Schlüssel. Doc hätte sie geschickt, ein paar Geschäftspapiere holen.«

Espinosa zuckte die Achseln. »Die Leute reden viel. Sie haben sich nicht umarmt oder geküßt, als wir sie aus Adams Wohnung kommen sahen. Aber Tracy drehte sich einfach um, setzte sich in ihren Wagen und weinte eine Weile. Adam hat nicht mal bemerkt, daß sie ihn gesehen hat. Ein richtiger Mistkerl. Die Welt ist besser ohne Adam Truesdale.«

»Sie mögen meine Schwester sehr, nicht?«

Espinosa sagte nichts, doch er krampfte seine Faust um die Kaffeetasse, als wolle sie ihm jemand entwenden. »Ich bin nur ein dienstuntauglicher Ex-Bulle aus dem Osten von LA. Es schmeckt mir nicht, die Frau eines Managers zu überwachen, während er die Verlobte seines Vaters vögelt.« Ingrid schwieg, und Espinosa löste langsam seine verkrampften Finger.

Er begegnete Ingrids Blick und lächelte bitter. »Na schön. Vielleicht fing ich an, etwas für Tracy zu empfinden. Vielleicht mochte sie mich. Was weiß ich.« Er ballte die Faust und stoppte kurz vor der Tischplatte ab. Nach einem tiefen Atemzug sprach er weiter. »Es hat mich einfach angekotzt. Es schien, als ob Adam Truesdale sie irgendwie reinlegen wollte, aber ich hatte keine Ahnung, womit.« Er schüttelte langsam den Kopf. »Sie verdient wirklich Besseres.«

Ingrid dankte ihm im stillen, daß er von Tracy in der Gegenwart sprach. »Ray, ich habe der Polizei gesagt, daß sie auf Aconitin testen sollen.«

»Ja. Ich habe mit Edwards gesprochen. Er ist der Freund eines Freundes auf dem Revier in LA. Er sagte es wäre komisch, aber ich sei die dritte Person am selben Tag, die ihn auf Aconitin angesprochen hätte.«

»Der andere war Zach Truesdale?«

»Richtig. Er hatte gerade angerufen und die entsprechenden Tests vorgeschlagen. Die Laborergebnisse müßten in ein oder zwei Tagen vorliegen. Um was geht es dabei eigentlich genau?«

Ingrid berichtete von der Verbindung zwischen den Truesdales und dem Institut für Kräuterweisheit. Sie erzählte auch von ihrem Besuch im Institut. »Eins ist merkwürdig. Diese Frau, Shandra Morgenstern, erwähnte, daß Arsen früher als Stärkungsmittel genommen wurde. Man hielt es wohl für ein Aphrodisiakum.«

»Ja, so weit ist die Polizei auch schon. Sie sind sich nicht sicher, ob Ihre Schwester und ihr Mann einfach New-Age-Sexspinner waren, ob sie sich gegenseitig vergiften wollten oder was sonst. In der Flasche mit dem Vitamingetränk in ihrer Küche fand sich ebenfalls reichlich Arsen.«

»Er muß sie vergiftet haben. Deshalb sah sie in letzter Zeit so krank aus. Aber Tracy kann davon keine Ahnung gehabt haben. Sie hat mir von dem Vitamintrunk angeboten. Das hätte sie nie getan, wenn sie gewußt hätte, daß er vergiftet ist.«

Ray sah aus dem Fenster. »Tut mir leid, Ihnen das zu sagen, aber die Bullen gehen davon aus, daß Ihre Schwester verrückt ist. Die Truesdales haben der Polizei natürlich brühwarm erzählt, daß sie mal in der Psychiatrie war.« Er sah Ingrid fragend an.

»Wegen Magersucht. Hat sie Ihnen davon erzählt?« Ingrid berichtete, wie Tracys seelische Probleme mit dem Alkoholismus und der Scheidung ihrer Eltern in einen Teufelskreis aus Ballettwut und Hungerstreik gemündet waren, bis sie schließlich in eine Klinik eingewiesen werden mußte. Ingrid biß die Zähne zusammen. »Es ist so ungerecht, sie danach zu beurteilen. Das ist Jahre her. Und sie geht immer noch wöchentlich in eine Selbsthilfegruppe«, sagte Ingrid nachdenklich und vermerkte in ihrem kleinen Notizbuch, daß sie den Therapeuten und andere Gruppenmitglieder anrufen wollte.

Espinosa nickte langsam. »Sie ist eine gute Frau, Ihre Schwester. Sie kam mir nicht verrückt vor. Aber sie paßte nicht zu den Truesdales. Diese Familie ist ein Schlangennest. Ich meine, vielleicht hatte sie Angst vor Adam.« Er zuckte die Achseln. »Man kann nie wissen, wozu Leute fähig sind. Aber ich kann mir nicht vorstellen, daß sie ihn umbringen wollte. Es dauert seine Zeit, genug Haß aufzubauen, um jemanden zu vergiften. Bei Tracy würde ich eher fürchten, daß sie sich selbst umbringt. Besonders nach dem, was Sie gesagt haben. Ich werde ein bißchen herumstöbern und sehen, ob ich sie finden kann.«

Ingrid lächelte ihn dankbar an. »Ich wünschte, ich könnte es mir leisten, Sie zu bezahlen. Aber alles was ich tun kann, ist, selbst unbezahlten Urlaub zu nehmen.«

»Nein, machen Sie sich darüber keine Sorgen. Zach Truesdale hat mir Bezahlung für ein paar Tage mehr gegeben, nur um mich schnell loszuwerden. Meine Behindertenrente reicht für die Miete und das Auto.«

»Lassen Sie mich wenigstens den Kaffee bezahlen.«

Er lächelte selbstzufrieden. »Der ist schon bezahlt. Ich habe der Kellnerin sogar ein Trinkgeld gegeben, damit sie uns in Ruhe läßt.«

»Na gut. Aber bitte keine Zigeunergeigen«, scherzte Ingrid, bevor ihr aufging, daß ihre Bemerkung mehrere unbeabsichtigte Deutungen zuließ.

Espinosa warf ihr auch gleich einen scharfen dunklen Blick zu. »Würde ich mit romantischer Musik aufwarten, Ingrid, hätten Sie keinen Grund zur Beschwerde.«

»He, das war nicht so gemeint«, sagte Ingrid heiter und stellte unbehaglich fest, daß Ray Espinosa hinter seinen manchmal so sanften Augen gefährlich überempfindlich sein mochte. Achselzuckend setzte sie ihre Kaffeetasse ab.

Ray sah ihr einen Moment lang aufmerksam ins Gesicht, dann lächelte er und nickte. »Gut.«

Sie konnte sich vorstellen, daß Tracy bei diesem Mann ins Schleudern geraten war. Ein paar unbedachte Bemerkungen, und schon war er entweder leidenschaftlich gekränkt oder einfach nur leidenschaftlich.

»Also wollen Sie nicht nach San Francisco zurück?«

»Nicht, bis ich meine Schwester gefunden habe.«

Danach gab es nicht mehr viel zu sagen.

Sie gingen zusammen durch die flimmernde Hitze des Parkplatzes zu seinem Wagen, und er fuhr sie hoch zum Benedict Canyon Drive. Als sie am oberen Ende des Canyons ausstieg, sah sie weiter unten den Smog hängen, der wie eine gar nicht gesunde Decke über dem Kessel der Stadt lag.

Sie war ein wenig amüsiert, daß Ray noch wartete und ihr nachsah, als sie auf die Haustür zuging. Ob er annahm, eine finstere Gestalt könnte aus den Büschen springen und sie angreifen? Das Lächeln erstarb auf ihrem Gesicht, als sie die Tür sah. Sie stand einen Spalt breit offen. Ein dünner Blutfaden lief über die Schwelle und tropfte auf die erste Stufe herab.

Kapitel 13

Ingrid rang nach Luft und fuhr zurück. Sie hörte, wie Ray den Motor abstellte und über den knirschenden Kies auf sie zukam, aber sie konnte den Blick nicht von der Tür wenden. Ihre Augen hingen an dem Blutrinnsal. Sie wollte weitergehen und sehen, was hinter der Tür war, aber ihre Füße verweigerten ihr den Dienst. Ray kam heran, und sie zeigte wortlos auf die Tür.

Sie spürte die plötzliche Konzentration in ihm wie bei einem Hund, der sich zum Angriff spannt. Aber er trat nur neben sie, legte ihr eine Hand fest auf die Schulter und schob sie höflich zur Seite. »Gehen Sie beiseite«, flüsterte er. »Man kann nie wissen.«

Ingrid zog sich nur zu gern zurück. Sie sah ihm zu, wie er seine Pistole aus dem Achselhalfter zog und sich von der Seite an die die Tür heranschob. Dann stieß er sie mit seinem Stock ein Stück weiter auf.

Nichts kam von drinnen, nur das Blut, das jetzt langsam zu gerinnen begann. Es mußte ganz frisch sein, sonst wäre es längst geklumpt.

Ray spähte durch den Türschlitz und zuckte die Achseln. Dann trat er dicht an Ingrid heran, drückte ihr die Autoschlüssel in die Hand und flüsterte ihr ins Ohr: »Wenn ich in fünf Minuten nicht wieder draußen bin, nehmen Sie das Auto und rufen vom nächsten Telefon aus die Polizei.«

Auf Zehenspitzen schlich er am Türpfosten vorbei und um eine Blutlache herum. Drei Minuten lang geschah gar nichts, dann hörte Ingrid Rays Stimme am Telefon. Sie stieg über den Blutfleck. Aus der Nähe stellte sie fest, daß es von draußen schlimmer ausgesehen hatte. Es war nicht mehr als ein halber Liter, in Höhe der Klinke gegen den Türrahmen gespritzt und daran heruntergelaufen, so daß auf der Schwelle eine Pfütze entstand, die sich durch den Türspalt einen Weg nach draußen gesucht hatte. Ingrid enthielt sich jeder Spekulation darüber, wie das Blut dahin gekommen sein mochte. Sie ging leise ins Wohnzimmer, wo Ray gerade das Telefon weglegte, ein drahtloses, insektenartiges Gerät mit Antenne.

»Sie müßten gleich hier sein. Vielleicht könnten Sie sich mal umsehen und feststellen, ob etwas verändert wurde. Für mich sieht alles ordentlich aus bis auf die Tür und, naja, das da.« Er deutete hinter die Tür.

Ingrid sah hin und schnappte nach Luft. Auf die Wand war mit Blut geschrieben:

AIDSVERSEUCHTE HURE – HAU AB
ODER STIRB WIE DEINE SCHWESTER

Ingrid starrte die Nachricht an. »Ich bin für hinsetzen«, sagte sie unvermittelt, als sie ihre weichen Knie spürte.

Ray nahm sie am Arm und führte sie in die Küche. Sie setzte sich an den Tresen. Er verschwand, sie hörte Wasser laufen. Ray stellte ihr ein Glas Wasser vor die Nase. »Hier. Trinken Sie das.«

Ingrid nippte daran. Sie atmete tief durch und nahm noch einen Schluck. »Danke, schon besser. Das war ein ziemlicher Schreck.« Sie sah Ray an und fühlte eine entsetzliche Angst in sich aufsteigen. »Glauben Sie, daß die etwas über Tracy wissen, sie vielleicht ...«

Ray schüttelte langsam den Kopf. »Nein. Ich habe den Eindruck, die versuchen Ihnen Angst zu machen.«

»Das machen sie ganz gut.«

»Ja, aber warum?«

»Irgendwie muß ich eine Bedrohung sein. Vielleicht wußte Tracy etwas für sie Gefährliches, und sie haben ...« Ingrids Stimme zitterte, sie nahm noch einen Schluck Wasser. Sie hatte immer spöttisch die Nase gerümpft über Leute, die 'von uns gegangen' statt 'tot' sagten, aber jetzt, da es um eine geliebte Person ging, mochte sie 'tot' nicht mal in Erwägung ziehen.

»Ganz ruhig. Denken Sie logisch.« Rays Gesicht war finster, aber er sprach leise. »Wenn das so skrupellose Verbrecher sind, warum bringen die Sie dann nicht einfach um, statt hier die Wände zu beschriften? Und was ist das für ein Quatsch mit AIDS?«

»Ich kann da auch keinen Zusammenhang sehen«, sagte Ingrid nachdenklich.

»Okay.« Ray nickte und setzte sich auf der anderen Seite des Tresens. »Was haben die Truesdales oder Tracy mit AIDS zu tun? Wenn Leute Wände beschmieren, sind es meist Drohungen oder Angriffe. Hier haben wir beides. Natürlich ziemlich sinnlos. Wenn jemand AIDS hat, warum ihn umbringen? Bisher liegt die Sterblichkeit bei hundert Prozent.«

Ingrid zuckte die Achseln. »Es sei denn, die Sterblichkeit ist genau der Grund. Eine Art Gnadentod — oder ein irrationaler Haß auf Menschen mit AIDS.«

»Wüßten Sie's, wenn Tracy AIDS hätte?«

Ingrid sah Ray eine Weile still an. »Hätten Sie mich das letzte Woche gefragt, meine Antwort wäre gewesen, ‘das hätte sie mir gesagt’. Aber sie verbirgt irgend etwas, und zwar auch vor mir. Und wie ich Tracy kenne, wäre es auch möglich, daß sie HIV positiv ist und nichts davon weiß. Schließlich wußte sie nicht mal, daß Adam sie mit Arsen spickte.« Ingrid hatte eine Idee von grandiosem ironischen Gehalt und grinste kläglich. »Meinen Sie, die Polizei hat Adam auf HIV getestet?«

Ray erfaßte die Ironie sofort, lächelte und holte sein Notizbuch heraus. »Sie sind eigentlich ziemlich auf der Hut, aber ich werd' mal mit jemandem reden. Das gibt garantiert gewaltigen Zoff bei der Super-Paranoia, die sie auf dem Revier haben, falls da eine Ansteckungsgefahr bestand, von der sie nichts wußten.«

»Vielleicht ist es das Ganze auch ein Schuß ins Blaue, weil ich aus San Francisco komme. Manche Ignoranten halten diese Stadt für den Inbegriff des Bösen, der Sünde und der von Gott gesandten Pest.« Ray zuckte nur die Achseln. »Wissen Sie, wenn die Tür nicht offen gestanden hätte, wenn das Blut nicht wäre, dann hätte ich gar nicht gemerkt, daß jemand hier war. Sie hätten die Flasche Mineralwasser da drüben vergiften können oder sonstwas.«

»Guter Gedanke. Vielleicht sollten Sie lieber nichts essen oder trinken, das nicht originalverpackt und versiegelt ist. Die müssen einen Schlüssel gehabt haben. Bevor die Polizei kommt, sollten Sie sich überlegen, ob Sie die Nacht hier verbringen wollen. Vielleicht sind Sie hier nicht sicher. Sie können bei mir übernachten. Nein, wirklich. Ich lebe allein, aber ich habe ein Klappsofa. Ehrlich, keine unlauteren Absichten.«

»Darum geht es nicht, Ray. Danke, das ist ein nettes Angebot. Aber —«, sie wußte nicht, wie sie es ihm erklären sollte.

Tracy hatte gesagt, sie würden sich zu Hause treffen, und dies war der einzige Ort, den sie meinen konnte. »Wissen Sie, meine Eltern leben beide im Umkreis von zwanzig Meilen, und beide würden mich jederzeit mit Freuden aufnehmen.«

»Aber Sie wollen hier bleiben.«

»Ja, ich denke schon. Auch wenn es Ihnen komisch vorkommt. Tracy hat mir gesagt, 'wir treffen uns in meinem Zuhause'. Ich bin nicht sicher, was sie meinte, aber hier hat sie zuletzt gewohnt, also will ich lieber hier warten.«

Ray runzelte die Stirn und ging ein Telefonbuch holen. »Sie werden die Schlösser auswechseln lassen müssen. Mal sehen. Soll Doc Truesdale das doch bezahlen! Es ist schließlich sein Haus, wenn es vorher Adam gehört hat. Und er wird wollen, daß es sicher ist.«

»Sehr gute Idee. Außerdem würde mein Anwalt sie fertigmachen, wenn ich durch ihre Nachlässigkeit zu Schaden käme.«

»Das ist die richtige Haltung.«

Aber bevor sie wählen konnte, hörte sie den Polizeiwagen in der Einfahrt.

Die beiden Beamten bekundeten höfliches Interesse an dem Blut auf der Türschwelle. Als sie die Schrift an der Wand entdeckten, seufzten sie unisono und sahen sich an. Dann holten sie im Duett Plastikhandschuhe aus der Tasche und zogen sie über, bevor sie auch nur einen weiteren Schritt unternahmen. Sie erklärten, sie würden im Morddezernat nachfragen, ob es einen möglichen Zusammenhang mit dem Truesdale-Fall gab. Sie warnten Ingrid eindringlich, ja nichts im Umkreis der Tür und auch sonst nichts zu berühren, das ihr ungewöhnlich vorkam. Sie würden später einen Kollegen von der Spurensicherung vorbeischicken.

Aber Ingrid entgingen die Seitenblicke nicht, die die Polizisten Ray zuwarfen. Als die beiden gingen, beobachtete sie, wie sie den TransAm umkreisten und sich das Kennzeichen notierten.

Ray trat neben sie, als sie den Polizisten aus dem Fenster in der Vorderfront des Hauses zusah. »Was denken Sie?« fragte sie.

»Wahrscheinlich schließen sie gerade Wetten darüber ab, ob wir miteinander vögeln, ob wir AIDS haben, oder wieviel Geld Ihre Schwester von ihrem Mann geerbt hat. Ansonsten bin ich sicher, daß sie mit den Gedanken bei ihrer Arbeit sind.« Einen Augenblick lang sagte niemand etwas. »Und was haben Sie morgen vor?«

»Ich schätze, ich werde jede Nummer aus jedem Adreßbuch anrufen, das hier im Haus zu finden ist, vielleicht hat irgendwer eine Ahnung, wo Tracy steckt.«

»Und Sonnabend?«

»Adams Beerdigung«, sagte Ingrid, unterdrückte ein Gähnen und merkte plötzlich, wie müde sie war.

»Soll ich Sie fahren?«

»Wollen sie denn auch hin? Ich könnte vielleicht jemanden von Truesdale überreden, mich mitzunehmen — und gleich ein paar Fragen stellen und sondieren, wer etwas gegen Adam hatte.«

»Das ist besser. Man sollte uns nicht öfter als nötig zusammen sehen. Ich übernehme es, auf inoffiziellem Weg herumzuschnüffeln — ob jemand von den Truesdales ein Strafregister hat und so. Was mich wirklich interessieren würde, ist Adams Testament. Halten Sie danach Ausschau. Wissen Sie schon, was Sie die Truesdales fragen wollen?«

»Nein, ich kann nur blind herumstochern. Ich bin etwas ratlos«, sagte Ingrid. Wo hatte sie das neulich erst gehört? Ach ja. Carmen und Mugwort. Sie starrte auf den Fußboden. Ray nahm sie in den Arm, die Geste ging nur um eine Winzigkeit über das Brüderliche hinaus.

»Ratlos, aber stur«, sagte er und küßte sie auf die Stirn.

* * *

Als er weg war, holte Ingrid ihre Kamera heraus. Der Film war fast voll. Sie legte einen neuen ein und fotografierte das Blut und die verschmierte Schrift an der Wand. Dann setzte sie sich hin und wartete auf den Schlosser und die Leute von der Spurensicherung.

Sie erwog eben, trotz der beharrlichen, ätzenden Feindseligkeit noch einmal bei den Truesdales anzurufen, da klopfte der Schlosser an die Tür, und gleich darauf traf auch die Spurensicherung ein.

Der Spezialist von der Polizei und der Schlosser waren sich einig, daß keine der Türen aufgebrochen war. Dann machte der Schlosser sich daran, das Schloß der Hintertür auszutauschen. Anschließend plauderte er liebenswürdig mit dem Beamten, der Proben von dem verschmierten Blut nahm, die Schrift fotografierte, und alle Gegenstände im Umkreis mit Puder bestäubte, um Fingerabdrücke aufzuspüren, wie er erklärte.

»Nichts«, grunzte er, als er schließlich aufstand. Jetzt, da der Polizist fertig war, leistete der Schlosser schnelle Arbeit an der Vordertür. Ingrid zahlte und ließ sich eine Quittung für Doc Truesdale geben, und die beiden Männer packten ihre Werkzeugkästen ein und machten sich gemeinsam auf den Weg. Vielleicht gingen sie zusammen ein Bier trinken und über die Anatomie von Schlössern diskutieren.

Ingrid begab sich auf die Suche nach Eimer und Putzmittel, um das Blut von der Wand zu waschen. Doch sie fand nur eine Flasche Truesdale SuperSauber, das Zeug, das Adam vor seinem Tod getrunken hatte, also setzte sie sich statt dessen an den Eßtisch in der Küche und dachte nach.

Es war noch nicht fünf Uhr, und sie rief noch einmal im *Truesdale-Institut für Langes Leben* an. Diesmal kam sie zu Joleen durch.

»Hallo, Joleen. Ich bin auf der Suche nach einer Mitfahrgelegenheit zu Adams Beerdigung, Sie wissen schon, zum Dooley-Friedhof.«

»Ach, meine Liebe, fahren Sie denn nicht mit der Familie mit?« Joleens Stimme klang einfach zu süß. Ingrid wand sich innerlich ob der unterschwelligen Bosheit in dem unschuldigen Ton.

»Ach, ich wollte ihnen eigentlich keine Mühe machen —«

»Das ist doch keine Mühe. Ich stelle Sie zu Miss Esther Truesdale durch.«

»Oh nein, tun Sie das nicht«, sagte Ingrid in den Telefonhörer, aber Joleen hatte sie schon weiterverbunden. In einem Anfall von Panik dachte Ingrid kurz daran, einfach aufzulegen. Dann beschloß sie, mit Esther zu reden — falls Esther das zuließ.

»*Sie* wollen zur Beerdigung meines Bruders? Was soll das sein, Psychoterror? Wollen Sie Ihre ganze Säuferfamilie anschleppen?«

»Verdammt, hören Sie mal *eine* Minute zu, Esther. War Ihr Bruder so ein schrecklicher Mensch, daß Sie sich nicht vorstellen können, daß ich ihm die letzte Ehre erweisen möchte? Und sei es nur, weil meine Schwester ihn genug geliebt hat, um ihn zu heiraten.«

»Tja, aber offensichtlich hat sie ihn nicht genug geliebt, um Sie zur Beerdigung mitzunehmen, oder? Was? Moment.« Esther sprach mit jemand anderem und hielt die Muschel zu. Dann war sie wieder am Apparat. »Sind Sie in Adams Haus in der Benedict Canyon Road? Seien Sie um neun fertig. Wir schicken Ihnen einen Wagen.«

Wieder einmal hängte Esther ein, bevor Ingrid auch nur zum Luftholen kam. Eigentlich hätte sie auch gar nicht gewußt, was sie sagen sollte, der Sinneswandel war zu abrupt.

So so, sagte sie sich selbst. Du wolltest zur Beerdigung. Jetzt fährst du also in der Familienkutsche. Nur, daß sie die Truesdales eher als Mordverdächtige sah, nicht als Familie.

Barbie machte einen relativ unschuldigen Eindruck — es sei denn, es war etwas dran an diesem 'Barbiepüppchen-Frauen und Kenpuppen-Liebhaber'-Zitat aus dem Brief in Adams rotem Ordner. Ken, der allzuschöne Doktor mit den sonderbar kalten Augen und der Neigung zum Flirten. Wollte er wirklich die Tochter vom Chef heiraten? Und was sagte Esther dazu? Ingrid glaubte nicht, daß sie Esther objektiv sehen konnte. Die Frau war einfach unausstehlich, als lebte sie nach einem Buch namens *Wie man sich an die Spitze pöbelt*. Nein, Ingrid mochte Esther nicht, aber 'die arme Paula', die eifersüchtige Laborantin, haßte Esther offensichtlich bis aufs Blut.

Und dann war da noch Zach, der bei allem, was er tat, ein bißchen 'daneben' wirkte, jemand, dem der Sinn fürs Soziale fehlte, beziehungslos, wie andere Menschen blind waren. Vielleicht galt das auch für die Beziehung zu seiner schwangeren Frau, von der Adam fand, daß Zach sie zu sehr in Watte packte. Und schließlich Doc, von dem Barbie sagte, daß er eine seltsame Rivalität mit seinem ältesten Sohn habe, die sich sogar auf die Frauen erstreckte, mit denen er schlief. Freud hätte sicherlich seine Freude an Doc gehabt, aber sollte nicht Ödipus seinen Vater töten statt umgekehrt?

Ingrid setzte sich wieder und listete alle Familienmitglieder auf, die ihr einfielen. Dann schrieb sie die Personen aus dem Institut für Kräuterweisheit auf, an die sie sich erinnerte. Shandra Morgenstern, die Adam einmal sehr nahe gestanden hatte. Nahe genug, um ihm bei seiner Einberufung eine Blume zur Erinnerung zu schenken. Zufällig eine giftige Blume. Oder hatte sie sie gerade deshalb gepflückt? Die merkwürdige alte Rina und ihr Begleiter, der kahlköpfige Mann mit der wachsamen Ruhe eines Häftlings. Und Monty, der Koloß, der so sanft und doch gefährlich schien. Ingrid wußte nicht, wie die Leute vom Kräuterinstitut ins Bild paßten. In gewisser Weise war sie froh, daß weder Tracy noch Adam sie nach ihrem Eindruck hatten fragen können. Sie wußte nicht, ob sie die Leute vom Institut mochte oder ihnen mißtraute. Oder beides.

Plötzlich kam ihr eine Idee. Sie wählte die Nummer vom Truesdale-Institut und ließ sich mit Joleen verbinden. »Ach,

Joleen«, sagte sie herzlich, nachdem sie sich gemeldet hatte. »Ich wollte mich noch bedanken, daß Sie mich zu Esther durchgestellt haben. Sie hat sofort veranlaßt, daß mich die Familie mitnimmt, genau wie Sie sagten.« Schnell sprach sie weiter, ohne Joleen zu Wort kommen zu lassen. »Sie hat mich noch gebeten, bei Ihnen den Namen der Anwaltskanzlei zu erfragen, die Adams Testament aufgesetzt hat. Sie sagte, Sie müßten das wissen.«

Ingrid kreuzte die Finger und hoffte, daß Joleen sich nicht die Mühe machen würde, eine so harmlose Frage zu überprüfen. Tatsächlich gab sie die Information ohne weiteres heraus. Ingrid rief Ray an, nannte ihm den Namen der Kanzlei und erfreute sich an seinem amüsierten Auflachen.

»Ah ja. Damit kann ich etwas anfangen. Kann allerdings sein, daß ich erst Anfang nächster Woche Ergebnisse habe. Viel Spaß bei der Beerdigung.«

Ingrid verkniff sich alle weiteren Spekulationen und machte auf dem großen, weichen Teppich im Wohnzimmer ihre Aikido-Übungen. In Tracys Schlafzimmer gab es einen wandhohen Spiegel mit einer Stange für ihre Ballettübungen, aber Ingrid konnte sich nicht überwinden, dort hineinzugehen. Außerdem war der weiche Teppich angenehmer unter den nackten Füßen. Als sie fertig war, duschte sie und setzte sich vor den Fernseher. Sie hatte einen optischen Tranquilizer nötig. Die einzigen Lebensmittel, die sie in diesem Haus zu essen wagte, waren die Früchte im Korb vor dem Küchenfenster, und sie griff eben nach einer Orange, als ihr einfiel, daß auch durch die Schale einer Frucht Gift injiziert werden konnte. Sie rief einen Pizzadienst an.

Vor dem Schlafengehen kontrollierte sie alle Fenster und Türen und ließ einigermaßen beruhigt die neuen Schlösser einschnappen. Sie wollte ein wachsames Ohr auf zersplitterndes Glas haben, doch noch ehe sie richtig eingeschlafen war, wurde sie schon wieder vom Telefon geweckt. Es war sechs Uhr morgens, und ihr Vater versuchte, Tracy zu erreichen.

Er wußte auch nicht, wo sie war. Ingrid erfuhr, daß er einige Tage auf einer Konferenz außerhalb der Stadt gewesen war und nicht einmal von Adams Tod gehört hatte. Sie berichtete ihm alles Wesentliche und fragte, ob er noch eine Idee habe, wohin Tracy gegangen sein könnte.

»Nein, Schätzchen, das wird deine Mutter besser wissen. Sie stand Tracy seit der Scheidung immer näher als ich.« Ingrid spürte die Traurigkeit durch das Telefon. Es schien ihr oft, als liebten ihre Eltern sich noch immer, aber er brachte es nicht fertig, zuzusehen, wie sie sich zu Tode trank, und sie konnte ihm einfach keine Genugtuung gönnen und ihm zu den Anonymen Alkoholikern folgen.

Ingrid wanderte zum Sunset hinunter und suchte einen Supermarkt. Dann verließ sie die Lust am Laufen, und sie ließ sich und ihre Einkäufe von einem Taxi nach Hause fahren. Langsam wurde das Ganze absurd. Sie traute den Lebensmitteln im Haus nicht, aber zu Fuß konnte sie kein Geschäft erreichen.

Als sie zurückkam, war es spät genug, um die Verwandten, Freunde und Bekannten anrufen, die sie in Tracys Adreßbuch fand.

Ohne sich allzu große Hoffnungen zu machen, fragte sie immer wieder beiläufig, ob jemand wüßte, wo sich Tracy in letzter Zeit aufgehalten hatte. Sie erklärte die Verwirrung um die Formulierung ‘wir treffen uns in meinem Zuhause’. Tracys Freunde waren höflich genug, keine Fragen zu stellen. Nur eine Frau sagte distanziert: »Tracy wird sich schon bei Ihnen melden, wenn sie nichts von Ihnen hört«, als wolle sie andeuten, daß Tracy ihrer großen Schwester aus San Francisco aus dem Weg gehen wollte. Seit einer Woche hatte niemand sie gesehen, außer einer Kundin, deren Adresse Ingrid auf den Kartons in Tracys Jeep gefunden hatte. Offenbar hatte Tracy die Kartons abgeliefert, nachdem sie aus dem Truesdale-Institut weggefahren war. Nach der Mittagszeit jenes Tages hatte sie niemand mehr gesehen.

Kapitel 14

Am Sonnabend morgen wurde Ingrid wieder einmal früh vom Telefon geweckt. Sie fuhr augenblicklich hoch und tastete, auf Tracy hoffend, nach dem Hörer. Aber es war Carmen, und sie klang triumphierend.

»Ingrid! Tut mir leid, daß ich dich so früh wecke, ich bin schon ein paar Stunden auf, und ich konnte einfach nicht länger warten. Mugwort geht es besser!«

»Oh Carmen, das ist ja wunderbar. Es sah so schlecht aus.« Ingrid saß auf der Bettkante und starrte in das Morgenlicht, das durchs Fenster ins Zimmer fiel.

»Ich hab' ihm die Vitamine und Mineralien gegeben, die mir der Tier-Homöopath genannt hat. Er ist noch schwach, aber es geht ihm besser. Er ist aus der Papiertüte rausgekommen, in der er sich verkrochen hatte. Sein linkes Auge ist zwar noch trüb, aber er atmet kräftiger. Er ist da irgendwie rausgetaumelt und hat Wasser aus seinem Napf getrunken. Und heute hat er auch schon was gefressen. Ich habe ihm unter der Heizung eine schöne gemütliche Kiste hergerichtet.«

»*Heizung!* Hier hatten wir gestern vierzig Grad. Aber ich bin so froh, daß es Mugwort besser geht, daß ich dir sogar verzeihe, daß du dieses schlimme Wort gesagt hast.«

»Na, du weißt doch, wie neblig und kalt es hier im Sommer ist. Seit du weg bist, ist es ständig bedeckt. Auf jeden Fall bin ich unheimlich froh, daß du diese Frau nach einer Kräutertherapie gefragt hast. Wenn es ihm wieder richtig gut geht, fahre ich rauf nach Bolinas und bedanke mich persönlich bei ihr.«

Carmens sprudelnde Energie sorgte dafür, daß Ingrid gutgelaunt aufstand. Bei Rührei, Toast und einer zweiten Tasse Kaffee am Tisch fiel ihr ein, daß jeden Moment ihre Mitfahrgelegenheit eintreffen konnte.

Es klingelte. Glücklicherweise mußte sie nur nach ihrer Handtasche greifen, denn sie war schon vorher in eins von

Tracys Kleidern geschlüpft, ein angemessen schlichtes marineblaues Hemdblusenkleid mit kleinen weißen Punkten. Es war Ingrid nur ein ganz kleines bißchen zu eng, wahrscheinlich gekauft, bevor Tracy so abgemagert war. Vor dem Arsen, sagte sich Ingrid.

Sie öffnete die Tür um festzustellen, daß Dr. Ken Crowley ihr Chauffeur sein würde. Er lehnte am Türpfosten und starrte interessiert auf den getrockneten Blutfleck auf der Schwelle. Ingrid sah ebenfalls hin und zwang sich, sich nicht dafür zu entschuldigen, daß sie das Blut nicht aufgewischt hatte. Zu ihrem Erstaunen wurde ihr klar, daß sie das Blut nicht nur wegzuwischen vergaß, sondern es auch völlig aus ihrer Erinnerung verdrängt hatte. Vielleicht in der Hoffnung, sich vormachen zu können, es wäre nie dagewesen.

»Guten Morgen. Geht's Ihnen gut?«

Ingrid nickte. »Ich war nicht zu Hause, als hier mit Blut herumgespritzt wurde. Wahrscheinlich einfach ein schlechter Scherz.« Sie bat ihn nicht ins Haus, er brauchte die Schmiererei an der Wand nicht zu sehen. Sie schloß die Tür hinter sich ab.

»Sie scheinen überrascht, mich zu sehen«, sagte Crowley, als wollte er demonstrieren, daß er taktvoll genug war, das Thema zu wechseln.

»Tja, ein bißchen schon.«

»Vielleicht haben Sie eine sechstürige Limousine erwartet?« Er zeigte auf den brandneuen BMW, der in der Einfahrt geparkt stand.

Ingrid wagte einen Schritt in die morgendliche Hitze. »Nein, eigentlich habe ich angenommen, daß Esther Derek schickt. Oder einen anderen Gorilla, der mich gut bewacht.«

»Sie können sich bei mir bedanken — oder beschweren«, sagte Ken und trat einen winzigen Schritt zurück, als er ihr die Wagentür öffnete. »Ich war in Esthers Büro und habe mitgehört, als Sie anriefen. Da habe ich mich angeboten, Sie abzuholen. Wenn Sie wirklich die Nerven haben, sich all den giftigen Blicken und häßlichen Bemerkungen auszusetzen, dann verdienen Sie zumindest jemanden, der Sie abholt und nach der Quälerei wieder nach Hause bringt.«

Ingrid mußte zwangsläufig seinen Körper streifen, als sie einstieg. »Danke«, sagte sie und machte es sich auf dem Beifahrersitz bequem.

»Ich würde Ihnen ja gern meinen Beistand anbieten, aber ich fürchte, ich muß mich auf rein geistige Unterstützung beschränken. Ich hatte ein paar ziemlich anstrengende Tage.« Er sah recht frisch und gut aus in seinem leichten hellgrauen Anzug, der das Grün seiner Augen hervorhob.

»Geht es bei TILL sehr drunter und drüber?«

»Machtkämpfe«, sagte er kurz, schloß die Tür und ging um den Wagen herum zur Fahrerseite.

Ingrid mußte unwillkürlich lachen. Er sah so selbstsicher aus. Sie konnte sich vorstellen, wie um ihn herum die Machtkämpfe tobten und er in aller Seelenruhe in seine Reagenzgläser schaute und über seine nächste Eroberung nachdachte. »So? Erzählen Sie mir was über die Machtstrukturen bei TILL«, sagte sie. Sie erwartete nicht viel an Information, aber einen Versuch war es doch wert.

Unvermittelt griff er über ihren Schoß und zog den Sicherheitsgurt quer über ihren Körper. »Hier, lassen Sie mich das machen. Beim ersten Mal ist es immer ein bißchen trickreich.« Er starrte sie bedeutungsschwer aus hellbraunen Augen an. »Alles dreht sich um Doc Truesdale, wie Planeten um die Sonne. Wir alle sind seinen Wünschen unterworfen. Sie sind nicht zufällig ganz geplättet von mir? Dann könnten Sie mich nämlich vor all diesen seichten Frauen retten. Ich fürchte, meine reizende Assistenin Paula und Esther, die rothaarige Tochter vom Chef, werden beide demnächst zum Angriff auf mich blasen. Sie scheinen mir eine Frau mit interessanten Neurosen zu sein. Vielleicht können Sie mich vor all dem retten?«

»Wenn ich Sie retten soll, dann müssen Sie schon derjenige sein, der geplättet ist — nämlich in akuter Lebensgefahr.«

»Sehen Sie, es ist für uns Männer hier in Los Angeles schwer, uns zu befreien. Meistens ist Rollenumkehrung so ziemlich das beste, was wir machen können.«

»Ich nehme an, für LA machen Sie das ganz gut. Aber ich komme aus San Francisco und habe höhere Maßstäbe.« Ingrid versuchte, nüchtern zu klingen, aber die Albernheit des Gesprächs irritierte sie, was wohl auch beabsichtigt war. Sie fühlte sich in die Rolle gleiten, die sie als Teenager in Los Angeles gespielt hatte: sich von einem Mann über die Autobahn chauffieren lassen und selbst nur daneben sitzen. Zwar flirtete sie nicht, aber sie ließ sie sich immerhin auf einen kleinen Schlagabtausch ein. Im kühlen Luftzug der Klimaanlage fühlte sie sich ein Stück der Realität entrückt. Die Straße breitete sich vor der Windschutzscheibe aus wie auf einer Kinoleinwand. »Denken Sie daran, daß wir zu einer Beerdigung fahren«, sagte sie, um ihre eigene Stimme zu hören, sich zu vergewissern, daß sie wirklich hier war.

»Verzeihung. Ich werde mich bemühen, respektvolles Schweigen zu bewahren. Schließlich kann es ja sein, daß Sie den armen alten Adam betrauern. Wer weiß? Könnte doch angehen. Sie kommen mir nicht vor wie eine Heuchlerin oder eine Hysterikerin. Und Sie kannten den Mann ja auch kaum.«

Ingrid lag auf der Zunge, zu sagen, daß Adam schließlich ein menschliches Wesen gewesen sei und Tracy ihn geliebt hatte. Aber sie wollte Tracy diesem Mann gegenüber nicht erwähnen. Statt dessen fragte sie: »Wollen Sie damit sagen, daß sein Tod kein großer Verlust für die Menschheit ist?«

»Da gehen die Meinungen auseinander. Die Familie Truesdale scheint ziemlich aufgebracht zu sein, klar. Ich habe nicht oft direkt mit ihm zu tun gehabt, aber er war immer recht freundlich zu mir.«

»Ich schätze, alles wäre viel schlimmer, wenn es Doc Truesdale getroffen hätte.«

»Wie meinen Sie das?« Er sah sie aufmerksam an.

Ingrid fragte sich, ob sie gerade etwas Unaussprechliches zu sagen gewagt hatte. »Ist er nicht der Unersetzliche, der bei Lloyds in London versichert ist?«

»Das habe ich auch schon gehört.« Ken schien sich unmerklich zu entspannen. »Er ist ein gesunder alter Bock. Der überlebt uns noch alle.«

»Ich glaube, das habe ich schon mal irgendwo gehört.«

»Ein beliebter Satz unter Ärzten und Besitzern von Altersheimen.«

Er bog in die Einfahrt zum Friedhofsparkplatz ein. Ein ungeheuer ernst dreinblickender, braungebrannter junger Mann in Schwarz reichte ihm ein Schild, das er hinter die Frontscheibe legen sollte. Ein zweiter Türsteher mit Trauermiene empfing sie an der Pforte, etwas älter als der Jüngling auf dem Parkplatz — natürlich waren die besseren Arbeitsplätze im klimatisierten Inneren der Kapelle ein Privileg der Älteren. Er erkundigte sich bei Ken, zu welcher Beerdigung sie wollten, und wies sie dann zur Sunset Chapel. Sie kamen in einen recht großen Raum mit samtgepolsterten Klappstühlen, die alle zu einem Podium hin ausgerichtet waren. Ingrid mußte an das Podium im Labor denken, wo Doc die tödliche Mischung angerührt und Adam sie getrunken hatte.

Auf diesem Podium hier stand Adams Sarg, umgeben von vielen Kränzen und Gestecken, während ein stetiger Strom von Menschen abschiednehmend vorbeidefilierte. Ingrid und Ken stellten sich in die Reihe und starrten wenig später hinab auf Adam, der auf einem dollargrünen Seidenpolster lag. *Das würde zu Kens Augen passen*, dachte Ingrid insgeheim und biß sich rasch auf die Lippen, um einen höchst unpassenden Lachanfall zu unterdrücken. Eine ihrer Schwächen: Ihr respektloser Humor brachte sie bei besonders ernsten Anlässen regelmäßig in die Bredouille. Aber hier war sie sowieso schon in der Bredouille, da mußte sie es nicht noch schlimmer machen. Außerdem mißgönnte sie Ken das Vergnügen, sie die Fassung verlieren zu sehen.

Die Trauergäste waren eine Ansammlung von wohlerzogenen, selbstgefälligen Leuten. »Außendienst«, flüsterte Ken Ingrid zu. Nur wenige Frauen hatten ein zerknülltes Taschentuch in der Hand.

Eben noch hätte Ingrid fast gelacht, jetzt fühlte sie sich den Tränen nahe. Nicht wegen der sterblichen Überreste dieses Mannes, der letztlich doch nur ein Fremder war, sondern wegen ihrer Schwester, die ihn geliebt und ein Leben mit ihm gewollt hatte. Und jetzt dies. Ohne es zu wollen, sah Ingrid zu den Truesdales hinüber. Sie begegnete Esthers haßerfülltem Blick.

Ingrid war die einzige Vertreterin ihrer Familie. Als sie die Leute in Esthers Umgebung musterte, stellte sie fest, daß einige Freunde und Verwandte sich Esther offenbar angeschlossen hatten und ebenfalls böse starrten. Sie flüsterten miteinander, aber niemand kam, um Ingrid hinauszuwerfen. Ingrid erwiderte die giftigen Blicke gelassen mit kühler, unbewegter Miene.

Die Truesdales trugen südkalifornische Trauerkleidung: leichte Stoffe in Grau und Blau statt des traditionellen Schwarz, das bei der Hitze, die sie draußen an der Grabstelle erwartete, selbst für Beduinen zu heiß gewesen wäre.

Zach war der Kummer am ehesten anzusehen. Aber auch er hatte bestens funktioniert, als Ingrid am Vortag mit ihm gesprochen hatte. Vielleicht wurde ihm erst jetzt richtig klar, was passiert war. Er schaute mit glasigen Augen auf den Sarg, ab und an hoben sich seine Schultern. Eine zierliche, unglaublich schwangere Frau mit goldbraunem Haar, die Ruthanne sein mußte, hielt seine Hand. Es sah aus, als würde sie ihn stützen. Neben ihnen saßen Doc und Barbie. Docs Augen wanderten auf einem Stück Papier hin und her, das er in der Hand hielt. Esther saß ein Stück weiter und starrte den Sarg mit blassem, verkniffenen Gesicht an. Von Zeit zu Zeit drehte sie sich um und warf Ingrid einen giftigen Blick zu, um in Übung zu bleiben.

Der Gottesdienst war kurz. Ein Klischee-Geistlicher von undefinierbarer Konfession sagte ein paar Worte über den Respekt, den Adam sich durch seine Verdienste als Geschäftsmann, durch seinen Patriotismus und seine Arbeit für die Gesundheit anderer erworben hätte. Der Priester erklärte, Adams Tod risse ein großes Loch in das Gewebe der Gesellschaft. Ingrid war entschieden anderer Meinung. Was sie am Tod immer besonders beunruhigt hatte, war gerade das Gegenteil – die Tatsache, daß das Leben brutal und nahtlos weiterging. Die Hinterbliebenen litten noch, aber das gesamte Netzwerk war im Grunde kein bißchen beschädigt.

Soweit sie es beurteilen konnte, hatte Adam nie einen Fuß in die Kirche dieses Priesters gesetzt. Der Geistliche behauptete zwar, Adam einige Male getroffen zu haben, aber mit Einzelheiten hielt er sich auffälligerweise zurück und spähte wiederholt auf eine Karteikarte, die er in der Hand hielt. Immerhin, stellte Ingrid anerkennend fest, benutzte er immer den richtigen Namen. Der Priester schloß seine Predigt, indem er Doc Truesdale ankündigte.

Barbie half Doc auf die Füße. Mit unsicheren Schritten ging er zum Mikrophon, als spürte er plötzlich das ganze Gewicht seiner siebzig Jahre. Als er das Mikrophon erreichte, schien er wieder ein bißchen Kraft gesammelt zu haben.

Er begann mit einer langen Pause und studierte das Blatt Papier in seiner Hand. Echte Trauer oder Show?, überlegte Ingrid, rügte sich aber sofort wegen der Häßlichkeit ihres Gedankens.

Doc räusperte sich leise. »Ich habe ein paar Gedanken aufgeschrieben, die mir kamen, als ich hörte, daß mein Sohn tot ist. Manche von Ihnen haben so etwas vielleicht schon einmal erlebt. Dann wissen Sie, wie das ist. Man denkt über alles nach, was noch hätte passieren können. Und was nie mehr passieren wird. Wir sind alle mehr mit dem Leben beschäftigt als mit dem Tod. Keiner von uns will gehen, bevor seine Zeit gekommen ist. Aber im Grunde ist der Tod so natürlich wie das Leben. Jedenfalls zum Teil.« Er schien wieder zu Kräften zu kommen und versuchte ein tapferes, schiefes Lächeln.

»Wenn mein Sohn gewußt hätte, daß ich ihn überlebe, dann hätte er gewollt, daß ich hier spreche. Wir hatten einen Spruch, der immer fiel, wenn wir verschiedener Meinung waren. Alle, die für mich arbeiten, wissen, daß ich immer meinen Kopf durchsetze. Wenn nun Adam anderer Meinung war und trotzdem nachgeben mußte, tat er das immer mit viel Stil. Doch er sagte dann oft: 'Dad, das bewahre ich mir für deine Grabrede auf. Dann kannst du nicht mehr mit mir streiten. Einmal will ich auch das letzte Wort haben, Alter.'« Doc unterbrach sich und wischte sich mit einem großen weißen Taschentuch über das Gesicht. Als er den Kopf wieder hob, gefror sein Blick. Es schien, als starrte er Ingrid auf ihrem Stuhl hinten in der Kapelle direkt an.

Aber nein, er sah das Paar hinter ihr an, das gerade hereingekommen war. Anders als alle anderen im Raum waren sie in Schwarz gekommen. In schwarzem Leder, genau gesagt. Ihnen mußte unerträglich heiß sein. Beide waren schlank und bewegten sich mit der Geschmeidigkeit von Tieren. Die Frau war aufsehenerregend. Ein Gemurmel lief durch die hinteren Sitzreihen.

Ingrid hörte in der Nähe ein Flüstern: »Claudia Cayenne.« Docs zweite Frau. Sie war fünfzig Jahre alt, sah aber Jahrzehnte jünger aus. Ihre Augen waren mit schwarzen Khol-Linien umrahmt. Ihr schwarzes Minikleid war nur mit einem Knopf geschlossen. Es enthüllte den Brustansatz und lange, schlanke Beine in Netzstrümpfen und handschuhweichen, hochhackigen Stiefeln. Ihr Begleiter war Mitte Zwanzig, einer von diesen träge aussehenden Schönlingen, die es meist faustdick hinter den Ohren hatten. Er hatte schmutzigblonde Haare, ein Schnurrbärtchen wie Errol Flynn und gerissene blaue Augen. Er bewegte sich mit der geduckten Wachsamkeit eines gefangenen Panthers. In seiner schwarzen Lederhose und dem grauen Wildlederhemd, das er bis zum Brustbein offen trug, sah er aus, als könnte er jederzeit und überall mit dem Schwert ein Duell ausfechten. Beide hatten Zigaretten in der Hand, die einen Rauchfaden hinter sich herzogen.

Ein Friedhofsangestellter folgte ihnen auf den Fuß, flüsterte wichtigtuerisch mit ihnen und nahm ihnen ihre Zigaretten ab. Dann trug er die sündigen Glimmstengel am ausgestreckten Arm aus der Kapelle.

Derek war aufgestanden, um die Neuankömmlinge in Empfang zu nehmen und auf einen Platz in einer der hinteren Reihen nahe bei Ingrid zu dirigieren. Doc verfolgte entsetzt dreinstarrend das Geschehen und schluckte einige Male, um seine Stimme wiederzufinden. »Mein Sohn wäre froh zu sehen, wie zahlreich Sie ihm heute die Ehre erweisen«, sagte er schließlich. Dann verstummte er und wurde von dem Geistlichen vom Podium geführt. Der hatte es anscheinend eilig, die Vorstellung in der Kapelle zu beenden.

Das Lederpärchen ließ sich nichts anmerken. Die Trauergemeinde verließ die Kapelle, und sie schlossen sich an. Als Ingrid und Ken aus der Parklücke fuhren, sahen sie die beiden auf ein Motorrad steigen. Einige der männlichen Trauergäste verrenkten sich den Hals, um zu sehen, was beim Erklimmen der Maschine mit Claudias geschlitztem Rock passierte.

Ingrid fiel auf, daß Ken keine Stielaugen machte. »Haben Sie Claudia Cayenne mal kennengelernt?« fragte sie.

»Ich bin ihr ein- oder zweimal begegnet. Sie tritt immer noch für Truesdale auf. Doc geht ihr aus dem Weg.«

»Ist sie in letzter Zeit mal da gewesen? Vergangene Woche vielleicht?«

Ken legte den Kopf schief. »Gute Frage. Die Antwort ist nein. Ich weiß zufällig, daß sie in Palm Springs war. Esther behält sie im Auge, damit sie Doc nicht über den Weg läuft. Sie und Esther haben sich immer nahegestanden. Ein komisches Paar — die alternde Berühmtheit und die junge Wirtschaftstigerin. Aber sie sind sich ähnlicher, als man meinen würde. Egal wie sehr sie sich streiten, sie kriegen das immer wieder geregelt. Ich glaube, Esther wäre es lieber, Doc würde sich wieder mit Claudia zusammentun statt mit der kleinen Barbie. Aber Doc redet nicht mal mehr mit Claudia.«

»Das klingt nicht gerade nach zivilisierter Scheidung. Trotzdem, sie muß Adam gemocht haben. Schließlich ist sie zu seiner Beerdigung gekommen.«

Ken kicherte. »Ja, das muß sie wohl, nicht wahr?«

Der Friedhof war eine Fläche von der Größe eines Golfplatzes. Grüne, rasensprenger-verwöhnte Wiesen erstreckten sich über die sanften Hügel der goldbraunen Buschlandschaft nordöstlich von Los Angeles. Die Gräber lagen in sauber ausgerichteten Reihen wie Einfamilienhäuser in einer Vorstadt. Der leichte Geruch von frischgemähtem Gras hing in der Luft und mischte sich mit dem Duft der zahllosen Blumen, die am Rand des offenen Grabes lagen.

Auf dem Friedhof waren sehr viel mehr Menschen erschienen als zum Gedenkgottesdienst. Vielleicht sah die Menge auch einfach größer aus, als sie sich jetzt über den Rasen verstreute.

Doc schien sich wieder gefangen zu haben. Barbie drückte von Zeit zu Zeit seine Hand. Er sah mit einem Ausdruck abwesender Zuneigung auf sie hinunter. Einige Außendienstmitarbeiter schoben sich durch die Menge, um Doc die Hand zu drücken oder ihn zu umarmen und ihm ihr Beileid auszusprechen. Er schüttelte jedem von ihnen herzlich die Hand und zeigte damit wieder einmal, daß sein Verkaufsimperium auf Menschlichkeit fußte. Ingrid fiel auf, daß die Außendienstler Barbie mieden, als wären sie verlegen und wüßten nicht, wie sie sich ihr nähern sollten. Wußten die einen oder anderen vielleicht, daß Barbie gesehen wurde, wie sie aus Adams Apartment kam?

Claudia Cayenne und ihr Freund röhrten auf ihrem Motorrad heran und stellten es neben dem Leichenwagen ab, aber sie schlossen sich nicht der Trauergemeinde an, die den Sargträgern zur Grabstelle folgte. Der farblose Geistliche aus der

Kapelle trat wieder auf den Plan und sprach ein paar Worte, bevor der Sarg ins Grab gesenkt wurde.

Aus der Menge war ein zunehmendes Tuscheln und Murmeln hörbar. Ingrid sah zum Parkplatz hinüber und entdeckte, daß Claudia von ihrem Freund gegen den Leichenwagen gepreßt wurde. Er küßte und streichelte sie. Dann schob er sie langsam an der Seite des Leichenwagens entlang, flüsterte ihr aufgeregt etwas ins Ohr und öffnete die Hecktür des Fahrzeugs. Ingrid erkannte seine Absicht eine Sekunde vor den Leuten vom Bestattungsinstitut, die gerade damit beschäftigt waren, den Sarg abzusenken und nicht reagieren konnten.

Ingrid konnte nicht umhin, ebenso wie einige andere Trauergäste fasziniert nach hinten zu starren, als die beiden ziemlich eilig in das Heck des Leichenwagens kletterten. Doc Truesdale und der Rest der Familie schien nicht zu bemerken, was da nur wenige Meter entfernt vor sich ging. Die Gäste, die die Szene beobachteten, waren etwa gleichermaßen angewidert und fasziniert. Niemand regte sich, um einzugreifen. Einige traten ein Stück zur Seite – vielleicht, um besser sehen zu können.

Begann der Wagen jetzt leicht auf seinen Rädern zu schaukeln, oder war das nur Ingrids Phantasie? Endlich konnte der Bestatter einige Mitarbeiter entbehren, die sich augenblicklich daran machten, das zerzauste Paar aus dem Leichenwagen zu scheuchen. Bald danach übertönte ihr dröhnender Abgang auf dem Motorrad das Prasseln der Erde, die auf den Sarg geworfen wurde.

Kapitel 15

»Ich will, daß Sie herausfinden, wer meinen Sohn getötet hat.« Doc Truesdale saß auf einem goldfarbenen Sofa in dem grün-weißen Seidennest, das als Privatbüro in seinem Haus in Bel Air diente. Die schweren weißen Vorhänge waren zugezogen, um die Nachmittagshitze und den Smog auszusperren. Ingrid saß, Docs Wunsch entsprechend, neben ihm.

»Ich wünschte, ich könnte Ihnen helfen«, sagte Ingrid. Sie fühlte sich unbeholfen angesichts seiner gequälten Miene, schuldig, weil sie ihm bei der Beerdigung Theatralik unterstellt hatte, und irritiert durch die Wahrnehmung von irgend etwas anderem, das unter seinem Schmerz lauerte, das sie aber nicht identifizieren konnte.

Barbie saß auf Docs anderer Seite und hatte ihre gebräunte Hand auf seinen Arm gelegt. »Doc, Liebling, was, wenn es nun Tracy war? Tut mir leid, Ingrid, aber bei ihrer psychischen Kondition, die Polizei denkt ja auch —«

Doc schüttelte ihren Arm ab wie eine hartnäckige Mücke. »Geh weg, Barbie. Laß mich allein mit Ingrid reden. Sag den anderen, wir kommen ins Wohnzimmer, wenn wir fertig sind. Jetzt husch!«

Als Barbie durch die Tür ging, erspähte Ingrid Kens fragendes Gesicht. Doch Doc nahm ihre Aufmerksamkeit voll in Anspruch. Er packte ihre Hand drückte sie fest. Die Tür schloß sich, und Ingrid sah sich im Raum um, verlegen und ein bißchen erschrocken über die Heftigkeit von Docs Griff. Das Zimmer war voller Hängepflanzen, Sofa und Sessel waren mit Gartenmotiven grün bezogen. Obwohl einige erlesene Antiquitäten im Raum standen, hatte es eine viel einladendere Atmosphäre als die riesige pilzbraune Landebahn von Wohnzimmer, in dem die anderen Gäste warteten.

»Barbie liegt nicht ganz falsch, Mr. Truesdale —«

»Oh, Barbie liegt prima, da gebe ich Ihnen recht«, kicherte er plötzlich. »Nennen Sie mich Doc, das tun alle.«

Ingrid nickte und schwieg.

»Hat Kenny sich gut benommen, als er Sie rübergefahren hat?«

»Ja. Er ist sehr freundlich.«

»Ach ja, meine Güte. Und ein richtiger Arzt. Können Sie sich vorstellen, daß mein kleines Mädchen, Esther, ihn vorgeschlagen hat? Sie hat manchmal gute Ideen. Ich bin nicht sicher, ob es Kennys wissenschaftliche Leistungen waren, die sie überzeugt haben. Aber egal was es war, der Junge hat eine Zukunft. Trotzdem passen Sie besser auf Ihre Röcke auf, wenn Kenny in der Nähe ist. Seine Bettgewohnheiten haben mit Heilkunst nicht viel zu tun.«

Ingrid konnte sich einer ungeduldigen Grimasse nicht enthalten. »Das scheint hier ein verbreitetes Phänomen zu sein.«

Doc nickte weise. Er hatte etwas zu sagen und nicht die Absicht, sich von Ingrids höchst unwesentlichen Bemerkungen ablenken zu lassen. »Wissen Sie, so ein Doktortitel, der macht manche Frauen einfach verrückt. Sehen Sie, manche Menschen glauben, weil ich Doc genannt werde, bin ich auch ein *Zitat*, richtiger, *Zitatende* Doktor wie der kleine Ken. Aber wissen Sie, Kind, ich wurde schon Doc genannt, als ich noch ein Dreikäsehoch war. Und wissen Sie, warum?«

Er wartete auf eine Antwort. Ingrid schüttelte den Kopf. »Keine Ahnung.«

»Weil ich ein Heiler bin, Kind. Das war ich schon immer. Als ich klein war, waren es Vögel und Haustiere. Später sind Leute zu mir gekommen. Menschen wie ich haben die Kraft zum Heilen von dem Moment an, in dem wir zum ersten Mal den Funken göttlichen Feuers in unseren Augen entdecken und anfangen, über Leben, Tod und Schwierigkeiten nachzudenken. Die richtigen Ärzte sind mit unserer uralten Bruderschaft der Medizinmänner nicht zu vergleichen. Manche sagen, ich bin nur ein Kaufmann. Nun, wenn ich den Leuten den Gedanken des Lebens verkaufe statt den des Sterbens, ist das dann keine Heilung? Zum Teufel, Süße, ich habe mehr

Leute geheilt, ohne dabei einen einzigen Tropfen Medizin zu benutzen, als Kenny je behandeln wird. Egal, wieviele schicke Titel er vor seinem Namen trägt. Ich bin ein Heiler, Mädchen. Ein Heiler.«

»Wo kommen die Vitamine ins Spiel?«

»Gütiger Gott, Liebes, Sie sind aber eine ganz Ausgeschlafene. Die Vitamine halten uns in Gang. Die Menschen wollen ewig leben. Das ist es, was ich verkaufe. Die Hoffnung auf ewiges Leben. Nein! Auf ewige Jugend.«

»Aber Sie wissen, daß das unmöglich ist. Das haben Sie heute morgen selbst gesagt.«

»Sicher ist es unmöglich. Ich habe nicht gesagt, daß ich den Menschen tatsächlich die Unsterblichkeit bringen kann. Aber der Wunsch ist da. Er geht einfach nicht weg. Er nagt an den Menschen. Ich gebe ihnen Hoffnung. Manchmal, Kind, hält die Hoffnung einen Menschen am Leben, wo alles andere versagt hat. Haben Sie den Brunnen in der Eingangshalle gesehen? Also, ich verkaufe den Leuten den Traum vom Jungbrunnen. Und ich persönlich glaube, daß es einen Menschen jung hält, wenn er diesen Traum träumt.«

»Jedenfalls sorgt der Traum dafür, daß die Leute weiterhin die Vitamine kaufen.«

»Na klar tut er das!« Doc kicherte ausgiebig. »Und das Geld hält *mich* jung. Und wenn das der einzige Nutzen der ganzen Sache wäre. Natürlich tauche ich meinen Docht auch ganz gern mal in einen Jungbrunnen, wenn sich die Gelegenheit ergibt.«

»Davon hab' ich schon gehört.« Ingrid vermutete, daß es Doc in jüngeren Jahren nicht ferngelegen hätte, mit Claudia Cayenne in einen Leichenwagen zu steigen. Sie schüttelte den Kopf, wie um die Anstrengungen des Nachmittags abzuschütteln, die sie langsam zu spüren begann. Barbie hatte recht, der alte Mann hatte eine unglaubliche Energie. Obwohl seine Anzüglichkeiten ihr auf die Nerven gingen, stand seine Vitalität außer Frage.

Doc schüttelte nun selbst langsam den Kopf, wie ein Echo ihrer Bewegung. Sein Gesicht wurde wieder ernst, und er tätschelte Ingrids Hand. »Sie glauben nicht, daß Ihre Schwester meinen Sohn umgebracht hat, Mädchen?«

»Nein, Doc, das glaube ich nicht.«

»Ich weiß, daß Sie hier unten bleiben, um nach Ihrer Schwester zu suchen, das kann ich gut verstehen. Die Familie ist mir wirklich wichtig. Der Grundstein des Lebens ist die Familie. Tracy hat mir erzählt, daß Sie für so ein Skandalblättchen arbeiten, und wie Sie einen Mörder in San Francisco gefunden haben. Vielleicht wissen Sie mehr über Mord als die meisten von uns, die damit noch nie zu tun hatten.«

»Ich fürchte, ich weiß auch nicht viel — außer, daß Adam mich gebeten hat, eine Verzichtserklärung zum Institut für Kräuterweisheit zu bringen, damit Shandra Morgenstern sie unterzeichnet.«

Doc schwieg einen Augenblick, um diese Information zu verdauen. Eine Sorgenfalte grub sich in seine Stirn. Nachdenklich strich er sich über das Kinn. »Und, hat sie unterschrieben? Das ist mir alles ganz neu!«

»Nein. Sie sagte, Sie oder Esther oder Zach sollten persönlich zu ihr kommen.«

Doc nickte nachdenklich. »Sehen Sie? Schon haben Sie mir etwas erzählt, das ich noch nicht wußte. Sie sind fähig, Sachen herauszufinden, von denen andere nicht mal eine Ahnung haben. Der Mensch, der das Gift in den Reiniger getan hat, hätte doch jeden x-beliebigen töten können. Das hätte heute ebensogut meine Beerdigung sein können!«

Da war es. Die heimliche Erleichterung war offen ausgesprochen. Er stand dazu. Er versteckte sich nicht hinter dem Wunsch, anstelle seines Sohnes gestorben zu sein. Und offenbar wollte er absolut sichergehen, daß er nicht das nächste Opfer war.

Doc fuhr fort. »Ich würde Sie gern für Ihren Zeitaufwand bezahlen, Ingrid.«

Ingrid zuckte die Achseln. »Sie können meine Spesen übernehmen. Und die anderen bitten, sich kooperativ zu verhalten, wenn ich Fragen stelle. Um Tracy zu suchen, muß ich Fragen stellen können. Denn mir geht es darum, zu beweisen, daß sie nicht an Adams Tod schuld ist.«

»Natürlich. Sehen Sie, Liebes, wenn Sie herausfinden können, wer dafür verantwortlich ist, oder auch nur ein paar Informationen auftreiben, die Licht in dieses Dunkel bringen, dann tun Sie uns allen einen Gefallen. Ich glaube genausowenig wie Sie, daß es Tracy war. Ich kenne die Kleine seit drei Jahren. Und ich bin doch kein verdammter Idiot. Ganz egal, was sie mit meinem Sohn Adam durchgemacht hat, es hätte länger als sechs Monate gedauert, bevor sie angefangen hätte, ihn zu vergiften. Und es gibt auch keinen Grund, warum sie versuchen sollte, mich umzubringen.«

»Eine Frage, Doc. Haben Sie von dem Arsen in Adams TILL-Trunk gehört?«

Doc nickte mit einem Ausdruck nachsichtiger Herablassung. »Ja, Liebes. Sie wissen, wozu das gut war?«

»Ein Aphrodisiakum?«

»Das nehme ich an. Mein Junge hat sich mit alten medizinischen Behandlungsweisen beschäftigt. Manche Kinder nehmen Drogen. Mein Sohn wollte wahrscheinlich nur herausfinden, ob da etwas dran war. Ich hätte es vielleicht selbst mal aus Neugier probiert, aber mein Problem ist anders gelagert.« Er grinste bescheiden.

Ingrid sah starr auf den Boden, um die Augen nicht zur Decke zu verdrehen. »Ich wüßte es zu schätzen, wenn Sie mir helfen, ein paar Antworten zu bekommen. Einige Leute im Truesdale-Institut wollen möglicherweise nicht mit mir sprechen.«

»Kein Thema, Süße, ich kann dafür sorgen, daß sie mit Ihnen reden. Aber Sie wissen doch, daß sie lügen? Wenn Sie Lügen nicht durchschauen können, werden Sie nicht weit kommen. Aber die kleine Tracy hat mir erzählt, daß ihre große Schwester einen siebten Sinn dafür hat, die Wahrheit vom Unsinn zu unterscheiden. Was sagen Sie? Wollen Sie mir helfen?«

»Eins noch, Doc. Adam hat einen Detektiv angeheuert und meiner Schwester gesagt, er sei ein Leibwächter, der sie beschützen soll. Er hat mir von Morddrohungen erzählt.« Sie beschloß, Rays Erklärung für sein Engagement nicht zu erwähnen. Sie mochte Doc nicht fragen, ob er ein Verhältnis mit ihrer Schwester gehabt hatte. Außerdem hatte er selbst darauf hingewiesen, daß alles, was er sagte, auch gelogen sein könnte.

»Morddrohungen? Davon habe ich nichts gehört. Aber vielleicht wollten sie mich auch schonen. Natürlich würden sie es mir nicht sagen. Aber nur weil Adam es gesagt hat, muß es noch nicht wahr sein. Worauf wollen Sie hinaus, Süße?«

»Ich will keine Bezahlung. Aber ich brauche Hilfe von jemandem, der sich mit Kriminellen und Verrückten auskennt. Ich wollte Sie um Ihr Okay bitten, daß ich ihn engagiere.«

Doc rieb sich die Augen und gähnte. »Okay. Aber fangen Sie erstmal allein an. Ich sage immer, ein hübsches Mädchen bekommt Antworten, die eine ganze Horde Männer nie bekäme.«

»Außerdem muß ich irgendwie beweglich sein.«

»Ich werde dafür sorgen, daß Kenny Sie herumfährt.«

Ingrid war ein bißchen verblüfft. Sie hatte vorgehabt, einen Leihwagen zu nehmen. »Das ist nicht nötig, ich kann selbst fahren. Leihen Sie mir einfach einen Wagen. Ich könnte auch einen mieten.«

»Nein, nein, nein. Kommt gar nicht in Frage. Sie sind viel besser dran, wenn Sie mit Kenny fahren. Er kennt alle Adressen. Und er kann ja im Auto bleiben, wenn Sie unter vier Augen mit jemandem reden wollen.«

Also allein. Mit 'Kenny', der ihr über die Schulter sah. Na schön, beschloß sie. Zumindest würde sie dadurch mitten im Ring stehen. »Sind Sie sicher, daß Sie ihn im Labor entbehren können?«

Doc streckte seine Arme gemächlich aus und hörte zu, wie die Gelenke knackten. »Ja, meine Liebe. Er hat so viel Unruhe zwischen dem Weibervolk im Institut gestiftet. Sie tun uns allen einen Gefallen, wenn Sie ihn eine Weile auf der Straße beschäftigen. Nun?«

»Abgemacht.« Sie besiegelten es mit einem Handschlag.

Kapitel 16

Als Ingrid aus Docs Büro kam, mußte sie blinzeln wie jemand, der aus einer sanft-nebligen Trance ins grelle Sonnenlicht tritt. Die Familie Truesdale und einige ihrer engsten Freunde hockten ganz am Ende des riesigen Wohnzimmers um ein Tischchen mit Getränken. Neben einem Kamin aus rosa Marmor war auf einem Sideboard ein kaltes Buffet aufgebaut. Der ganze Raum war in Waldtönen gehalten, dunkles Moosgrün und zurückhaltendes Graubraun, das weich und feucht aussah. Abstrakte Aquarelle in randlosen Bilderrahmen hingen an den Wänden und unterstrichen die Kühle, die aus der Klimaanlage strömte.

Barbie winkte Ingrid, sich zu ihnen zu gesellen, und sie tat es wider besseres Wissen. Barbie lächelte selbstgefällig, vielleicht meinte sie, daß Ingrids verwirrte Miene ihre Aussage bestätigte, daß Doc mit über siebzig noch gewaltige Ausstrahlung besaß. Ingrid mußte dem beipflichten, wenn auch ungern. Sie traute Doc nicht über den Weg. Trotzdem hatte sie das Gespräch mit ihm erfrischt. Vielleicht *war* er ein Heiler, was auch immer das sein sollte.

»Na, Sie treten ja schon in die Fußspuren Ihrer kleinen Schwester«, zischte eine Stimme dicht hinter Ingrid, als sie an einer kleinen Personengruppe an einem Tisch mit einigen Flaschen darauf vorbeiging.

»Schön, Esther, jetzt reicht's.« Etwas in Ingrid hakte aus, und ohne zu überlegen, stieß sie ihre Handfläche gegen Esthers Schlüsselbein und drängte sie zurück. Der Angriff paßte eher zu einer Rangelei auf dem Spielplatz als in ein Aikido-Dojo, schalt Ingrid sich im gleichen Augenblick. Trotzdem fühlte es sich gut an.

Esther schnappte nach Luft und taumelte ein paar Schritte rückwärts, aus Ingrids Reichweite. Ingrid schickte ein paar Worte nach. »Alle reden von Ihrem tollen Diplom, was immer es ist. Für mich gehören Sie mit Ihren Manieren auf den Fischmarkt. Wenn Sie nicht lernen, den Schnabel zu halten, dann wird eines Tages jemand mit weniger Geduld als ich Ihnen das Maul stopfen.«

Zachs verquollenes Gesicht tauchte rechts von Ingrid auf. Sie erwartete, daß er sich für Esther entschuldigen oder seine Schwester unterstützen wollte. Statt dessen baute er sich zwischen Ingrid und Esther auf, als hätte er Vergnügen daran.

»Schwesterchen hat einen Stanford-Abschluß in Wirtschaft«, sagte er. »So frisch, daß die Tinte noch nicht getrocknet ist.«

Esther war wieder zu Atem gekommen, aber sie vermied es, Ingrid anzusehen. Sie antwortete ihrem Bruder. »Nur weil du dich bei Doc eingeschmeichelt hast mit deiner ewigen Buchhaltung und den Abendkursen am City College, muß ich mir nicht diesen Schwesterchen-Mist von dir oder sonstwem gefallen lassen.«

»Außer von Ihm mit einem großen I, was?« höhnte Zach.

Ruthanne und Ken setzten gleichzeitig an, sich einzuschalten, aber Ruthannes Schwangerschaft machte das Aufstehen vom Sofa etwas aufwendig, und so war Ken als erster zur Stelle. »Jetzt setzt euch beide mal hin. Es ist viel zu heiß zum Streiten.«

Esther war nicht so leicht zu besänftigen. »Hör verflucht nochmal auf, an meiner Kette zu reißen.« Aber sie ließ sich von Ken in eine andere Ecke des Raumes führen.

Ingrid sah fasziniert zu, wie Ruthanne bei Zach ankam und ein ähnliches Manöver einleitete. Sie flüsterte ihm etwas ins Ohr. Einen Moment lang sah er sie verständnislos an, dann erst schien er sie zu erkennen. Sein ganzen Benehmen änderte sich schlagartig. Er nahm ihre Hand, führte sie zum Sofa, half ihr, sich darauf niederzulassen und setzte sich neben sie, als hätte er sie gerade erst entdeckt. In seiner Miene spiegelte sich etwas wie Faszination oder Angst. Ingrid konnte seinen Blick nicht recht deuten, er schaute Ruthanne nicht zärtlich, sondern eher wachsam an, wie ein sehr kurzsichtiger Mann, dem jemand seine Brille kanpp außer Reichweite hinhält.

Ingrid stand plötzlich allein (verdientermaßen, wie sie fand) und sah sich um. Barbie war in Docs Arbeitszimmer verschwunden. In einer Ecke saß Derek auf dem einzigen schlichten Holzstuhl im Raum und starrte auf das technicolorbunte Gewimmel großer tropischer Fische in einem sechs Meter langen Aquarium. In sicherer Entfernung stand am anderen Ende des Aquariums Paula Canova. Sie hatte ihr Glas auf den Tisch gestellt, der das riesige Becken trug. Ihre Augen waren auf die Fische gerichtet, aber ihre Hände kramten in der schwarzen Handtasche, die an einem langen Riemen von ihrer Schulter herabhing. Sie förderte ein Röhrchen zutage, schüttete eine Handvoll Tabletten in allen Regenbogenfarben in ihre Hand und spülte sie mit dem letzten Schluck ihres Drinks hinunter. Nachdem sie die Pillen geschluckt hatte, schloß sie einen Moment lang die Augen, öffnete sie dann wieder und warf einen schnellen Blick quer durch den Raum, wo Ken einen Arm um Esther gelegt hatte und mit geneigtem Kopf etwas in ihr Ohr flüsterte.

Paula wandte die Augen schnell wieder ab und starrte die Fische an. Ingrid näherte sich langsam und betrachtete die Laborantin. Sie trug heute einen schwarzen Baumwollblazer, der irgendwie genauso nach Uniform aussah wie der weiße Laborkittel. Ingrid stellte sich vor. Paula nickte kurz und wandte sich wieder dem Aquarium zu. Sie hatte ein anziehendes

Kindergesicht mit Stupsnase, wie eine gesunde Bäuerin auf den Gemälden alter holländischer Meister. Sie sah nicht langweilig aus, war sogar sehr schön, aber gärendes Unglücklichsein und der verzweifelte Versuch, sich nichts anmerken zu lassen, machten aus ihrem Gesicht eine ausdruckslose Maske.

»Paula.« Ingrid stand so dicht neben ihr, daß Paula aufsehen mußte — und sei es nur aus Verärgerung. »An dem Tag, als Adam starb, wer hat da das Reinigungsmittel bereitgestellt, das Doc in der Vorführung benutzt hat?«

»Das war ich.« Ingrid hörte sie zum ersten Mal sprechen. Paula hatte eine verblüffend klare, dunkle Stimme. Der Effekt war sonderbar, als ob ein Spatz seinen Schnabel öffnete und Nachtigallengesang herauskam.

»Ich hole für die Demo jedesmal neue Flaschen aus dem Lager im ersten Stock. Sie sind alle noch versiegelt, wenn Doc sie bekommt.«

»Aber an der, von der Doc trinken wollte, war herumgepfuscht worden?«

Paula schwieg einen Moment. »Ich weiß es nicht. Sie haben jede offene Flasche untersucht. Sie haben wohl auch vermutet, daß das Gift in der Karaffe mit dem Wasser war. Aber die ist ja zerbrochen und das ganze Wasser ausgelaufen. Soweit ich weiß, konnten sie in keiner der Flaschen Gift nachweisen.«

»Woher kam das Wasser?«

»Aus der Mineralwasserflasche, die im Labor steht. Aber ich habe vorher auch Wasser aus der Flasche getrunken, und ich lebe noch.«

»Woher kamen das Glas und die Karaffe, die Sie gefüllt haben?«

»Aus der Spülmaschine. Ich habe sie nur ein paar Minuten vor der Vorführung auf den Tisch gestellt.« Zum ersten Mal sah Paula Ingrid direkt und verärgert an. »Ich habe das alles schon der Polizei erzählt.«

»Nachdem Sie das Karaffe gefüllt und bereitgestellt hatten, sind Sie da die ganze Zeit im Raum geblieben?«

»Nein. Ich hatte noch andere Dinge zu tun. Aber ich bin rein- und rausgegangen.«

»Verstehen Sie, ich versuche mich zu erinnern«, sagte Ingrid mit einem gewinnenden Lächeln. »Wissen Sie noch, wann Doc das Siegel an der Flasche geöffnet hat – war es unmittelbar bevor er sie benutzen wollte, oder war es früher?«

Paula unterdrückte ein Gähnen. »Ich fürchte, ich achte nicht besonders genau auf diese Demos.«

Ingrid fiel ein, was Paula während der Vorführung abgelenkt hatte – sie hatte beobachtet, wie Ken sich mit Ingrid unterhielt. Auch jetzt beobachtete Paula Ken, wie er mit Esther sprach. Was für ein Leben.

Paula schien sich auch zu erinnern. Sie fügte schnell hinzu: »Meine Aufgabe ist es, dafür zu sorgen, daß alle Produkte rechtzeitig und vollständig auf dem Podium stehen. Danach darf ich abwaschen. Toller Job für eine Frau mit Diplom, finden Sie nicht? Glücklicherweise habe ich als Krankenschwester angefangen, daher kenne ich mich mit Dreckarbeit aus.«

»Wenn Sie einen akademischen Grad haben, warum arbeiten Sie dann überhaupt hier? Warum nicht in einem richtigen Forschungslabor oder in einem Krankenhaus, wenn Sie Krankenschwester sind?«

Paula sah durch das Wohnzimmer zu Ken hinüber und schüttelte langsam den Kopf. »Ich wünschte, ich wüßte es. Muß wohl Liebe sein, weil es einfach nicht weggeht.«

In Ingrids Ohren klang das mehr nach einer gefährlichen Abhängigkeit, aber sie hütete ihre Zunge. Entweder wirkten die Pillen, was immer es gewesen war, und machten Paula gesprächiger, oder es tat ihr einfach gut, über ihr Herzweh zu sprechen. Ingrid nickte und gab verständnisvolle Laute von sich.

»Ich bin mit Ken hier gelandet. Ich konnte ihm noch nie etwas abschlagen. Er hat den Job bekommen und mich gleich mit eingestellt, weil er meine Hilfe brauchte.«

Ingrid nahm die Vergangenheitsform wahr. »Und jetzt?« fragte sie sanft.

»Wir wohnen zusammen. Also... na ja, wir haben noch die gleiche Adresse, aber er ist nicht sehr oft da. Er hat sich mehr auf die Politik des Jobs geworfen. Das Labor schmeiße ich seit ein paar Monaten allein.« Paula biß die Zähne zusammen. »Ich nehme an, ich warte einfach ab, ob sie ihn irgendwann einmal satt hat.« Sie warf noch einen Blick zu Esther und Ken hinüber.

»Ich weiß, was Sie meinen«, sagte Ingrid.

Paula sah Ingrid direkt an, als würde sie ihre Gegenwart erst jetzt bemerken und ihre Offenheit bedauern. »Hören Sie, die Polizei hat das Labor durchsucht und keine Spur von dem Gift gefunden. Auch nicht im Lager. Selbst wenn Aconitin in dem Reinigungsmittel gewesen wäre, hätte es keinen Schaden angerichtet, solange es nur dafür benutzt wurde, wofür es gemacht ist — zum Putzen. Aconitin kann ziemlich schädlich sein, wenn eine Person über einen längeren Zeitraum damit hantiert. Aber es wirkt nur tödlich, wenn es eingenommen wird. Und selbst dann! Wenn das Opfer die richtige medizinische Versorgung bekommt, so wie Ken sie vor Ort hätte leisten können, dann wäre Adam wahrscheinlich durchgekommen. Früher wurde Aconitin in sehr stark verdünnter Form zur Behandlung von Bluthochdruck benutzt. Es war mindestens bis in die dreißiger Jahre in Gebrauch.«

Ingrid hatte einen Einfall. »Wie wäre es bei einem älteren Menschen wie Doc Truesdale? Hätte er möglicherweise die Dosis nicht überlebt, die Adam genommen hat? Auch nicht bei sofortiger medizinischer Hilfe?«

Paula zuckte die Achseln. »Er war sowieso ein Idiot, in seinem Alter das Zeug noch immer zu trinken. Auch ohne Aconitin hat es seinen Nieren schlimm zugesetzt. Ken hat ihn gewarnt.« Plötzlich klang sie ganz nach Krankenschwester, aufs Tiefste verärgert, daß der Patient es gewagt hatte, die Anweisungen des Arztes zu mißachten.

Ingrid versuchte es auf anderem Wege. »Sie scheinen eine Menge über dieses spezielle Gift zu wissen. Haben Sie sich näher mit Toxikologie beschäftigt?«

Paulas Lächeln enthielt ein Fünkchen Herablassung. »Ken hat mir von den Zwischenfällen in der Fabrik erzählt. Ich habe natürlich in den Standardwerken nachgelesen. Möchten Sie eine Bücherliste haben?«

»Ja, gern«, antwortete Ingrid begeistert. »Das wäre eine große Hilfe, danke. Mußten Sie in eine Universitätsbibliothek gehen, oder gibt es im Labor Bücher über Gifte?«

Paula entspannte sich etwas. »Nein. Ich habe Doc Truesdales Bücherei gegenüber vom Labor benutzt. Er hat sämtliche Standardwerke, und er besitzt fast alle alten und neuen Bücher über Kräuter. Wir können alles bestellen, was wir brauchen. Ich habe ihn sogar selbst ein- oder zweimal in der Bibliothek lesen sehen.« In ihren Worten klang Überraschung nach, als hätte sie nicht erwartet, daß Doc lesen konnte. Ingrid fragte sich gerade, ob Paula ihre Nase auch so hoch trug, wenn ihr Boß in der Nähe war, als die Tür des Privatbüros aufflog und Doc quer durchs Zimmer auf sie zukam. Bei seinem Eintritt erstarrten die anderen in ihren Ecken, als wären sie Eisenpartikel und er ein Magnet.

»Hallo, Ingrid. Miss Paula, Sie hinreißendes Ding! Schade, daß Adam erst sterben mußte, damit Sie einmal den Laborkittel ausziehen. So sehen wir alle endlich einmal die gute Figur, die wir schon immer geahnt haben.«

Paula errötete und starrte auf den Fußboden. Sie brachte keine Antwort heraus.

»Sie können in der Firma weitere Fragen stellen, Ingrid. Ken wird sie jetzt nach Hause bringen. Ich muß mit meiner Familie allein sprechen.«

Beim Wort 'Ken' hob Paula unwillkürlich den Kopf.

Ingrid sah einen flüchtigen Schatten von hoffnungsloser Sehnsucht über ihr Gesicht huschen, bevor Paula wieder zu Boden sah.

Aber Doc war noch nicht fertig. Er nahm Paulas Kinn in die Hand und hob ihren Kopf an. »Derek wird Sie nach Hause bringen, meine Liebe. Ich fürchte, Sie werden im Labor ein paar Tage ohne Ken auskommen müssen. Weil nämlich Ingrid ein bißchen herumfragen wird, um für mich die Antworten auf ein paar Fragen zu finden. Und Ken wird sie fahren, solange sie das tut. Sie werden ihr doch helfen, oder? Je eher wir dieser Sache auf den Grund gehen, um so eher werden wir alle in Sicherheit sein, verstehen Sie?«

»Ja.« Paulas Stimme war ein ersticktes Flüstern.

»Das ist fein.« Er ließ Paula abrupt los, wie ein Kind, dem ein Spielzeug langweilig geworden ist, packte Ingrids Arm und führte sie ohne ein weiteres Wort aus dem Zimmer.

Ingrid drehte sich um. Paula stand noch immer da und starrte auf den Teppich. Jetzt wischte sie sich eine Träne weg. Derek näherte sich ihr dienstbeflissen, aber Paula wich zurück und zischte: »Ich habe meinen eigenen Wagen. Geben Sie sich keine Mühe, Derek.«

»Nettes Mädchen«, sagte Doc vertraulich zu Ingrid, hakte sie unter und führte sie durch die Diele zur Haustür. »Wirklich klug. Aber sie hat nie Spaß. Schleicht immer nur um Ken herum. Dabei sollte sie wissen, daß er im Augenblick ziemlich scharf auf meine Tochter ist. Nicht wegen ihres Körpers. Oder vielleicht sollte ich besser sagen, nicht *nur* wegen ihres Körpers. Auch wegen ihres Geldes. Und Doktor Ken ist einer von der ehrgeizigen Sorte.«

»Ehrgeizig genug, um Adam umzubringen?«

Doc blieb stehen und sah Ingrid an. »Tja, das sollen Sie ja herausfinden.«

»Vielen Dank, Doc«, sagte Ingrid. Sie befreite ihren Arm und ging schnell ein paar Schritte weiter. »Sie schicken mich los mit einen Fahrer, von dem Sie annehmen, daß er Ihren Sohn ermordet hat?«

»Nein, nein, nein, Mädchen. Das haben Sie ganz falsch verstanden. Ich meine nur, daß es möglich wäre. Aber selbst wenn er Adam umgebracht hätte, würde er Ihnen doch nichts zuleide tun. Sie sind ihm nicht im Wege.«

»Und Adam war es?«

»Kann sein. Das ist es doch, was Sie für mich herausfinden sollen.«

»Aber wenn ich etwas finde, das Ken mit dem Mord in Zusammenhang bringt, dann bin ich ihm im Wege und sitze auf seinem Beifahrersitz.«

»Tjaa, na ja. Wenn das passiert, lassen Sie es mich gleich wissen. Dann besorge ich Ihnen einen anderen Fahrer. Inzwischen können Sie ihn befragen, während er Sie fährt, verstehen Sie?«

Ingrid verstand, und was sie verstand, gefiel ihr nicht. Sie mußte Tracy finden, und sie mußte herausbekommen, wer Adam ermordet hatte, damit Tracy in Sicherheit war. Sie beschloß, es ein oder zwei Tage mit Ken zu versuchen. Inzwischen konnte sie sich um ein anderes Auto kümmern. Zur Not mußte sie einen Mietwagen nehmen, selbst wenn das ihr Budget sprengte.

Ken Crowley stand an der Tür, noch immer tief im Gespräch mit Esther, auch wenn inzwischen Zach und Ruthanne dazugekommen waren. Doc zwinkerte Ingrid zu, als ob er sagen wollte: »Na bitte! Ich hab's Ihnen ja gesagt.«

Kapitel 17

Ingrid wollte herausfinden, wer Adam umgebracht hatte. Sie wollte auch aufdecken, was hinter dem Gift in den Vitaminprodukten und den Drohbriefen steckte, wenn sie konnte. Aber vor allem mußte sie Tracy finden. Einen Großteil des Sonntags verbrachte sie damit, entfernte Verwandte anzurufen, obwohl sie bezweifelte, daß Tracy zu ihnen geflüchtet war, aber sie konnte diese Leute erst von ihrer Liste streichen, wenn sie sie überprüft hatte. Hätte sie ein Auto gehabt, wäre sie auch zu dem Grundstück im Manzanita Canyon gefahren, aber nach dem Telefonieren war sie fix und fertig von aufreibend vielen Gesprächen mit Leuten, die zwar ihre Verwandten waren, mit denen sie aber weder Temperament noch gemeinsame Interessen verbanden. Gegen abend war es kühl genug geworden, daß Ingrid sich draußen aufhalten mochte. Sie machte einen langen Spaziergang die gewundene Straße entlang, hielt sich möglichst weit rechts, um in unübersichtlichen Kurven nicht durch Autofahrer gefährdet zu werden, und versuchte nachzudenken — mit sehr wenig Erfolg.

Außer Tracys und Adams Kontoauszügen hatte sie keine Unterlagen im Haus gefunden, die Auskunft über die Finanzen der beiden gaben. Ingrid hatte die Bankauszüge mit mildem Interesse durchgesehen, die Summen waren weit höher als alles, was sie gewöhnt war, aber nicht untypisch für ein Paar aus Beverly Hills. Adams Tod mochte mit seinem Testament zu tun haben, und sie hoffte, daß Ray es auftreiben konnte. Wenn Adams Testament auch nichts hergab, dann hatte der Mordanschlag vielleicht Doc gegolten. Womöglich hatte Doc recht, wenn er um sein Leben fürchtete.

Ingrid war froh, am Montag von Ken gefahren zu werden, als sie den Bungalow von Zach und Ruthanne in Sherman Oaks aufsuchten. Er lag an einer unwegsamen, kurvigen Straße, die vom Ventura Boulevard steil bergauf führte. Sogar der Briefkasten war hinter einem Dickicht aus Bambus versteckt. Zach hatte diesen Treffpunkt nahegelegt, als Ingrid erklärte, sie würde gern mit Ruthanne sprechen. Eigentlich wollte Ingrid ihn nicht dabei haben, aber offensichtlich gab es die beiden nur im Doppelpack. Er bat, daß sie zu ihnen kam, weil Ruthanne so wenig wie möglich fahren sollte, die Ereignisse der vergangenen Woche hätten sie sehr mitgenommen. Soweit Ingrid bei der Beerdigung beobachten konnte, war Zach der Mitgenommenere von beiden gewesen. Vielleicht wollte er nicht, daß Ruthanne ohne sein Beisein befragt wurde?

Die Eingangstür des Hauses lag im Schatten buschiger, dicht zusammenstehender Zitronenbäume. Bevor sie zum Klingeln kamen, öffnete Zach, begrüßte sie kurz und bat sie herein. Er führte sie durch das höhlenhafte, niedrige Haus nach hinten auf eine abgeschirmte, schattige Veranda. Drei oder vier große Ventilatoren fächelten kühle Luft von der Decke herab. »Wir meinen, daß eine Klimaanlage nicht gut für Ruthanne wäre. Darum haben wir diese Ventilatoren. Wir schalten sie immer ein, wenn es so heiß ist«, sagte Zach. »Limonade?«

Im Schatten eines Paravents saß Ruthanne auf einem Sofa, die Füße auf einen kleinen Tisch gelegt, und nippte an einem Glas Limonade. Sie war klein und hatte zierliche Arme und Beine, dadurch sah ihre Schwangerschaft wie eine kaum zu bewältigende Last aus. Ihre langen, dunkelblonden Haare hatte sie auf dem Kopf zu einem Knoten geschlungen. Für eine Kalifornierin war ihre Haut blaß, aber sie hatte rote Wangen und blühende Lippen. Die klaren, fest und offen in die Welt blickenden hellbraunen Augen erinnerten an eine selbstbewußte Zweijährige — oder eine römische Schutzgöttin von Haus und Hof.

Ingrid staunte, wie altmodisch das Haus war, ein klassischer Bungalow mit dicken Mauern und flachem Dach, wie man sie in der Zeit vor der Erfindung der Klimaanlage baute. Verglichen mit Docs Domizil in Bel Air war es verblüffend schlicht. Ingrid setzte sich in einen Korbstuhl neben Ruthanne und bemerkte, daß kleinere Häuser doch viel leichter sauberzuhalten wären.

Ruthanne lächelte. »Natürlich haben wir eine Putzfrau, die einmal in der Woche kommt. Aber Sie haben schon recht. Sie braucht nicht lange.«

Ingrids Interesse erwachte. Das Haus war gemütlich, aber sie bezweifelte, daß sich andere Familien aus dem Viertel eine Putzfrau leisten konnten. »Wie kam es, daß Sie hierher gezogen sind?«

Ruthanne schien ihre Gedanken zu lesen. »Dies ist jahrzehntelang Zachs Elternhaus gewesen. Er hat mir von früher erzählt. Als sein Vater in den fünfziger und sechziger Jahren unterwegs war, um neue Außendienstmitarbeiter anzuwerben, hat sich seine Mutter hier allein um die ganzen Kinder gekümmert. Doc hat Zach das Haus vor Jahren geschenkt, weil Zach der einzige war, der sich dafür interessierte. Wenn das Baby da ist, werden wir uns wohl etwas Größeres suchen müssen. Ich bewundere Maureen Truesdale, daß sie hier drei Kinder großgezogen hat. Aber ich brauche ein Zimmer für das Kindermädchen.«

»Wollen Sie denn bald wieder arbeiten?«

»Nein. Einfach mal faul sein. Ich möchte mal Zeit für mich selbst haben. Alle anderen Mütter, die ich gesehen habe, und die keine Hilfe haben, werden ganz fusselig vor lauter Schlafmangel. Wir können uns ein Kindermädchen leisten, also werde ich eins haben. Das hat Doc mir versprochen.«

Zach kam mit einem Krug und Gläsern auf einem Tablett herein. Bei den letzten Worten runzelte er die Stirn. »Wir können es uns von meinem Gehalt leisten. Wir brauchen Doc nicht zu fragen.«

»Aber warum denn nicht? Es soll doch ein Geschenk sein.«

»Warum nicht?« murmelte Zach bitter. »Doc hat uns ja auch alles andere geschenkt.« Dann entspannte sich sein Gesicht wieder, als wäre eine dunkle Wolke vorbeigezogen. Er schenkte Limonade ein.

Ruthanne sprang ohne Hilfe auf die Füße, und Ingrid erschrak. Die Bewegung war so abrupt gewesen. Ruthanne nahm ihr Glas und schlurfte schwer zu einem Tisch weiter hinten im Raum, wo sie eine große Flasche aus dem Schatten hervorzog. Zach sah sie mißtrauisch an und stand auf, als sie die Flasche aufschraubte und etwas in ihr Glas goß. Er ging auf sie zu, als sie das Glas an die Lippen hob.

»Nicht! Laß das!« schrie er und schlug ihr das Glas aus der Hand.

Ingrid duckte sich, um der spritzenden Flüssigkeit zu entgehen. Das Glas zerbarst. Ken war im gleichen Augenblick aufgesprungen und stand bei Zach und Ruthanne.

»Was soll das?« Ingrid gesellte sich zögernd zu ihnen.

Zach und Ruthanne starrten sich an und atmeten schwer. Zorn veränderte die Stimmung wie ein angeschaltetes Neonlicht. Eine sonderbare, sinnliche Spannung hing zwischen den beiden, als wäre dies eine Verführung und kein Ehekrach.

Ken hielt die Flasche hoch, aus der sich Ruthanne eingegossen hatte. Er verzog angewidert das Gesicht. »Das ist Truesdale Vitamintrunk.«

Ernst nahm Zach Ken die Flasche ab. »Ich habe mit angesehen, wie mein Bruder starb, Ruthanne. Und auch, wenn Tracy nicht hier ist und sie denken, daß sie das Gift in Adams Vitamintrunk getan hat, wer weiß das schon genau? Du solltest vorsichtiger sein.«

»Sei nicht albern, Zach.« Ihr Ton war spöttisch, aber sie sah ihn fest an. »Ich habe diese Flasche vorgestern aus der Fabrik geholt. Und ich habe sie durch alle Herstellungsstufen laufen sehen, von den Rohstoffen bis zur Versiegelung. Ich passe auf, was ich esse und trinke. Das weißt du. Du willst doch wohl nicht behaupten, daß jemand in unser Haus geschlichen ist und das Zeug hier vergiftet hat? Wir beiden können einander doch vertrauen, oder?«

Zach lief rot an und sah verlegen zu Ken und Ingrid hinüber. »Natürlich können wir das. Aber du kannst nicht vorsichtig genug sein. Es hätte sich doch jemand hereinschleichen können, wir wüßten nicht einmal, wer. Es könnte jemand aus der Familie sein ... oder jemand, der uns besucht.«

»Es ist so tragisch.« Ruthanne schüttelte traurig den Kopf. Trotzdem hatte Ingrid irgendwie das Gefühl, als sei sie zufrieden mit sich, weil sie eine so heftige Reaktion provoziert hatte. »Diese Geschichte macht aus uns allen Nervenbündel.« Sie nahm die Flasche mit zurück zum Sofa und machte sich nachdrücklich eine neue Mischung aus Vitamintrunk und

Limonade. »Wir wissen nicht, wie oder warum dieser Irre an den Produkten herummanipuliert hat, und wir wissen auch nicht, wann er oder sie wieder zuschlägt. Wir können nur die Sicherheitsvorkehrungen im Werk bis zum Letzten verschärfen.«

»Sind noch mehr vergiftete Chargen gefunden worden?« Ingrid setzte sich neben sie.

Zach kam herüber und stellte sich neben seine Frau. Er streckte die Hand aus, als ob er ihr über die Schulter streichen wollte, zog sie aber wieder zurück. »Seit Wochen nicht mehr.«

»Es scheint, als ob das Gift entweder in dem Reinigungsmittel oder in dem Wasserglas war, aus dem er getrunken hat. Wahrscheinlich hat sich die betreffende Person die ganze Zeit im Raum befunden.« Ingrid holte einen kleinen Block und einen Stift hervor. Sie kam sich etwas albern vor, aber sie war entschlossen, Alibis zu sammeln. »War jemand von Ihnen unmittelbar vor der Vorführung im Labor?«

Zach verschränkte die Arme. »Wir waren beide im Gebäude. Das heißt, wir wollten bei Doc vorbeischauen, bevor wir zum Arzt fuhren. Aber wir haben von der Halle aus angerufen und nur kurz mit ihm telefoniert. Er war mit den Vertriebsleuten beschäftigt und hatte keine Zeit für uns. Wir haben die Halle gar nicht verlassen. Ach doch, wir waren beide auf der Toilette, aber die ist im ersten Stock.«

Ingrid beobachtete, daß Ruthanne Zach einen ziemlich verächtlichen Blick zuwarf und die Augen zur Decke verdrehte, als er immer ausführlicher wurde. Aber Zach redete wortreich weiter. »Danach habe ich Ruthanne zum Arzt gefahren, bin wieder in die Firma gekommen und habe ein paar Arbeiten erledigt. Ich habe mir einen Teil der Vorführung angesehen. Ich kann mich erinnern, daß Sie auch da waren und mit Ken gesprochen haben.«

»Wie sind Sie vom Arztbesuch nach Hause gekommen, Ruthanne?«

»Ich habe ein Taxi genommen«, antwortete Ruthanne leise. »Die Sekretärin hat mir eins gerufen. Ich werde Ihnen den Namen des Arztes geben. Die Polizei hat das schon überprüft, aber wenn Sie es noch einmal tun wollen ...«

»Danke, das hilft mir weiter«, sagte Ingrid höflich und notierte sich Name und Adresse. Sie bemerkte einen leichten Ausdruck von Ärger auf Ruthannes Gesicht. Zweifellos hatte Doc ihnen gesagt, daß sie sich kooperativ verhalten sollten. Ingrid nahm an, daß Ruthanne ein wasserdichtes Alibi hatte, aber das hieß noch lange nicht, daß sie sich gern überprüfen ließ.

»Ich glaube, wir beide sind uns an dem Tag im Flur begegnet, Ingrid«, sagte Zach. Er rückte ein Stück von Ruthanne ab, zog einen Stuhl heran und setzte sich Ingrid gegenüber. »Kurz vor der Vorführung. Derek drangsalierte mich, weil ich zur Fabrik rauskommen sollte. Er klebte an mir dran, seit ich Ruthanne beim Arzt abgesetzt hatte, und Sie haben ja gesehen, wann er aufhörte, mich zu nerven: unmittelbar vor der Demo. Bis dahin gab es für mich keine Möglichkeit, an den Reiniger heranzukommen. Derek kann sehr gut mit meinem Vater. Er würde alles tun, um Docs kleinsten Wunsch zu erfüllen. Aber er ist so ein Hohlkopf, daß er es nicht kapiert, wenn Doc etwas nicht ganz *wörtlich* meint.«

Ingrid stellte fest, daß Zachs Alibi aus Derek (dem Hohlkopf) bestand, und aus nichts anderem.

»Na ja, es war einer von diesen Tagen, wo Derek mir auflauert und mich keinen Moment lang aus den Augen läßt. Das macht er immer, wenn ich nicht zur Fabrik rausfahren will. Und jetzt, wo Adam nicht mehr da ist, um ihn mir vom Hals zu halten, da ... Ich bin kein besonders selbstsicherer Mensch, wie Sie vielleicht schon bemerkt haben, Ingrid.«

Damit hatte Ingrid nicht gerechnet. Die Überraschung war ihr offenbar anzusehen.

»In meiner Abteilung ist das anders«, sagte Zach, errötete leicht und klopfte nervös mit den Fingern auf die Armlehne des Stuhles. »Ich fühle mich wohl, wenn ich mich mit Rechnungen, Zahlen und Computern beschäftigen kann.« Um seine Mundwinkel zuckte ein kurzes, selbstbewußtes Lächeln. »Bei unleserlichen Bestellungen kann ich zum *Berserker* werden. Aber alles, was mit Menschen zu tun hat, habe ich meinem Vater und meinem Bruder überlassen. Der Tod meines Bruders ist eine große Tragödie für die Firma. Es gibt niemanden, der in seine Fußstapfen treten könnte.«

»Was ist mit Esther?« Ingrid war neugierig.

Zu ihrer Überraschung lachte Zach, und auch Ruthanne lächelte. »Dad hat einen ziemlichen Tick, wo es um das Geschlecht der Führungskräfte geht. Wie heißt das noch – Primogenitur? Er ist nicht bereit, Esther mehr als einen festgelegten Anteil am Stammkapital zu überlassen. In seinem Testament steht, daß seine Mehrheitsanteile an den Sohn gehen, der ihm einen männlichen Erben bringt«, sagte Zach und kratzte sich verlegen am Kopf.

Ruthanne grinste vielsagend. Ingrid fragte sich, ob sie das Geschlecht ihres ungeborenen Kindes hatte bestimmen lassen. Zach lief wieder rot an.

»Also würden Sie Docs Anteil erben, wenn ihm etwas zustieße?« fragte Ingrid.

»Ähm, ja. Aber ich könnte die Firma nicht leiten«, sagte Zach, schüttelte den Kopf und starrte zu Boden. »Esther könnte es, aber sie ist so jung und unerfahren. Eines Tages. Ich bete allerdings, daß das noch ein paar Jahre dauert. Eines Tages wird meine Schwester eine eiserne Lady werden. Im Augenblick ist sie nur eine unerträgliche Göre.« Er sah Ken forschend an. »Ich schätze, mein Vater wird sich da raus retten, indem er Ken mit hineinzieht.«

Ingrid war verwirrt. »Das macht Ihnen nichts aus?«

»Teufel, nein. Wenn er sich unbedingt Kopfschmerzen anlachen will – soll er doch.«

Ingrid schielte zu Ken hinüber und sah ihn bescheiden in den Garten hinausschauen. Ruthanne zupfte unruhig an einer Haarsträhne, die sich aus ihrem Knoten gelöst hatte. Sie schien nicht ganz Zachs Meinung zu sein. Vielleicht wollte sie ein Stimmrecht für ihren Fötus. Zach sprach schnell weiter. »Außerdem ist mein Vater nicht kleinzukriegen. Seine Gesundheit ist bestens. Er hat noch eine Menge Jahre vor sich, es sei denn... jedenfalls bin ich zufrieden, wenn ich in der Buchhaltung bleiben und den Streß verringern kann. Ich kann nicht viel Druck aushalten.« Ein gehetzter Ausdruck huschte über sein Gesicht. »Ich hatte eine harte Kindheit«, sagte er kurz. »Meine Mutter war krank.«

»Soweit ich weiß, ist Ihre ganze Familie in das Kräuterinstitut gezogen, als Ihr Vater dort studierte«, sagte Ingrid vorsichtig. Zach nickte. Ken und Ruthanne tauschten einen verwunderten Blick. »Ist Ihre Mutter dort krank geworden, oder passierte das hier unten?«

Zachs Gesicht verschloß sich plötzlich. »Ich will über diese Zeit nicht reden.« Ruthanne griff nach seiner Hand, flocht ihre Finger in seine und warf Ingrid einen drohenden Blick zu.

Das Telefon klingelte. Einen Augenblick lang hielten alle den Atem an, dann ging Zach ins Nebenzimmer, um abzunehmen. Ken folgte ihm.

Als Ingrid mit Ruthanne allein zurückblieb, fielen ihr keine weiteren Fragen ein. Sie starrte in den Garten hinaus. Drei große Bäume spendeten Schatten, zwei Zitronenbäume und mehrere Beete mit Veilchen, Ringelblumen und Mohn waren mit kleinen Hecken eingefaßt.

»Ich sehe, Sie ernten Ihre Zitronen selbst.« Ingrid hielt ihr Glas mit einem fragenden Blick in die Höhe, und Ruthanne nickte. »Ist es auch ein Kräutergarten, oder haben Sie nur Blumen gepflanzt?«

»Beides.« Ruthanne entspannte sich ein bißchen.

»Darf ich ihm mir ansehen?«

»Sicher. Ich komme mit. Wir können noch ein paar Zitronen pflücken.«

Sie gingen langsam den schmalen Weg entlang. An einer schattigen Stelle unter einem Baum wurde das Blumenbeet von einer struppigen, sechzig Zentimeter hohen Staude Fingerhut und einer anderen Pflanze begrenzt, die kürzlich zurückgeschnitten worden war. Nur eine einzige Blüte war zu sehen.

»Die kommt mir bekannt vor«, sagte Ingrid. »Darf ich?« Ohne Ruthannes Antwort abzuwarten, pflückte sie die Blüte mit einem Stück Stiel und legte sie in einen zusammengefalteten Zettel aus ihrem Notizblock. »Ich will sie pressen«, sagte sie wie zur Entschuldigung.

»Sieht aus, als ob Zach die meisten davon schon geerntet hat«, sagte Ruthanne und sah Ingrid scharf an. Sie war nicht sicher, ob sie protestieren sollte oder nicht. »Er hat hier medizinische Kräuter angebaut.«

»Oh, wie interessant. Ob ich wohl Zachs Labor sehen könnte? Sie sagten, es sei in der Garage.«

»Oh nein. Er hat alles in einem Schrank eingeschlossen. Außerdem würde es Ihnen sowieso nichts sagen. Lauter lateinische Namen auf kleinen Flaschen und Schachteln.«

»Ach so.« Solche wie *Aconitum napellus* — Ingrid war sicher, daß das der Name der Pflanze war, die sie jetzt in ihrer Brieftasche verstaute. Sie gingen um einen der Zitronenbäume herum und hatten innerhalb weniger Minuten so viele Zitronen gepflückt, wie sie tragen konnten.

»Gehen wir zurück«, sagte Ruthanne. »Ich werde müde.« Der ganze Ausflug hatte nicht länger als fünf Minuten gedauert. Ruthanne ging voran ins Haus und ließ die Zitronen unterwegs auf die geflieste Arbeitsfläche in der altmodischen Küche fallen.

Zach saß in der höhlenhaften Dunkelheit des Wohnzimmers und starrte benommen auf das ausgeblichene Blumenmuster des Teppichs unter seinen Füßen. Das Telefon stand neben ihm auf einem Tisch. Ken saß ihm gegenüber und sah Zach mit mitleidigem Blick an.

Ruthanne setzte sich neben Zach auf das Sofa. »Was ist? Wer hat angerufen?«

Zach hob nicht einmal den Blick. Ruthanne sah Ken an.

Der zuckte die Achseln. »Er hat nur gesagt, sie wohnt hier nicht mehr. Schon seit Jahren nicht.«

Ruthanne ging zu Zach hinüber und blieb vor ihm stehen. Einen Augenblick lang dachte Ingrid, sie wolle ihm die Hand auf den Arm legen, aber sie starrte ihn nur an. »*Wer* wohnt hier seit Jahren nicht mehr?«

Zach schien aus unermeßlichen Tiefen aufzutauchen, wie jemand, der aus einem schlimmen Traum erwacht. »Meine Mutter. Jemand wollte meine Mutter sprechen.«

»War es ein Mann oder eine Frau?« fragte Ingrid.

»Kann ich nicht sagen. Klang ziemlich dumpf. Selbst als sie hier wohnte, hat sie nie Anrufe bekommen. Warum jetzt?« Er schüttelte erschöpft den Kopf, dann starrte er Ken an. »So, du Spion. Das kannst du meinem Vater erzählen. Was auch immer es bringt.«

Ruthanne seufzte, griff nach einer Zeitschrift und begann, sich damit Luft zuzufächeln.

Zach stand müde auf. »Bleib drinnen und ruh dich aus. Ich bringe sie zum Wagen.«

Als sie bei Kens BMW ankamen und Ingrid gerade auf der Beifahrerseite einsteigen wollte, öffnete Ken den Kofferraum. Er rief Zach zu sich. »Willst du das hier vielleicht zurückhaben?« fragte er, hob einen Karton mit Truesdale-Aufdruck heraus und legte ihn Zach in die Arme, ohne die Antwort abzuwarten. Ken grinste wie ein Raubtier. Ingrid kam näher und sah, daß es ein Sechserkarton Truesdale SuperSauber war. Fünf Flaschen waren noch darin, jede mit einer klaren Plastikkappe versiegelt.

Zach wirkte verblüfft. »Ja. Das... das muß meiner sein«, stammelte er verwirrt. »Siehst du, da ist das Siegel vom vorigen Jahr dran — der Plastikring, hier am Flaschenhals. Solche haben wir letztes Jahr benutzt. Diese alten verkaufen wir inzwischen nicht mehr. Jetzt sind die Flaschen ganz in Folie eingeschweißt. Danke, ich nehme sie mit.«

»Tu das. Und Zach, wir müssen darüber noch mal reden«, sagte Ken mit nüchternerem Tonfall.

»Woher hast du sie?« Zachs Stimme zitterte.

»Ach, du weißt schon, das Parkhaus.« Ken hielt Blickkontakt mit Zach. Der sah aus, als wolle er in Ohnmacht fallen. »Du hast doch wohl keine vermißt, oder? Ich finde, die Polizei sollte sie sich ansehen, auf Fingerabdrücke untersuchen und so, meinst du nicht auch? Ich meine — nicht, daß damit irgend etwas faul ist.«

»Nein«, sagte Zach leise.

»Darf ich.« Ingrid sah ihre Chance, griff in den Karton und packte eine der Flaschen am geriffelten Deckel. »Ich kann eine davon gebrauchen, danke.« Sie ließ die Flasche in ihre Umhängetasche fallen, gleich neben die beiden Nikon-Gehäuse, die sie immer bei sich trug. Sie gratulierte sich, daß sie immer eine große Tasche bei sich trug — für Notfälle wie diesen.

»Trinken Sie es nicht!« sagten beide Männer gleichzeitig.

»Seien Sie doch nicht albern. Es gehört nicht zu meinen Gewohnheiten, Spülmittel zu trinken.«

»Es ist kein normales Spülmittel, es ist seifenfrei«, sagte Zach. Es kam wieder etwas Leben in ihn.

»Also wäre nichts dabei, oder? Ich meine, ich *könnte* es trinken, wenn ich wollte, stimmt's?«

»Seien Sie einfach vorsichtig, ja?« sagte Zach.

Ken trat neben ihn und legte ihm den Arm um die Schultern. »Zach, wir sollten wirklich bald darüber reden. Ich denke, daß ich helfen kann.«

Zach wand sich ohne ein Wort unter Kens Arm hervor, drehte sich um und ging zurück zum Haus. Die Kiste mit den restlichen vier Flaschen trug er unter dem Arm, als wäre sie hundert Pfund schwer.

Im Auto fragte Ingrid: »Woher haben Sie den TSS-Reiniger?«

»Geben Sie mir die Flasche zurück, dann verrate ich es Ihnen.«

»Ken, Sie benehmen sich, als ob dies das Zeug wäre, an dem Adam gestorben ist. Wenn Sie meinen, daß Sie das Gift gefunden und es nicht selbst hineingetan haben, warum sagen Sie es nicht der Polizei? Die analysieren es, und das war's dann.«

Ken sagte nichts.

»Als Sie sagten, Sie hätten es aus dem Parkhaus —«

»Ich habe nicht gesagt, daß ich es aus dem Parkhaus habe. Ich habe es in Zachs Auto gefunden, aber ich würde behaupten, daß er es zu Hause in seinem eigenen Labor zusammengebraut hat.«

»Das hat Zach wohl auch so verstanden. Und jetzt bringen Sie es zurück — mit einer Zeugin. Warum? Denken Sie, daß er Adam umgebracht hat?«

»Geben Sie mir die Flasche zurück, Ingrid. Das ist nicht Ihr Problem.«

»Dann hätten Sie es nicht in meiner Gegenwart tun sollen.«

»Ja, ich merke, daß ich Sie falsch eingeschätzt habe«, sagte Ken mit zusammengebissenen Zähnen.

»Was wollen Sie also von Zach? Er *will* doch, daß Sie in der Firma mitmischen.«

»Der arme Zach macht eine harte Zeit durch. Haben Sie das mit dem Anruf mitbekommen?«

»Ja. Was war damit?«

»Es war nur jemand, der sich verwählt hatte. Er bildet sich diese Anrufe für seine Mutter nur ein. Wissen Sie, was mit seiner Mutter passiert ist?«

»Sie ist schizophren, lebt in einer Anstalt. Versucht Esther nicht, sie herauszuholen?«

Ken nickte. »Sehr gut. Sie arbeiten schnell, Ingrid. Ein anderes Problem könnte allerdings werden, Zach aus einer Anstalt herauszuhalten. Ich habe da diese Flasche mit dem Sicherheitssiegel vom letzten Jahr gefunden. Wo, kann ich nicht sagen. Aber ich weiß zufällig, daß Zach eine Versiegelungsmaschine in seiner Garage hat. Manchmal stellt er Musterkartons mit neuen Kräuterrezepturen zusammen, die er ausgekocht hat. Wenn er nun durch Zufall in den Tod seines Bruders verwickelt ist, könnte das zuviel für ihn werden. Und jetzt seien Sie lieb und geben Sie mir diese Flasche.« Er griff nach Ingrids Kameratasche.

Ingrid riß sie aus seiner Reichweite, packte die Handbremse zwischen den Sitzen und löste sie mit geübter Bewegung, Resultat zahlreicher unerfreulicher Beifahrersitz-Zwischenfälle. Dann öffnete sie schnell die Tür und stieg aus dem langsam anrollenden Wagen.

Ken glitt in seinem Sitz zurück und zog die Handbremse wieder an. Ingrid stand sprungbereit neben dem Wagen und erwog ihre Möglichkeiten. Ins Haus gehen und ein Taxi rufen oder eine andere Fahrgelegenheit organisieren? Dieses Wohngebiet sah nicht so aus, als läge es in der Nähe einer U-Bahn-Station. Sie behielt Ken im Auge und fragte sich, ob die Situation vielleicht noch zu retten war.

Da lehnte Ken sich über den Sitz, sah durch das offene Fenster und lächelte schwach. »Erinnern Sie mich daran, daß ich niemals versuche, Sie auf den Rücksitz zu zerren.«

Ingrid antwortete nicht. Wieder staunte sie über die Diskrepanz zwischen dem Lächeln des Mannes und seinen Augen. Große Pupillen in einer eisigen grünen Iris. »Ingrid«, sagte er sanft, »ich weiß, daß Sie das Schlimmste von mir denken. Aber ich versuche nur zu helfen. Obwohl ich zugeben muß, daß ich mich ganz miserabel anstelle.«

Sie merkte, daß sie sich unwillkürlich gegen die Autotür gelehnt hatte. Sie trat einen Schritt zurück. Ken bemerkte ihre Bewegung und ließ den Kopf hängen. Wenn es keine echte Reue war, dann doch eine ausgezeichnete Imitation. »Bitte vergeben Sie mir«, sagte er. »Ich verspreche, daß ich nie wieder Hand an Sie lege.« Es sah sie unter seinen langen Wimpern hervor an. »Außer Sie fordern mich dazu auf.«

Ingrid starrte ihn kalt an. Das hatte ihr Mann jedesmal zu ihr gesagt, nachdem er sie geschlagen hatte. Es gab immer ein anderes Mal, allerdings meistens nicht am selben Tag.

»In Ordnung.« Sie stieg wieder in den Wagen. Immer noch besser, als bei Zach und Ruthanne zu stranden. »Warum sollten Sie den Truesdales ein Beweismittel vorenthalten? Es sei denn, Sie denken wirklich, daß Zach seinen Bruder umgebracht hat.«

»Wenn Zach Adam getötet hat, dann war das ein tragischer Unfall, da bin ich sicher. Zach ist nicht immer ganz bei sich. Ich versuche nur zu helfen.«

»So wie Sie Esther geholfen haben?«

Ken lächelte und hob die Augenbrauen. »Nun ja, nicht ganz auf dieselbe Art wie bei seiner Schwester.« Er wandte sich zu Ingrid, die sich unwillkürlich wegdrehte. Kens Stimme war sehr sanft. »Sehen Sie, Ingrid, sie ist unerfahren, jung und hitzköpfig. Oh, sie haßt Vater und Bruder nicht genug, um sie umzubringen. Aber sie weiß einfach, daß sie den ganzen Laden ziemlich gut schmeißen könnte. Und da hat sie recht. Wenn ihr nur jemand zeigt, wie sie all die zornige Energie kanalisieren kann.«

»Und da treten Sie auf den Plan.«

Er kicherte. Es klang ein bißchen gezwungen. »Ich habe mir einiges über das Geschäft draufgeschafft, indem ich Doc und Adam

zugesehen habe. Ich bin Arzt, kein Kaufmann, aber ich würde einen Job auf der kaufmännischen Seite nicht ablehnen, wenn er mir angeboten wird. Esther ist allerdings eine schwierige Frau.«

»Das heißt, sie will es allein schaffen.«

»Natürlich will sie das. Aber sie weiß, daß sie bei Doc damit niemals durchkommt. Er ist ein alter Sexist und rücksichtslos pragmatisch dazu. Esther ist so unerfahren, sie hat noch nicht einmal genug gesunden Menschenverstand, um den Mund darüber zu halten, daß sie Tracy in Verdacht hat. Das nur als

Beispiel. Esthers Zeit wird kommen, aber noch nicht jetzt. Für den Anfang muß sie lernen, die Klappe zu halten und zuzuhören.«

»Und das bringen Sie ihr bei?«

»Ich versuch's.«

»Wie paßt Paula ins Bild?«

»Gar nicht. Ich ziehe am kommenden Wochenende bei ihr aus. Sie wird es einsehen, wenn ich es ihr erkläre. Sie bedeutet mir viel, und sie weiß, daß ich sie immer mögen werde. Sie ist eine ganz besondere Frau. Sie hat ein paar Probleme, ich dachte, ich könnte ihr helfen. Aber, wissen Sie, sie ist Krankenschwester, und es ist nicht leicht, na ja, es ist unmöglich, jemanden davon abzuhalten, Raubbau mit seinem Körper zu treiben. Möglicherweise tue ich ihr sogar einen Gefallen, indem ich ausziehe. Auch wenn sie erstmal hart landen wird. Wir hatten eine lange Beziehung miteinander, aber es ist inzwischen nur noch eine praktische Wohnlösung für uns beide.«

Die plötzlich für Ken nicht mehr so praktisch war, egal wie es Paula damit ging, dachte Ingrid. Für Ken hatte sie ihren Zweck erfüllt, und jetzt hatte er die Stirn zu behaupten, daß es nur zu ihrem Besten war. Was für eine Frechheit. »Was sagt Esther dazu, daß Sie mich herumchauffieren?«

»Wie Zach schon erwähnt hat, stehe ich in dem Ruf, ein Spion zu sein. Ich werde sie über alles informieren, was wir herausfinden. Wenn Esther nicht lernt auszuhalten, daß ich ein paar Stunden am Tag auch mit anderen Frauen zu tun habe, dann wird sie im Vorstand nie einen Stich sehen.«

»Übrigens schlägt sich Doc mit der Frage herum, ob nicht *Sie* Adam umgebracht haben, um seinen Posten zu kriegen.«

Ken lächelte höflich und scherte aus der Parklücke. Als sie an die nächste Kreuzung kamen, fragte er: »Was wollen Sie als nächstes sehen, oder vielleicht besser wen?«

»Derek.« Ingrid erinnerte sich plötzlich, wie sie Esther und Derek auf dem Flughafen gesehen hatte. Bei all den Ereignissen der letzten Tage hatte sie daran nicht mehr gedacht. »Hat er irgendeine besondere Beziehung zu Esther?«

Ken sah sie aufmerksam mit einer hochgezogenen Augenbraue an. »Ich weiß nicht, was Sie meinen. Sind nicht die meisten Bodybuilder schwul? Er weiht sie in die Geheimnisse des Gewichtestemmens ein. Außerdem glaube ich, daß er sie manchmal herumfährt, wenn ich nicht kann und Doc meint, daß sie besser nicht allein unterwegs sein sollte.« Er gab seiner Stimme einen fragenden Ton, aber Ingrid nickte nur schweigend.

Ihr wurde immer klarer, daß Doc Frauen dadurch kontrollierte, daß er ihnen eine übertriebene Sorge angedeihen ließ. Und sie begriff, daß sie sich um ein eigenes Transportmittel kümmern mußte.

Ken sprach weiter. »Derek ist heute sicher in der Fabrik, drüben in Gardena. Ich muß mal auf die Karte sehen, ich komme nicht oft dahin. Ehrlich gesagt bin ich noch nie dort gewesen.« Er fuhr an den Straßenrand und holte einen dicken Straßenatlas aus dem Handschuhfach. »Meine Güte«, sagte er nach einem Blick auf die entsprechende Seite, »das scheint nicht allzu dicht an einer Autobahn zu liegen.«

»Das kann ich mir kaum vorstellen. Alles im Großraum Los Angeles liegt doch an der Autobahn, oder?«

»In diesem Fall wohl nicht.« Er legte einen Finger auf die Karte und fuhr die Strecke nach. »Wir nehmen die Ausfahrt Vermont vom Harbour Freeway und fahren dann ein paar Meilen. Könnten Sie nach Querstraßen Ausschau halten, wenn wir in die Gegend kommen?« Er legte den Atlas in ihre Hände und strich über ihre Finger, als er ihn losließ.

Ingrid wurde zornrot über seine arrogante und plumpe Anmache, die er offenbar bei jeder Gelegenheit auf jede Frau anwandte. Dann merkte sie, daß er sie aus dem Augenwinkel beobachtete und augenscheinlich Vergnügen an ihrer Reaktion hatte. Sie atmete tief durch und beschloß, es ihm heimzuzahlen.

Kapitel 18

Sie fuhren an endlosen Häuserblocks vorbei und suchten nach der Stelle, an der die 164. Straße auf die Budlong Street traf. Schließlich fanden sie die Kreuzung, und Ken hielt vor einem Wohnwagenstellplatz. Auf der anderen Straßenseite stand ein grauer Betonkasten, ein Metallschild mit der Aufschrift *Truesdale* war auf einem Kiesstreifen zwischen dem Gehweg und dem Gebäude aufgestellt.

Sie stiegen aus der klimatisierten Kühle des Autos. Als die Hitzeglocke sie umhüllte, hörte Ingrid das Klimpern eines Windspiels von einem der Wohnwagen. Sie drehte sich um und sah, wie es sich in einem Lufthauch bewegte, den sie nicht spürte.

In der winzigen Pförtnerloge der Fabrik saß ein Mann vom Sicherheitsdienst in einer braunen Uniform an einem Schreibtisch mit Telefon, Wechselsprechanlage und Adreßkartei. Er starrte die Glastür an. Vielleicht erlaubten seine Vorgesetzten ihm nicht, in der Arbeitszeit zu lesen. Vielleicht fand er es auch unterhaltsam, Löcher in die Tür zu starren. Jetzt betrachtete er Ingrid und Ken. In den metallisch grauen Augen lag etwas von der stumpfen Angriffslust eines kampfbereiten Pitbullterriers mit halb hochgezogenen Lefzen. In einem Gurt an der Hüfte trug er eine Waffe im Kanonenformat und ein Handfunkgerät.

Ingrid erlebte Ken zum ersten Mal, seit sie ihn kannte, sehr höflich und ehrerbietig. Der Wachmann nahm ihnen ihre Ausweise ab und studierte sie eingehend, bevor er in Santa Monica anrief, um ihren Auftrag zu überprüfen.

Schließlich zufrieden, sprach er in die Wechselsprechanlage und lauschte dem unverständlichen Geknatter, das daraus zurückschallte. »Okay, gehen Sie durch die Tür da, wenn ich den Summer hier drücke«, sagte er mit breitem Texas-Dialekt. »Derek wartet drinnen auf Sie.« Die Tür zu seiner Linken klickte, und die kleine Eingangshalle war plötzlich angefüllt mit Maschinengeräuschen. Der Wachmann lächelte großmütig und winkte Ingrid und Ken durch.

Derek erwartete sie selbst auf der anderen Seite der Tür. Zuerst erkannte Ingrid ihn kaum unter einer Art Duschhaube aus Plastik und in einem weißen, bodenlangen Kittel. Er dirigierte sie schweigend in eine Ecke des Raumes, in dem sich Regale voller weißer Baumwollkittel und Spinde befanden.

»Sie wollen sich die Fabrik ansehen, stimmt's?« Derek zeigte auf eine Metalltür, durch die die Geräusche laufender Maschinen zu hören waren.

Ingrid nickte.

Derek gab ihnen je einen Kittel und eine Mütze. »Wir versuchen hier alles sauber zu halten«, sagte er.

Sie traten in einen Lagerraum mit niedriger Decke voller riesiger beschrifteter Tonnen mit Pulver und Kanister mit Flüssigkeiten. Alle Arbeiter trugen lange weiße Schürzen und Duschhauben wie Derek. Sie mischten, rührten, filterten und gossen Chemikalien in Rührgeräte, die so groß wie Waschmaschinen waren. Drei oder vier Leute, die Ingrid schon im Truesdale-Institut gesehen zu haben meinte, saßen an einem Tisch und zählten mit kleinen Spateln Pillen auf sonderbaren Tabletts ab. Dann schütteten sie die Tabletten durch einen Trichter, der in die Tabletts integriert war, in kleine Gläser. Die Art dieser weißgewandeten Gestalten, die ernste Gewissenhaftigkeit inmitten des Chaos erinnerte Ingrid an einen länger zurückliegenden Fototermin hinter den Kulissen eines vornehmen französischen Restaurants.

Wer immer hier hineinkam, hatte Gelegenheit, ein wenig Gift in eine der Produktionen zu schummeln. Das kontrollierte Durcheinander bot zahllose Möglichkeiten zur unbeobachteten Manipulation. Schlimmer noch: wenn, wie bis vor kurzem üblich, Besichtigungen veranstaltet wurden, konnte buchstäblich im Vorbeigehen etwas in einen Kessel geschüttet werden. Die strenge Überprüfung der Personen, die die Fabrik betraten, engte bestenfalls den Kreis der Verdächtigen ein. Aber seit die Sicherheitskräfte verstärkt worden waren, hatte es in der Fabrik keine Zwischenfälle mehr gegeben.

»Derek«, rief Ingrid über den Maschinenlärm dem muskulösen Rücken vor ihr zu, »gibt es einen Raum, wo wir reden können?«

»Die Küche, da drüben.«

Die Küche war mehr ein Aufenthaltsraum für die Angestellten. Zwei Plastiksofas an den Wänden, ein riesiger Wasserspender, eine Spülmaschine mit einem Korb voller Tassen und Gläser, ein Mikrowellenherd, eine Spüle und eine Arbeitsplatte, auf der der größte Entsafter stand, den Ingrid je gesehen hatte.

Derek lächelte, als Ingrid den Entsafter anstarrte. »Das ist unser Champion. Wollen Sie einen Karottensaft? Ganz frisch. Ich mache jeden Tag ungefähr zwei Liter. Den mögen hier alle gern.«

»Gern.« Ingrid war neugierig. Ken nickte vorsichtig. Mediziner aßen selbst oft nur sehr widerwillig Nahrungsmittel, die gesünder waren als Knäckebrot.

Sie setzten sich an den altmodischen Tisch mit der grau marmorierten Linoleumplatte und tranken den süßen, köstlichen Saft. »Schmeckt phantastisch«, sagte Ingrid. Ken zog überrascht die Brauen hoch und nickte zustimmend.

Ingrid sah, daß Derek allmählich Vertrauen faßte. Er wirkte schüchtern. Sie fragte sich, wie er sich bei Esther gab. »Derek, wie sind Sie dazu gekommen, für Doc Truesdale zu arbeiten?«

Derek zuckte mit seinen gewaltigen Schultern. »Ich war bloß ein Teenager aus Diamond.«

Das konnte noch nicht lange her sein, er sah aus, als wäre er Mitte Zwanzig. »Das kenne ich«, sagte Ingrid vergnügt. »Kurz hinterm Brea Canyon. Na, heute würde man vielleicht eher sagen, gleich an der Ausfahrt Pomona.« Ingrid lächelte und hoffte, daß sie seine Sprache sprach. Leute aus San Francisco beschreiben ihren Wohnort, indem sie zuerst den Stadtteil nennen, in Los Angeles jedoch sagt man zuerst die nächste

Autobahnausfahrt, dann die Wohngegend, in der man täglich ins Auto steigt, aber oft keinen Schritt geht.

»Richtig.« Derek entspannte sich deutlich angesichts des vernünftigen und bewältigbaren Themas. »Sie haben den Pomona Freeway ungefähr einen Block vom Haus meiner Eltern am Golden Spring Drive gebaut. Ich bin da aufgewachsen. Da habe ich auch mit Bodybuilding als Wettkampfsport angefangen. Ich hatte einfach Glück, daß ich mit siebzehn bei einer Gesundheits-Ausstellung Doc über den Weg gelaufen bin. Das war die Zeit, wo ich vielleicht angefangen hätte, Steroide zu nehmen und meinem Körper zu schaden. Aber Doc hat mir eine Menge klargemacht. Er hat mir viel über vernünftiges Leben erklärt, mir ein Ziel gegeben. Ich war stark, aber nicht wirklich gesund, bis ich mit den Truesdale Produkten anfing. Zuerst habe ich sie im Bodybuilding-Center verkauft und mir damit ein bißchen Geld verdient. Bald danach hat Doc höchstpersönlich mir erklärt, wie ich ein eigenes Vertriebsnetz aufbauen kann. Inzwischen habe ich einen Mazda und eine Eigentumswohnung im San Fernando Valley. Ich treffe mich immer noch ab und zu mit den Jungs, die ich vom Bodybuilding kenne. Und ihre Gesundheit — au, sieht schlimm aus! Von ihren Brieftaschen will ich gar nicht reden — Arztrechnungen, Krebs, üble Sachen. Doc hat mir das Leben gerettet.« Derek nickte ernst, mit sich einverstanden, und fiel in zufriedenes Schweigen.

Ingrid hatte beim Zuhören Ermunterungslaute von sich gegeben, die Ken sichtlich amüsierten. Ingrid wußte, daß das Gespräch sich dem Ende zuneigte. Ihr gingen die Autobahnen aus. Ken schien kurz vor dem Losgackern. Sie lächelte Derek an und deutete mit dem Kopf auf Ken. »Können wir unter vier Augen reden?« fragte sie.

Derek zuckte die Achseln und sah Ken an.

Sein Blick sprach sehr viel deutlicher als Worte: *Was soll ich machen, Mann. Wenn du gebaut ist wie ich, wirst du sie gar nicht mehr los.*

Kens Feixen gefror auf seinem Gesicht. »Wir sehen uns beim Wagen, Ingrid.«

»Danke.« Sie belohnte ihn mit einem strahlenden Lächeln. Diese Vorstellung glich immer mehr ihrer ausschweifenden Jugend. Es ging um etwas anderes, aber Derek lächelte jetzt ermutigend. Sie stellte ihre härteste Frage zuerst. »Ich habe Sie und Esther am Flughafen gesehen, nur ein paar Stunden nach Adams Tod. Wir warem im selben Flug nach San Francisco. Ich habe mich gefragt, aus welchem Grund Sie da hin wollten.«

Wenn die Frage Derek überraschte, dann ließ er es sich nicht anmerken. »Das war eine Familienangelegenheit. Esther wollte eine ältere Verwandte in eine Klapsmühle in Bolinas bringen. Sie sagte, ich soll es niemandem erzählen, aber Sie gehören ja zur Familie …«

»War diese Klapsmühle das Institut für Kräuterweisheit?«

»Wenn Sie es schon wissen, warum fragen Sie?«

»Ich wollte es nur bestätigt haben. Fährt Esther oft zu Besuch dorthin?«

»Ich weiß nicht. Vielleicht, als sie studiert hat — sie war in Stanford, das ist doch in der Nähe, oder?.«

»Nicht allzu weit weg. Hat sie Sie der alten Dame vorgestellt?«

»Nein. Die war ziemlich zugedröhnt. Esther meinte, das alte Mädchen saß hier fest, und sie zurückzubringen war ein guter Vorwand, um nach Bolinas zu fahren. Esther ist nicht gerade die große Samariterin. Sie hatte da oben was Geschäftliches zu erledigen. Außerdem konnte sie sich so mal eine Nacht mit mir davonstehlen.« Er grinste über die Findigkeit weiblicher Winkelzüge.

»Drei Fliegen mit einer Klappe«, sagte Ingrid versonnen. »Die alte Dame, Geschäfte und Sie. Aber das Timing war schräg. Sie sind unmittelbar nach Adams Tod abgeflogen.«

»Ja, schon komisch. Ich habe alle zum Krankenhaus gefahren. Aber Esther wollte wieder zur Arbeit, als wir hörten, daß Adam es nicht überstanden hat. Sie rief diesen Mann an,

Brian heißt er wohl, der die alte Dame betreut, und sagte, daß wir später kommen. Esther meinte, es wäre wichtiger als alles andere, daß die alte Dame in den Norden zurückgebracht wird.« Er zuckte mit seinen sagenhaften Schultern. »Wir haben in einem Motel in Stinson Beach übernachtet. Nettes Plätzchen. Ich habe sie sogar bezahlen lassen.« Er zuckte wieder die Achseln. »Ich meine, es war schließlich *ihre* Idee.«

Ingrid runzelte die Stirn. Gleich nach Tracys letzter Meldung hatte sie im Truesdale-Institut angerufen, um die Mittagszeit. Esther mußte gerade von Tod ihres Bruders erfahren haben und zurückgekommen sein. Trotzdem war sie im Büro und nahm Anrufe entgegen. Hatte sie tapfer durchgeschuftet, betäubt vor Kummer? Oder war der Tod ihres Bruders für sie gar nicht so überraschend gekommen? Derek wurde unruhig. Er hatte seine Duschhaube in der Hand und war sichtlich darauf erpicht, wieder an seine Pillen zu gehen.

»Also haben Sie die alte Dame abgeliefert?«

»Klar.«

»Und Esther hat ihre Geschäfte auch geregelt? Oder erzählt sie Ihnen solche Sachen nicht?«

Derek schien leicht gekränkt von der Annahme, Esther könnte sich ihm nicht anvertrauen. »Ich weiß nur, daß die zuständige Frau gesagt hat, sie könnten die Sache nur abschließen, wenn sich alle treffen und gemeinsam entscheiden.« Er schüttelte den Kopf. »Eine Bande Hippies, würde ich sagen.«

»Was ist mit diesem Brian? Haben Sie je mit ihm gesprochen?«

»Ich habe ihn gefragt, ob er auch Bodybuilding macht. Weil er irgendwie danach aussieht. Ich meine auch, daß ich ihn schon mal in irgendeinem Trainingscenter gesehen habe. Er hat einfach genickt. Kein einziges Wort gesagt. Und als wir ankamen, hat er die alte Dame kurzerhand weggeschoben. Sonst haben wir niemanden gesehen, außer der Chefin.«

»Shandra Morgenstern.«

»Richtig.«

»Sie hatten vorher noch nie von dem Institut für Kräuterweisheit gehört?«

»Ach, hier bauen viele Leute Kräuter an. Im Geschäft nennen sie sie Botaniker. Manche kommen auch aus anderen Ländern oder aus Mexiko.«

»Sie wußten nicht, daß Doc Truesdale in den Sechzigern am Institut für Kräuterweisheit studiert hat?«

Derek schüttelte den Kopf. Die Neuigkeit schien ihn nicht besonders zu interessieren. Er setzte seine Haube auf und wollte Ingrid verabschieden.

»Eins noch, Derek. An dem Morgen, als Adam starb, sind Sie Zach da lange hinterhergetanzt, um ihn zu einer Schicht in der Fabrik zu überreden?«

Derek grinste breit und lockerte seine An-die-Arbeit-Körpersprache ein wenig. »Jaha. Ich habe sowieso auf Esther gewartet. Wir hatten heimlich geplant, uns zu Mittag zu treffen.« Er lehnte sich zurück, streckte seinen Arm und ließ die Muskeln unter dem Overall spielen. »Also habe ich mich rumgedrückt und gewartet, daß Zach ins Büro kommt. Er kam aber nicht. Ich hab' ihn rein zufällig erwischt, als er aufs Männerklo ging. Habe versucht, ihn zur Fabrik zu schleppen, aber er hat nein gesagt. Teufel, ich bin ja selbst nicht hingegangen. Wollte nur sehen, wie er sich windet. Erst sagt er, er muß seine Frau zu einem Termin beim Arzt bringen. Als er zurückkam, war er unheimlich beschäftigt. Ich bin ihm einfach überallhin gefolgt. Habe ihn den ganzen Morgen nicht aus den Augen gelassen.«

»Haben Sie ihn die ganze Zeit über im Auge gehabt oder haben Sie ihn erst abgefangen, als er vom Parkplatz wieder hereinkam?«

»Oh nein. Ich bin ihm bis zum Auto nach und hab' gesehen, wie er wegfuhr. Als er dann wiederkam, bin ich ihm vom Wagen ins Büro gefolgt. War lustig, wissen Sie. Man sah richtig, wie ihn das nervte.«

»Ja, und als ich Sie beide sah, sagte Adam Ihnen, Sie sollten Zach in Ruhe lassen. Was haben Sie dann gemacht?«

Derek lachte, ihm mochte gar nicht bewußt sein, daß er gerade nach seinem eigenen Alibi gefragt wurde. »Ich bin zu Docs Demo gegangen. Er lief gerade zu Hochform auf. Ich sehe gern zu, wenn er die Produkte vorstellt, weil ich jedesmal was lerne.«

»Und Sie sind den ganzen Morgen nicht in die Nähe der Flaschen gekommen, die auf dem Podium standen?«

»Nicht, daß ich wüßte. He, wollen Sie noch einen Karottensaft?«

In der segensreichen klimatisierten Kühle von Kens BMW war Ingrid während der Rückfahrt schweigsam.

»Sie wollen mir nicht verraten, was Derek gesagt hat, was?«

»Das geht nur Derek und mich etwas an. Übrigens, Ken, morgen brauche ich keinen Fahrer.« Ingrid fühlte, daß sie ins Schwimmen geriet. Sie wollte Ray Espinosa anrufen. Sie hatte das Grundstück im Manzanita Canyon schon zu lange außer acht gelassen. Es wurde Zeit, daß sie sich das Sommerhäuschen ihrer Schwester ansah. Und zwar ohne Ken.

Kapitel 19

Ingrid gefiel die Wirkung nicht, die Los Angeles auf sie hatte. In den späten Sechzigern war sie ein verrückter Teenager gewesen, Opfer eines nervösen Hochgeschwindigkeits-Ticks. Und jetzt fing das alles wieder an. Sie hatte Verlangen nach der fiebrigen Erregung des Tempomachens auf der Autobahn.

Sie wollte ein Auto.

Sie wollte den Mann, der sie gestern in einem BMW gefahren hatte, umtauschen gegen einen anderen Mann mit schönerer Bräune und einem TransAm.

Wieviel Los Angeles konnte sie noch verkraften?

Ken rief am nächsten Morgen an, um nochmal nachzufragen, ob sie seine Fahrdienste benötigte. Als sie verneinte, legte er auf. Etwas zu abrupt, dachte sie. Ingrid lächelte.

Nur um sicherzugehen, daß es keinen leichteren Weg gab, rief Ingrid noch ihren Vater an. Er konnte seinen Wagen nicht entbehren — wer konnte das schon in Los Angeles?

»Soll ich dir einen mieten?« bot er großzügig an. Aber sein Zögern verriet Ingrid, daß ein Leihwagen auf Dauer sein Budget ebenso sprengte wie ihres. Sie rief ihre Mutter nicht an, die Ingrid ihren Wagen schon angeboten hatte. Ihre Mutter kam ohne Auto nicht zurecht, und Ingrid wollte die Opferlaune der Selbstaufgabe, in die ihre Mutter so leicht verfiel, nicht begünstigen.

Ingrid beschloß, wenn sie am nächsten Tag immer noch ein Auto wollte, würde sie eins mieten und Doc die Rechnung schicken. Aber erst morgen, weil sie ahnte, daß es Doc nicht recht war, wenn sie ohne Begleitung umherstreifte. Sollte er anordnen, daß seine Angestellten nicht mit ihr sprachen, dann würden viele Türen sehr schnell zufallen, die im Augenblick offen waren.

* * *

Schließlich tat sie, wovon sie schon lange gewußt hatte, daß sie es tun würde, und rief Ray Espinosa an. Er hob beim ersten Klingeln ab und bot sofort zu kommen an. Kurz darauf tauchte er mit einem Dutzend Doughnuts und einem halben Liter Sahne auf. Dieser Mann war kein Vollwertkost-Narr.

»Sie trinken Ihren ja schwarz«, sagte er und stellte den Sahne in den Kühlschrank. »Ich dachte, sowas haben Sie vielleicht nicht da.«

Bei Kaffee und Doughnuts brachte Ingrid Ray auf den Stand. Seine Gegenwart war ihr angenehm. Er hatte sehr liebenswürdige braune Augen, und seine Art sich einzubringen war sehr subtil. »Ich wollte Sie anrufen«, erklärte er, »aber ich ich hoffte, wenn ich noch einen Tag warte, kriege ich vielleicht von der Kanzlei schon die Kopien von den Truesdale-Testamenten.«

»*Den* Testamenten?«

»Die ganze Familie hat den gleichen Anwalt. Und der Anwalt arbeitet mit einem Dienst — na, ich werde meine Quellen nicht verraten. Ich müßte die Information bald haben.«

Ray schrieb Einzelheiten, die ihm wichtig erschienen, in kleinen, sauberen Buchstaben in ein Kunstleder-Notizbuch, das in seine Hemdtasche paßte. Er schmunzelte kopfschüttelnd, als er die Flasche SuperSauber und die eingewickelte Blüte sah und hörte, wie Ingrid dazu gekommen war.

»Sicher, Frau Amateurdetektivin. Ich weiß, wo ich das analysieren lassen kann, und ohne Polizei. Aber ich glaube nicht, daß sich bei Zach noch etwas anfinden wird, wenn wir wieder hinkommen. Schon mal von juristischer Beweiskette gehört?« Das hatte Ingrid nicht. »Amtliche Ermittler müssen immer schriftlich festhalten, wann ein Beweisstück gefunden wurde und wann es in andere Hände gelangt ist. Auf die Art kann der Staatsanwalt vor Gericht beweisen, daß es nicht gefälscht ist oder manipuliert wurde. Sie wären überrascht, wie leicht sich Beweise zinken lassen. Ich glaube nicht, daß das hier dem Staatsanwalt gefällt. Aber wir können uns wohl aus der Affäre ziehen, wenn wir es erst hinterher vorlegen und sagen, wir vermuten nur, es könnte Gift darin sein.«

»Meinen Sie, das ist das Gift, an dem Adam starb?« Ingrid sah die Plastikflasche an.

»Nur vielleicht.« Er nahm die Flasche. »Mal sehen, was Kenny und Zach da ausbrüten. Natürlich steht unsere Aussage gegen ihre, wenn sie erklären, daß sie diese Flasche nie gesehen haben.«

Ohne weitere Worte wusch er das Geschirr ab. Er war kein klassischer Macho, entschied Ingrid, sondern einfach daran gewöhnt, die Dinge unter Kontrolle zu haben. Sie fragte sich, wie lange es dauern würde, bis sie in punkto Kontrolle mit ihm aneinandergeriet.

»Doc Truesdale hat gesagt, ich kann Sie engagieren, wenn es gefährlich aussieht. Wollen Sie den Job?«

»Klar. Setzen Sie mich auf die Gehaltsliste. Ich fange einen neuen Spesenzettel an. Wo soll's denn hingehen?«

»Manzanita Canyon.«

Ingrid staunte immer wieder, daß es von der um elf Uhr vormittags nur mäßig verstopften Innenstadt bis in die Wildnis mit Eichenwald, schroffen Bergschluchten und unwegsamem Busch nur eine halbe Stunde dauerte. Die steile, gewundene Straße des Manzanita Canyon schlängelte sich durch die Santa Monica Berge hinunter zum Pacific Coast Highway.

Schilder mit Symbolen, die wie zusammengerollte Schlangen aussahen, entsprachen ziemlich genau dem tatsächlichen Verlauf der Straße. Ray fuhr vorsichtig und nicht mehr als 45, was Ingrid zu würdigen wußte, aber sie hielt sich auf einigen Strecken am Fenstergriff fest, wenn er das Tempo hielt, obwohl die Schilder 20 verlangten. Zumal er tat, als sähe er die Schilder gar nicht.

Er zögerte, als sie ihn anwies, von der Canyon Road nach rechts in einen namenlosen, nur mit drei Breifkästen markierten Kiesweg abzubiegen, drei Kilometer vom letzten Laden entfernt. Bei der ersten Gabelung zeigte Ingrid auf den linken Weg, kaum mehr als eine Reifenspur in dürrem Gras und keine Spur von Kies, in dem die Räder Halt finden konnten. Der Wagen verschwand sofort in einer Staubwolke. Ray warf Ingrid einen vorwurfsvollen Blick zu und hielt.

»Tut mir leid«, sagte Ingrid halbherzig.

»Okay. Der erste Posten auf der Spesenrechnung ist eine Autowäsche.«

»Schafft Ihr Wagen das? Wir können auch zu Fuß gehen — es sind bloß knapp zwei Kilometer.« Ingrid sah rasch zur Decke des TransAm. Rays Seitenblick hätte Milch gerinnen lassen.

Sehr vorsichtig ließ er den TransAm weiterrollen und zuckte zusammen, wenn das Fahrgestell über Bodenwellen und Geröll schabte. »Ich sag's Ihnen, wenn es zuviel für meinen Wagen wird, okay?«

»In Ordnung.« Schweigend holperten sie in einer Staubwolke weiter. »Sehen Sie den Weg da rechts?«

Ray bremste und starrte den Pfad an. »Das ist zuviel. Womit ist Ihre Familie da hochgefahren? Mit einem Panzer oder so?«

»Normalerweise haben wir das Auto hier stehenlassen und sind den Rest zu Fuß gegangen. Sie können den Wagen da drüben parken, da ist er nicht im Weg. Nicht, daß hier jemals viel Verkehr wäre.«

»Ach, tatsächlich? Wieso bloß, wo es sich hier so angenehm fährt.« Er wartete mit dem Aussteigen, bis der Staub sich gelegt hatte.

Ingrid zuckte die Achseln und stieg auch aus.

Als sie den Pfad zusammen hochstiegen, fand Ray seinen Humor wieder. Sein linkes Bein behinderte ihn weniger, als Ingrid befürchtet hatte, und er wußte seinen Stock geschickt einzusetzen.

Das zwei Hektar große Grundstück, das Ingrids Eltern einst als Feriendomizil gekauft hatten, bestand hauptsächlich aus einem kleinen Hügel. Auf dem Gipfel stand ein winziges Blockhaus. Ingrid lächelte, als sie es sah. Es war die beste Zeit mit ihrer Schwester und ihren Eltern gewesen, als sie das Häuschen bauten, unterstützt von einem Nachbarn aus der Baubranche.

»Der Schuppen daneben ist neu. Aber das Haus haben wir gemeinsam gebaut«, erzählte Ingrid Ray. »Unsere Eltern sind beide Lehrer. Da hatten wir parallel zu den einzelnen Bauschritten viele Unterrichtsstunden und Hausaufgaben über die Blockhäuser der Pioniere, Navajo-Hogans und irokesische Langhäuser.«

»Aber richtig gewohnt habt ihr hier nie?«

»Nie länger als ein paar Wochen. Es wäre wohl möglich, nehme ich an. Da drüben ist ein Brunnen, nach Süden liegt der Garten, und hinten haben wir eine Latrine angelegt. Ich könnte Ihnen mehr über die streng wissenschaftliche Installation eines Außenklos erzählen, als Sie im Leben hören möchten.« Ingrid sah den Besitz zum ersten Mal nach zehn Jahren wieder. Sie besah sich den Schuppen, der an das Blockhaus angebaut war. Ein fensterloser Lagerschuppen aus vorgefertigten Paneelen. Die Tür war mit einem glänzenden Vorhängeschloß gesichert.

Sie spähten durch die staubigen Fenster des Blockhauses. Drinnen sah alles unversehrt aus. Vier Klappbetten standen an einer Wand, als hätten die Besitzer erst letztes Jahr ihre Zelte abgebrochen, um in den nächsten Ferien wiederzukommen.

»Schön hier«, sagte Ray in die Stille. Seine Stimme erschreckte Ingrid. Es war so ruhig hier draußen, die Stille schien in den Ohren zu rauschen. »Ich habe Verwandte in Mexicali, die wären froh, wenn sie hier wohnen könnten.«

Ingrid lächelte. Vielleicht war Tracy kürzlich hiergewesen. »Als Kinder war das unser Lieblingsort. Unten am Hügel ist ein Bach. Tracy hat jedem Baum einen Namen gegeben. Der größte da oben auf dem Gipfel des nächsten Hügels ist der Adlerbaum, weil da manchmal einer saß. In Wirklichkeit war es wohl ein Bussard, glaube ich. Manchmal waren auch zwei von ihnen in der Luft, schwebten auf den Aufwinden.«

»Auf Streife.«

»Ja.« Sie schwiegen ein Weilchen. Er schien über das Wort nachzudenken.

»Vermissen Sie die Arbeit bei der Polizei?« fragte Ingrid aufs Geratewohl. Sie dachte an den Bussard und las Rays Gedanken auf seinem Gesicht.

»Was? Ach so, Streife. Ich war nie so weit drin in den Dingen wie damals, nicht vorher und nie wieder. So nahe an der Macht. Bei Leuten, die etwas zu sagen haben. Manchmal vermisse ich es. Der Job hat mich fast umgebracht. Aber verdammt, wenn ich könnte, würde ich wohl wieder einsteigen.«

Er lächelte skeptisch. »Vielleicht ist es besser so. Der Job macht süchtig, wissen Sie. Wäre unvernünftig, sich nochmal darauf einzulassen.«

»Was Sie jetzt als Privatdetektiv tun, scheint mir fast das Gleiche.«

»Nicht im entferntesten. Bullen stehen im inneren Kreis, mitten im Fadenkreuz. Private sind bei allem draußen. Es ist ihr Job, draußen zu sein.« Wieder schwiegen beide.

Ingrid genoß das Dröhnen der ungewohnten Stille in ihren Ohren. Sie hatte diese Ruhe vermißt, ihre beruhigende Wirkung fast vergessen. »Meine Eltern haben dieses Stück Land geliebt«, sagte sie schließlich. »Obwohl es hier nur Guajak-Bäume, Eichengebüsch und Manzanillen gibt. Als sie sich scheiden ließen, bekam es Tracy. Sie mochten es nicht verkaufen, und keiner von beiden gönnte es dem anderen.«

»So ist das bei Scheidungen. Bei meiner Ex und mir war es das Haus. Nur daß sie es bekommen hat. Gott sei Dank gab es keine Kinder, um die wir hätten streiten können.«

»Wie lange sind Sie schon geschieden?«

»Rund eineinhalb Jahre. Tracy sagte, Sie sind auch geschieden.«

»Schon vor vier Jahren.« Ingrid war überrascht, daß Tracy mit Ray über sie gesprochen hatte. »Ihr müßt doch mehr miteinander geredet haben, als ihr zugeben wollt.«

Er zuckte die Achseln. »Sie war verletzt, als Adam mich auf sie ansetzte. Sie sah, daß er ihr nicht traute. Im Haus wollte sie mich nicht haben. Ich glaube, damit wollte sie verhindern, daß sie oder ich etwas tun, was wir nachher bereut hätten. Aber manchmal kam sie raus, und dann haben wir ein Weilchen geredet. Manche Frauen hätten mich lieber im Haus gehabt, damit die Nachbarn nichts mitkriegen, aber das war ihr egal. Vor zwei Wochen hat sie aufgehört, mit mir zu reden. Seitdem hat sie mich auch öfter abgehängt. Wohin auch immer sie ging, vielleicht ist sie da jetzt auch. Hier ist sie jedenfalls nicht.«

»Ich weiß.« Ingrid wischte den Staub von der Fensterscheibe und schaute noch einmal in das Blockhaus. Ray sah sich das Vorhängeschloß am Schuppen genauer an. Es war fest verschlossen.

»Aber irgendwer ist kürzlich in diesem Schuppen gewesen. Sieht aus, als wäre ein Wagen hineingefahren worden.« Er zeigte auf die Spuren im Staub und die abgebrochenen trockenen Grashalme. »Das Gras ist erst kürzlich abgeknickt worden. Wissen Sie, ob Tracy den Schlüssel irgendwo unter einem Stein versteckt oder so?«

Ingrid lächelte und ging hinter die Hütte. Er folgte ihr zur Tür des Außenklos und zog sich dann verlegen hüstelnd zurück. In dem kleinen Raum, der nach frischem Duftstein roch, hing gegenüber dem Sitzloch mit dem sorgfältig geschlossenen Holzdeckel ein altmodischer Kalender aus der Zeit, als das Haus gebaut wurde. Er zeigte ein Bild von Tom Sawyer, wie er seine Kameraden den Zaun für sich streichen läßt. Darunter klebte eine Papphülle, anscheinend für Kochrezepte oder Einkaufszettel gedacht. Die Hülle war leer, aber auf der Rückseite war mit einem Klebestreifen der Schlüssel für die Blockhütte und ein zweiter, kleinerer Schlüssel befestigt.

Ingrid tauchte mit beiden Schlüsseln wieder auf, sah Rays verlegenen Rücken und lachte. Als er die Schlüssel sah, mußte er auch lachen.

Der kleine paßte in das Vorhängeschloß. Ingrids Herz hämmerte, als sie das Schloß öffnete und Ray die Tür aufzog. Sie ließ sich leicht bewegen, kein Rost auf den Scharnieren.

Drinnen starrte sie Tracys Jeep Cherokee aus seinen gewölbten Scheinwerfern an. Er füllte den Schuppen fast aus. Ingrid ließ Ray vorbei, damit er sich den Wagen von außen ansehen konnte. Sie fuhr mit dem Finger über den schwarzglänzenden Lack und dachte daran, wie sie noch vor wenigen Tagen mit Tracy in dem Auto gefahren war.

Verdammt, wo steckte Tracy?

»Ray, meinen Sie, die Polizei denkt wirklich, meine Schwester hätte ihren Mann umgebracht?«

»Die meisten Morde werden von Verwandten oder engen Freunden begangen. Ich bin sicher, daß die Ermittler einige sehr präzise Fragen haben, die sie Tracy stellen möchten. Zum Beispiel, was es mit dem Arsen im Frühstück auf sich hat. Und 'wie kam Ihr Mann darauf, daß Sie ihn betrügen?'«

»Haben Sie denen das erzählt?«

»Teufel, nein. Das brauchte ich nicht. Sie wußten, daß der Ehemann jemanden auf sie angesetzt hatte. Und natürlich denken sie, er wollte sie mit einem anderen Kerl erwischen. Wollen Sie versuchen, die Kiste zu starten?«

Ingrid hatte die Tür schon geöffnet und rutschte hinter das Steuerrad. »Ein Hochzeitsgeschenk von Doc«, hatte Tracy gesagt. Nicht von Adam, von Doc. Die Schlüssel steckten nicht im Zündschloß, aber sie fand sie hinter der Sonnenblende, zusammen mit einem Päckchen Auszahlungsbelege von einem Geldautomaten und einem kleinen Zettel. Der Jeep war leer und so sauber, als wäre er erst kürzlich gesaugt worden. Als sie darin mitgefahren war, erinnerte sich Ingrid, hatte er fast fabrikneu gerochen. Sie fragte sich, was wohl mit den Stapeln von Truesdale-Kartons geschehen war, die sie auf dem Rücksitz gesehen hatte. War der Karton, den Ken Zach gebracht hatte, womöglich einer davon?

Der Motor sprang leicht an. Als die Tankanzeige sich rührte, sah sie, daß der Tank noch halb voll war. Ray trat aus dem Schuppen, Ingrid ließ den Jeep langsam durch das Tor rollen und hielt.

Am Steuer eines funktionierenden Autos zu sitzen, ließ Ingrid vor Entzücken tief aufseufzen, eine für sie selber unerwartete Reaktion. Ein Blick zu Ray sagte ihr, daß ihm das nicht entgangen war.

Beide mußten lachen.

»Ich sehe schon, Sie sitzen gern selbst am Steuer«, sagte er.

»Sie etwa nicht?«

Diesmal seufzte er. »Ja, Sie haben ja recht. Aber ich lasse mich von Ihnen zu meinem Auto fahren. Der Jeep ist besser geeignet für diese Karikatur einer Straße.«

Während er zur Beifahrerseite ging, faltete Ingrid die Auszahlungsbelege auf ihrem Oberschenkel auseinander und studierte sie.

Ray kletterte auf den Beifahrersitz und lehnte sich hinüber, um die Papiere zu sehen.

Fünfzehn Auszahlungsbelege über je zweihundert Dollar, alle aus den letzten drei Wochen. Einzahlungen hatte es offensichtlich nicht gegeben. Die letzte Abhebung stammte von Adams Todestag, auf dem Konto waren nur noch acht Dollar fünfzig.

Ray nahm ihr das Päckchen Belege ab und stieß einen Pfiff aus. »Sie hat ihr Konto abgeräumt. Sie muß einige Tausender bei sich haben, falls sie nicht dem Kaufrausch verfallen ist. Wer ist Madame N.?«

»Was?« Ingrid hatte sich den Zettel noch nicht angesehen.

»Auf diesem Zettel steht 'Madame N'. Ist das Tracys Handschrift?«

Ingrid legte den Gang ein und fuhr langsam los. »Daran hätte ich denken müssen.« Sie holperten über den unebenen Feldweg. »Ich habe seit so vielen Jahren nicht mehr mit Tracy über das Tanzen geredet. Natürlich, die Ballettschule war ihr wirkliches Zuhause. Und die Schule ist Madame N.«

Ray sah sie verwundert an.

»Madame ist Natalja Orlowskaja«, erklärte Ingrid. »Tracys frühere Ballettlehrerin. Meine Güte, die Frau muß über achtzig sein. Sie gehörte zu einer von diesen Truppen aus Exilrussen, die in den dreißiger Jahren nach Europa kamen. Tracy war zu groß, um professionelle Tänzerin zu werden. Aber Madame Natalja mochte sie, weil sie sich so bedingungslos ihren Maßstäben der totalen Hingabe unterwarf. Tracy wurde eine der Ehren-Enkelinnen der alten Dame. Als Tracy auf der Highschool war, verbrachte sie jede freie Minute an der Stange oder in der Wohnung von Madame in Venice. Da trank sie Tee und hörte sich Geschichten über die klassische russische Ballettschule an.«

»Meinen Sie, Tracy könnte dort sein?«

»Einen Versuch ist es wert.«

Als sie um die letzte Kurve bogen und der TransAm in Sicht kam, erkannten sie Ken Crowley. Er hatte seinen BMW quer über die Straße gestellt, so daß Rays TransAm zwischen dem steil abfallenden Canyon auf der einen und der Felswand auf der anderen Seite der Fahrbahn eingekeilt war.

Ray beugte sich zu Ingrid hinüber und sagte schnell: »Geben Sie mir die Adresse in Venice und fahren Sie wie der Teufel. Ich werde diesen Burschen aufhalten und ihn dann abhängen. Wir treffen uns da.«

»Ich weiß die genaue Adresse nicht, aber es ist zwischen der 25. Avenue und der Pacific. Nur ein paar Blocks vom Strand entfernt. Treffen wir uns in der Gasse dahinter.«

Kaum hatte sie ausgesprochen, ließ sich Ray verblüffend geschmeidig aus dem Jeep fallen und warf die Tür zu. Sie trat das Gaspedal durch, der Motor antwortete mit einen Aufröhren und schwang sich auf den Randstreifen. Als sie knapp an Kens BMW vorbeischoß, winkte sie ihm zu. Sie hinterließ den beiden Männern eine höchst befriedigende Staubwolke.

Kapitel 20

Ecke Pacific und 25. Straße in Venice kam Ingrid quietschend zum Stehen, in herzerwärmender Hochstimmung, obwohl sie sich dafür belächelte. In Los Angeles waren Räder gleichbedeutend mit Leben. Ohne Auto war man abhängig vom Wohlwollen der erhabenen Motorisierten. Und die waren nicht immer gnädiger Stimmung.

Sie saß einige Sekunden lang still im Jeep, bis sich ihr Herzschlag beruhigt hatte. Hinter dem Steuer hatte sie wenigstens die Illusion, die Dinge im Griff zu haben. Während der wilden Fahrt durch die Kurven des Canyon über die Autobahn bis nach Venice war eine kleine Glasflasche unter dem Fahrersitz hervorgerollt. Ingrid hatte gefürchtet, daß die Flasche unter eines der Pedale rollen und es blockieren könnte, aber auf der Autobahn nicht anzuhalten gewagt. Als sie in die Parklücke bog, verschwand das Ding wieder unter dem Sitz.

Sie beugte sich vor, fuhr mit der Hand über den Boden und ertastete das Fläschchen. Es war ein wenig feucht.

Sie erkannte den Geruch, bevor sie das Etikett las. Es war ein kleiner Zerstäuber mit Tracys Lieblingsparfüm, Pavlova. Ingrid drückte die Flasche an ihre Lippen und atmete tief ein, als wollte sie ihrer Schwester über den Duft einen Kuß schicken. Einen Moment lang brannten Tränen hinter ihren Augenlidern, aber sie riß sich zusammen, atmete tief durch und hielt die kleine Flasche fest.

Dann mußte sie heftig niesen. Sie hatte vergessen, daß sie auf Tracys Lieblingsparfum allergisch reagierte. Wann immer Tracy den Duft trug, hatte Ingrid Niesanfälle bekommen. Bei der Erinnerung mußte sie lächeln und noch einmal niesen. Sie packte den Zerstäuber in eines der kleinen Fächer ihrer Tasche, die für Filme gedacht waren. Dann sah sie sich um. Sie mußte vorübergehend den Jeep loswerden, falls Ken Ray bis hierher verfolgte.

Sie kreute durch die Einbahnstraßen von Venice. Der Verkehr war schlimmer, als sie es in Erinnerung hatte. Schließlich fand sie einen Parkplatz und bahnte sich zu Fuß einen Weg durch die sommerblonden Rollschuhfahrer, kurzbehosten Surfer, kamerabehängten Touristen und gesetzten Reisegruppen in Polyester, die den Gehweg bevölkerten. Allmählich gewöhnte sie sich an die Hitze, sie mußte sich nur etwas langsamer bewegen als sonst.

In diesem Teil von Venice waren die numerierten Straßen

vor den Häusern nicht mehr als breite Gehwege. Autos fuhren hier nicht. In den Straßen, die hinter den Häusern entlangführten, waren Fahrzeuge erlaubt — hauptsächlich Müllwagen, parken konnte dort niemand. Madame Nataljas Haus lag an der 25. Avenue. Ingrid traf Ray hinter dem Haus am 25. Platz, wo er an einem hohen Bretterzaun lehnte und auf sie wartete. Er hatte einen dreckigen Striemen auf der Wange, und seine lässige Haltung verbarg nicht, daß er äußerst selbstzufrieden dreinsah.

»Sie haben ja keine Zeit verschwendet«, begrüßte sie ihn.

»Ken dachte, er könnte Ihnen folgen. Aber ich habe ein ernstes Wort mit ihm geredet und ihm nahegebracht, daß er sich recht schmerzhafte Verletzungen von einem Mann mit Stock einfangen könnte.« Zielsicher sauste sein Stock durch die Luft und traf seine linke Handfläche so präzise, daß Ingrid entgeistert zurückfuhr.

»Und?« fragte sie, leicht verstört durch sein unvermitteltes Umschalten auf Kampfstellung.

»Er entschied sich, doch lieber nach Hause zu gehen. Dann erst bin ich Ihnen nachgefahren. Ich hatte bloß Glück bei der Parkplatzsuche.«

»Kommen Sie mal her.« Ingrid zog ein Taschentuch aus ihrer Tasche und entfernte den Dreck von Rays Wange. Ihr wurde bewußt, daß sie dazu sehr nahe an ihn herantreten mußte. Einen Moment lang trafen sich ihre Augen, und Ingrid wandte sich ruckartig ab. »Ich möchte Sie Madame N. vorstellen.«

Ray hielt sie am Arm fest. »Augenblick. Eins müssen Sie mir verraten. Warum Madame? Ist sie Französin? Hat sie mal ein Bordell betrieben oder was?«

»Sie ist Berufsfranzösin. Keine Ballettmeisterin, die ihren Titel zu Recht trägt, würde sich von ihren Schülern und Schülerinnen anders nennen lassen. So wie Kampfkunst-Lehrer Sensei heißen und Dirigenten Maestro. Klar?« Sie trat einen Schritt zurück, ein wenig außer Atem.

»Klar.« Er senkte den Blick.

So weit hatte sie gar nicht auf Abstand gehen wollen, stellte sie fest. »Also, gehen wir. Aber passen Sie auf Ihre Tugend auf, sie ist eine unverbesserliche Schäkerin.«

Die alte Dame war so schnell an der Tür, daß Ingrid sich fragte, ob sie sie schon vom Fenster aus beobachtet und ihr Kommen erwartet hatte.

»So etwas. Das ist eine große Woche für uns armes altes Volk. Erst Tracy, nun ihre Schwester.«

Ingrids Herz machte einen Satz. Tracy war kürzlich hier gewesen. Die alte Dame trat beiseite, um sie hereinzulassen. Das Alter machte ihre Bewegungen langsam, aber die Geschultheit von sechzig Jahren beim Ballett war ihr noch anzumerken.

Madame Natalja Orlowskaja, einstige Solistin eines kleinen russischen Ballettensembles, war noch gebeugter, als Ingrid sie in Erinnerung hatte. Die Osteoporose hatte ihre Haltung gekrümmt. Achtzig Jahre hatten Nester aus Falten in ihr aristokratisches Zigeunerinnengesicht gegraben, doch ihr straffer Haarknoten war noch immer tiefschwarz, nur wenige weiße Fäden zogen sich hindurch, und die um Hals und Schultern geschlungenen Schals in Gold und Zinnoberrot schimmerten mit dramatischem Flair. Sie umarmte Ingrid herzlich, machte aber den Eindruck, als könne sie sich an ihren Namen nicht mehr genau erinnern und sei sich auch nicht sicher, ob es die Mühe lohnte.

Sie führte die beiden durch einen Flur voller silbriger Bilder von Tänzern und Tänzerinnen aus den vierziger und fünfziger Jahren. Einige waren großen kyrillischen Buchstaben signiert. Männer mit Filzhüten und dünnen Menjou-Bärtchen, Frauen mit straff zurückgebundenen schwarzen Haaren und kleinen Pelzstolen. Einige der Frauen auf den Bildern waren frühere Inkarnationen von Madame persönlich. Einige der Tänzerinnen und Tänzer waren berühmt, aber es brauchte einige Gläser Wodka, damit Madame in nostalgische Stimmung geriet. Das Schwärmen von alten Zeiten, als sie noch eine Berühmtheit war, erlaubte sie sich nur zu besonderen Gelegenheiten. Meist hörte sie sich die Sorgen ihrer Schülerinnen und Schüler an und gab ihnen zu allem und jedem einen ernsten Rat. Aber der Glamour des Tanzes war der Zuckerguß auf dem Kuchen, den sie für besondere Anlässe aufsparte.

Ingrid wurde sicherer, daß dies wirklich das Zuhause sein mußte, von dem Tracy gesprochen hatte. Jedenfalls war es jahrelang ihr geistiges Zuhause gewesen.

In Madame Nataljas Küche stand dampfend ein silberner Samowar. Dies war das Heiligtum, aus dem sie über dreißig Jahre lang jeden Tag aufgetaucht war, um in den kleinen Studio um die Ecke ihre Ballettklassen zu unterrichten. Jetzt gab sie keinen Unterricht mehr, aber Ingrid erwartete beinahe, ein Grüppchen von Bewunderern vorzufinden, die auf dem Boden saßen, Tee tranken und fachsimpelten. Durch ein hochmodernes Oberlicht schien die Sonne in die kleine Küche. Die alte Dame beugte den Kopf vor, um die Gesichter ihrer Besucher zu studieren.

»Oh. Sehr hübsch, der hier. Ist das vielleicht Ihr Freund?«

»Nein, Madame. Er ist nur ein guter Freund, der mir hilft, Tracy zu suchen. Sie sagten, Sie hätten sie diese Woche gesehen? Hat sie eine Adresse oder eine Telefonnummer hinterlassen, wo ich sie erreichen kann?«

»Ich bin nicht sicher. Ich weiß, daß sie mit Sammy zusammen ist.«

»Sammy Dorset.« Ingrid erinnerte sich an den Namen, sie hatte ihn in Tracys Adreßbuch gesehen. Unter seiner Nummer hatte sich niemand gemeldet.

»Ich dachte, das wüßten Sie«, fuhr Madame fort. »Irgendwo habe ich eine Karte, die sie mir für Sie hiergelassen hat. Donnerstag war sie hier.«

Am Tag nach Adams Tod.

Madame sprach weiter, wandte ihr runzeliges Gesicht zur Seite, als sie über die Einzelheiten nachdachte. »Sammy ist aber nicht mitgekommen. Er versteckt sich.«

»Sammy versteckt sich?« fragte Ingrid überrascht. »Wovor denn?«

»Vor mir.« Madame spuckte die Antwort förmlich aus. »Hier. Nehmen Sie sich Tee. Auf dem Tablett stehen Tassen. Ich sehe in meinem Schreibtisch nach der Karte. Ich weiß, daß Sie keinen Zucker nehmen. Sie müssen auf Ihr Gewicht achten.«

Als Madame Natalja an Ray vorbeistrich, sah Ingrid ihn verblüfft die Augen aufreißen. Ohne hinzusehen wußte sie, daß Madame ihn gekniffen hatte. Nur in den Hintern, wenn er Glück hatte; Madame war bekannt dafür, daß sie nicht lange fackelte, wenn sie einen Mann interessant fand. Ingrid hätte fast losgelacht, konzentrierte sich aber lieber darauf, zwei Tassen teuflisch heißen Tee einzugießen. Als sie sich ausreichend im Griff hatte, um nicht zu kichern, sah sie Ray ins Gesicht.

»Ich glaube, ich bin in Gefahr«, sagte er lächelnd.

Ingrid versuchte, einen Schluck Tee zu trinken, konnte aber vorerst nur pusten, um sich nicht die Lippen zu verbrühen. »Ich habe Sie gewarnt.«

»Na ja, ich kann schon auf mich aufpassen. Wer ist dieser Sammy?«

»Meiner Erinnerung nach ein Junge mit frischem Gesicht. Sehr braungebrannt. Er und Tracy haben oft zusammen getanzt, weil sie so groß ist. Die meisten Tänzerinnen sind unter einsfünfundsechzig. Tracy ist einssiebzig, und wenn sie auf die Spitze ging, war sie größer als die meisten Tänzer. Aber Sammy muß ungefähr einsneunzig gewesen sein. Die beiden paßten gut zusammen. Ich habe selten mit ihm gesprochen, höchstens ab und zu nach einer Aufführung. Wenn ich gratulieren kam und so.« Ingrid betrachtete Ray genau, wollte wissen, ob er Eifersucht zeigte, wenn sie von Tracy und Sammy erzählte. Es war schwer zu sagen, er hatte wieder sein amüsiertes Lächeln aufgesetzt.

»Ist Sammy schwul?«

Ingrid zuckte die Achseln. »Keine Ahnung.«

Madame Natalja kam wieder ins Zimmer. »Dieser Sammy, der ist schon seit einem oder zwei Jahren nicht mehr hier gewesen. Oh, seine Freunde lügen für ihn. Sie sagen, er kommt nicht, weil er krank ist. Aber das glaube ich nicht. Der ist stark wie ein Pferd. Er versteckt sich vor mir. Weil er aus der Ballettklasse ausgestiegen ist.« Sie schüttelte den Kopf. »Der Junge ist einfach zu wild. Drogen. Trinkt. Was weiß ich. Ich dachte, Tracy hätte einen guten Einfluß auf ihn. Aber jetzt sagt sie, sie wohnt bei ihm. Ich dachte, sie ist verheiratet.«

»Ihr Mann ist gestorben«, sagte Ingrid, bevor ihr klar wurde, daß sie besser still gewesen wäre. Einen Augenblick lang sagte niemand etwas. Madame Natalja stellte keine Fragen. Sie schien nicht neugierig auf diesen Nicht-Tänzer, den Tracy geheiratet hatte. Das Leben derer, die mit dem Ballett nichts zu tun hatten, interessierte sie herzlich wenig. »Madame, ist jemand hiergewesen und hat nach Tracy oder Sammy gefragt?«

»Was für ein Jemand?«

»Irgendwer, vielleicht die Polizei.«

»Polizei! Pfui!« Sie tat, als würde sie auf den Boden spucken. »Denen sage ich gar nichts. In Rußland hat die Polizei meinen Mann erschossen, weil er zu reich war. Zehn Jahre später wollte mich die Polizei hier zurück nach Rußland schicken, weil ich zu freundlich zu den falschen Russen war. Als ob ich der Polizei etwas erzählen würde. Ha!« Plötzlich schien sie in ihren Schals zusammenzusinken. »Meinen Sie, daß sie herkommen?«

»Nein. Wir werden Ihren Namen nicht nennen. Sie suchen nach Tracy, aber wir wollen sie zuerst finden.« Ingrid sah Ray nicht an. Sie war nicht sicher, ob er einverstanden war.

Madame Natalja zog eine Karte aus ihrem Ausschnitt und drückte sie Ray in die Hand. Ingrid beugte sich vor, um besser zu sehen. *'Hollywood Mogul Hotel* — alle unsere Gäste sind Stars'. Die Adresse lag am Hollywood Boulevard.

»Das ist neben den Paramount Studios, in der Nähe vom Armenischen Friedhof«, erklärte Madame Natalja.

Ingrid konnte der Frage nicht widerstehen. »Sind Sie je im *Hollywood Mogul Hotel* gewesen?«

Madame Natalja kniff sie in die Wange. »Seit dreißig Jahren nicht mehr. Es könnte sich verändert haben.«

Kapitel 21

Kein Ken weit und breit, als sie aus Madame Nataljas Haus traten. Ingrid sah, daß Ray seinen Wagen gleich am Ende der Gasse im Parkverbot abgestellt hatte, und stieg ohne Diskussion mit ein. Schweigend fuhren sie los. Ingrid hatte Magenschmerzen. Es war eine Mischung aus Hoffnung, Tracy zu sehen, und Angst vor dem, was auf Tracy zukam, wenn sie wegen Mordes an ihrem Mann verhaftet wurde. Ob Ray sich Gedanken darüber machte, Tracy und Sammy zusammen zu finden? Sie beschloß, ihn nicht danach zu fragen.

Das *Hollywood Mogul Hotel* lag wirklich nur ein paar Blocks von den Paramount Studios und dem angrenzenden Friedhof. Die schmutzigrosa Stucktürmchen des auf maurisch getrimmten Daches an der Ridgewood Ecke La Mirada reckten sich zu den Hügeln hinauf. Ungerührt starrte der Hollywood-Schriftzug durch den Smog von der nahen Kuppe zurück.

Das Hotel war viel prunkvoller, als eine vergleichbare Langzeitherberge in San Francisco ausgesehen hätte. Die Eingangstür war verschlossen. Nur ein hagerer Bewohner saß auf den Stufen, jung, bleich wie ein Fischbauch und von oben bis unten in schwarzes Leder mit silbernen Ketten gekleidet. Die Ketten klimperten, als er sich halb aufrichtete und Ray zusah, der auf den Klingelknopf unter dem schlichten Schild 'Sam Dorset' drückte. Niemand öffnete. Ingrid studierte die anderen

Namen auf der Klingelleiste und zuckte die Achseln. Niemand Bekanntes.

»Okay. Versuchen wir's beim Verwalter«, sagte Ray und drückte auf die Klingel zu einer Erdgeschoßwohnung.

Der Bursche auf der Treppe sprach sie an, ohne aufzusehen. »Wenn Sie den Verwalter suchen, der ist nicht da.« Er redete auffallend langsam, als müsse er erst die Worte finden, während er desinteressiert den Verkehr auf der Mirada betrachtete. Ray drückte trotzdem nochmal auf die Klingel. Nichts tat sich. »Keine Ahnung, wann er wiederkommt«, sagte der Junge, ohne den Blick vom Verkehr zu wenden.

Ingrid zog ein Bild von Tracy heraus und hielt es ihm hin. »Ich suche meine Schwester. Haben Sie sie in letzter Zeit gesehen?«

Er schüttelte den Kopf, ohne hinzuschauen. Ingrid hielt ihm das Bild unter die Nase. Er zuckte die Achseln und betrachtete es. »Kann sein. Schwer zu sagen. Ich seh' mir selten Gesichter an.«

Sie wandten sich zum Gehen, als Ingrid drei schlanke junge Frauen, zierlich wie ein Rehrudel, auf das Hotel zukommen sah. Sie waren unverkennbar Tänzerinnen. Die Haare straff zu einem Knoten gebunden, Schichten von Sweatshirts und Hosen um ultraschlanke Gliedmaßen drapiert, und jede trug eine große Tasche, die sicher das Überlebensgepäck für einen langen Tag körperlicher Anstrengung enthielt — Reserveschuhe, Trikots, Stulpen, Pullover, Kampfer und Arnika-Salbe, vielleicht ein Kartenspiel oder eine Zeitschrift, um sich die Zeit zu vertreiben, bis irgendein bedeutender Ballettmeister die Zeit fand, sie vortanzen zu lassen. Während der Phase ihrer Tanzbesessenheit hatte Tracy genauso ausgesehen. Die Mädchen wirkten wie dreizehn oder vierzehn, waren aber wahrscheinlich um die zwanzig, die kindliche Wirkung ihrer Körper eine Folge der dauernden körperlichen Anstrengung, gepaart mit krankhaftem Hungern und ständiger Unterwerfung gegenüber Autoritäten.

Ingrid ging auf die drei Frauen zu und sprach sie an, bevor sie die Tür aufschließen konnten. »Entschuldigung«, sagte sie. »Ich sehe, daß Sie Tänzerinnen sind. Ich suche meine Schwester. Sie ist auch Tänzerin. Ihr Name ist Tracy. Sie hat hier mit Sammy Dorset in Apartment 211 gewohnt. Die beiden haben bei Madame Natalja Orlowskaja studiert.«

Die Tänzerinnen sahen Ingrid mißtrauisch an, als sprächen sie nur ungern mit Zivilistinnen. Ingrid hielt ihnen das Foto von Tracy hin. Wie einstudiert traten die drei gemeinsam vor, um das Bild mit kritischen Interesse anzusehen. Konnte die Frau auf dem Abzug wirklich Tänzerin sein? Möglich. Einen Augenblick lang fragte sich Ingrid, ob die drei als feste Gruppe alles gemeinsam taten. Aber dann ergriff doch eine der jungen Frauen allein das Wort.

»Ich kenne Sammy«, sagte sie leise. Eins der anderen Mädchen kicherte. Sie warf mit einer eleganten Bewegung den Kopf zurück und starrte ihre Freundin giftig an. »Du kennst ihn selbst, du Dummchen. Der Große aus dem ersten Stock. Er sagt, er hätte früher auch getanzt. Aber er ist krank.«

Sie hoben erschrocken die Köpfe, als Ray näherkam. Aber die Sprecherin der Gruppe betrachtete weiter das Bild und sah dann Ingrid an. »Ich glaube, da hat eine Frau bei ihm gewohnt. Könnte Ihre Schwester gewesen sein. Ich habe sie nie aus der Nähe gesehen. Aber so, wie sie sich bewegt hat, könnte sie Tänzerin gewesen sein. Aber sie war so groß wie Sie und hatte schwarze Haare. Ich habe gesehen, wie sie letzte Woche ausgezogen sind.«

»Wissen Sie noch, an welchem Tag?« fragte Ingrid und hoffte verzweifelt, daß Tracy nach dem Donnerstag letzter Woche noch lebendig gesehen worden war.

Die Tänzerinnen tauschten einen Blick, vielleicht wegen der Eindringlichkeit der Frage, die Ingrid nicht zurückhalten konnte. »Nein. Es war gegen Ende der Woche. Vielleicht Donnerstag oder Freitag. Die große Frau hat Sammy geholfen, seine Koffer und ein paar Sachen rauszutragen. Sie hatten einen Lieferwagen, in den sie alles verladen haben. Ich glaube, da waren noch zwei andere Leute, die ihnen geholfen haben.« Sie sah Ingrid hoffnungsvoll an, als käme es ihr sehr darauf an, die richtige Antwort zu geben.

Ray mischte sich ein. Er sprach sehr leise, als hätte er Angst, die jungen Frauen zu erschrecken. »Ist Ihnen an diesem Lieferwagen, mit dem sie weggefahren sind, irgend etwas aufgefallen? Oder an den anderen Leuten?«

Eine der Tänzerinnen meldete sich. Sie sah erschrocken aus, als ob sie nicht zum Reden aufgefordert worden sei. »Es war ein grüner Wagen. Irgendwas mit Kräutern stand drauf.«

»Vielleicht Institut für Kräuterweisheit?« fragte Ingrid.

»Das könnte hinkommen.«

Ingrid bedankte sich, und die Tänzerinnen gingen ihres Weges. Sie machten einen großen Bogen um den Nachbarn in Leder, der auf den Stufen saß, schlossen die Tür auf und gingen in die Halle. Ingrid sah ihnen nach und beobachtete, wie sie entschlossen den Fahrstuhl ignorierten und die mit Teppich ausgelegte Treppe hinaufstiegen.

Sie ging zum Wagen. Ray starrte den Treppensitzer mit unverhohlenem Abscheu an. »Mieser Platz zum Wohnen für diese kleinen Mädchen!« knurrte er. »Der Typ auf der Treppe — ganz starre Pupillen. Er ist ein Junkie.«

»Schon. Aber diese 'kleinen Mädchen' sind um die zwanzig. Sie sind alt genug, ihre eigenen Entscheidungen zu fällen, und wahrscheinlich stark genug, den Jungen mit einem Tritt auf den armenischen Friedhof nebenan zu befördern.«

Ray mußte über die Vorstellung lachen. »Gutes Bild«, sagte er. Seine gute Laune kehrte zurück. »Und was ist nun dieses Kräuterinstitut?«

»Deswegen bin ich überhaupt ins Spiel gekommen«, sagte Ingrid seufzend.

»Gut. Ich lade Sie zum Essen ein, und Sie erklären es mir.«

Sie gingen in *Barneys Beanery* in Hollywood, ein Lokal, von dem Ingrid gehört hatte, wo sie aber noch nie gewesen war.

Die Speisekarte sah aus wie ein Comic im Lexikonformat, jeder freie Quadratzentimeter Wandfläche war vollgestopft mit Spielzeug, respektlosen Zeichnungen, Feuerlöschern und allerlei Sporttrophäen. An der Decke klebten Zeitungen unterschiedlichster Jahrgänge. Ingrid verrenkte sich gerade den Hals, um von Eisenhowers Zusammentreffen mit MacArthur zu lesen, als eine braungebrannte, blauäugige Kellnerin erschien. Entweder kannte sie Ray von früher, oder er sorgte dafür, daß sie sich das einbildete. Er bestellte sich ein Bier und für Ingrid eine Cola.

»Sie trinken keinen Alkohol, oder?«

»Nein. Das haben unsere Eltern zur Genüge getan. Eine Zeitlang habe ich ab und zu mal ein Glas Wein getrunken, aber irgendwann hat es keinen Spaß mehr gemacht.«

Ray nickte, ihre Blicke begegneten sich. Sie spürte Neugier und unmißverständliche Wärme darin. »Erzählen Sie mir vom Kräuterinstitut.«

»Doc lebte in den sechzigern eine Zeitlang mit seiner Familie dort und befaßte sich mit pflanzlichen Heilmitteln«, erklärte Ingrid. »Adam hatte den Verdacht, daß sie Truesdale sabotierten. Er glaubte, sie wollten für ihren Anteil an der Entwicklung einiger Produkte eine bessere Abfindung, als sie bekommen hatten. Er hat mich mit einer Verzichtserklärung und dem Angebot einer weiteren, letzten Zahlung hingeschickt.«

»Und dann?«

»Ich bin mit den Unterlagen hingefahren. Sie haben sich geweigert zu unterschreiben. Aber Esther und Derek waren auch da.« Ingrid erzählte ihm von der alten Frau, die sie mit Esther und Derek und später noch einmal im Institut gesehen hatte. »Ich glaube, sie ist die erste Mrs. Truesdale. Sie ist damals einfach von der Bildfläche verschwunden. Das Alter kommt auch hin. Dann ist da noch dieser eklige Kahlkopf namens Brian. Er sieht aus, wie Derek aussehen würde, wenn er zehn Jahre im Knast verbracht hätte.«

Ray war sofort hellwach. »Wie kommen Sie auf Knast?«

»Es ist seine Haltung, als ob er an ständige Bewachung gewöhnt ist. Es scheint, daß er sich um die alte Frau kümmert. Als ich dort war, versuchte sie wegzulaufen, und Monty, ein großer Schwarzer, fing sie ein und übergab sie Brian. Ich glaube übrigens auch, daß Brian am Flughafen etwas durch den Metalldetektor geschmuggelt hat.« Ingrid erzählte, wie er etwas vom Rollstuhl abgebaut hatte, während er dafür sorgte, daß Miss Rina zu schreien anfing. »Kann sein, daß ich das auf dem Film habe. Das muß ich mir aber erst ansehen.«

»Das könnte gefährlich sein. Haben sie bemerkt, daß sie fotografiert wurden?«

»Nein«, aber sie fragte sich, ob sie da sicher sein konnte.

Ray schüttelte den Kopf. »Wenn seine eigene Mutter da oben war, dann würde ich doch meinen, daß Adam Truesdale Ihnen etwas davon gesagt hätte.«

»Vielleicht war es ihm peinlich.«

»Ja. Aber Sie gehörten zur Familie. Er muß es doch gewußt haben, auch wenn er sie nie besucht hat. Ich verstehe euch Anglos einfach nicht. Ist das normal für euch? Geld schicken, aber sich nicht die Mühe eines Besuches machen?«

»Manchmal. Ich glaube, Sie sagten, daß Sie allein leben, Ray?«

»Ingrid, das kommt so plötzlich. Ich wollte erst in ein oder zwei Tagen meinen nächsten Vorstoß wagen.«

Sie lachte nervös, sie fühlte sich etwas außer Kontrolle. »Das ist gut, Sie sollten damit ruhig noch warten. Wenigstens bis ich meine Schwester gefunden habe und feststellen kann, ob Sie mehr auf Witwen oder Geschiedene stehen.«

Ray lehnte sich zurück und sah sie plötzlich sehr aufmerksam an.

Ingrid war selbst etwas verblüfft. Sie hatte die Grenzen eines lockeren Flirts weit überschritten. Tja, da es kein Zurück gab, blieb nur der Weg mittendurch. Sie knüpfte weiter vorn wieder an. »Ich bin ein bißchen vom Thema abgekommen, tut mir leid. Was ich meine, ist, daß in vielen Ländern die Menschen in großen Familien zusammenleben. Hier war das bis Anfang dieses Jahrhunderts genauso. Aber *Sie* haben sich nach Ihrer Scheidung eine eigene Wohnung genommen, statt zu Verwandten zu ziehen. Richtig?«

»Ja.« Ray nickte.

»Worauf ich hinaus will, ist Folgendes: Wer mit reichlich Freiraum um sich herum aufgewachsen ist, der verschafft ihn sich nach Möglichkeit auch später. Wer es sich nicht leisten kann, pflegebdürftige Verwandte professionell versorgen zu lassen, packt sie in ein Hinterzimmer seiner Wohnung oder seines Hauses und hofft das Beste. Aber ein verrückter Verwandter kann einen wahnsinnig machen, gerade heutzutage, wo wir dieses Netzwerk aus Verwandtschaftshilfe nicht mehr haben – die altjüngferlichen Tanten und Onkel auf Dauerbesuch, die zu Hause hocken und die Dreckarbeit der Familie machen.«

Ray atmete langsam aus. »Ich verstehe, was Sie meinen«, sagte er ruhig. »Ich bin zwar überhaupt nicht der Meinung, daß das eine ausreichend gute Entschuldigung ist, sie nicht ein einziges Mal zu besuchen, aber na ja...« Er zuckte die Achseln. »Und welche Verbindung gibt es zwischen Tracy und dem Kräuterinstitut?«

Auch Ingrid atmete langsam aus. »Sie hatte mich gebeten, mich da ein bißchen umzusehen, herauszufinden, ob jemand von hier mit ihnen in Verbindung stand und ob man ihnen trauen kann.« Die Spannung zwischen ihnen war nicht wirklich ausgeräumt, der Waffenstillstand nur unsicher. »Jedenfalls habe ich nie mit Tracy über die Leute geredet. Ich weiß nicht, warum sie mich nicht angerufen hat. Vielleicht hat sie selbst mit ihnen Kontakt aufgenommen. Wie hätte sie sonst mit einem Lieferwagen vom Kräuterinstitut wegfahren können? Teufel, ich habe sogar Fotos von der alten Frau und dem Institutsgebäude.«

Ray trank einen Schluck von seinem Bier. »Ich würde mir die Fotos gern ansehen«, sagte er nachdenklich.

»Ich habe sie noch nicht entwickelt. Sie sind auf dem gleichen Film wie die Bilder, die ich von Tracy in der Eingangshalle von Truesdale gemacht habe.«

»Sie sollten Sie bei einem Schnellservice reinreichen und eine Stunde später wieder abholen.« Er saß noch immer so weit wie möglich von Ingrid entfernt.

»Ich bin Berufsfotografin«, sagte Ingrid mit einem defensiven Unterton. »Ich habe es nicht gern, wenn andere meine Filme entwickeln. Wenn jemand die Rollen öffnet, dann bin ich das selbst.«

Ray zuckte die Schultern. »Wahrscheinlich nichts, wofür Sie sich beeilen müßten. Es ist nur schön, so viel Information wie möglich zu haben. Meinen Sie, Ihre Schwester könnte mit diesem Sammy und den Leuten von Kräuterinstitut etwas ausgeheckt haben, was Adam und der Firma Truesdale schadet? Sie saß auf jeden Fall in einer guten Position, um die Produkte zu vergiften.«

»Nein. Sie hat Adam geliebt, und die Firma auch. Obwohl sie und Adam kein ideales Paar waren, kann ich mir nicht vorstellen, daß sie ihn im ersten Jahr ihrer Ehe betrogen hat. Egal, was er getan hat.«

»Wollen Sie mir erzählen, daß sie mit diesem Sammy einfach wie Bruder und Schwester zusammengelebt hat?« Ray schien skeptisch.

»Ich weiß es nicht, Ray. Wie sollte ich? Sammy mag schwul sein oder bi oder heterosexuell. Er könnte AIDS oder Lepra haben oder tot sein, was weiß denn ich. Ich weiß ja nicht mal, was meine Schwester hat.« Ingrid merkte, wie ihre Stimme lauter wurde. Sie begriff, wie sehr sie unter Druck stand, es konnte passieren, daß sie plötzlich losbrüllte, wenn sie nur den Mund aufmachte — ganz gleich, mit wem sie gerade sprach. Sie zwang sich zur Ruhe. »Sie haben gehört, wie Madame von Gerüchten sprach, daß Sammy krank sei. Sogar die Tänzerinnen, die im gleichen Haus wohnen wie er, sagten sowas. Tracy erzählte, daß sie sich um einen kranken Freund kümmerte. Vielleicht ist das Sammy. Vielleicht hat sie ihn nach Bolinas gebracht, damit er behandelt wird.«

Ray nickte, ihr drängender Ton schien ihn beeindruckt zu haben. »Das ist eine Spur. Warum nicht? Ich werde versuchen, Krankenhäuser und andere medizinische Einrichtungen abzuklappern. Rufen Sie Tracys Freunde an, forschen Sie, wer etwas über Sammys Angehörige weiß. Was ist mit dem Kräuterinstitut?«

»Da werde ich auch anrufen. Ich weiß nicht, ob sie es mir sagen, wenn Tracy da ist. Da sie anscheinend Angst hat, mit mir Kontakt aufzunehmen. Vielleicht sollte ich hinfahren und so lange ihre Tür belagern, bis sie mir sagen, ob sie meine Schwester gesehen haben. Außerdem habe ich in San Francisco meine Dunkelkammer. Ich könnte die Fotos entwickeln.« Ingrid dachte an die gemütliche, kleine Wäschekammer, wo ihr Entwicklungsgerät neben einer Batterie von Flaschen voller Chemikalien stand und geduldig auf sie wartete. Sie legte das Kinn auf die verschränkten Hände. War sie einfach müde und wollte nach Hause? »Keine Ahnung, wo Tracy stecken mag. Und keinerlei Hinweis, der uns weiterbringt.«

Ray sah durch die Fensterscheibe dem Verkehr draußen auf der breiten, sonnenbeschienenen Straße zu. »Ich fürchte, die Fotos sind nicht so wichtig wie das, was hier vor sich geht. Heute ist Dienstag. Ich müßte die Testamentkopien morgen haben. Auf Doc kommt eine schwere Woche zu. Es wird eine Vorstandssitzung abgehalten, um Adams Nachfolge als kaufmännischer Leiter zu regeln. Und am Sonnabend will Doc heiraten.« Ray hob vielsagend die Augenbrauen.

»Er macht mit Volldampf weiter, trotz Adams Tod?« Ingrid schüttelte den Kopf.

»Nun ja, er weiß nicht, wieviel Zeit ihm noch bleibt. Aber er weiß offensichtlich, womit er sie verbringen will. Wie sagte Hamlet gleich? ‘Das Gebackne vom Leichenschmaus gab kalte Hochzeitschüsseln.’«

»Ah ja.« Ingrid starrte Ray ein wenig unbehaglich an. Eben hatte er noch des Teufels Advokat gespielt, jetzt zitierte er Shakespeare. »Woher kennen Sie den Zeitplan der Truesdales so genau?«

Zum ersten Mal seit ihrer Bemerkung über Witwen und Geschiedene lächelte er offen. »Ich habe so meine Verbindungen, wissen Sie.«

»Gloria vom Empfang, wette ich.«

Sein Grinsen wurde noch breiter. »Das ist vielleicht eine Frau! Sie trägt Fotos von ihrem jüngeren Freund und von ihren Enkelkindern mit sich herum.«

Die Kellnerin brachte die Hamburger mit extrascharfem Chili. Sie machten sich schweigend über ihre Teller her.

Ingrid hatte gar nicht gewußt, wie hungrig sie war. Als sie einige Minuten später aufsah, hatte sie das Unbehagen, das zwischen ihr und Ray in der Luft hing, über dem Verschlingen des Hamburgers ganz vergessen. »Vielleicht können Sie mich nach dem Essen nach Venice zurückbringen, damit ich an den Jeep komme. Ich möchte Kens Laborantin Paula ein paar Fragen stellen, wenn ich sie allein erwische.«

»Okay. Aber hüten Sie sich vor Kenny. Wenn er Sie zu fassen kriegt, wird er sich wie eine Klette an Sie hängen.«

»Ich vermeide es sowieso, mit ihm allein zu sein.«

Bei dieser Bemerkung sah Ray auf, wandte sich dann aber wieder seinem restlichen Chili zu. Schließlich trank er sein Bier aus und sagte langsam: »Ich will inzwischen mal sehen, was ich über die Firma Truesdale herausfinden kann. Gloria erzählt mir nur Dinge, die ihrer Meinung nach nicht unter das Betriebsgeheimnis fallen. Sie ist Doc gegenüber sehr loyal, verrät mir keine schmutzigen Geheimnisse. Aber gerade die brauchen wir möglicherweise.«

»Viel Glück. Wollen Sie noch was?« Ingrid schob ihren Teller beiseite, sie kapitulierte vor der Größe ihrer Portion.

»Klar.« Ray nahm ihren Teller und stellte ihn auf seinen. »Schön scharf.«

Ingrid trank Cola. »Wissen Sie, wenn Doc das eigentliche Opfer war, dann ging es vielleicht um die Lebensversicherung, die die Firma für ihn abgeschlossen hat.«

»Warum fragen Sie ihn nicht, wenn Sie ihn das nächste Mal sehen?«

»Ja, warum nicht? Ich bin sicher, darüber wird er liebend gern reden.«

»Sie können da mehr herausfinden als ich«, sagte Ray und schob die beiden leeren Teller weg. »Der gute alte Doc redet auf jeden Fall lieber mit einer Frau als mit einem Mann.«

Nach dem Essen war der Waffenstillstand zwischen ihnen recht solide geworden.

Kapitel 22

Als sie Rays TransAm nachsah, stieg plötzlich Verzweiflung und irrationale Sehnsucht in ihr auf. Sie sollte sich besser fühlen. Die jungen Tänzerinnen hatten Tracy offenbar lebendig und unversehrt gesehen, was immer die blutige Schmierschrift im Haus am Benedict Canyon Drive auch behauptete. Trotzdem hatte sie zum ersten Mal seit Jahren wieder das Bedürfnis, mit dem Kopf gegen eine Wand zu rennen, und verfluchte ihre vorschnellen Worte. Statt dessen knallte sie die Tür des Jeeps zu und ließ den Motor aufheulen. Das Vergnügen, einen so starken Wagen zu fahren, beruhigte sie bald. Nicht einmal der nachmittägliche Berufsverkehr störte sie. Der Wagen lief so ruhig, daß sie ihn unwillkürlich mit ihrem alten Mustang verglich, der bei hohen Geschwindigkeiten zu vibrieren anfing. Sie schüttelte den Kopf darüber, wie verächtlich sie an ihr treues altes Auto dachte. Die Versuchungen des Geldes.

An der Windschutzscheibe des Jeeps klebte ein Schild, das ihm freie Zufahrt zur Truesdale-Tiefgarage gewährte. Sie mußte lächeln, als ihr auffiel, daß der Weg durch die 'Nur für Angestellte'-Garage der geschickteste und Los-Angeles-typischste war, um an Empfangsdamen und Sicherheitsdiensten vorbeizukommen. Der Parkhauswächter in seinem Glaswürfel unter dem Gebäude schien den Jeep gewöhnt zu sein und winkte sie durch, ohne hinzusehen.

Ingrid ließ sich einen Augenblick Zeit, fuhr kreuz und quer durch die Tiefgarage und sah sich um. Sie parkte in einem offenen Bereich, als wolle sie gleich wieder wegfahren, um nicht in die Nähe von Ken zu geraten, dessen BMW einen beschilderten Stammplatz gleich beim Durchgang zum Hauptgebäude hatte. An der Laderampe stapelte ein Mann vor einem Lieferwagen Kartons mit Truesdale-Produkten auf, die er von einer Metallkarre nahm. Ingrid stufte ihn als Außendienstler ein.

»Sagen Sie, müssen Sie das alles allein machen? Keine Angestellten, die Ihnen helfen?« fragte sie.

Der Mann lächelte freundlich. »Oh nein, wir machen alles selbst, was wir können. Damit halten wir den administrativen Wasserkopf klein. So ist mehr Profit für uns drin. Sie sind wohl keine Außendienstmitarbeiterin — noch nicht?« Ingrid wünschte, sie hätte an den TLC-Anstecker gedacht. Sie merkte, daß der Mann sie in ein Verkaufsgespräch verwickeln wollte. »Wir packen unsere bestellten Sachen einfach auf so einen Wagen. Ein Angestellter hakt dann alles auf dem Bestellzettel ab. Auf diese Weise können sie ihre Lagermitarbeiter für den Versandhandel einsetzen. Und dafür werden eine Menge Leute gebraucht, das können Sie mir glauben.«

»Meine Schwester ist im Vertrieb«, sagte Ingrid, bevor er ihr etwas aufzuschwatzen begann. »Sie wollte mich auch ins Geschäft bringen. Sie wollte mir jetzt eigentlich das Lager zeigen, aber ihr scheint etwas dazwischen gekommen zu sein. Können Sie mich hinbringen?«

»Klar. Kommen Sie die kleine Treppe hoch, da an der Seite der Laderampe.«

Ingrid tat wie geheißen und folgte ihm durch einen breiten Flur und wenig später durch eine Metall-Schiebetür.

»Na, Dolly«, sagte Ingrids Führer zu einer abgespannt aussehenden Frau hinter einem Stahltresen. »Da bin ich wieder. Und ich habe eine brandheiße Interessentin mitgebracht.«

Dolly ließ sie mit einem Nicken durch die Tür gehen, sprach in den Telefonhörer, den sie zwischen Kinn und Schulter geklemmt hatte, und sah auf ein Klemmbrett, das vor ihr lag. »Mm-hmm.« Sie kritzelte Notizen auf ihren Zettel. »Aber wir brauchen es bis Donnerstag. Nächsten Montag genügt nicht.« Ein Computer stand vor ihr, auf dem Bildschirm leuchtete über einer Batterie von Spalten und Zahlen das Wort LAGERBESTAND. Ingrid beneidete Dolly nicht um ihren Job.

Der Lagerraum hatte eine hohe Decke und kahle Wände, an denen sich hohe Metallregale voller Pappkartons reihten. Schilder an den Regalen verrieten ihren Inhalt: TSS, Vitamin-Tonic und so weiter. Die wenigen Männer und Frauen, die Metallkarren durch die Gänge schoben, trugen Freizeitkleidung, viele nur kurze Hosen und T-Shirts. Sie studierten Rechnungsformulare, als würden sie ihren Einkaufszettel lesen.

»Na, ich muß mich sehr beeilen. Wenn Sie noch Fragen haben, wenden Sie sich einfach an Dolly.« Ingrids Führer verschwand.

Ingrid wollte sich gerade bei Dolly nach den Vorräten für Docs Vorführungen erkundigen, als sie Paula zwei Kartons zum Tresen tragen sah. Die Laborantin bewegte sich mit bleierner Langsamkeit und schaffte es kaum, die Kartons auf den Tresen und in den Ausgabekorb zu hieven. Dolly warf ihr einen scharfen Blick zu.

»Paula, Sie habe ich gerade gesucht. Kommen Sie, ich helfe Ihnen.« Ingrid trat neben Paula und übernahm die Kartons. Paula unterzeichnete inzwischen das Formular, das Dolly ihr hinhielt.

»Danke«, sagte Paula mit ihrer wunderbaren Samtstimme. Was immer sie hatte, ihre Kehle war davon offenbar nicht berührt.

»Geht es Ihnen gut?« fragte Ingrid und sah Paula aufmerksam ins Gesicht.

»Ach, ich glaube, ich bin einfach müde. Mir ist heute nicht sehr danach, mich mit dieser Frau abzugeben, aber ich habe keine andere Wahl. Doc hat angedroht, daß er heute das Labor braucht. Meistens schafft er es im letzten Moment doch nicht, aber ich muß trotzdem ein paar Produkte holen, damit er was zum Spielen hat.« Ingrid folgte ihr mit den Kartons vom Tresen zum Fahrstuhl.

»Müssen Sie für die Vorführungen immer ganze Kartons mit dem Fahrstuhl hochschleppen? Es wäre doch viel sinnvoller, einen Karton zu öffnen und nur ein paar Flaschen zur Zeit mitzunehmen.«

Paula schnaubte. »Wenn etwas sinnvoll ist, dann wird es hier ganz bestimmt anders gemacht. Dolly hat so ihre eigene Art, wie sie das Lager organisiert. Es ist mühsam, offene Kartons zu verwalten, also läßt sie niemanden angebrochene Kartons aus dem Lager tragen. Hinter der Rezeption oben gibt es eine kleine Teeküche, wo all die Flaschen aus den offenen Kartons aufbewahrt werden, meistens zwei oder drei Schränke voll. Ab und zu müssen sie eine Plastiktonne holen, um die ganzen überflüssigen Flaschen zu entsorgen. Eine ganz schöne Verschwendung, wenn Sie mich fragen.«

Sie traten in den Fahrstuhl. »Also müssen Sie die ganzen übriggebliebenen Sachen wieder hier runterschleppen oder im Labor aufbewahren, bis sie wieder gebraucht werden?«

Paula seufzte. »Im Labor haben wir nicht genug Platz. Ich schleppe alles zurück, was nicht verbraucht oder als kostenloses Muster hergegeben wird. Ich weiß nicht, warum Doc den Außendienstmitarbeitern Muster gibt. Sie müssen den ganzen Keller voll haben mit dem Zeug. Aber versuchen Sie nie, mit einem Kaufmann über Logik zu reden.«

»Könnten Sie mir zeigen, wo die überschüssigen Flaschen aufbewahrt werden? Wir können doch mit dem nächsten Fahrstuhl weiterfahren.« Ingrid stieg im Erdgeschoß aus und ging auf den Empfangstresen gegenüber der Spiegelwand zu.

Paula seufzte noch einmal auf, folgte dann aber Ingrid, die schließlich die Kartons trug. »Wenn Sie darauf bestehen. Aber ich habe das alles schon der Polizei gezeigt. Hallo, Gloria. Wir wollen nur mal eben ins Musterzimmer.«

Sie führte Ingrid in einen kleinen Raum, der mit Arbeitsplatten und Schränken vollgestopft war. Es sah aus wie auf einem Schiff, alles war gestapelt und geschichtet, um den Platz optimal auszunutzen. Ein Kühlschrank und ein kleiner Herd standen nebeneinander an einer Langseite des Raumes, dem Kühlschrank gegenüber zwei hohe Plastiktonnen, die von Flaschen mit Truesdale-Produkten überquollen.

»In diesen Schränken sind nur die eßbaren Produkte untergebracht«, sagte Paula und öffnete eine Schranktür. »Früher haben sich alle hier öfters einen Pollenriegel oder ein Glas Vitamintrunk geholt. Aber wie es aussieht, passiert das in letzter Zeit nicht mehr. Warum wohl?« Sie sah Ingrid mit bitterer Ironie an.

Ingrid lächelte pflichtschuldig, aber in Paulas Augen sah sie nur kaum unterdrücktem Schmerz und tiefe Mattigkeit. Paula wirkte so mitgenommen, daß Ingrid ihr fast zutraute, das Reinigungsmittel vergiftet zu haben, nur damit diese Vorführungen endlich aufhörten.

»Aber dieser Reiniger, das Zeug, das letzte Woche Adam getrunken hat — Sie haben nicht gesagt, wohin Sie die übriggebliebenen Flaschen nach der Demo gebracht haben.«

Zum ersten Mal schien Paula zu zögern. »Ich erinnere mich nicht genau an das, was nach Adams Zusammenbruch passierte. Kann sein, daß ich die Flaschen runtergebracht habe.« Sie hob die Hand und wischte sich über ihre trockene Stirn.

»Ray sagt, Sie haben ihn bei der Ersten Hilfe unterstützt, aber nicht sofort. Kamen Sie später, weil Sie erst die Sachen weggebracht haben? Ich kann mich nicht erinnern, Sie gesehen zu haben, als Adam zusammenbrach.«

Paula schien verwirrt. »Ich weiß, daß ich Adam auf dem Boden liegen sah. Ich muß gerade zurückgekommen sein, als er umkippte. Es ging alles ziemlich schnell. Aber die Polizei war hier und hat alle unversiegelten Flaschen und auch einige versiegelte mitgenommen. Darauf kommt es doch gar nicht mehr an.« Ingrid hatte das Gefühl, daß Paula sich mit ihren Worten selbst beruhigte.

Die Laborantin ging in die Knie und öffnete eine Schranktür. »Hier. Wie Sie sehen, ist dieser Schrank leer. Die Polizei hat alles mitgenommen, was darin war. Ich habe an dem Morgen einen vollen Karton aus dem Lager geholt. Niemand konnte vorhersehen, welchen Karton ich aus dem Regal nehmen würde. Und er war zugetackert, bis ich ihn oben im Labor aufgerissen habe. Darum glauben sie ja, daß das Gift in dem Wasserglas gewesen sein muß.«

»Wußten Sie, daß Ken letzten Montag fünf solcher Flaschen in seinem Wagen hatte?«

Paula sah stirnrunzelnd zu Boden. Ihre Stimme war nur ein Murmeln, Ingrid mußte sich anstrengen, sie zu verstehen. »Ich bin sicher, daß er eine gute Erklärung dafür hatte. Aber ich will sie nicht hören, okay?«

Plötzlich hob sie den Kopf, und Ingrid wandte sich verlegen ab, als sie den blanken Schmerz in ihren Augen sah. Und da war noch etwas. Paula kramte in der Tasche ihres Laborkittels und förderte zwei weiße Kapseln zutage. Irgendwie glaubte Ingrid nicht, daß das Vitamine waren. Paula ließ einen kleinen Pappbecher voll Wasser laufen, schluckte die beiden Tabletten und spülte mit einem zweiten Becher nach. Anschließend sah sie Ingrid herausfordernd an.

Ingrid wartete.

»Sie meinen, weil wir nicht rechtmäßig verheiratet sind, habe ich keine Ansprüche gegen Ken. Sehen Sie, ich habe seine Ausbildung bezahlt. Wir haben zehn Jahre zusammengelebt.

Ich weiß Dinge über ihn, damit könnte ich ... na ja. Er ist mir etwas *schuldig*. Wie auch immer er es anstellen wird, ich weiß, daß er es mir zurückzahlen muß. Wenn er weiß, was gut für ihn ist.« Die letzten Worte murmelte sie so leise, daß sie wie ein Knurren klangen.

»Natürlich wird er das«, sagte Ingrid, aber sie war sich gar nicht sicher.

Paula atmete tief ein, ihr Atem klang rauh. »Sehen Sie, Ingrid, eine Menge Leute haben diesen Reiniger im Auto. Wir verkaufen das Zeug schließlich, oder? Können wir jetzt gehen?«

»Sicher. Danke, daß Sie mir das hier gezeigt haben.« Ingrid folgte ihr zurück zum Fahrstuhl. Aber Paula nahm ihr entschlossen die Kartons ab, drückte den Aufwärts-Knopf und drehte Ingrid den Rücken zu. Ingrid fragte sich, was das für Tabletten waren. So konnte Paula nicht weitermachen – Drogen, um nicht die Fassung zu verlieren, und doch bei jeder Tablette dem Zusammenbruch unerbittlich näherzukommen. Ken mußte ihr gesagt haben, daß er ausziehen wollte. Die Fahrstuhltüren öffneten sich, und Paula fuhr zurück wie von einem Schlag ins gesicht getroffen.

Ken und Esther stiegen aus dem Lift. Ken hielt Paula die Tür auf, aber Paula rührte sich nicht. Sie starrte Ken jämmerlich an wie die Beute das Raubtier. Ken hatte wenigstens den Anstand, verlegen auszusehen. »Komm, Paula, laß mich die tragen. Esther, ich bin in zehn Minuten wieder in der Halle.« Paula wich zurück, aber er nahm ihr entschieden mit einem Arm die Kartons ab. Mit dem anderen schob er sie in den Fahrstuhl.

Die Türen schlossen sich hinter ihnen. Ingrid starrte in die grünen Augen von Esther Truesdale.

Jetzt oder nie. Ingrid war nicht sicher, ob sie Esther zu einem Gespräch überreden konnte, aber sie wollte es versuchen. »Esther, ich habe ein paar Fragen zur Firma, bei denen Sie mir vielleicht helfen könnten. Ich weiß, daß wir bisher nicht gut miteinander ausgekommen sind. Aber wir wollen beide meine Schwester finden. Gut, wir haben verschiedene Gründe dafür, aber der erste Schritt ist der gleiche. Und wir wollen beide wissen, wer Adam umgebracht hat. Kann ich zehn Minuten von Ihrer Zeit in Anspruch nehmen?«

Esther dachte kurz nach. Die Frage war sachlich genug, um sie anzusprechen. »Gut«, sagte sie und sah auf ihre Armbanduhr. »Zehn Minuten. Fragen Sie los.«

»Könnten wir uns ungestörter unterhalten? Vielleicht in dem kleinen Raum hinter dem Empfang?«

»Na schön.« Sie folgte Ingrid in den vollgestopften Raum.

Esther stellte ihren Aktenkoffer ab und goß sich ein Glas Mineralwasser ein. Ingrid lehnte sich gegen den Kühlschrank.

»Erstens: wer sitzt im Vorstand der Firma?«

»Also, mein Vater ist Präsident und Vorstandsvorsitzender. Zach ist Schatzmeister und auch im Vorstand. Dann noch der Anwalt, der uns gesellschaftsrechtlich vertritt. Gloria, die dämliche Empfangsdame, ist Vorstandssekretärin. Dad hat sie einfach gern dabei, damit sie Protokoll schreibt und was sonst so anfällt. Adam war Verkaufsleiter und viertes Vorstandsmitglied. Morgen um diese Zeit gibt es eine Versammlung, auf der sein Nachfolger gewählt werden soll.«

»Haben Sie eine Chance, diesen Posten im Vorstand zu bekommen?«

Esther verzog wütend das Gesicht. »Ha! Glauben Sie, daß der Regen von unten nach oben fällt?«

Ingrid warf einen Blick in ihr Notizbuch. »Adam hat mir erzählt, daß Ihr Vater Ihnen nur wenig Geschäftsanteile überläßt. Er spart alles für die männlichen Erben auf. Aber Sie haben doch die Qualifikation, die Ausbildung und das Temperament, das Zach fehlt. Wird Doc Ihnen mehr Verantwortung übertragen, wenn Sie mehr Erfahrung gesammelt haben?«

»Es geht nicht um mein Alter.« Esther stellte den Fuß auf einen Karton mit TSS und starrte in ihr Mineralwasser. »Mir fehlt die nötige Ausstattung.«

»Und das wäre?«

»Etwa fünfzehn Zentimeter an relevanter Stelle.«

Ingrid lachte. »So sieht's aus. Was wollen Sie tun, sich die von Ken leihen?«

Esther warf den Kopf zurück und lachte. »Ja. Warum nicht. Natürlich nur vorübergehend.«

»Mal sehen«, überlegte Ingrid, von Esthers Entspanntheit ermuitgt. »Ich will's gern glauben, Sie sind die Fachfrau. Aber was, wenn Doc ihm den Job gibt, den Sie wollen?«

Esther stellte ihren Becher ab und reckte die Arme, als wollte sie ihre Muskeln dehnen. »Keine Sorge, mit Ken werde ich fertig. Er ist ein besserer Liebhaber als Kämpfer.« Sie nahm ihren Becher, goß das Wasser aus und begann, den Becher zu zerpflücken.

»Und Sie kümmert es nicht, wer darunter leidet, Paula zum Beispiel?«

Esther schien die Frage zu amüsieren. Sie legte den Kopf auf die Seite und dachte nach. »Paula wußte nicht, wie man mit Ken fertig wird«, sagte Esther nachdenklich. Sie sprach von Paula in der Vergangenheit. »Sie wird kein Verlust für unsere Firma sein.« Für sie war Paula schon Geschichte. »Wußten Sie, daß ihr Diplom gefälscht ist?« fuhr sie ein bißchen giftig fort. »Ken hat sie gedeckt, nur so, und um ihr eine Chance zu geben. Tatsächlich ist sie nur Krankenschwester, und nicht mal eine gute. Ich habe mir ihre Referenzen angesehen. Die Mühe hat sich hier sonst keiner gemacht, und auch niemand am Institut für Kräuterweisheit. Paula ist in den vergangenen zehn Jahren aus allerlei Jobs geflogen. Einige der Krankenhäuser verzeichneten Verluste an diversen Morphiumderivaten, während sie dort beschäftigt war. Es gab auch mehrere Einbrüche. Niemand konnte ihr etwas nachweisen. Aber sie stand mindestens unter dem Verdacht des Drogenmißbrauchs.«

»Und was ist mit Ken?« beharrte Ingrid. »Sie sind seit fast zehn Jahren zusammen, er muß doch etwas damit zu tun haben.«

»Ist das nicht offensichtlich? Er war zu schwach, sie zu verlassen. Wahrscheinlich hat er sich eingeredet, daß er ihr bei ihren Problemen hilft.«

»Hat er in den gleichen Krankenhäusern gearbeitet? Sie haben doch seine Referenzen bestimmt auch überprüft.«

»Natürlich habe ich das. *Ihm* hat niemand ein schlechtes Zeugnis ausgestellt. Er hat auch keine besonderen Empfehlungen bekommen, wahrscheinlich hielten sie ihn für einen Schwächling, weil er mitging, wenn Paula gefeuert wurde.«

Ingrid räusperte sich. »Ähm, Esther, haben Sie schon mal daran gedacht, daß es auch etwas mit Geschlechter- und Standesunterschieden zu tun haben könnte, wenn Paula in hohem Bogen fliegt und Ken mit einem mittelmäßigen Zeugnis geht?«

Esther schwieg einen Augenblick lang und dachte nach. Dann hellte sich ihr Gesicht auf. »Nein. Paula ist eine erwachsene Frau. Ich weigere mich zu glauben, daß Ken irgendein Miesling ist, der ihr pausenlos Drogen eingeflößt und sie am Ende gezwungen hat, die ganze Schuld auf sich zu nehmen. Er mag ein Schwächling sein. Aber wenn er ein Fiesling wäre, dann hätte er wenigstens einen schlechten Ruf.«

»Kommen Sie schon, Esther. Denken Sie zur Abwechslung mal mit Ihrem Grips. Ist Ihnen noch nie aufgefallen, daß Krankenhäuser genau wie alle anderen Institutionen ihre höherrangigen Angestellten decken, um nicht in Gerichtsverhandlungen ihren guten Namen zu riskieren? Sie sollten realistisch werden und nicht nur da gegen Diskriminierung sein, wo es um Sie geht. Wenn dabei eine Rivalin aus dem Weg geschafft wird, ist das in Ordnung, oder wie?«

»Paula ist ja wohl kaum meine *Rivalin*«, Esther betonte das Wort angewidert. »Sagen wir, Paula konnte sich Ken nicht mehr leisten. Er ist ein ziemlich kostspieliges Vergnügen, meinen Sie nicht auch?«

»Die Frage ist, ob er es auch wert ist.« Ingrid stellte fest, daß sie sich der jetzt selbstsicher-zynischen Esther gewachsen fühlte. Sie stützte sich auf der Arbeitsplatte ab und betrachtete die junge Frau forschend. »Haben Sie sich schon mal gefragt, ob er Sie möglicherweise benutzt? Er könnte gefährlich sein.«

»Ach wo, ich sorge dafür, daß er Kondome verwendet«, sagte Esther und lachte. Es sollte ein selbstzufriedenes Kichern werden, aber Ingrid hörte den falschen Unterton. Esther war der Gedanke unbehaglicher, als sie zugab.

Ingrid lächelte höflich. »Also es macht Ihnen nichts aus, ja? Kens Wendehals-Mentalität stört Sie nicht?«

Esther zerknüllte die zerfetzten Reste ihres Bechers und warf sie gekonnt in den Papierkorb am anderen Ende des Raumes. »Tor«, grinste sie und streckte die Arme in Siegerpose zur Decke. Dann sammelte sie ihre Sachen zusammen und gab Ingrid damit zu verstehen, daß das Gespräch zu Ende war. »Sehen Sie, Ingrid, mein Vater ist ein Kaufmann der alten Schule, mit allen Wassern gewaschen. Mein Bruder Adam war sein ergebenster Jünger. Und mein überlebender Bruder Zach könnte, genau wie meine Mutter, einmal verrückt werden. Warum sollte ich etwas darauf geben, was irgendein Mann tut oder sagt?«

Ingrid zuckte die Achseln. »Wenn Sie das so betrachten, dann sehe ich wirklich keinen Grund. Aber Sie sehen einen.«

Esther schüttelte den Kopf, daß ihr die roten Haare um die Ohren flogen. Dann starrte sie zornig ins Leere. »Wissen Sie, warum ich Ihre Schwester so hasse?«

»Weil sie alles hat, was Ihnen fehlt: Charme und Grazie sowie Fingerspitzengefühl im Umgang mit Menschen?« Ingrid versuchte, Esthers Blick aufzufangen, aber Esther starrte plötzlich gedankenverloren an die Wand, als läse sie dort eine nicht sichtbare Schrift.

»Weil es meinem Vater lieber wäre, wenn ich eine hübsche, charmante Idiotin wie Tracy wäre. Es interessiert ihn überhaupt nicht, daß ich jeden einzelnen meiner Kurse mit einer glatten Eins abgeschlossen habe, daß ich mein Diplom *summa cum laude* gemacht habe. Ich habe Angebote von verschiedenen großen Firmen gehabt. Aber ich habe sie abgelehnt, als Doc mich fragte, ob ich in seine Firma einsteigen will. Das klang aufregend, und ich wollte ihm mein Leben lang beweisen, was ich kann.«

Endlich sah sie Ingrid ins Gesicht, ihre grünen Augen zusammengekniffen. »Und was, meinen Sie, hatte er sich für mich ausgedacht?«

»Hostessendienste?« riet Ingrid.

»Verdammt richtig. Und ich sollte in der Fabrik Vitamine packen. Das habe ich zehn Jahre lang in den Sommerferien gemacht, und das ist mehr, als Zach und Adam jemals dort gearbeitet haben.«

Ingrid fragte sich, ob Esther ein bißchen Gift in einen der Kessel geschüttet hatte, um sich an allen zu rächen. Statt dessen sagte sie: »Vielleicht wollte er nur, daß Sie unten anfangen.«

»Und unten bleiben. Adam hat sein Leben lang im Mittelpunkt gestanden. Mit Zach hat Dad es sowieso aufgegeben. Ich kenne jeden Job in dieser Firma, und ich könnte den Laden verdammt noch mal besser schmeißen, als er jetzt läuft. Wenn sie mich nur ließen. Aber Dad hat Pläne für mich. Er will, daß ich bei *Barbie* Tanz und Aerobic lerne, damit ich im Studio aushelfen kann.«

Die Bitterkeit in ihrer Stimme war kein gutes Vorzeichen für künftigen Familienfrieden. Aber Esther war noch nicht fertig. »Ich habe ihm gesagt, daß ich lieber Squash oder Handball spiele. Ich habe Medaillen im Scheibenschießen gewonnen. Aber für ihn haben Frauen nur als Dekoration einen Wert. Er hat den Virus des Sexismus tief in den Knochen sitzen. Meine beiden Brüder haben das College vor dem Examen abgebrochen. Aber sie sind beide im Vorstand und Abteilungsleiter der Firma. Mich würden sie nicht einmal als Vorstandssekretärin vorschlagen. Dad hat Gloria eingestellt, weil sie Steno kann.«

Ingrid schüttelte mitfühlend den Kopf. »Könnte es sein, daß

sich Ihr Vater vor Ihrer guten Ausbildung fürchtet, weil er Autodidakt ist?«

»Oh, er kann meine Ausbildung schon gebrauchen.« Esther ließ ihre Faust auf die Arbeitsplatte knallen. »Ich darf Zach in der Buchhaltung helfen. Als ob mein Einsiedler-Bruder jemanden in seine Höhle lassen würde. Zach wurde ganz blaß, als Dad das vorschlug. Endlich hat er etwas gefunden, womit er zurechtkommt, und nun hat er natürlich Angst, daß es ihm wieder weggenommen wird. Okay. Schön. Ich habe ihm meine Hilfe angeboten. Zach hat mir die Tür vor der Nase zugeknallt.«

»Vielleicht hat Ihr Bruder Zach auch das Aconitin in die Vitaminprodukte getan, damit alle abgelenkt waren und ihn in Ruhe ließen.«

»Was?« Esther starrte Ingrid an, als würde ihr plötzlich bewußt, daß sie noch immer da war. »Ich muß jetzt gehen. Ken wartet sicher schon auf mich.«

»Esther, warum bleiben Sie denn überhaupt hier? Warum nehmen Sie nicht einen Job bei einer richtigen Firma an? Hier werden die Dinge doch nie so laufen, wie Sie es wollen.«

»Ach nein? Na, vielleicht bleibe ich, weil der alte Tyrann, der den Laden schmeißt, mein Vater ist. Barbie wird sich nicht um ihn kümmern. Meinen Sie, sie würde aufhören, sich zu schminken, nur weil er im Nebenzimmer liegt und stirbt?« Esther schüttelte den Kopf, ein heftiges Rucken, als wollte sie ihre Verwundbarkeit abschütteln, oder vielleicht mochte sie einfach das Gefühl, wenn ihre schimmernden Haare gegen ihre Wangen schlugen. Sie holte tief Luft und lächelte. »Vielleicht muß Dad mich jetzt einsetzen, wo Adam nicht mehr da ist.«

Sie sah Ingrid direkt ins Gesicht. »Natürlich benutze ich Ken als Türöffner. Wenn Doc meint, ich fange an, ein Nest zu bauen, dann wird er mir ein bißchen mehr zu tun geben. Nur damit ich hierbleibe. Für jeden Gefallen, den ich Ken tue, wird er mir einen Gefallen zurückzahlen. Möglicherweise bricht Zach unter dem Druck zusammen. Ich habe bei jeder Gelegenheit einen Blick auf seine Unterlagen geworfen. Nur für den Fall, daß ich mal schnell einspringen muß.«

»Esther, Sie laden sich da vielleicht mehr auf, als Sie tragen können. Denken Sie darüber nach.«

Esther sah auf ihre Uhr und ging ohne ein weiteres Wort aus dem Raum.

Kapitel 23

Auf dem Rückweg zu Tracys Haus hielt Ingrid bei einem Lebensmittelgeschäft und kaufte Obst und Gemüse. Als sie schon in der Kassenschlange stand, kehrte sie noch einmal um, dachte einen Augenblick nach und packte noch ein paar Dosensuppen ein. Sie versuchte sich klar zu werden, welche Lebensmittel leicht und unbemerkt zu vergiften waren und welche nicht. Sie schaute in den Briefkasten. Nur Rechnungen und Reklame.

Als sie die Tür aufschloß, hörte sie das Telefon klingeln, aber es hörte auf, bevor sie im Haus war. Sie fluchte und ließ ihre Einkäufe auf einen Tisch gleich neben der Tür fallen. Es war still im Haus. Die hinter den herabgelassenen Jalousien gefangene Luft roch schal und abgestanden. Ob es Tracy gewesen war? Sie gab langsam die Hoffnung auf. Warum hatten ihre Schwester und ihr überfleißiger Schwager sich keinen Anrufbeantworter angeschafft? Weil Adam einen Anschluß im Büro und einen in seinem Apartment hatte – und Tracys Anrufe nicht wichtig waren? Ingrid zwang sich, nicht wütend zu werden. Vielleicht war ihr Haus für die beiden eine Art Oase gewesen, in der sie keine unerwünschten Nachrichten bekommen wollten. Sicher. Eine Oase mit fließend heißem und kaltem Arsen.

Ingrid stand da und starrte auf die blaßrosa Spuren auf Wand und Teppich. Die letzten Reste des Blutes. Auch nach einer halben Stunde Schrubben hatte sie nicht alles beseitigen können. Dann schaltete sie die Klimaanlage ein. Sie zog die Schuhe aus und machte sich daran, ihre Einkäufe in die Küche zu tragen, als das Telefon wieder klingelte. Ingrid ließ ihre Tüten fallen und rannte zum nächsten Apparat in der Küche. »Hallo?«

»Ja? Ist da Ingrid Hunter?« Zuerst registrierte Ingrid nur, daß es nicht Tracys Stimme war. Dann erkannte sie Paula. Paula klang ruhiger als vorhin in der Firma. Beim Anblick ihres entgeisterten Gesichts, als sie im Fahrstuhl verschwunden war, hatte Ingrid vermutet, daß Paula die nächste Woche schluchzend verbringen würde. »Ich muß mit Ihnen sprechen. Aber nicht heute abend. Wo können wir uns treffen?«

»Ich treffe mich mit Ihnen, wo Sie wollen, Paula.« Ingrid kramte auf dem Tresen nach dem Block und Stift, die Tracy in der Nähe des Wandtelefons aufbewahrte.

»Am besten wäre es wohl im Labor. Kommen Sie gegen Mittag hin. Doc und Ken werden dann mit den anderen Knaben vom Vorstand beim Essen sein. Ich will sichergehen, daß Ken nicht in der Nähe ist. Sonst kommt sowieso niemand ins Labor, wenn Doc nicht gerade eine seiner Medizinshows abhält.« In Paulas Samtstimme schwang deutlich Bitterkeit.

»Paula, geht es Ihnen gut?« Ingrid machte sich Sorgen. Sie mußte an ihr Gesicht denken, als sich die Fahrstuhltüren hinter ihr schlossen. »Sie werden doch nichts ...« Ingrids Stimme verlor sich. Sie kannte Paula nicht gut genug, um die Frage auszusprechen.

»Keine Sorge. Ich will nur mit Ihnen reden. Es gibt ein paar Dinge, die Sie wissen sollten. Vielleicht können Sie mir helfen. Sonst tut das niemand, jetzt nicht mehr. Ich weiß zu viel, und wenn ich das jemand anders erzähle — na, bis morgen dann.«

Ingrid setzte sich an den Tresen. Vor einer Woche hatte sie hier mit Tracy gesessen. Sie nahm die Orangen aus der Einkaufstasche, schälte eine und aß sie mechanisch. Sie hatte

Hunger, aber ihre Gedanken schweiften immer wieder ab zu der sonderbaren Familie, in die Tracy hineingeheiratet hatte.

Schließlich stand sie auf und suchte den Stapel Bilanzen, den sie aus Adams Apartment mitgebracht hatte. Sie setzte sich auf das Sofa neben der Klimaanlage und nahm sich eine vor. Sofort fing sie zu gähnen an. Sie schob die Bilanz beiseite und stellte fest, daß sie wieder etwas wacher wurde. Dann beschloß sie, die Papiere, die sie gefunden hatte, zusammenzupacken und mit einem kleinen Brief an Ben Resnick zu schicken. Sie wünschte, sie könnte sich mit Ben zusammensetzen und reden. Er konnte selbst hinter einer glänzenden Ansichtskarte eine böse Absicht finden, wenn es sie gab.

Wenn sie nur endlich Tracy fände, dann würde sie auch mehr darüber erfahren, was wirklich bei Truesdales vorging. Die Tänzerinnen hatten sie mit einem Lieferwagen wegfahren sehen.

Wenn der Wagen tatsächlich dem Institut für Kräuterweisheit gehörte, war Tracy möglicherweise dort. Wem wollte sie etwas vormachen? Eine Rückkehr nach San Francisco unter dem Vorwand, nach Bolinas zu fahren oder Bens Meinung zu ihren bisherigen Ergebnissen einzuholen, war nur ein Weglaufen, solange sie keinen stichhaltigeren Beweis dafür hatte, daß Tracy wirklich in der Gegend war.

Ingrid wählte die Nummer, die sie von Shandra Morgenstern bekommen hatte. Das Telefon im Institut für Kräuterweisheit klingelte mehrere Male. Es war spät für einen Anruf, auch wenn das Institut rund um die Uhr besetzt war. Ingrid wollte gerade wieder auflegen, als sich ein Mann meldete. Ingrid fragte nach Shandra Morgenstern.

»Sie ist nicht hier. Sie hat einen unserer Gäste in den Süden gebracht. Ich nehme nur ihre Anrufe entgegen.«

»Ich rufe aus Los Angeles an. Haben Sie eine Nummer, unter der ich sie erreichen könnte?«

»Nein. Aber sie müßte in ein paar Tagen wieder zurück sein. Soll sie dann zurückrufen?«

»Nein, danke.« Soviel zum Institut für Kräuterweisheit.

Madame Natalja hatte gesagt, Tracy sei mit Sammy Dorset zusammen. Ingrid nahm sich ein Telefonbuch und sah unter Dorset nach. In Los Angeles gab es keinen Anschluß auf diesen Namen, aber zwei in Santa Monica. Ein Samuel war nicht dabei, aber sie rief trotzdem beide an. Der erste war nicht zu Haus. Aber der zweite, Thomas Dorset, sagte, ja, er habe einen Sohn Sam, der Ballett studiert habe, verdammt. Und was sie das anginge. Als Ingrid erklärte, daß sie auf der Suche nach ihrer Schwester sei und gute Gründe habe, anzunehmen, daß sie mit seinem Sohn zusammen sei, verblüffte er sie mit einem Lachen. Es war kein fröhliches Lachen.

»Sicher, Lady. Kommen Sie morgen früh um neun runter in meinen Laden in Marina Del Rey. Ich mache erst um zehn auf, dann können wir uns vorher ein bißchen unterhalten.«

* * *

Ingrid war früh dran. Sie wartete draußen vor dem Laden, der importiertes Messing und Rosenholz und nautischen Schnickschnack verkaufte — im Schaufenster stand die Karikatur eines Seemanns in rot-weiß gestreiftem Pullover, der auf einer Pfeife kaute. Sie wandte dem alten Seebär den Rücken zu und sah zum Mastenwald des nahen Jachthafens hinüber. Sie war nervös, als kostete das Betreten des Gehweges mit den dekorativen Dattelpalmen mehr Miete, als sich ihre Füße leisten konnten.

Krach. Peng.

Ingrid fuhr bei dem plötzlichen Geräusch zusammen. Sie drehte sich um und sah einen Palmwedel, der sich von einer Pflanze in der Nähe gelöst hatte und auf den Bürgersteig gefallen war. Sie mußte über ihre Nervosität lachen. Aber beim Anblick von Thomas Dorset, der seinen Cadillac abstellte und nach dem Aussteigen mit seinen Schlüsseln hantierte, verging ihr das Lachen.

Er war ein stämmiger Mann Ende Sechzig mit der Gesichtsfarbe eines in Gin gekochten Beefsteaks, die sie von Wermutbrüdern und gestrandeten Seeleuten kannte. Als er näher kam, sah sie seine Nase mit den vielen geplatzten Äderchen und wußte Bescheid. Sie fragte sich, ob Tracy und Sammy sich jemals über trinkende Eltern unterhalten hatten oder ob es ein stillschweigendes gemeinsames Wissen zwischen ihnen gab.

»Mr. Dorset? Ich bin Ingrid Hunter.«

»Tag auch«, sagte er mit knarrender Stimme. Er packte ihre Hand kurz und fest, dann drehte er sich um und schloß die Tür auf.

Die Wände des Geschäftes bestanden aus Fenstern und Spiegeln. Die glänzenden Gegenstände aus Messing ließen den Laden an diesem milden Morgen wie ein Nest aus Licht wirken. Der Wind vom Meer kühlte die Luft ein wenig ab. Dorset ließ die Tür ein Stück offenstehen, damit die Luft durch den Raum zirkulierte. »Wenn's Ihnen nichts ausmacht, brauchen wir die Klimaanlage erstmal noch nicht einzuschalten.«

Es machte Ingrid nichts aus.

»Setzen Sie sich. Kaffee kann ich Ihnen nicht anbieten. Der Arzt hat ihn mir verboten. Darum habe ich keinen hier.«

»Schon in Ordnung. Ich habe gefrühstückt. Ich will Sie auch gar nicht lange aufhalten. Ich bin Sammy nur ein paarmal mit meiner Schwester Tracy bei Tanzaufführungen begegnet. Aber ich kann mich nicht erinnern, Sie da gesehen zu haben.«

Thomas Dorset bellte ein Lachen, kurz und humorlos. »Nein. Da bleibe ich lieber weg. Schlimm genug, daß Sam sich da rumtreibt. Ich habe mich dran gewöhnt. Er tanzt. Na gut. Er hat auch Fußball, Baseball und Basketball gespielt. Er war ein sehr guter Sportler.«

Vergangenheitsform. Dorset stand unbeholfen da, wußte nicht, was er mit seinen Händen anfangen sollte. Er hatte die kraftvolle Behäbigkeit eines gealterten Jockeys. Die Art, wie er dauernd zu einer Schreibtischschublade hinsah, führte

Ingrid zu der sicheren Vermutung, daß er darin eine Flasche aufbewahrte. Sie beschloß, ihm Gelegenheit zu geben, sie hervorzuholen.

»Entschuldigen Sie. Kann ich hier vielleicht irgendwo ein Glas Wasser trinken?«

»Klar.« Seine Stimme war rauh vor Sympathie. Das Wort 'trinken' rührte ihn offensichtlich an. »Da drüben, hinter der Garderobe ist ein Klo, sehen Sie das Schild *Nur für Angestellte*? Rechts, gleich hinter der Ecke.«

Ingrid ging auf die Toilette. Als sie herauskam, sah sie Dorset sacht die Schublade schließen. Er war jetzt viel entspannter.

Ingrid setzte sich und lächelte ihn ermutigend an. Nicht viel von einer Fahne zu riechen. Wodka, vermutete sie. »Haben Sie Ihren Sohn in letzter Zeit gesehen, Mr. Dorset?«

»Nein, Ma'am. Habe ich nicht. Wir telefonieren ab und zu miteinander. Vorgestern hat er angerufen und um Geld gefragt. Ich habe es ihm gegeben, weil er krank ist.«

Ingrid hielt den Atem an. »Er hat nicht gesagt, ob Tracy bei ihm ist?«

»Nein, Ma'am.« Dorset schüttelte den Kopf, als erkannte er ihren Schmerz aus der Tiefe seines eigenen. »Und ehrlich gesagt, es tut mir weh das zu sagen, aber ich glaube nicht, daß Ihre Schwester bei ihm ist. Ich wünschte, sie wäre es. Aber mein Sohn, wissen Sie, hat Frauen nicht so gern um sich. Jedenfalls nicht, um mit ihnen zu leben...«

»Meinen Sie...« Ingrid zögerte. Sie hatte Angst, ihn unwiderruflich vor den Kopf zu stoßen.

Thomas Dorset schluckte und sagte heiser: »Er zieht Männer vor. Jetzt wird er sterben. Er hat dieses Dings, von dem man jetzt immerzu hört. Dieses AIDS-Dings. Ich bin bloß froh, daß seine Mutter das nicht mehr erleben muß.«

Ingrid saß ganz still. Das mußte die Verbindung mit der Blutschrift an der Wand in Tracys Haus sein. »Ihr Sohn hat AIDS?«

»Mit so was würde er mich nicht anlügen.«

»Tracy steht ihm sehr nahe, Mr. Dorset. Vielleicht kümmert sie sich um ihn. Haben Sie eine Ahnung, wo er jetzt ist?«

»Ich kenne seine Adresse nicht, Ma'am. Er hat mich gebeten, daß ich das Geld an eine Postfachadresse in San Ysidro schicke. Es ist lange her, daß ich seine Telefonnummer hatte.«

»San Ysidro.« Genau an der mexikanischen Grenze, gegenüber von Tijuana. »Könnten Sie mir die Postfachnummer geben? Vielleicht kann er mir helfen, Tracy zu finden. Vielleicht kann ich den beiden auch helfen, wenn ich mit ihnen reden kann.«

»Sicher.« Thomas Dorset kramte aus seiner Brieftasche einen Zettel, auf dem oben *Der Messing-Kapitän* eingeprägt war. Ingrid wurde klar, daß das der Name seines Geschäftes sein mußte. »Hier ist sie.« Ingrid schrieb sich die Nummer in ihr Notizbuch. »Wenn Sie meinen Sohn finden, bitte ... sagen Sie ihm, er kann nach Hause kommen. Es ist Platz genug da. Wenn Ihre Schwester bei ihm ist und mitkommen will, ist das auch in Ordnung. Ich bin nicht mehr oft da. Und das Haus ist groß.«

Ingrid versprach es, dankte ihm und überließ ihn seinen Sorgen und seiner Flasche.

Kapitel 24

Ingrid hätte Ray am Empfangstresen im Truesdale-Institut fast nicht erkannt. Im blauen Nadelstreifen sah er geradezu lächerlich ernst und förmlich aus. Auch er starrte sie befremdet an, wohl weil sie eins von Tracys Kleidern trug – elfenbeinfarbene Seide, streng genug geschnitten, um in ein Sitzungszimmer zu passen. »Hallo«, sagte sie etwas eingeschüchtert. Beide drehten sich um und schauten zu, wie Joleen den Posten von Gloria übernahm, die im leuchtend türkisfarbenen Kostüm erstrahlte.

»Na, Leute. Dann wollen wir mal. Ich bin jetzt offizielles Mitglied einer Vorstandssitzung«, sagte sie und zwinkerte Ray und Ingrid zu.

»Und Sie können uns wirklich den Konferenzraum zeigen, Gloria?« fragte Ray.

»Sicher. Solange wir wieder draußen sind, ehe die Herren Wichtig kommen. Gehen wir rauf.« Gloria zeigte mit einem langen, lackierten Fingernagel gen Himmel. »Es ist im vierten Stock. Der Konferenzraum nimmt eine ganze Seite des Gebäudes ein.« Sie folgten ihr durch die Halle. Der Spiegelwand gegenüber lag ein kleinerer, unauffälliger Fahrstuhl. »Kommt schon. Wir nehmen den Aufzug gleich neben dem Ausgang zur Tiefgarage. Der Lift geht direkt in den vierten Stock, so können Doc und eine gewisse Aerobic-Trainerin ohne unliebsame Begegnungen nach oben durchfahren.« Ingrid war am ersten Tag mit Adam in diesem kleinen Aufzug gefahren, ohne jedoch zu wissen, daß er sich von den anderen Fahrstühlen unterschied.

Gloria schien ihre Rolle als Fremdenführerin zu genießen. »Zu schade, daß ihr zwei nicht mitkommen und euch die Blödheiten anhören könnt, die bei solchen Sitzungen geredet werden. Vielleicht könntet ihr sie zur Vernunft bringen. Ich frage mich, ob das in allen Familienunternehmen so ist. Sie beschäftigen mehrere Rechtsverdreher, und die verdienen ihr Geld nur damit, daß sie sich streiten.«

»Kommt Ken auch zur Sitzung?« fragte Ingrid. »Esther meinte, er wird möglicherweise zum neuen kaufmännischen Leiter gewählt.«

»Ach ja«, Gloria kicherte. »Ken trägt ungeheuer viel Verantwortung — für die Tochter vom Boß. Esther und Barbie müssen ja draußen warten. Ich finde, das ist wirklich ein Fehler, wenn man bedenkt, wie sich die beiden hier draußen in die Haare kriegen können. Nein, nein, hört nicht auf mich, ich mache ja nur Spaß. So, da wären wir.« Sie stiegen aus dem Lift.

In dem Konferenzraum hätte eine kleine Kegelbahn Platz gefunden. Ingrid zählte zwanzig Stühle an einem Tisch, an dem sich vielleicht fünf oder sieben Leute streiten wollten.

»Warum so groß? Das kommt mir nicht besonders wirtschaftlich vor«, flüsterte Ingrid, überzeugt, daß das Echo ihrer Stimme durch den Raum hallen würde.

»Ach, ich glaube, der soll einfach imponieren. Sie holen die umsatzstärksten Außendienstmitarbeiter zu Gesprächen hier rauf«, erklärte Gloria mit einer achtlosen Handbewegung. »Also, mir imponiert er. Würde diesen Tisch gern mit nach Hause nehmen und auf Eßzimmergröße zurechtsägen. Da ist genug Holz dran, um auch noch Stühle rauszuholen.« Sie strich über die riesige Rosenholzplatte.

Ray sagte nichts. Ingrid beobachtete, wie er die großen Fenster und schweren Vorhänge mit den Augen vermaß und ungeduldig seinen Stock in den dicken, hellbeigen Teppich rammte.

Gloria umarmte die beiden mit einer mütterlichen Geste, die ihr so leichtfiel wie das Atmen. Ingrid war gerührt. »So, Kinder, jetzt müßt ihr gehen. Ihr könnt da drüben am Ende des Flures vor Docs Büro warten. Esther und Barbie amüsieren sich normalerweise in Docs Büro, da stehen die bequemsten Sessel.«

Von ihrem Beobachtungsposten auf dem Sofa am Ende des Korridors konnten Ingrid und Ray alle sehen, die aus dem Fahrstuhl in der Mitte des Flures stiegen. Der Konferenzraum lag auf der einen Seite, Docs Büro und das Labor auf der anderen. Im Bereich vor Docs Büro standen wie Inseln verstreut drei Sessel, ein paar Tischchen und ein Sofa, der Parkplatz für Besucher, die noch nicht an der Reihe waren.

»Danke, Gloria«, sagte Ray. »Das könnte uns wirklich weiterbringen.«

»Schon gut, Kinder. Ich finde, die Familie hat Tracy alles andere als fair behandelt. Und Doc hat ja gesagt, wir sollen euch bei euren Nachforschungen helfen. Wenn Derek versucht, euch zu verscheuchen, sagt ihm einfach, ihr habt meine Erlaubnis.«

Ingrid und Ray machten es sich auf dem Sofa bequem. Ray legte seinen Stock auf den freien Sitz neben sich und wandte sich an Ingrid. »Wir sollten lieber leise reden«, sagte er und rückte ein Stück näher. »Zuerst muß ich zu meinem Bedauern berichten, daß über Dr. Ken Crowley, Paula Canova und Shandra Morgenstern keine polizeilichen Aufzeichnungen vorliegen. Das hier sollten Sie lieber selbst lesen.« Er griff in die Innentasche seines Sakkos, holte einen Stapel Papiere heraus und gab sie Ingrid.

Ingrid sah auf die Papiere und warf unwillkürlich einen Blick auf Docs Bürotür. »Adams Testament, und das von Doc«, sagte sie leise. »Wie haben Sie –«

»Fragen Sie nicht. Sowas wird in jeder Anwaltspraxis auf Disketten abgespeichert. Da kommt jeder ran, der weiß, wo er suchen muß. Sie wollen sich doch nicht weigern, sie zu lesen, oder?«

»Oh nein. Ich lese ja schon.« Etwas später sagte sie nachdenklich: »Aha. Wenn Adam stirbt, fällt sein Gesellschaftsanteil zurück an die Firma, sofern er keinen männlichen Erben hinterläßt.«

»Richtig. Und wenn Zachs Sohn ein Junge ist, kriegt er alles. Wenn es ein Mädchen wird, geht das Rennen weiter, und Esther kriegt ihre Chance, einen männlichen Erben zu liefern.«

»Das hört sich irgendwie nicht nach Esthers Wunschrolle fürs Leben an.« Ingrid erzählte Ray von ihren Gesprächen mit Esther, Paula und Thomas Dorset.

Ray nickte langsam. »Sammy Dorset hat also AIDS. Aber sein Vater weiß nichts über Tracy.«

»Er konnte sich nicht vorstellen, daß Tracy bei seinem Sohn ist, weil Sammy schwul ist. Aber ich bin da nicht so sicher.«

»Nicht sicher, daß er schwul ist, oder nicht sicher, daß Tracy nicht bei ihm ist?«

»Ach, ganz allgemein. Sie waren Freunde. Das ist alles, was ich weiß.« Sie fand es nicht nötig, extra auszusprechen, daß das, was Leute im Bett taten, sich nicht unbedingt mit Etiketten versehen ließ. Was immer sein Vater annahm, Sammy mochte durchaus Männer lieben und trotzdem auch mit Frauen schlafen. Und so unwahrscheinlich Ingrid es auch fand, daß Tracy mit Sammy schlief – nun, auch medizinisches Personal ergriff Vorsichtsmaßnahmen, wenn sie mit AIDS-Patienten zu tun hatten. Sie schob den Gedanken beiseite. Es ging darum, Tracy zu finden.

Sie registrierte, daß auch Ray das Thema nicht weiter verfolgte. »Mein Kontaktmann bei der Polizei sagt, Sie lagen richtig. Adam ist tatsächlich an Aconitin gestorben. Er hatte zwar genug Arsen im Körper, um einen Menschen zu töten, aber es war zu gleichmäßig in seinen Haaren verteilt. Der Pathologe ist überzeugt, daß er es über längere Zeit eingenommen oder verabreicht bekommen hat. Auf diese Weise muß er resistent geworden sein.«

Ingrid tat einen langen, staunenden Atemzug. »Also hat er sich vollgepumpt wie Lucrezia Borgia und Konsorten. Meinen Sie, er rechnete damit, vergiftet zu werden? Oder hatte er vor, einem ahnungslosen Gast zum Abendessen Arsen zu verabreichen?«

»Vielleicht auch seiner ahnungslosen Frau? Ich weiß es nicht. Die Leute von der Mordkommission in Santa Monica wollen Sie nochmal sprechen. Ich gebe Ihnen den Namen des Zuständigen. Sie können aber auch mit Edwards reden. Gehen Sie lieber gleich morgen hin. Es wäre Ihnen sicherlich nicht recht, wenn sie Sie holen kämen.«

Beide sahen auf, als Zach Ruthanne aus dem Fahrstuhl dirigierte, ihr einen Stuhl in sicherem Abstand von Ray und Ingrid aufstellte und nach kurzem Anklopfen in Docs Büro ging.

Gloria kam aus dem Konferenzzimmer, klopfte wie Zach an Docs Tür und trat ein. Offensichtlich sammelten sich dort die Truppen, bevor sie gemeinsam in den riesigen Sitzungsraum marschierten.

Esther traf ein, ganz in eine Unterhaltung mit Ken vertieft, beide eilten ohne ein Zeichen des Erkennens an Ray und Ingrid vorbei in den Konferenzraum.

Ein glattfrisierter Mann in Anzug mit Weste und dem typischen Aktenkoffer eines Anwalts in der Hand glitt auf Docs Tür zu, klopfte, wurde eingelassen, kam gleich darauf wieder heraus und durchquerte den Flur, um sich zu Esther und Ken im Konferenzraum zu gesellen.

Ingrid und Ray beobachteten die Choreographie auf dem Flur interessiert. Es schienen sich zwei Parteien zu bilden, zwischen denen der Anwalt hin und her pendelte. Erwartete Doc von den jüngeren Teilnehmern, daß sie vorgingen, die Wassergläser füllten und die Kissen aufschüttelten? Oder hielt sich Ken, der Spitzenkandidat für Adams Nachfolge, bescheiden zurück, bis sein großer Moment kam?

Ingrid behielt erwartungsvoll den Fahrstuhl im Auge und war verblüfft, Shandra Morgenstern aussteigen zu sehen. Die alte Frau, die Ingrid als Miss Rina vorgestellt worden war, trottete hinter ihr her, der große Monty hatte einen Arm besitzergreifend auf ihren Ellbogen gelegt. Aus irgendeinem Grund war Ingrid erleichtert, daß der kahle, finstere Brian fehlte.

Miss Rina sah aus, als wollte sie an der Sitzung teilnehmen in ihrem adretten Kleid aus grüner Jaquard-Seide, die weißen Haare auf dem Hinterkopf zu einem winzigen Knoten zusammengebunden. Sie erkannte Ingrid, bevor Shandra und Monty sie sahen.

»Herzlichen Glückwunsch zum Geburtstag«, sagte Rina herzlich, riß sich von Monty los und baute sich vor Ingrid auf. »Viele Grüße aus der Ferne. Meine Leute schicken mir Karten. Aber heute haben meine Karten mir Leute geschickt. Die Karten sagen, wir haben dich lieb. Aber heute sagen meine Leute mir, bleib weg.« Sie legte den Kopf merkwürdig schief und erhob ihre Stimme. »Betrüger! Betrüger! Ihr seid alle Betrüger!«

Derek stürzte aus Docs Büro. »Da ist sie!« rief er Doc und Zach zu, die ihm gefolgt waren und nun vom Türrahmen aus die laut schimpfende alte Frau entsetzt anstarrten. »Das ist die Frau, die in der Fabrik war.« Derek ging unsicher auf Rina zu, aber Monty baute sich vor ihr auf, und sein beeindruckender Afro schien bis an die Decke zu reichen. Im Vergleich sah Derek — vielleicht zum ersten Mal, seit er erwachsen war — kümmerlich und zart aus, wie eine Zierkanone vor einem waffenstarrenden Panzer.

Shandra trat unvermittelt vor. »Wir haben in den letzten Tagen mehrmals versucht, euch telefonisch zu erreichen. Aber wir wurden nicht zurückgerufen, Harvey.«

Ingrid fiel auf, daß Ärger über Docs Gesicht zuckte, als er mit seinem Vornamen angeredet wurde. »Hier war es in der letzten Zeit etwas hektisch, Shandra«, antwortete er kühl. »Du hast doch sicherlich vom Tod meines ältesten Sohnes gehört.«

»Wir haben wichtige Geschäfte zu besprechen, Harvey«, fuhr Shandra unbeirrt fort. »Es ist nur fair, wenn wir deine Frau Rina herbringen, da es auch sie betrifft.«

Doc räusperte sich leise. »Meine Ex-Frau«, sagte er verhalten.

Derek näherte sich Rina, wagte sich aber nicht an sie heran, solange Monty schützend neben ihr stand.

»Laß sie in Ruhe«, sagte Monty zu Derek. »Es ist ihr gutes Recht, hier zu sein.«

Derek blieb stehen und sah von Doc zu Rina. »Das ist die Frau, die in der Fabrik war. Esther und ich haben sie letzte Woche nach Bolinas gebracht.«

Doc runzelte verärgert die Stirn. »Davon hat mir niemand etwas gesagt.«

Derek trat verlegen von einem Fuß auf den anderen und dehnte unbewußt seine Muskeln, als ob er dadurch Spannung abbauen könnte. »Esther meinte, es wäre Familiensache und wir sollten Sie nicht belästigen. Sie meinte, sie würde es Ihnen selbst sagen.«

Esther kam mit langen Schritten aus dem Konferenzraum, ging zu der alten Frau und nahm ihre Hand. Ingrid sah, wie sich die Muskeln in der Hand der alten Frau verkrampften, als sie nach Esthers Fingern griff, aber die Lautstärke ihres verworrenen Singsangs nahm ab, bis es nur noch ein leises Murmeln war. Zach und Gloria standen hinter Doc im Flur. Mit einem Mal war der ganze Korridor voller Menschen.

Ingrid achtete vor allem auf Docs Gesicht. Er stand da und starrte die alte Frau in ihrem Seidenkleid an, die unzusammenhängend und an niemand Bestimmten gerichtet über Betrüger, Karten und Grüße redete. Einen Augenblick lang sah Ingrid in Docs Augen eine tückische Wachsamkeit, wie bei einer Eidechse. *Das* ist es, was er mit Ken gemeinsam hat, dachte sie, aber sie konnte es nicht benennen. Dann nahm, was immer hinter diesen Augen vorging, die Gegenwart all der Menschen wahr, und die freundliche Maske des Kaufmannes fiel darüber. Ingrid bekam eine Gänsehaut, ohne genau zu wissen, warum.

»Maureen, meine Liebe.« Doc ging auf die alte Frau zu und bieb vor ihr stehen. »Es ist lange her, daß ich dich gesehen habe.«

»Auf den Karten steht Alles Gute zum Muttertag«, sagte Rina mit etwas lauterer Stimme. Sie hob energisch den Kopf.

Doc warf einen Blick zur Tür seines Büros, wo Barbie stand. Ihre rosa Zunge huschte reflexmäßig über ihre Lippen. Dann wandte er sich an Shandra und sagte mit scharfer Stimme: »Shandra, du bist noch nie zu einer Sitzung erschienen. Du weißt, daß du nicht in den Vorstand der Firma gewählt werden kannst, auch nicht als Betreuerin meiner Ex-Frau.«

»Das weiß ich, Harvey.« Ingrid fiel auf, daß Shandra ihn konsequent nicht mit Doc anredete und er jedesmal zusammenzuckte, wenn er seinen Vornamen hörte. »Wir müssen über Rinas weitere Behandlung reden. Diese Therapien sind nicht billig. Esther meinte, es wäre gut für ihre Mutter, wenn sie dich und Zach sehen würde. Sie meinte zwar, daß wir uns bei euch zu Hause treffen sollten, aber wir konnten dich nicht erreichen. Entweder hast du unsere Nachrichten nicht bekommen, oder du hast nicht zurückgerufen. Ich weiß, was mit Adam passiert ist. Wir haben ihr nichts davon gesagt. Wir müssen sie nicht mit Dingen belasten, die sie nicht verarbeiten kann.«

Ingrid stellte fest, daß sie über Rina redeten, als wäre sie nicht da.

»Also schön, bring sie in mein Büro. Nehmt euch ein Glas Wasser oder so, das blonde Mädchen da wird euch etwas holen.« Doc zeigte auf Barbie, die sofort zu strahlen anfing, als sein Blick sie traf, und die kleine Gruppe in Empfang nahm wie eine Hosteß. Shandra nickte kurz und wandte sich Docs Büro zu. Monty und Esther geleiteten Rina zur Tür. Aber Rina stutzte und riß sich los. Monty ließ locker, blieb aber eine Armlänge hinter ihr. Esther zögerte, unsicher, ob sie ihrer Mutter folgen sollte.

Docs Stimme donnerte wütend: »Esther! Du albernes, sentimentales Geschöpf!«

Esther wand sich unter seinem Zorn. Ihre Augen wurden schmal, doch sie sagte nichts.

»Was nützt es denn, sie so zu sehen? Das da ist nicht die Mutter meiner Kinder. Das ist nicht die Frau, die ich geheiratet habe. Von der Frau ist nichts mehr übrig.«

»Dad. Siehst du denn nicht, was mit ihr los ist? Das ist nicht bloß ... die übliche psychische Sache. Sie hat Krebs. Macht dir das gar nichts aus? Okay, vielleicht sollte sie heute nicht hier sein. Aber du solltest sie sehen. Ihr bleibt nicht mehr viel Zeit. Willst du dich nicht wenigstens von ihr verabschieden?« Esther redete drängend und laut auf ihren Vater ein.

Doc wandte sich halb vom Publikum ab. »Ich habe mich schon vor langer Zeit verabschiedet. Sie ist eine Fremde geworden.« Er drehte sich zurück und starrte Esther wütend an.

»Wenn ich deinem Urteil vertrauen soll, Mädchen, mußt du dich schon klüger anstellen. Ich muß wohl über Kens Kandidatur für die Stelle des kaufmännischen Leiters noch einmal nachdenken. Das war doch auch deine Idee, oder?«

Während er sprach, murmelte die alte Frau weiter Unverständliches vor sich hin. Dann jedoch schienen sich ihre Augen an etwas festzuhalten, und ihre Stimme wurde lauter. »Karten und Leute. Karten erinnern an Leute. Aber Leute erinnern sich auch an Karten.« Sie starrte auf irgend etwas auf halber Höhe des Flurs. Ingrid drehte sich um. Da stand Zach, völlig reglos, als wäre er vom Blick seiner Mutter hypnotisiert. »Der Teufel ist ein Kartenspieler«, sagte die alte Dame und stieß ihr markerschütterndes Gelächter aus. Aber in ihrem Blick lag kein Erkennen. Zach dagegen sah aus, als erlebte er soeben seinen schlimmsten Alptraum.

Doc schnaubte zornig, marschierte an Monty vorbei und packte seine Ex-Frau am Arm. Er gab der ganzen Gruppe ein Zeichen, ihm zu folgen, und führte Esther und Rina in sein Büro, wobei er Barbie aus dem Weg scheuchte.

Bevor er die Tür hinter sich schloß, lehnte Doc sich noch einmal hinaus und wandte sich an Gloria, die in der Tür des Konferenzraums stand. »Ich werde mich wohl mit diesen guten Leuten hier unterhalten müssen, und wir haben einfach keine Zeit übrig. Verlegen Sie die Sitzung bitte auf nächsten Monat, meine Liebe, ja? Sie wird bis nach den Flitterwochen warten müssen.«

Der Flur leerte sich schlagartig. Lediglich Ray, Ingrid und Ruthanne blieben auf ihren Plätzen sitzen. Ken und der Anwalt verschwanden mit Gloria im Konferenzraum. Zach stand noch immer wie angewurzelt da und starrte die Stelle an, wo er seine Mutter gesehen hatte. Ruthanne erhob sich mühsam. Sie ging zu Zach hinüber und nahm ihn am Arm. Widerstrebend sah er sie an, als hätte er sie nie vorher gesehen. Er ließ sich fügsam von ihr wegführen, aber sein Gesicht zeigte kein Erkennen.

Ray pfiff leise. »Die ganze Familie spinnt. Wollen wir einen Kaffee trinken gehen?«

Ingrid starrte auf die geschlossene Tür von Docs Büro. »Würde ich gern, aber ich bleibe lieber. Vielleicht weiß ja Shandra, wo Tracy ist. Falls diese Tänzerinnen recht hatten und sie von einem Wagen des Kräuterinstitutes mitgenommen wurde. Ray, könnten Sie ...«

»Warten, bis sie wegfahren, und ihnen dann folgen?«

»Ja. Wenn es Ihnen nichts ausmacht. Ich bleibe hier und versuche, mit ihnen zu reden, ehe sie abfahren.«

Kurz darauf öffnete sich unvermittelt Docs Bürotür, und Shandra kam mit Rina und Monty heraus, schob ein Stück Papier von der Größe eines Schecks in ihre Handtasche und ließ den Verschluß zuschnappen. Doc begleitete sie, aber sonst niemand.

»Fahrt vorsichtig«, sagte Doc freundlich, als er sie zum Fahrstuhl brachte und den Abwärts-Knopf drückte. Es schien ihn nicht zu überraschen, daß Ray und Ingrid sich zu ihnen gesellten. Er winkte allen zum Abschied zu, als die Fahrstuhltüren sich schlossen.

Shandra schien in Gedanken versunken. Rina verhielt sich ganz ruhig, schaute nur mit wachen Augen und ruckenden, vogelartigen Bewegungen umher. Ingrid schüttelte den Kopf, um das Bild zu vertreiben, das bei dem Gedanken an Rina und Vögel entstand. Monty stand still und massiv da.

»Entschuldigen Sie bitte, Shandra. Ich weiß nicht, ob Sie sich an mich erinnern, ich war letzte Woche in Bolinas. Mein Name ist Ingrid Hunter.«

Shandra wandte sich ihr mit einem kaum unterdrückten erschöpften Seufzer zu. »Natürlich«, sagte sie. »Sie sind Adams Schwägerin. Wie geht es dem Kater Ihrer Freundin?«

»Es geht ihm jeden Tag besser. Meine Freundin hat mich gebeten, Ihnen zu danken, aber sie will das auch noch persönlich tun, wenn sie Sie erreichen kann.« Ingrid nahm Shandras Hand und schüttelte sie ernsthaft, sie lächelten sich an. »Verzeihen Sie, daß ich Sie aufhalte. Ich weiß, daß Sie weg müssen. Aber könnten Sie mir bitte den Namen der Klinik in Mexiko geben, mit der Sie zusammenarbeiten? Ein Freund, der AIDS hat, bat mich, das für ihn herauszufinden.«

Der Fahrstuhl erreichte das Erdgeschoß. Shandra ging voran, auf den Ausgang zu, der in die Tiefgarage führte.

»Sie meinen die Ensenada-Klinik für Naturheilverfahren. Wir haben oft Patienten dahin überwiesen. Es ist allerdings teuer, etwa zweitausend Dollar für einen halben Monat.«

»Stellen Sie auch den Transport, vielleicht mit einem Ihrer Wagen?«

»Ja, manchmal, wenn ein Wagen frei ist. Das kostet aber extra.«

»Die Eltern meines Freundes geben ihm einen Zuschuß.« Ingrid holte ihr kleines Notizbuch und einen Stift heraus und reichte beides Shandra.

Shandra seufzte und schrieb eine Telefonnummer auf. »Da können Sie anrufen und die Einzelheiten erfragen. Das ist das Kontaktbüro auf der amerikanischen Seite, in San Ysidro.«

»Braucht mein Freund eine Begleitperson?«

»Ja, die braucht er. Aber das wird Ihnen alles erklärt. Wenn Sie uns jetzt entschuldigen wollen?«

Ingrid trat beiseite und sah zu, wie Shandra, Rina und Monty in einen grünen Transporter mit der Aufschrift *Institut für Kräuterweisheit* stiegen. Ray hatte den Wagen schon entdeckt. Jetzt ging er auf sein eigenes Auto zu. Shandra drehte sich um. »Ingrid?«

»Ja?«

»Wollen Sie Ihren Freund begleiten?«

»Kann sein.«

»Dann sehen wir uns vielleicht. Ich werde in den nächsten Wochen ziemlich oft unten sein. Rina muß zur Behandlung dahin, und ich will mich um sie kümmern.«

Ingrid wollte noch fragen, ob Rinas Zustand wirklich so schlimm war, wie Esther behauptet hatte, aber Shandra hatte die Tür schon zugeschoben und den Motor angelassen. Der Transporter fuhr die Auffahrt hoch und verschwand auf der Straße. Einen Augenblick später sah sie Rays TransAm durch die Ausfahrt gleiten und die Verfolgung aufnehmen. Sie fragte sich, ob er ihnen offen folgen oder sich bedeckt halten würde, als ihr ihre Verabredung um zwölf mit Paula einfiel.

»Verdammt!« Es war beinahe eins. Ingrid rannte zum Fahrstuhl, verfluchte sich und ihre Vergeßlichkeit und hoffte, daß sie Paula nicht verpaßt hatte.

Kapitel 25

Ingrid sah sich im Labor um. Zuerst dachte sie, sie wäre im falschen Raum gelandet. Am Morgen der Vorführung hatte alles vor Sauberkeit nur so geglänzt. Jetzt sah es verwaist und ein wenig schmuddelig aus. Ihr fiel auf, daß zwischen den Gerätschaften in den Regalen halbvolle Kaffeebecher standen und leere Schnellimbiß-Verpackungen. Auf einer Arbeitsplatte am Ende des Raumes lag ein Haufen unabgewaschener Reagenzgläser mit einer alternden Schmutzschicht darauf.

Verdammt! Hatte sie Paula verpaßt? Es war zwei Tage her, daß sie ihr mit den Kartons über den Weg gelaufen war. Da hatte sie richtiggehend zerrüttet gewirkt. Neben der Arbeitsplatte waren Kartons gestapelt. Vielleicht hatte Paula seitdem einfach nicht mehr die Lust oder die Energie zum Aufräumen gefunden.

Ingrid trat in etwas Nasses und sah nach unten. Auf dem Linoleum neben dem Kühlschrank war eine Wasserlache. Die Kühlschranktür stand offen, das Eis schmolz und das Schmelzwasser tropfte auf den Boden.

Mit schnellen Schritten und einem dicken Aktenkoffer in der Hand kam Paula aus dem Hinterzimmer des Labors geeilt. Über ihrer Schulter hing eine Reisetasche.

»Warten Sie! Gehen Sie nicht.« Ingrid verstellte Paula den Weg zur Tür.

»Sie kommen zu spät«, sagte Paula müde. Sie trat zur Seite und unternahm einen halbherzigen Versuch, an Ingrid vorbei zur Tür zu gelangen. Ingrid machte die Bewegung mit und fing Paula zwischen einem Stapel ungeöffneter Truesdale-Kartons und der Arbeitsplatte mit den schmutzigen Reagenzgläsern ab.

»Sie haben mich angerufen und gesagt, da wäre etwas, das ich wissen müßte. Was wollten Sie mir erzählen?« fragte sie sanft, um Paula nicht noch mehr aufzuregen. Aus der Nähe konnte sie ihre ungewaschenen Haare riechen, und ein scharfer Schweißdunst verriet, daß die Frau seit Tagen nicht geduscht hatte. Paula schien in einen depressiven, fast schlafwandlerischen Dauerzustand abgeglitten.

»Ist nicht wichtig. Ich war durcheinander, als ich angerufen habe. Ich hab' mich entschlossen, nicht mit Ihnen zu reden. Es ist sicherer für Sie, wenn Sie nichts wissen. Und sicherer für mich.« Paula stand sehr still, wie unendlich erschöpft. Sie wandte den Kopf ab und mied Ingrids Blick.

»Paula, ich habe gehört, daß Sie mal im Institut für Kräuterweisheit gearbeitet haben. Ich habe gerade mit Shandra Morgenstern gesprochen. Vielleicht könnten Sie für eine Weile dort hinauf fahren, oder einfach zu Hause bleiben und etwas Urlaub machen. Sie sollten sich erholen, bis es Ihnen wieder besser geht.«

»Shandra... so ein dummes Weib!« Endlich drehte Paula sich um und sah Ingrid in die Augen. »Sie hat keine Ahnung, daß Brian direkt vor ihrer Nase einen Drogenring führt. Er benutzt die alte Frau als Tarnung. Und Shandra sieht nichts, außer, wie gut er mit ihr umgehen kann.«

»Nun, Brian war heute nicht hier.«

»Nein?« Paula sah ängstlich aus. »Sie haben ihn nicht gesehen?«

»Diesmal nicht. Aber ich weiß, daß Sie recht haben, weil ich mal zugesehen habe, wie er etwas vom Rollstuhl der alten

Frau abnahm, nachdem sie durch den Metalldetektor am Flughafen durch waren. Was kann in der Strebe des Rollstuhls gewesen sein?«

»Wer weiß? Vielleicht konzentrierte Anabolika. Er verkauft sowas an die Bodybuilder im Studio. Brian ist clever!« Paula stieß ein krächzendes Lachen aus. »Manchmal benutzt er auch die Handtasche der alten Dame, wenn die Waren gekühlt werden müssen, wie zum Beispiel das Zuchtbullensperma, das sie nach Mexiko schmuggeln. Können Sie sich vorstellen, daß sie *davon* dort nicht genug haben? Aber es bringt einen Haufen Geld, und Brian sagt, man soll die Esel auf beiden Wegen beladen. Dann laufen sie nicht leer zurück.« Sie lachte wieder, beinahe hysterisch.

»Paula, vielleicht kann ich Ihnen helfen. Was für Drogen haben Sie genommen?«

»Wenn Sie wüßten, wie naiv — was für — na, alles, was ich in die Finger kriege, was denken Sie denn? Und ich bin Krankenschwester, also bekomme ich verdammt viel mehr in die Finger als Sie.«

»Hören Sie, Paula, wenn Ihnen das Zeug helfen würde, hätten Sie jetzt nicht solche Angst. Wovor haben Sie Angst?«

Paula sagte eine Zeitlang nichts. Sie starrte nur angespannt in ihren eigenen Alptraum. »Sie brauchen mich nicht mehr«, flüsterte sie schließlich mit belegter Stimme.

»Sie? Meinen Sie Ken oder Brian? Wer sind sie?«

»Alle.«

Ingrid wußte nicht recht weiter. Schließlich sagte sie das einzige, was ihr einfiel. »Ich glaube, Sie haben gesehen, wer den Becher vergiftet hat. Und ihn die ganze Zeit gedeckt. Es war Ken, nicht?«

»Sie sind genau wie Ihre Schwester. Haben Sie auch AIDS?« Bei dem abgrundtiefen Haß in Paulas Stimme stellten sich Ingrids Nackenhaare auf, aber sie war nicht auf den animalischen Schrei gefaßt, den Paula plötzlich ausstieß und zugleich Ingrid ihre Aktentasche ins Gesicht schleuderte.

Überraschung und Schmerz ließen Ingrid zurücktreten, sie rutschte auf dem Linoleum aus und fiel samt einigen großen Gläsern, die Paula von der Arbeitsplatte gefegt hatte, zu Boden. Im nächsten Moment war Paula über ihr, in der Hand einen scharfkantig abgebrochenen Laborflaschenhals.

»Nein! Paula!« Instinktiv wehrte Ingrid sie mit der Hand ab und erhielt einen Schnitt in Unterarm und Handfläche, aus dem augenblicklich Blut quoll. Der Schreck ließ Ingrid einen gefährlichen Augenblick lang zögern, und Paula nagelte sie mit dem scharfkantigen Flaschenhals an ihrer Kehle am Boden fest.

»Halt, Paula«, flüsterte Ingrid, heiser vor Todesangst. Sie schluckte. Sie spürte das Glas an ihrem Hals, seitlich, an der Schlagader. Die einzige Frage, die ihr einfiel, könnte Paula noch mehr aufregen, aber es war immer noch besser, etwas zu sagen, als still darauf zu warten, daß Paula ihr die Kehle durchschnitt.

»Woher hatten Sie das Blut, mit dem Sie an Tracys Wand geschrieben haben?« raunte Ingrid so sachte wie möglich.

»Aus der Blutbank gestohlen«, Paula lachte häßlich. Ingrid lief es eiskalt den Rücken hinunter. Oder war es nur die Wasserpfütze, in der sie lag? »Ich hab' Ihnen doch gesagt, ich bin Krankenschwester«, keuchte Paula und lockerte kurz ihren Griff, so daß Ingrid nach Luft japsen konnte, dann packte sie wieder fester zu. »Ich bin gut darin, Venen zu finden. Für mich ist es kein Problem, Ihnen sämtliches Blut abzuzapfen. Und noch einfacher, eine Blutkonserve mitgehen zu lassen und bei Ihrer Schwester auszukippen. Ich bin mit einer Kreditkarte reingekommen, wie im Fernsehen. Sie haben keine Ahnung, wie sehr ich Ihre Schwester gehaßt habe, oder?«

»Nein«, sagte Ingrid heiser. »Das wußte ich nicht.« Sie versuchte sich zu entspannen. Sie spürte jeden Knochen in ihrem Körper und auch, daß Paula sehr professionell auf ihrem Brustkorb kniete. Ob sie das auch in ihrer Ausbildung gelernt hatte? »Aber warum haben Sie das an Tracys Wand geschrieben? Das verstehe ich nicht.«

Wieder lockerte Paula ihren Griff um Ingrids Hals, jedoch nicht genug, daß Ingrid wagte, sich freizukämpfen. »Ich wollte Sie loswerden. Sie und Ihre Schwester. Aber Ken wollte, daß Sie Tracy finden. Er dachte, Sie würden Ihre Schwester finden, und Tracy sei der wirkliche Grund für Adams Tod. Wissen Sie, was ich bei der Ersten Hilfe mit Adam gemacht habe?«

Ingrid mußte sich beherrschen, nicht reflexmäßig aufzuspringen. Hatte Paula gerade gestanden, daß sie Adam umgebracht hatte? Egal was Paula sagte, es war schwer zu beurteilen, wie klar sie im Augenblick war. Ingrid mußte irgendwie einen Moment abpassen, in dem sie sich befreien konnte, ohne daß ihr die Kehle aufgeschlitzt wurde. Paula sprach weiter.

»Dann hörte ich, daß Sie zur Beerdigung kommen wollen. Ken fand die Idee gut. Er wollte Sie sogar fahren. Und dann haben Sie überall Ihre Fragen gestellt. Ich hab' Sie gewarnt, Sie sollen mich in Ruhe lassen. Ich habe auch Tracy gewarnt. Sie kam zu mir und wollte meinen Rat für einen Freund, der AIDS hat. Sie war stolz darauf, als ob es ein niedliches kleines Hobby wäre. Dummes kleines Miststück. Ich habe ihr gesagt, sie soll beim Gesundheitsamt oder bei einer AIDS-Initiative nachfragen und mich in Ruhe lassen. Sie sagte, dann würde sie eben *Ken* fragen.« Der Gedanke schien Paula noch mehr in Rage zu bringen, sie drückte fester gegen Ingrids Hals.

»Ich dachte, ich kann mich darauf verlassen, daß Ken mir hilft. Ich habe jahrelang Überstunden geschoben, um dem Burschen sein Studium zu finanzieren. Habe ihm neue Jobs verschafft, wenn er wegen krummer Touren irgendwo rausgeflogen ist. Und jetzt schmeißt er mich raus. Es ist doch nicht meine Schuld, daß ich die lateinischen Namen von Pflanzen nicht so gut kenne wie eine gottverdammte Biologin. Er war es doch, der es für einen grandiosen Witz hielt, zu behaupten, daß ich ein Diplom habe. Okay. Und jetzt habe ich ein Drogenproblem. In Ensenada könnten sie mich brauchen. Ich war schon mal da. Den Mexikanern ist es egal, was die Gringos tun, solange die Kohle stimmt. Er ist mir noch was *schuldig*.«

»Aber Paula, Sie sind doch jung und stark.« Allerdings war sie stark, sogar in ihrem Zustand, das spürte Ingrid nur zu deutlich. »Sie müssen doch von niemandem abhängig sein. Sie brauchen Ken doch gar nicht.«

»Sagen Sie kein Wort gegen ihn!«

Ingrid beschloß, den Namen nicht mehr zu erwähnen. »Aber gestern abend wollten Sie mir davon erzählen, Paula. Vielleicht können wir das noch nachholen. Sie sind diejenige, die ...«

»Wenn Sie Ken in die Quere kommen, dann kommen Sie auch mir in die Quere«, zischte Paula. »Und Sie werden mir nicht im Weg stehen. Tracy wird mir auch nicht im Weg stehen. Kapiert?«

»Schon gut.« Ingrid versuchte zu ignorieren, daß ihr zerschnittener Arm unter Paulas Gewicht hällisch schmerzte.

Ingrids Antwort schien Paula zu besänftigen. »Am liebsten würde ich Ihnen den Hals aufschlitzen und Sie einfach verbluten lassen. Aber das würde Dreck machen.« Sie tat einen tiefen, unregelmäßigen Atemzug. »Ich habe es so satt, anderer Leute Dreck zu beseitigen. Also werde ich Sie nach vorn bringen, wo es ein stilles Sofa gibt. Da können Sie sich räkeln, bis Sie tot sind.« Paula lächelte wieder. Der Gedanke an Ingrids Tod schien ihre Laune zu heben. »Ich lasse Sie jetzt aufstehen. Meinen Sie, Sie schaffen es?«

»Ja«, flüsterte Ingrid. Sie hatte Angst zu nicken, zu schlucken oder Paula in die Augen zu sehen. Sie waren so flach wie aufgemalt, der Blick entsetzlich starr.

»Jetzt. Kommen sie langsam hoch.« Paula hielt die gezackte Glaskante gegen Ingrids Halsschlagader gedrückt. »Passen Sie auf, daß meine Hand nicht ausrutscht.«

Ingrids Stimme klang heiser. »Gut. Aber ... lassen Sie etwas locker, damit ich atmen kann, okay?«

Paula gestattete sich die Andeutung eines gespenstischen Lächelns. »Sekunde bitte.« Sie kramte mit der linken Hand in ihrer Aktentasche und förderte eine Plastikspritze zutage, eine sehr kleine, vorgefertigte Injektion. Sie preßte die Nadel gegen die andere Seite von Ingrids Hals und ließ dann den Flaschenhals fallen. »Sie werden vielleicht nicht glauben, was in dieser Spritze ist, aber das sollten Sie lieber.« Diesmal lächelte sie offen mit gebleckten Zähnen. »Wollen Sie raten?«

Ingrid zuckte die Achseln, soweit das mit der spitzen Nadel an ihrem Hals möglich war. »Gift?« fragte sie leise, während sie sich langsam aufsetzte und dann vorsichtig auf die Füße kam. Sie versuchte, nicht zu schlucken.

»Jawoll.« Das L grollte. Paula folgte jeder Bewegung Ingrids, stützte sie mit dem rechten Arm, glitt hinter sie und bog ihr den verletzten Arm auf den Rücken. Dann flüsterte sie in Ingrids Ohr: »Schon mal von Kurare gehört?«

»Pfeilgift?«

»Richtig. Ein Pflanzensaft aus Südamerika. Tut mir leid, daß ich den lateinischen Namen nicht weiß. Aber es ist breit einsetzbar. In der Anaesthesie, wissen Sie. Aber davon verstehen Sie nichts. Kurare blockiert nur die Erregungsübertragung der willkürlichen Muskeln. Das Herz schlägt weiter, aber der Patient muß künstlich beatmet werden. Oder die Patientin. Nicht das kleinste störende Zucken auf dem Operationstisch. Weil es gar nicht geht. Normalerweise harmlos, wenn es eingenommen wird, es sei denn, im Mund ist ein Schnitt oder Kratzer. Muß in die Blutbahn gelangen. Nur eine winzige Menge in Ihrem Blut, und Sie hören auf, sich zu bewegen, zu atmen, zu leben. Wenn nicht ein Freund kommt und das Atmen übernimmt, wie das bei einer Operation gemacht wird. Können Sie mir folgen?«

»Ja.«

»Gut. Ich werde diese Nadel gegen Ihren Hals drücken. Und von hinten halte ich Ihren Arm. Gehen Sie langsam, es ist nicht weit.« Paula trat ein Stückchen zur Seite und setzte sich in Bewegung. Ingrid mußte mitgehen. »Jetzt beugen Sie sich langsam runter und heben meine Aktentasche auf. So ist es gut. Keine ruckartigen Bewegungen. Nur ein kleiner Kratzer mit dieser Nadel, und Sie hören auf zu atmen. Und glauben Sie mir, Ingrid, ich werde nicht hierbleiben und Erste Hilfe leisten. Gehen wir. Langsam.«

Ingrid ging unbeholfen, spürte die Nadel kalt an ihrer Haut. Sie versuchte, sich Paulas Schritt anzupassen. Paula hielt sie mit geübtem Griff, die Nadel verlor keine Sekunde lang den Kontakt mit Ingrids Haut. Der Flur dieser Etage war menschenleer. Sie gingen ein kleines Stück den Gang entlang und dann durch eine Schwingtür mit der Aufschrift *Damen*. Drinnen stand eine Art Sofa ohne Arm- und Rückenlehnen mit einem dicken lachsfarbenen Plastikbezug.

»Hinsetzen.« Paula zog an Ingrids verletztem Arm, um sie schneller auf das Sofa hinunterzuzwingen, und fast ritzte die Nadel Ingrids Haut, aber Paula hatte eine ruhige Hand. Sie hielt Ingrid mit festem Griff an ihrer Seite und manövrierte sie samt Aktentasche in sitzende Stellung. »Jetzt entspannen Sie sich einfach.« Mit ihrer jetzt freien rechten Hand nahm Paula ihr die Aktentasche ab und zog eine Flasche heraus. Sie drehte den Verschluß umständlich mit einem Gazetupfer auf, aber die kleine Spritze blieb die ganze Zeit an Ingrids Hals. Dann preßte Paula ihr plötzlich rasch den Gazestreifen ins Gesicht und kippte dabei die Flasche leicht.

»Einfach weiteratmen.« Die Flüssigkeit hatte einen erstickend süßlichen Geruch, in ihrem Kopf drehte sich plötzlich alles. Sie erkannte Chloroform, obwohl sie es noch nie zuvor gerochen hatte.

Ingrid kippte auf dem Sofa nach hinten, ohne sich der Bewegung recht bewußt zu sein. Sie spürte den Druck der Nadel an ihrem Hals nicht mehr und dachte nur halb interessiert, daß Paula sie wohl weggelegt hatte. Dann wurde die Gaze mit Klebestreifen in ihrem Gesicht befestigt und noch mehr Flüssigkeit daraufgegossen. Die Frau hat eine ganze Apotheke in ihrer Aktentasche, dachte Ingrid und glitt in einen dunklen Traum.

»Sie werden nicht spüren, daß Sie ersticken. Sie sterben einfach im Schlaf«, sagte Paula. »Was machst du denn hier?«

»Laß sie los«, sagte irgendwer irgendwo. Da war noch jemand im Raum. Mehr kalte, erstickende Flüssigkeit wurde auf die Maske gegossen, und Ingrid hörte nichts mehr.

Kapitel 26

Ingrid hörte ein komisches brausendes Geräusch. Eine Zeitlang lauschte sie interessiert, bis sie erkannte, daß es ihr eigener Atem war.

Wie aus weiter Ferne hörte sie sich husten und hob eine zittrige Hand, um etwas von ihrem Mund wegzuwischen. Ihr Arm pochte schmerzhaft. Etwas klebte an ihrer Lippe. Teilnahmslos zog sie es ab und riß sich dabei ein paar Haare aus. Sie begriff, daß ein Stück Stoff über ihr Gesicht geklebt war.

Sie fuhr sich mit der pochenden Hand über die Augen, da wurde ihr bewußt, daß es um sie herum völlig dunkel war. Der Raum fühlte sich sehr klein an. Dann dämmerte langsam die Erinnerung an den Zwischenfall mit Paula.

Der plötzliche Angstschub hätte sie unter anderen Umständen sofort hellwach gemacht, aber das Chloroform wirkte nach wie ein Schnapsgelage. Als sie versuchte, sich aufzusetzen, mußte sie feststellen, daß ihr schwindelte und sie fast vom Sofa auf den dunklen Fußboden gestürzt wäre. Sie fing sich ab und gab einen Schmerzenslaut von sich, als ihre Schnittwunden in Arm und Hand an das Plastik des Sofas kamen. Sie würgte, dann atmete sie einige Male tief durch und zwang sich vom Rand des bodenlosen Abgrunds ins Bewußtsein zurück.

Nach einer Weile kam sie unsicher auf die Füße und drückte gegen die Tür. Sie linste hinaus in den Flur, rechnete halb mit einem erneuten Angriff. Im Flur war es dunkel, nur aus

Docs Büro fiel ein Lichtschimmer. In der Tür stand ein Gerätewagen der Putzkolonne, und Ingrid hörte einen Staubsauger brummen. War das das Geräusch, von dem sie aufgewacht war? Von Paula war keine Spur zu sehen.

Ingrid wandte sich zum Labor auf der anderen Seite des Flures. Sie begann zu zittern. Sie wollte nichts als weglaufen. Aber das kam nicht in Frage.

Sie taumelte durch den Flur und stützte sich streckenweise an der Wand ab. Schließlich erreichte sie die Tür des Labors. Sie starrte sie unschlüssig an und wünschte, ihr fiele etwas anderes ein, das sie tun könnte.

Sie konnte den Hausmeister suchen gehen. Statt dessen öffnete sie die Tür.

Es war dunkel im Labor. Ingrid nahm ihren Mut zusammen, trat ein und tastete an der Wand nach einem Lichtschalter. Sie fand einen und schnappte nach Luft, als sie sah, was hier erleuchtet wurde.

Paula lag auf dem Boden zwischen zerbrochenem Glas. Trotz der Glassplitter um sie und unter ihr sah sie friedlich und entspannt aus. Ihre Augen waren geschlossen. Eine kleine Einwegspritze lag leer neben ihrem Arm. Ingrid sah sich nach der Reisetasche um und entdeckte sie ein paar Meter weiter. Die Aktentasche, die sie getragen hatte, war nirgends zu sehen.

Ingrid schaltete das Licht aus und schloß die Tür. Sie drehte sich um und wollte sich auf die Suche nach dem Hausmeister machen, doch der hatte sie schon gefunden. Er stand da und starrte sie jämmerlich entsetzt an.

Ingrid schaute an sich herunter. Tracys elfenbeinfarbenes Seidenkleid, das sie am Morgen angezogen hatte, war zerrissen und voller Blutspritzer.

Kapitel 27

Paula war tot.

Ingrid verbrachte den Freitagmorgen in der Notaufnahme des Krankenhauses, um ihren Arm nähen zu lassen. Den Rest des Tages beanspruchte ein Gespräch nach dem anderen mit den Leuten vom Morddezernat. Am Ende saß sie wieder, wie schon vor einer Woche, Detective Dave Edwards gegenüber.

»Irgendwer kam herein, ich konnte das nur noch schwach hören, bevor mich das Chloroform betäubte. Diese Person könnte ihr das Gift mit Absicht oder aus Versehen injiziert und auch die Aktentasche mitgenommen haben.«

»Sehr günstig für Sie, diese mysteriöse andere Person, nicht wahr, Miss Hunter? Sie haben eine Menge Blut verloren, überlassen Sie es lieber uns, Theorien aufzustellen.« Edwards erklärte sich knurrend bereit, auf ihren Vorschlag einzugehen und nach Spuren von Kurare zu suchen. »Sie entwickeln sich allmählich zur ständigen Tipgeberin in Sachen pflanzliche Gifte — allerdings immer erst nach vollendetem Tatbestand. Das gefällt mir ganz und gar nicht. Die Bemerkungen der Verstorbenen über Drogenschmuggel sind, ähm, interessant, aber reines Hörensagen.« Die Spritze in Paulas Arm war Tatsache genug, doch nachdem ihre Aktentasche mit den Medikamenten verschwunden war, schien es kaum glaubhaft, daß sie sich das Gift versehentlich injiziert haben sollte.

Edwards schien an der Existenz dieser Aktentasche zu zweifeln. Er ließ sie zum zwanzigsten oder dreißigsten Mal an diesem Tag ihre Geschichte von Paulas Angriff, Adams Tod und dem Verschwinden ihrer Schwester erzählen. Während er zuhörte, hielten seine großen, leicht zitternden Hände sich gegenseitig auf seinem Schoß fest. Offenbar beruhigte ihn das.

Als Ingrid ausgeredet hatte, fragte er: »Haben Sie vor, demnächst nach San Francisco zurückzukehren?«

»Ich weiß nicht. Natürlich hat es mir Angst gemacht, Paula so vorzufinden. Ich habe Angst um meine Schwester. Ich will sie finden, aber ich weiß nicht, wo ich noch suchen soll.« Sie mochte nicht fragen, ob Tracy wirklich des Mordes an ihrem Mann verdächtigt wurde. Falls die Polizei annahm, daß Ingrid Paula umgebracht hatte, wollten sie sie jedenfalls nicht verhaften, wie es aussah. »Haben Sie eine Ahnung, wer Paula ermordet haben könnte? Ich meine, sie hat mit Ken zusammengelebt. Ist es nicht meistens der Ehemann oder ...« Ingrid unterbrach sich, als ihr klar wurde, daß sie eben jene Binsenweisheit aussprach, die ihre Schwester zur Verdächtigen machte.

»Es ist oft eine Person, die dem Opfer besonders nahe steht.« Edwards lächelte. Offensichtlich war ihm ihr Unbehagen nicht entgangen, und er genoß es. Er sah in sein Notizbuch und räumte ein: »Unglücklicherweise ist ihr Freund gerade bei ihr ausgezogen und hat ein ziemlich gutes Alibi. Er war fast den ganzen Nachmittag mit Esther Truesdale und ihrem Vater zusammen. Das Mädchen könnte vielleicht lügen, um ihren Freund zu schützen, aber ich glaube kaum, daß der Alte Dr. Crowley tatsächlich decken würde. Während der übrigen Zeit hat der Doktor ein Kursprogramm für Schwangerschaftsgymnastik mit Mrs. Ruthanne Truesdale und Miss Barbie besprochen«, zitierte er seine Notizen. »Barbara Perkins — die Verlobte des Alten. Eine der Frauen könnte aus dem gleichen Grund gelogen haben wie Esther Truesdale, aber nicht beide. Das bezweifle ich.«

Ingrid seufzte. Wer hatte sie dann gerettet und Paula umgebracht? Und warum?

Edwards faltete die Hände vor sich auf dem Schreibtisch und deutete mit einem Nicken auf die offene Tür. »Wir haben Ihre unterschriebene Aussage, Miss Hunter. Sie können jetzt gehen. Und ich rate Ihnen, zurück nach San Francisco zu fahren. Sie kennen diese Stadt nicht, Sie wissen nicht, mit wem Sie es zu tun haben und warum. Dabei könnten Sie leicht zu Schaden kommen. Wenn Ihre Schwester gefunden werden will, wird sie wissen, wo sie Sie in San Francisco erreichen kann, oder?«

»Wenn sie kann. Wenn sie nicht verletzt ist, oder …« Oder tot. Ingrid hatte keinen stichhaltigen Anhaltspunkt dafür, daß Tracy tot war. Sie wußte nicht einmal genau, ob Tracy tatsächlich bei Sammy Dorset war. Sie stand auf und wandte sich zum Gehen.

»Lassen Sie es uns wissen, wenn Sie nach Norden zurück fahren. Und grüßen Sie Ray Espinosa. Er war drüben im Revier in LA, und er war ein guter Bulle. Er fehlt uns.«

»Ich habe ihn nie gefragt.« Ingrid zögerte. »Wurde Ray im Dienst verletzt?«

»Oh ja. Hat eine Kugel ins Knie gekriegt. Hat Schwein gehabt, daß er sein Bein behalten konnte. Und erst recht Schwein, daß er noch so gut laufen kann. Aber, hey, Sie hätten den anderen sehen sollen.«

»Wer war der andere?«

»Bankräuber. Ray hat ihn auf frischer Tat erwischt. Buchstäblich. Der Kerl hatte noch die frische Farbe an den Fingern, die sie bei der Bank zwischen das Geld tun, das sie den Bankräubern geben. Jedenfalls …« Der Polizist lehnte sich zurück und verschränkte die Hände im Nacken. Zum ersten Mal sah er entspannt aus. »Der böse Bube hat Ray abgeschossen. Er wollte ihn umlegen, aber bevor er den zweiten Schuß abfeuern konnte, hatte unser Ray sich auf die Ellbogen hochgehievt und seinerseits gefeuert. Der Bankräuber ist allerdings nicht mehr aufgestanden.«

»Tot?«

»Sie haben es erfaßt. Also, grüßen Sie Ray.«

* * *

Aber Ingrid hörte weder Freitag noch Samstag von Ray.

Das Taxi setzte sie am späten Freitag nachmittag vor Tracys Haus ab. Ingrid lief ganze vier Meter bis zum ersten Sofa. Zum Teufel, mit der Klimaanlage gab sie sich jetzt nicht ab. Sie wollte nur kurz ausruhen und Kraft für die Wanderung zum Schlafzimmer sammeln. Es war dunkel, als das Telefon sie einige Stunden später weckte. Desorientiert vom Schlaf und den letzten Nachwirkungen des Chloroforms kam sie auf die Füße und suchte den nächsten Apparat. Endlich fiel ihr ein, daß es im Wohnzimmer keinen Anschluß gab, wegen des drahtlosen Telefons, auf das Tracy so stolz war. Aber wo hatte sie dieses Wunder moderner Mobilität zuletzt gesehen? Glücklicherweise klingelte es immer weiter. Schließlich erreichte sie den Apparat in der Küche.

»Ingrid, hier ist Doc Truesdale. Ich habe von der schrecklichen Tragödie im Labor gehört und wollte nur wissen, wie es Ihnen geht, junge Dame.«

»Ich bin noch ein bißchen groggy, Doc. Sie haben mir im Krankenhaus gesagt, daß es einen Tag oder länger dauern kann, bis ich wieder ganz klar im Kopf bin.«

»Also hören Sie, passen Sie gut auf sich auf. Ich will Sie wohlbehalten auf meiner Hochzeit sehen. Es ist erst nachmittags um vier. Da können Sie sich morgen richtig ausschlafen und am Abend richtig mit uns tanzen.«

»Danke, Doc. Nett, daß Sie mich einladen«, sagte Ingrid. Die Aussicht auf Tanzen interessierte sie kein bißchen, aber vielleicht konnte sie dort etwas herausfinden. Es gab noch zuviel, das sie nicht durchschaute. »Ich komme gern. Aber wo ich Sie gerade am Apparat habe, würde ich Sie gern etwas fragen.«

»Klar, Süße. Aber nur, wenn Sie es nicht gegen mich verwenden«, kicherte Doc vergnügt. Heiraten hob wohl seinen Energiepegel.

»Es geht um das Stammkapital Ihrer Firma. Wie ich das verstanden habe, ist es Ihnen wichtig, daß die Firma von männlichen Erben geführt wird.«

»Damit mein Name weitergetragen wird, meine Liebe — die einzige Unsterblichkeit, die wir je haben können.«

»Also könnte nie eine weibliche Verwandte die Firma leiten?«

»Wenn ich in diesem Moment tot umfalle, geht der Großteil des Stammkapitals an Zach und sein kleines Kind. Sie haben mir versichert, daß es medizinischen Untersuchungen zufolge ein Junge wird. Es sei denn, Esther schneidet sich auch ein Stück von dem Kuchen ab und schenkt mir einen zweiten Enkelsohn. Ehrlich gesagt, daran glaube ich nicht, obwohl, wenn Kennyboy die Sache anpackt, kann allerhand passieren.«

Ingrid seufzte lautlos und bemerkte, daß ihr Tränen über das Gesicht liefen. Sie war wohl immer noch schwach und erschöpft, aber sie hatte plötzlich auch heftiges Mitleid mit ihrer Angreiferin. Paula war schon vergessen, verkommen zu einer anonymen 'Tragödie im Labor'. Sie hielt den Hörer von sich weg, atmete tief durch und zwang ihre Stimme, ruhig zu klingen. »Noch eins, Doc. Jemand hat mir erzählt, daß Sie bei Lloyds als ganze Person ziemlich hoch versichert sind.«

»Ja, das stimmt. Ich bin wohl der teuerste Kopf in der Vitaminbranche. Wenn ich mal abtrete, müssen sie mir ein Denkmal setzen.«

»Wie hoch ist die Versicherungssumme?«

»Oh, ein paar Millionen, da müßte ich nachsehen — sie ändert sich jedes Jahr, parallel zum Wert der Firma.«

»Und das würden alles die Vorstandsmitglieder bekommen?«

»Ja, Ma'am. Begünstigter der Versicherung ist der Vorstand des *Truesdale-Instituts für Langes Leben.* Sehen Sie, ohne mich an der Spitze würde die Firma jede Schützenhilfe brauchen, die sie kriegen kann.« Seine Stimme war jetzt nicht mehr so vergnügt, Ingrid hatte einen unwillkommenen Gedankengang ausgelöst. »Jetzt hängen Sie nicht solchen morbiden Gedanken nach, meine Liebe. Ruhen Sie sich schön aus, dann fühlen Sie sich bald besser. War das alles, was Sie wissen wollten?«

»Ja, danke Doc. Und vielen Dank für den Anruf.« Sie legte auf und machte sich auf den Weg ins Schlafzimmer. Diesmal schaffte sie es tatsächlich bis zum Gästebett und kroch unter die Decke, bevor wieder eine Welle schwarzer Bewußtlosigkeit über sie schwappte.

Als sie am späten Samstagmorgen aufwachte, hatte sie einen Löwenhunger und ihr fiel ein, daß sie seit Donnerstag nichts von Ray gehört hatte. Sie rief bei ihm an und hinterließ eine etwas wirre Nachricht auf seinem Anrufbeantworter, bevor sie in die Küche ging und eine Dose Suppe verspeiste. Sie blieb sitzen, starrte eine Zeitlang aus dem Fenster in den Canyon und begann sich allmählich wieder normal zu fühlen. Schließlich wählte sie noch einmal Rays Nummer und sprach etwas zusammenhängender auf seinen Anrufbeantworter.

Mit den Verletzungen an Hand und Arm war das Duschen nicht ganz einfach. Sie untersuchte die Wunden vorsichtig und stellte fest, daß sie wohl bleibende Narben auf der Unterseite ihres Arms behalten würde. Sie hatte Glück gehabt, daß Paula sie nicht an einer der großen Venen oder Arterien erwischt hatte. Als sie sich schminkte, entdeckte sie noch einen dreieckigen Bluterguß auf dem Wangenknochen. Dort hatte die Aktentasche sie getroffen.

Ingrid zwang sich, an etwas anderes zu denken. Wenn sie jetzt Paulas Angriff nacherlebte, würde sie zu weinen anfangen oder sonstwie die Nerven verlieren und die Hochzeit doch noch verpassen. Statt dessen konzentrierte sie sich auf Tracys Kleiderschrank. Traurig, daß das elfenbeinfarbene Seidenkleid ruiniert war, bei den Blutflecken und Rissen konnten auch Schneiderei und chemische Reinigung nichts mehr ausrichten. Außerdem hatte die Polizei es zur Untersuchung einbehalten. Schließlich entschied sie sich für ein Cocktailkleid in besänftigendem Grün mit langen Ärmeln, die ihren verbundenen Arm verdeckten.

Ray rief an, als sie eben zu Docs Trauung in einer kleinen Kirche in Pacific Palisades aufbrechen wollte. Beerdigungen, Hochzeiten. Ob wohl derselbe farblose Geistliche die Zeremonie halten würde?

Rays Stimme mischte sich mit dem Klang von Straßenverkehr. »Tut mir leid, Ingrid, ich konnte nicht eher anrufen. Ich bin dem Transporter bis nach Ensenada und wieder zurück gefolgt.«

»Ich dachte, sie wollten zurück nach Bolinas?«

»Shandra ist jetzt mit dem Schwarzen auf dem Weg nach Norden. Sie hat einen Kahlkopf, der Ihr Schmuggler sein könnte, in einem Bodybuilding-Studio in Venice aufgesammelt. Von da sind sie nach Ensenada durchgefahren und haben die alte Frau und den Kahlen bei dem Krankenhaus außerhalb der Stadt abgesetzt. Ich habe mit ein paar Angestellten geredet. Tracy ist nicht hier. Trotzdem wissen sie mehr, als sie sagen. Ich fahre morgen oder übermorgen nochmal hin. Dann finde ich vielleicht Tracy und diesen Dingsbums.«

»Sammy.«

»Genau. Hören Sie, ich muß los. Ich brauche etwas Schlaf.«

»Ray — ich habe mich mit Paula getroffen, nachdem Sie weg waren.«

»Können Sie mir das nicht in fünf Stunden erzählen? Ich muß wirklich schlafen. Gloria hat mir gesagt, wo der Hochzeitsempfang stattfindet. Können wir uns da treffen?«

»In Ordnung. Wenn ich die Gesellschaft nicht aushalte, bin ich auf dem Parkplatz beim Jeep.«

Als er auflegte, merkte Ingrid, wie sehr ihr das Erlebnis mit Paula noch zu schaffen machte, so daß ihr unklar war, wie sie Ray davon berichten sollte. Besonders, wenn er so erschöpft war. Nun, sie würde ihn irgendwie ins Bild setzen, sobald er seinen Schlaf nachgeholt hatte.

* * *

Ingrid hatte nicht damit gerechnet, daß ihr die Truesdales und ihr Lebensstil so zum Halse heraushängen würden. Sie stand die Hochzeit einigermaßen durch, ohne sich ihren Abscheu über die ganze Aufgesetztheit und Heuchelei allzusehr anmerken zu lassen. Barbie stand Weiß so gut, daß sie sich für ein traditionelles Hochzeitskleid entschieden hatte. Ihr kam offenbar nicht der Gedanke, daß unter den tragischen

Umständen eine etwas schlichtere Zeremonie angemessen sein könnte. Daß sie schon seit Monaten mit Doc zusammenlebte und daß ihr Vater jünger als der Bräutigam war, gab dem Ereignis etwas Surreales.

Ingrid hatte so viele Hochzeiten fotografiert, daß sie jeden Schritt der konventionellen Choreografie kannte. Eine Zeitlang unterhielt sie sich damit, vorherzusehen, was der von Doc engagierte Fotograf als nächstes tun würde, aber als die Gesellschaft zum Empfang aufbrach, wurde sie ungeduldig. Es dauerte so lange. Und immer noch keine Spur von Ray.

Nachdem sie etwas von dem gesundheitsbewußten kalten Buffet gegessen hatte, stahl sie sich aus der selbstverliebten Masse davon und machte sich auf den Weg zum Jeep. Sie stieg nicht gleich ein, sondern lehnte sich gegen den Wagen und atmete die Nachtluft.

Der Empfang fand in einem Saal in der Nähe des Hafens von Santa Monica statt. Ingrid hatte die warmen, dunklen Abende in Südkalifornien immer gemocht. Der Himmel schimmerte rosig überall am Horizont, weil Millionen von Straßenlaternen Unmengen von Strom vergeudeten und den Smog zum Glühen brachten. Ein paar Atemzüge in der Abendluft, die der Wind vom Meer gereinigt hatte, und sie fing an zu genießen, daß sie am Leben war. LA war um diese Tageszeit verführerisch. Als Ingrid jung war, hatten die Abende in Los Angeles Aufregung und Vergnügen bedeutet. Allen Unbillen zum Trotz fühlte sie sich plötzlich zwanzig Jahre jünger, ein fiebriger Teenager, bereit, alles auszuprobieren.

Wie um Ingrids geistige Verjüngung zu feiern, tönte plötzlich ein ungeheures Gejohle aus dem Saal herüber. Wahrscheinlich hatte Barbie fürs Foto Doc ein Stück Rübentorte ins Gesicht geworfen, sagte Ingrid sich, kreuzte die Arme über die Motorhaube des Jeep und beugte sich darüber, um ihren Rücken zu strecken. Dann hielt sie sich mit der gesunden linken Hand am Türgriff fest, als wäre er eine Ballettstange, und ging ein paarmal ins Plié. Sie mußte lachen, als sie daran dachte, wie sie ihre wenigen Ballettstunden bei Madame Natalja gehaßt hatte. Ihre Reaktion war der von Tracy genau entgegengesetzt. Irgendwie hatte es bei Ingrid einen Meister der Kampfkunst gebraucht, um ihr die körperliche Disziplin einzuimpfen, die Tracy sich im Ballett angegeignet hatte. Auch gut. Sie streckte vorsichtig ihre Arme durch, besonders behutsam den verletzten Unterarm.

* * *

Stimmen von der anderen Seite des Parkplatzes ließen sie innehalten. Ein Paar kam auf sie zu, kichernd und stolpernd, offenkundig bemüht, sich gegenseitig aufrecht zu halten. Der Mann, groß und schlank, blieb stehen und sprach die Frau an.

»Ich verstehe nicht, wieso sie uns gleich rauswerfen mußten.«

Die Frau klammerte sich an ihn und lachte aus vollem Hals, dann sagte sie heiser: »Liebling, ich glaube fast, du hättest nicht in die Bowle pinkeln sollen.« Dann brüllte sie vor Lachen und warf übermütig ihren Kopf zurück. Ingrid erkannte Claudia Cayenne und ihren raubkatzenhaften Freund.

»Na, ich mußte doch aufs Ganze gehen, oder? Schließlich ist es kostenlose Reklame. Gewisse Leute konnten gar nicht wegsehen.« Er fuhrwerkte an seinem Hosenschlitz herum, den zuzumachen ihm anscheinend nicht die Zeit geblieben war.

»Komm, Nicky, ich helfe dir.« Was sie auch tat, und zwar so gründlich, daß er sie an den Hüften packte und zu sich heranzog.

»Jetzt, wo du ihn zu hast, kannst du ihn gleich wieder aufmachen.«

Claudia Cayenne drehte sich um, sah Ingrid ins Gesicht und zwinkerte. »Ich würde ja gern, aber ich glaube, das könnte unsere neue Freundin hier schockieren, was, Süße?«

Ingrid mußte über ihren hoffnungsvollen Ton lachen. »Da haben Sie wohl kein Glück, fürchte ich. Nur zu, wenn's

Ihnen Spaß macht. Ich will nicht sagen, daß ich schon alles gesehen habe, aber ich bezweifele, daß ich schockiert wäre.«

Claudia zog eine Schnute und rückte ein Stück von ihrem Freund ab. »Ach, dann macht's ja keinen Spaß. *Es sei denn*, Sie wollen vielleicht mit zu uns kommen und Triangel spielen. Was hältst du davon, Nicky?«

Nicky lachte, ob nun über Claudias Umschreibung oder über das neue Opfer. Er inspizierte Ingrid. Als er näher kam, erkannte sie sogar im Licht der Straßenlaterne, daß seine Augen blau und blutunterlaufen waren. »Ja, Prinzessin, wenn du möchtest. Ich würde dir ein Fest daraus machen, und ihr hier auch.« Er fuhr mit den Händen an ihrem Körper entlang.

»Tja, Süße. Ich weiß nicht, ob Sie heute abend noch eine bessere Einladung bekommen.« Claudia breitete scherzhaft werbend die Arme aus. »Verbringen Sie die Nacht mit dem ehemaligen Star von Film und Fernsehen, Claudia Cayenne, und dem künftigen Star von – wie nennen wir es, Nicky? Pornofilm und -bühne? Jedenfalls könnte mein illustrer und *sehr* talentierter Freund Nick Sloat hier ohne Weiteres der nächste Errol Flynn werden. Was sagen Sie dazu? Wie heißen Sie eigentlich? Sie kommen mir bekannt vor.«

»Mein Name ist Ingrid Hunter. Vielleicht kennen Sie meine Schwester – Tracy Truesdale.«

»Ach ja, die kleine Tracy T. Nettes Mädchen. Na los, kommen Sie doch mit, oder haben Sie eine Verabredung? Teufel, bringen Sie ihn auch mit. Oder sie. Ist mir ganz egal.«

Ingrid lächelte. »Hören Sie, ich will ehrlich mit Ihnen sein. Ich stehe nicht auf – ähm – Triangel. Ich warte hier auf einen Freund, der vielleicht an sowas Spaß hat, aber eigentlich glaube ich das nicht. Aber ich würde Ihnen gern einige Fragen über die Truesdales stellen. Ich weiß nicht, ob Sie gehört haben, daß meine Schwester verschwunden ist. Ich will sie finden. Es scheint, daß ihr Verschwinden etwas mit dem Mord an Adam Truesdale zu tun hat.«

Claudia konnte ihr besser folgen, als Ingrid vermutet hatte. Entweder war sie weniger betrunken, als sie aussah, oder erheblich intelligenter. Vielleicht beides. »Okay«, sagte sie, während Nick ihr das Kleid halb von der Schulter schob und sich von hinten an sie preßte. »Aber hier können wir nicht reden. Meine Füße tun weh, das kommt von diesen verdammten hohen Absätzen. Und dieser Junge kann auch nicht stillstehen, wenn er seinen Motor erst mal angeschmissen hat.«

Ingrid zögerte.

»Kommen Sie schon. Wir beißen nicht. Und wenn Sie nicht mitspielen wollen, dann können Sie zugucken oder warten. Aber Nicky wird mir keine Ruhe lassen, bevor er nicht sein Leckerli bekommen hat. Und ich stehe hier auf dem verdammten Asphalt und bekomme Hühneraugen, wo ich doch in meinem warmen Bett liegen könnte.«

Ingrid lächelte. »Gut. Ich hinterlasse für meinen Freund eine Nachricht am Wagen. Wenn es Ihnen nichts ausmacht, schreibe ich ihm Ihren Namen und Adresse auf. Ich sollte vielleicht noch sagen, daß mein Freund ein Ex-Bulle ist.«

»Süße, wenn er Bock hat, kann er meinetwegen auch in Uniform anmarschieren. Hier, geben Sie mir was, worauf ich schreiben kann.« Ingrid hielt ihr einen kleinen Notizblock und einen Stift hin, und Claudia schrieb eine Anschrift am Pacific Coast Highway auf.

Ingrid kritzelte für Ray noch die Nachricht dazu, er solle so schnell wie möglich nachkommen, und klemmte den Zettel unter den Scheibenwischer des Jeep.

»Sie haben nichts getrunken, oder?« fragte Claudia mit hinterhältigem Lächeln. Sie ließ ein Schlüsselbund vor ihr baumeln. »Jetzt fange ich an, Sie zu verführen, passen Sie auf. Als erstes dürfen Sie den Jaguar fahren.«

Ingrid war unklar, wie sie den Jaguar hatte übersehen können. Er war flaschengrün und gertenschlank. Sie glitt in den ledergepolsterten Schalensitz, startete den sanft schnurrenden Motor und fühlte sich wie im siebten Himmel, Variante Los

Angeles. Während sie den Motor zum Aufwärmen ein paarmal aufgrollen ließ, orientierte sie sich, prüfte Licht und Gangschaltung. Claudia und Nick drückten sich auf der Beifahrerseite hinein, ihr sehr nahe, und füllten den Innenraum mit Wärme und dem Geruch von Parfum und Wein. Der schmale Beifahrersitz sorgte für flächendeckenden Körperkontakt zwischen den beiden.

Als sie aus der Parklücke bogen, kam ihnen langsam ein Krankenwagen entgegen. Ingrid ließ das Fenster herunter. »Was ist los? Jemand verletzt?«

Der Fahrer des Krankenwagens steckte den Kopf heraus und schüttelte ihn nachdrücklich. »Da kriegt eine Frau ein Kind auf dem Hochzeitsempfang«, rief er. »Sieht nach einem Routine-Einsatz aus. Hoffentlich ist es nicht die Braut.«

Alles lachte. Also hatte Ruthanne dem Hochzeitspaar die Schau gestohlen. Ingrid schien es, als tauchte hinter dem Krankenwagen Rays TransAm auf. Sie war unsicher, ob es wirklich gut war, jetzt wegzufahren. Sie wurde das verflixte Gefühl nicht los, irgend etwas übersehen zu haben. Aber es gab zu viele Fragen, die sie Claudia Cayenne stellen mußte, und sie würde sich diese Gelegenheit nicht entgehen lassen.

Kapitel 28

Es war nur eine kurze Fahrt den Pacific Coast Highway hinab und dann nach Norden zur Malibu-Siedlung.

Claudia sah träge auf, als hätte sie auf den Weg geachtet und nicht ununterbrochen mit Nick geschmust. »Hier müssen Sie links rein, wo die Einfahrt unter das Haus geht«, sagte sie.

Ingrid bog ab, und der Wagen glitt sanft in die kleine Garage. Das Haus gehörte zu einer Siedlung, von der sie wußte, daß sie an einem kleinen, privaten Strand lag und zu den teuersten und unbeständigsten Immobilien im ganzen Land zählte.

Alle stiegen aus, und Claudia drückte auf einen Schalter. Das Garagentor schloß sich hinter dem Jaguar.

Claudia nahm Ingrids Hand in die eine und Nicks in die andere und führte die beiden eine Rampe hinauf zu einer hölzernen Treppe an der Seite des Hauses. Hinter dem Privatstrand lag der Ozean. Seine Oberfläche kräuselte sich unter dem dunklen Himmel in vielen winzigen Runzeln. Alle drei blieben stehen und starrten andächtig auf das Wasser, bevor sie die Holztreppe zur Veranda hinaufstiegen.

»Haben Sie manchmal Probleme bei Sturm? Wasserschäden oder so?«

Claudia lachte herzlich. »Natürlich. Wir haben haufenweise Jutesäcke liegen. Jedesmal, wenn ein schlimmer Sturm aufzieht, sind wir draußen, füllen sie mit Sand und stapeln sie wie die Holländer zu hausgemachten Deichen auf und versuchen, uns damit das Meer von Hals zu halten. So leben wir eben. Wir sind verrückt, müssen Sie wissen.«

»Ja. Das sehe ich.« Wenn Claudia 'wir' sagte, hatte Ingrid irgendwie das Gefühl, daß sie sich und ihre Nachbarn meinte und nicht Nick Sloat, der sie jetzt ungeduldig die Treppe hochwinkte. Ingrid wollte Claudia eben fragen, ob sie schon lange in dem Haus lebte, als sie merkte, daß sie allein auf der Veranda stand. Einen Augenblick später steckte Claudia den Kopf durch eine Tür. Ihre Schultern waren nackt, und zweifellos auch der Rest ihres Körpers. »Kommen Sie doch rauf zu uns, wenn Sie mögen. Wenn nicht, machen Sie es sich bequem. Da drüben steht eine Bar, wenn Sie Durst haben. Bedienen Sie sich. Nichts währt ewig – nicht mal bei Nicky.«

Ingrid setzte sich an den Rand der Veranda und ließ die Füße baumeln. Sie war froh, daß sie ein wenig Zeit hatte, um aufs Meer zu starren und vielleicht ihre Gedanken ein wenig zu ordnen.

Zach hatte sich beim Anblick der Flaschen, die Ken ihm übergeben hatte, so schuldbewußt verhalten. Er mußte das Putzmittel in dem Wasserglas vergiftet haben. Aber das einzige

Motiv, das für Zach in Frage kam, war, das Stammkapital für sich und seinen Sohn zu sichern. Nur schien er daran gar nicht interessiert zu sein. Irgendwie mußte Ken in die Sache verwickelt sein. Ken mochte aus Adams Tod Vorteil ziehen, weil ihm dadurch ein Posten im Vorstand winkte. Aber wie hätte er ohne Zachs Wissen an dessen Reinigerflaschen kommen sollen? Und warum sollte er sie ihm vor einer Zeugin zurückgeben, wenn die beiden den Mord an Adam gemeinsam ausgeheckt hatten? Oder war Doc das anvisierte Opfer und Adam nur zufällig getötet worden? Was war mit Esther? Sie hätte ebenso von Docs Tod profitiert wie von Adams. Es schien ausgeschlossen, daß jemand vorher geplant hatte, Adam solle an Docs Stelle das Reinigungsmittel trinken. Schließlich hatte Ingrid selbst gesehen, wie Tracy vortrat, um sich freiwillig zu melden, bis sie von Adam übertönt wurde.

Ingrid blieb noch einige Minuten still sitzen. Dann entschloß sie sich, ins Haus zu gehen und die Toilette zu suchen. Sie fand sie am Ende des Flurs gegenüber dem Wohnzimmer, dessen riesiges Südwestfenster den Ozean in seiner ganzen mitternächtlichen Pracht einrahmte. Es war ein kleines Haus, erbaut zum luxuriösen aber funktionellen Genuß des Meerblicks. Vielleicht hatten die ursprünglichen Besitzer es nur als Ferien- oder Wochenendhaus benutzt.

Die Schlafzimmertür stand offen, aber aus dem kerzenflackernden Halbdunkel drang nur lautes Schnarchen.

Als Ingrid aus dem Bad kam, schlüpfte eine kleine Gestalt aus dem Schlafzimmer, in der Hand keine Kerze, sondern eine Sturmlaterne. Claudia hatte einen kurzes Frotteekleid übergezogen. Sie gab Ingrid ein Zeichen zu warten, hob das Glas der Sturmlaterne und zündete sich am brennenden Docht eine kleine, dunkle Zigarette an. Dann flüsterte sie: »Gehen wir wieder auf die Veranda, wenn es nicht zu kühl ist.«

»Nein, es ist noch ganz warm.«

Claudia stellte die Laterne in eine Ecke der Veranda, wo ein Bambusrollo den Seewind abhielt. Sie setzte sich auf den

Boden, lehnte sich gegen einen Eckpfeiler und ließ die Beine über die Kante hängen. Ingrid setzte sich neben sie ans Seitengeländer, so daß sie sich leise unterhalten konnten.

Das Licht flackerte über Claudias Gesicht, als sie an der Zigarette zog — einem schlanken braunen Zigarillo, wie Ingrid jetzt sah —, und verlieh den braungebrannten Zügen unter dem kurzgeschnittenen schwarzen Haarschopf etwas Affenhaftes. Ihre Drahtigkeit ließ sie zugleich kindlich und zerbrechlich alt aussehen.

»Sie scheinen eine Frau mit ungezügeltem Appetit zu sein, Claudia —«

»Ja.« Wieder das rauhe, genüßliche Lachen, das von einem ruchlosen Vergnügen an der ganzen Welt und all ihren Verrücktheiten zu künden schien.

»Trotzdem haben Sie damals einen Mann geheiratet, der zwanzig Jahre älter war. Warum?«

»Haben Sie Doc Truesdale mal gesprochen? Persönlich und aus der Nähe? Sozusagen Knie an Knie?«

»Ja.« Ingrid mußte auch lachen. Doc ließ einer Frau gar keine andere Möglichkeit.

Claudia quittierte Ingrids Antwort mit einem Nicken und einer Rauchwolke. »Sie hätten ihn vor zwanzig Jahren sehen sollen. Jetzt bin ich fünfzig, aber damals kam mir dieses Alter wie die Schwelle zum Tod vor. Bis ich Doc traf. Liebe Güte!« In dem tanzenden Licht wurde ihr Gesicht einen Moment lang weich. »Charisma bis in die Arschbacken«, kicherte sie vergnügt. »Ich hätte nie gedacht, daß es ein Problem werden könnte, einen Mann zu heiraten, dessen ältester Sohn schon erwachsen ist. Aber das wurde es. Später. Am Anfang nicht. Am Anfang hatten Doc und ich eine tolle Zeit. Er hat mir beigebracht, jeden Tag neu anzufangen und geradewegs auf Leute zuzugehen. Und im Bett war er genug für mich — was etwas heißen will. Aber verdammt! Der Mann hat sich einfach zu rar gemacht.«

»Andere Frauen.«

»Oh ja, klar.« Claudia drückte ihren halb gerauchten Zigarillo ärgerlich aus. Sie starrte einen Moment lang aufs Wasser, dann klopfte sie einen neuen aus dem Päckchen. Zum Anzünden kippte sie ihn mit den Zähnen schräg nach oben. »Ich bin nicht der Typ Frau, der herumsitzt und wartet, bis Männe nach Hause kommt. Aber bei Doc habe ich das tatsächlich eine Weile getan. Was wir miteinander hatten, war so gut, ich konnte mir einfach nicht vorstellen, daß es für ihn vorbei war. Aber, wissen Sie, Süße, ich wurde unruhig — ich habe auch so meine Bedürfnisse. Und dann kam sein Sohn Adam aus dem Krieg nach Hause.«

»Sie und Adam?«

»Das wußten Sie nicht, was?« In einer einzigen fließenden Bewegung stand sie auf, zog sich auf die Brüstung und rückte ein Stückchen weiter von der Lampe weg. »Da hockte ich geduldig herum und wartete, daß Doc von seinen Vögeleien mit den Frauen aus dem Betrieb heimkam. Und dann kam Adam zurück und hüpfte in seinen Turnhosen durchs Haus. Na, schließlich sind wir zusammen abgehauen und haben es mehr oder weniger amtlich gemacht. Mexikanische Scheidung von Doc und mexikanische Hochzeit mit seinem Sohn. Sehen Sie, ich habe Doc nie betrogen bis zu dem Tag, an dem ich ihn verließ, aber ihm seinen Sohn wegzunehmen war meine Revanche, und zwar satt.«

Ingrid sinnierte über menschliche Beweggründe zu heiraten.

Claudia stieß eine Rauchwolke aus und starrte traurig aufs Meer hinaus. »Ich habe immer gewußt, daß Adam zurückgehen würde. Das tat er dann auch. Wir haben unser ganzes Pulver in den ersten paar Monaten verschossen. Er ist zu Doc zurückgegangen, und ich bin hergekommen, um die Scherben von etwas aufzusammeln, das einmal eine Karriere war.«

»Aber Ihnen gehört doch ein Teil der Firma, oder?«

»Kleine, ich habe einfach Geld in Docs Geschäft gesteckt. Meine Anwälte kümmern sich darum — eine sehr effiziente Kanzlei mit Namen Wolf, Wild und Stahl, falls Sie mal

Juristen brauchen. Als die mit den Truesdales fertig waren, bekam ich zehn Prozent vom Stammkapital — so scharf waren sie darauf, mich auf legalem Wege loszuwerden. Das macht Doc verrückt, aber es ist verdammt nochmal seine eigene Schuld. Übereilt heiraten und dann munter drauflosprozessieren, so machen's die Truesdales. Ich bin sicher, daß Doc heute wieder damit angefangen hat.« Sie schüttelte den Kopf über diese Dummheit. »Teufel, wer weiß. Vielleicht will Doc sich jetzt auch zur Ruhe setzen. Normalerweise schere ich mich nicht um sie. Ich kümmere mich um meine eigenen Angelegenheiten. Adams Beerdigung war ein Art Ausnahme, und Docs Hochzeit auch. Das mußte ich einfach sehen.«

»Haben Sie überhaupt etwas mit der Firma zu tun?«

»Nein. Ich kassiere nur meine Dividende. Es sei denn, sie brauchen eine ehemalige Berühmtheit, die in der Werbung aushilft. Bei all meinen schlechten Gewohnheiten müssen es einfach diese Vitamine sein, die den alten Körper beieinanderhalten. Ich glaube nicht, daß die Truesdales sich Sorgen um meine Geschäftsanteile machen. Die haben selbst genug davon.«

»Wirklich? Esther scheint da anderer Meinung zu sein.«

Es sah aus, als ob Claudia ihre nachdenkliche Stimmung plötzlich abschüttelte. »Die Esther, die hat's wirklich drauf, was?«

»Glauben Sie, daß sie je eine Chance bekommt, die Firma zu leiten?«

»Nein. Nicht, solange Doc dabei mitzureden hat.« Claudia rauchte ihren Zigarillo und dachte nach. »Natürlich lebt er nicht ewig. Und wenn jemand das Zeug dazu hat, den Laden zu schmeißen, dann ist das Esther. Himmel, ich habe sie ja zur Hälfte selbst großgezogen. Die Mutter der drei war verrückt. Und die Kinder hatten allen Grund, verkorkst zu sein, völlig verkorkst. Sie bekamen sie nie mehr zu sehen, sobald Doc und ich zusammen waren. Klar, Adam war ständig auf irgendeiner Militärakademie, und Esther war noch so klein.

Ich glaube fast, Doc hat mich nicht nur als Frau für sich, sondern auch als Gefährtin für seine Kinder ausgesucht. Der arme kleine Zach. Ein Nervenbündel. Er hockte den ganzen Tag in seinem Zimmer und machte Hausaufgaben oder fummelte mit irgendwelchen chemischen Experimenten herum. Er kannte sich gut mit dem ganzen Kräuterkram aus, also habe ich ihn ermutigt, mir das beizubringen.«

»Sie haben auch gelernt, Kräuterextrakte herzustellen?« Ingrid fragte sich, ob Claudia ein tödliches Gebräu aus blauem Eisenhut zubereiten konnte.

»Na sicher. So kam ich an ihn heran. Aber er hat sich von mir abgewandt, als ich mit seinem großen Bruder durchbrannte. Ich kann's ihm nicht verdenken. Trotzdem, damals hat es mir das Herz gebrochen, ihn zu sehen. So ein ernstes Kind. Hat immer diese winzigen Röhrchen und Pipetten mit allem möglichen Zeug abgemessen. Sehr still. Manchmal werden sie so, wenn sie eine verrückte Mutter haben.«

»Hat eins der Kinder seine Mutter noch einmal wiedergesehen?«

»Doc meinte, das wäre sinnlos. Es wäre nicht gut für die Kinder, sie so zu sehen. Besonders für Zach. Sie hat ihre eigenen Kinder nicht erkannt, und manchmal ist sie gewalttätig geworden. Also haben Zach und Esther ihr Karten geschickt. Wenn sie durch traurige Sachen durchmußten, dann half es den kleinen Kerlchen, Weihnachtskarten und Muttertagskarten auszusuchen.« Claudia wischte eine Träne weg und zog heftig an ihrem Zigarillo.

»Und Adam? Hat er auch Karten geschickt?«

»Nö. Sprach nie darüber. Hat so getan, als ob sie tot wäre. Ich glaube, Zach hat später auch angefangen, sich so zu verhalten. Esther, die war da anders. Ich habe erst vorige Woche mit ihr gesprochen, da erzählte sie mir, daß sie die alte Dame besucht hat. Natürlich muß man sich bei Esther immer fragen, was für tiefere Gründe dahinterstecken.«

Das melodische Läuten des Türgongs klang durch das Haus.

»Das muß meine Verabredung sein«, sagte Ingrid.

Claudia rutschte von der Brüstung und zeigte dabei nur wenig Haut. »Kommen Sie, gehen wir zusammen an die Tür.«

Ingrid folgte ihr durch das dunkle Wohnzimmer, in dem die Farben wie Edelsteine schimmerten und die Konturen der Möbel wie Treibholz aussahen. Ingrid erkannte Rays Silhouette vor der Tür aus geriffeltem Glas, die von den Straßenlaternen am nahen Pacific Coast Highway beleuchtet war.

Claudia entsicherte mehrere Schlösser und riß die Tür auf. Auf geheimnisvolle Weise öffnete sich dabei ihr Kleid. Ingrid schüttelte den Kopf und lächelte. Mittlerweile wäre sie geradezu enttäuscht gewesen, wenn Claudia gar nicht versucht hätte, sich effektvoll in Szene zu setzen.

Ray wirkte müde und ungeduldig. Er nickte Ingrid und Claudia kurz zu. »Guten Abend, Ingrid. Miss Cayenne.« Nie hatte er mehr nach Polizist ausgesehen als jetzt.

Claudia band schweigend den Gürtel ihres Kleides fester und sah Ray an. »Hallo«, sagte Ingrid. »Ich schätze, ich muß euch nicht miteinander bekanntmachen.«

»Wir sind uns schon begegnet«, antwortete Claudia leise. »Ach, Nicky, komm doch mal. Ingrids Freund ist da.« Claudia hielt sich mit dem Flirten zurück. Waren sie und Ray vielleicht einmal mehr als Bekannte gewesen?

Ray schien Ingrids Gedanken zu lesen und sagte mürrisch: »Bist du immer noch mit Nick Sloat im Geschäft, Claudia?«

Wie aufs Stichwort kam Nick aus dem hinteren Schlafzimmer und kratzte sich ungeniert. Es war unschwer zu sehen, daß er nahtlos braun war. Vielleicht fühlte er sich nackt einfach wohl, oder er war auf Komplimente für seine großzügige Ausstattung aus.

Claudia umarmte ihn taktvoll, als ob sie ihn mit ihrem Körper bedecken wollte. »Sieht er nicht aus, als wäre er zu allem fähig?« sagte sie und sah in verschlafenen blauen Augen.

»Das bin ich, Claudia«, antwortete er, als wäre er mit ihr allein. »Das solltest du eigentlich wissen.«

»Komm, Ingrid.« Ray griff nach ihrem Handgelenk. Sie schrie auf vor Schmerz und zuckte zurück.

Alle starrten Ingrid an, und sie schob den Ärmel ihres Kleides hoch, um den Verband zu zeigen, leicht zitternd unter der Nachwirkung des unvermittelten Schmerzes, der ihren Arm pochen ließ. »Ich habe gestern im Labor etwas abgekriegt«, sagte sie. »Ich erklär's später.«

Claudia schien amüsiert über Rays Bestürzung. Nick beugte sich vor, um Ingrids Arm aus der Nähe zu betrachten, und leckte sich unwillkürlich die Lippen wie ein wildes Tier, das Blut wittert. Ingrid zog den Ärmel rasch wieder herunter.

Ray war sichtlich verlegen und ärgerlich. »Also los jetzt.« Er drehte sich um und ging hinaus.

Claudia und Nick schwiegen, also sagte Ingrid nur: »Gute Nacht. Danke für die Fahrt und fürs Gespräch, Claudia.« Dann folgte sie Ray wortlos zu seinem TransAm.

Kapitel 29

Ray fuhr den Pacific Coast Highway nur bis zu der Stelle, wo eine schmale Standspur als Parkplatz für den öffentlichen Badestrand diente. Dort hielt er an, fast zu nahe an der steilen Klippe. »Laß mich den Arm nochmal sehen.« Er schob behutsam ihren Ärmel hoch, hielt den Arm sachte und sah sich die Länge des Verbandes an. »Genäht?«

»Ein paar Stiche.«

»Tut mir leid, daß ich dich so hart angefaßt habe. Offenbar hielt es niemand für nötig, zu erwähnen, daß du verletzt bist.« Sie schauten ein Weilchen zusammen aufs Meer. »Edwards rief mich an. Hat mich geweckt. Er erzählte mir, daß Paula tot ist, und daß sie dich vernommen haben. Von Verletzungen hat er nichts gesagt.«

»Es war ihm wohl wichtiger, daß ich die Stadt verlasse. Sogar als ich ihm sagte, daß Paula meinte, Brian benutzt die alte Dame zur Tarnung für Drogenschmuggel — ich weiß nicht, ob er mir geglaubt hat, er betonte nur immer wieder, ich soll ihn wissen lassen, wann ich abreise.«

»Vielleicht solltest du auf ihn hören.«

Ingrid seufzte. Sie wollte nicht weg von hier, wo sie Tracy zuletzt gesehen hatte. Im übrigen wollte sie auch nicht weg von Ray. Er schien ihre Verunsicherung zu spüren.

»Na schön. Erzähl mir von dem Drogenschmuggel.«

»Es war ziemlich verwirrend, was Paula gesagt hat, und sie war sowohl zugeknallt als auch mit den nerven am Ende. Aber schließlich habe ich am Flughafen gesehen, wie Brian etwas vom Rollstuhl abmontierte, nachdem sie durch den Metalldetektor waren, und dann hat er ihre Hand gedrückt, woraufhin sie zu schreien anfing. Für mich sah es aus wie ein Ablenkungsmanöver. Paula zufolge schmuggelt er Drogen und illegale Anabolika aus Mexiko herüber und auf dem Rückweg auch noch Zuchtbullensperma — alles, was Gewinn abwirft.«

Ray kicherte. »Das hast du Edwards erzählt?«

»Klar. An dem Punkt ist er wohl irgendwie ausgestiegen.«

Ray wurde wieder ernst. »Na ja, ich habe Brian in Venice aus diesem Bodybuilding-Studio kommen sehen. Theoretisch könnte er da illegale Anabolika an die Muskeljungs verhökert haben. Vielleicht sollte ich mal mit Derek reden. Hat Paula gesagt, ob Ken mit drinhängt?«

»Sie ist ausgeflippt, wann immer ich seinen Namen aussprach. Weißt du, daß er ein Alibi für den Mord an Paula hat?«

»Das habe ich gehört. Wir müssen noch mehr herausbekommen. Paß auf, Tracy ist wahrscheinlich in Ensenada. Es gibt da einen mexikanischen Arzt namens Carlos, mit dem ich mich unterhalten will. Ich werde sie finden. In der Klinik haben sie sich nie angemeldet. Aber eine Frau in der Verwaltung sagte mir, daß sich ein amerikanisches Paar nach den

Behandlungen erkundigt hätte. Irgend etwas hat sie aber erschreckt, als sie auf die Sprechstunde warteten, und sie sind abgehauen.«

»Hat sie gesagt, was sie erschreckt hat?«

»Die Frau war nicht sicher. Es könnte etwas in den Broschüren gewesen sein. Sie hat mir Kopien von allem gegeben, was sie ausliegen haben. Es kann auch sein, daß sie etwas anderes gesehen haben. Sie wußte nicht, was — sie meinte, die Gringos sind doch alle ein bißchen *loco*. Dann fand sie anscheinend, daß sie schon zu viel gesagt hatte, und machte dicht. Ich muß nochmal hinfahren und sie weiter bearbeiten. Ich werde es schon aus ihr herausholen«, erklärte Ray mit einem leisen Lächeln.

Seine Miene brachte Ingrid zum Lachen. »Also, bei diesem Carlos weiß ich's ja nicht, aber wenn du *so* fragst, kann eine Frau sicher kaum widerstehen«, neckte sie ihn.

Ray sagte nichts, aber sein Lächeln wurde breiter. Hätten sie sich unter anderen Umständen kennengelernt, dachte Ingrid, dann würden sie sich jetzt an den Händen halten. Sie schauten wieder aufs Meer, und sie entspannte sich. »Erzähl mir von der Sache mit Paula«, sagte Ray schließlich.

Ingrid berichtete. Sie wußte, daß er mit Edwards gesprochen hatte, und vermutete, daß er beim Morddezernat ein gutes Wort für sie eingelegt hatte. Ob er das jetzt bedauerte? Er hörte schweigend zu und schüttelte dann grimmig den Kopf. »Es ist mir ernst damit, daß du nach San Francisco zurückfahren solltest. Du könntest hier zur Zielscheibe werden.«

»Du willst mich loswerden, hm?«

»Irgendwer will das vielleicht. Auch möglich, daß sie dich nur einschüchtern wollen. Bei allem, was du weißt, hätte die hausgemachte kleine Lasterhöhle von der Cayenne auch eine Falle sein können.«

»Nun hör schon auf. Danke, daß du mich abgeholt hast, aber du mußtest mich nicht retten. Ich war dort nicht in Gefahr.«

»Nein? Na, wie du meinst.«

»Also ich hatte nicht vor, mit zu ihnen ins Bett zu steigen. Aber ich habe interessante Informationen von Claudia bekommen. Wußtest du, daß sie mit Adam durchgebrannt ist, während sie noch mit Doc verheiratet war?«

»Nein.«

Ingrid faßte Claudias Bericht über die Familie Truesdale zusammen. Ray nickte, gab aber keinen Kommentar ab. Er ließ den Motor an, und sie fuhren schweigend weiter.

»Hör zu, Ray — bist du wütend, weil ich mit zu Claudia Cayenne gefahren bin? Oder geht es um das, was ich neulich im Restaurant gesagt habe — daß du zwischen Tracy und mir entscheiden mußt? Ich hatte kein Recht, das zu sagen, und falls ich dir zu nahe getreten bin, entschuldige ich mich.«

Ray dachte beim Weiterfahren darüber nach. »Nein. Ich bin nicht gerade entzückt, daß du mit zu Cayenne gegangen bist. Aber du hast interessante Sachen herausbekommen. Was das andere angeht, weiß ich nicht. Sicher. Laß uns etwas Zeit. Es wird sich schon von selbst klären.«

»Ja. Das ist wohl das beste.« Ingrid wußte nicht, worüber sie eigentlich enttäuscht war. Im Grunde wußte sie nur, daß sie plötzlich sehr durcheinander war.

»Wie auch immer, dich bei diesem Gelichter zu finden ging mir gegen den Strich. Ich habe nicht angenommen, daß du mit ihnen im Bett warst. Aber sie spielen vielleicht mit härteren Bandagen, als du annimmst. Es hat mir einfach nicht gepaßt, dich da zu sehen.«

»Schön, ich weiß deine Besorgnis zu schätzen, aber ich kann mich ganz gewiß nicht jedesmal fragen, was du wohl davon hältst, bevor ich irgendwohin gehe, das geht dir sicher nicht anders.«

»Hast recht. Deswegen bin ich geschieden. Meine Frau hat meinen Job gehaßt. Als ich angeschossen wurde und beschloß, als Privater weiterzumachen — ist sie gegangen. Schon der Gedanke war ihr unerträglich.«

Sie seufzten zweistimmig.

»Na gut. Also ich fahre nach San Francisco zurück, wenn wir heraushaben, was hier vor sich geht.«

»Gut. Dann kommst du heute nacht mit mir. Wenn du Aufregung willst, sollst du sie bekommen.«

Los Angeles erschien Ingrid wie eine von breiten Strömen aus Fahrzeugen auf Autobahnen und Straßen umspülte Inselgruppe. Ray fädelte sich auf der Autobahnzufahrt ein, statt zum Parkplatz zu fahren, wo Ingrid den Jeep gelassen hatte. Er nahm die Nordroute Richtung San Fernando Valley.

»Wohin fahren wir?«

»Sherman Oaks.«

»Zach und Ruthanne besuchen?«

»Die werden jetzt wohl nicht zu Hause sein. Der Krankenwagen kam kurz vor mir auf der Hochzeit an und brachte Ruthanne Truesdale mit heftigen Geburtswehen ins Krankenhaus. Ich habe immer gedacht, das dauert eine Weile, aber sie sagte wohl, ihr Fruchtwasser sei geplatzt, da haben sie den Krankenwagen gerufen. Als ich zur Tür kam, wurde sie gerade rausgetragen. Es hat sogar Doc und Barbie den Abgang verdorben. Bei all der Aufregung haben die Leute völlig vergessen, mit Reis zu werfen.«

Die Sache mit dem Reis brachte Ingrid auf eine Idee. »Glaubst du, der alte Mann will nochmal eine Familie gründen? Ich habe heute nachmittag mit Doc gesprochen, und er beharrte eisern darauf, daß die Firma von seinen männlichen Erben weitergeführt werden muß.«

»Mir geht gerade durch den Kopf, was Zach zu einem der Sanitäter sagte, als sie Ruthanne in den Wagen halfen.«

»Und zwar?«

»Der Sanitäter sagte sowas wie 'Nur keine Panik, alter Junge, dem Vater ist bei uns noch nie etwas passiert', und Zach sagte 'Oh, ich bin nicht der Vater, bloß der Ehemann', mit so einem verkniffenen, häßlichen Lächeln, daß der Sanitäter sofort den Mund hielt.

»Und jetzt willst du zu ihrem Haus? Ich verstehe das nicht ganz.«

»Zach ist mit Ruthanne ins Krankenhaus gefahren. Solange sie weg sind, will ich einen Blick in die Garage werfen. Du meintest doch, daß Zach die Flaschen da drin hat.«

»Ach so.« Ingrid schluckte unbehaglich bei der Aussicht auf einen Einbruch. »Was, wenn Zach umgekehrt und nach Hause gefahren ist? Wenn er sagt, daß er nicht der Vater ist, will er vielleicht nicht da rumsitzen, bis sie das Kind zur Welt gebracht hat.«

»Das Risiko müssen wir eingehen.« Ray parkte den Wagen neben der Bambusstaude, hinter der Zachs Briefkasten versteckt war, und sagte: »Außerdem hat Gloria mir den Schlüssel und einen Lageplan besorgt. Wenn wir erwischt werden, sagen wir einfach, wir wollen sein Heimlabor sehen. Zach hat mehr zu verbergen als wir.«

Ingrid war nicht überzeugt. »Hast du seine Mutter gesehen, und den Ausdruck auf seinem Gesicht, als *er* seine Mutter sah? Er mag einiges zu verbergen haben, aber er könnte auch wahnsinnig sein und gewalttätig.«

»Wenn du nicht mitkommen magst, kannst du ja im Wagen warten. Oder soll ich dich am Flughafen absetzen, damit du nach San Francisco fliegen kannst?«

Rays grüblerische Stimmung war verflogen. Ingrid traute diesem Energieschub nicht recht. »Schon gut. Ich komme mit«, sagte sie ohne Begeisterung.

»Als erstes wollen wir mal klingeln«, sagte Ray heiter. Niemand öffnete. Kein Licht war zu sehen. Ray schloß die Tür auf, und sie traten in den altmodischen Bungalow mit den dicken Wänden. Drinnen war es wärmer als in der mitternächtlichen Luft draußen, trotzdem zitterte Ingrid leicht. Sie nahm an, daß es einfach Angst war. Schnell gingen sie durch das Haus zur Garage.

Auf der Schwelle der Garagentür hielten sie kurz inne. Dann ging Ray die drei Stufen hinunter, die von der Küche in den Raum mit rohem Zementboden führten. Es war eine große, altmodische Garage. Bei einer hölzernen Werkbank hing eine brennende nackte Glühbirne von der Decke. An der Wand über der Werkbank hing ein Schränkchen mit Glastüren, in dem Dutzende kleiner Flaschen mit säuberlich handgeschriebenen Etiketten standen.

Direkt unter der Lampe, halb über die Werkbank gesackt, lag der reglose Körper von Zach Truesdale.

Ray war bei ihm und beugte sich über ihn, bevor Ingrid die Treppe herunter war.

»Hilf mir, ihn auf den Boden zu legen. Er atmet noch.«

Als sie gemeinsam Zachs schlaffe Gestalt anpackten, rutschte ein Stück grün-weiß gestreiftes Computerpapier von der Stelle, wo sein Kopf gelegen hatte, und fiel zu Boden. Ingrid legte ihre Jacke zusammen und legte sie Zach unter den Kopf.

»Ich rufe einen Krankenwagen«, sagte Ray. Neben der Küchentür hing ein Telefon an der Wand. Ingrid schaute auf Zach hinunter. Sie mußte sehr genau hinsehen, um zu erkennen, daß sich sein Brustkorb überhaupt bewegte.

Sie hob das Stück Papier auf, das neben Zach auf den Boden gefallen war, und las es.

Wer auch immer mich findet:
Ich habe meinen Bruder vergiftet, und ich verdiene den Tod. Ich will nicht als hoffnungsloser Fall in einer Anstalt enden wie meine Mutter. Das einzige, was mich noch freut, ist, daß die Qual der Heimlichkeit ein Ende hat. Die restlichen Flaschen stehen auf dem Regal. Sie sind alle vergiftet. Ich habe 12 Sorten Gift hier, aber ich weiß zu gut, wie sie wirken und wie schmerzhaft das ist. Darum nehme ich Schlaftabletten.

Gute Nacht. Zachary Truesdale

P.S. Macht euch keine Sorgen um meine Frau und das Kind, das sie von meinem Vater hat. Er kann beide zurückhaben. Sie gehören ihm sowieso. Ich bin sicher, daß er sich um sie kümmern wird.

Sie kannte das Schriftbild, ein Tintenstrahl-Computerdrucker. Möglicherweise einer der Drucker aus der Buchhaltung bei Truesdale. Zach hatte sich dies wohl im voraus überlegt. Ray war zurück und las über ihre Schulter mit.

»Schlaftabletten, ja? Sicher.« Er seufzte tief. »Gott, ich wünschte, das alles wäre endlich vorbei.«

»Ja, ich weiß. Mir geht's genauso.« Ingrid spürte schlagartig die Erschöpfung der ganzen letzten Wochen.

Ray streckte die Arme aus und zog sie an sich. Sie hielten sich aneinander fest wie Überlebende einer Naturkatastrophe.

»Ingrid, ich bin nicht sicher, daß dies einfach ein Selbstmordversuch ist. Es ist zu glatt.«

Ingrid nickte erschöpft. »Stimmt. Diesen Brief hätte jeder schreiben können. Jemand muß ihn hergebracht haben. Wenn nicht Zach, dann jemand anders.«

»Richtig. Und wenn es nicht Zach war, dann war es jemand, der äußerst umsichtig ist und enorm kaltblütig, jemand, den Zach kennt. Und dieser Jemand weiß, daß du hier herumgeschnüffelt hast. Du mußt hier weg, Ingrid. Flieg zurück nach San Francisco. Entwickle deine Bilder.«

»Nein. Ich kann nicht weg, bevor ich Tracy gefunden habe. Wenn ich in Schwierigkeiten bin, dann ist sie es erst recht.«

Ray schüttelte den Kopf. »Hör zu, ich bin sicher, daß Tracy in Ensenada ist. Aber das ist eine andere Welt da. Ich kann nicht gleichzeitig nach ihr suchen und dich schützen. Ich bringe sie zu dir, oder wir holen sie gemeinsam, das verspreche ich dir. Aber du mußt aus der Schußlinie. Bitte.«

»Also gut.« Dann hörten sie die Sirene des Krankenwagens. Ingrid wollte verlegen von Ray abrücken, aber er hielt sie sacht an den Schultern fest.

Kapitel 30

Zwei Tage nach der Nacht in Zachs Garage schloß Ingrid die Tür zu Carmens Haus auf. Mugwort glitt vorsichtig vom Sofa, als müsse er dazu durch einen Sumpf schwimmen, dann schlenderte ihr mit schwerfälliger doch unerschütterlicher Anmut entgegen und begrüßte sie. Er war noch etwas wackelig auf den Füßen, aber offenbar auf dem Wege der Besserung. Sie stellte ihre Kameratasche ab, nahm den Kater auf den Arm und drückte ihn vorsichtig an sich. Laut schnurrend preßte er seinen Kopf an ihre Nase und Wange, und dann gleich noch einmal, als wolle er die Begrüßungsgeste unterstreichen. Als sie ihn fester in den Arm nahm und zu streicheln anfing, biß er sie sanft ins Kinn, beugte sich zurück und verdrehte seinen Hals merkwürdig nach links. Sie sah, daß sein linkes Auge trüb geworden war. Er drehte den Kopf, um sie mit dem gesunden Auge anzusehen.

»Oh Mugwort! Ich bin so froh, daß du lebst.« Sie drückte den Kater an sich und fing an zu weinen. Ihr ging durch den Kopf, daß er von all ihren Freunden derjenige war, bei dem sie am besten weinen konnte — er akzeptierte ihre Stimmung einfach und leckte die Tränen weg, die ihm aufs Fell fielen. Bei dem Gedanken mußte sie unter Tränen lachen.

Sie setzte sich auf Carmens Sofa, und Mugwort rollte sich sofort auf ihrem Schoß zusammen und schlief schnurrend ein.

Als Carmen nach Hause kam, saß Ingrid noch immer mit dem Kater da und schaute aus dem Fenster auf das Stückchen Meer hinaus, das hinter dem Sutro Park zu sehen war. Carmen hatte einen Packen Teppiche unter dem Arm und einen zusammengeklappten Tisch in der anderen Hand. Sie hörte Mugworts leise Schnarcher, lächelte Ingrid an, bedeutete ihr, sitzenzubleiben und ging in die Küche. Eine paar Minuten später kam sie mit zwei dampfenden, nach Pfefferminz duftenden Tassen zurück.

Mugwort wachte auf, als Carmen sich aufs Sofa setzte. Sie kraulte ihn unter dem Kinn, und er schlief sofort wieder ein, zusammengerollt in der unmöglichen Brezelstellung, die er gemütlich fand.

»Willkommen zu Hause. Hast du Tracy gefunden?«

»Noch nicht. Aber wir glauben, daß sie in Mexiko ist, und Ray — ich erzähle dir noch genauer von ihm — ist jetzt wieder nach Ensenada gefahren, um sie zu suchen. Ich wünschte nur, ich wüßte, warum Tracy nicht angerufen hat.«

»Und der Mord an Adam? Sucht die Polizei deswegen noch nach Tracy?«

»Sein jüngerer Bruder Zach hat versucht, sich mit einer Überdosis Schlaftabletten umzubringen, und einen Abschiedsbrief hinterlassen, in dem er den Mord an Adam gesteht. Er hat nicht geschrieben, weshalb, aber die Polizei nimmt an, daß er eigentlich seinen Vater töten wollte. Die beiden Söhne sind die Haupterben. Die Polizei sagt, er hatte genug Gift zu Hause, um hundert Leute umzubringen — alles eigenhändig aus Blüten und Kräutern zusammengebraut. Er liegt jetzt im Koma. Sie wissen noch nicht, ob er durchkommt.«

»Wie traurig.« Carmen trank einen Schluck Tee und starrte auf das kleine Stückchen Meer, ihr liebster Trost bei allen traurigen Anlässen. »Du willst nicht selbst nach Mexiko?«

»Ray hat mir versprochen, daß er mir sofort Bescheid gibt, wenn er Tracy findet. Dann fahre ich runter. Ich glaube, er kommt da unten besser zurecht, ich wäre nur im Weg. Außerdem ist es mit Ray im Moment ein bißchen problematisch.«

»Und wer ist nun Ray, wenn ich fragen darf?«

Ingrid berichtete von Ray Espinosa.

»Klingt, als ob du den Kerl gern hast.«

Ingrid lachte, dann seufzte sie. »Ich werde mal lieber Ben Resnick besuchen, meinen Lieblingsboß. Vielleicht bringt er mich auf eine gute Idee.«

»Also, ich fahre nach Bolinas und bedanke mich persönlich bei dieser Shandra.«

»Ach, ja, sie freut sich bestimmt, wenn du kommst. Ich habe sie in LA getroffen, da hat sie nach Mugwort gefragt. Ich habe ihr gesagt, daß es ihm besser geht. Was ist mit seinem linken Auge?«

»Sieht aus, als würde er auf der Seite blind bleiben. Der Tierarzt sagt, daß vermutlich die Bauchfellentzündung auf den Sehnerv übergegriffen und ihn zerstört hat. Aber was zählt, ist, daß es ihm besser geht. Er ist jetzt langsamer, und er läuft auch nicht mehr bis zu Louis' Restaurant. Weißt du noch, wie sie immer angerufen haben? Und wenn wir dann rübergingen, wie er auf dem Gehweg stand und die Gäste begrüßte?«

Ingrid lächelte und schüttelte den Kopf über Mugworts Verwegenheit. »Ich bin froh, daß er das nicht mehr tut. Es ist für jede Katze gefährlich, die Autobahn zu überqueren. Aber mit nur einem Auge hat er vollends keine Chance, heil rüberzukommen. Das wird er wohl wissen.« Ingrid trank ihren Tee aus und legte den schlafenden Kater auf das Sofa. Sie holte sich ihre Umhängetasche und einen warmen Pullover gegen den kalten Nebel, der im August in Sutro Heights herrschte, ging aus der Tür und machte sich auf zur *Gadfly*-Redaktion.

* * *

»Zerbrich dir jetzt nicht den Kopf über das *wie*«, sagte Ben gereizt, nachdem er sich die ganze Geschichte angehört hatte. »Du mußt überlegen, wer daraus welchen Gewinn ziehen könnte.« Dann paffte er ein Weilchen schweigend seine Zigarre, bis Ingrid ans Fenster floh, denn sie mochte zwar Bens Gesellschaft nicht missen, aber sie brauchte doch ein gewisses Minimum an Sauerstoff.

»Die einzige, die meiner Ansicht nach sowohl von Adams wie auch von Docs Tod profitieren würde, ist Esther.«

»Und du sagst, sie hat hier in der Bucht gelebt, war bis Juni letzten Jahres Studentin in Stanford. Also konnte sie Haßbriefe aus Palo Alto oder aus Bolinas abschicken, wenn sie ihre Mutter besuchen ging.«

»Ich dachte, über das *wie* wollten wir uns vorerst *nicht* den Kopf zerbrechen?«

»Schon gut, Punkt für dich. Sehen wir uns mal die wichtigste Komponente des Truesdale-Familienunternehmens an.«

»Du meinst das Stammkapital.«

»Genau.« Ben warf einen Blick auf seine Notizen. »Offenbar haben sie wie die meisten Familienunternehmen ein Auge darauf, daß das Stammkapital im Besitz der Familie bleibt.«

»Der männlichen Seite der Familie.«

»Sagen wir lieber, der männlichen Linie. Wir wissen noch nicht, wer auf welcher Seite steht, und die Seiten müssen nicht unbedingt durch Geschlecht definiert sein. Was ist mit der Laborantin, die dich aufgeschlitzt hat — wie hieß sie noch, Paula?«

»Ja. Sie hoffte, ihre Investition in Ken Crowley würde sich auszahlen. Aber der hat sich sozusagen selbst in Esther investiert. Die wiederum glaubt, daß er ihr nützt, um hintenrum ans Ruder der Firma zu kommen. Denn Doc würde ihrem Freund oder Mann durchaus einen Posten einräumen, den er ihr vorenthält, einfach weil sie eine Frau ist.«

»Klingt, als könnte das leicht nach hinten losgehen«, überlegte Ben. »Es ergibt keinen Sinn, ihre beiden Brüder umzubringen, bloß damit sie ihren Freund einschleusen kann. Was, wenn sie sich verkrachen? Wo bleibt sie dann? Genau da, wo sie am Anfang stand.«

»Ja. Aber wenn sie bloß irgendwie in den Vorstand kommt, selbst wenn Ken sie einschleusen muß, kriegt sie bei Docs Tod einen Teil der Versicherungssumme. Vielleicht würden Ken und Esther das Geld dafür nutzen, die Firma umzustrukturieren.«

»Immerhin möglich«, räumte Ben ein. »Selbst wenn der Doc in seinem Testament das ganze Firmenkapital den männlichen Erben oder meinetwegen der Heilsarmee hinterläßt. Sie könnten auch ihre Anteile liquidieren und eine neue Firma gründen — eine, deren Stammkapital keinen Beschränkungen unterliegt. Das wäre legal.«

»Ich glaube, ich verziehe mich lieber mal in meine Dunkelkammer. In meinem Kopf dreht sich schon alles.«

»Schön. Komm wieder, falls du irgendwelche Mörder findest. Für Mord ist bei mir immer geöffnet, vierundzwanzig Stunden am Tag.«

* * *

Es war ein ruhiger Tag in Itos Aikido-Schule. Ingrid stattete Ito Sensei einen kurzen Besuch ab und meldete, daß sie wegen ihres verletzten Arms noch einige Wochen nicht zum Training kommen konnte. Halb hatte sie es eilig, in ihre Dunkelkammer zu kommen, halb fürchtete sie sich davor. Sie wußte nicht, wie sie es verkraften würde, wenn ihr Tracys Gesicht aus der Entwicklerflüssigkeit entgegensah.

Als sie jedoch anfing, Wasser einlaufen zu lassen, die Chemikalien aufzulösen und alles auf die richtige Temperatur zu erwärmen, fühlte sie sich besser. Sie hatte nur zwei Filme zu entwickeln. Einer enthielt Schnappschüsse, die sie in einer Woche auf Land's End gemacht hatte, auf dem anderen waren die Aufnahmen aus Los Angeles. Als die Filme entwickelt waren, hatte sie es so eilig, die Fotos aus Los Angeles zu sehen, daß sie die Negative mit einem weichen Tuch abwischte, bevor sie sie zum Trocknen aufhängte.

Als sie endlich einen Bogen Kontaktabzüge fertig hatte, griff sie nach ihrem Vergrößerungsglas. Sie suchte ein Foto von Tracy und starrte es lange an, ohne zu verstehen, was sie darauf eigentlich sehen wollte. Einen Beweis, daß Tracy noch am Leben war?

Dann sah sie sich einige der anderen Bilder auf dem Bogen an. Die Aufnahmen von Miss Rina und Brian am Flughafen gaben nicht viel her. Sie hatte sich auf die verkrampften Hände der alten Frau konzentriert und nur wenig von Brians Bewegung eingefangen, als er etwas in seinen Ärmel schob. Zu erkennen war jedoch, daß er etwas in der Hand hielt und daß am Rollstuhl ein Teil fehlte.

Ingrid wandte sich den Bildern zu, die sie am Brunnen in der Eingangshalle des Truesdale-Instituts von Tracy gemacht hatte. Die absurde Statue in dem Springbrunnen mit der riesigen Spiegelwand im Hintergrund. Moment. Da war etwas im Spiegel. Neben dem Fahrstuhl. Dem kleinen Fahrstuhl zum vierten Stock. Sie legte den Kontaktabzug unter den Vergrößerungsapparat und verschob den Ausschnitt an den äußersten rechten Rand der Aufnahme.

Da war es. Oder vielmehr: da waren sie.

Sie hatte festgehalten, wie die Flasche von einer Hand in eine andere wanderte. Oder vielmehr die Spiegelung dieses Details.

Es war geschehen. Und Tracy hatte bei ihr gestanden und es gesehen. Nur, Tracy kannte die betreffenden Personen. Ingrids Foto allein war kein Beweis. Und Ingrid war nicht einmal eine Zeugin. Sie hatte nicht gewußt, was ihre Kamera da einfing. Aber Tracy mußte es gesehen haben.

Was hatte Tracy kurz darauf bei der Vorführung beobachtet? Paula hatte für das, was sie gesehen hatte, mit dem Leben bezahlt. Vielleicht war Tracy klug genug gewesen, zu verschwinden und nicht einmal ihre Schwester zu informieren.

Ingrid verbrachte noch zwei Stunden in der Dunkelkammer. Sie vergrößerte und machte Abzüge von dem Ausschnitt und dem Foto daneben. Spiegelungen.

Kapitel 31

Als Ingrid zu Carmens Haus zurückkam, wuchtete ihr Freund Spyder eben vier schwere Einkaufstüten die Stufen hinauf. Dank seiner beträchtlichen Armlänge bewältigte er nicht nur die Tüten, sondern ihm hing auch noch ein Paket Trockenfutter über der einen und ein Sack Katzenstreu über der anderen Schulter. Sie konnte ihm so nichts abnehmen, aber wenigstens die Tür aufhalten. Dann folgte sie ihm in die Küche und sah ihm beim Auspacken zu.

Mugwort strich ihnen um die Beine, angelockt von der Duftspur der Fünf-Kilo-Tüte Bio-Trockenfutter mit extra niedrigem Rohaschegehalt. Spyder stellte sie vorläufig auf dem Fußboden ab, und Mugwort fuhr mit der Nase daran entlang wie ein Weinkenner, der das Bouquet einer ausgewählten neuen Lage einatmet.

»Spyder, so viel Gemüse!« Ingrid war so verblüfft, daß sie die Fotos vergaß, die sie ihm hatte zeigen wollen. »Willst du Vegetarier werden?«

»Und ob wir das wollen.« Spyder hielt ihr ein Bund rote Bete hin. »Ingrid, du mußt das verstehen. Carmen und ich werden nicht jünger. Wir müssen gut für uns sorgen.« Es klingelte an der Tür. »Für dich mag das hier bloß Zucchini sein«, sagte Spyder und winkte ihr mit dem betreffenden Gemüse nach, als sie zur Haustür ging. »Für uns ist es ein Vorspiel.«

Ingrid machte die Tür auf. Es war Ray. Sein Gesicht war finster vor Müdigkeit, aber aus seinen Augen sprach neben Erschöpfung auch Hoffnung.

»Ich hab' Tracy gesehen«, sagte er einfach. »Sie ist am Leben.«

Ingrid zog ihn ins Haus und drückte ihn an sich. »Spyder, komm schnell! Ray hat meine Schwester gesehen.«

Spyder kam aus der Küche, trocknete sich die Hände an der Brust seines T-Shirts ab und fing sich prompt einen feindseligen Blick von Ray ein. Er begriff und reagierte, bevor Ingrid richtig mitbekam, was vorging. »Tag«, Spyder streckte die Hand aus. »Ich bin Spyder Durkheim, ich lebe hier mit Ingrids Freundin Carmen.«

Rays Miene wurde wärmer.

»Tja«, sagte Spyder mit wissendem Blick, »entschuldigt mich. Ich bin froh, das über deine Schwester zu hören. Warum setzt ihr zwei euch nicht hin und besprecht alles. Ich räume inzwischen meine Einkäufe weg.«

»Wann können wir Tracy abholen?«

Ray sah Ingrid einen Augenblick schweigend an. »So einfach ist es nicht. Aber wir können übermorgen hinfahren. Sie sagte, sie würde mittags in ein bestimmtes Restaurant kommen. Ich bin zurück nach LA gefahren und habe den Wagen am Flugplatz stehenlassen. Wir können morgen fliegen und übermorgen Tracy treffen. Kann ich mich hier irgendwo hinlegen? Ich habe zwanzig Stunden nicht geschlafen.«

Ingrid nahm seine Hand und führte ihn die Treppe hinunter in ihr Zimmer. Als sie an der Küche vorbeikamen, stellte sie fest, daß sowohl Spyder als auch Mugwort sich verzogen hatten.

Als sie mit Ray in ihr Zimmer ging, fiel ihr zum ersten Mal, seit sie ihr Bett in den Raum gestellt hatte, auf, daß es fast das ganze Zimmer füllte. Ray umarmte sie mit einem unvermittelten, tiefen Seufzer der Erleichterung, in den sie unwillkürlich einfiel.

Sie zog sich nicht zurück, sondern erwiderte den Druck seines Körpers, bis ihre Kleidung unerträglich hinderlich wurde und es keine Alternative gab, als sie auszuziehen.

»Ich dachte, du bist müde«, sagte Ingrid lächelnd in sein Ohr, ohne von ihm abzurücken.

»So müde nun auch nicht.« Ihr Hemd aufknöpfend.

»Haben wir genug Zeit?« Seinen Gürtel öffnend.

»Ein Weilchen wird es schon dauern.« Ihre Jeans abstreifend. »Aber so viel Zeit muß sein. Und — Ingrid?« Er zog sie mit hinunter auf die Matratze.

»Ja?« Sie sah ihn ernst an.

»Ich werde danach einschlafen. Nur damit du gewarnt bist und dich nicht wunderst.«

Sie fing an zu lachen und kippte rückwärts auf die Matratze. Sie lagen da und lachten gemeinsam, und dann wurden sie plötzlich still bis auf ein tiefes Luftholen.

Kapitel 32

Die sanfte Berührung einer messerscharfen Kralle, die zart an ihre Nase kam und wieder zurückgezogen wurde, weckte Ingrid schlagartig. Sie öffnete die Augen und fand Mugwort auf ihrer Brust sitzen, der eben erneut vorsichtig die Pfote ausstreckte, um noch einmal federleicht ihre Nase zu stupsen. Ingrid pustete ihm ins Gesicht, um ihn davon abzuhalten, da kauerte er sich auf ihrer Brust nieder, schnurrte laut, drehte seinen Kopf, um sie anzustarren, und knetete begeistert mit Pfoten und Krallen die Bettdecke — und Ingrids Haut.

»Mugwort! Ich erkläre dich für vollkommen geheilt«, sagte Ingrid erbost, nahm ihn auf den Arm und schickte ihn über die Bettkante nach unten. Dann merkte sie, daß Ray nicht mehr im Zimmer war.

Die vergangene Nacht war so schrankenlos intim gewesen, daß der Gedanke, ihm gegenüberzutreten, sie verlegen machte. Wieso fürchtete sie, daß er einfach aufgestanden und aus einem unerfindlichen Grund gegangen war? Sie kannte ihn hüllenlos, aber was wußte sie schon über ihn?

Mugwort, der über die beneidenswerte Gabe verfügte, was immer er gerade wollte für das einzig richtige zu halten, schlüpfte auf die noch warme Stelle im Bett, das Ingrid gerade verlassen hatte. Von dort sah er zu, wie sie sich eilig anzog, sichtlich an einer potentiellen Frühstücksbeschafferin interessiert.

Ray öffnete die Tür, und Ingrid, ein Bein in der Luft, um die Jeans anzuziehen, schnappte nach Luft, als der Gegenstand ihrer Gedanken plötzlich so dicht vor ihr stand.

»Ich habe wohl vorhin die Katze reingelassen, als ich aufgestanden bin«, sagte Ray, als Mugwort zwischen seinen Beinen durchhuschte und die Treppe hocheilte.

»Du bist ja schon geduscht und angezogen«, sagte Ingrid verwundert, als wäre das eine glorreiche Leistung. Sie drückte sich an seine Brust und fühlte, wie ihre Knie weich wurden.

Ja, sämtliche Anzeichen des typischen Hirnschadens aufgrund von gutem Sex. Sie war irritiert, wie vollständig ihre Abwehr außer Kraft getreten war. »Ich ziehe mich besser auch an.«

Ray drückte sie kurz an sich und ließ dann los. »Du hast recht. Wir sollten in die Gänge kommen.«

In Mugworts Napf lag frisches Futter, aber Carmen und Spyder waren nirgends zu sehen. Ingrid registrierte, daß sie sich genauso diskret verhielten, wie sie es getan hatte, als die beiden frisch verliebt waren. Ingrid zeigte Ray die Abzüge der Spiegelfotos und ließ ihn damit allein, um zu duschen.

»Meinst du, wir sollten Doc davon erzählen? Ich meine, glaubst du, daß er in akuter Gefahr schwebt?« fragte sie Ray etwas später über die natriumarmen, ballaststoffreichen Haferflocken hinweg, die Carmen für eilige Frühstücke im Vorratsregal hatte.

»Nein. Ich denke, wer auch dahintersteckt, wartet ab, was aus Zach wird. Wenn Zach stirbt, dann ist Doc in Gefahr.«

»Du meinst nicht, jemand könnte versuchen, bei Zach noch etwas nachzuhelfen?«

»Doch, könnte sein.«

»Vielleicht sollten wir mit Esther und Derek reden. Möglicherweise können sie uns weiterhelfen.«

»Einen Versuch ist es wert.«

Ingrid schrieb einen Zettel für Spyder und Carmen und gab Mugwort noch ein bißchen Futter, damit er ihnen nicht durch die Tür nachlief. Als Ray den Mustang sah, blieb er stehen und lachte laut.

»Findest du mein Auto so witzig?«

»Himmel, nein! So einen wollte ich schon immer haben, seit ich fünfzehn war. Das ist ein Low-Rider Special. Natürlich müßtest du ihn mal ein bißchen aufmöbeln. Das könnte eine ganz heiße Karre sein, Mamita.«

»Mir *ist* aufgefallen, daß mich eine Menge Teenager anhupen und zum Wettrennen herausfordern.«

»Und du denkst, das ist alles, was sie wollen, ja?«

Auf dem Weg zur Autobahn hielten sie beim Postamt, um zwei Päckchen mit Abzügen auf den Weg zu bringen, eines an Ben Resnick bei der *Gadfly*, das zweite per Express an Rays Freund Edwards von der Mordkommission Santa Monica.

Es war ein merkwürdiges Gefühl, den Mustang mit Ray auf dem Beifahrersitz zum Flughafen zu steuern.

»Wenn wir nach LA kommen, laß uns mal im Krankenhaus bei Ruthanne vorbeischauen.«

»Gloria zufolge, die das Ganze sehr mißbilligt, hat Ruthanne ihren Sohn eingepackt und schnellstmöglich die Klinik verlassen, dann hat sie den Kleinen bei einer Kinderfrau abgestellt und ist gleich wieder ins Krankenhaus gefahren — allerdings auf die Intensivstation, wo Zach liegt.«

»Offenbar gibt sie ihm nicht die Brust.«

Ray sah sie indigniert an. »Bitte, Ingrid, lenk mich nicht ab. Ich habe mit der Kinderfrau gesprochen, die sagt, Ruthanne ist immerzu bei ihrem Mann im Krankenhaus.«

* * *

Vom Flughafen Los Angeles rief Ray bei Zach und Ruthanne zu Hause an. Ingrid versuchte, Esther im Truesdale-Institut zu erreichen. Aber Gloria teilte ihr mit, daß Esther Doc und Barbie auf dem ersten Teil ihrer Hochzeitskreuzfahrt begleitete. Sie müsse bald mit Doktor Ken in Ensenada ankommen. Ingrid ließ sich mit Derek verbinden und erzählte ihm von einem Hinweis, den sie auf ihren Fotos entdeckt hatte. Er klang nicht überrascht, versprach aber zu versuchen, mit Esther unter vier Augen zu reden, sobald sie in Ensenada von Bord ging.

Als Ingrid auflegte, sah sie, daß Ray noch immer auf Spanisch telefonierte. Er lachte und zog den Kopf ein, als würde er scherzhaft gescholten. »Dein Charme ist in zwei Sprachen unwiderstehlich«, neckte sie ihn, als er endlich aufgelegt hatte.

Ray blieb stehen, hängte sich feierlich seinen Stock über den Arm, faßte Ingrid bei den Schultern und küßte sie. Die

Folge war, daß der Fußgängerverkehr des Flughafens um sie herumflutete wie eine Kolonne Ameisen um ein Hindernis. Als sie sich losließen, fiel es Ingrid schwer, den Blickkontakt zu unterbrechen.

»Die Kinderfrau sagt, Ruthanne ist wie üblich im Krankenhaus«, sagte Ray schließlich und lächelte.

»Gehen wir hin«, antwortete Ingrid ein bißchen atemlos.

»Du weißt, nur Verwandte dürfen auf die Intensivstation.«

»Bei der Familie müßte doch jede Schlägertruppe als Verwandtschaft durchgehen.«

Ingrid interessierte sich weniger für die Intensivstation als vielmehr für das Besucherwartezimmer, und dort trafen sie Ruthanne allein an, von der Last ihrer Schwangerschaft erleichtert und uninteressiert in einer *Elle* blätternd.

»Hallo Ruthanne. Sie sehen gut aus«, sagte Ingrid und setzte sich neben sie auf das Sofa. »Haben Sie Ray Espinosa schon kennengelernt?«

Ruthanne ließ sich mit ihm bekanntmachen. »Ich hoffe, Ihrem Baby geht es gut«, sagte Ray und verbeugte sich mit aufgesetzter Höflichkeit. »Es ist ein Junge, nicht?«

»Ja.« Aus Ruthannes Augen blitzte Triumph. »Harvey. Wir haben ihn nach Doc benannt.«

Ray beglückwünschte sie, zog sich dann bis fast außer Hörweite zurück und vertiefte sich in einen *Reader's Digest*.

Ingrid rückte dicht an Ruthanne heran, ein bißchen zu dicht vielleicht, aber sie hatte keine Zeit, subtil zu sein. »Es ist tatsächlich Harvey Junior, nicht? Wissen Sie, Zach hat einigen von uns erzählt, daß Doc der wirkliche Vater des Kindes ist.« Ingrid hielt den Atem an und erwartete empörtes Leugnen.

Ruthanne lächelte, als wäre sie gerade erwischt worden, wie sie den letzten Keks vom Teller nahm. »Fein, und was, wenn ich stolz darauf bin, daß Doc der Vater ist?«

Ingrid zog den Umschlag mit den Abzügen aus ihrer Tasche, öffnete ihn aber nicht. »Sie und Barbie müssen um Doc eine ziemliche Konkurrenz ausgetragen haben, hm?«

»Ja. Und ich habe gewonnen. Aber sie hat gemogelt. Er wollte Erben, aber er wollte einen Enkel, nicht noch mehr Söhne. Also hat er mich bei Zach abgestellt. Was zum Teufel sollte ich dagegen tun? Ich habe eben genommen, was sich bot. Zach war gar nicht so schlecht. Als er mich erstmal bemerkte, mochte er mich. Er war an Frauen einfach nicht gewöhnt. Er ist König in seiner kleinen Abteilung, aber woanders kommt er nicht zurecht. Er sagt immer, daß er ein ganz tolles neues Produkt entwickeln will oder einen Weg finden, wie er für Doc eine Million Dollar einsparen kann. Aber er tut es nie wirklich. Bis er diese Schlaftabletten genommen und den Brief hinterlassen hat, haben wir es auch nicht für möglich gehalten, daß er je irgendwen vergiften würde, trotz seiner ständigen Drohungen.«

»Was für Drohungen?«

»Ach, wissen Sie, wenn er auf jemanden sauer war, dann sagte er manchmal, er würde ihm eines Tages Schierling in den Kaffee tun, solche Sachen. Kein Mensch hat geglaubt, daß er es wirklich tut. Wir dachten alle, er hätte einen etwas schrägen Humor.«

»Und einen Schrank voll Gift in der Garage.«

»Ach, das war nur ein Hobby. Aber ich hätte nie gedacht, daß er es tun würde.« Sie drehte den Kopf zur Seite, und Ingrid bemerkte, daß sie nach ihrer *Elle* linste und offenbar das Ende des Gesprächs herbeisehnte. »Armer Zach.«

»Wirklich, armer Zach. Das haben Sie alles der Polizei erzählt.«

»Natürlich, das mußte ich doch. Ein halbes Dutzend Leute bei Truesdale würden das gleiche sagen.«

Das stimmte. Ingrid erinnerte sich, wie Zach wenige Minuten, nachdem Adam sie einander vorgestellt hatte, ankündigte, Gift in Dereks Kaffee zu tun. Eine unglückliche Art, Dampf abzulassen.

»Also ist Zach ein maßgeschneiderter Sündenbock. Ganz entzückend. Aber noch entzückender ist der Plan, den Sie und Barbie mit ein bißchen Hilfe von Ken ausgeheckt haben. Wenn Adam und Zach aus dem Weg sind, ist Ihr Sohn der einzige überlebende männliche Truesdale. Firmenerbe. Ich bin sicher, Sie haben das Geschlecht des Kindes testen lassen, *bevor* Sie Zach heirateten. Wenn Sie Doc erst los wären, fiele die millionenschwere Versicherungssumme an den Vorstand der Firma. Ich bin sicher, Sie, Barbie und Ken würden im neuen Vorstand sitzen.«

Ruthanne lächelte herausfordernd. »Für so etwas gibt es keinerlei Beweise. Doc ist auf Hochzeitsreise. Er nimmt sogar Ken und Esther bis Ensenada mit. Sie wollen auf Taubenjagd oder sowas Lächerliches.«

Ensenada.

Ingrid warf Ray einen entsetzten Blick zu. »Ruthanne, ich weiß nicht, was Sie hier auf der Intensivstation machen, oder was genau Sie und Barbie und Ken mit Zach und Doc vorhaben. Aber sehen Sie sich mal diese Bilder an.« Ingrid zog sie aus dem Umschlag und zeigte sie ihr. »Die habe ich am Morgen des Tages gemacht, an dem Adam ermordet wurde. Was immer Sie gegen Doc und Zach im Schilde führen, ich würde damit noch warten. Die Polizei hat natürlich Abzüge.«

Ruthanne starrte die Fotos einige Sekunden lang an, dann stand sie auf. »Entschuldigen Sie, ich fühle mich nicht wohl«, sagte sie und stürzte den Gang hinunter.

Kapitel 33

Sie näherten sich der mexikanischen Grenze im Halbdunkel. Mitternacht war vorbei. Auf der nebligen Autobahn fuhren sie durch das rosa Glühen der Straßenbeleuchtung. Ein grün schimmerndes Schild tauchte aus den Schatten rechts und links der Fahrbahn:

AUSFAHRT SAN YSIDRO 500 m
GRENZÜBERGANG USA/MEXIKO 1,5 km

Sie hielten in San Ysidro bei MacDonald's, um ihren Cholesterinspiegel aufzufrischen. Dann winkte ein gelangweilter Zöllner sie am Grenzübergang durch, und sie waren in den überfüllten Straßen von Tijuana. Die Dunkelheit wurde von grellen Straßenlaternen zerrissen. Menschen drängten sich auf den Gehwegen, gelegentlich stolperte jemand auf die Fahrbahn. Sie fuhren an einem Wirrwarr aus Schildern, alten Autos und halbverfallenen Gebäuden vorbei.

»Warst du schon mal in Tijuana?« fragte Ray.

»Nein. Die einzige Grenze, über die ich je gefahren bin, war die kanadische.«

»Das paßt. Nordlicht.«

»Was soll ich machen, da komme ich eben her.« Als sie durch eine unbeleuchtete Straße fuhren, zerstreute sich Ingrid damit, zu überlegen, wie sie die Schrottautos und Blech-Mülltonnen im Mondlicht fotografieren würde. »Auf jeden Fall ist der Mond hier ohne die ganzen Straßenlaternen viel besser zu sehen. Wenn es bloß nicht so neblig wäre.«

»Stimmt.« Ray bog in die Zufahrt zu der schmalen, zweispurigen mexikanischen Autobahn ein und fuhr Richtung Süden. »Ich hasse diese Grenzstädte. Ensenada ist genauso, nur ein bißchen neuer.«

Mit offenen Fenstern fuhren sie durch den lauwarmen Nebel. Von Zeit zu Zeit war auf der rechten Seite der Straße das Meer zu sehen. Auf der anderen Seite lagen kleine Hügel mit Felsen und Strauchwerk. Einige der größeren Felsbrocken waren weiß angestrichen und mit Werbeslogans beschrieben.

»Wahlplakate«, erklärte Ray. »Dieser Felsen wurde vom Wahlkomitee für Pedro Gonzales bezahlt.«

Als sie sich Ensenada näherten, färbte sich der Nebel blutrot. Sie kamen durch Salsipuedes.

»Salsipuedes, das heißt, 'hau ab, wenn du kannst'«, erklärte Ray. Wenig später verlangsamte er die Fahrt. »Wir wollen ja nicht auf der Straße im Auto herumsitzen.« Er fuhr auf einen Rastplatz, den nur eine kleine Steinmauer vom Meer trennte.

»In ein paar Stunden tauchen hier Burschen auf, die holzgeschnitzte Schwertfische, Esel und solche Sachen verkaufen. Aber jetzt ist es noch zu früh. Paß auf, ich zeige dir, wie du die Rückenlehne runterklappen kannst«, er schob das Steuerrad zur Seite und griff über ihren Schoß, um den Sitz zu verstellen.

Ingrid wunderte sich über sich selbst, weil sie kichern mußte. »Das ist gut. Ich bin überrascht, daß du nicht die Rückbank vorgeschlagen hast.«

Später legte Ingrid den Kopf auf seine Brust und sie schliefen ein Weilchen. Um neun Uhr wurden sie von der Sonne geweckt. Ray fuhr zu einem Restaurant an der Küste, wo sie frühstückten, über ihren Kaffeetassen herumtrödelten und sich auf der Toilette wuschen.

Gegen Mittag wurde es heißer. Als sie nach Ensenada hineinfuhren, erschrak Ingrid über etwas, das aussah wie ein Mann, sechs Meter über der Erde aufgehängt. »Ist das wirklich ein Gehenkter?«

Ray warf einen Blick auf die Gestalt. »Ach was. Da hat jemand aus Blödsinn den Präsidenten aufgehängt. Ist wohl noch sauer über das Wahlergebnis.«

Ingrid schluckte. »Sehr realistisch.«

Kurz nach elf kamen sie in dem Restaurant an, in dem sie Tracy und Sammy treffen wollten. Wirkungslose Ventilatoren wälzten die Luft um, als würden sie in heißem Pudding rühren. An den kleinen, dichtgedrängten Tischen saßen nur wenige Leute. Ingrid entdeckte Tracy und Sammy sofort. Sammy war entsetzlich ausgezehrt.

Ingrid schlängelte sich durch das Labyrinth aus leeren Tischen zu ihnen. Tracy stand auf und kam ihr ein paar Schritte entgegen. Endlich.

Ingrid drückte Tracy fest an sich, dann hielt sie sie auf Armeslänge von sich entfernt, um sie anzusehen. Ihre Haut war frischer, ihr Blick viel klarer als bei ihrem letzten Wiedersehen. Sie hatte dunkle Ringe unter den Augen, aber um ihren Mund lag ein entschlossener Zug. Ingrid erinnerte sich, diesen Ausdruck schon früher gesehen zu haben, wenn Tracy eine besonders schwierige Tanzpassage einstudierte.

Schließlich drehte sich Ingrid um und begrüßte Sammy. Er war sitzengeblieben und lächelte freundlich, vermutlich sparte er seine Kräfte, da schon der Weg zum Restaurant ihn Energie gekostet haben mußte. Sie erinnerte sich, wie sie ihm zuletzt begegnet war. Kraftvolle nackte Schultern und glatte, muskulöse Oberschenkel in einem Trikot. Jetzt wirkte er ausgemergelt. Er war erst dreißig, sah aber viel älter aus.

»Tut mir leid, ich muß noch ein oder zwei Minuten sitzenbleiben. Muß erst mal Luft holen«, sagte er entschuldigend. Ingrid beugte sich hinunter und nahm ihn behutsam in den Arm, obwohl sie sich früher nur die Hand gegeben hatten. »Ich habe dich nie gut gekannt, Ingrid«, murmelte er. »Aber Tracy redet immerzu von dir.«

Ingrid ergriff Tracys Hand und sah sie an. Sie war nicht überrascht, als Tracy leise sagte: »Hört mal, gehen wir lieber an einen sicheren Ort, wo wir uns ungestört unterhalten können. Ihr habt doch ein Auto, oder? Wir müssen nicht laufen, Sammy.«

»Ich hole den Wagen und sammele euch vor der Tür auf«, sagte Ray.

Ingrid quetschte sich mit hochgezogenen Beinen neben Tracy auf den winzigen Rücksitz. Sie fuhren in das Motel, wo Sammy und Tracy untergekommen waren, ein weiß gekalktes Gebäude zehn Blocks hinter einem Hallenbad. Kein Schild wies es als Motel aus, es sah aus wie irgendein Haus.

»Wie habt ihr das denn gefunden?« fragte Ingrid.

»Hat uns ein Taxifahrer verraten«, sagte Sammy schmunzelnd. Sie traten ein. Sammy ging sofort zum Bett und legte sich hin, er atmete mühsam. Tracy schaltete eine unter dem Fenster montierte antiquierte Klimaanlage ein, die zischte und einen Schwall lauwarmer Luft ausstieß, dann setzte sie sich auf einen Hocker am Fenster. Ingrid ließ sich neben ihr nieder und sah sich im Zimmer um.

Die Innenwände waren mit der gleichen Farbe gekalkt wie die Fassade. Außer dem Bett und dem Hocker gab es neben dem Doppelbett zwei Nachtschränkchen. Auf einem kleinen Klapptisch neben der Badezimmertür stand ein weißes Plastikgerät, das mit einer durchsichtigen Kunststoffhaube abgedeckt war. Auf der Innenseite der Schutzhaube hatten sich kleine Tröpfchen Kondenswasser gebildet.

Tracy sah, daß Ingrid das Gerät musterte. »Unsere Saftmaschine.«

»Warum die Tüte?« fragte Ray.

Sammy lachte, brach ab und hustete keuchend. Er zog ein Taschentuch aus einer Schachtel neben dem Bett, spuckte hinein und warf es in eine Papiertüte, die neben der Schachtel stand. »Wir Menschen sind hier nicht die einzigen Mieter. Außer uns wohnt hier eine Großfamilie *Cucaracas*. Wir müssen den Entsafter immer abdecken, sonst haben wir eine Fleischeinlage in unserem Mittagessen.« Er lachte wieder, diesmal ohne zu husten.

»Wißt ihr«, sagte Tracy ernst, »Sammy trinkt alle paar Stunden Gemüsesaft. Das ist einer der wichtigsten Punkte in der Entgiftungsdiät, mit der Sammys Immunsystem aufgebaut werden soll. Wir konnten nicht das ganze Programm der Klinik machen, weil da Leute auftauchten, die mich nicht sehen dürfen, und wir mußten abhauen. Du weißt, wovon ich spreche?« Tracy sah sich um, als wäre sie nicht sicher, wem sie trauen konnte.

Ingrid holte ihre Fotos heraus. »Weißt du noch, wie du mir den Brunnen im Truesdale-Institut gezeigt hast?«

Tracy nickte.

»Da habe ich dieses Foto gemacht und zufällig die Spiegelung hinter dem Empfangstresen mit aufs Bild bekommen.« Sie gab jeden Abzug erst Tracy, dann weiter an Ray und Sammy.

»Auf diesem Bild hier sehen wir im Spiegel Barbie auf der anderen Seite der Halle. Sie hat noch ihr durchgeschwitztes

Sportzeug an und nimmt von der sehr schwangeren Ruthanne einen Karton Truesdale SuperSauber entgegen —«

»Hat sie ihr Baby inzwischen bekommen?«

»Oh ja. Es ist ein Junge.«

»Das wußte sie vorher, sie hat es feststellen lassen.«

»Kann ich mir denken. Aber auf diesem Bild, das kannst du gut sehen, ist sie noch hochschwanger. Sie steht unter dem Ausgang-Schild bei der Tür, die ins Parkhaus führt. Sie muß die Flaschen aus der Giftsammlung ihres Mannes geklaut und aus dem Wagen geschmuggelt haben, um sie Barbie zu geben, während Zach auf der Toilette war.« Ingrid reichte das Bild weiter. »Ein Bild weiter, auch im Spiegel, sehen wir Ken, der sich aus dem Fahrstuhl beugt. Der spezielle Fahrstuhl, der nur in den vierten Stock fährt. Er nimmt Barbie die Flaschen ab. Dazu muß er nicht einmal aus dem Fahrstuhl steigen.«

Tracy atmete langsam aus. »Das habe ich auch gesehen. Und ich habe gesehen, wie Ken ein paar Minuten später die Flasche auf den Tisch für die Vorführung gestellt hat. Ich hätte es wissen sollen, aber ich bin einfach nicht auf dem Gedanken gekommen, daß es Gift sein könnte. Die einzige Person, die außer mir im Raum war, war Paula. Und sie würde alles sagen, nur um Ken zu schützen. Nach der Demonstration sah ich sie die Flasche wegnehmen, die Ken hingestellt hatte, und gegen eine austauschen, die sie zusammen mit anderen Sachen auf einem Tablett trug.«

»Aber wie konnten sie wissen, daß Adam das Gift trinken würde?« fragte Ingrid.

»Das war das Schlimmste. Darum mußte ich ja verschwinden«, erklärte Tracy. »Ich war dabei, als Ken zu Zach und Adam sagte, daß Doc das Zeug nicht mehr trinken sollte. Die drei haben abgesprochen, daß sie einspringen würden, wenn Doc zu diesem Teil seiner Vorführung kam. Ich dachte, es ginge darum, Doc zu schützen, darum wollte ich mich auch freiwillig melden, den Reiniger zu trinken, aber Doc hörte mich nicht.«

Rays Gesicht war angespannt. »Ich denke, Paula könnte die Erste Hilfe verpatzt haben, als sie übernahm. Schließlich war Ken wie üblich verschwunden und konnte nicht zu Hilfe gerufen werden.«

Ingrid wandte sich wieder an Tracy. »Und du sagst, du hast Ken hier gesehen?«

»Die Frau an der Anmeldung zeigte auf ihn und sagte, er sei einer der Ärzte von außerhalb, denen die Klinik gehört«, berichtete Tracy. »Ich glaube nicht, daß er uns gesehen hat. Aber wir sind lieber zurück in die Stadt gefahren und haben uns dieses Motel hier gesucht. Dann bin ich noch einmal da gewesen und habe all ihre Bücher über die Behandlungsmethoden gekauft. Wegen der ganzen Säfte und der Sachen, die wir auch allein machen können.«

»Haben euch die Leute vom Kräuterinstitut hergefahren?«

»Ja. Ich habe in Bolinas angerufen und mit Shandra Morgenstern gesprochen. Ich wagte nicht, mit dir zu telefonieren. Ich habe ihr eingeschärft, mit niemandem darüber zu sprechen. Sie sagte, daß sie uns helfen kann, weil sie sowieso diesen Monat öfter hier runterfährt. Sie war bereit, uns mitzunehmen.«

»War sie allein, als sie euch abgeholt hat?«

»Ja. Wir haben uns auf der Fahrt hierher sehr nett unterhalten.«

»Meinst du, daß sie dich absichtlich zu Ken gebracht hat?«

Tracy runzelte die Stirn. »Nein, das glaube ich wirklich nicht. Zumal sie mehrfach bemerkte, daß niemand vollkommen ist, und daß sie auch dem Arzt hier unten nicht hundertprozentig trauen würde, obwohl er früher zu ihrem Personal in Bolinas gehört hat. Sie sagte noch, wir sollten einfach streng die Regeln für die Entgiftung einhalten und auch zu Hause befolgen, parallel zur normalen medizinischen Behandlung.«

»Klingt, als ob sie euch warnen wollte.«

»Sie hat keine Namen genannt, aber sie hat ihn beschrieben, daher wußte ich, daß Ken der Mann ist, der früher im Kräuterinstitut angestellt war.«

Ingrid nickte. »Er und Paula haben dort gearbeitet. Er hat noch immer einen Verbindungsmann in Bolinas. Einen Drogenschmuggler namens Brian.«

»Das wußte ich nicht — jedenfalls, dort müssen Ken und Esther sich kennengelernt haben, als sie ihre Mutter besucht hat. Ich glaube aber, daß er zuerst Barbie kannte. Dann hat er mit Esther angebändelt und Barbie auf Doc angesetzt.«

»Und du glaubst nicht, daß Shandra etwas damit zu tun hat?«

»Ich habe in den letzten paar Tagen versucht, die einzelnen Teile zusammenzusetzen. Als Shandra erzählte, daß er mal in Bolinas gearbeitet hat, war klar, daß er mit drinsteckt. Aber ich denke, Shandra hätte uns nicht gewarnt, wenn sie auch mit dieser krummen Sache zu tun hätte. Und ich glaube auch nicht, daß sie mich oder ihre andere Patientin in die Klinik gebracht hätte, wenn sie ganz sicher wüßte, daß er ein Mörder ist.«

Das Wort hing einen Moment unheilvoll in der Luft.

»Was ich noch nicht verstehe«, sprach Tracy schließlich weiter, »ist der Grund. Ken kam gut zurecht. Er konnte alles bekommen, was er wollte, solange er Esther in dem Glauben ließ, daß er ihr bei Doc einen Vorteil verschaffen würde.«

»Er hätte nicht kaufmännischer Leiter der Firma werden können, solange Adam nicht aus dem Weg war«, sagte Ingrid.

Ray mischte sich ein. »Folglich lautete Kens Plan, Adam und Zach auszuschalten. Und dadurch, daß er Barbie und Ruthanne auf seiner Seite hatte, konnten sie auch Doc unschädlich machen.«

»Ach!« Tracy setzte sich auf, ihr war plötzlich etwas klargeworden. »Deshalb war Adam derartig wütend über diesen Brief.«

»Du meinst den mit den Barbiepüppchen-Frauen und Kenpuppen-Liebhabern?« Ingrid dachte an Adams Apartment mit den geleerten roten Heftern und Barbie mit ihrer Sporttasche im Kleiderschrank.

»Ich habe den Text nicht gesehen. Adam sagte nur, er hätte einen Brief bekommen, der ihm klarmachte, daß Ken ein falsches Spiel trieb. Und daß Ken lieber die Finger von gewissen Frauen lassen sollte, weil er sonst gewaltigen Ärger kriegen würde. Ich dachte, er meinte Kens Verhältnis mit Esther.«

Ray beugte sich vor. »Erinnern Sie sich, Tracy, als ich Ihnen folgte und wir Barbie aus Adams Apartment kommen sahen?«

»Ja.« Tracy starrte auf den Fußboden. Eine traurige Erinnerung.

»Vielleicht hat er sie da unter Druck gesetzt, die Sache mit Ken zu beenden, sonst würde er Doc davon erzählen. Daraufhin müssen Ken und Barbie beschlossen haben, Adam sofort aus dem Weg zu schaffen, ehe er Barbies Heiratspläne störte«, sagte Ray. Er holte seine Autoschlüssel heraus. »Wir sollten hier verschwinden. Adam hatte recht. Ken ist gefährlich. Er hat Adam umgebracht und vielleicht auch Paula, und ich glaube auch, daß er hinter Zachs angeblichem Selbstmord steckt. Können Sie reisen, Sam?«

Tracys Augen weiteten sich, als sie die aktuelle Verlustliste mitbekam.

»Das geht schon«, antwortete Sammy. »Ich hatte vor ein paar Monaten PCP, aber es geht mir schon sehr viel besser. Zum Tanzen allerdings dürfte es noch nicht so ganz reichen.«

Ingrid mußte immer wieder Sammys abgemagertes Gesicht ansehen. »Ich habe deinen Vater gesprochen, Sammy. Er möchte, daß du nach Hause kommst. Er sagt, er ist nicht mehr oft da. Das könnte eine sichere Zuflucht für euch sein.«

Tracy ging zu Sammy hinüber und setzte sich neben ihn.

»Willst du das, Tracy?« fragte er.

Tracy nahm seine Hand. »Es wäre vielleicht gut, wenn du deinen Vater siehst. Und für uns beide sicherer. Ich bleibe auf jeden Fall bei dir, keine Sorge. Durch dick und dünn.«

»Hauptsächlich dünn«, sagte er und beide lachten leise, als wäre es ein alter Witz. »Außerdem war Fred Astaire auch ein Strich in der Landschaft.«

»Madame N meinte, man kann nie zu dünn sein«, sagte Tracy zu Ingrid. »Aber sie konnte sich nie mit Sammys Begeisterung für Step- und Jazztanz anfreunden. Er mag aber Fred Astaire nun mal genauso gern wie das klassische Ballett.« Sie sah von Ingrid zu Ray, und plötzlich verzog sich ihr Gesicht. »Ich ... entschuldigt mich einen Moment«, sagte sie und stolperte aus dem Zimmer.

»Bin gleich zurück. Ihr Jungs könnt schon mal packen«, sagte Ingrid und folgte Tracy.

Die stickig heiße Luft draußen traf sie wie ein Schlag. Sie sah Tracy um die Ecke des Gebäudes verschwinden. Als sie sie einholte, stand ihre Schwester an die weiße Wand gelehnt und schluchzte.

Ingrid nahm sie bekümmert in den Arm. Sie fühlte sich vage schuldbewußt, ohne zu wissen, weshalb. »Was ist denn, Kleine?«

»Es ist nur, dich und Ray so zu sehen«, schluchzte Tracy. »Ihr ... ihr seid ein Paar. Nach so kurzer Zeit. Ihr versteht euch besser, als Adam und ich das je geschafft haben. Das sehe ich doch. Adam, den interessierte doch niemand als er selbst. Er wollte eine hübsche Frau als Staffage. Aber wenn ich etwas eigenes tun wollte, wie mich wenigstens ein paar Tage die Woche um Sammy kümmern, dann hat er mich nicht gehen lassen. Seit ich acht oder neun bin, ist Sammy einer meiner besten Freunde. Adam sagte, er wolle nicht, daß ich mich irgendwelchen Krankheiten aussetze. Als ob man AIDS bekäme, nur weil man jemanden in den Arm nimmt! Natürlich bin ich vorsichtig, wenn ich bei Sammy etwas saubermache oder so. Aber ich mußte mich davonstehlen, um ihn zu sehen! Als ob es etwas Falsches wäre, wenn ich mich um einen Freund aus der Kindheit kümmere, der bald sterben muß. Ich fing an, Adam zu hassen. Nein, ich habe mich nicht gefreut, als er starb. Aber ich hätte mich von ihm scheiden lassen, sobald die Firma aus dieser Geschichte mit dem Gift herausgewesen wäre.«

»Tracy, wegen Ray – ich weiß, daß ihr beide...« Ingrid unterbrach sich. Sie war nicht sicher, was sie sagen sollte.

»Kann sein. Vielleicht, wenn ich Ray zuerst getroffen hätte und nicht Adam. Aber ich freue mich für dich. Mach dir keine Sorgen, ich rappele mich schon wieder auf. Jetzt jedenfalls will ich mich erstmal nur um Sammy kümmern. Manche Dinge mußt du sofort tun. Meine Beziehung zu Sammy kann ich nicht auf nächstes Jahr verschieben. Jetzt oder nie.«

Ingrid umarmte ihre Schwester und nahm sie an der Hand, um mit ihr zurück zum Motel zu gehen.

Sie bogen um die Ecke und liefen direkt in die Mündung einer AK-47 Halbautomatik, die Ken Crowley in der Hand hielt.

Kapitel 34

»Ingrid, Sie fahren.« Ken hielt die Waffe unablässig auf Tracy gerichtet, während er sie auf den Beifahrersitz seines BMW schob und selbst hinten einstieg. »Ich ziele mit dieser Kanone hier direkt auf die Rücklehne des Sitzes. Wenn Sie irgendwelche Tricks versuchen, puste ich ihr die Eingeweide ins Handschuhfach.«

Ingrid biß die Zähne zusammen, stieg in den BMW und schlug die Tür so heftig zu, wie sie konnte. Der Wagen stand nicht weit von der Tür des Motelzimmers. Sie hoffte, daß Ray es über das Gejammer dieser elenden Klimaanlage hören würde. Gegen die Hupe zu kommen wagte sie nicht. Beim Anlassen ließ sie den Motor mehrmals laut aufheulen und suchte so lange wie möglich nach dem ersten Gang.

Als sie in die Juarez Avenue einbogen, warf sie einen Blick in den Rückspiegel und meinte kurz den schwarzen TransAm hinter sich zu erspähen, aber im selben Moment wechselte ein anderer Wagen die Spur und nahm ihr die Sicht.

»Nehmen Sie den Highway Eins Richtung Süden. Wir fahren am Flughafen vorbei. Richtig, über Estero Beach. Okay, hier links rein.«

Ingrid zögerte. »Sind Sie sicher, daß das eine Straße ist?«

»Sie ist nicht asphaltiert. Aber Tracy ist schon hier gewesen, nicht, Tracy?«

»Es ist der Weg zur Klinik«, sagte Tracy tonlos.

»Wir schicken im allgemeinen einen Transporter zum Flughafen oder zur Bushaltestelle, um die Neuankömmlinge abzuholen. Natürlich können sie sich auch ein Taxi nehmen. Ich glaube, Tracy und ihr Freund sind letztes Mal mit dem Taxi von hier nach Ensenada zurückgefahren, oder? So haben wir nämlich herausbekommen, wo sie steckt.«

Ingrid sah verstohlen in den Rückspiegel. Ja, der TransAm folgte ihnen. Unmöglich, das auf diesem verlassenen Seitenweg ungesehen zu tun. BMW und TransAm fuhren in einer gemeinsamen Staubwolke. Am Ende des Weges lag ein langgestreckter Backsteinbau mit einer kleinen Mauer ringsherum und Palmen an beiden Seiten. Ein Schild mit sauberen, aus der Entfernung gut lesbaren schwarzen Buchstaben wies ihn als Ensenada Klinik für Naturheilverfahren aus. Der Ort wirkte verlassen.

»Okay, Sie können hier bei der Palme halten. Wie ich sehe, ist Ihre Eskorte ebenfalls eingetroffen. Ein dummer Mann. Immerhin paßt das ganz gut in mein Konzept. Kommen Sie, meine Damen, alles aussteigen, Sie bekommen eine Kurzversion der Besichtigungstour unserer Einrichtung.« Er hielt die Waffe weiterhin auf Tracy gerichtet, als sie in der glühend heißen Nachmittagssonne ausstiegen.

Schweiß kribbelte auf Ingrids Kopfhaut, kleine Tropfen liefen ihr über Stirn und Nacken. Ihre Haare wurden naß.

Tracy schob sich zu Ingrid hin und bewegte lautlos die Lippen. »Wo ist Sammy?« las Ingrid ab.

Ken winkte Ray, aus dem TransAm zu steigen und ihnen durch den Seiteneingang der Klinik zu folgen.

»Es tut mir leid, daß ich Sie nicht mit dem Personal oder den Patienten bekanntmachen kann, aber aufgrund einer organisatorischen Umstrukturierung waren wir gezwungen, die Klinik kurzfristig für eine Woche zu schließen. Wir haben nur ein Minimum an Personal hier, und die sind alle drüben im Schlaftrakt und kümmern sich um die wenigen Patienten, die mitten in der Behandlung waren, als dieser Notfall eintrat.« Er führte sie durch eine schmiedeeiserne Tür in einen grünen Innenhof, der offensichtlich im Zentrum des Gebäudes lag. Im Schatten der großen Bananenstaude war es kühler. Am oberen Stockwerk des Hauses entlang verlief eine Veranda um den ganzen Hof, in der Mitte prangte ein leerer Springbrunnen mit knochentrockenen Kacheln. »Und jetzt warten wir hier noch auf jemanden, bevor wir alle zusammen in den OP gehen.«

Ingrids Kehle wurde trocken. Der Schatten ließ den Schweiß auf ihrer Haut erkalten. Er würde sie umbringen. »Was soll der ganze Wirbel? Haben Sie wirklich solche Angst vor den Beweisen, die wir ausgegraben haben?«

»Ausgegraben ist wohl etwas übertrieben. Sie und Ihre Schwester waren einfach bloß zur falschen Zeit am falschen Ort.«

»Wir haben Fotoabzüge von Ihnen und Barbie und Ruthanne mit den Giftflaschen an Polizei und Presse geschickt.«

Ken zögerte nur einen Sekundenbruchteil. »Ohne Sie und vor allem ohne Tracy sind diese Fotos bedeutungslos. Ah, da kommt ja der letzte Teilnehmer unserer Party. Brian ist extra nochmal los, um das Zimmer im Motel aufzuräumen. Nun sieh einer an, was er dabei gefunden hat.«

Sie drehten sich um und sahen Sammy den Hof betreten, geführt von Brian, an dessen Glatze Schweiß herablief, seine Augen wachsam wie immer.

»Haben Sie und Brian sich im Kräuterinstitut kennengelernt? Sie beide sind demaßen abgebrüht, wie können Sie nur von einem so idealistischen Ort kommen?«

Ken lachte. »Tja, diese Hippies am Kräuterinstitut bilden sich etwas darauf ein, keine Referenzen zu verlangen. Ich habe ihm bei der Flucht aus einer Anstalt für gestörte Kriminelle geholfen. Er hat es fertiggebracht, direkt vor ihrer Nase einen Schmuggelring aufzuziehen. Ich muß zugeben, er ist eine sehr gute Ordonnanz. Er ist nicht wirklich verrückt, nur so eine Art Soziopath. Er hat so viel Zeit in der Psychiatrie verbracht, daß er ganz unbefangen mit Verrückten umgehen kann. Und er ist gut im Töten. Erledigt es einfach. Sogar ganz gern. Die Bolinas-Spinner haben keine Fragen gestellt — Hauptsache, einer kann gut mit den Patienten. Idioten! Shandra hat mich gefeuert, weil sie es nicht richtig fand, daß ich mit Paula lebte und zugleich etwas mit Esther laufen hatte. Natürlich hatte sie keinen Schimmer, daß ich eigentlich mit Barbie liiert war.«

»Also hat Esther Ihnen den Job besorgt, und Sie haben Paula mitgebracht.«

»Ich konnte ja nicht ahnen, daß Paula wegen Esther gleich giftige Briefe an Truesdale schreibt. Dann sieht sie mich mit Barbie in LA, dreht durch und schreibt auch noch an Adam Truesdale persönlich, er möge mir mit Kündigung drohen, wenn ich nicht mit Barbie Schluß mache. Paula mußte weg. Sie fing an, uns in die Quere zu kommen.«

»Sie wußten ja, daß Paula für Sie lügen würde«, sagte Ray laut und veranlaßte Ken, den Kopf zu drehen, ohne allerdings Tracy aus dem Visier zu lassen, »und *sie* wußte, daß Sie Esther nur benutzen. Esther war keine Gefahr, weil sie einzig und allein auf Macht aus war und ohne einen Mann bei Doc so gut wie nichts erreichen konnte. Und ausgerechnet Sie, Ken, sollten dieser Mann sein. Aber wenn statt dessen Ruthanne und Barbie ans Ruder kamen, war Paula nur noch ein Störfaktor.«

»Paula wußte sehr wohl, daß Sie Ihnen nicht mehr nützte«, rief Ingrid möglichst laut, aber ihre Stimme klang viel piepsiger, als sie gehofft hatte.

Ray knüpfte an. »Für Paula hieß es reden oder abhauen oder beides. Deswegen brachten Sie sie um, und Ruthanne und Barbie haben gelogen, um Sie zu schützen.«

»Ihr Latinos seid doch unheilbare Kavaliere«, sagte Ken und wandte sich wieder Ray zu. »Barbie für mich gelogen! *Ich* habe gelogen, um *sie* zu schützen.«

Im Schatten oben auf der Veranda huschte etwas Weißes. Wenige Sekunden später tauchte Barbie hinter einem Pfeiler auf.

Es war das erste Mal seit der Hochzeit, daß Ingrid sie sah. Sie hatte offenbar noch etwas mehr Sonnenanbetung betrieben als sonst, ihre Haut war dunkler, ihre Haare eine Nuance heller gebleicht. Ihre schulterfreie weiße Bauernbluse und der rosa Minirock betonten das Goldbraun ihrer Haut. Doch die Gewißheit, daß Barbie in fünfzehn Jahren wie ein Reptil aussehen würde, wenn sie sich weiter so erbarmungslos bräunte, tröstete Ingrid im Moment herzlich wenig.

»Wo ist Esther?« fragte Ken Barbie.

»Sie wollte gerade zu ihrer albernen Taubenjagd aufbrechen. Aber als du weg warst, kreuzte plötzlich Derek auf, und die beiden sind hier rausgefahren, um nach Rina zu sehen. Mach lieber, daß du hier fertig wirst, und sieh zu, daß du sie von Derek wegkriegst. Sie sind jetzt drüben im Gästeflügel. Aber das wird nicht lange dauern. Dann wird sie zu ihrem Vater rennen und ihm sagen, er soll sich um die verrückte Alte kümmern, statt sich mit mir zu vergnügen«, sagte Barbie und warf den Kopf zurück.

Ken warf ihr einen scheelen Blick zu, wandte aber die Aufmerksamkeit nicht von seinen Gefangenen. »Schön, Barbie, du wolltest also beim Endspurt dabeisein. Bitte sehr. Erzähl doch mal diesem hehren Spinner hier, wie das mit Paula wirklich war. Du willst doch nicht, daß er mit einem falschen Bild vom schönen Geschlecht abtritt, oder?«

»Moment mal«, rief Ingrid laut. Aus dem Augenwinkel sah sie, wie sich oben eine der Türen auf die Veranda öffnete.

»Und wo ist Doc? Haben Sie ihn schon ermordet, Barbie? War das nicht ein bißchen voreilig? Meinen Sie nicht, die Versicherung könnte einen klitzekleinen Verdacht hegen, wenn er gleich auf der Hochzeitsreise stirbt, kurz nachdem seine beiden Söhne ausgeschaltet wurden?«

Barbies Augen verengten sich. »Für wie dumm halten Sie mich eigentlich? Doc geht's bestens. Er ist an Bord der Jacht und wartet auf mich. Er hat uns hergebracht, damit wir Kens Klinik besichtigen können. Momentan glaubt er mich am Strand von Estero. Heute abend nehme ich mir ein Taxi und fahre zum Hafen zurück. Doc mag dieses Jahr nicht überleben, aber alle werden sagen, daß sein Ende so war, wie er es sich gewünscht hätte. Vielleicht sogar mit mir im Bett, das ist doch der Traum jedes Mannes, oder? Aber ich werd' mir doch die Hochzeitsreise nicht verderben. Wir wollen nach Acapulco. Endlich mal wieder einen schönen, sauberen Ort sehen. Weißt du was, Ken, hier ist es wirklich schmuddelig, Klinik hin oder her.«

Ken schien ein wenig überrascht von ihrer Gereiztheit. »Nun komm schon, Barbie. Ich habe dir doch gesagt, daß das hier eine Goldgrube wird, wenn wir Brians Quellen anzapfen und das hier als Verbindungspunkt zu Truesdale ausbauen.«

Ray schnaubte geringschätzig. »Siehst du, Ingrid, was ich dir gesagt habe. Grenzstädte. Richtige Gringo-Touristenmädchen wie Barbie wollen hübsche, saubere Ferienorte, möglichst genau wie die Einkaufspassage daheim – Hauptsache Kaufrausch.«

Ingrids und Tracys Blicke begegneten sich bei dem Wort 'Kaufrausch', und beide lachten ein bißchen hysterisch. Ken schwenkte irritiert seine Waffe hin und her. »Na los, pack aus, Mädchen. Erzähl ihnen von Paula. Du willst deinen Anteil vom Gewinn, also zeig, daß du zum Team gehörst. Mach dein Geständnis.«

Ray lachte. Ken zuckte zusammen, aber Ingrid bemerkte, daß Brian sich nicht rührte.

»Nein«, sagte Barbie plötzlich trotzig.

»Pech, *hombre*«, sagte Ray und grinste sardonisch, »Sie haben Ihre Frauen nicht im Griff.«

Ken funkelte erst ihn, dann Barbie an. »Sie hat Paula umgebracht«, sagte er. »Ihnen, Ingrid, hat sie nur versehentlich das Leben gerettet. Ich hatte ihr gesagt, sie soll sichergehen, daß Sie noch leben, damit Sie uns helfen können, Tracy zu finden. Aber Sie waren so hinüber und das Chloroform stank dermaßen, daß diese Idiotin dachte, Paula hätte Sie erledigt. Wenn ich geahnt hätte, daß Sie belastende Fotos haben, hätte ich mich persönlich vergewissert, daß Sie tot sind. Sie und Tracy hätten mir fast meine einzige Chance verdorben, Millionär zu werden, solange ich jung genug bin, es zu genießen. Hast du noch etwas hinzuzufügen, Barbie?« Ken nickte ihr zu.

Barbie schwieg.

»Sie haben Paula das Kurare injiziert, das sie für mich vorbereitet hatte?« fragte Ingrid.

Die Antwort war ein Schmollmund. »Also, meinetwegen«, sagte Barbie schließlich. »Ist ja sowieso egal. Paula redete wirres Zeug, brabbelte ständig, wie sie Sie mit Kurare erledigt hätte. Wahrscheinlich machte sie sich warm, um auf mich loszugehen. Aber, hah, als ich die Sache mit dem Kurare kapierte, sagte ich bloß, 'Ach, Sie meinen so?' und bin auf sie los und habe ihr das Zeug verpaßt. Nämlich so!« Barbie stürzte sich so unvermittelt auf Ingrid, daß alle zusammenfuhren, und packte sie an der Taille. Sie hatte eine Spritze in der Hand und hielt sie hoch über ihrem Kopf wie ein Opfermesser.

Tracy schrie »Nein!«, und im selben Augenblick donnerte ein Schuß von der Veranda. Alles duckte sich, außer Barbie, die zurücktaumelte und aufschrie, während Blut aus ihrer zerschmetterten Schulter quoll und rasch ihre Bluse rötete. Ihre braune Schulter mit dem weißen Stoff hatte ein gutes Ziel abgegeben.

Ken starrte sie an und zielte dann zögernd zur Veranda hinauf. Sowie die Waffe nicht mehr auf sie zeigte, klapperte

Rays Stock zu Boden, als er sich auf Ken warf und Tracy dabei zu Boden und aus der Schußlinie schleuderte. Er schlug den Lauf zur Seite, zugleich löste sich der Schuß und schlug mit ohrenbetäubendem Donnern ins Verandageländer ein.

Zwei weitere Schüsse krachten, und Ingrid sah den Kahlkopf seinen Revolver heben und auf die Veranda zielen. Sie setzte ihren allerbesten Tritt gegen seine Knie.

Da dröhnte noch ein Schuß, der Kahle sackte mit blutendem Kopf in sich zusammen und riß Ingrid mit um. Sie wand sich unter seinem Gewicht hervor und tastete hektisch nach seiner Waffe.

Sie packte sie einen Sekundenbruchteil, bevor Ken sich in voller Länge auf sie warf und sie auf die Steinfliesen preßte. Seine Finger fanden ihren Hals. Sie sah Ray hilflos dastehen, Kens Waffe in der Hand, doch außerstande zu schießen, ohne Ingrid zu treffen. Sie spürte einen bereits vertrauten Gegenstand an ihrer Kehle — eine Spritze. Er mußte sich die geschnappt haben, die Barbie aus der Hand gefallen war.

Ingrid konnte nicht mal den Kopf drehen, geschweige denn die unvertraute Waffe durchladen, die sie in der Hand hielt.

Sie sah in Kens Augen. Er hielt die Spritze in der Hand und lächelte sie an. Plötzlich wußte sie, woran die kalten Augen und das breite Grinsen sie erinnerten — eine Schlange beim Fressen. Gierige Kiefer, die die Beute verschlingen, flache, kühle Augen, die durch alles hindurchsehen. Die Nadel senkte sich in Ingrids Hals wie ein Giftzahn.

Etwas schlug sich um Kens Hals und riß ihn aus ihrem Blickfeld. Ingrid schaute auf und sah Esther mit einem Jagdgewehr in der Hand über sich auf der Veranda stehen. Sammy Dorset beugte sich schwer atmend über Ken und hielt das Ende von Rays Stock fest. Der gebogene Griff war um Kens Hals gehakt. Ray stand schußbereit, doch nichts rührte sich mehr. Der kahle Mann war tot. Kens Hals war in einem seltsamen Winkel zur Seite gebogen, Sammy hatte ihm das Genick gebrochen, als er ihn von Ingrid wegriß.

Zu spät.

Ingrids Augen fielen zu. Dann bekam sie keine Luft mehr. Alle ihre Muskeln wurden entsetzlich weich, dann fühlte sie wie ihr Brustkorb sich ein paarmal verkrampfte und erschlaffte. Sie konnte die Steinfliesen unter ihrem Körper spüren und hören, wie Schritte über den Boden des Hofes eilten. Aber sie konnte ihre Augen nicht öffnen und keinen Muskel rühren. Das so gewohnte Einholen und Ausstoßen ihres Atmens hörte auf.

Kapitel 35

In der Dunkelheit hinter den geschlossenen Lidern nahm Ingrid wahr, wie vertraute Lippen sich auf ihre preßten und Luft in ihre Lungen bliesen.

»Du kommst wieder in Ordnung«, sagte Ray ihr vollkommen zuversichtlich direkt ins Ohr. Es gab keine Möglichkeit für sie, ihn wissen zu lassen, daß sie sehr gut hören konnte und er nicht dermaßen laut in ihr Ohr zu sprechen brauchte.

Wieder ein Atemzug. »Ich bleibe bei dir, bis dieses Zeug zu wirken aufhört.«

Noch ein Atemzug.

Um die keimende Panik nicht an sich heranzulassen, lauschte Ingrid konzentriert auf die Stimmen und Geräusche um sie herum.

Sie hörte das Knirschen von Tracys Sandalen und roch den Duft von Pavlova, als ihre Schwester sich neben sie kniete.

»Wird sie es schaffen?« flüsterte Tracy.

»Ich hoffe es«, antwortete Ray zwischen zwei Atemzügen.

Andere Schritte, langsam und zögernd. Dann Sammys rasselnder Atem neben Tracy.

»Ich wußte nicht, daß du so mit einem Stock umgehen kannst«, sagte Tracy leise zu ihm.

»Ich sagte dir ja, daß ich alle Fred Astaire-Tricks geübt habe. Er hat viel mit dem Stock gemacht. Ich sollte mir auch so einen besorgen.«

Es gab eine Pause. Ray schwieg, drückte seinen Mund auf ihren, atmete für sie.

»Habt ihr keine Angst vor dem Rotschopf mit dem Gewehr?« fragte Sammy.

Wieder ein Atemzug.

»Esther?« erwiderte Tracys Stimme. »Nein. Sie hat sich nicht mehr gerührt, seit sie das Gewehr runtergenommen hat. Ich glaube, sie steht unter Schock.«

Plötzlich waren viele Füße und ein Stimmengewirr in Spanisch und Englisch zu hören. Das Klinikpersonal aus dem anderen Flügel. »Das kriegen wir hin, Miss. Ich muß Ihre Bluse aufschneiden, um an die Wunde zu kommen. Ich mach das schon, Carlos. Kümmere dich um die Frau da hinten, die nicht atmet. Los, eine Transfusion. Sie hat eine Menge Blut verloren.« Sie versorgten Barbie.

Jemand ließ sich hörbar neben Ingrid auf die Knie nieder, stellte eine Tasche auf die Steinfliesen, in der Glas und leichte Metallteile klapperten. Er fragte etwas auf Spanisch. »Sie lebt. Ihr Herz schlägt«, sagte Ray. Er beatmete sie wieder. »Sehen Sie sich die Spritze an. Das Schwein hat ihr das injiziert.«

»Aha, Tubocurarin. Nicht mal halb leer. In ein paar Minuten müßte sie es geschafft haben, maximal eine halbe Stunde. Wir übernehmen das jetzt. Ich habe ein Beatmungsgerät dabei.«

Sie fühlte, wie ihr ein Mundstück zwischen die Zähne geschoben wurde.

»Sie können das jetzt mir überlassen. Ich bin Arzt.«

»Sicher. Das war der Kerl mit der Spritze auch. Ich bleibe dabei.« Ray rückte ein Stück beiseite und nahm ihre Hand. Sie fühlte, wie ihr Brustkorb zuckte und sich dann mit einem plötzlichen, krampfhaften Atemzug hob.

»Da kommt sie.«

Ingrid machte die Augen auf und sah um sich.

Welcher Ariadne Krimi darf's denn sein?

Ariadne 1060
ISBN 3-88619-560-0
192 Seiten, DM 13,-

Archäologin Tamara Hoyland kommt bei einer Ausstellung einem mörderischen Zusammenhang auf die Spur ...

Ariadne 1061
ISBN 3-88619-561-9
272 Seiten, DM 15.-

Schwester Harriet freut sich auf die Zusammenarbeit mit Dr. Ammu Bai. Doch diese ist plötzlich verschwunden ...

Ariadne 1062
ISBN 3-88619-562-7
288 Seiten, DM 15.-

Ein dubioser Todesfall hält Anna in Atem, und Alys riskiert für eine Umweltorganisation Kopf und Kragen ...

Ariadne 1063
ISBN 3-88619-563-5
288 Seiten, DM 15.-

Wenn es darum geht andere zu schikanieren, ist der Direktor nicht gerade zimperlich ... dann wird er selbst zur Zielscheibe.

Ariadne 1064
ISBN 3-88619-564-3
272 Seiten, DM 15.-

Wer ist der Kerl, der sich für Maggie interessiert? Wer schoß auf Nicks Kollegin? Und wer verlangt 500.000$ Lösegeld?

Ariadne 1065
ISBN 3-88619-565-1
336 Seiten, DM 17.-

Sie ist 7 Jahre alt. Sie braucht Geld. Von ihrem Bruder läßt sie sich erklären, wie Erpresser arbeiten, und übernimmt den Job.